桑妮
著

幸好遇见你

（上）

图书在版编目（ＣＩＰ）数据

幸好遇见你：全二册 / 桑妮著. -- 广州：花城出版社，2021.3
ISBN 978-7-5360-9194-8

Ⅰ．①幸… Ⅱ．①桑… Ⅲ．①长篇小说－中国－当代 Ⅳ．①I247.5

中国版本图书馆CIP数据核字(2021)第028391号

出 版 人：肖延兵
责任编辑：黎　萍　夏显夫
技术编辑：凌春梅
装帧设计：姚　敏

书　　　名	幸好遇见你 XINGHAO YUJIAN NI
出版发行	花城出版社 （广州市环市东路水荫路11号）
经　　销	全国新华书店
印　　刷	佛山市浩文彩色印刷有限公司 （广东省佛山市南海区狮山科技工业园A区）
开　　本	787 毫米×1092 毫米　16 开
印　　张	41.5　　2 插页
字　　数	760,000 字
版　　次	2021 年 3 月第 1 版　2021 年 3 月第 1 次印刷
定　　价	98.00 元（全二册）

如发现印装质量问题，请直接与印刷厂联系调换。
购书热线：020－37604658　37602954
花城出版社网站：http://www.fcph.com.cn

幸好
遇见你 　　目　录

第一章 …………………………… 001
第二章 …………………………… 018
第三章 …………………………… 034
第四章 …………………………… 053
第五章 …………………………… 077
第六章 …………………………… 093
第七章 …………………………… 108
第八章 …………………………… 124
第九章 …………………………… 141
第十章 …………………………… 155
第十一章 ………………………… 170
第十二章 ………………………… 186
第十三章 ………………………… 201
第十四章 ………………………… 219
第十五章 ………………………… 238
第十六章 ………………………… 255
第十七章 ………………………… 270
第十八章 ………………………… 282
第十九章 ………………………… 298
第二十章 ………………………… 314

第一章

1

"任何一个正在经受精神疾病折磨的人都值得被倾听,心理治疗的主要目的,并不是使病人进入一种不可能获得的幸福状态,而是要帮助他们树立一种面对苦难时哲学式的耐心和坚定。"

"所以老师,你相信精神病是不可治愈的对吗?"

"不,恰恰相反,我相信精神类的疾病是可以治愈的,只要我们能给病人足够的耐心和坚定,并且把这种耐心与坚定传达给他。"

"那请问老师,如果你的病人因此而爱上你怎么办?"

程夕抬起头,微笑地看着提问题的学生,那是个年轻的女孩子,长得很漂亮,见她望过去,还会害羞地躲到旁边人身后。

程夕是个心理治疗师,同时也是医科大学的讲师,作为学院派的医生,因为年轻、风趣、颜值高,所以在学生中很受欢迎,每周四的大课几乎次次爆满,当然,课后也会遇到各种各样奇奇怪怪的问题。

这样的问题不是第一次问,所以她答得得心应手,笑着说:"我大概会很高兴,因为他已经开始有了美妙的错觉。"

于是就有人接着问:"老师觉得爱情只是错觉?"

"嗯,我更相信它是种短暂的幻觉。"

"那老师有过这样的幻觉吗?"

"没有,因为我已经老了。"

"喊!"全场同学发出一片嘘声,"装老什么的太可耻了!"有大胆的学生甚至玩笑说,"老师我不嫌你老,所以我可以约会你吗?"

程夕微笑:"约在实验室?"

于是刚刚还说要约会她的男生立马摆出一本正经的脸:"师生是不可以谈恋爱的,老师我会努力克制。"

众人笑，程夕也笑："真是让人遗憾的理智。"

教室里再次充满了笑声。没多久，下课铃响了，底下的学生陆陆续续地走出教室。程夕一边和学生道别一边收拾书本、整理教案，准备离开的时候看到一个男孩子还趴在课桌上呼呼大睡。

她走过去，推醒他，男孩揉揉眼睛，看过来。

"吃糖吗？"程夕问，白皙的手掌伸出，上面静静地卧着一颗包装鲜艳的糖果，"抱歉，我的课让你觉得如此乏味。"

男孩呆呆地看着她，像是在看一个怪物。

程夕笑笑，将糖放在他面前的桌上，然后轻轻走出了教室。

路上接到电话："小夕，你在哪儿？"

是程夕的老师蔡懿女士打来的，蔡女士既是程夕的博士生导师，同时也是国内心理治疗师的权威，退休在家后闲不住，开了自己的工作室及实验室。

程夕说："刚下课。"

蔡女士说："那敢情好，你来一趟我的办公室。"

程夕回去放下东西，当即打车过去。蔡女士的办公室就在她住所的旁边，环境收拾得很是清雅，那里有一片湖，湖边养了一群白鸽，周围种满了矮树繁花，更难得的是湖水清澈，是个可以让身心放松的好地方。

就是离学校有点远，遇到下班路上还有点堵，程夕到的时候已经算晚了，初冬的黄昏被附近的灯火渐次燃亮。

她推门进去，身上还带了点薄薄的寒气。蔡女士坐在她办公桌前的沙发上，花白头发，戴一副金边眼镜，是很典型的学者模样，此时正跟坐她旁边的一个年轻男人说着话。

听到动静，两人同时望过来，蔡懿笑着说："来啦？外面很冷吧？"

程夕笑应："还好，就是风有点大。"

两人说了几句家常，蔡懿让她在自己身边坐下，指着那个年轻男人说："这是东来的负责人陆沉舟，陆总。"又和陆沉舟说："这就是我说的年轻漂亮却极有想法的程医生了。"

东来程夕知道，是个大制药公司，蔡懿的好几个项目都是东来支持的。

只没想到，他们的负责人会如此年轻。

二十来岁大概三十还不到吧，长得挺俊的一个男人。

当然，程夕看到陆沉舟的第一眼除了年轻英俊还有冷漠，当他的眼睛扫过来时，你几乎以为自己在他眼里就是颗尘埃。

她也不以为意，什么样的病人都见多了，看到稍有异常的正常人她都很宽容。老师既给她介绍她便笑着打招呼："您好。"

陆沉舟却看着她，眉头慢慢皱了起来："你只有一个酒窝？"

程夕微怔："对。"

"好丑！"

出乎意料的评价，程夕微默，蔡懿先也有些愣，反应过来后不由得哈哈大笑："你学生听到大概会哭的，咱们学校有名的美女老师居然给人说丑，哈哈哈。"

她笑得实在太开心了，程夕有些无奈，和陆沉舟说："对不起丑到您了，要不我先把这边脸遮起来？"

蔡懿又是一阵笑，陆沉舟却一点也不觉得这有什么好笑的，低头看了看表："走吧。"

蔡懿擦着刚刚笑出的眼泪："你家老头老太还没来呢。"

"迟到的人还须要等？"陆沉舟淡淡地说，声音听起来很是冷漠。

程夕看了他一眼，陆沉舟也确实没什么表情，那张英俊得好像雕刻出来的脸称得上淡漠如水。

她微微挑眉，蔡懿冲她眨了眨眼睛："走吧。"

"嗯？"

"和我们一起去吃饭。"

程夕"哦"了一声，挽起老师有些不明所以地跟着去了。

陆沉舟家的老头老太一直没来，饭桌上就他们三个，陆沉舟话很少，所以一般都是程夕和蔡懿在说话。

服务员把最后一道水果拼盘端上桌的时候，陆沉舟倒是说了一句："端下去。"

服务员一脸蒙，程夕和蔡懿也停下交谈。

陆沉舟有些不耐烦，指着那个拼盘说："摆这么丑，你们是想干什么？"

余下三个人六道目光都往那拼盘看过去，老实说水果拼盘摆得很漂亮，摆盘的人十分有心，半边哈密瓜镂空了雕成花的形状，里面盛了五颜六色的水果，不仔细看倒是挺漂亮的。

不过程夕注意到拼盘摆得很不对称，一边略多一边略少，大约这就是陆沉舟不喜欢的原因吧。

嗯，这人貌似有很严重的强迫症。

蔡懿对他这样的行为见怪不怪，一笑后冲那服务员摆了摆手："端下去吧。"然后没事人地催程夕，"刚刚那个病人，继续说。"

程夕只好继续说下去："她家里请了驱鬼的神婆，非说她是撞邪遇鬼了，做法事的时候女孩受了惊吓，慌张中失手杀了她奶奶。我在看守所看到她的时候她病情已经很严重了，坚信有人割走了她的头，她如今只是一具无头尸。"

程夕说完，陆沉舟看向她，这大概是被她半个酒窝伤到眼后他第一次正眼看她。

而程夕说的是她目前正在看的一个病人，患有十分严重的科塔尔综合征，也就是俗称的行尸综合征。

蔡懿说："是很典型的科塔尔综尔征，这种病在国内很少见，你打算怎么下手？"

程夕还没说话，蔡懿的电话响了，程夕帮她拿出手机，就听她说了两句，然后说："工作室那边临时有事，我得先走了。"

程夕随即起身："那我送您。"

当医生的，总会遇到一些突发的情况，精神科医生更常是，有时病人发作起来，一般人还奈何不了他们。所以蔡懿这么说程夕也没在意，只想着自己年轻力壮还可以去搭把手。

蔡懿却拦住她："不用了，小伍来接我，那边人手也足够，你陪陆总好好吃个饭吧。"她说着看向陆沉舟，"舟，你能帮我照顾好我家程夕的对不对？"

陆沉舟语气淡淡："可以。"

蔡懿笑笑，拍了拍程夕的手。没多久，小伍就到了，程夕将蔡懿送到门外，再回来时发现陆沉舟已停了筷子，她问："您吃饱了？"

陆沉舟点头。

程夕拿起旁边椅子上的衣服："那我们也走吧。"

陆沉舟却没动，他淡薄的目光落在她脸上，像是覆了一层薄霜。"看来你是真不知道，"他嗤笑一声，"你觉得为什么该来的没来，该留下的却找理由走了？"

"什么意思？"

"意思是他们根本是有预谋的。"

"预谋？"

陆沉舟看她那样，忍不住问："你到底是怎么当上心理医生的？这是一场变相的相亲，你不知道难道就也没看出来？"

程夕：……

她猛地呛咳了起来："咳咳，我不知道。"她还以为老师把陆沉舟介绍给她是有什么言外之意，比如说帮她正在申请的项目拉一笔经费什么的。

陆沉舟面无表情，程夕有点尴尬："抱歉，我是真没看出老师有这样的想法。"蔡懿终身未婚，所以程夕完全没想到坚持独身主义的老师会给她做媒，让她相亲。

陆沉舟轻哼了一声："无所谓。"他手指轻轻在桌上敲了敲，"你刚还没说，那个病人你打算怎么处理。"

看来他对这个话题是真感兴趣，程夕想了想，重又坐下，和他说了她大概的治疗方案："科塔尔综合征的病人多少都有点社交障碍，但同时他们也是脑洞天才，所以我想做一些能让她感兴趣的事，从幻想中去，又从幻想中来，慢慢地自她的幻想里接受现实。"

"我以为你们会先把她绑起来，或者关起来。"

"除非必要，一般我不主张对病人采取太强制的措施。"

"治好她你有多大的把握？"

"病人有坚定的向好的心，医生才有真正的把握。"

陆沉舟沉默，好一会儿后突然问她："你会和你的病人上床吗？"

"嗯？"程夕表示她没听懂。

陆沉舟的语气就像是在谈外面的天气："如果你不小心和自己的病人上了床，会怎样？"

程夕失笑："这不可能。"

"如果上了呢？"陆沉舟意外地坚持，望着她，"你还会继续给他治病吗？"

程夕不懂他的逻辑，话题怎么一下从科塔尔综合征的病人转到了医生和病人上床这事上，不过她看得出陆沉舟想要什么答案，便顺应他说："不会。"

陆沉舟轻轻笑了起来，这是程夕第一次看他笑，唇角微勾，眼里没有丝毫温度，却意外地带了些好看的冷酷。

之后程夕又耐着性子吃了点东西，陆沉舟那人有点类似机器人，有着他固定的程序，一件事情完成以前他什么都不会做。

就连这个在程夕看来很是莫名其妙的相亲，陆沉舟也是非常完美地要把它执行到底。两人出来后，陆沉舟说："接下来的安排是看电影、逛街还有上酒吧喝酒，你选哪样？"

公事化的语气，听得程夕嘴角一阵抽搐："……我可以都不去吗？"

"那就去酒吧喝酒。"他一副理所当然的语气，替她做了决定，然后伸手打了个响指，有车开过来。

陆沉舟拉开车门，等着程夕上车。

这一连串动作做得有如行云流水，流畅无比，程夕默然。

只僵持了几秒，她就上了车。后来程夕把那归结为医生的职业习惯，陆沉舟的行为处处透着异常，而这样的异常对心理医生有着近乎本能的吸引力。

说是去酒吧喝酒，陆沉舟却把程夕带到了凤凰台，那是本地一家非常有名的夜总会，车上的时候陆沉舟一路都在打电话叫人，所以等他们到时，包间里堪称是高朋满座。

看到他们，那些人纷纷站起来，有叫陆总的，有叫头的，也有像蔡懿一样叫他舟的，但他们无一例外都注意到了跟在陆沉舟身后的程夕，其中一个看起来和陆沉舟关系很好的，直接问："这妹子谁啊？"

陆沉舟说："我对象。"

屋内所有人都静了一下，程夕差点让自己的脚绊倒，她踉跄了一下，抓住了陆沉舟的衣袖才不至于出丑。

她的手指还不小心碰到了他的手，他手腕上皮肤的温度低得让她忍不住心下微微一跳。抬起头却见众人的目光都落在她那只抠着陆沉舟衣袖的手上，白嫩嫩的手指，削葱一样动人，就是不知道洁癖严重的陆先生会不会暴起砍掉那只手了。

程夕被众人诡异的目光盯得有些发毛，她默默收回手，默默在陆沉舟衣袖上拍了拍，假装什么都没发生，淡定地解释："陆先生开玩笑的，介绍一下，我叫程夕，是个医生。"

陆沉舟没有反驳她，他只是看了她一眼，然后脱掉了外套。

房间里有点热，程夕自我催眠，告诉自己他脱衣服并不是因为嫌弃她揉皱了他的衣袖。

嗯，事实是，他还真是嫌弃，因为他直接把衣服扔给了她："洗干净后再还给我。"

程夕：……

这是选择性洁癖吗？能接受在外就餐，却接受不了别人的碰触？

程夕在心里给陆沉舟下诊断，当事人却已经转身走了，倒是刚刚问她是谁的那个男人冲程夕笑："嘿，医生，我叫徐波，是舟的朋友。"

程夕点头："你好。"

"这边坐吧。"叫徐波的男人引着程夕坐过去，是陆沉舟旁边的一个位置，程夕这次注意了，离他尽量远一些。

包间里的气氛很快再次嗨起来，男男女女一边唱K一边扭到一起，徐波隔着程夕问陆沉舟："舟，难得你主动叫大家出来，想玩什么？"

陆沉舟姿态闲散地靠坐在沙发上看那些人扭来唱去，一副你们皆凡人我自高冷的模样，闻言伸手指了指程夕："招呼好她就行。"

徐波笑："你这是想让你对象好好见见世面？"

陆沉舟淡淡："随便。"

徐波就又笑，看向程夕："医生想玩什么？"

程夕其实什么都不想玩，她并不是享乐主义者，对喝酒唱K泡吧几乎没有想法，不过她讲究既来之则安之，徐波问她就也答："随便。"

这话答得真是太随便了，程夕后来后悔过无数次，但是没办法，当时她给的，就是这么个坑爹的答案。

徐波就叫了一堆人来和她玩游戏，最简单的猜色子，这对程夕来说没什么技术含量，但关键是，她从没玩过，而在完全掌握技巧之前，她输了，然后被罚喝一杯酒。

酒端上来，漂亮的玻璃酒杯里还燃着淡淡的火焰，酒液的颜色十分漂亮。在此之前，程夕从来没有喝过啤酒之外的其他酒，学霸型的她同时也是个乖乖女。

她不知道那酒的度数有多厉害，看它颜色漂亮她也不以为意，拿起吸管就将里面的酒一吸而尽。

然后，她就倒了。

很快速的那种倒法，没有任何余地，几乎是酒一喝尽，她就栽倒在了桌子上。

意识的最后就是听到旁边那个叫徐波的男人叫了句："靠，酒量这么差？"

2

一觉睡醒，程夕发现自己躺在一个陌生的地方，身边还睡着一个陌生的男人。

男人背对着她躺着，从她的角度，能看到他平直的短发、精瘦的脊背。

没错，那还是个没穿衣服的男人，至少，上半身是光裸的。

程夕审视了一下自己，很好，她也脱得差不多了，上身留了件薄薄的保暖内衣，下身只有内裤，视线所及，她其余的衣服丢得到处都是，窗台边的榻榻米上就很随便地架着她昨天穿的牛仔裤，十分张扬地表达着脱衣服人的粗暴或者说是急躁。

窗帘没有完全拉拢，从缝隙里透出一线明亮的光。

她坐起来，揉了揉涨痛的额角。几乎是她一动作，那个男人就也醒了。他翻身，显出一张年轻的脸，长得还不错，五官硬朗，眉眼深邃英挺，看人的目光沉静淡漠。

哦，说他是陌生人也不对，至少他们昨天认识了。

蔡懿介绍给她的所谓的相亲对象，陆沉舟。

"你醒了？"陆沉舟仍旧是那副淡漠得什么都不放在眼里的模样，目光在她被被子遮着的身体上一扫，先定了她的罪，"昨天是你自己爬上我的床的。"

程夕嘴角抽搐："我自己，爬你的床？"

"嗯。"男人约莫是实在受不了她那张只有半个酒窝的脸，将手遮在脸上，应了这么一声后，没再有任何解释。

她没什么表情地看着他，内心里其实略崩溃——因为她完全想不起昨晚后来都发生了什么事，至于他说的她自己爬他床什么的更是毫无印象！当然，这样说也不确切，至少她还记得她是因为好奇跟着陆沉舟去了凤凰台，在那里跟人玩游戏，被罚了一杯颜色漂亮的酒。

罚酒之后呢？没印象。

不过再没印象程夕也严重怀疑陆沉舟话里的真实性，只是现在不是追究事实真相的时候，两人半裸着躺在床上，说什么好像都怪怪的。移开视线，她俯身捡起丢在床下的大衣，遮掩着快速穿上下了床。

拢紧衣服，程夕努力做出若无其事的样子，又捡起其他的衣物进了洗手间，整个过程里，陆沉舟就那么平静地仰躺在床上，安静沉默。

在她快要进洗手间的时候，他突然开口："洗干净了要不要再来一发？"他的语气不像是邀你上床而像是在说天气很好去郊个游，"我技术很好的，昨晚你醉得厉害，可能没感觉到。"

回应他的，是呼的一声关门声。

程夕出来的时候，陆沉舟已经换了个姿势，侧卧在床上，目光正对着洗手间的位置："穿这么齐整？"他淡淡地问，"不考虑一下我刚才的提议吗？"

这大约是程夕听过的最奇葩的邀约，因为发出邀约的人口气冷淡得她想要打他。

顿了顿，程夕脚尖转向，走到床边，微微俯身看着他。

他也看着她，眸光黑沉像是一片风暴中心的海，沉郁深浓，冷酷而坚定。

不得不说，陆沉舟真的长得很不错，至少程夕长这么大，还没有见过长得比他更好看的男人了，当然，也或者是他清洌冷淡的气质给他无形中加了许多分。

她伸手，指尖轻轻抵到他唇侧："你是认真的？"

酒精让她的声音染上了一点喑哑，意外地带了点性感的味道。

陆沉舟脸上仍旧没什么表情，不过程夕看到自他脖子上迅速爬起了一圈鸡皮疙瘩，那是他的身体本能排斥的反应。

程夕笑了起来，刚刚在洗手间，她看到自己身上多了许多伤痕，大腿处更是瘀青一片，那时她是真的以为自己度过了疯狂的一夜，可现在看着陆沉舟这反应，她悄悄松了口气。

就他这不容许人近身的洁癖性格，他会让算是陌生人的她爬床成功？

她并不想揭穿他，虽然不知道他的意图，但很显然，他需要这样一层保护。如果把他当病人，在没有受到实质性损失的前提下，程夕可以勉强配合一下。

不过小小的反击总是要的，在陆沉舟忍耐到极限之前，程夕放过了他，转身从地上拾起自己的包包，翻出钱包，头也没抬，问："我应该给你多少钱？"

"什么？"

程夕回头一笑，半边梨窝若隐若现，美得不可方物："谢谢你昨晚上的'照顾'，我的意思是，算上车费、住宿费，我应该给你多少？"

陆沉舟反应过来："你把我当男妓？"

"我没那个意思。"当然，他自己怎么想，就不在她的计划中了。

程夕把钱包里所有的现金都取出来放在了桌上，总共两千块，是她昨天刚取的，"不够的话你可以再打电话给我"。她低头，在桌上的留言簿上记下了自己的电话号码，然后起身准备离开。

"喂！"男人叫住她，他踢了踢被子，露出白皙精瘦的胸脯，隐隐还能看到一点块状的腹肌。

程夕停住脚，目光停在他脚边的床单上。

"你不觉得你这样太冷漠？"他看着她，语气一板一眼，像是在背台词，"好歹我们也是一夜夫妻呢。"

程夕有点想笑，真想提醒他，如果不会撩人就不要撩了，真的很伤眼。叹口气，她说："陆先生，你可能忘了，我是医生。"

他微愣："什么意思？"

"意思是，我能检查出自己的身体经历了什么。"

其实才怪，仅凭身体的感觉和痕迹她无法判断，不过她并不想说自己做出这样的判断只是基于心理医生的直觉。

陆沉舟似是没想到，有些后悔地瞪着她。

程夕嫣然一笑，施施然地离开。

表面淡定，实际上出来后，程夕才重重松了口气，她走到酒店外面，寻了个没人注意的角落，抓狂地在墙上磕了磕！

她的酒量怎么这么差啊？

而且那个姓陆的到底想要干什么，喝醉后发展一夜情，这种恶俗小说里的桥段，简直让她无法接受！

做了好久的心理建设，她才彻底平复下来，从包里拿出手机，手机里有好些个未接来电，有她爸爸妈妈的，有她哥的，还有她导师蔡懿女士的。

程夕逐个报平安，最后打给蔡懿的时候，后者问："你昨晚没回家？"

"嗯，有点事，就没回去了。老师后来找我，是有什么事吗？"

"没什么，你爸妈说你电话不通问到我这儿了，所以就问问。对了，你觉得陆沉舟怎么样？"

还真是给她相亲？程夕并不相信蔡懿会有时间做这样无聊的事，便说："那位陆先生是有生理性的情感冷漠症吧？"

"嗯。诊断很确切。"蔡懿赞许地笑。

程夕呃了一声："还真是有？"她随便说的啊，因为最近在看情感冷漠症的病例报告，而陆沉舟有些反应符合所以随便说的啊！

"真的有。不过他的情况又有些特殊，至于怎么特殊你往后和他接触多了就知道了，我现在不影响你的判断。"

程夕莫名，然后听到自己老师又说："他们一家以前都不觉得这是病，直到现在，陆沉舟三十岁高龄了还没谈过恋爱，陆家人才急了。陆沉舟的爷爷奶奶找到我，想我能帮他想想办法。小夕，东来是我实验室的合作方，但同时，陆沉舟也是我很亲近的一个子辈，我们太熟悉，我反倒不好治疗他，所以，我希望你能帮我。"

十一月，天气已经很冷了，程夕穿得并不薄，但还是狠狠打了个喷嚏。

浑身汗毛都竖起来了，她打了个车，坐上去，捂着胳膊直哆嗦。司机从后视镜里看见，问她："很冷吗，要不要帮你把空调开暖和些？"

程夕点头："谢谢。"

她忍不住又回头，"东来大酒店"那几个字在晨光中清晰又分明。

她也终于看清楚了自己所处的地方，这边已经属于南岸了，离程夕昨晚上玩的凤凰台夜总会很远，离她家就更远了。

这个地方她很少来，所以尽管是本地人，对这一片却依然觉得陌生。

"麻烦前面左拐，去凤凰台。"好不容易见到了个熟悉的地标，确认了后，程夕和司机说。

司机意外道："这个点过去？"

"是。"

司机看她的眼神就有些奇怪，还笑着问她："你是在那里上班？"

程夕言简意赅："不是。"

司机这才悻悻一笑,没再说什么,上了前面的左拐道。

程夕拿出手机,百度了一下东来的信息,关于陆沉舟的新闻只有一条,还是一年前的,说东来子承父业,陆沉舟接棒东来,成了新的掌舵人。

东来的新闻倒是有很多,无外乎是商业版图的扩张,程夕不感兴趣,便也没有多看。

时间确实有点早,到凤凰台时不过九点,不过门还是开了,有值守的工作人员正在打扫卫生。程夕走进去,找到了他们的负责人,问:"昨天晚上我的包掉了,能帮我查一下监控吗?"

负责人有些警惕:"你是哪个包间?抱歉,一般情况,我们是不允许客人调查监控的。"

程夕报了包间号,又说:"我不查别的,就想看看过道还有出口那一块的,我包里有很重要的资料,必须找回来,所以请行个方便,行吗?"

负责人沉吟:"你看这样行不行,你说说大概掉的时间,我们帮你查。"

程夕好说歹说,对方就是不肯,甚至都开始怀疑起她的真实目的。没奈何,她突发奇想,报出了陆沉舟的名字:"那我需要让陆先生来和你说吗?"

"陆先生?"

"对,陆沉舟,掉的包里,有他的文件。"

负责人闻言狐疑地看着她,总算松口:"那你等等。"他转身进房,看样子是请示去了,只不知道他请示的是谁,反正过了好一会儿,他出来,带着程夕去看了监控。

监控没有声音,十一点十八分的时候,她看到陆沉舟的司机将她扶出了包间,陆沉舟就跟在旁边,三个人径直坐车离开。

整个过程里,没有其他人。

而十一点十八分,距离程夕进到那个包间不到半小时,离她喝醉的时间就更短了,这么短的时间,想必也发生不了什么事。

所以,程夕可以肯定,昨晚上,她醉了之后没多久,陆沉舟就带她离开,然后住进了东来名下的东来大酒店。

至于目的……她忽然想起陆沉舟问过的一句话:"你会和你的病人上床吗?"

当时她说她不会。

想到这,程夕轻轻笑了起来。

从凤凰台出来后,程夕回家洗澡换了衣服,十一点赶到医院,中午开会,下午她还要去科室坐班。

蔡懿给她发了一些和陆沉舟有关的资料，程夕翻了翻，发现上面的记录十分简单。陆家世代行商，家中豪富，但是人口相对简单，陆父是家中独子，陆母早年因为一场意外去世，陆家除了陆沉舟，陆爷爷、陆奶奶，就只陆父和他弟弟陆沉明。

陆沉舟的人生和普通的富二代没什么不同，出生，上学，成绩表现没有太突出的地方，但也不差。十八岁出国，二十四岁回来进入东来，主持建设国内第一家水上科幻式的东来大酒店，三十岁正式接掌家族公司。

陆家没有任何人有精神病史，陆沉舟发病原因不详，发病时间也不详，根据陆家人的口述是，陆沉舟从小就有些内向，除了待人处事冷淡一些外，其他并没有什么异样。

就是蔡懿刚认识他的时候，也没有发现他患有"情感冷漠症"，而只是以为他的性格异常"沉稳"。

其实程夕能理解老师的"误判"，情感冷漠症，很多现代人都有，只是症状有轻有重而已。看陆沉舟的样子，他是知道自己这个病的，也知道老师把她介绍给他的真实目的，他祭出相亲的幌子带她去凤凰台，是想给她挖个坑然后让她自动退散？

嗯，相当理智的病人，使的手段却过于简单粗暴，而且他真不想让她看病，有的是更直接的办法吧？为什么偏偏要用一夜情这种暧昧的手段？

程夕想不通陆沉舟这么做的目的是什么，她对他的了解还是太少了，又仔细看了一遍老师发给她的资料，仍旧无解。

她决定先放一放，不管是陆沉舟那个人还是他的病。不过她没想到，和他的重逢，会那么快再次来到。

3

星期六，程夕的高中同学沈唯结婚。

程夕学医，一路读到博士毕业，身边同学多数都已结婚生子，拖到沈唯这年纪才结婚都已经算是晚婚典型了，至于程夕本人……嗯，拿某位同学的话来说是，她将要成为晚婚晚育的楷模。

因为她似乎从来就没有想过要谈场恋爱或者找个男人什么的。

沈唯的婚礼在市内最豪华的双五星酒店云顶酒店举行，程夕到的时候婚礼都快要开始了，沈唯跟她的新郎盛装站在门口迎宾。

程夕笑着上前，抱了抱她："新婚快乐，百年好合。"

"谢谢。"沈唯笑，目光在她脸上扫了一圈，"你迟到了。"

"嗯，有点事耽误了，不过也不是太迟对不对？"她说着转向新郎，"恭喜你们。"

沈唯的新郎姓傅，据说也是某企业的小开，身家不薄。不过沈唯自己也很出色，家世良好，有手腕有能力，两人算起来是门当户对郎才女貌。

新郎傅明义很客气，微笑着和她道谢："谢谢。"还特别提了一句，"谢谢你们肯陪唯唯，她最近的焦虑症可是好了很多。"

沈唯有点婚前恐惧症，程夕等几个同学陪了她好几回。

程夕笑笑，沈唯却明显不喜欢他提这一茬，撒着娇说："我为什么焦虑？还不是怕你对我不好吗？"

新郎闻言有些无奈："那除了你，我还能对谁好呢？"

沈唯娇羞着推了他一把，脸上满满都是幸福的笑意，挽起程夕的手："走吧，旁边签个到。然后你就上楼上，柔姐姐她们都在等着你呢。"

柔姐姐本名叫田柔，也是程夕她们的高中同学，说程夕要成为"晚婚晚育楷模"的就是她。程夕签了到，上到楼上本以为会接收到来自柔姐姐的热情拥抱，结果等找到她们同学那一桌，包括田柔，谁也没理她。

就是程夕自己，当看清坐在桌子另一头的那个人是谁时，也微微愣住了。

她立在那儿，还是班上一个男生最先注意到她，冲她招手："哎，程夕来了。"拍拍他身边一张凳子，"这里坐呀，专门给你留了位置的。"

其他人这才转过身来，看了她一眼，一个个本性如狼似虎的家伙，这会儿却矜持得不得了，微笑着说："程夕，你来啦？"

倒是柔姐姐还多少保留了点本性，和她说："坐这儿来，那是狼窝，别坐那儿去。"

她招呼着好一番腾挪，给程夕腾出了一个她身边的空位，程夕才坐下，就听到一个醇厚温和的声音："好久不见，程夕。"

程夕的心颤了颤，微微吸了口气，她抬起头，直视着他的方向，说："好久不见。"

"还记得我吧？"

"当然。"

"林梵这话说的，好像程夕记性很不好一样，要知道她可是咱们班的美女学霸，记忆力超群，历史地理随便复习复习就能拿满分的变态。"

"林梵也是学霸啊，那时候，他俩还被合封为绝代双骄来着。"

程夕看着这群人有些无语："咱们班有不是学霸的人吗？"

"那也抵不上你俩那么变态！"

老皇历掀出来，大家又是一番热烈的追忆。程夕没有加入进去，她拉了拉身边柔姐姐的手："你们今天怎么了？"

一个个这么斯文，她很有些不适应。

田柔一脸的你没救了，微笑着轻声说："男神来了啊，不给他留点好印象？"

未几，程夕收到一条信息，她打开来，就是身边的这位柔姐姐发的："这是偶像剧里才有的桥段吧？我和我家男神久别重逢，接下来，必须是干柴烈火、破镜重圆、重修旧好，对不对？"

程夕微微偏头，田柔拿茶杯挡住脸，正笑得又贼又荡漾地看着她。

程夕轻轻咳了咳，这时她听到有人问："林梵，这些年你都在国外？"

林梵说："是的。"

"一直？你一直都在那边上学吗？"

"不是，读了几年书，然后工作了几年。"

"哇哦，是工作了啊。什么企业？凭你的能力，世界五百强，肯定是没话说的。"

林梵笑应："也不是。不过回来前我已经辞掉了。"

"辞掉，你是打算不回去了吗？"

"嗯，我妈妈身体不好，留在国内好照顾她。"

程夕听到这，扯着嘴角笑了笑，这时林梵却望向她，问："听说你已经是程医生了？"

程夕点头。

他就说："真好，你到底还是实现了自己的理想。"

程夕闻言轻轻嘘了一口气，记起以前，他曾经问她："程夕，你的理想是什么？"

她说："当医生。"

"为什么？"

"因为我外婆。"程夕的爸妈是开早餐店的，昼伏夜出，所以程夕和她哥都是她外婆带大的。程夕的外婆是那种很典型的传统妇女，温柔、善良、纯朴，可她命不好，嫁给了她外公那么一个脾气性格糟糕透顶的男人。程夕初中的时候，她外婆因为长期精神压抑疯掉了，从那时起，程夕的梦想就是当医生，而且是心理医生。

林梵很羡慕她目的明确，高中生活很苦，高三尤其沉闷压抑，那段时间，大约也是林梵最难过的时候，所以他常常问她："我们努力读书到底是为了什么？考上好大学又能怎么样？"

当时的他，心情真是灰暗极了。

现在，他约莫是不会再问这样的问题了，程夕也不知道该如何回答他关于理想的话，幸好有旁的同学在，他们立时想到："对了，林梵你妈妈身体不好的话可以找程夕啊，她在仁医上班，给你开个后门还是很方便的。"

仁医是整个南方地区数一数二的大医院，出了名的看病难。

林梵就问："会不会太麻烦？"

话都到这个程度了，程夕只好说："不麻烦。不过我是精神科的，别的科室认识的人不多，就怕帮不上你什么忙。"

同学抢白她："那也总比我们这外面的人好呀。"

程夕沉默，这个话题也很快到此为止，因为婚礼开始了。司仪一身白衣站在台上，隆重的婚礼进行曲中，沈爸爸牵着沈唯慢慢走了进来。

大家都拿出手机争相拍照，程夕也凑趣拍了几张，回看的时候发现不经意间，竟然把林梵也拍了进去。

彼时他也正看着台上，所以露在照片里的只有半张侧脸，她拍照的技术很渣，但那张照片，她把他拍得很清晰，修长整齐的眉眼，高挺的鼻梁，下颚轻抬，不会好看到让人惊心动魄，却也有属于他的隽秀清雅。

她一直都觉得，林梵身上有股子民国时期的书生味，像是戴望舒诗里的雨巷，微雨绵绵，青衣如瀑，他从远处走来，身上带着淡淡的忧郁。

田柔拍够了回过身，程夕赶紧关上手机，前者举着照片低低地跟她笑："看，我偷偷拍了我家男神好多张，帅吧？"

程夕微笑："挺帅的。"

旁边的女同学听到，也转过身来："哪里哪里？"

两人凑在一起看她们心目中的男神，叽叽咕咕地说笑，一直到新娘要扔捧花了才总算停下。

沈唯扔捧花前，特意把她们这几个还单身的同学叫到前面，麦克风里透出她清脆爽朗的声音："姐妹们加油啊，拿了我的捧花就早点把自己嫁出去，不然等到最后可不好找伴娘了哦。"

大家都笑了起来，程夕也笑，看着沈唯踮起脚尖，猛地将花扔过来。

女孩子们嘻嘻哈哈地挤到一起，程夕被人群挤到一边，也不知道踩到什么，身体还微微晃了一下。

"小心。"一双沉稳有力的手臂扶住她。

程夕转身，发现林梵就站在她身后不过几步远的地方，手背微微撑着她的后背。

突然就想起那时候，毕业体检，她身体不太好，一抽血就会晕，所以他就一直站在离她不远的背后，她回头，就总能看到他。

至今程夕的书箱里还保留着他写给她的那张字条：别怕，我会一直陪着你。

但事实上他没有，毕业后他就出了国，杳无音信。

程夕退开一些，想说谢谢，捧花却已有了结果，她们几个单身的同学谁都没抢到，反倒是另外一个完全没想要抢捧花的女孩子拿到了。

他们坐回原位，田柔哀叹："看来我们是要嫁不出去了，怎么办？"她趴在程夕肩上嘤嘤假哭，目光却灼灼地望着林梵，"男神，你有女朋友了吗？"

田柔总在想方设法套他的话，程夕着实是佩服她，不过耳朵也悄悄竖了起来。

然后她就听见林梵说："没有。"

田柔抚掌："哎呀，真好。"

惹得其他人忍俊不禁："林梵单身你就那么高兴？"

田柔一本正经地点头："当然，因为我家男神无主，就代表我的机会来了呀。"

林梵被她说得微微发囧，不过他不再是那时的少年，被人调戏会面红耳赤，现在的他会微笑着说："柔姐姐真是一点都没变，还是那么有趣。"

田柔被他夸得心花怒放，桌子底下抓着程夕的手使劲摇晃，激动之情可见一斑。

因为是别人的婚礼，大家的表现都还克制，吃过饭后，顺理成章又来了一次同学会。沈唯友情赞助了几间云顶的房间，其中还有免费的温泉 SPA 和棋牌室，可以让他们好好地放肆地玩一玩。

田柔他们欢呼着往房间而去，程夕因为帮沈唯一点小忙落在了最后，转过一个角，却见到林梵在等她。

"怎么没上去？"

"接了个电话，然后，等你。"

程夕笑笑："谢谢。那走吧。"

两人一起往电梯方向走，林梵问："这些年你还好吧？"

"嗯。你呢？"

"有点辛苦。"

程夕看了他一眼。

"是真的，最难的时候，连想打个电话也办不到。"

程夕垂眸看着地面，明白他这是在解释他这些年的杳无音信。林梵停下脚，忽然叫她："程夕……"

　　她停下，几乎是同时，有另外一个声音插进来："喂！"

　　林梵噤声，和程夕一起回过头去，只见一个年轻男人从暗影里走了出来。

　　当他的脸完全出现在光线下的那一刹，程夕忍不住微微屏息。

　　他一步一步走过来，行走的步伐莫名让程夕想起捕猎的野兽，因为手到擒来所以优柔从容，冷酷得让人心惊："你的东西落在酒店了。"

　　他说着，递给她一沓钱，还有，一盒避孕套。

　　"套套是你买的，所以自然还是你拿走的好。"

第二章

1

　　那人说话时表情淡漠,语气也一点不显亲昵,但就是这样,差一点让程夕都相信,那些套套和钱都是她的。

　　而且避孕套这东西太直观、意味性太强了,哪怕是身为医生,乍一见到,程夕还是觉得血冲上脑。

　　但好歹面上还能保持平静——虽也不敢看林梵,却也不想纵容陆沉舟莫名其妙的恶意。程夕默默地接过了钱和避孕套,问:"你还有事吗?"

　　陆沉舟似是没想到她会是这样的反应,瞥了眼林梵,淡声说:"你忘记给我洗衣服了。"

　　说完,他扬长而去。

　　陆沉舟走后好一会儿,林程两人间的气氛都很僵硬,到进了电梯后林梵才勉强笑着问:"刚刚那是你男朋友吗?"

　　"不是。"

　　听到这答案,林梵先是眼睛一亮而后又很快沉寂了下去,因为程夕并没有想要解释的打算。

　　但其实只要他问,程夕一定会说,可是直到他们和大部队会合,林梵也没有问出来。

　　他们一进去,自然吸引了很多人的注意,田柔还暗戳戳地问程夕:"你俩在后面干什么呀?"

　　程夕说:"他说他打了个电话,我嘛,唯唯的老公喝多了,唯唯问我有没有什么护胃的药。"

　　"这你也懂?"

　　"不太懂。"

　　田柔看看她,又看了眼林梵,忽然问:"小夕,你是不是也喜欢林梵啊?"

程夕怔住，不明白她的话题怎么突然转到这上面来了，却还是老实回答："嗯，他曾经也是我的男神。"

田柔一脸蒙："卧槽！那我怎么争得过你？"

程夕只笑，田柔却是颓废了好久，到沈唯过来叫她们去做SPA的时候，却又想开了："我以为我是女主角，其实是个配角啊！仔细想想，你俩才是真正的郎才女貌天作之合，是上天眷顾的男女主角呢。"说罢，她握着程夕的手很是沉痛地表示，"林梵就让给你了，男神要是选了你，你要对我们家男神好点啊。"

程夕闻言无语。沈唯过来听到一句尾巴，问："对谁好啊？柔姐姐这是怎么了？"

田柔飘过，叹气："我托孤呢。"

程夕绝倒。

同学们兴兴轰轰都往SPA馆赶，程夕不说身上带着些难以言说的伤，就本身而言，她也不爱这些，所以坚决不肯去，要在房间留守，闹了一场后，沈唯才将他们带了过去，没多久，却见她又返了回来。

程夕诧异："你怎么又回来了？"

"嗯，我男人在那儿，我也不爱那些，就干脆来陪陪你。"

程夕笑："那我岂不得诚惶诚恐？新娘子抛下新郎专门来陪我。"

沈唯却是一点也不给她面子："得了吧，是他先抛下的我。那家伙吃了药才好一点就让人叫走了，没办法，谁叫陆沉舟是尊大神呢？他能来连我都很意外。"

程夕问："为什么？"

"因为陆沉舟很难请啊，他可是出了名的冷性子，以往可是不出席任何私人宴会的。"

"是吗？"程夕笑笑，没什么意义地应了一句，心里却在想，以往不出席任何私人宴会的人，突然接受邀请参加了沈唯的婚礼，为什么？

她挺想问问沈唯对陆沉舟了解多少，不过想想这是人家的婚礼就也罢了，转而捡起关于新婚的话题："结婚的感觉怎么样？"

沈唯白眼一翻："就一个字，累！以后再不搞这样的事了，折腾死人。"

程夕忍不住失笑："难不成你还想多来几次吗？"

"那难说，谁知道以后会发生什么样的事？"

才新婚呢，说这样的话，程夕忍不住推了推她。

沈唯说："我这是实话，这年头，能一生一世白头到老的都是奇迹。"

"你还说上瘾了。"程夕嗔怪。

"这有什么？看不出你还挺迷信呀，程医生。"沈唯捏捏她的脸，笑着趴在她肩上，"田柔说的是真的吗？"

话题变得太快，程夕赶不上趟，问："说什么？"

"林梵也是你男神。"

"……你怎么知道的？"

"柔姐姐讲的呀。"沈唯笑得坏坏的，"你可要做好准备，为了活跃气氛，今天安排的可是男女套房，他们男同学的汤室就在隔壁，所以……你懂的。"

程夕：……

她起身："要不我先走吧。"被沈唯死死拖住，追着她问："是不是真的啊？你真的暗恋林梵？"

……什么时候又变成她暗恋林梵了？果然是人言可畏，越传越离谱，她明明说他曾经是她的男神好吗？曾经！曾经！！

沈唯笑得不行："谁让你和柔姐姐说这个呀？她不坑你坑谁？"

程夕不想和她继续探讨下去，便赶她："你也该过去了，既然是男女套房，美女肯定多，你个新婚妇女把新郎推给别人，小心他让人拐跑了。"

沈唯倒是霸气得很："拐就拐呗，能被拐走的都不是我男人。"

正说着呢，沈唯的电话就响了，没多久，傅明义找过来。

程夕过去开门，傅明义探身进来，他身后还跟着好几个人，近门边是两个服务员小姐架着一个穿粉色洋装的女孩，程夕记起她就是今晚抢到捧花的人，同时也是沈唯的伴娘之一。

傅明义走路都还有些飘，脸上也残留着一点酒精烧出来的红，却犹记着让那两人把那女孩架进来。沈唯看到，惊讶地问："怎么了这是？"

傅明义按着额头："喝多了还去泡澡，差点没淹死在汤池里……这是你们女同学休息的房间吧？要不今晚就让她在这儿将就一晚算了，酒店客满，实在是没地方了。"

程夕没意见，她的目光落在外面，那里还站了一个人，此时那人隐在门口的灯光下，只露出半张英俊的侧脸。

陆沉舟。

灯光的原因，他的表情看起来颇有几分沉郁，程夕莫名就觉得，他不开心，周遭都是低气压。

见她望过去，他淡淡地瞥了她一眼。

程夕默默移开眼，陆沉舟走进来，沈唯帮着安顿好那女孩，问："让人把她送回来就行了啊，你们怎么都来了？不是说要好好泡个澡的吗？"

程夕挑眉，有洁癖的人会来这种地方泡澡？

果然，傅明义说："别提了，正准备脱衣服，陆总有事泡不成了，顺便就把恒谨送过来。"恒谨就是那个伴娘，据说是沈唯的一个远亲，他说着，有些为难地看向程夕，"小夕，你今晚没喝酒吧？我朋友有急事要走，他开不了车，这会儿也找不到合适的代驾，能麻烦你送送他吗？不远的，开车来回也就半小时的事。"

程夕没应，看了陆沉舟一眼，他淡淡地立在一边，看起来清醒得很，实在不像是需要代驾的样子。

礼数倒是很周全，傅明义说完后他冲程夕微微颔首："麻烦你了。"

一点也不像是刚刚那个故意送还她避孕套的人，彬彬有礼之外，带着十足的客套。

程夕摸不清他到底想干什么，就不太想去。只是傅明义和沈唯都一脸求恳地看着她，沈唯还悄悄在她耳朵边说："快把他送走，他要一直待在这儿，我洞房花烛都要没了。"

程夕有些想叹气，委婉说："我很少开车，可能开不好。"

这回是陆沉舟接的话："没关系，我不怕死。"

这话说得，程夕默了默，就是沈唯也有点担心了，说："要不我找个我们班的男同学吧，那个谁车开得好还一向不喝酒的，让他送。讲真小夕开车我还真不放心。"

傅明义摇摇头："算了，他们正泡着澡呢，把人叫出来多不好。没事的，小夕是医生，性格一向稳妥，开慢一点不会有事的，对吧，陆总？"

陆沉舟淡淡地点头。

沈唯看向傅明义，夫妻俩交换了个眼神，她就没再说什么了。夫妻俩一起将他们送到车库，看着车子走远，沈唯忍不住皱起了眉头："你和陆沉舟在搞什么？"

傅明义呵呵一笑，搂住她："我们能搞什么？不就是让你同学帮忙送送他嘛。"

沈唯偏头盯着他："是吗？总觉得你们两个怪怪的。尤其那个陆沉舟，他今天会来就更怪了。"

傅明义啵地在她脸上巴了一口："哪里怪啊？你老公我面子大还不行？再说了，我是巴不得他快些走，他要是还在这儿，今晚上我们就……"

后面的话淹在两人的轻笑声里，沈唯轻轻推了他一把："不正经。"

"和自己老婆，要那么正经干什么？"

……

程夕驾照拿到手很久了，但是车却很少开，傅明义的车又特别好，所以她一路开得胆战心惊。可饶是如此，副驾驶位上陆沉舟那沉沉望过来的视线，还是让她无法忽视。

他侧坐在那里，手搁在中间的扶手上，看她看得那叫一个聚精会神，看完了，淡声说："你长得也就一般啊，怎么他们都说你是女神？"他刚刚也在SPA馆，所以程夕他们同学的话他也听到了，此时他很认真地点评，"尤其只有一个酒窝，丑爆了。"

他语气平淡，听着尤其让人抓狂。

程夕努力当他是空气。

"那个男人就是你喜欢的？也不怎么样。"

程夕不理他，他还疑惑："你今天为什么不说话？"

讲真，程夕比他还疑惑呢，想到老师的请托，便降了车速，说："那你今天又是为什么这么多话？"

明明第一次见面时他话很少的。

陆沉舟沉默了下来，就在程夕默默反省自己是不是问得太直接的时候，他突然又来了一句："我想追你。"他看着她，"可以吧？"

程夕心理素质还是很好的，闻言忍不住失笑："别逗我笑，我开车的技术是真不怎么样。"

"为什么要笑？"陆沉舟问，"我不够认真？"

不，程夕心想，谁会在乎一台计算机认不认真？陆沉舟的语气里可是没有半点怀春男人特有的羞涩或者说是忐忑，他更像是在完成一个任务。

她决定好好和他谈谈，把他当成自己的病人："陆先生，你以前谈过恋爱吗？"

"这和我追你有关系？"

程夕笑："如果你谈过恋爱就该知道，真正怀着爱意的追求不是你这样的。"

"哦。"他语气淡淡，"那该是什么样？"

"什么样啊？"前面是红灯，程夕将车慢慢停下，盈润白皙的手指轻轻在方向盘上敲了敲，"真正怀着爱意的追求，应该是恋人对她喜欢的人采取含蓄、谦逊甚至羞涩的态度，而决不是随意流露的热情和过早的亲昵。"

"谁说的？"

"咱们伟大的无产阶级先驱马克思。"

"马克思有说过这样的话？"陆沉舟明显不信，"那伟大的文学家巴尔扎克还说过，爱情是理性的放纵，是阳性的、严肃的享受呢。"

程夕听得笑起来，陆沉舟这人比她想象的有趣，至少他有关注过爱情，否则，他不会注意到巴尔扎克说过这样的话。

或许，这也是他对自己情感冷漠的支撑。

理性的放纵，严肃的享受，他所有的注意力，其实都在"理性"和"严肃"两个词上吧？

她没有再和他争辩，红灯亮了后，她继续往前，陆沉舟接了个电话，约莫是来催他的，她听见他说："就到了……右转。"

"右转"是和程夕说的，他提示得比较及时，程夕顺着他的指示转过去，没走多远，就看到了一扇大铁门。

总算到了，陆沉舟挂了电话："开进去。"

程夕看了他一眼，他也转头来看着她，程夕说："你能自己走进去吗？"

她印象里这边是座山，却不知道什么时候山给铲平了，修成一栋栋独立的小洋楼。这样陌生的地方，由铁门围墙圈起来后，自深夜里看就像是一个暗黑的城堡，程夕不太愿意进去。

陆沉舟似是看透了她："你害怕？"他好似有些诧异，说了句不是安慰的安慰，"我们连床都上过了，你还在怕什么？"

程夕：……

2

程夕最终还是把陆沉舟送了进去，没别的，主要还是他给了她选择："这里进去挺远的，要么你下车我自己开进去，要么你送我进去。"

程夕当然只能选择送他进去。

不过，陆沉舟也没骗他，从门口到他要去的地方确实还挺远的，左拐右拐，直拐得程夕都要晕了，他才说："好了，就是这儿了。"

几乎是同时，那栋楼的大门打开，走出来一个三十岁左右的年轻男人，那人穿着浅色的毛衣开衫，五官俊秀，气质儒雅，他步伐很快，几乎是程夕的车一停稳他就到了跟前。

程夕和他也有过一面之缘，记得让她醉倒的那杯酒，还是他递给她的。

陆沉舟的朋友，好像叫什么徐波来着。

陆沉舟把车窗摇下，徐波微微俯身往里看了一眼，他也认出了程夕，先跟她打招呼："嘿，医生！"然后和陆沉舟抱怨，"怎么才来？谢子鸣等不起都先走了，少一腿了怎么办？"

陆沉舟转过头，问程夕："会玩牌吗？"

程夕："……不会。"

"那下车。"

程夕：……

她注意到陆沉舟下车的时候，顺手带走了车钥匙，如果不想走回去，就只能进去跟他们玩两局。

徐波不愧是陆沉舟的朋友，对他还是很了解的，陆沉舟走了，他留在后面替他解释："差条腿，正好你可以凑上了，下来吧。"

程夕问："我能说不吗？"

"大概不行。"徐波声音里带了点笑，"一般来说，舟定下要做的事是一定要做完的，否则有的折腾。你不是他对象吗，这个也不知道？"

程夕只得下了车，因为比起脑抽跟群陌生男人玩牌，她更不想就这么一路走回去。

徐波安慰她："没事，不要怕输钱，赢了算你的，输了算舟的，就当陪他度过程序期了。"

"程序期？"

"嗯，像计算机程序一样，一旦启动就完全没法停下来，形不形象？"

程夕听了笑，还真是挺形象的。

这时候他们已到了门口，推门进去，程夕才知这不是什么私人住宅，而是一家高级会所。两人进了大厅，一个旗袍美女袅袅婷婷地迎上来："徐总……"

只来得及开了个头就让徐波挥手打断，旗袍美女很有眼色地当即退下，程夕跟着他直接进了楼上一个房间。

他们进去的时候陆沉舟正在洗手，哗啦啦的流水声从旁边洗手间里传出来，房间里还坐了个光头男，正百无聊赖地换着频道看电视，看见他们两个，将遥控器一丢，目光落在程夕身上："哟，波子你出去一趟从哪儿挖来的美女，这里什么时候有这么清纯的妹子了？"

程夕要参加婚礼，倒是格外打扮了一下，只是在这些人眼里仍算简朴，白色毛衣黑色长裤，外面罩了件橙色的新外套，看起来清丽秀雅，脸上却半点脂粉未施，一看就跟出入会所的女孩们全然不同，也难怪他会这么说。

程夕没说话，徐波道："别乱讲，这是舟的对象。"

这回连光头都给呛到了："靠，舟的对象？"他语气夸张，"你就是陆老大那个传说中一杯倒的对象？"

……看来她还一夜扬名了。程夕无奈，只好又解释一遍："陆先生开玩笑的，我不是他对象。"

和陆沉舟混在一起的人，约莫都不太听得进去别人的话，眼前这个显然也是。他站起来，饶有兴致地围着程夕转了一个圈，冲洗手间里喊："陆老大，你们刚刚是从云顶酒店过来的?"

流水声里传来淡淡的一声"嗯"。

"那你们速度蛮快的嘛。"光头怪笑着说,"你这家伙守身如玉几十年,这一旦开荤是不是有些控制不住啊?十五分钟的路硬是开了四十五分钟,不会是在路上还震了一把吧?情场得意赌场失意哦,小心今晚上输得掉裤子。"

就因为光头这句话,程夕决定啪啪打他一回脸,让他输得掉裤子。

里间水声停下,陆沉舟面无表情地走出来,没理光头,径直走到麻将桌前,有些习惯性地先将放乱了的凳子摆整齐,然后抽出其中一张,坐了下去。

光头忍不住吐槽说:"你放什么放?放整齐了不还是要坐吗?"也走过去拉了张凳子坐下,程夕注意到,他再吊儿郎当,也不敢直接触碰陆沉舟,而是拿着颗麻将子轻轻在他面前敲了敲,"你对象,不介绍一下?"

陆沉舟说:"她叫程夕。"按了桌上的呼叫铃,抬起眼睛望向程夕,"要人抬你?"

光头嗤地一笑:"约莫是想你抱她。"

徐波也坐了过去:"舟,医生说她身上没钱。"

光头说:"没钱就以身抵债啊,舟正当头,兴致高昂着呢。"

这人真是不说荤话就会死,程夕对他印象很差。这时门被推开,有服务员端了一托盘的筹码过来,整整齐齐地摆在那三人面前。陆沉舟也没看,从中拿出一半推到他旁边唯一空着的座位上,淡声说:"过来。"

语气没有命令,但也不太容人拒绝。患有情感冷漠症的人耐性一向不太好,程夕想了想,没再推辞,坐过去。

光头捏了捏手指,一副摩拳擦掌的姿态:"二对二啊,波子,能赢吗?"

徐波笑:"悠着点,医生可不太会这个。"

"啧啧,真的吗?"光头看着程夕,问。

程夕笑笑,没应他话,不过生疏的摸牌手势已经替她说明了一切。光头正要和陆沉舟说什么,程夕的电话响了。

竟是林梵给她打过来的:"你开车出去了?"

声音里忧心忡忡。

程夕说:"是……"只说了这一个字,那头就陡然响起田柔的嚷嚷声,"和她那么温柔干什么?"她对着电话喊,"喂,程医生,你送个人是不是送到外太空去了?"

程夕不想他们多想,便说:"我有点事去不了了,你帮我和唯唯说声,车子我留给她家傅明义的朋友了。"

田柔当即跳了起来："靠，半路落跑？说好的要闹一通宵呢？程夕你真不仗义！我不管，你要是不来，男神就是我的啦！"

一只手伸过来，拈起夹在程夕脖颈上的手机信手挂断了电话，程夕的耳朵被他指尖碰到，冰凉的触感，冷而痒。

她忍住没有伸手去揉，却不小心触倒了自己的牌，于是手忙脚乱地整，光头见状忍不住问她："你行不行啊？要不直接认输以身抵债算了？"

程夕没理他，整好牌后慢慢也跟上了节奏。只是她手法实在太过生疏，牌码得歪歪扭扭的，打出的牌也是毫无章法，一对一对往外扔，连徐波都替她担心了："要不找个人来教教你？"

程夕说："不用。"

然后又甩了一个子，是她之前打出来的对子中的一个，徐波等人一阵无语，光头说："陆老大你找了个败家娘们啊，这是要输你家产的节奏。"

话还没落音，就听程夕问："七个全是对子可以和吗？"

"可以。"徐波摆开架势准备详细地和她说说和牌规则，"七个对子叫七小对……"

程夕一个一个把牌推倒，淡淡地说："那我和了。"

徐波：……

光头男：……

陆沉舟见状笑起来，幅度并不大，只是嘴角微弯，眼里露了点笑意，却意外的清朗好看，带了些温润的味道，平白驱散了一些他身上的冷意。

程夕余光看到，不觉惊艳。徐波和光头倒有点习以为常，后者不满说："就这么高兴？赢头牌欠尾账，咱们慢慢来，一定会让你们输到掉裤子的。"

陆沉舟语气平淡："赢了再说。"

徐波却是在看程夕的牌："要和七小对，你之前怎么打那么多对子？"

程夕表情无辜："那会儿我也不知道啊。"

光头在一边听得捶桌："真是狗屎运运气好啊！"

程夕笑，看着他们各自从面前推了一小堆筹码给她，这一局和下来，却也有不少了。

她把陆沉舟之前给她的都还给他，光头看了笑："哟，你该不会以为自己赢了这局就万事大吉了吧？"

程夕摇头："我只是不想再被你说是败家娘们。"

"好，有志气！"徐波笑赞。

牌局继续，程夕的牌一直打得很烂，有一回徐波和了探头去看她的，不由得就是一乐："卧槽，你自摸也打掉？"

她还摸不着头脑。

可再烂的技术也架不住她手气好,她小牌没怎么和,一和必是大家伙,什么七小对大对碰就跟玩小菜一样。

徐波因此笑说:"今天的牌是不是成精了,也知道要讨好美女?"

陆沉舟也小和了几把,只光头开局半天就没和过,他又叫人换了一些筹码过来,冲程夕哼笑说:"有本事你就一直赢下去。"

结果程夕就还一直都赢,开始陆沉舟和徐波还偶有和过,自从过了十二点,程夕约莫掌握了小牌的规则,连他俩都没份了,三个人只能看着程夕一个在唱大戏。连着两小时,哪怕他们再不在意,也忍不住脸都青了,何况既然打牌哪有不在意输赢的?

光头的牌摔得啪啪响,质问程夕:"什么不会打,你这是扮猪吃老虎吧?"

"我从没赌过。"程夕语气清淡,放了一条杠下来,摸起杠底,再次推倒牌,"清一色杠上花。"

其余三个:……

光头终于受不了,一推牌:"算了,不打了,这牌打得太屈!"

其他两人亦深有同感。

一场牌打下来,三个人的筹码全堆到了程夕面前,会所里的服务员过来帮她清点。程夕默默换算了下,得有几百万,按照这城市的房价,这么几个小时,够她在自己工作的医院旁边买套房了。

她走出房间,才发现陆沉舟他们已经走了,好在会所里有所有会员的联系电话,程夕问到了陆沉舟的,打电话给他:"你忘记把车钥匙还给我了。"

陆沉舟就给了她一个单音字:"哦。"

程夕问:"那我现在怎么办?"

"自己想办法。"冷冰冰的语气,这是输了钱在耍脾气吗?不至于啊,陆沉舟从头至尾,看起来都淡然得很。

好在会所小哥拯救了她:"办张会员卡,我们可以免费接送的呀。"

程夕欣然:"怎么办?"

小哥帮她把会员办好,又问她:"请问,钱您是存在这儿还是打到您账上?"

程夕这才想起,哦,她还赢了一大笔钱。想了想,她问:"陆先生是你们这儿的会员吧?"

"是的。"

"那打到陆先生账上就可以了。"

"全部?"

"对。"

她爱钱，但是更信奉钱要取之有道，今天的钱来路不正，为免麻烦，还是还回去的好。

会所小哥却不知程夕的想法，闻言脸上就显出一点八卦的意味来，不过还好，他什么也没问，很麻利地将事都办妥了。

只在最后他问了一句："转账留言要留个什么信息吗？"

程夕微微一笑："嫖资。"

他既好心给她送回了避孕套，那她礼尚往来把账给他结清了，也很正常吧？

程夕对被他抛下颇有怨念，因此做了非常不理智的一个举动，她说完其实就后悔了，可惜，小哥手快，留言已经发出去了。

知道信息发出，程夕忍不住一把将头磕在了桌上。

小哥小心翼翼地问："您没事吧？"

"没。"她闷闷地说，怀着一点微弱的期盼问，"陆先生会不会收不到信息？"

"不可能的。"小哥挺了挺胸，一副老自豪的样子，"我们自己的转账平台，先进又安全，还从没出过错呢。"

非但没出过错，他们转账速度还非常快，几乎是同时，陆沉舟就收到了收款信息。彼时三个男人正在讨论程夕到底会不会打牌，对于把她一个人丢在那儿，其他两人也只是意思意思谴责了一下陆沉舟。

转账留言是语音播报的，所以他一点开，车内三个人都听到了："陆先生，凌晨一点过四十八分您有一笔嫖资进账，请查收。"

车内一阵寂静，徐波在前面开车，一听赶紧调低了本就不高的音量，光头则目瞪口呆："什么什么，刚刚我是听错了吗？陆老大你收到了一笔什么费用？"

陆沉舟也没听清，主要是他不敢相信自己听到的，便重新点开，车内一时安静得惊人，三人屏息，一起把"嫖资"两个字听得无比清楚。

3

陆沉舟没什么反应，倒是其余两个哈哈大笑，光头扒着他的手机问："谁啊这是，多少，多少钱？"待得看清楚了，惊叹，"靠，大手笔啊，陆老大你行情很不错嘛！这是一夜的费用？"

徐波更是笑得打跌，车都要开不稳了，停在一边也趴回后头："这是哪个勇士，敢嫖陆少爷？看看，我们一起膜拜一下！"

光头冒死去扒陆沉舟的手，被他顶了好几下总算看到了转账人的名字："程小姐，哪个程小姐？"

他和程夕打了一晚上的牌，还不知道人家姓名。

徐波则赞了句："靠，她倒是挺个性！"

"你很欣赏她？"陆沉舟抬头，表情语气都平淡得很，却莫名给人一股子阴森的味道，"要不要介绍给你？"

一晚上就只见他护着她，处处给她解围。

徐波笑容微顿，陆沉舟盯上的人，他能和他争？"客气了，"他一本正经，"我最近都吃素！"

那边三人如何程夕是管不到了，木已成舟她也没再多想，坐了会所的车直接回了家。那天是周末，按说她应该回父母那儿看看的，只是程爸程妈住在城西郊县，太远，加之又是这个点，她到时多数会遇到两老早起开工，看她这么晚回去肯定会念叨，所以她就回了自己那儿。

程夕现在住的这套房子离医院很近，她还在读研时程爸程妈就给她买下了，到她博士考回来，程夕的双胞胎哥哥程阳赚到了钱，便帮她把装修也弄好了。所以这房子品位什么的虽然有点怪，中西掺杂，还带点暴发户的味道，可做工精细，住着倒也舒服。

今日实在是累坏，程夕随便洗洗便上床睡了，第二天起床就看到陆沉舟发来的短信："嫖资已收。"

程夕莫名有种被狼盯住的感觉，于是干脆给他回了个电话，语气诚恳："对不起，我不该开那么没品的玩笑，如果让你觉得不舒服了，我道歉。"

事实上，她也不知道当时怎么会脑抽说出那样的话，简直太失水准了。

陆沉舟沉默了片刻，问她："昨晚为什么你会一直赢？"

程夕很老实："我有个舅舅是牌场上玩老千的，我以前没事的时候，跟他学过一点。"

陆沉舟便"呵"地笑了声，淡淡的，听不出多少情绪，又过了会儿他突然说："你做我女朋友吧。"

"什么？"程夕愣住。

"如果你觉得对不起我的话。"

程夕一下就明白了他话里的逻辑，如果你觉得对不起我的话，可以做我的女朋友。

为了一个玩笑赔上她自己？程夕哭笑不得，说："我倒是觉得，我们可以成为朋友，假使你愿意。"

对她的回应，陆沉舟没再说什么，挂了电话。

程夕握着手机发了好一会儿呆，她有预感，陆沉舟这个病人不好治，她很有可能会无功而返，甚至还会惹上麻烦。

当然，程夕并不是怕麻烦的人。说起来，比陆沉舟麻烦的人多的是，像那天吃饭程夕和蔡懿提到的病人陈嘉漫就是其中之最。行尸综合征，世界范围内都没有几例，身边的医生对她感兴趣的多，可愿意或者说有把握能治好她的寥寥无几。

但程夕愿意接下她，并且准备拿出自己全部的耐心努力治好她，只是因为，她看得到对方的需要，哪怕暂时她正紧紧地关着自己心门。

而陆沉舟，他明显不想要医生，他给她挖坑，他故意说要追她，其实都只是想改变可能会有的医患关系，将之变成普通的男女交往。

虽然程夕并不清楚他这么做的目的，却很明白他就是在拒绝，拒绝她医生的身份，而不是其他。

他不排斥她，这是好事，但也未必是好事。

叹口气，程夕收拾好自己，随便吃了点东西后，先去医院看望陈嘉漫。

这是陈嘉漫住进医院的第三天，症状没有任何改变，依旧是白天嗜睡，晚上活跃。程夕刚一到，负责她的护士就诉苦说："昨晚上又闹一通宵，差点给她闯进太平间，满嘴都是阎罗王、小鬼还有割头什么的，把新来的那个小护士都吓哭了。"

程夕合上手里的病情记录，拍拍她的肩："辛苦了。"

去到陈嘉漫病房，这姑娘才十四岁，很瘦很小个。此时的她正安静地睡着，姿势很乖巧，或者说是很僵硬：双手叠放在肚子上，双脚呈八字形，眼睛紧闭，脸上盖着她从枕巾上撕下来的一块白布。

程夕曾经亲手帮她外婆入殓过，所以很知道这样的姿势代表什么。默默地看了好一会儿，她转身又回到护士站："联系到她家里人了吗？"

陈嘉漫家里只有一个老奶奶，奶奶死后，便余下陈父，只是陈父是一家渔业公司的渔民，一年有多半的时间在公海上。

陈家出事的时候他刚出海没多久。

"嗯，看守所那边今天刚送来的消息，说是陈嘉漫的爸爸已经返航，最多七天就可以回来。"

程夕松了一口气：总算能有个人可以让她多了解一点陈嘉漫的过去了。

陈嘉漫这里有了进展，不过程夕上班却遇到了新麻烦，她这个月是在门诊坐班，结果自星期二开始，一连两天预约了她的病人都没到。

这样的情况是很少见的，因为仁医的精神科在全国都有名，现代人生存压力大，基本上只要坐诊，医生就不可能没病人，更加不会有病人预约了，却一个也没有来的现象。

负责她诊室的跟班小护士蒙得不行，程夕心里却浮上了很不好的预感。

她打开电脑，重新将预约病人的名单看了一遍，没有发现任何异常，病人挂号都是实名制，所以能看得出这些人都是来自五湖四海，四面八方。

要说是黄牛占了票——她程夕又不是老师蔡懿，还没资格劳动黄牛。

正百思不得其解，十点半，一个还算熟悉的人出现在她诊室。

是那天晚上，一起打过牌有过一面之缘的，陆沉舟的朋友，光头。

"嘿，医生，又见面了。"他立在门口冲她挥手，身后还跟了一溜的跟班，进来后黑色大衣甩给身后的跟班一，大马金刀地在她面前坐下。

"你来看病？"程夕问。

"不是。"光头咧嘴，笑得一脸的痞气，"我是来转达陆老大的指示的。"

"陆沉舟？"

"对，老陆要我告诉你，他体恤你，怕你累着，所以让人把你今天明天还有大后天的号都承包了，嘿嘿，程医生，意不意外，惊不惊喜？"

程夕：……

此时此刻，大概只有程阳那句口头禅能表达她的心情：我真是撞了你个鬼！

多日来不妙的预感果然成了真，如果早知道把那笔钱给陆沉舟后会引发他这样的"灵感"的话，她……她一定麻利地收起来，当然更不可能让会所的小哥留下那样的言。

果然冲动是魔鬼，冲动很害人。

诊所门口传来动静，是程夕的跟班小护士。她看到门口一下来了好些人，还以为病人上门了所以赶紧回来，结果一进门就听到这么劲爆的消息差点摔一跤。

就知道程医生长得漂亮会很招桃花，没想到招的桃花这么彪悍，直接把她所有的号给承包下来……这是要上天啊！这么大的八卦一定要找人分享啊找人分享！！

见程夕看过来，小护士激动的神情勉强有所收敛，"呃"了一声做认真状："程医生，是病人过来了吗？"

"是。"

"不是！"

两人同时开口，答案却完全相反。光头看一眼程夕，一笑，冲小护士抛了个媚眼："你们程医生的对象体恤她呢，把她所有的号都买了，你跟着她也享福啦，这几天可以好好休息了哦。"

程夕闻言额角青筋直蹦，小护士则是目瞪口呆，结结巴巴地说："程医生的对象……可是，可是程医生是医生呀……"她看着程夕，默默地问，"这样做真的符合规定吗？"

程夕默然，看着已经明显被八卦震得发晕的小护士，柔声说："小可你先出去吧。"然后在她出去前确保她能听着，"陆先生在哪儿？他这么恶作剧我很为难的，所以，能不能麻烦你转告他，我想和他谈谈。"

然而这样的话并没什么用，事实是不用一小时，全科室都知道她有一个十分土豪的男人，为了她承包了她整个人，甚至到了下午，连蔡懿都知道了，专门打电话给她："怎么回事，是谁这么胡闹？小夕，那是医院，可不是别的地方。"

她还不知道闹出这事的人就是她给程夕介绍的陆沉舟，程夕按了按额头："老师，那个人是陆沉舟。"

"什么？"

程夕叹气，光头走后她就试着联系过陆沉舟，可惜，他并不想见她，连电话也不接。

这些她没有隐瞒蔡懿，蔡懿听后，也是哭笑不得："这家伙……行了，这事怪我，我帮你和他说。至于医院那边，闹这么大，院里没找你麻烦？"

"嗯，不幸中的万幸，主任不在。然后，幸运中的大不幸，院长说下班要见我。"

蔡懿忍不住笑："被个病人逼到这分上，你也算是史上第一人了。好啦，别担心，你们院长那儿我来帮你摆平。"

程夕顿时觉得头疼的症状减轻很多，双手合十："谢谢老师。"

蔡懿动作一向快，下班前，程夕得到通知，院长不请她喝茶了。

然后下班后，她还见到了陆沉舟。

彼时天上下着毛毛细雨，他专门派了司机来接她，在一家户内网球场馆，她见到了他。

一推开门，他的球就一个转向，直接拍向了她的脸，要不是程夕反应够快，他的球能打瞎她一只眼。

黄绿色的小球擦着程夕的太阳穴弹到门框上又弹回室内，小炮弹一样射开。

程夕忍不住出了一身冷汗,再看陆沉舟,他却像没事人一样,拎着球拍,继续凶狠而快速地练着击球。

程夕嘘出一口气,没有打扰他,一直等他打累了,她才走过去。

"陆先生,我们能谈谈吗?"

他拿毛巾擦着汗,居高临下地睨着她:"你愿意接受我的追求了?"

果然是进入程序期,不达目的决不停止。

程夕没再和他兜圈子,直接挑明:"陆先生,我想你其实很清楚,老师把你介绍给我,并不是要我们相亲,而是希望我有可能帮到你,以医生的角度。"

陆沉舟手上的动作停了下来,他丢下毛巾,敛了笑一步一步走近她的时候,程夕只觉得气势惊人,有种无法呼吸的感觉。

他将她围堵在墙壁和他之间,保持着那么一点距离,负手看着她:"医生的角度?"他嗤笑,"别以为你是医生就了不起,信不信,我会让你医生的职业再也做不下去?"

第三章

1

　　这时候,程夕的手机响了,清脆的铃声并没有缓解两人间的紧张,反而使得气氛更压抑了。

　　程夕没有接那通电话,她努力忽视着陆沉舟带来的压迫感,望着他,目光没有任何躲闪:"你对医生是不是存在什么误解?"

　　"什么误解?承认我自己有病就不是误解?"陆沉舟的语气里带着很浓的轻蔑意味,还有隐隐的不易察觉的愤怒,"如果冷漠真的是种病,那这世上得有多少人患了这种不治之症?"

　　对他自己的情况,他果然知道,而且还出乎意料的清醒、理智。程夕甚至都开始怀疑自己的判断了。

　　不过不管怎样她都没打算和他争论,心理治疗师的必备素质之一就是要学会倾听。她把声音放柔放轻,她的声音本就柔婉,故意放柔时暖得就像是三月轻轻吹在人耳畔的风,让人情不自禁就能卸下防备:"你很反感他们这样做?"

　　"难道你喜欢被人当成异类,甚至是怪物?"

　　程夕摇头:"谁说精神异常是异类是怪物?精神异常只是异常而已,就跟我们感冒了会发烧会咳嗽一样,它只是身体的一部分机能出问题了,和年龄无关,和所受的教育程度无关,和怪物异类什么的更无关。"

　　这样的解释于陆沉舟来说显然是苍白无力的,他脸上又现出那种冷漠得近于冷酷的寒意:"既然无关,那你为什么不愿意做我女朋友?"

　　"不是,我没有不愿意,而是……"

　　"那走吧。"他截断她的话,而且说完转身即走,让程夕连反应的时间都没有。

　　她跟在他身后:"去哪里?"

　　他没有答她,司机将车开过来,他打开门,让她上车。

程夕站着没有动。

"你怕了？"他微微歪头，望着她。

程夕说："我没有。但是我觉得，预先告知是起码的礼貌。"

陆沉舟便说："我办公室，去吗？"

虽然不明白他怎么又要去他办公室，但程夕还是上了车。

这时候，她不能退缩。

路上陆沉舟没再开过口，程夕倒是接了个电话，是她同事打来的。

电话一接通，就听到她同事很夸张的嚷嚷声："哎呀程医生，你出大名了啊！快上微信，快点！"

程夕问她什么事她也不说，只好挂了电话按她说的打开微信。科室群里正好发出了一张图片，点开来，是一个不知道谁的朋友圈的截图："发生在我们院里的真人真事，某土豪为了让自己女朋友上班轻松一点，承包了她未来几天所有的号。"

那个发出这张截图的同事说："有人把这个放上微博，然后上热搜了，我们医院又出名了。"

其他同事则笑："哇卡卡，明天会不会有记者来采访？"

"哈哈，别说明天，今天下午就已经陆陆续续有媒体打电话去院办查证了。"

"那咱们程医生这回是出大名了？"

"嗨，把她喊出来，得让她请客。"

……

聊天记录不停刷新，程夕看着他们讨论，叹气。

"陆先生，"她把那些记录翻给他看，"托您的福，这回我出大风头了。"

陆沉舟瞥了一眼，淡淡地："不用谢。"

"……"程夕语气诚恳，"其实出风头什么的，于我而言是个负担。"

陆沉舟唯赏了她一个字："哦。"

程夕看他一眼，收回手机很识趣地收了声。认识他的时间虽然不长，不过她还是明白了一点，那就是，当他只发出单音字的时候，就是他对那个话题完全没兴趣的时候，再多说也没用。

陆沉舟还真就把她带去了他的办公室。他办公的地方在东来大酒店——也就是程夕睡过一晚的那家酒店。

清醒时过来，程夕总算见识到了东来的繁华，一整栋都是灯火辉煌，照亮了半边天空，映着眉河江水，美得就像是一座仙山城堡。

和外头的富丽梦幻不同，陆沉舟的办公室装修十分简单，线条简洁，非黑即白。走进去，程夕的第一感觉就是规整，所有的物件，就跟列好队的士兵似的，收拾得高矮有序、错落有致，整齐得完全不像有人在其中活动过。

坐下后，陆沉舟直接按了内线电话："把刘律师叫过来。"

程夕还在猜他叫律师来干什么，没猜出个头绪，律师到了。

陆沉舟用下巴点了点她，说："出一份文件，大致内容是，我和程夕女士约定成为男女朋友，彼此将在各自财务上保持自由，互不干涉。如果这段关系能够维持一年，我将付给她……"他说着转过头来，问程夕，"你觉得我应该给你多少钱合适？"

程夕：……

她眨了眨眼睛，开玩笑："一个亿？"

陆沉舟想了想，很认真："你不值这个价。"

程夕：……

职业修养告诉她，这个时候，她唯一能做的只有："您开心就好。"

陆沉舟点头，和律师说了一个数，总数约莫是程夕现有工资的数倍，和她那天晚上赢的钱差不多。

律师似乎也被他这样的奇葩合同给震到了，握着笔久久无语，后来还是看陆沉舟不耐烦了才反应过来，恢复镇定，记下了他说的条款，同时问："有相关的权利和义务吗？"

陆沉舟说："双方都有提出结婚的权利，也有必须保持忠诚的义务。"又问程夕，"没问题吧？"

程夕请教："……我能修改？"

陆沉舟已经转过头去了，和律师说："就这样了。"

程夕：……

律师有些同情地看了她一眼，问："还有别的吗？"

陆沉舟说："没了。"

律师点头，出去拟定合同文件。陆沉舟给程夕解释了一下支付金的构成，她左耳朵进右耳朵出，也没太在意——哪怕平生见识奇葩无数，但是陆沉舟这样的，她还真是第一次遇到。

她有些好奇："你为什么要拟这样一份合同？"

陆沉舟看着她，目光很平静："因为我喜欢把事情简单化。明确利益得失，合则来，不合则散，不是很好吗？"

将情感制度化、合同化，是害怕付出感情害怕受伤的一种自我保护举措，程夕在心里默默把这点记下，又问："那为什么不是我付钱给你？"

陆沉舟的语气就像是在说今天晚上有星星和月亮一样淡然："因为我钱比你多。"

"……那为什么你会选择我？"

陆沉舟定定地看着她，过了会儿，他说："因为你丑得很顺我眼。"

程夕：……

律师的动作很快，程夕还没来得及想好怎么做，他文件就拟出来了。

拿进来后，陆沉舟示意让她先看。

律师就把文件摆到她面前，程夕先还抱着点无所谓的心理，看着看着不由心下发凉。之前陆沉舟说得简单，他的律师出的合同文件倒是相当正式，十分符合契约精神，有缘由，有经过，有完整的权利和义务，还有违约后的天价赔偿。

看到那赔偿她不敢再儿戏，把眼睛从那些让人眼晕的零前面拔出来，有些艰难地问："我可以不签吗？"事实是她根本就没有答应他……

陆沉舟没说话，他坐在另一边，手里把玩着一个玉色的茶宠，明明坐姿没变，神色也没变，程夕却陡然觉得心中一毛。

片刻后，陆沉舟说："送程小姐出去！"

"陆先生……"程夕试图和他好好谈谈，才开口，陆沉舟偏头看了他的律师一眼，本来还有些拿不定主意的律师赶紧上前，强悍而又不失客气地说："程小姐，您请。"

程夕没有动，她望着陆沉舟，他却没有看她，只是垂眸冷淡地打量着手上的小茶宠，周身都是冷冷的拒人于千里的气息。

她有预感，这或者是她，或者说是外人唯一接近他的机会，错过了就不会再有下一次。

律师看她没动，伸手拉她，程夕躲开他的手："好吧，我可以签，但是我能问问我的律师吗？"见两人都看过来，她有些虚弱地解释，"因为违约赔偿金实在太高了。"

沉默。过了好一会儿陆沉舟才淡淡地挥了挥手。

律师退开，程夕轻轻嘘了口气，走到一边打电话。

其实她哪有什么律师啊，这么做纯粹是想拖延时间。她手机通信录里有许多人，有医生有病人有亲戚有朋友，他们从事各种各样的职业，其中也有做律师的，不过程夕没打算联系他们。她的手指无意识地在手机屏幕上滑动，然后定格在林梵的名字上，鬼使神差地，她拨通了他的电话。

铃声刚响的时候她还有些紧张，还想着如果他接了她要说什么？可随着铃响的时间越来越长，她也慢慢恢复了平静。

最后，林梵没有接她的电话。

程夕握着手机笑了笑，转身回到陆沉舟办公室："把笔给我吧。"她说。

律师将笔递给她，程夕在那份看起来有些荒谬的合同上签下了自己的名字。

陆沉舟懒洋洋地看着她："你的律师没有给你什么建议？"

程夕一边签名一边说："他唯一的建议就是一旦签了就不要违约。不过，"她放下笔，微笑着看着他，"如果你以后有了心爱的人，想要违约，我不会要你一分赔偿。"

他没说话，只是望着她，目光幽深，凉薄地笑了笑。

也就是他那一抹笑打消了程夕心中的最后一丝顾虑，让她觉得，哪怕真要付出天价赔偿呢，只要他笑容里的绝望能少一些，作为医生，都是值得的。

合同签好后，陆沉舟再次带着程夕离开，这次她都懒得问他要带她去哪里了，结果懒得问的代价是，她直接被他带去了陆家。

程夕是直到要进门了才后知后觉地意识到这一点的，她结结巴巴地问了句废话："我们这是……去你家？"

陆沉舟点头。

"去……干什么？"

"确定关系后要见家长，不是通常的做法？"

程夕：……

陆沉舟腿长脚长，没两步就走远了，程夕一个人留在后面，百感交集。

前几日田柔她们还说她要成就"晚婚晚育楷模奖"呢，现在就已经发展到见家长的节奏了。

不过那么离谱的合同都能签，其他……也就随便吧，程夕自暴自弃地想，下次见面，她估摸着可以跟她的同学们讨要一个"感动中国好医生奖"了。

陆家住的地方仍在南岸附近，离东来酒店不远，是很繁华的一个地段。陆家的院子精致小巧，院里种了两棵很大的海棠树，这个季节树叶已经黄了，地上却看不到一片落叶，整个院落收拾得整齐干净，在繁华又喧闹的都市里，竟有一种格外幽静的感觉。

时间还早，陆沉舟也没提前通知，所以陆家就只有陆爷爷陆奶奶在。老两口各戴了副老花镜在玩扑克，脸上又贴又画整得五颜六色的。看到陆沉舟突然带了个女孩子回来，两人赶紧手忙脚乱地收拾：

沙发上桌上都堆得乱七八糟的，陆沉舟根本没打算进去，看了一眼："不用忙了。"他说，"我就是回来告诉你们一声，我有女朋友了，以后别忙活了。"

说完，他转身就要走，陆奶奶在后面"哎哟哎哟"叫："急什么呀，马上就收拾好了。"

陆爷爷则干脆跑上前，拉住陆沉舟的衣服。

陆沉舟停步，低头看着他的手，挪开，上面有一个硕大的黑印，都是和陆奶奶玩扑克画王八乌龟时留下的。

陆爷爷呵呵一笑，十分顺手地在他衣服上拍了拍，憨憨地说："脏了，去洗洗吧。"

程夕看到陆沉舟额角青筋一根一根往外蹦，但他什么也没说，抬步往楼上去了。

程夕有点想笑，忍住了，转眼看到陆爷爷冲她笑："来来，这边坐啊，那小子有洁癖，不洗上一个钟两个钟是不得下来的。"

陆奶奶很配合，手一挥，也不要保姆阿姨收拾，直接将沙发上桌上的东西往地上一扫，扒拉扒拉全踢进沙发下面，搓搓手，也冲程夕招手："来来，来这儿坐。"

所以说，洁癖的人多数是有原因的，程夕突然有点同情陆沉舟。

她坐过去，陆爷爷陆奶奶各顶着一张慈祥的花脸看着她，让她压力莫名的大，问："你们不用洗洗脸吗？"

"啊？哦哦！"两老这才醒悟，跑去洗手洗脸，再出来就是两个精神矍铄的老人了，收拾得也是一丝不苟：陆爷爷抹了发胶梳了个背头，看起来老帅老帅的，陆奶奶则换了件新衣服，盘了个很整齐的发髻。

三个人六目相对，陆爷爷和陆奶奶还没反应过来，程夕倒是认出他们了，有点惊讶："是你们呀。"

"你认得我们？"

程夕笑："就前不久，我们在老师那儿见过一面的。"顿了顿，"我老师是蔡懿。"

"啊……我想起来了。"陆奶奶拊掌，"你是那个讲话好温柔好和气的漂亮医生！"

程夕被她直白的夸奖弄得有点脸红，笑了笑："对，我是个医生。"

陆爷爷也想起来了："哦是，你是蔡老师的学生，还给我老伴治过失眠症。告诉你，我老伴可喜欢你啦！还要蔡老师把你介绍给我们家舟，可惜蔡老师那老学究硬不肯干，说什么有病治病……她这是病治不好，所以干脆把你介绍给我孙子了吗？"

程夕：……

陆奶奶拍了他一下，一脸正经："说什么呢？我们家舟哪有什么病？"转头看着程夕笑，"我们舟可是最好不过的人了，又帅又有能力还有钱，别听他爷爷乱说！"

程夕笑，因为之前见过，所以看到两老如此活宝倒也不怎么惊讶——要知道，他们第一回见面，就说想要她做他们的孙媳妇呢，现在这样，已经算是很矜持了。

不过她可以顺从陆沉舟，却不会放任别人误会，因此等两老稍微不那么激动了，程夕解释："其实我并不是陆先生的女朋友，我是老师拜托给他看病的医生。"

"看病的医生？不可能！明明他刚刚说你是他女朋友！"陆爷爷和陆奶奶都拒绝承认这个结果。

程夕很耐心："这是假的。他会这样做，是希望你们不要再给他施加任何压力。其实这也是我今天会和他过来的目的，就是希望你们作为家属，能够对他多一点耐心，不要让他觉得有压力。"

"没压力啊。"陆爷爷话说得十分天真，"我们也没给他压力。只要你成了他女朋友，他结了婚，然后生了小 baby，我们一点压力都没有。"

程夕闻言，忍不住想要抚额，哎哟妈，这一家子，是祖传碰瓷的吗？

2

陆沉舟那天后来就没再下来，他叫了个司机来送程夕回家。

程夕本来还想和陆爷爷陆奶奶多聊两句的，比如说多了解一些陆沉舟的成长环境、生活背景这些的，可惜陆爷爷陆奶奶太激动了，她说任何话题，最后总能被他们扯到："你和舟打算什么时候领证？结婚酒要摆很盛大吗？"

要不就是："你们年纪也老大不小了，可以准备要个 baby，他爸爸不管，我们还年轻呀，我们可以帮你们带孩子的。"

在疼孙子疼到焦虑的爷爷奶奶面前，哪怕是心理医生的程夕也一样完败，铩羽而归。

程夕回到家，都有点余惊未了的感觉，只觉得今天一天都像在做梦——从陆沉舟叫人承包了她所有的坐诊号，到光头出现，再到她去见陆沉舟跟他签了那个合同……一切的一切，显得那样不真实。

她疲惫地倒在床上，看护陈嘉漫的护士给她发来了陈嘉漫的视频，这个点她又开始活跃了，频繁地撞击着门框想要出去。

她收拾收拾又赶去医院，路上接到林梵的电话，一开口就是道歉："对不起，之前一直在忙没顾得上看手机，你给我打电话了？"

程夕脚步匆匆走过一个红绿灯，应道："是。"

"有什么事吗？"

"……也没什么事。就是想起了，问候你一声。"

林梵"哦"了一声，两人一时都有些无话。

时间终究还是让他们变得生疏，以前递字条都有无数话说的两人，现在隔着电波，连呼吸都透着淡淡的尴尬。

她已经到医院了："没事的话先挂了，我这边还有事。"

林梵说："好。"

程夕都没什么空闲伤春悲秋，她直接上楼去了陈嘉漫的病房。她到的时候，正遇到一群值班医生护士从里面出来。

"程医生你来了？"其中一个同她打招呼，"已经搞好了。"

程夕随意地应了一声，目光转向里面，看到陈嘉漫被摁在病床上，四肢不断抽搐，眼睛无神地盯着天花板，发出犹如受伤野兽一样的低鸣声。

"不是说等我过来吗？"程夕一边往里走一边说，声音里难得地透出几分严厉。

身后，刚跟她打招呼的医生满不在乎地接话说："等你过来又怎么样，还不是一针镇静剂的事？大晚上的天气也冷，你跑来跑去的，你那土豪男朋友就不心疼？"

程夕停步，转头看着他，总算认出了他是谁。算起来，这位还是她的师兄，两人同是蔡懿名下的学生，只是程夕开始读博的时候他面临毕业，等程夕博士都毕业了，他还在毕业中。蔡懿就常说他，有好家世好背景却没有好脑子，当医生干什么呢，当一辈子米虫多好。

程夕嘘出一口气，望着他笑了笑，然后不等他笑容放出，旋即敛了面色，郑重说："陈嘉漫是我的病人，今天晚上的事我谢谢你了，但是我希望以后师兄要做什么，还是问过我的好。"

说完，她跻身进去，呼一声关了门。

门合拢的时候她听到外面的人一声怪叫："哎，她这是怪我？"

几个按住陈嘉漫的护士松开手，这时用过药的陈嘉漫也已经慢慢"平静"下来了。

"程医生。"

程夕摆摆手："我知道，这几天你们辛苦了，但是我不想她用镇静剂的原因你们也清楚，镇静剂确实能让她更快地平静下来，可是用过以后呢？你们发现没有，每一次给她强制注射过药物以后，她就抗拒得越来越厉害。这到底是在治病，还是将她逼得更疯，别人不知道，你们还不清楚吗？"

"可我们也没办法，这里面不止住了她一个病人，她一闹，其他人也跟着闹。"看程夕面色似是缓和了下来，说话的护士用目光示意其他几个先离开，然后低声和程夕说，"程医生，其他医生都说你接下这个病人其实是吃力不讨好，因为就算以后你治好了她，她清醒了，知道自己杀了和她相依为命的奶奶……您觉得，就她的精神状态，能好得了吗？"

"那应该怎么办？"程夕望着她，"让她自生自灭，就这么混沌过一辈子吗？"笑了笑，她轻声说，"张姐，我是个医生，穿上白大褂的第一天，我的老师告诉我，这身衣服代表着八个字：健康所系，性命相托。没有遇到她，或许我可以当作不知道，但是遇到了，她成了我的病人，那我就会尽我最大的努力去帮助她，至少，要帮她清醒地做一个选择。"

人都出去以后，程夕一个人在陈嘉漫的病床前站了好久，那么小而弱的一个人，无声无息地躺在那儿，看上去可怜又寂寞。

她蹲在她面前，轻轻握着她的手："陈嘉漫，你想好起来吗？"

陈嘉漫没有回她，她已经睡着了，只是睡得并不安宁，也不知道她梦里正经历着什么，没一会儿就泪流满面。

她一次一次替她擦干了眼泪，在她病床前一坐就是大半夜，凌晨的时候陈嘉漫醒来过一回，那时房间里没有开灯，只有外面一点零星的灯光照进来。

她摸到程夕的手："你是鬼？"

这大约是她最"正常"时候的样子，没有歇斯底里的吵闹，声音里带着一点懵懂的天真，就像她这个年纪的女孩一样，声音娇嫩。

程夕说："是啊。"

她问她："你怎么死的？"

程夕说："我被人砍掉了头。"

陈嘉漫就开心起来，附到她耳边悄悄告诉她："我也被人砍了头。"她说，"砍了也好。"她嘻嘻笑起来，忽地又瞪着程夕身后，惊恐地说，"有好多鬼，好多好多……嘘，别惊动他们。"

她拉开被子躺下去，把自己遮得严严实实的，又像白日里程夕曾经看过的那样，像个死尸一样睡着了。

等程夕走出陈嘉漫的病房，外面天光已亮，深秋暖柔的阳光从走廊深处照进来，却只照见素白的一面墙。

她没有回去，而直接去了科室，本来是打算上班的，结果却被临时告知：院办和科室的最新通知，让她先休息一段时间。

程夕顿觉膝盖啪啪中了两箭，面上热得能够煎鸡蛋。上班这几年，她一直勤勤恳恳，哪怕评不上先进，但也绝对没有经历过非正常放假这回事。

通知她的人看她表情微妙，还安慰她："没事，放假就放假呗，我要是你，放长假最好，上什么班呀。"

程夕试图辟谣："我真没有土豪男朋友，包号什么的，那都是别人的恶作剧。"

同事十分不走心地说："我知道我知道。恶作剧嘛。"仰天长叹，"这样的恶作剧我也想要啊，不要客气地给我来一打吧！"

程夕：……

没事做，她只能回家，上午窝家里睡了一上午，中午给程阳打电话："有空吗，有空送我去个地方。"

反正没事，她决定在陈嘉漫的父亲回来之前，先去陈家附近走访一下。

程阳一口回绝了她："我忙咧老妹！"贼兮兮地劝她，"你也找个男朋友撒，这个时候，只有男朋友才能一喊就到。"

然后程夕就想起了自己崭新出炉的男朋友陆沉舟，拎着手机想了想，从包里翻出昨天晚上签的那份合同，给他打电话："陆先生，我能请教你个问题吗？"

陆沉舟不知道是不是在忙，过了好一会儿，他才淡声说："你说。"

程夕说："我能要求你尽些男朋友的义务吗？"

"什么？"

"比如说偶尔客串车夫，接送接送女朋友什么的。"

陆沉舟顿了顿，问她："你在哪儿？"

程夕报了自己的地址。

陆沉舟说："行，我会安排司机去接你。"

"安排司机？你不来吗？"

"我为什么要来？"陆沉舟的声音里充满了困惑，"我有钱啊，有钱请得了专职的司机，为什么那么麻烦要去客串？"

程夕呵呵："那我能要求坐飞机吗？"

"可以。"陆沉舟一点犹豫也没有，"你看看附近哪里有停机坪。"

程夕：……

继膝盖中箭以后,她又被自己搬起的石头砸了一回脚,这一回,她还得苦口婆心地打消陆沉舟派个直升机来接她的主意!

直到这时,程夕才总算明悟了陆沉舟是个真土豪的事实,而且他完全不会开玩笑!

程夕简直要流泪了:"不,不,我真的是开玩笑的,您不必当真。真的,不需要直升机,我保证!"

真是圈圈了个大叉!

程夕深刻地觉得,自己对情感冷漠症患者的了解还是太少了!她决定,等陈嘉漫的病好一点后,她要重点来攻克陆沉舟,不仅仅为了那个赔偿数字天价的合同,更多是为了能够愉快地和一个真土豪做朋友。

说到陈嘉漫,她记起陆沉舟似乎对她的病有点兴趣,于是在陆沉舟要挂电话时提了一句:"我今天要做的事,和那个患了科塔尔综合征的病人有关,她家住的地方有点远,所以我可能会借用你司机的时间比较长,这个没问题吗?"

陆沉舟听了没说好也没说不好,不过等他的司机来了后,程夕上车,发现陆沉舟也坐在后座的位置上。

她忍不住笑,阳光下,眼睛里像是缀了满天霞光:"嘿,见到你很高兴呀,陆先生。"

开车的司机忍不住多看了她好几眼,陆沉舟却只淡淡地瞥了瞥她,然后低下头,继续看手上的电脑。

他还有工作未完,今天的时间,实在是挤出来的。

程夕也不打扰他,坐到前座给司机充当导航。陈嘉漫家住在下面一个县城的小镇上,一路高速过去,他们都开了将近两小时。

小镇不是太繁华,但也不算穷,镇街上多是新修的楼房。陈家住在街尾,那里聚居了不少的住户,因为"误杀"事件发生的时间还不太久,镇上的居民几乎都记忆犹新,所以程夕他们一路问过去,很快就找到了陈家所在。

陈家的房子应该也是近年才改造过的,屋舍看起来还比较新,三层的楼房,有一个不大不小的院子,带有一圈高高的围墙和大铁门,哪怕处在一众新修的楼房中,依然是很显眼的。

看起来,她家的条件并不差。

铁门只是信手关上并没上锁,程夕问给他们带路的阿姨:"可以进去看看吗?"

"去呗。"阿姨大大咧咧地说,"不过他家里面的门锁了,你也进不去。"

程夕点头,推开铁门走进了院子,这是个很典型的城郊院落,收拾得还算整齐干净，只墙角散乱地堆了一些杂物和煤球，院子里依墙种了两棵小小的枇杷树，在瑟瑟秋风里，散发着微弱的绿意。

一个多月前那惊心动魄的一幕已没有留下多少痕迹，要不是门上贴着的封条和廊角下喷溅到的一点点暗红的血迹，大概谁也不会想到这里曾经发生了什么。

引路的阿姨很是热情，见程夕一直注意那两棵枇杷树，便主动告诉她："这树是他们家修房子那年栽的，还是我家那个给挖过来的呢，因为老太太说她家孙女喜欢吃枇杷。"

"老太太和她孙女的感情好吗？"

"好，老太太对那丫头可好了，舍不得吃舍不得穿养着她，就是那丫头坏，有学也不上，也不做事，样样跟老太太顶着来。照我说，律师小姐，"程夕问路的时候说自己是法庭指给陈嘉漫的辩护律师，"那丫头出来过日子也难，爹不疼娘不要，又得了疯病，还不如关牢里养着呢，放出来万一又杀了人怎么办？疯子杀人是不用负法律责任的对吧？"

程夕没有回答她的问题，而是问："陈嘉漫一直跟她奶奶相依为命？她妈妈呢？她们还有其他亲戚没有？"

"嘿，没有，他家老爷爷以前都是入赘来的能有什么亲戚？就一个姑姑，也被他爸以前滥赌得罪死了早不来往了，至于她妈妈，可坏了，嫌家里穷生了陈嘉漫就跟人跑了，还把大儿子给带走了，听说啊，在外面没钱把儿子都卖了换钱花。"

"……可是她家房子建得也不差啊，算不上穷吧？"

领路的阿姨有点卡壳，顿了顿才说："那也就是这两年，陈嘉漫的爸爸收心跟人出去跑海赚了点钱才修了这么栋房子，以前他家可穷了。"

"那她妈妈就没再回来？"

"没回，还回来干啥？卖了儿子搭上了大老板，有好日子过了还记着这儿？别搞笑了。"她说着，转头四处看了看，凑近一些压低声音说，"那女人水性杨花从来就不守妇道，我们都怀疑陈嘉漫不是老陈家的孩子，可惜老太太不听，非小公主一样供着她，结果……"她两手一摊，"供出祸来了吧？"

程夕沉默，不管阿姨嘴里的事实有几分真，她都能想象得到这样环境里陈嘉漫的性格：内向、自卑，如果没有无法无天，那就必然是怯懦异常的。

3

叹口气，她又问："陈嘉漫是什么时候开始不上学的？"

"有两年了。"

"她为什么不愿意上学？"

"就不想上了呗。"阿姨说着拍了拍身上不存在的灰，程夕注意到，说到这个的时候，她目光开始躲闪，神色里带了些不自然，并且很快就转移话题，"我说律师小姐，这些警察都问过了呀，你怎么还要问？她杀她奶奶时我们可都看着呢，就跟个狼崽子似的，老可怕了。这样的，都已经疯了，你们还要替她辩护？"

程夕说："法院的流程就是这样。"想要再问一些陈嘉漫读书时的事，阿姨却明显不想多讲，甚至程夕问她陈嘉漫上学的学校在哪儿，她也一副不太想告诉她的样子："去学校干啥？她都退学了老师还能管得了她杀人不？"

她语气尖刻，程夕皱了皱眉，眼见着在她这儿问不出什么了，又在陈家屋子周围转了转，谢过她，上了车。

阿姨跟她一起出来，却没就走，站到另一家的屋檐下，从那屋里走出来一个和她年纪相仿的妇女，两人一边说话，一边不远不近地看着他们。

程夕收回目光，司机问："现在去哪儿？"

她低头划开手机，在手机地图上寻找附近的学校，还挺好找的，小镇只有一所幼儿园，一个中心完小，唯一一所中学在隔壁镇上。

两年前，陈嘉漫十二岁，应该已经进初中了。她转头和陆沉舟说了自己探听到的情况，问他："十二岁，正常应该是读初一，那会儿她才进中学，所以想多了解一些她以前的事，你说我们是去小学还是去初中啊？"

她说话时陆沉舟眼睛一直盯着屏幕，全程没有一点反应，她还以为他不会理她呢，结果出乎意料，他说了句："去初中。"

程夕微讶："为什么？"

陆沉舟脸上就又露出那种无法忍耐的神色，顿了顿，抬头看向她："你读书时候真的考过年级第一？"他语气讽刺，"就这智商，确定老师没有给你放水吗？"

想来考年级第一这事也是他那晚听到的，程夕很认真地和他讨论："我觉得是学校里的同学给我放水的可能性更高，看我长得漂亮，他们就让我捡个第一。"

陆沉舟闻言什么也没说，只目光特意在她那半个酒窝上停了停，意思不言而喻。

程夕觉得跟个强迫症讨论半个酒窝美不美纯粹是找虐，赶紧捂住那半边脸，继续不耻下问："你还没说，为什么是去初中而不是小学？"

"她在小学表现怎么样？"

"我看到她家客厅里贴了许多奖状，想来应该是还可以的。"

"那就是了。"陆沉舟淡淡地说，"一个能安安稳稳读到小学毕业的人，为什么一进初中就弃学，没有原因吗？"

程夕听罢拊掌："哎，还真是。"笑眯眯地夸他，"你好厉害，我都没想到这个。"

为了能逗他多说点话，她也是拼了。

陆沉舟察觉她的意图，转开脸，一副不忍直视的模样。

不管走没走心，拍马屁还是有效果的，至少后来陆沉舟搭理她的时候多了起来，而且到了学校后，陆沉舟也放开电脑，和程夕一起走下了车。

只是他也没走远，程夕去找门卫说话的时候，他就倚在车子边，抽出一根烟，不紧不慢地抽着。

中学里看守大门的是个四十来岁的中年男人，程夕表明身份后说想见一见当时教陈嘉漫的班主任老师。

"调走了，早就调走了。"

"调走了吗？"程夕惊讶，"那其他的任课老师呢？"

"她就读了一个学期，其他老师也不了解她啊。"

"没关系，我随便问问就行。"

门卫有些不太愿意，不过还是替她打了个电话，没多久，一个自称姓刘的年轻男老师匆匆走了出来。

"你好。我是陈嘉漫的辩护律师，我姓程。"

"你好。"刘老师说着，有些疑惑地看着她，"不是说陈嘉漫是精神病患者吗，为什么还有辩护律师？"

程夕：……

她忘了，老师比一般的小镇妇人要懂得多，不由得尴尬一笑，含糊地说："还没确诊，所以需要再确认一下。"

还好，老师没有要求看她的律师证什么的，程夕问问题，他也很配合，不过他知道的也不多："我就教了她一期数学，那孩子不爱说话，一般老师很容易就忽略她了。"

"她成绩怎么样？"

"还行吧，不算好也不算差的那种。"

"她跟同学的关系怎么样？"

老师面露歉意："这我就不清楚了，毕竟我也不是她的班主任，对她的了解实在很有限。"

"那关于陈嘉漫，老师有没有什么印象深刻的事？"

"我就记得一件，这个跟警察也是说过的，就是有一天她上课不认真，数学课的时候在那里画画，我缴了她的本子，她当时表现很夸张，大喊大叫，还咬了我一口。"老师说着，伸手指了自己手腕处的地方，"就咬在这里，当时肿了好几天才消。"

　　"她喜欢画画？"

　　"应该吧，反正她没事就在那里画，可是画些什么，也从来不给人看。"

　　"那您知道她为什么会退学吗？"

　　"这个就不清楚了。"

　　程夕皱眉，成绩不算太差的孩子，肯定不会是毫无理由地厌学的。她最后提出想要见见陈嘉漫的同学，可和陈嘉漫同一届的都已经毕业，多数孩子去了外地上高中，在本地的寥寥无几，数学老师这是委婉拒绝了程夕的要求，程夕也没强求，关键是她很清楚只怕强求也没用。从学校出来后，她又借着买东西的名义走访了周边一些人，甚至又返回去了陈嘉漫就读过的小学，得到的信息和那个刘老师说的差不多。

　　陈嘉漫平时给人的感觉就是沉默、内向、话很少，长得漂亮，但是看起来特别阴郁。

　　活得压抑的人，很容易在精神上走上极端，忙碌了一个中午，程夕就得出这么一个结论。

　　眼看时已过午，程夕感觉到饿了，问陆沉舟："想吃点什么吗？我请客。"

　　陆沉舟的目光十分冷漠地在周围环境上扫了一圈，什么都没说。

　　这就是嫌弃的意思了，程夕就转而邀请司机："陆先生好像还没饿，我们去吃点什么吧？"

　　司机看了眼陆沉舟，见他没反对，就和程夕下车去了路边一家看起来还算干净的小饭馆。

　　店主是对中年夫妇，因为已过了饭点，店里只有零星两个客人在吃面，老板娘坐在厨房门口摘菜，老板在柜台前对单子，看到程夕二人进来很热情地问："要吃点什么吗？"

　　程夕和司机就着菜单点了三菜一汤，司机怕饿着自己家 boss，很贴心地让老板拿出新碗，亲自洗了又洗给陆沉舟打了个包送过去，结果怎么拿去的又怎么拿了回来。

　　程夕看着他垂头丧气回来笑了笑："不肯吃？"

　　"嗯。"司机简直想叹气，"说是没胃口。"

　　"那我们就自己吃吧。"程夕淡然得很。这时他们的菜也上桌了，程夕试了一口，味道算不上好，太油腻了。不过分量很足，他们饿了也没那么讲究。

老板娘上菜后还主动问她："你们是来打听陈嘉漫的事?"
　　小镇常住人口多,因此几乎没什么秘密可言,何况程夕不管是穿着打扮还是长相都很显眼,所以她问什么,没一会儿在周围都传遍了。
　　程夕点头:"是。"微笑地看着说话的老板娘,"您认识她吗?"
　　"认识,这镇上谁不认识她啊。"
　　两人攀谈起来,虽然老板娘很热情,可程夕还是从她身上感觉到了她对陈嘉漫隐隐的敌意和排斥,甚至还有些惧怕。
　　这是她一路访下来,在很多人身上感受到的东西。
　　程夕觉得很困惑:"陈嘉漫虽然杀了人,可以她当时的精神状态,说她是不小心错杀也不为过,为什么大家好像很嫌弃她?"
　　老板娘一撇嘴:"杀自己奶奶的人,不嫌弃还同情啊?"
　　不,这不是真实的理由,程夕感觉得到她撒谎了,但是再多的,人家也不肯再说。

　　吃过饭后,程夕并没有立即就走,她决定再探探。
　　只是陆沉舟一直饿着也是个问题,正好从店里出来后,她看到有个老婆婆推了个小推车在卖烤红薯,是那种炭火烤的小红薯,远远地传出诱人的香味。
　　她跑过去买了几个,回来时发现陆沉舟不知道什么时候出来了,正站在离车不远的地方抽烟。他抽烟的姿态很好看,一只手夹烟,一只手插在衣兜里,眉间轻蹙,神色冷淡,遥遥看着,就像是远方黛绿的那帘山水,总透着那么几分让人心悸的神秘。
　　程夕把烤红薯递到他面前:"吃点吗?"
　　陆沉舟连看都不曾看一眼。
　　"嫌脏?"程夕笑,从袋子里取出一个慢慢剥开,"洁癖的本质就是喜欢脏东西,这东西看着灰扑扑黑乎乎,可剥开外面那层皮,内里可香可好吃了,你真不试试?"
　　她说着,把剥好的红薯递到他面前,笑眯眯地望着他。
　　陆沉舟没有接,定定地望了她好一会儿,俯身咬了一口红薯尖。
　　纡尊降贵的样子,特别欠揍,程夕正想取笑他几句,眼神忽地一变,忙不迭地拉开他,挡在了他的面前。
　　哗啦一声,她只觉后背一湿,瞬间被淋了个透心凉。
　　一桶不知道放了几天的潲水,又脏又臭,几乎是一瞬间,那股子浓浓的酸臭味扑满了程夕整个鼻腔。
　　她都不知道该做什么反应才好,水淋淋地僵立在那儿。泼水的是个背有些佝偻的老婆婆，当她提着个脏兮兮的木桶子过来的时候，程夕还以为她是要去哪儿倒垃圾，结果一转眼，就见她拎了桶要往陆沉舟身上泼。

程夕帮陆沉舟挡这一劫也是下意识的反应，本来是想拉开他的，结果他身高体重，她拉倒是拉动他了，可也将她自己甩到了他面前。

老婆婆泼完水也没就走，表情凶狠地瞪着她，嘴里骂骂咧咧的都是老土话，程夕一句都没听懂。

陆沉舟的司机本来是在车里听歌看手机的，听到动静抬头一看，心脏都差点吓停摆，赶紧跑出来揪住那老太太，凶巴巴地就要推她，程夕忙拦住："别动她！"

老太太一看就年纪老大，万一出点什么事，他们麻烦就大了。

司机看了眼陆沉舟，后者冷冷地点了点头，他便轻拿轻放，放开了老太太，不过人没走，戒备地站在程夕和陆沉舟面前："我跟你讲，别倚老卖老啊！莫名其妙泼人水，你有病啊？"

老太太也不知道听懂没有，朝着司机啐了口口水，骂了一大串。

周围很快聚集了不少看热闹的人，他们刚吃饭那店里的老板娘也跑了出来，看程夕他们被骂得一脸蒙就帮忙劝："老太太别骂啦，人家也是法院指定的，他们也不想的咧。"

老太太不管不顾，扔了桶子继续骂。

程夕从头至尾什么都没说，那饭店老板娘让人拉住老太太，自己扯着程夕离开："你年轻让让人，别跟个老太婆一般见识。"

程夕虽然遭了这无妄之灾，还真没想和个老太太见识什么，不过原因总得知道，就问："这老太太是谁，她骂的是什么呀？"

老板娘倒也认识："就是住这边上一孤老太太，本来还有个儿子的，早年被陈嘉漫那个妈给勾跑了，后来陈嘉漫的妈又跟别的男人去过好日子，她儿子却出车祸没了命，所以老太太是恨死了陈家人。刚也不知道从谁那儿知道你是替陈嘉漫做辩护的，气不过才来找你们麻烦来了。"

程夕听了，一阵无语。

老板娘就劝她："你们要是查清楚了就早点走吧，那老太太固执得很，等会儿指不定又要打上来了。她年纪大，你们跟她对上，输赢都是划不来。"

这倒是一句实话，程夕看到那边身体颤巍巍但战斗力彪悍的老太太也是头皮发麻，谢过老板娘，和陆沉舟说："你们开车先走吧。"

她身上太脏，又湿答答的，是没法坐他们的车了。

陆沉舟没说话，他不知道在想什么，整个人都有些愣。

也就是这时候，他看起来才有些和正常人不太一样。

程夕不敢惊扰他，只想司机赶紧带他走。司机看着也有些紧张，问她："那你呢？"

程夕还没答，陆沉舟说："你得洗澡。"

他一开口，程夕和司机忍不住对看一眼，都松了口气。

司机立即说："我去找酒店开个房间。"

酒店是就近找的，程夕在那儿洗了她长这么大以来最讲究的一个澡，光是头发就洗了三回，出来后才总算是闻不到一点酸味了。

拿起手机，她看到上面有一条未读短信，是陆沉舟发来的："衣服在门口。"

打开门，门口果然放了一个大纸袋，拿进去后她发现里面不光有外套，还有一条牛仔裤，一件保暖内衣，以及一盒纸内裤。

她默默地看了会儿后，拿进去穿上。

除了裤子的裤头略有点大外，其他都很合身。程夕换上新买的衣服，下楼来转了一圈，转到外面找到陆沉舟的车，车窗开着，陆沉舟正坐在里面打电话，膝盖上放着电脑。

他的司机倒是不知道去哪儿了，里外都没有人。

程夕等陆沉舟挂了电话才走过去，当她靠近的时候，陆沉舟下意识地做了一个闪避的动作。

她略觉心塞，站定了，在自己身上嗅了嗅："还有臭味吗？"

陆沉舟看着她，或许是才洗过澡的缘故，程夕整个人看上去温润通透得像是一块被打磨得刚刚好的水晶，纯净得让人想咬一口。

可惜她本人没点自觉，转头四处望了望，问："就你一个人？"

陆沉舟没理她。

程夕自顾自地说："衣服是陈师傅买的吧？他人在哪儿？我把钱给他。"

"不用了。"陆沉舟语气淡漠，"这是你帮我挡灾的费用。"

"呃，"程夕卡壳，"难道不应该是我自作自受吗？"

陆沉舟合了电脑，斜睨着看她："自作自受你也心情很好？"

程夕耸了耸肩："那我应该怎么办，痛哭一场？可惜哭也不能解决问题啊。再说了，洗洗干净我又是一条好汉，就不生那个气了。"

她话说得有趣，陆沉舟闻言忍不住微微勾了勾唇，程夕说："不早了，你们打算什么时候回去？"

陆沉舟放在电脑上的手顿了顿，抬起头："你们？"

"嗯，我想在这里住一晚。他们赶人的意图太明显，我不留下来，好像都有点对不住他们给我泼的那桶水。"

他静静地望着她,过了会儿,收好电脑准备下车。"走吧。"他说。

程夕伸手拦他,手指轻轻拦在车门上:"不用了吧?"

陆沉舟微微低头,目光落在她的手上,削葱一样的指尖,白皙如玉。

他一下就想起办公室里他经常把玩的那只玉色茶宠,也有着这样透明而温润的白。

只是茶宠是凉的,又凉又硬,就是不知道,她的手指摸起来是什么感觉了。

这么想着,陆沉舟已经抬起左手,轻轻覆在了程夕的手上。

第四章

1

程夕的手很暖,又暖又软,是和茶宠完全不同的触感。

陆沉舟把她的手抓住放下去,整个过程中程夕完全没有意识到自己被他"温柔"地抚摸了一把。她还挺不好意思的,十分诚恳地说:"差一点让你遭了无妄之灾,我觉得如果可以的话,你还是先回去吧。"

陆沉舟淡淡地"嗯"了一声。

他听得漫不经心,维持着原先的姿势坐在车里,垂头看着自己指尖。那上面似乎还残留着柔软细腻的触感,轻轻摩挲了一下,他将手放到鼻端闻了闻,抬头发现程夕正瞪大了眼,望着他。

陆沉舟坐正,放下手,面不改色说:"好臭!"

程夕:……

她瞬间领悟了在网上看到的那句话,面上微微笑心里MMP!就算知道他这人不能以常理去推测,更不能以常人的标准要求,但是在她洗了三次头三遍澡把自己都快要搓掉一层皮的情况下,仍然听到他这么一句评价,真的……要心塞死了!

她努力调整好自己的表情,尴尬地再次道歉:"不好意思臭到你了。"

陆沉舟淡淡地:"嗯。"

程夕:……

她吸口气,果断不为难自己:"那您就先回吧,明天我自己打车回去就可以了。"

结果明明应下离开的人转眼走下车,十分高冷地说了句:"走吧。"

"去……去哪儿?"

他回过头来,神色冷峻:"不是说想把那桶水泼回去吗?"

……她什么时候这样说了?

从根本上来说，程夕不是个有控制欲的人，所以哪怕她的意见被驳回，但陆沉舟坚持，她也不会反对。

两人于是离开酒店，又回到了学校附近。这次程夕做了准备，为免再被泼上一桶潲水，她稍微乔装了一下，买了帽子和围巾，把自己遮得严严实实的，加上小镇资源有限，她身上的衣服质地也一般，瞧着已经很不显眼。

至于陆沉舟，咳，他压根儿就不和她一起走。因为他们过去时那饭馆已经关门了，正逢学校放学的时间，路上车和人一下多了起来，学校路边摆满了小摊。

一时食物的香味和着人车扬起的尘土交缠在空中，陆沉舟远远停步，皱眉看着那一切，感觉在看异大陆的恐怖片一样。

程夕不勉强他，自己慢慢走过去。在陆沉舟看来，她就跟个怪阿姨似的，举着袋烤红薯在那儿转来转去，不时搭讪一两个落单的孩子，她倒还是会选人，挑的都是低年级的孩子，可惜，效果甚微。

人都散得差不多时，她走回来，神情沮丧。

陆沉舟挑了挑眉。

程夕说："没什么收获，好多孩子都不认识她，就算听过她的名字，也就一个印象，不是杀人犯，就是神经病。"

陆沉舟低头看着她："还不放弃？"

"不啊，总要试一试。"她假期不多，难得医院给放了"小长假"，总要做出点什么，才能回去面对陈嘉漫，"在这儿住一晚，就算什么都没查到，也当是度假了。"

心态倒是很好，陆沉舟没说什么，目光停在她手上剩下的一个烤红薯上。

烤红薯的样子看起来蛮恶心，味道却是真香。

程夕了然："你饿了？"把红薯剥了递给他，他没接，仍是就着她的手吃掉的。

他看起来饿坏了，可是晚间程夕找了个规模不错的农家乐吃饭，陆沉舟仍只是意思意思吃了一点点，他这样，程夕很是不好意思，决定还是早点打听完事，可以的话，趁夜回去。

饭后他们去了小镇新修的广场，那里入夜了听说很热闹，大人带着孩子，在那边跳广场舞的跳广场舞，打球的打球，人气很旺。

只是程夕的运气不知道该说好还是不好，那广场说大不大，说小也不小，那么多人，十分凑巧地，她居然又遇到了陈嘉漫的初中数学老师。

还是那老师先认出她的，跑过来和她打招呼："哎，程律师？你还在这里啊？"

程夕一下卡了壳，顿了顿，才呵呵一笑，指指旁边陆沉舟："嗯，我看这里环境还不错，就和我男朋友在附近玩了玩。"

陆沉舟一脸高冷地望着他们，半点也没配合的意思。

好在那个数学老师像是信了她，他还挺热情地跟她介绍附近有哪些哪些景点，哪里值得她去看看。

正说着，一个四五岁的小女孩嗵嗵嗵跑过来，抱住他的腿："爸爸！我想玩那个。"她说着伸出手，指向像流星一样蹦上高空的东西。

广场上也有卖玩具的，程夕猜测，那应该是某种玩具。

小女孩身后还跟着一个跟刘老师差不多年纪的女人，见那孩子这样，不禁带了点薄怒："别理她，一出来看见什么都要，惯的都尽是脾气了。"

小女孩一听，不依地哭闹起来，倚在刘老师腿上又撕又打。

刘老师夫妻两个对孩子的哭闹很是没辙，凶不行，骂也没用。

程夕看不下去，帮着哄："不哭的话阿姨请你吃糖好不好？"从袋子里掏出一把糖，递到她面前。

糖果包装得很漂亮，五颜六色的，一把抓在手里还是很抢眼。小女孩虽然还是不满意，却也没拒绝，哼哼唧唧抓了她手里的糖。

小手抓不住，掉了好几颗，程夕帮忙捡好放进她的小衣兜，又喂了一颗进她嘴里。

这种糖十分甜腻，不过小孩还算喜欢，扯着小衣兜总算是安静了下来。

刘老师夫妻俩对她表示感谢，程夕摆摆手："不客气。"

小女孩的妈妈看她挺年轻的，问："你孩子就上初中了吗？"

她以为程夕是她丈夫班上孩子的家长。

程夕摇头："不是。"照着白天的话，"我是法院指给陈嘉漫的律师，本来是过来查访一下陈嘉漫的事情的，见这边风景还不错，就留下来玩了玩。"

"哦，陈嘉漫的律师啊……"小女孩的妈妈看了身边的丈夫一眼，问，"她不是疯了吗？疯了的人杀人也要请律师？"

"嗯。主要是核实一下，陈嘉漫的精神疾病到底是不是真的。"

"应该是真的吧。她总是莫名其妙往山上跑，到夜里就躲到坟堆里，正常的，谁会这样做？"

"是吗？你知道她？"程夕精神一振，"那您知道陈嘉漫出现这种症状是从什么时候开始的吗？"

"得有一两年了吧。"

"她这一两年，是不是遇到了什么特别的事？"

"特别的事啊……不知道诶……"

"我知道。"她的话还没说完,在一边吃糖的小女孩脆生生地说,"她被人欺负了呀,所以就疯了。"

"瞎说什么呢!"刘老师夫妻俩同时开口呵斥,那老师甚至一改温顺的模样,狠狠地拉扯了小女孩一把。

小女孩猝不及防,手上握着的糖全都掉到地上,又惊又怕,哇地哭了起来。

程夕想要去安抚小女孩,却被刘老师挡住,他随手把孩子推到身后,说:"不好意思,小孩子乱说话,要是没什么事的话,我们先走了。"

"刘老师,"程夕试着拦他,"您这样子,会让我误会,你和陈嘉漫被欺负的事情有关。"

刘老师闻言本来想绕开的步子停住,用眼神示意他太太带孩子先走,自己留下来望着程夕:"什么有关?你是律师,不知道乱说话是要负法律责任的吗?"

"对不起,我没有乱说话,我只是说,您的行为会让人产生误会。"

"误会?什么误会?"刘老师彻底撕开了那张温和的表皮,恶狠狠地说,"就凭一个几岁孩子说的话吗?"

"孩子的话也能作为法庭证据,只要她逻辑表达没有问题。"

"那你就让她去法庭吧,没影的事,我看你们能怎么办!"说完,刘老师转身匆匆走掉了。

程夕追了两步,可是广场上光线不强,人又多,没一会儿就追没影了。

她回过头,发现陆沉舟还是神情淡漠地站在原地。

"哎,你应该帮我拦住他的。"她倒不是埋怨,纯粹就是有感而发。

谁知陆沉舟却问她:"关我什么事?"

他这一路都很帮忙,突然这么说程夕不由一愣,反应过来后开玩笑说:"我们不是朋友吗?帮朋友做事,应该要两肋插刀义不容辞才对吧?"

陆沉舟黑眸沉沉地看着她,直看得程夕不好意思了,摸摸鼻子转移话题:"呃,我们走吧?没拦住也没事,反正他有单位有名字,我随时可以再去找他。"

程夕很自觉地给自己找了台阶下,陆沉舟当时也没说什么,两人上车后,车都开出老远了,他才突然说了句:"我尽量!"

彼时程夕在看同事发来的微信,正想着事,听到陆沉舟这么说,忍不住黑人问号脸:"什么?"

陆沉舟说:"我会尽量把你当成是我女朋友。"

程夕蒙了蒙，才反应过来这是他对自己之前那个玩笑的回应，忍不住囧道："没关系的，你不用勉强……"

陆沉舟还傲娇上了："无所谓。"

程夕彻底无言，觉得和他沟通真不是一般的困难，本来想和他好好唠唠，顺便多点了解，结果被程阳一个电话岔开了，等电话打完，她觉得不对，"怎么还没到？"往外一看，四周黑麻麻的，城市的灯光已隔得很远，"这是去哪儿？我们不回酒店吗？"

陆沉舟说："不回。"

"为什么？房卡还在我这儿呢，还有，陈师傅呢？他不回去吗？"

她问了一串的问题，陆沉舟一句话就回答了："老陈会处理。"

程夕：……

她还以为找到了突破口，明天可以找数学老师以情动人然后挖出真相呢，"行吧，"事已至此，她只好妥协，"回去了也好，你今天还没吃过什么东西呢。"

后视镜里，陆沉舟看了她一眼："口不对心。"

程夕脸一下垮了下来："……看破不说破啊。"

陆沉舟就笑了起来，仍然是那种很浅淡的笑容，但是能感觉得出，他的心情还不错。

于是心情不错的陆沉舟就决定再尽力一下："那么多人一致对外瞒着的真相，不使点手段你是挖不出来的，这事你不用再管，我让老陈解决。"

"呃，"程夕有点不好意思，"会不会太麻烦你？"

陆沉舟淡声："这不是男朋友的义务？"

程夕：……

总觉得，自己把自己给套住了。

进城已近十一点了，两人住的地方南辕北辙，程夕不想太过麻烦他，本来说好找个地方放下她，她自己打车回去的。

只是她还没下车，医院那边又打电话过来了，还是陈嘉漫的事，昨晚强制治疗的后遗症出现了，她今天晚上闹得更凶，甚至还出现了自残的行为。

看管的护士不敢再用强，于是只好给程夕打电话。

现在就是不想麻烦陆沉舟也得继续麻烦他了，好在陆沉舟听说了原委后倒也没说什么，直接开车将她送去了医院。

程夕匆忙道谢，下车噔噔噔跑上了楼。

陈嘉漫的病室一团糟，几个护士左右围着她，她缩在床角，一边抽搐着呜呜嘶吼一边将头往墙上撞:"不要,不要,我没看见,我什么都没看见。滚!滚!"

她双手扒着床角,用尽全力想要把床掀翻,似乎想借此来抵挡什么。

"啪!"程夕关掉了灯。

"怎么回事?"屋内的护士吓了一跳,程夕连忙轻嘘,"别说话!"

所有人一动不敢动,程夕借着一点余光,示意其他人退出去,可能是黑暗给了陈嘉漫安全感,慢慢地,她的嘶吼声低弱了下来,缩在角落里瑟瑟发抖。

程夕站在那儿看了好一会儿,才发现她是在害怕。待她再平静些后,她正准备慢慢靠过去,忽地发现还有人站在旁边没离开,忍不住眉头一皱,待要再次提醒,却看清那个人居然是陆沉舟。

他不知道什么时候也跟上来了,而且还跟进了病室,站在门边目光沉沉地望着缩在墙角的陈嘉漫,高大的身影完全遮住了外面的光线。

程夕心念微动,没有赶他,反而将他拉进房内,关上了门。

窗上的百叶也是关着的,外面的路灯照不进来,屋内更黑了。

陈嘉漫呜呜地哭,声音里的惧意已十分明显。

程夕想到陆沉舟抽烟,踮脚在他耳朵边轻声问:"你有打火机吗?"

她以拳捂嘴,尽量让自己不要那么唐突,可事实上,还是有一丝气息泄漏出来,轻轻扑在陆沉舟的耳朵上。

微微的痒,像是一阵柔软的风吹过,带着清冽好闻的气息。

2

陆沉舟咽了口口水,默默地从兜里取出一个打火机,递到她手边。

程夕接住,深秋冷凉如冰的天气,她脱掉鞋小心翼翼地走过去,在距陈嘉漫大约三步远的地方停了下来,"嘿,"她蹲下身,轻轻柔柔地开口,"还记得我吗?昨天,我来看过你的。"

陈嘉漫没出声,呜呜声低了下去,但程夕能感觉得到,她全身心戒备和紧张。

"别怕,我会陪着你。"她尽量让自己的声音平稳、温和,不带有一点点的异样,"这里好黑呀,我们点个灯好不好?"

陈嘉漫没有出声,程夕停了停,摁亮了打火机。

火光悄然照亮了这一片小小的地方,淡淡的带着蓝色的火焰,她没有看陈嘉漫,而是用另一只手拢着那火光,用带些梦幻一般的声音轻声说:"看,灯亮了。你看到了吗?"

她说:"灯里有一只小兔子,下雪了,小兔子一个人待在家里,她穿了很暖的毛衣,围了漂亮的围巾,手上还捧着一杯热热的开水,可是,她还是觉得冷,总觉得自己缺了点什么东西。"

"缺了什么呢?她一直一直想,后来总算想明白了,也许,她缺的,是一个温暖的拥抱。"

程夕说着,跪在地上,上身前倾,手慢慢地伸向陈嘉漫,慢慢地试探性地去抱她。

陈嘉漫推开了她的手,火光里她快速爬上床,然后拿被子密密地盖住了自己。

等到陈嘉漫睡下,时间已经很晚了。

程夕让护士给她用了药,这才重新穿上鞋退出了病室。

整个过程里陆沉舟一直站在那儿,没有动,也没有说话。

她出去,他也跟着出来,门关好后,她问:"累吗?"

他没说话。

护士站的护士探头出来叫了一声:"程医生。"好奇地看了一眼她旁边的人。

程夕回头,笑了笑:"嗯,病人已经平复下来了。今天晚上应该没什么事,明天我会早点过来,然后出一个新的治疗方案。"

护士冲她打了个"OK"的手势,指着陆沉舟用唇形问她:"男朋友?"

程夕摇头,拉着陆沉舟的衣袖赶紧出了医院,到了停车坪,她放开他,见他仍旧一副没醒过神的模样,忍不住伸手在他面前晃了晃:"嘿,吓到你了?"

陆沉舟看着她。

"怎么了?"她轻声问。

"你能给我讲个故事吗?"

"现在?"

"嗯。"

程夕不知道是什么触动了陆沉舟想听故事的神经,她没拒绝,也不觉得奇怪,想了想,针对陆沉舟的病讲了一个小故事:"小兔子偷偷喜欢上了一只小狐狸,它每天都要跑到一个无人的山谷大喊'小狐狸,我喜欢你'!然后山谷里就会传来'我喜欢你'的回音。小兔子就那么喊了很多天,终于有一天,它想放弃了,它最后一次到山谷大喊'我喜欢你',这时,它身后轻轻传来一个回音,'我也喜欢你'。"

陆沉舟听完微微怔了怔,其实程夕讲的故事平平无奇,毫无新意,但或者是夜已深了，周围很安静，静得她的声音在空旷寒凉的夜里都带了那么一点温暖的蛊惑，让人不由自主地陷了进去。

他垂眸笑起来，晕黄的灯光下，他的笑容看起来有点凉，"我也喜欢你。"他喃喃着重复了这么一句话，复又抬起眼睛，突然说，"你能吻我吗？"

正认真研究他反应的程夕：……

眨眨眼，她问："有理由吗？"

难道是她的故事让他误会了什么？

陆沉舟表情无辜："我们不是男女朋友吗？"

程夕只能比他更无辜："但也没有男女朋友那什么前还问一声呀，会问只能说明，情不够深，还是得退回到普通朋友。"

陆沉舟闻言，若有所思地看了看她，没有说什么。

程夕就以为这 part 已经过去了，也没在意。第二天她上班就去了医院，陈嘉漫难得没有把自己埋起来，坐在床上，目光呆滞地看着百叶窗透进来的那一点点日光。

程夕试着靠近她，离床还有五步远的时候，陈嘉漫回过头来，神情惊恐，脊背瞬间弓紧，双眼睁大，嘴里发出嘶嘶的磨牙声，看起来像是随时要暴走的样子。

程夕没再靠近，她把自己来时路上买的素描本递过去："送给你好不好？"她打开素描本，一边画一边说，"它可以变出很多你想要的东西，像那只想要个拥抱的小兔子。"

都说书到用时方恨少，其实技术也一样，看着上面被她画得四不像的小兔子，程夕在心里嫌弃了自己一句，只能寄希望于陈嘉漫可以拥有非同一般的鉴赏力："看，小兔子在等着你抱抱它。"

陈嘉漫没什么表情，看起来木木的，但身体的反应一点也没松懈，仍是紧张而惊惧的。小镇之行，让程夕感觉能读懂一点她肢体的反应了，因此她并不着急，把素描本和铅笔远远递放在床边，慢慢地退了出去。

回到护士站，程夕站在监控前，镜头里的陈嘉漫一动未动，她没有碰那本素描本，而是转头继续看向窗外，嘴里喃喃的也不知道在念叨些什么。

眼看着今日不会有太大的进展，安排好其余的事情后，程夕便去了门诊那边，结果还没进门就被人给堵住了，那人手里拿着支录音笔，问她："请问你是精神科的医生程夕吗？"

程夕审慎地望着她："您哪位？"

"我是××网××栏目的记者，可以就'土豪包号'事件采访一下您吗？"

我勒个去！听到她问出这句话，从来都不说粗话的程夕也忍不住在心里爆了句粗口，这事难道还没过去，是要发展成连续剧吗？

简直哭死！程夕果断拒绝："抱歉，你认错人了。"回身往外疾走。

那小记者追在她身后："其实您就是事件里的女主角对不对？"

……

"仁医精神科年轻漂亮的女医生，我查过，好像就只有您呀……"

……

"说真的，其实您就是吧？我没有恶意，就是网友们挺好奇的，想知道多一些细节。"

"如果您接受采访，我可以隐去您的姓名哦……"

"抱歉，这里不能进。"程夕随便找了个闲人免入的门走进去，面无表情地把小记者挡在了外面。

将人甩掉后，程夕也不急着去科室了，打了个电话跟同事确认："我是不是还在休假中啊？"

同事笑："你来上班也行啊，被记者骚扰得十分烦恼的主任貌似很想找你喝喝茶，谈谈人生哩。"

程夕：……

她果断决定还是继续休假，除了去看陈嘉漫，几乎不涉足其他地方。饶是这样，程夕还是没有摆脱被内部同事各种围观调侃的命运，因此对于陆沉舟这个始作俑者，她真是恨得牙痒痒，关键是，明知道给她带来了麻烦，他还不肯让他人销号，问他为什么，他说："太麻烦！"

程夕真想好好问候问候他：那你老人家叫人去挂号的时候，怎么就没觉得麻烦呢？

这场八卦一直持续了好几天，因为事件牵涉到医生、富豪，所以众人热情高涨地想要把事件当中的女主角还有男富豪都挖出来。医院强势的辟谣让程夕逃了一劫，却也令得事情更加真假难辨，由此应运而生了诸多城内富商的八卦新闻，或真或假，沸沸扬扬的，搞得好些个无辜躺枪的大佬不得不发声明澄清。

程夕每次看到那些都觉得囧囧的，程爸程妈他们也看到了，程妈因此还特意打电话给她："那个被包号的，是你们医院的谁啊？"

程夕应得干脆："不知道。"

然后程妈特鄙视她："你每天都在干什么哦？人家都说那女的就是你们精神科的，你也不知道打听打听？"

程夕真是囧里郎个囧，十分庆幸医院对她的维护，否则真是要收不了场了。

程妈动员她去积极主动了解这八卦，程阳更加过分，说："你看到底是哪位豪杰驯服了这么个大方的主，想办法让她介绍给我认识噢，我做生意，很须要认识这样的老板！"

程夕无言以对，正愁这八卦不消停，陆沉舟给她打来电话："那个姓刘的来了，你要见他？"

"陈嘉漫的数学老师？"

"嗯。"

程夕很意外，这两天其实她也有跟警方打听过陈嘉漫的事，当初事发后他们也调查过一段时间，但得出的结论是陈嘉漫性格孤僻敏感以致精神失常，她是否受过欺负什么的则是完全没听说过。

程夕相信警方，因此又怀疑小女孩说的不是真的，犹豫着要不要再去镇上找刘老师谈谈，没想到，他竟然过来了。

"行，他在哪里？我去见他。"

陆沉舟约见的地方在东来大酒店三楼的咖啡厅，陆沉舟要了个包间，程夕到的时候，陆沉舟和刘老师面对面坐着，前者神情闲淡，后者却是坐立难安的样子，时不时抬头四处张望。

看到程夕来，他似乎还松了一口气，这一次，他又恢复成了那个初见时态度和蔼的老师，和她打招呼："程律师。"

程夕点点头："您好。"看了一眼陆沉舟，他也淡淡地看着她，说："他有话要跟你说。"

程夕就转向刘老师："您说。"

刘老师局促地搓了搓手："你之前不是问我，陈嘉漫为什么会退学吗？其实我知道原因。但是我希望这事出我口，就只有我们三个人知道，你也不会要求我在任何场合下作证。"

程夕心里一紧，只从他这个开场白，她就能猜得出，陈嘉漫得病的真相，一定不简单。

没有多做考虑，程夕说："好。"

刘老师就又看向陆沉舟，后者无所谓地点了点头。

刘老师说："那答应我的东西，一样也不能少。"

陆沉舟淡淡地："好。"

程夕看着他们："你答应他什么？"

陆沉舟却没多少耐性，发话："你可以说了。"

两人都不约而同地无视了程夕的问题，刘老师沉默了好一会儿，说："陈嘉漫之所以会退学，就像我女儿说的那样，她是被欺负了，按照现在通俗一点的说法，她是遭遇了校园暴力。

"陈嘉漫的性格很软弱很孤僻，偏偏她父母常年不在，身边只有个年纪大了的奶奶，所以一直以来，她都很受排挤。只是小的时候排挤欺负她都有限度，进了初中，大家年纪大了，知道的东西多了，欺负她的手段也就多了。

"她进初中没多久，因为长相出众，在男孩子当中很受欢迎。你也知道，青春期的小孩子，嫉妒心和叛逆心比任何年龄都大，有女孩看不惯，就召集了一帮人在放学后堵她……那次可能人多，彼此一起哄就有些刹不住，做出来的事……特别恶劣，也就是从那次以后，陈嘉漫再也没有上过学。"

这样的事，最近好像层出不穷，程夕叹气，尽管她能猜到大概发生了些什么，可为了能更好地了解陈嘉漫的病情，她只能问："我能问问，有多恶劣？"

刘老师默默地从袋子里拿出一个手机，打开翻找了一会儿，将之递到了程夕面前："我这里有其中一段视频，你可以看看。"

程夕接过来，打开了那个视频，视频很短，不到二十秒，但其内容，却让人触目惊心。

哪怕早有准备，她仍旧看得瞠目结舌，心头火起！

她没有想到，小孩子的恶也可以作到这样的程度："这是犯法！"她看着刘老师，几乎拍案而起，"作为老师，你们得知真相，非但不报警，还意图包庇？"

刘老师微微低下了头："……我也没有办法，我只是一个普通的数学老师，上面怎么说，我就只能怎么做。参与施暴的孩子你也看到了，不是一个两个，而是一群，其中有两个孩子，家里还有点关系。他们这些人家联合起来，在当地完全可以做到只手遮天的地步。更何况，那还都是未成年的孩子，就算报了警，又能怎么样呢？而且陈嘉漫的奶奶觉得这是个很丢人的事，也选择息事宁人，让那些人家里都赔了一点钱就不追究了。当事人不追究，学校自然也不会揪着这事不放。"

刘老师说话没什么逻辑，很显然这事在他心里也有不轻的负担，所以再次说起，他感觉很紧张。

也许更多的，还有羞愧。

程夕闭了闭眼睛，想起陈嘉漫家那修得气派的三层楼房，她记得那个给她带路的阿姨说陈家也就这两年日子才过得……嘘出一口气，她努力让自己冷静下来："陈嘉漫家的房子是不是就是拿那些赔偿款建的？"

"嗯。陈奶奶的意思，有了大房子，哪怕孙女儿被欺负过，可有家底，以后还是不怕嫁不出去。"

程夕一口气郁结在心中，半晌，她才问："陈嘉漫的爸爸知道这些事吗？"

"不知道吧。他跟人跑海，很少回来，就算回，也就在家里待个两三天。我听说，因为陈嘉漫长得很像她妈妈，所以他也有点不待见她，父女两个没什么感情。"

"……陈嘉漫的精神状况，是从那事以后才开始出问题的吗？"

"差不多。不过那以后她很少出门，所以我也不知道她具体是什么时间出现问题的。"

"那你说她上学时因为你缴了她的画画本，和你闹，甚至咬过你，是真的吗？"

"这件事是真的。"

"那时她的精神状况怎么样？"

"还好吧……就是话很少，要不是那次冲突，其实我都记不住她。"

程夕沉默，刘老师见她脸色难看，忍不住说："其实我……报过警的，但是没什么用，我手机里就只有这么一段视频，没头没尾的，除了陈嘉漫也没有谁露过脸，所以警方也没查出什么。"

程夕讽笑："不是没查出什么，是所有的知情者都统一口径了吧？"

陈嘉漫的事情，就像是穿上新装的皇帝，说的人多了，假的，也就成了真的了。

刘老师走后，气氛很有些沉郁，当然，那也只是程夕的感觉，因为她这会儿心情差到极点。陆沉舟看起来倒是淡淡的，甚至还能饶有兴致地看她生气。

程夕是过了好一会儿才发现他是在观察她的，微微顿了顿，她收拾心情，问他："你在看什么？"

陆沉舟说："看你。"

"看出什么了？"

"你很生气。"他说，有些疑惑的样子，"为什么要生气？你只是个医生而已。"

程夕嘘出一口气："那是义愤。和我的身份还有职业没有关系，那是人类在面对不公平还有不正当的事情的时候所拥有的正常的反应。"

可能还是有不平，程夕刺了他一句。

陆沉舟听出来了，他淡淡地笑了笑："勇者愤怒，抽刃向更强者；弱者愤怒，却抽刃向更弱者。这世上的事，不多是这样的吗，有什么好义愤的？"

程夕意外，她没想到，他竟然还会引用鲁迅的话来回应她。

顿了顿,她说:"人生中最重要的行动往往就是从盛怒中萌芽、产生,所以,路有不平,得有人踩才行。"

他用鲁迅的话,她就引了巴尔扎克来回应,陆沉舟显然是知道这句话的出处的,他脸上表情未变,语气却很有点凉薄,"不过是无用功。"他说。

程夕问:"既然是无用功,那你为什么会帮我把刘老师带过来?"说到这里,她突然想起,"对了,你答应给他什么,他才同意说出这些?"

陆沉舟没有立即回答,他指了指自己旁边的位置:"你坐过来。"

程夕还以为他要告诉她的事情很隐秘很重要,闻言毫不犹豫地坐了过去,抬头望着他,等着他告诉她。

头上的光线照下来,正好打在她脸上,白皙的皮肤,通透得像是一块打磨得极好的玉。

陆沉舟又有了那天在那小镇上时心痒痒的感觉,像有一根羽毛,轻轻在他心尖上挠了挠。

很轻微,却还是让他觉得异样。

他微微倾身,想要吻住那片像是染了霞色的玉,却被错愕不已的她躲开了,他的唇落在了她那半个酒窝上。

他张开嘴,伸牙毫不犹豫地咬了一口。

程夕:……

3

程夕捂着脸,还好,并没有口水巴拉的,也不痛,就是这行为……他脸上并无爱意,也没让她觉得他是有意想占便宜,所以她也不想把事情弄得复杂化,只是玩笑说:"看来您是真的很讨厌我这半个酒窝,都恨不得想咬掉它了。嗯,要不下次我戴个面具?"

陆沉舟还维持着半俯身的姿势,看着她。

讨厌吗?其实不,可能看习惯了,只有半个酒窝的她看起来也没那么让他难受了。

他说:"不用。"

程夕有些想笑,正想回他一句,听到他又说:"我本来就想吻你。"他说着坐正了,双手交叉放在胸前,特别正经地解释,"不是你说的,吻女朋友不需要先问,想吻就吻的吗?"

程夕:……

所以那一趴还没过去是吗?而且她好像不是这个意思吧?她有些艰难地

说:"其实也不是想吻就吻,还得要顾忌一下场合、环境什么的。"想起陆沉舟常常出人意表的行为,她觉得自己还是不要再跟他解释的好,便果断转移了话题,"你还没有回答我,为了让那个刘老师说出真相,你给了他什么?"

陆沉舟坐回去,懒洋洋地靠在椅背上,给的答案简单又粗暴:"钱啊。"

"多少钱?"

陆沉舟就看着她:"你要还我?"十分痛快地从袋子里掏出一张收据递到她面前,颇体贴地告诉她,"老陈能力不错,没有给太多。"

程夕默默地数了数上面那一串零,很快得出了具体的数额,只觉得……百感交集。

她真的不应该答应让他帮她忙的,真的。刘老师多少还有一点道德感,软磨硬泡,她总会撬开他的嘴。

现在嘛,只能还钱了。程夕暗暗叹了口气,老着脸皮问:"我能分期给吗?"

"随便。"过了会儿,问她,"你打算分多少期。"

"二……十年?"她很没勇气说一年两年,因为陆沉舟付的还真不少,以她目前的收入两年也得不吃不喝才能还清。

有钱人的不多,总是和普通人有着巨大的差额。

陆沉舟收回收据,看了她一眼。"可以更久一点。你可以还一生。"他说。

如果他的语气不是这么淡的话,这已经能称得上是情话了。

就因为他语气太淡,弄得程夕有些不知道该如何应对,认真吧,似乎小题大做了;不认真吧,又怕轻慢了他。

毕竟不管她有多不认同陆沉舟解决问题的方式,他总是帮了她。

为此她决定请他吃饭,只是才吃到一半,医院给她打来电话,说是陈嘉漫的监护人到了,要她回去一趟。

陈嘉漫的监护人就陈父,他总算是回来了。

程夕接到消息饭也不打算吃了,放下筷子:"抱歉,医院有点事,我得先走了。"

拿起包,她准备离开,还未起身,陆沉舟拉住她的手:"先吃饭。"神情很严肃。

"可是我有事……"

陆沉舟已经把筷子递回到她手里了。递完了,他继续一手拉着她,一手慢条斯理地吃着自己碗里的菜。

看那架势,是她不吃完就没打算让她走了。

陆沉舟说:"我不喜欢做事情半途而废。"

程夕在心里吐槽：其实就是强迫症吧！

想了想，她没再坚持，重新拿起碗筷配合着他的节奏吃完了饭。

过后程夕回医院，陆沉舟也没要送她，程夕本来也没打算让他送的，可看见他离开得那么干脆，忍不住叫住他："陆先生，"她说，"我有点急，如果不忙的话，您能送我过去吗？"

陆沉舟闻言看了看手表，点头。程夕看着他，他虽然没什么表情，但眸间还是闪过一丝懊恼。

程夕心里有了点猜测，但要证实还得进一步了解，路上看他不太想说话，她也没怎么开口，只想着见了陈父后应该要怎么做。

如果可能，她很想替陈嘉漫讨回公道，而能做这事的，最好的人选无疑就是陈父。

陆沉舟将程夕送到了医院，然后他还一直把她送上了楼，程夕没有拒绝。

当然，他也没容她拒绝。

看到陈父的第一眼，程夕有种很颠覆的感觉，她想象里的陈父应该是穷苦而潦倒的，因为好赌，可能还有点邋遢或者说猥琐。

但事实上，站在程夕面前的陈父或者是穷苦了一点，但他一点也不邋遢，更不猥琐。一件浅蓝的风衣外套，深蓝牛仔裤，衣服虽然都有些旧，却收拾得干干净净，很是整洁。

如果不知情，他看起来更像是一个清苦的学者，而不是远洋跑船的渔夫。

程夕一下竟有点卡壳，还是陈父先开口："您是程医生？"

声音也很温和。程夕回过神："是陈嘉漫的爸爸？"

"是。"他点头，看起来有点紧张，"我听警察说，你想见我。"

这话说的，好像警察不那么说他就没打算来见她一样，程夕皱了皱眉："你见过你女儿了吗？"

他点头，旋即又摇头，程夕见状，叫了个护士过来把陈父带去陈嘉漫的病室，她自己则回了办公室，一边换白大褂一边看着桌上的监控视频。病室内，陈嘉漫已经睡着了，她规矩而怪异的睡姿显然刺痛了陈父，几乎是只看了一眼他就转开了视线。

镜头下的陈父狼狈而仓皇，面上神色复杂，悔恨、痛苦、自责、懊恼……

程夕看了心里微微一沉，陆沉舟从进来开始就一直站在那儿，此时他收回目光，淡淡地说："他知道的。"

看陈父的样子，陈嘉漫所经历的一切他都知道。

程夕点点头，系上了最后一颗扣子。出去前她问陆沉舟："我想跟他谈谈，你要一起吗？"

其实是隐晦地提醒他不要跟过去，陆沉舟不知道是不是听懂了她话里的意思，瞥了她一眼，没有动。

程夕推门出去，将将拿回陈嘉漫的病历，陈父就回来了。

程夕注意到陈父表面上已经平静下来了，只微微发抖的手指显示了他的不安定。

程夕给他倒了一杯水，他没喝，捧在手里，目光放空。

程夕问他："你想进去和她说说话吗？"

他好像很费力才理解了她的意思，有些慢半拍地吃惊道："她……能认得我？"

"你好像知道她不能认人。"程夕看着他，"我听说你是三个月前离的家，那是不是意味着病人至少在那以前就出现了类似的症状，或者说更早一点？"

"是。"

"具体是多久？"

陈父说得有点艰难："一年多前吧，不过那时候她只是偶尔不认得人，有些说胡话。"

"还有别的症状吗？"

陈父摇头。

"那是什么时候开始变得严重了？"

"半年前。我回家，觉得她那样不行，就想让她再去学点什么。"

程夕停下记录，抬起头："你们强迫她了？"

"……是。"陈父哆嗦着掏出烟，点了半天却没点上火，最终只有放弃，捂着脑袋说，"那时我们都不知道她病了，把她拖出房，她又踢又打，闹得特别厉害。我气不过，就打了她，她跑了出去，我们找了一日，后来才在个半废的坟包里找到她。"

陈父说到这儿打了个寒噤，显然是那段经历让他感觉到很不适。

程夕问："后来呢？"

"后来她就天天往那儿跑，天一黑就去了，还总说些让人害怕的话，慢慢地，连人也有些认不清了。"

"你们没带她去看过医生？"

"没有。"

"为什么？"

"我妈说她没病，只是中了邪，烧烧香拜拜神就好了。而且她还小，传出有疯病我们也怕对她不好……"

程夕简直听不下去，"是怕对她不好，还是怕对你们大人有影响？"见陈父一味低头不语只觉得腻味，转而说，"我想查明她的病因好对症治疗，就我知道的，她是退学后才出现你说的那些症状。那你知道她为什么会退学吗？她小学的成绩并不差，为什么刚进初中就退了学？"

陈父嗫嚅着："她……她不听话……"

"只是这样？"

陈父低下头。

程夕拿出手机："我这里有一段视频……"

陈父一下惊得站了起来，椅子猛地被带出，发出刺耳的一声尖鸣："什……什么视频？"

程夕尽量让自己平静："她为什么会退学的视频，你要看吗？"

"不看！"陈父极快地拒绝，他看起来惊讶极了，连脸上的表情都有些扭曲，"你为什么会有这个，不是说都删掉了吗？"

"你果然知道发生了什么事。"程夕语气放缓，尽管心里怒意翻腾，但她不想刺激他，"既然知道，你就没想过要替她讨回公道吗？不，准确地说，陈嘉漫在事情发生后有想要你们帮她讨回公道，惩罚那些坏人吗？"

陈父没有答，他看了她一眼，确切地说看了一眼她的手机，猛地转身，跌跌撞撞地跑了出去。

程夕忙站起来追他："陈先生。"

可陈父走得很快，没一会儿就拐进楼梯口，从那里飞跑着离开了。

等程夕追过去，已经连影子都看不到了，楼梯间，只有一些不明真相的路人。

她站在那儿不由无语，这时听到动静也追过来的护士问："程医生，怎么了？"

程夕都不知道该怎么说，只能问："24床病人的家属留联系电话了吗？"

"没呢。一来就问了些病人的情况，然后就一直坐那儿发呆，问什么都不答。"

护士很有些不满，程夕却皱了皱眉头，陈父的举动实在有些出乎她意料，看起来他的精神状况也有些堪忧。

"小夕！"程夕正想着，那边电梯门开，走出来一男两女，当先的那个正是才蜜月归来的新娘沈唯，她穿着亮丽打扮鲜艳，脸上满是初为人妇的幸福和喜悦。挽着她手和她一起的，是曾做过她伴娘的那个女孩。

程夕惊喜："你们怎么来了？"目光却越过她们两个落在后面的人身上，忍不住笑了笑。

林梵也笑。

"喂喂，我们还在哪。"看两人"眉目传情"，沈唯开玩笑。

程夕看向她："您哪位？不认识啊。您在不在和我们有什么关系？"

大家就都笑了起来，又玩笑了两句后程夕将他们领进办公室，一边走一边问："你们怎么有空到这儿来？"

沈唯说："大医生太忙，我们约不到你那就只有来医院找啦。顺便，蜜月买的手办，专门给你送过来的，我对你好吧？"

沈唯说着，从包里拿出一个精致的盒子递给她，程夕正要表达一下感动，林梵却拆沈唯的台，老老实实交代："沈唯朋友的舅舅也在这医院上班，我妈身体不舒服正好挂了他的号，就请她们陪我妈过来看病，正好有空一起来看看你。"

程夕笑，看了沈唯一眼，关切地问："阿姨没事吧？"

林梵摇头："还没检查完。"

沈唯啧了一声："林梵，你那么老实干什么？趁她感动要她以身相许呀……"这时办公室到了，沈唯的话在看清坐在里面的人时自动消音，"陆……陆总？呃，您怎么在这儿啊？"

陆沉舟不知道什么时候从里间出来了，正坐在椅子上看手机，听到动静抬起头，看了他们一眼，淡淡地说："陪我女朋友上班。"

沈唯吓了一跳："女……女……女朋友？谁啊？"

程夕抚额。

陆沉舟忽然起身走过来，这次程夕也吓了一跳，戒备地看着他。

陆沉舟神情清淡，很是旁若无人地一直走到程夕面前，说了句："公司有事，我先走了。"

程夕松了一口气："好。"

话音刚落，陆沉舟突然倾身在她脸上吻了一下，还没等她反应过来，他已经跟石化的沈唯微微点头致了个意，走了。

满室无语。

程夕干笑："那什么，离别礼节而已。"

话还没落音，门开，陆沉舟又走了回来，掰过她的脸，结结实实捧着她的脸在她唇上吻了一把。

4

当然，他并没有做进一步的动作，只是唇贴唇，连更亲密一点的厮磨都没有，在程夕看来，他那更像是闻个味或者是盖个戳，不含半点情欲或暧昧。

不过看在其他人眼里，陆沉舟这动作已经是足够嚣张高调还有亲密！尤其是吻完了，他还用手轻轻在程夕脸上摩挲了又摩挲。"别忘了，你是我的。"他说。

陆沉舟说完就走了，程夕没被他的吻刺激到，倒让他那句话给雷得外焦里嫩，但这次她不敢说什么了，谁知道他还会不会回来啊！！

还好，这次他没有再出现。

屋内静了好久，最后还是程夕打破沉默，给他们一人拉了一张凳子："坐吧，条件有点简陋。"

然后又给他们倒了白开水，林梵接过她递来的水的时候连看都不敢看她，只是默默地扯了扯嘴角。

沈唯总算回过神来，问她："所以，程夕你就是陆沉舟的女朋友？"

程夕说："不是。"

"靠，都吻上了还不是？程夕你不实诚呀。"沈唯看了眼林梵，啧啧地说，"有意隐瞒恋情，难不成你还想爬墙？"

程夕：……

她这时才想起，她还真不好解释，总不能说陆沉舟略有些不正常，只是她的病人吧？

想了半天，她勉强想到一个解释："其实我和陆沉舟真没什么……要说有，无非就是我老师曾经介绍我和他相亲。"

"相亲？"这是林梵。

"你俩相亲？那是我结婚前还是结婚后啊？"这是沈唯。

程夕一句话回答了两个人的问题："你结婚前。"

"难怪！"沈唯一脸恍然大悟的表情，"我就说傅明义那天怪怪的，干吗一定要你去送陆沉舟，而且你一去就没再回来！果然是有奸情啊有奸情！"

她太激动了，都没注意到林梵乍变的脸色，程夕倒是看到了，但她却很无奈——这事还真没法明说，毕竟事涉旁人私隐，陆沉舟又那么避讳提自己的病，她不想无意中伤到他。

所以她只能抱歉地看了眼林梵，瞧在林梵眼里倒像是她默认了一样。

林梵瞬间没了说话的兴趣，沈唯还在叽叽喳喳的，颇有些激动地掐住她的手臂："那天后来你们两个干什么去了啊？是不是私下约会去了，嗯，是不是？"

程夕摇头："没有。就是和他还有他两个朋友一起打了几局牌。"

这是实情，但显然没有人相信。沈唯说："才不信你哪，你还会打牌？"

"嗯，而且技术很好。"

"才不信你！……啊，我想起来了！你们医院传得沸沸扬扬的土豪包号事件，是真的吧？其实就是你和他，是不是？精神科医生和神秘土豪！"沈唯说着再忍不住，抓住程夕一顿挠，"小样，上次问你还假装说不知道，欠打呀你。"

程夕怕痒，被她挠得上气不接下气，还不敢闹大了动静，只能咬着唇一边躲一边断断续续地说："哎……我还在上班……"

沈唯不甘心地又挠了她好一会儿，直到林梵的电话响才停手。

林梵接电话的时候她也没放开程夕，两人就像连体熊似的听林梵接完电话。

林梵转过身来看着她们："我妈妈说有个结果出来了，我得过去一下。"他说着望向程夕，欲言又止。

大家都看着他，结果他就来了一句："再见。"走了。

程夕和沈唯都不由有些无语，两人对看一眼，沈唯转头叫她的朋友："哎，你先陪林梵过去好不好？我等会儿再来找你们。"

沈唯的朋友大大方方地说："好啊。"走时还很自来熟地和程夕道别，程夕冲她摆了摆手。

等人都走后沈唯总算肯放开程夕，望着她噗地一笑："你厉害啊，把自己男神的心伤得一片一片的了。"

程夕说："难道不是你在闹腾？"

所谓猪队友说的就是她啊，一直在让林梵误会的路上做着神助攻。

"我才不是闹腾，我是在帮你啊！陆沉舟多好，有钱有势有能力，身家家世什么都不缺。当然，我这么说也不是说林梵不好。就是怎么讲，这两人比起来，陆沉舟显然更优秀。"沈唯一点也不掩饰她对陆沉舟的好感，语气略有些激动地和程夕一样一样数他的好处，"跟你说，他在圈内的风评可好了，在男女关系上几乎是零绯闻，洁身自好得简直不像个凡人。"沈唯说着一笑，附到她耳边，"不妨偷偷告诉你，在认识我老公以前，我也喜欢过他哦。"

程夕：……

沈唯皱起鼻子："你这是什么表情？"

"嗯。"程夕笑，"我在想，我应该怎么和傅明义打小报告。"

"去你的。"沈唯推了推她，"他爱我爱惨了，你打小报告也没用。"

沈唯笑笑，看了她一眼，问："陆沉舟以前真的一个女朋友都没谈过？"

"反正就我知道的，没有。而且别说女朋友了，我听说曾经有人趁他喝多把女的脱光丢到他床上，他都没反应呢！"

程夕听罢，很是佩服那个这么做的勇士，十分好奇："陆沉舟没翻脸?"

"怎么没翻脸？我家老傅说陆沉舟给那人喂了药塞了四个女的给他，差点没把人整残废！哎——"眼珠一转，沈唯的手指轻轻点在她肩上，"还说你俩没啥，瞧你对他这了解的，你怎么知道他会翻脸？正常的不应该问他享没享受吗？"

嗝，就陆沉舟那性格加病况，他不翻脸能好好享受才出奇迹吧？当然这原因不能说，程夕特淡定："你忘了我的职业？"

"心理医生这也看得出来？"沈唯才没那么好忽悠，盯牢了她，"那你告诉我，我这会儿又是在想什么了？"

"你在想，嗯，程夕还真是走狗屎运了啊，居然和陆沉舟扯到一块儿！我得告诉柔姐姐，有人脱单了，对象还是高富帅！今天订婚明天结婚，可能娃都要出来了。"

沈唯目瞪口呆地望着她，半晌，恼羞成怒要挠她："我哪有那么八卦！"

程夕笑，两人又闹了好一会儿，程夕有事了沈唯才走，走前她笑嘻嘻地问："哎，你现在有陆土豪了，是不是林男神就可以抛到一边？"

感觉她话里有话，程夕挑眉："怎么？"

"嘿，我那朋友也看上他了。"沈唯说着眨了眨眼，"你懂的，我那小表妹年纪也不小了，眼界又高，好不容易有她看上的了，我这当表姐的，自然要寻机撮合一番。"

"就刚和你们一起来的那女孩？"

"嗯，长得不错吧？"

长得确实还不错，不过，那女孩看上了林梵？程夕想起刚刚沈唯要她和林梵一起过去时那女孩脸上过于坦然和无所谓的神色，觉得沈唯一定是弄错了什么，可想想就是她弄错了也没关系，就没纠结这个，只说："我不介意。不过，你考虑过柔姐姐的感受吗？"

"行啦，柔姐姐那就是嘴上叫得响，真要让她去追林梵，你看她会不会。你不介意就行！"沈唯说着，拍了拍程夕的脸，"我先走啦，放心，好好过你的日子，我会让你的男神也幸福的。"

可能是程夕承认林梵是自己男神承认得太痛快了，所以沈唯每每说起这个都充满了戏谑的意味，现在甚至还公然帮她朋友挖她的墙脚，程夕对此只能是无奈抚额。

被林梵误会了，程夕本来以为自己会很不安，甚至会急着想办法去找他澄清，可事实上，她更着急于陈父的突然离去，沈唯他们走后，她亲自和警方那边联系，总算取得了陈父的联系方式。

但是一直没有人接听。

程夕无奈，只得暂时放弃，去处理其他事情。其间，程夕路过陈嘉漫所在的病室，发现不知道什么时候她已经醒来了。

仍旧是光线暗淡的房间，她坐在床头，手握着笔也不知道在画些什么。

程夕想了想，去办公室拿了另一本素描本还有一盒蜡笔，仍然是在离床五步远的时候，陈嘉漫虽没有看她，却停了笔，全身都做出了警戒的姿态。

程夕没有再靠近，她就地坐下，在素描本上，很认真地画着。

这次她给自己的画涂了颜色，画上仍旧是一只不太成形的小兔子，不过程夕努力把色调调得温暖一些。

画完，她把本子和蜡笔留在原地，轻手轻脚退了出去。

整个过程里，陈嘉漫没有看过她一眼，程夕也不着急，要接近一个备受伤害的人，耐心只能是唯一的通路。

回到办公室，程夕打开手机，发现里面有林梵发过来的信息。

他说："恭喜你。"

看时间，是不久之前才发的，那会儿，她正陪着陈嘉漫。

程夕想了想，回他："恭喜什么？"

这次他很久没回，恰好负责陈嘉漫案件的警官给她回电话，程夕就和他说了自己这次访查的结果，对方貌似很惊讶，说："我们不知道这事。你等等，我马上过去找你。"

警方的重视，让程夕轻轻嘘了一口气，也许最终的结果还是会不尽如人意，但她希望，该付出代价的人，多少还是要付出一些。

因此警察来了后，程夕把自己在小镇上的遭遇都和他细细说了，也给了他刘老师给出的那段视频。

哪怕很不认同刘老师明哲保身的态度，但既然已经答应了他，程夕最终还是没有说出他来，只说视频是一个陌生号码发给她的，至于那个号码的主人警方能不能查到，说实话，程夕也不清楚。

从警察取走视频开始，这件事，就已经不是她能插手的了。

警察走后，程夕总觉得莫名地有些不安宁，一低头，看到手机里多了几个沈唯的未接来电，还有林梵回过来的信息，这回他没接她的茬，只说："能请你吃个饭吗？单独的。"

程夕想了想，回说："好。"

两人约在医院的停车场见面，程夕收拾东西往楼下走。这个点用电梯的病人比较多，程夕就沿着楼梯慢慢往下走，一边走一边给沈唯打电话，她的电话却一直都在占线中。

精神科大楼前面正对着一个很大的停车场，程夕走到门口，一抬头就看到对面停了一辆黑色的车，车子停稳后，林梵走了出来。

沈唯的电话这个时候终于接通，她在那头嚷嚷说："打你电话一直没接，你下班了吗？过来吃饭呀……林梵那个没良心的，说好请我们，结果点好餐，他人跑了……喂喂！"

在林梵发现之前，程夕退回了大楼，然后避在一个拐角的地方，叹口气："我知道了。"

沈唯貌似不满："你知道什么呀？"

"没什么。"程夕笑，"我没空过去，你们吃得开心点。"

沈唯就更不满了："你好讨厌，连你也不来吗？我今天都去医院看你了哦。"

程夕说："下次请你。"她看到林梵走了进来，步子迈得很急，直接走到了电梯旁边，选了个很醒目的位置静静地等着。

程夕站在那儿也静静地看着他，时光匆匆，再遇见，她总觉得他变了很多，但仔细看来，他其实并没有变，他仍然是那个带点傻气的少年，会因为她一个突如其来的邀约，千山万水，不顾一切跑过来。

像是有某种感应，林梵突然回过头来，然后就看到了站在身后的她，脸上慢慢漾出一点清浅的笑意。

他长得或许没有陆沉舟那么清俊好看，但当他笑起来的时候，却显得特别温暖，像灿烂阳光，看着就让人喜欢。

他走过来，脸上多少还是露了点紧张之意："等很久了？"

程夕说："没有，我也是才下来。"

"我也是。"他说，"送我妈回去后才过来的，还怕赶不及你下班。"

这话明显是撒谎了，他有些害羞，眼神都不敢看她，可他这样子，却也让程夕找回了点旧时熟悉的影子。

少年时的林梵，家境并不太好，他没有爸爸，和他妈妈算是相依为命，母子俩的日子过得很清苦。学校的伙食不太好，大家都自己带菜去学校，然后你分我一勺我分你一勺地吃得很热闹。

只有林梵，从来没有带过菜，吃饭时他也都是默默地走到一边。程夕带了几回，见状就也没再带过，然后吃饭的时候总是厚着脸皮和田柔她们抢食，抢完了，分一半给林梵，美其名曰：给你们男神。

到后来，都不用程夕再帮忙，林梵也能分到很多的菜，那时候就是他特别话多的时候，啰啰唆唆讲一大通，也是这样羞臊而不敢看人的模样。

田柔很喜欢那时的他,和程夕说分点饭菜就能让男神和我多说几句话,那些菜就足以"死"而无憾了。

因为这个,林梵后来即使自己带了菜过来,没两天饭盒也会莫名不见。

多年后,他们再次坐在一起吃饭,又说起这些旧事,林梵问她:"那时候,是你鼓动田柔拿走我的饭盒的吧?"

程夕说:"不是。"

他不信,怀疑地看着她。程夕笑:"是真的,田柔很喜欢你。"

林梵的脸上就显出了一点晕红,从眼皮底下偷偷地望着她:"那你呢?"

第五章

1

"什么？"

"你是不是也很喜欢你男朋友？"

能说他比以前进步了吗？到底还是忍不住问了出来。像读书那会儿，有个男孩子单方面宣布说程夕是他的女朋友，林梵问都不曾问过，只因为看到她和他走在一起，就断定了两人关系，然后慢慢地疏远了她。

程夕说："如果我说，他并不是我男朋友，你信吗？"

林梵犹豫了会儿，说："我信。"

可程夕知道，他其实是不信的，不过程夕也能理解，毕竟一般的男女朋友，也不会随便吻来吻去……关键这事她还不好解释。

她看着他："你不用勉强自己相信我，说实话，如果我是你，大概也是不相信的。"

林梵就做出一副苦恼的样子："哎，被你看穿了……不过能有个人来爱你、保护你也挺好的。"

程夕淡笑，心里说不出是什么感觉。

有失望吧，也有一点点的难过，不管是过去还是现在，他似乎总迈不出那一步。

所以她才觉得，爱情其实就是一种幻觉，能让疯狂的人变得更疯狂，却也会让理智的人变得更加理智。

想了想，到底不想他误会更深，程夕说："可惜要让大家失望了，我和陆沉舟还真不是什么男女朋友，至少感情上不是。在我看来，我不过就是他的一块挡箭牌，迟早有一天，效应过了，我也就自由了。"

这是程夕真实的想法，她不觉得陆沉舟喜欢上了她，他那样的人，不存在一见钟情，所以就像她把他当成是病例对象一样，很有可能，她也只是他的观察目标。

观察她能不能帮到他，可不可以帮到他，然后才能彻底相信她。

林梵一下就抓住了她话里的重点："你说……自由？他是做了什么，让你不自由吗？"

程夕不禁为他的敏锐叹服："我说了那么多呢，你怎么就只注意到这个？"

林梵笑了起来，看得出，这一次，他的笑容里多了点愉悦的味道："我……"

他只说了一个字，程夕的电话响了，她的手机就放在桌上，所以当陆沉舟的名字跳出来时，两个人都看见了。

林梵将到嘴边的话又咽了回去，程夕十分自然地拿起手机："还真是说曹操曹操到，抱歉啊，我先接个电话。"

她态度坦然，就坐在那儿接通了电话。

陆沉舟仍是一贯直接的态度，问她："你在哪儿？"

程夕捧起杯子准备喝水："有事吗？"

"我想见你。"他语气里竟然有种少见的严肃。

程夕瞬间也郑重了起来，脑子里唰一下冒过许多念头：陈嘉漫是不是遭遇了什么更不好的事，或者是陈父，他今天那样跑了出去，不会是出了什么意外吧？还有要不就是，陆沉舟发现自己的病有了新的变化……毕竟他今天竟能无视洁癖亲了她。

她坐正了，报了自己的坐标，问："你现在过来吗？是发生了什么事？"

然后陆沉舟的话，活生生地教会了她，什么叫作想！太！多！

陆沉舟说："嗯，我想再吻你一下。"

程夕：……

程夕猛地呛了起来，挂掉了电话。

"你怎么了？"林梵担心地问，抽了几张纸递给她。

程夕接过纸巾，捂着嘴，头偏到一边咳了好半晌，直咳得泪眼婆娑的，才总算是压下了心里的那点惊喘。

哪怕她是心理医生，可也还是有点搞不太懂陆沉舟的脑回路，还是会时不时地被他惊吓到。

"没事吧？"林梵又问。

"咳，咳，没事。"程夕说，"陆沉舟说有事要见我。"

"那……我先走了？"

"好吧。"程夕没法留他，因为她不确定待会儿陆沉舟来了后会发生什么，以她对他仅有的了解来看，如果他真是想要吻她一下的话，他是不会在意有没有外人在的。

想想他来之后，一言不说就开吻……那画面太美，她实在不敢想象。

假装没有看到林梵眼里的失望，程夕站起来，将他送到了饭店外面。

"我就在这里等他，你先走吧。"程夕说。

林梵点头，上了自己的车，他坐在车内，过了好一会儿，才发动车子离开。

入冬了，白天有太阳还不觉得，夜里却是寒凉如水，车窗没有关，风从外面大片大片灌进来，冷得刺骨。

林梵冻僵了都没多少感觉，他看了眼后视镜，看到程夕双手抱臂，一直站在那儿没有动。

风轻轻吹起她围巾的一角，就像是绑在她背后的一只蝴蝶。

那只蝴蝶闪着光，当他在国外时，它是他梦里的彼岸，可等他回来了，才发现，它早已融入这座城市，成了他或者永远都不能触及的一盏霓虹。

林梵走后过了好一会儿，陆沉舟才到。他是自己开车过来的，拒绝了程夕找个地方坐坐的提议，直接就让她上了车。

然后她一上车，他就转过头来看着她，目光牢牢地盯着她的嘴唇，像是琢磨着应该怎么对猎物下嘴的野兽。

程夕有点发毛，在他做出动作之前，她说："我能问问，你为什么想要吻我吗？"

有些时候有些事，点破了也就没什么了，沉默才会让事变得更糟糕。

不过那只是对于一般人来说，对陆沉舟，完全没用。他看着她，"不是你说，想吻就吻吗？"淡声吩咐，"过来。"

程夕当然不会过去，她尽力把他当成普通的可以交流的朋友，谆谆劝导说："陆先生，我真心觉得你应该去看点谈恋爱的书。我说想吻就吻的意思是，他们得是相爱的，我不觉得，我们目前的关系适用于这一点。"

她一直觉得，爱是人的本能，谈恋爱也一样，可看到陆沉舟，她算是明白了，有些人，天生缺爱，也天生不会爱。

所以在接吻这件事上，身为心理医生她有责任纠正他："一切没有爱为基础的亲密行为都是要流氓。所以，以后别这样了，行吗？"

"爱？"他眉头慢慢皱了起来，神情很淡，"干吗要那么复杂？我们不是有合同吗？合同规定，你得爱我。"

程夕无言以对，苦口婆心劝他："你这样想是不对的，爱情是人类最美好的感情之一，它不受任何规矩、条约的束缚，是自然而然的心理情感。有机会，你应该去尝试一下。"

"我不需要爱情。"陆沉舟对此相当的嗤之以鼻，望着她，"你也别奢望在我这儿得到爱情，我想吻你，只是因为我想了。"

这世上，能让陆沉舟想要的东西还真不多，而程夕居然能让他有这样的感觉，还真不好说，是谁的幸运，抑或是谁的不幸。

程夕这时还没发现自己幸运"中奖"了，她正努力组织语言说服他，可陆沉舟却已经不耐烦了，趁她不备，突然倾身过来，掰过她的脸轻轻地吻住了她。

准确地说，是贴住了她，他的唇贴在了她的唇上。

程夕一惊之后，很快放松了自己，既没有大惊小怪，也没有做任何多余的动作，只是静静地等待着。

车外人车喧嚣，可车内却很安静，静得程夕能听到他和自己的心跳，平稳地冷冷地，怦，怦，怦。

并没有多久，陆沉舟放开了她。

他坐在离她不过两个拳头的地方看着她，眼神清明。

程夕一动未动，甚至还笑了笑，问："是不是感觉很糟糕？"

"不。"他声音低沉，清清淡淡地说，"我没有爱过人，但我喜欢吻你。"

程夕微微皱了皱眉，她对他的病没有足够的了解，所以并不知道这样的喜欢对此时的他而言意味着什么。

但她本能地郑重起来，说："我很荣幸，但我还是希望我们能多点别的交流。你知道的，我们认识没有多久，即使有合同，可本质上还是陌生人。"

陆沉舟没有否认她的话，程夕略觉安慰，笑了一下："好了，现在能告诉我，你为什么想要吻我吗？"

陆沉舟转过头来看了她一眼。

为什么？因为他睡不着，因为人生很无趣，他想给自己找点事做，而吻她，大概是那时候他唯一的想法。

所以他就找她来了。

可这些，陆沉舟不想和任何人说，他开了窗，点燃了烟，吸了一口后才有些嫌弃地说："你的为什么太多了。"

程夕梗了一下。

看着他冷漠的侧脸，她又觉得自己不能这么轻易屈服在他的冷淡之下，便假装没有听懂他话里驱逐的意味，硬缠着他说："我好奇嘛。你能不能告诉我为什么会想啊？毕竟想也要有个原因的啊，比如说之前在医院，你就是因为吃醋才……"

"呵呵。"陆沉舟笑了起来，转头一口烟圈吐在她脸上，样子痞帅得让人想尖叫，可他说出的话却能瞬间让人清醒，"吃醋？不。我们合同上有忠诚条款，我想，在能赔得出那笔钱之前，你什么都不会做。"

"……"程夕微张了嘴，"那你莫名其妙吻我干啥？"

其实他也说不清那时候是为什么，大概是雄性的本能？陆沉舟本不想理她的，但她没完没了，他也会烦，就说："因为做比说简单。还要问吗？"

他皱起眉完全冷下脸的时候很吓人，目光里半点温度也没有，程夕弱弱地说："有，我就想知道你干吗会突然想要吻我。"她厚着脸皮，努力忽视自己是当事人的事实，"是因为你突然发现你有点爱上我了所以想，还是因为欲望，因为好奇？或者说是你发现接吻是件很美妙的事，你想要找个人尝试一下。"

如果原因真是最后一个，那还真是可喜可贺，陆沉舟的病并不严重，他之所以冷漠，或许也只是因为他还没开窍？

陆沉舟似笑非笑地看着她，在他这样的目光下，程夕发现要再说下去很难，便慢慢地收了声。

可她眼神倔强，一副必须得到答案的架势。

陆沉舟竟觉得这样的她有一些可爱，便问："原因对你就这么重要？"

对她不重要，可对了解他的病很重要，程夕用力点头："嗯！"

陆沉舟十分敷衍地给了她一个理由："因为欲望。"

信他才有鬼！

不过程夕没有揭穿他，而是顺着他的话问："那在这之前，你有对别的女孩产生过类似的想法吗？"

"没有。"

语气很干脆，显然，是真的没有。

程夕疑惑："那对你而言，我有什么特别的吗？"

陆沉舟望着她，她抿唇时颊边又现出那个小小的酒窝："特别丑，算不算？"

"……算。"

看她一脸无语的模样，陆沉舟唇边的笑意真切了许多，这回他的笑是愉悦的，轻松的，让他整个人都显得柔软起来。

程夕喜欢看他这样的笑容，便有意逗他，叫他："陆先生。"

他回过头来。

她板着脸，很认真："告诉你一句话，诚实或许是种美德，但有时候……谎言更让人感觉愉悦，所以以后，话别说得那么直白行吗？"

陆沉舟想了想，以比她更认真的语气回她："Sorry，不行。"

他语气轻松，竟带了点玩笑的意味，程夕不由得微微一怔，然后就笑了起来。

她想,她大概知道要怎么跟他相处了。

像朋友多一点,而不要时时把自己摆在医生的位置上。从陆沉舟这里,她也一下想起了陈嘉漫,身处在那样的家庭,有没有人跟她开过玩笑,有没有人和她一起放肆欢笑过?

2

陈嘉漫为什么会喜欢坟山墓包?有没有可能是因为只有死人,才不会让她感觉到敌意?

她突然想去医院再看看她,因而和陆沉舟说:"抱歉,你还有事吗?没事的话我想去下医院。"

陆沉舟看着她。

程夕解释:"我想去看看陈嘉漫。"

他没说什么,发动车子将她送去了医院。

他仍把她送上了楼,跟着她进了办公室,夜班的医生没在,到处都安静极了。

程夕换好衣服,出来看到陆沉舟还站在那儿,就说:"我可能会有点晚,你先回去吧。谢谢你送我过来。"

因为极须验证自己的想法,程夕说完就走了。

此时的陈嘉漫正进入她一天当中最活跃的时候,不过和以前不一样,有了画画本的她,明显安静了很多,她就坐在黑暗中,握着笔,画着没有人看过的画。

程夕推门进去,等眼睛适应了里面的黑暗后,慢慢试探着走过去,仍然席地坐在离她五步远的地方。

白天放下的素描本还在原地,她捡起来,自言自语地说:"应该画什么呢?"她声音放得很轻,在这暗夜的房间里,轻得就像是一阵柔软的风,没有惊动丝毫。

陈嘉漫不知道是不是没有听到,她没有理她,程夕也不在意,继续轻轻说着:"就画一只小兔子吧,一只怕黑的小兔子,它在一间黑暗的屋子里大叫:'有人吗?和我说话,我害怕,这里太黑了。'和它关在一起的还有一只小兔子,那只兔子已经很老了,看它这样就说:'你这样又有什么用呢?这里这么黑,你也看不到我。'小兔子说:'没关系呀,有人说话,就有了光。'"

一个晚上,程夕就在重复这个故事,画画本被她涂得乱七八糟的,因为看不见，她都不知道自己画了什么。

陈嘉漫一直没有回应她，程夕画得累了，倚在桌角睡了过去。

早上醒来的时候天已经亮了，当班的护士进来推醒她，陈嘉漫也已经睡着了，程夕轻轻走过去，看到她怀里画本的一角，是一大堆凌乱的线条。

程夕出来，只觉四肢酸痛得厉害，护士问她："程医生，你怎么在那里面睡了呀？"

程夕揉着眼睛没说话，那护士就又说："你和你男朋友还真有意思，你在病人的房间里睡了，你男朋友就在监控室里守了你一夜……程医生你可真幸福。"

程夕一僵，撇下护士飞跑进办公室，走进最里间，陆沉舟果然还在那儿。他坐在监控前，见她进来，抬起头淡淡地瞥了她一眼。

"你……"她只说了一个字，这时身后的门再次被推开，早班的医生们过来了，走在最前面的正是曾和她关系不太和谐的师兄曾兴。

"啧啧，快来看看，咱们的程大医生还真勤快，主任不是放你假了吗，还守在医院哪？"

程夕咽回到嘴边的话，冲陆沉舟招了招手："我们走吧。"

陆沉舟站起来随她离开，自然的，外面的人都看到了他，曾兴怪叫："哎，这谁啊？你怎么把外人带到那里面去了？"

程夕没有理他，拉起陆沉舟快步走了出去，走出老远，还听到曾兴在说："太嚣张了！她不是被放假了吗？还天天跑医院来给谁看啊？"

进了电梯，程夕总算松了一口气，然后她就发现，陆沉舟还被她攥在手里。

她连忙松开手，小心地瞥了他一眼。

陆沉舟正若有所思地看着她。

"怎么了？"程夕搓了搓脸，问，"你还好吧？你就在那儿坐了一夜？"

也是她的不是，昨晚的后来，她的注意力几乎都放在了陈嘉漫那儿，浑忘了这位陆先生也不是一般人。

陆沉舟仍旧看着她，过了好一会儿，他才说："我困了。"

程夕："哦……那你早些回去，好好休息。"

"好困。"陆沉舟再次强调。

程夕这才仔细看了他一眼，果然是困倦得不得了的模样，眼眶都有些泛红。

"那……"她话还没说完，陆沉舟就一头栽倒在她肩上，一副立马就要睡过去的样子。

程夕无语。

最终她只能哄着劝着把他带回了自己住的地方。

程夕是个很精细的人，她的房间，收拾得十分整齐干净，连角角落落都是清爽的。

陆沉舟很满意。

程夕给他把客房的床铺上，干净的被铺，洗后收捡得很好，摊开来，甚至还能闻到里面阳光的味道。

陆沉舟大概是真的累坏了，几乎是沾床就睡着，程夕本来还想给他煮点什么东西吃的，结果等弄好了去看，人家梦周公已经梦得很深沉了。

程夕洗过澡，独自吃了一份没什么油盐的早餐，因为下午有课，她备好课又休息了会儿，连中饭都做好了，陆沉舟还是没有醒。

她没有叫醒她，给他留了张条，吃过东西后便去了学校。那天蔡懿也在院里办事，程夕抽空去找她，和她讨论陈嘉漫的病，她肯定了她的治疗方案："如果她生病的原因就是你说的那样的话，那她缺乏信任感是一定的，要想让她接受治疗，取得她的信任是第一步。"

程夕说："我打算每天陪她画一会儿画，希望能有成效。"

蔡懿笑："医者仁心，你当医生还真是当对了。不过这样的事，由她家里人来做最好，你之前不是说还有个爸爸吗？还没回来？"

"回来了。"程夕想到陈父也是微微皱眉，"我刚刚接到警察的电话，说这个案子想翻过来有难度，主要是时间过去太久了，视频内容有限，没有证人，受害人又是那种情况，很难锁定参与的人员。"

蔡懿看着她："小夕。"

程夕回过神："嗯？"

蔡懿说："这事儿你管不着。你是医生，共情是可以的，但是切记不要把自己的主观意愿或者情绪掺入治病当中去，好好做好自己的事就行。陈嘉漫这样的病例很特殊，能治好她，对你也是件好事。"

程夕沉默了下来，她知道蔡懿说得都对，但她就是很难过。

蔡懿叹气："你要相信一件事，总有法律照不到的阴暗面，如果你把所有事都揽身上，我怕有一天……"

她的话还没说完，有人进来："蔡老，校长来了，请您现在过去。"

刚才的话题自然没法继续，蔡懿站起来，程夕要送她，她拦住，"你去上你的课吧，我自己过去就行。"说着她安抚地拍了拍程夕的肩，"慢慢就好了。"正准备走，突然又过回头来，"啊，对了，我听说你和陆沉舟都去见家长了，到底怎么回事？"

程夕：……

蔡懿说："他家老头老太很积极地给你们准备新房，还问我你喜欢什么样的婚房风格……"

！！！

程夕惊呆了："真的假的啊？"她很有些抓狂，"我还以为那次已经跟他家里人说清楚了呢。"

因为校长在等着，程夕也不好和蔡懿细说，只得大概讲了一下事情经过，然后说："老师你一定要帮我跟他们讲清楚啊，这事儿它其实就是个误会。"

蔡懿笑，伸指点在她额上："傻丫头，你肯定是上了陆沉舟的套了。"见程夕蒙，她还笑得特别无良，"不过如果你对爱情没有特别的期待的话，嫁给他其实也还不错。"

程夕："……老师你这话是什么意思啊？"她完全听不懂！

可惜，蔡懿没有给她解释，程夕追着她问了两句，她只说："其实我也是瞎猜的，现在你别问，省得影响你对他病情的判断。不过你放心，你真要毁约，我会让他给你打点折扣的。"

程夕："……我要谢谢你吗，老师？"

蔡懿哈哈大笑，往校长办公室去了。

程夕囡囡地去上课，快下课的时候，她接到程阳的电话，当时没接，等下课了就见他给她发了条信息："我陪妈看你来了，下班快点回家。"

程夕见了吓一跳，陆沉舟还在她那儿呢，也不知道走了没有。如果没走，想想他那直通通的说话方式，程夕只觉头皮发麻。

赶紧给程阳打电话："你们到了？"

程阳说："嗯。"

"就你和妈？"

程阳问："你还想谁啊？"

"没。"程夕揉了揉额头，"有个朋友在我那儿休息，不知道走了没有。"

"朋友？谁啊？男的女的？"

"……女的。"

程阳呵呵："那没看到。"

程夕松了一口气。本来想去医院的，因为程妈他们过来，她只好先回了家。

结果一回到屋就见程妈、程阳还有陆沉舟以三足鼎立状相对坐在客厅里，气氛尴尬。

最关键的是,陆沉舟还没穿衣服!他就披了条毛毯,神情淡然地面对着程母和程阳两人的瞪视。

程夕进门,三人一齐望过来,程妈很客气:"回来了?"

声音温柔得让程夕发抖。

然后陆沉舟也说:"家里来人了,我没衣服穿。"

程家三口:……

程妈首先暴起,扔下一句:"你过来!"

进了她房里。

陆沉舟姿态端庄又神情高贵地瞟了她一眼,一副"你妈发脾气了,但是和我没关系"的无辜淡漠样。

程夕牙痒痒地移开目光,走向程阳,在他耳朵边压低声音问:"不是说家里没别人吗?"

程阳无辜:"是啊,你说是个女的嘛,这里当然没有其他的女人。"

程夕:……

她还想再说,程妈已经在里面叫她了:"还没进来?"

程夕只好应道:"来了。"

走进房里,程妈叉腰在不停地转圈圈。

程夕很乖觉地关上门,讨好地叫:"妈……"

"叫祖宗都没用!"程妈虎着脸,"外面那人,真是你男朋友?"

"啊……"

"啊你个头!"程妈怒,"你什么眼光啊?怎么找那么一个……"看一眼外面,声音压得更低了些,"你知道我们进来时他在干什么吗?他光着身子在吃东西!可吓死我了!可人家倒好,不紧不慢,吃完了才去披了床毯子出来,问他谁,他说是你男朋友……哎呀妈我这心脏!"

程夕赶紧给她抚了抚胸口,扶着她在床上坐下:"您别急,慢慢说!"

"能不急吗?那大爷样,我是看着就难受!女儿啊,你这是找男朋友还是找祖宗呀!就算是找祖宗你能找个靠谱点的不?长辈来了衣服也不穿,有点样子吗?跟个小二流子似的……你还笑!"

程夕实在是不能不笑,因为她妈妈说的这些个形容词,哪一个都和陆沉舟太不搭了。

看她没心没肺的样,程妈真是快急死了:"能认真点吗?!"

程夕点头:"能啊。"问,"你们今天怎么想起来我这儿呀?"程妈和程爸守着店,平素都很忙的,一般情况下,哪儿都不会去。

程妈说："还不是你哥，说是听你同学讲你找了个男朋友，我就来问问你情况……平时问你你总说不急不急，谁知道手脚这么快，还住在一起了！"

程夕：……

她觉得她真比窦娥还冤！陆沉舟这还是第一次来她家睡，还只是暂睡，怎么就撞到她妈妈还被定性为同居了？

而且沈唯那人果然是不靠谱，她都要她别乱说话了，结果她还是传了出去，而且一传还传进她妈耳朵里。

程夕只觉得事情越来越复杂，干脆不解释，任程妈将她好好念了一通，并再三保证："我会跟他分手的，一定会的，妈你放心。"

态度如此端正，程妈满意了，又忍不住告诫她："那你也温和点，别伤着人家……这人我瞧着，跟个二愣子似的，你别得罪他。"

程夕忍不住又笑了起来，原来她眼里的直通通，换程妈来看，就是二愣子呀？

虽然对陆沉舟各种瞧不上，不过程妈还是做了顿丰富的晚餐顺便招待他——因为主要还是慰劳女儿，有段时间没见，她觉得程夕又瘦了。

当医生蛮造孽。

做饭的时候，程妈不让程夕帮忙，却勒令程阳去给陆沉舟买套新衣服回来，程夕倒水喝的时候，听到程妈在厨房里嘱咐程阳："买好一点的，就当是替你妹付分手费了。"

程夕闻言特别无语。她回到客厅沙发上坐下，见陆沉舟整个人都窝在毛毯里，神情漠漠地看着手机。

她瞟了一眼，发现是封电子邮件，上面写的全是英文。

等他忙完，程夕问他："没衣服穿，你怎么不在房里待着呀？"

陆沉舟用一种十分理所当然的语气反问她："丈母娘来了，我不应该陪着？"

程夕：……

她涵养真的算很好的，医生的职业道德也算高，但是陆沉舟总有本事弄得她想要暴走。

她真想一头磕死在这沙发上算了："她不是你丈母娘！好了，这不是重点，重点是我妈说他们进来的时候，你什么都没穿，你这样真的好吗？"

"不好，不是。"陆沉舟说，说完他还一掀毛毯，露出里面的平角短裤，"我穿了这个的。"

"咣！"

"哎哟！"

两声异响，程夕和陆沉舟回过头去，只见程妈和程阳站在厨房门口，程妈手里的锅铲掉到地上，程阳则一头撞在了门柱旁，"我什么都没看见。"他明明是撞到了头，却捂着眼睛说，然后一步一步从厨房挨到门口，跑出去买衣服去了。

陆沉舟慢条斯理地重新把毯子裹上，程妈则恨铁不成钢地分别瞪了儿子女儿各一眼。

3

那天那餐晚饭，除了程阳，大家都有点兴致缺缺。

程夕是没休息好，所以胃口差。而陆沉舟……他吃饭的姿势真是没得挑，慢条斯理，文雅之极，但看他吃饭，旁人是半点胃口也不会有的，因为你会觉得，吃饭于他而言就是个任务，和好不好吃饿没饿没有太大的关系。

程妈作为掌厨人见他这样，心略塞，再看女儿的目光总是若有若无落在人家身上，心更塞了。

心塞的程妈有心留下来好好对女儿进行一番思想教育，可程夕表示她晚上要值班，而开早餐店要起很早，住在程夕这儿把家里都丢给程爸一个人也不太现实，最后程妈只能怀着满满的担忧回家去了。

饶是如此，回去之前，她也是亲眼看着陆沉舟走了才放心离开的。

对这一切，程夕都是听之任之，反正时间最后能证明一切，她不着急。

送走程妈他们后，程夕又回到了医院，时间一到，就又去陈嘉漫的病室陪她画画，她坚持了好些天，医院那边都解除她的放假令让她回去坐诊了，还是成效甚微，陈嘉漫仍然不容人近身于五步之内。

这段时间里，陈父来看过陈嘉漫一次，帮她把费用补足，还另外多交了十万块钱。

程夕当时不知道他交了那么多钱，她在办公室里见了他。和那天相比，陈父看着憔悴了很多，仍穿着和那天差不多的衣服，手臂上戴了一个黑色的臂章。

见程夕的目光落在臂章上，他拿手掩了掩："抱歉穿成这样过来，但今天是我妈的葬礼，所以……失礼了。"

就表面看，他还真是个体面人。

程夕说："节哀。"

陈父嘴角扯出一个微小的弧度算是笑过，说："那天对不起，是我失态了。

这几天警察来找过我,我知道你是个好医生,阿漫她能遇到你,是她的幸运。但是那些事情已经过去了,不管能不能翻案,我都不想再追究,我也想请医生你,不要再插手这件事……阿漫她能好就好,不能好,就这样养她一辈子,也行。"

程夕听了,不知道该做什么表情,她看着他,好半天没说话,最后她从抽屉里拿出一个素描本,把它递到了陈父的面前:"这是你女儿这段时间画的画,你看一看吧。看完了,如果还觉得那件事情无所谓,那么,我尊重你的选择。但是我要告诉你,为人父母,如果不能爱孩子,那么最低的底线,至少不要成为伤害她的帮凶。"

就像蔡懿说的,她只是医生,她唯一能做的,只有治病救人,她当不了救世主,也不能当救世主。

把空间留给陈父一个人,程夕走了出去,看护陈嘉漫的护士过来,好奇地往里面看了一眼,悄声在她耳朵边说:"程医生,陈嘉漫的费用都补齐了,还多交了十万块。你说,她爸爸一下交这么多钱,该不会是想要把她一辈子都养在这里吧?"

程夕淡淡地笑了笑:"谁知道呢。"和她一起往窗内看去,陈父正慢慢地翻阅着陈嘉漫的那些画,护士说:"陈嘉漫画画的天赋真是高,可惜了。"

程夕没有应声,她看着陈父,看着他慢慢翻过一页又一页,一边看一边捂着胸口,眼泪慢慢落了下来。

如果能够预知后事,程夕大约不会拿那些画去逼迫陈父,或者至少,她会用更温和一点的办法,试着和陈父去慢慢掀开那些过去。

就如护士说的那样,陈嘉漫非常有天赋,她的画,太有冲击力和感染力了,程夕看一次,就觉得自己的心也跟着在苦水里泡一次。

那些她在黑暗中画下的画,非常非常暗黑,大格局的线条十分凌乱,然而在那些凌乱里,你总能看到一点别的东西,愤怒、绝望,而又无能为力。

护士说她画的可能都是厉鬼,程夕知道不是。陈嘉漫画的,就是她看到的世界,丑陋、阴暗、腐败,那路边开的一朵花,甚至还没有棺材里的一只尸虫可爱。

程夕知道,陈父也知道。

他看完那些画就走了,没有说任何话,程夕也没有问他什么。

她照样一天不落地在陈嘉漫最活跃的时候陪着她,为此,在轮诊结束后,她申请了一个月别的医生都避之不及的晚班,她为人较真,总觉得病人已经交到她手上了,她就应该尽最大的可能去治好她。

也算是没有浪费她的水磨功夫,在程夕陪了她将近一个月的时候,陈嘉漫给她回应了。

那天事先其实毫无征兆，程夕刚进去的时候陈嘉漫像往常一样没有搭理她，程夕一边画画一边和她说话她也没有半点反应。讲真程夕都已经有点想放弃，然后调整策略另做长期打算了，结果那天她太困，又在垫子上挨着墙角睡着了，半夜的时候她忽然被身边的动静惊醒，睁开眼睛就看到陈嘉漫半跪在她旁边，暗淡的光线下她的眼睛灼灼发亮，就像是小兽的眼睛。

然后她就感觉到脖子上有东西抵着，很尖锐，她估摸着应该是她给陈嘉漫的画画笔，被她不知道什么时候磨尖了当成武器。

身后房门打开，是值守的医生和护士发现不对赶了过来。门扇半开，有光漏进来，来的人也有顾虑，并没有一窝蜂地挤进来，当值的护士先探进头，小声地叫了一声："程医生。"

程夕不敢有大动作，只能轻声喝了一句："别进来！"

笔戳不死人，她更怕吓到陈嘉漫。

护士闻言没有进来，但也没退走，站在门口，警戒地看着她们。

陈嘉漫对于这些似乎是毫无反应，她仍然看着她，很专注，笔尖轻轻在程夕脖子上滑动，沿着血管，从上缓缓往下。

程夕连口水都不敢吞咽，她望着她，轻轻地叫她的名字："陈嘉漫。"轻轻地，"陈嘉漫。"

陈嘉漫手上的笔总算停了下来，她侧耳倾听了一会儿，看向她。

程夕尽力放松自己，将声音放得很柔很缓："你想听故事吗？我讲故事给你听好不好？有一个叫陈嘉漫的孩子，她很怕黑，她在一间黑暗的屋子里大叫：ّ有人吗？和我说话，我害怕，这里太黑了。'"

"讲错了。"陈嘉漫突然开口。

程夕屏住呼吸，她几乎以为自己听错，可没一会儿，她听到她又说："错了，是小兔子。"

程夕笑，轻声："是啊，我讲错了，是小兔子，一只怕黑的小兔子，在一间黑暗的房间里大喊……"

她把故事又讲了一遍，陈嘉漫听得很认真，抵达喉咙口的笔尖顶得程夕很不舒服，可她没有动，就像没有感觉一样。

故事讲完，她问陈嘉漫："这里好黑，你怕吗？"

"不怕。"她说，轻轻嘘了一声，"小点声，别吵醒他们。"

"吵醒谁？"

"鬼，很恶很恶的鬼……那里，有很多。"她趴在她耳朵边，一连说了好些个"很多"，然后哆嗦着放开她，爬上了床，坐在床上，又开始不停地画了起来。

那似乎就是破冰的开始，程夕再进去，能够离她更近一些了，偶尔陈嘉漫还会和她说话，她画了画，程夕问她："我能看吗？"她也会给她看，那种小女生分享秘密的样子常让她心酸又感慨。

一切似乎都在往好的方向发展，不过那天那样危险的情况到底还是让院里知道了，先是主任找她谈话，然后是院长，程夕终于还是没能逃脱被领导们"请喝茶"的命运。

主任说她胆大包天："她属于危险性病人你不知道？还敢没有任何措施和她同处一室，你心怎么就那么大？"

院长则是直接连坐了程夕的老师："她以前就是个不走寻常路的，没想到教出个你更是青出于蓝胜于蓝，厉害！"

程夕一概乖乖受教，用她某个同事的话来说就是"反正知错就认，死不悔改"。

程夕因为违规操作被全院通报批评，她还在科室会议上做了检讨，以这样的代价换取陈嘉漫病情的突破性改善，想想觉得还是挺划算的。

蔡懿知道后给她打电话，听到她这么一番理论不由笑道："心宽，不错。作为心理医生，本来就不能按教条来，要是所有的病人绑起来打打针吃吃药就可以治好了，那还用我们心理医生干什么，直接叫俩武夫守着多好？别理那些人，他们就是怕担责任。不过，"她说到这里语气一转，"你这样还是太危险了，毫无危险意识也是要不得。"

程夕点头："嗯，我知道了，下次不敢了。"

"听起来很没诚意。"蔡懿摇头。

程夕就不敢再说什么。

蔡懿说："行了，我也不是想批评你，就是想告诉你，当医生可没有一心关门做学问那么简单，你这事就你自己来说或许只是治病心切，可在别人眼里那就很有可能是急功近利、贪功冒进。你还年轻，前途远大，医者之路很长，走稳一点，慢慢来，别让无谓的事情绊倒你。"

这是蔡懿的提点，程夕郑重应下。

蔡懿笑："我也就是乱提点小建议，你听听就好。其实我今天给你打电话是想告诉你，陆家老头明天生日，他们很郑重地邀请了你，怎么样，有空去吗？"

程夕想了想，说："这不好吧？"她之前拜托蔡懿和他们讲清楚，陆沉舟的爷爷奶奶貌似也接受了事实，并且也充分理解了程夕和陆沉舟妥协的原因。

既已认可，那程夕和陆家并无关系，这时候发出这种私人性质极浓的邀请，在她看来，是不太合适的。

蔡懿说："那看你了，那俩老家伙没完全死心，不去也行。"

程夕是没打算去，可是第二天陆沉舟却自己跑来接她。这家伙最近出差，程夕上晚班白天睡晚上值班，已经很有几天没见过他了，乍一看他出现还略有几分不适应——关键是他好像又帅了，或许是冬天里没怎么晒太阳，他都捂白了。

他长得本就好看，唇薄如刻、鼻梁高挺、眸如点漆，皮肤一白，瞧着清隽雅致，眉目已几可入画。

只仍旧是冷冷淡淡的，讲话的语气硬得能砸坏人："走吧。"

程夕问："去哪儿？"

"我家。"

再多问一句，他说："你是我女朋友，我爷爷生日，你不去？"

程夕：……

所以，有一千一万的道理，她能和陆家其他人说清楚，和陆沉舟是讲不清的。

第六章

1

程夕只好换了衣服跟着陆沉舟去出席陆老爷子的生辰宴,横竖他家里人都知道是怎么一回事,等他以后病好,不觉得现在的自己这样乱绑女朋友很糟糕她也无所谓。

生辰宴办得并不大,毕竟不是整寿,但规模也不算小,因为多多少少还有那么几桌客人。而且程夕还遇到了熟人。

"程夕。"是林梵先看见的她,待她落单后,走过来和她打招呼。

他并没有多少惊讶,反倒是他身边的林母很意外:"小夕?"

她居然还记得她,程夕笑:"是我,阿姨好。"

"你好。"林母上下打量了她一圈,亲切里带着几分感慨,"这都多少年没见了?你是越长越漂亮了。"看看她周围,"你跟陆家的人很熟?"

"一般。"程夕说,"我的老师和陆老先生他们很熟。"

"老师,你还在上学?"

"没有。毕业有两年了,是我读医时的老师。"

"读医,哦,你是当医生了吗……还是护士?女孩子当护士也挺好的。"

程夕笑笑没说话,林梵倒是尴尬得不行:"妈,程夕是仁医的医生。"

"哦,在仁医上班啊,那不错,我前阵子还去那儿看过病。"林母很自然地接话,说着还嗔怪地看了眼林梵,"这孩子,居然没跟我说你在那儿。"

程夕不知道该说什么,只能说,林母变化很大,她印象里的林梵妈妈是个长得漂亮面容却带了几分愁苦的女人,终年穿着廉价的衣服,为了能让母子两个过得好一些,一天要做几份工。

可现在的林母,穿一件黑色的真丝长裙,外面是白色的皮草大衣,十年过去,她好像更年轻一点了,只是那眼睛里没有了愁苦,取而代之的是居高临下的审视和让人略有不适的势利。

他们没有寒暄多久，林母就扯着林梵离开了，程夕看着林梵无奈地被林母推到一个衣着考究的中年男人面前，不知道为什么，轻轻叹了口气。

屋子里没一个熟人，蔡懿没有来，陆沉舟又在忙，陆老先生和陆老太太倒是挺亲近她的，只是他们的亲近让程夕很难消受，于是找了个角落躲起来玩游戏。

很无聊的手机小游戏，纯粹是打发时间，只还没玩多久，林梵忽地掀开帘子走过来："怎么坐这儿来了？"

程夕收起手机，笑："清静。"看着他，"脱身了？"

林梵苦笑："好像每一次，我家里的不堪和我的狼狈都会让你遇见。"

程夕摇头："这算不得什么。"岔开话题，"阿姨好像越来越年轻了，你和她站一起，不像母子倒像是姐弟。"

林梵笑，那笑容里很有些苦涩："谢谢。她后来另嫁了，嫁的人条件还不错，所以这些年……"他低头，双手捂脸用力搓了搓，"对不起，我妈刚才失礼了。"

"没关系。而且，我也没觉得有失礼的地方。"想了想，她从袋子里掏出两颗糖，"只剩这两颗了，要吃吗？"

"你……"林梵抬起头，呆呆地看着她手心的糖果，颜色鲜艳的包装，笑得见牙不见眼的小松鼠，那样熟悉。

那时候，他承了她许多人情，还不起，就只能请她吃糖，一块钱十粒小松鼠，甜得让人发腻。

他找理由，和她说："糖是甜的，多吃点糖，会觉得生活没有那么苦。"

她欣然，便常和他一起分吃那几颗糖，渐渐地，竟也养成了随手买几颗的习惯。

他有些说不出来的激动："你还在吃？"

"是啊，"程夕笑，"我还在吃，吃多了就觉得，你那时候说的话很有道理。"她剥开糖纸，递给他，"你觉得呢？"

林梵望着那糖，只觉得内心激荡得厉害："程夕，我……"

"小梵！你怎么到这儿来了？"林母这时找过来，本是满脸埋怨的，看到程夕又添了点笑，"哎，程夕也在啊？"她嗔怪地看着他们两个，"你们俩老同学，躲这儿聚什么呢？走吧走吧，外面热闹着呢，年轻人，应该要多社交。"

她说着拉起林梵，还要来拉程夕，程夕躲开她的手，扬了扬手机："你们先走，我打个电话就过去。"

林母说："那行，我们就先出去了啊。"她转脸看着林梵，眼里带了些严厉，林梵虽不情愿，也只能再次跟着她走了。

走前，他看着程夕，说："晚一点我再找你，等我行吗？"

程夕笑笑，没有应，她想，可能林母也不想她应下。果然，她后来去外面透气，听到林母在教育林梵："你干吗这么不耐烦？我是在为谁做这一切啊？今天这个机会，还是我磨了你叔叔好久才得来的，你怎么就这么不懂珍惜？你不想我帮你铺路，那你自己倒是争点气呀，像上次的沈唯，她家条件那么好，嫁的老公也有势力，你们是同学，天然就有可以借势的机会，你是怎么做的？说好请人吃饭，半道把人丢下了，你让我怎么说你！"

"妈，我不喜欢这样。"

"那你喜欢什么？那个医生程夕？儿子呀，老同学叙旧什么时候不可以，为什么非得选现在？我打听了，她只是个医生，还是精神科的，她帮不了你什么，你老往她跟前凑有什么用？"说到这里，她突然想起来，审视地打量着自己儿子，"可别告诉我，你喜欢她。"

林梵没有出声。

林母却是叹气："感情的事，按说妈妈不该干涉你，可是小梵，你要记住，爱情从来不是生活的唯一，甚至连必需品都算不上。你还年轻，现在正是做事业的时候，所以妈希望你能把精力暂时先放到立业上。你也知道的，你王叔他自己有儿有女，他能用到你身上的资源很少很少，我也不想让他们觉得，我们母子两个，就只能靠他们王家才撑得起来，所以你争点气，好好活出个样来给他们看看。你不想拿婚姻当筹码，那至少也要找个能跟你志同道合，在事业上可以帮到你的人。小梵，妈妈当年受过的苦，我不想你再受……"

程夕没有听下去，她笑了笑，转身进了屋。

一进去，发现蔡懿已经来了，正和陆沉舟一家人聊得开心，程夕进门的时候听到她在问："哎，你们家那小二呢，今天这日子也不出来？"

"唉，别提了，那死小子，内向得很，说是人多怕丑，我真是……"陆奶奶说着看到程夕，忙笑眯眯地冲她招手，"哎，程医生来了，快来快来。"她迎上前，拉住她的手，笑得满脸和蔼，"舟他爸爸回来了，我介绍你们认识认识哈。"

程夕：……

她能拒绝吗？

事实是，她拒绝不了，因为老太太已经把正在应酬的陆父叫过来了："来，这是你儿子的……嗯，朋友，叫程夕，长得漂亮吧？"

程夕敢肯定，老太太含混过去的那个字是个"女"字，不过她也没法计较，只得打起精神，冲陆父一笑："您好，陆伯父。"

陆沉舟的父亲，五十来岁，生得十分高大。陆沉舟和他父亲长得有点像，只是陆沉舟更年轻,所以五官显得更精致一些。

但不管怎么样,这仍然是个很有魅力的大叔。

他声音也特别好听,带着他那个年纪的男人特有的味道,目光轻轻在程夕面上一掠,含笑说:"听说过。你好。"

程夕笑,端庄含蓄反正怎么淑女怎么来,没一会儿她就觉得真心累,好想有哪个天使姐姐能来解救她。

像是听到她的心声,在程夕正觉难过的时候,她电话响了,还是医院打过来的。

程夕如蒙大赦,跟几人告了个罪后走到一边去接电话,那时她打定主意,挂了电话后就随便找个借口离开,可电话一接通,她首先听到的就是陈嘉漫的尖叫声:"啊!!啊!!"

那样恐惧到无法抑制的尖叫,她吓一跳,忙问:"怎么回事?"

"程医生,你快来,出事了,陈嘉漫出事了,你快过来!"

程夕挂了电话,立即就要往外走,还是蔡懿见她不对劲,忙叫住她:"怎么了?"

"老师,病人出事了,我得马上回医院一趟。"

"好,那你去吧。"蔡懿闻言也忙说,看她急急就要走,又叫住她,"不着急,你等等,我叫小武送你。"

"不用了,让舟送她,他开车快。"陆爷爷飞快截断她的话,叫了在一边跟人说话的陆沉舟,"快,你赶紧送程医生回医院。"

整个大厅都因为陆老爷子这句话而有些骚动,而程夕这时候已经往外跑了,陆沉舟眉峰微挑,没说什么,也跟着大步走了出去。

程夕走到外面,遇到了林母和林梵。

林梵叫她:"程夕……"

程夕勉强停了停步:"抱歉,我有急事先走了,阿姨再见。"

说完不待他们细问就又走了。没一会儿,陆沉舟跟着出来,林母笑着正要上前打招呼,才叫了声"舟……"陆沉舟就已经迈过花树转角,人影都不见了。

林母有些不悦,沉下脸,还没说什么呢,就听到自家儿子说:"妈,程夕好像出什么事了,我去看看。"

"你去看什么?"林母忙拉住他。

可惜这次她没能拉住,林梵挣脱开,还是跑了,就剩林母站在原地,气得心肝肺都痛。

程夕自是不知道后面还跟了谁，她本来是要打车的，可车还没打到，陆沉舟就开着车出来了，他也没说什么，就是把车停在路边，降下车窗，看着她。

　　程夕看他一眼，上了车。没到高峰期，路上的车不算多，所以一路还算顺利，他们很快赶到了医院。

　　她到的时候，陈嘉漫已经再次被绑在了病床上，她挣扎着，像困兽一样啊啊地尖叫，声音太大了，引得其他病室的病人也跟着嗷嗷怪叫，整个楼层都轰动了。

　　又是程夕的那个师兄曾兴当班，他正接了仪器准备对陈嘉漫实施ECT（电休克）治疗，就在他手上的东西要触及她时，"曾医生，"程夕赶到，握住了他的手，"劳你费心，但是现在，我的病人交给我好吗？"

　　曾兴回过头，一笑："行啊，听说你治病就好另辟蹊径，特别不爱用ECT，正好，也让我们都长长见识。"

　　程夕没理他的阴阳怪气，声音平淡："谢谢。"她走上前，迫使他把位置让出来，然后看着那几个守在旁边压制陈嘉漫的医护人员，深吸一口气，"放开她，你们先出去吧。"

　　她一边说，一边就要解开缚住陈嘉漫的绑带，有人拦住她："程医生，她现在的情况很糟糕。"

　　"我知道。"程夕真想叹气，一个月的努力，难道又要让她回到解放前吗？她撸了撸手套，"你们先出去，人太多了，她害怕。"

　　何止人多，病房里光线也太强了，不知道是谁，把那扇自陈嘉漫住进来就时常关闭的窗扇打开了，日光大片大片照进来，照在陈嘉漫苍白消瘦的脸上。

　　"都出去！"程夕再次强调，然后她上前，握住了陈嘉漫的手，一边轻轻叫着她的名字，一边帮她松开绑带，"陈嘉漫，陈嘉漫……我们安静点好吗？"

　　手上的绑带一松开，陈嘉漫半个身体坐起来，她想往外跑，可脚被绑住了，她徒劳地尖叫、挣扎，闭着眼睛，双手胡乱地在四周拍打。

　　程夕身上脸上挨了好几下，不得不用力抱住她，试图让她安静下来。

　　陈嘉漫的力气其实已经耗得差不多了，她推不开程夕，便一低头，凶狠地咬住了程夕的手臂。

　　这两天天气暖和，程夕穿得并不多，所以陈嘉漫这一口咬得很深，疼痛入骨，让她觉得自己的手都快要被咬断了。

　　但她没有任何动作，一只手用力地抱住她，另外一只手不停在她背上轻抚："好了，没事了，陈嘉漫，没事了。"她轻轻在她耳朵边说，"天亮了，我们都不怕了。"

　　不知道是不是那一个月的暗夜陪伴起了作用，陈嘉漫渐渐平静了下来，松开了嘴。

程夕松了一口气,再咬下去,她的手也要废了。她扶住她,手指轻轻揩过她的眼睛:"天亮了,你不睁开眼睛看看吗?"

陈嘉漫没有睁开眼,她趴在她怀里,整个人抽搐不止。

没办法,程夕最后还是给她打了一针,让她慢慢睡过去。

2

重新把窗帘拉好后,程夕走出病室,整个人像是从水里捞出来的一样。病房外面站了不少人,有医院的医生、护士,还有闻讯赶来帮忙的其他科室的同事,在这些人中,程夕还看到了陆沉舟,哦,林梵也在。

"没事吧?"他们问。

程夕摇头,疲倦地冲他们笑了笑,目光转向当班的护士,问:"到底怎么回事,她怎么突然又这样了?"

"是陈嘉漫的姑姑,她来看她,也不知道做了什么,陈嘉漫一下就发作了。"

"姑姑?"程夕皱眉,如果她没记错的话,陈嘉漫好像没有姑姑,她倒是有个姑奶奶,不过和她家里关系糟糕,她嘘口气,问,"人呢?"

护士跑出去找,过了会儿回来,说:"不见了。"

程夕忍不住咬牙:"去找找,尽量把她找回来。"

她真想骂人,但是这种情况下,骂谁呢?陈嘉漫病情趋于稳定,家人探视时间要求探视是正当的,她能骂谁?

医生和护士们看她心情不好,都很快散了,程夕站在那儿,好一会儿才平复过来。

林梵关心地问:"你还好吧?"他叹气,"就没见过为病人像你这么拼的医生。"

程夕苦笑,正要说话,目光却不经意间落在陆沉舟身上。

他乍看很正常,长身玉立,静默如松,可仔细一看就知道他不对劲,目光暗沉,周身气息冷冽,整个人就像是一张拉得太满的弦,随时都会绷掉。

程夕心里一紧,正要上前,林梵却伸手轻轻碰了她一下:"你的手……还是先去处理一下吧。"

她衣袖上渗出了血,也是经过提醒才觉察出痛!

她看了一眼,上前两步试着攥住陆沉舟的衣袖:"陆沉舟。"她声音轻柔温婉,细细地叫他,"我手很痛,你能帮帮我吗?"

他像是没听到，目光望着虚空，僵立在那儿。她又轻声重新说了一遍，他才回过神来，眼珠转了转，看着她。

程夕也看着他，仿佛一点也没注意到他的异常似的，笑得俏皮："不帮我吗？那你还是不是我男朋友啊？"

旁边的林梵闻言，面色微黯。

陆沉舟怔怔地看着她，看了好一会儿，才僵硬着伸出手，拉住她。

程夕放下心，想着再说点什么让他放松，手上一紧，她人就倒入了他的怀里。

她本想推开他的，但他的身体在微微发抖，就这么一犹豫的工夫，陆沉舟低头，吻住了她。

程夕：……

等程夕回过神来的时候，发现整个过道就她和陆沉舟在，林梵不知道什么时候已经走了。

她还有些混乱，也有些吓到了，因为陆沉舟这次的吻和前两回截然不同，他知道伸舌头了，尽管依旧没什么章法，像只小狗似的在她唇上、脸上舔来舔去，但程夕还是颇受冲击。

他紧紧搂着她的时候，她感觉到他兴奋了。

这简直是……

她捂了捂脸，还好他没有直接不管不顾地发情，可她猜那也不是他不想，而是他……不懂吧？因为他这会儿正奇怪地看着自己的下半身，还伸手想去摸。

程夕看见，只觉满头黑线，赶紧抓住他那只爪子："咳咳，走吧，我的手真的都要断了。"

她拉着他去了办公室，见他安分下来才松了一口气——刚刚他那样子，她好担心被其他同事看到后，会把他当成流氓给打出去。

程夕让陆沉舟坐，他很听话地坐了，化身沉思者挺着脊背一脸高冷地坐在那儿，那样子，莫名让程夕有点想笑。

她抿抿唇，没再管他，却也没离开，脱了外衣准备看看被陈嘉漫咬过的手臂。

当袖子被卷上去的时候，程夕都有些傻眼，陈嘉漫这一口咬得还真是狠，一个又大又圆的牙齿印，咬得特别深。

这也幸好是冬天，她穿了外套，要是夏天，估计肉都要咬掉一大块。

好在是皮外伤，她就自己找了碘酒和棉签先消毒处理。

只是她对痛本就敏感，碘酒倒在伤口上，顿时感觉有几千几万张嘴在啃她的血肉一样，差一点就进行不下去。

"后悔吗？"陆沉舟不知道什么时候结束了沉思，走过来看着她。

程夕额上疼出一串串的汗，勉强抬头看了他一眼："后悔什么？"

陆沉舟拿起棉签，在她伤口上戳了一下。

"哎！"程夕再支撑不住，头磕在桌子上，无力地说，"别闹，陆沉舟。"

他发现她不叫他陆先生了，这让他略欢喜，发了善心放过她，还好心说："我帮你。"

再拿根棉签蘸了酒精帮她清洗伤口。

大少爷从来没做过这等事，棉签搅进伤口深处，程夕立时痛得浑身发抖。忍了一会儿实在是受不了了，她勉力撑起来，接过他手上的棉签："好了，不用再洗了。"

再洗她的手就要断了！

这回绑纱布她都没敢让他动手，自己随便弄了一下，放下袖子，穿好衣服。

"就这样？"他挑眉。

程夕说："不，我等下会去外科拿点药，可能还要打一针。"

陆沉舟看着她。

"怎么了？"她一边收拾桌上一边问。

"为什么？"

"嗯？"

"明明有更简单的办法。"

程夕抬起头："什么是简单的办法？我是医生，我只知道最适合的，没有什么简单不简单。"

陆沉舟闻言淡淡地笑了一下，没再说什么。

陆老爷子的生日宴还在办着，陆沉舟自然不好离开太久，那边打电话来问情况，他也就走了。

程夕没再过去，陈嘉漫会怎样还得等她醒来才知道，这种情况下她不放心离开。

不过她也同样不太放心陆沉舟，强硬地给他找了个代驾，还打电话和蔡懿说了声："他状态有些不对，好像是被陈嘉漫的事吓到了，等回去后，老师您帮忙看着他一些。"

蔡懿说："好。"可能是听出了程夕语气里的歉疚，她安慰说，"没事的，别担心，他也算是经历过事的，不至于就真被吓到了。"

程夕笑了笑："那就好。"

陆沉舟走后没多久，同事回来说没找着陈嘉漫的"姑姑"，想来是趁乱时跑掉了，留的电话号码也是空号。程夕去看监控，发现那个所谓的"姑姑"很有几分眼熟，她记性好，想了会儿就记起那人是陈家镇上那所学校旁边开饭店的老板娘。

"报警吧。"程夕说。

"啊？"同事吓了一跳，"不不……用不着吧？"

程夕没说什么，直接去找了科室领导，领导听了情况后瞪她半晌，从牙缝里挤出一句话："程医生，你是不是觉得我们医院声誉太好？"

程夕明白领导的意思，这事怎么说他们医院也有管理失误的责任，真报警了，传出去绝对没什么好影响。

程夕安慰领导："'君子博学而日参省乎己，则知明而行无过矣'，主任，主动检省也是进步的一种。"

主任只赏了她一个字："滚！"

程夕十分痛快地滚了，当然这事最后还是报了警，警方那边也很快给了回应："那个饭店老板娘有一个女儿，比陈嘉漫大一岁，有传闻说她女儿就是两年前对陈嘉漫实施霸凌的主谋，我们也因此依法对她进行过传唤，估计就是因为这个，她才会去找陈嘉漫。"

最后警察还告诉她："这事程医生你最好心里有个底，就算她去医院刺激了陈嘉漫，依目前的情况，没有对病人造成实质上的身体伤害，我们也不能具体对她做些什么。"

……

程夕握着电话，坐在那儿良久无言。

"程医生，24床病人的家属来了。"

程夕回过神，皱眉："谁？"

护士没答，也不需要她答了，程夕已经看到了来人，是陈嘉漫的父亲。

他依然收拾得很整齐，穿一件黑色的羽绒衣，黑色长裤，不知道是不是服装的原因，他看起来比上次更老了，连腰都有些佝偻了。

"阿漫还好吧？"他进来就问。

程夕看着他，他脸上的急切倒像是真的担心自己女儿："程医生，警察说有人过来故意刺激了她，她……没事吧？"

"不知道。"程夕努力克制着自己的脾气，却还是忍不住刺了他一句，"我以为你留点钱在医院就不管她了，原来，还是会担心她啊？"

陈父嗫嚅着："对不起。"

"跟我说对不起有什么用？"她闭了闭眼睛，深嘘一口气，"抱歉，我心情不好，如果你实在担心她的病情的话，我找个医生跟你说。"

她站起来，准备离开，这会儿，她没法面对这个男人——在陈嘉漫的悲剧人生里，他也是推动者之一。

"程医生……"

程夕没有停步。

陈父在她身后极快地说："我知道她为什么来，警察重新调查那件事，伤害了他们孩子的名誉，他们这是报复……程医生，我知道你看不起我，觉得我有罪，可是，我是真心希望她能好起来，拜托你了！"

呼的一声，程夕回头，陈父居然跪在了地上。

"你没必要这样。"她皱紧眉头，看着他，"真有心，不如对你女儿好一点。你要知道，生而不养，无恩有罪。"

说完，她没再管他，陈父后来什么时候走的程夕也没理。她去外科拿了药，给自己打了一针破伤风针，回来后，就得知陈嘉漫醒过来了。

她好像又恢复成了刚送来时的样子，畏光、怕人，嘴里念念有词，缩在墙角，折断了笔，撕碎了素描本，她把碎屑都堆在身上，好像这样就能把自己深深埋起来。

程夕站在门边，静静地看了她许久，当夜幕降临，陈嘉漫又开始慌乱地找她的头的时候，她想起小镇上那些帮着脱罪的人，想起陈父那有些迟到的悔罪，想起她曾经看过的一个诗人写的诗：恶魔通常只是凡人一个，他们毫不起眼，他们与我们同床，与我们同桌共餐。

还有那句话，生活中的邪恶，而不是罪恶，就是这么毫不起眼，伴随着我们。

程夕走出医院大楼的时候已经很晚了，她累到不行，精神也十分疲倦，那只被咬过的手一直都在隐隐作痛，短期内，大概是好不了了。

她扶住手臂，正想捏一捏的时候，面前突然出现一个人影。

定住脚，"林梵？"她意外，"你一直没回去？"

"嗯。"

程夕不知道该说什么了，或许是太过悲愤了，她都完全把他给忘记了。

林梵却忍不住笑起来，"骗你的。"他声音温和得近乎温柔，"陆家的酒宴才散，我有点担心你，所以来看看你。"

程夕梗住，那一刻鼻头酸酸的竟有些想哭，也是这时候，她才知道自己是委屈的，难过的，也是疲惫的。

她轻轻叹了一口气。

林梵看着她："去喝一杯？"

于是两人去喝酒，就在医院附近的一条巷子里，那里有很有名的夜市一条街，这个点儿，简陋的街市里香味弥漫，灯火通明。

夜色清寒，程夕对着空气呼了一口气，白雾散去，她面前出现一只劲瘦修长、骨节分明的手。

手心摊着几颗糖，色彩艳丽的包装，笑得没心没肺的松鼠，林梵说："请你吃。"

这种糖现在已经很少有卖的了，他才回来，想找到估计是花费了不少工夫。程夕看着那些糖，没有接："我这儿有。"

她从自己袋子里掏出几颗，放在桌上。

她明白林梵送糖的意思，这种隐晦而带点暧昧的小把戏，曾是他们最爱玩的游戏，可现在，已经不合宜了，尤其是，在林母那么明确地表明了她的态度之后。

她已经长大，并且渐渐成熟而理智，哪怕心情再激荡，也不会轻易陷进不该陷进的感情里。

林梵脸色微白，微垂了头，收回手，慢慢剥了一颗放在嘴里。这种年少时曾经喜欢的糖果，实在甜得让人发腻。

知道她还在吃，他用了一晚上找这种糖，可真买到了，却一点也没有吃的欲望，也许它之所以让他念念不忘，不过是因为它是她喜欢的。

没有了她，再甜也是苦的。

那天晚上的消夜吃得寡淡无味，林梵凭着一腔孤勇找过来，最后，也只是就着嘴里的苦意闷头喝了几杯酒。

程夕量浅，只喝了一杯，是敬他的："欢迎你回来。还有，谢谢你。"

他微红着眼睛看着她："谢我什么？"

"谢你来看我。"

他笑，看起来像是想哭，仰头将杯中的酒一饮而尽，两人再无多话。直到要离开时，他才叫住她。

她转过头，明亮的灯火映在她脸上，照着她浅淡的含着笑意的眼睛。多年过去，她一点也没有变，仍是那样漂亮、温和，笑容温温软软的，恍惚让他又回到那年考试失利的时候，老师震惊，妈妈骂他，只有她微笑着告诉他：你认真听课的样子好看极了。

他低声问："程夕，我是不是再没有机会了？"

他的话淹没在了路边的车流声里,她没听清,问:"什么?"

他微笑,说:"再见。"

她点点头,也和他说:"再见。路上小心。"

他们分头而别,车子载着他离开,他趴在后座一直看着她,想知道她会不会回头。

事实上,并没有。

饮酒后程夕总会觉得特别脱力,加之心情不好,林梵的来去,竟没有在她心里泛起一点涟漪,她只想回家,然后好好睡上一觉。

或许是喝了酒的缘故,那天晚上程夕没开暖气都睡得很热乎,还一夜酣睡。

早上被电话吵醒时她人还迷糊着,好一会儿才清醒过来。

拿过手机,懒洋洋地喂了一声,那头一个陌生而严肃的声音问:"是仁医的程夕程医生吗?"

"我是。"

"你好,我是××镇派出所的民警,我姓张,昨晚我们这儿发生了一起恶性投毒案,嫌疑人经抢救已经醒了,但他提出想要先见见你,请问你有空吗?"

××镇,是陈嘉漫家所在的地方。

程夕有些艰涩地问:"嫌疑人……是谁?"

"陈富国。他说你是他女儿陈嘉漫的主治医生,对吗?"

3

程夕赶到镇上时,已经近中午了,小镇风物依旧,只路上的人明显多了。

她到医院后,见到了几个眼熟的人,有当时给她领路的阿姨,有饭馆的老板娘,还有她曾经问过路打过一些交道的镇上的居民。

无一例外,他们眼圈都是红的,脸上满满都是愤怒,好些警察在医院内维持秩序,也有一些身份不明的路人拿着手机在不停地拍照拍视频。

程夕一到,立即就收获了好几个白眼,那个给她领路时笑得还算和气的阿姨甚至远远地冲她啐了一口口水,中气十足地骂:"狼狈为奸,帮人作恶,白长得那么漂亮了!"

程夕没什么表情地移开目光,来接她的警察也没当回事,和她低声说了情况:"……他弄了一些河豚肉,说是请这些人家赔罪,低声下气把人请到家里,结果全都中了毒。有个年纪大些的没撑住,于昨天晚上就过世了,余下还有几人,仍在重症监护室。"

程夕听得默然，过了会儿才问："陈……陈富国怎么样了？"

"也中了毒。天快亮时抢救过来了，醒来第一件事就是想见你。"

"你之前在电话里说，他是恶意投毒？"

"嗯，根据我们初步调查的结果显示，这是有预谋的投毒，因为我们在陈家后院，挖出大量晒干了的河豚内脏，经过检测也证实，他们昨晚上食用的河豚肉里，毒性的浓度很高，远远高于河豚正常所含的量。不过嫌疑人并不肯认罪，我们问什么他都不肯答，只说要见过你之后，才肯交代事实真相。"

程夕不知道该说什么，她没想到陈父会见她，更没想到，他还把这个当成了和警察谈判的筹码。

警察把她送到了陈父的病房门口。程夕推门进去，那间双人病房里就只住了陈父一个人，此时他面色苍白地半坐在床头，右手搭在床沿，在那只手腕上，还铐着一个锃亮的手铐。

看到程夕进来，他偏过头，冲她笑了笑。

程夕觉得心很堵，走到他床边："警察说你想见我？"

"嗯。"哪怕在生死间轮回过一趟，面前这男人除了憔悴些外，依然收拾得很齐整，头发被打理过，整整齐齐地抹在脑后，他看着她，神色很诚恳："我知道你是个好医生，对阿漫很上心，我很高兴，她在遭遇了那么多悲惨的事情之后，还能遇到你。"

程夕没说话，只是安静地看着他。

陈父也没想要她说什么，他复又转头看着窗外，神情平静地开始追忆过往："我对不起她，这些年，一直忽视了她。但她很争气，小学毕业的时候考了全镇第一，那时我就想，我不能浑浑噩噩过日子了，不为了我自己，为了她，为了我妈，我也应该踏实下来，所以我就跟人出海打鱼。只是世事都跟我作对，我刚想好呢，阿漫就出事了。

"阿漫那孩子，很内向，也很乖，几乎没有给我们添过麻烦，就算出了事，她也只是一个人躲在家里，什么都不说，不肯上学，不肯出家门，要不是看到视频，我都不知道发生了什么。你说，我这样的爸爸，是不是很失败？"

他停了片刻，喃喃地念叨："生而不养，无恩有罪……这话真是太对了，我对不起她，她出事了，我没能为她讨回公道，还听了他们的话，觉得把事情压下去才是对她好，我还逼她去上学，还打她，如果那些人是凶手，那我，也是逼疯她的刽子手呢。"

程夕并不想听这种迟到的忏悔，拥有的时候没有好好珍惜，再忏悔都是假的，重要的是，错误酿成后，应该要怎么补救："她才十四岁，如果你真心想要补救，未尝没有机会，而不是采取这样激烈的手段。"

陈父摇头，没有解释，他回过头，问："阿漫她……还能好起来吗？"

"不知道。"程夕语气很淡，实事求是地说，"本来她这种情况，家人的陪伴和关爱是最好的治疗，之前她已经错手伤害了自己奶奶，现在连你也放弃，我不知道她还能不能好，或者说是，她愿不愿意好起来。"

其实她觉得，陈嘉漫内心深处是什么都知道的，只是她所经历的一切超过了她能承受的范围，所以她只好把那个清醒的自己深深地埋起来，然后闭上眼睛，塞住耳朵，假装自己什么都不知道，也什么都不懂，就像一个死人。

她的病，就是她潜意识的反应，她不想好，那谁也没有办法唤醒她。

陈父听完，闭上眼睛沉默了好久，然后他从袋子里拿出一张纸："这是阿漫妈妈的电话，我可能是出不去了，想请程医生代我去找她，把阿漫的事情告诉她。"

程夕问："那天你去找我，是不是早就想好要怎么做了？"

陈父没答，只是将纸片更往前递了递："拜托了，程医生。"

程夕实在很不想接，这种情况下的"托孤"特别恶心人，但是，她发现自己也没法拒绝。她接过了那张纸，纸片不大，上面就只有一串电话号码。

她攥紧了那张字条，当陈父是默认了她的说法，因而有些心塞地说："你做这些，有考虑过万一她妈妈不愿意负责会怎么样吗？十万块，用不了多久，如果没钱，你女儿会因为欠费被送出医院，得不到治疗她又是那种状态，甚至连民政部门都不好安置她，没有监护人，失去庇护，她很有可能会流落街头，不知道冷热，不晓得饱饥，不出几天，也许就会死在外面……你一心忏悔，总觉得对不起她，这些，你都没想过吗？"

陈父捂住脸，此后没有再说一句话。

时间到了，程夕被警察请了出去，她出来后，得知又有一个中毒者去世了，其余仍在重症监护室的病人情况也不是很乐观。

中毒者的家属们情绪激动地在病房外面喊："他就是故意的，判他死刑，要让他死！"

程夕因为当初是打着陈嘉漫律师旗号过来的，所以毫无意外，她也被认出她的人围攻了，那些人指着她的鼻子骂："不是说律师都是要维护法律公证的吗？不是说律师要帮受害人说话的吗？你帮杀人犯辩护，算什么律师？"

送程夕出来的警察，闻言很是诧异地看了她一眼，程夕面色沉重，并没有任何解释。

她被警察团团围住才挤出重围，出来后，警察说："为了避免冲突，程医生你最好是马上离开。"

程夕就坐上了回城的车，被安排以最快的速度离开了那里，那是程夕有记忆以来最狼狈的时候，近乎落荒而逃。

而她走后没多久，陈父就招供了，他确实是有预谋的，从陈嘉漫开始精神不正常起，他每次出海，都会带一些河豚内脏回家。

原本他并没想要用这些东西做什么，直到陈嘉漫误杀了陈奶奶，然后自己也被送进了精神病院，陈父就忍不住了。

办了陈奶奶的丧事后，他又出了一趟海，专门捕捞和收购了好些新海的河豚。河豚虽有毒却味道鲜美，料理好是不会有什么问题的，陈父请了相熟的厨师，打着赔罪的名义，把所有曾经欺负过陈嘉漫的孩子，还有和他本人有过旧怨的家人都约到了一起，然后请他们吃毒河豚。

这次事故，一共造成十二人中毒，其中三人死亡。

看完手机里推送的本地新闻，程夕深深地嘘了一口气。

那新闻里说的就是陈父涉嫌毒杀邻居的事，新闻并不长，很冷淡客观地介绍了事件起因、经过，还有结尾，关于冲突的原因，里面只说陈父是因为旧怨而蓄意杀人，那些邻居则是因为轻信和贪吃河豚味美，所以才中了招。

三条人命，就终结在一个意味不明的旧怨里。

"怎么了？"身边的同事倒水回来，看她脸色不好，问。

程夕勉强笑笑："没事，可能是昨晚没睡好，所以精神有点差。"

"嗯，你昨晚又守了24床病人一个通宵？"老实说，仁医精神科出名，精神科医生治疗的手段也很敢创新，可是像程夕这么创新得快要累死自己的，还是很少见的，"你这样到底行不行啊？"同事先质疑而后劝她，"她这病本就罕见，病情相似到底还是不同，你一味推崇那种所谓人道的治疗方法，不见得在她身上就真有效。跟你说，精神病人有时候就像熊孩子，温柔劝说没有用，可能简单粗暴一点反倒效果意外的好，你要不试试？"

说得很中肯，程夕听得认真："好，我会考虑。"

和同事又说了两句，程夕起身去巡查病室，到陈嘉漫病房的时候，她停在门口许久，还是没有推门进去。

经过饭店老板娘一事后，陈嘉漫似乎又回到了以前的样子，甚至更糟，因为虽然她不会再大吵大闹但却完全放弃了画画，也听不得任何声音，她曾经若隐若现对程夕敞开的那扇门，被彻底关闭了。

第七章

1

下午程夕有课，因为状态不好她一连讲错了几个地方，再次被指正后，她忍不住抚额。

底下的学生都笑，坐在前排的一个男生还开她玩笑："老师，这么不在状态，你不会是失恋了吧？"还安慰她，"真失恋了你不上课也没关系啊，就坐在那儿看我们复习也很好。"

程夕心情好，会和他们说笑几句，但今天她实在是没有兴致，就当真拉过凳子在那儿坐到下课。

她的学生也很乖觉，没谁去乱撩她，老老实实自己看了半节课的书，下课时都乖巧得不得了地和她说再见，有些还暗戳戳地给她递字条，程夕一张一张看过去，写的都是"老师加油""老师，天涯何处无芳草，何必单恋一枝花"以及"老师，你回头啊，回头看看，你学生我一直在的哦"诸如此类的话。

程夕看得发笑，心里却也有些暖：这些孩子熊归熊，却也总算没白教他们一场。

那个总在她课上睡觉的男孩仍是走在最后，难得他今日没有睡，颇有些不好意思地走到她面前，站了好一会儿，朝她伸出手。

他的掌心，摊着两颗颜色素雅包装很精致的糖。

"请我吃吗？"程夕问。

男孩点头。

程夕就从他手里拈起一颗糖，"一起吃吧。"剥开糖纸塞进嘴里，那糖是巧克力味道的，没有小松鼠那么甜，微微带了点苦意，苦后回甘，倒是别有一番味道。

看她吃下去，男孩颇欢喜地笑了，耳朵尖都微微有点红，手里攥着另一颗糖噔噔噔跑了出去。

程夕只觉这孩子内向到都不像个大学生,但他貌似只是个旁听生,她也没多事,望着他的背影笑了笑,收拾东西去了蔡懿的办公室。

蔡懿今日正好在,见她过来,倒有些惊讶,不过她眼睛毒,一眼就瞧出了她的不妥,把室内其他人都请了出去,只单留下她,问:"怎么了?状态好差。"

其实何止差,程夕看起来像是随时随地都要哭出来了。

程夕也真的哭了,蔡懿一问,她眼泪扑簌簌往下掉。

蔡懿并没有多惊讶,心理医生也是人,也有难过得无法排解的时候,所以她没有急着问她什么,而是领着她让她在边上坐下,让她以最轻松的姿态,尽情地哭了个够。

哭完了,递给她一杯水:"口渴了吗?"

"嗯。"她点头,抽了抽鼻子,端起水咕咚咕咚一饮而尽。

这难得孩子气的举动让蔡懿忍不住莞尔,看着她:"说说吧,怎么了?"

程夕还有些难过,摩挲着杯子过了好一会儿,才把陈父的新闻找出来给蔡懿看。

蔡懿看完,问:"你难过什么?"

程夕捂着脸:"我可以劝住他的,我看出了他状态不对,但因为陈嘉漫的事,我没有管他。"

她有一种深深的,自己亲手把陈父还有那些人送上断头台的罪恶感。

蔡懿没有劝她,她只是静静地听她诉说,程夕是她带过的,最有天赋也是最有人情味的学生,有人情味,是她的优点,也是她的缺点。

作为精神科的医生,人情味真是特别温暖的一个词,因为那意味着,他们不会墨守成规,而会想办法,尽可能用更人性化的手段帮助病人。

可是这东西也必须有个度,而程夕,心太软了。

所以,她会被陆沉舟拿住,也会替陈父和那些被他毒死的人难过,唯独,她忘了,她只是一个医生,她有拒绝病人的权利,也应该有治不好病人的觉悟。

不过程夕终究是个聪明的人,哭过了,发泄出来了,也就好了。

蔡懿当了她一下午的垃圾桶,见她总算恢复过来,就毫不客气地说:"行了,事过去了就过去了,你不是万能神,帮不了那么多人。我的诊费可不低,你在我这儿泡了一下午,也不收你钱,请我吃饭吧。"

程夕知道蔡懿是不想自己继续沉迷,便顺着她的话头:"那我不得大破费?"

蔡懿瞪她:"你还舍不得了?"

程夕投降，老老实实请蔡懿去吃饭。自然，不能只单请她，还请了蔡懿的助理，蔡懿办公室里其他的师兄师姐师妹，总之就是，见者有份。

知道是程夕请客，他们都笑："就当是免费聚会了。"

一群人分了几辆车，兴兴轰轰去了吃饭的地方，那地方靠近眉河，有很出名的鱼嘴巴，这个季节，弄俩火锅，就着辣辣的鱼嘴巴，别提多快活了。

程夕胃口一般，不过大家有心凑趣，她自然也会尽力配合，很努力地融入其中。

只是那餐饭，终究还是没要程夕破费，那么巧，他们遇到了林梵，后者也正跟几个朋友一起吃饭，因为各有应酬，两人只浅浅地打过招呼。

饭后会账的时候，程夕被告知："已经结过了。"

程夕当时还没反应过来，笑着问同伴："你们谁这么高风亮节替我省钱啊？太不好意思了。"

大家都不认领，最后还是服务员说："是9号桌的林先生会的账，他说这餐饭，他替您请了。"

程夕：……

身边的人都疯了，一齐长长地噢出声："土豪男友，终于出现了吗？"

他们都知道程夕曾经被土豪一掷千金包过号，只不知道土豪其人，这会儿见到有人主动会账，就想到了这一茬，忙探头去找那位"林先生"。

好在林梵他们那桌先吃完，他结完账就送客出去了，这才省了一场"师门会审"。

程夕偷偷抹了一把汗，一抬头，看到蔡懿正望着她笑，她倒也坦然，说："其实就是个旧时的同学。"

蔡懿笑："何必解释？"率先走出了饭店。

程夕和蔡懿他们并不同路，第二天要上班，所以饭后大家也就各行各路。

把人都送走后，程夕没有就走，而是在路边等了一会儿。

没多久，林梵开车过来："我送你。"

程夕摇头："不用了。"她看着他，"我就是想跟你说声'谢谢'。"她没提还钱的事，林梵敏感，真要还钱，太刻意了。

有些人情，可以还就收，还不了的，才要拒绝。

她不要他送，就已经表明态度了。

林梵脸色果然就低沉了下去，他垂着眼睛，问："是不是，我现在连送你回去的资格都没有了？"

程夕扶了扶头，还未开口，一辆十分拉风的跑车从他们身边驶过去，没一会儿，那车子又倒着开回来，几乎是贴着林梵的车头停下。

程夕和林梵一齐望过去，车窗降下，露出光头那张十分嚣张的脸："嘿，医生，真的是你啊？"转头冲另一边笑，"看，说了我没认错吧，真是你对象儿。"

程夕：……

跑车比较矮，路边光线也不强，她这才注意到，陆沉舟居然也在。

看不到他人，隔着车窗，她就只看到他一截线条优美却冷硬的下巴，这是自陆老爷子生日那天后他们第一次碰面，陈父出事，她最近完全没来得及顾及他，而他，也没有找过她。

也不知道那天的事，有没有给他留下什么阴影。

想了想，程夕俯首，跟他打招呼："陆先生。"

光头"嗤"地笑出声："啧，这么客套？省掉'陆'啦，直接叫'先生'多好。"

谁也没理他，陆沉舟淡淡地问了一句："要送你吗？"

程夕看了眼林梵，后者静静地立在那儿，眼帘半垂，看不清具体的表情。她摇头："不用了，我自己回去。"

陆沉舟就微微偏了偏首："让她上车。"

后座的车门打开，从里面走出来一个年轻男人，黑衣黑裤，十分有礼地冲程夕微一弯腰："程医生，请。"

程夕：……

她又忘了陆沉舟的性格，这人问话从来就不是征询意见，而只是意思意思，千万不能当真。

见程夕定住，林梵这下相信，她说和陆沉舟没有那种关系是真的了，因为双方的态度太明显了。冲动之下，他走下车，拦住那个黑衣人："对不起，她说不需要你们送。"

黑衣人根本不理他，扬手便去推他，眼看两人就要起纷争，程夕连忙拉住林梵："没关系，我就坐他们的车走。"

"程夕……"

程夕摇头，笑了笑。

"那到家了，给我电话。"林梵咽下嘴里的话，转而语气亲昵地吩咐道。

程夕没有应，看了他一眼，转身跟着黑衣人上了车。

整个过程里，光头趴在车窗上，懒洋洋地看着他们，脸上的神情似笑非笑。

上车后，光头见林梵一直站在那儿没有走，便"嗤"了一声，掉头问程夕："谁啊那是，瞧着小白脸的样，是怎么，想要挖我们家陆老大的墙脚不成？"

他说着，还看了眼陆沉舟，可惜，后者连个眼风也没给他。

程夕也没理他，光头可不是个别人不理他他就识趣停嘴的人，十分无良地将林梵从头批到脚，末了说起"包号事件"："还真是祸害了一众有钱人，连我妈都揪着我爸问是不是他的哪个狐狸精。哈哈，天天在家里吵，笑死人了。"

程夕总算是回了他一句："……你这么说你爸妈的事，真的好吗？"

"那有什么不好的？"光头一副你真少见多怪的样子，一边慢悠悠地开着车，一边八他爸爸的风流情史，程夕听得满头黑线，他却当故事说得十分起劲。

再看一眼陆沉舟，他显然是听得多了，一点反应都没有，偏头望着窗外，从她的角度，只能看到他的后脑勺。

光头却已经由他爸爸的情史，说到了那天他们那场赌局："……我们还从来没有输那么惨过，程医生，今天再组个牌局怎么样？你要是运气还那么好，给你个机会，我们家舟就让你再嫖一回。"

说到"嫖"字，他还拍着大腿大笑特笑，一个人把眼泪都笑出来了，这么尬，也是着实不容易。

程夕实在是受不了，坐过去一些轻轻戳了戳陆沉舟的肩。

他反应奇快，竟一下捉住了她的手指。

程夕想抽出来，没抽动，只得装作不在意的样子，说："我想和你谈点事儿，行吗？"

陈父的事让她明白，有些事，还是要说清楚点比较好，尤其是人的感情，太难以把握和控制了。

一如以往，陆沉舟没有拒绝她，他放开她，不顾光头抗议，说："去东来。"

光头一腔激情付诸流水，没人配合也就算了，竟然还要把他半路撇下，十分不满意："你帮我搞定了老邓头，说好的要给我个机会谢谢你的呢？波子他们可都在等着啦。"

陆沉舟就"呵"地笑了一声，问："我们过去，你们要当电灯泡？"

……这话真是太刺激人了，程夕都忍不住呛了一下，光头则是默默吐出一口血，将车停在路边后使劲在方向盘上擂了好几下，直擂得车喇叭响得连路过的司机都抗议了，才吼说："滚滚滚！说得好像谁没有谈过恋爱一样，明儿我领十七八个女朋友来，我羡慕死你！"

陆沉舟完全不理，率先下了车。

程夕紧随其后，光头轰轰将车开走，她走得慢了些，被车的气流噗噗喷了一脸。

陆沉舟正好侧转头看到，忍不住微微笑了笑。

可惜程夕光顾着捂嘴抹脸了，没有看到。

光头的车停得十分有技巧，恰好在东来门口，过马路就是。

陆沉舟领着程夕上了楼上，她本以为他会带她咖啡厅坐坐，或者至少，去他的办公室，结果，他直接把她领到了客房。

而且看布局，和她那天酒醉后住的房间一模一样，依陆沉舟洁癖的性格，估计就是一间房。

好在程夕并没有什么阴影，他也没什么值得她好防备的，就很坦然地走了进去。

房间里十分暖和，并没有一般酒店的那种室闷感，陆沉舟进屋后第一件事就是脱了外套去洗脸洗手，程夕什么也没做，挑了张椅子，坐在一边等，想着待会儿要怎么和他说清楚那个合同的事。

她之所以顺从他，真的只是把他当自己的病人，可是他接连不断的求吻还有陆老爷子生日他特意来接她的事，让她很不安。

面对陈父时，她也曾有过类似的不安，但当时她没有放在心上，以至于后面酿成了悲剧。她不会自大地认为自己认真了就能阻止什么，可至少，她努力过。

对陆沉舟，应该是要更谨慎和仔细才是。

她因此想了很多，如何开头，如何结尾，如何安抚，可她想得再多，还是被他一句话打乱了。

他洗好出来，坐在她对面的沙发上，一边挽袖子一边看她，袖子挽好后，他淡淡地开口："喜欢一个人到底是什么感觉，让你连违约金也不顾了？"然后他拿过手机，鼓捣了一会儿，没多久，程夕的手机响起。

陆沉舟冲她微抬了抬下颌："这是你要付的违约金，是依蔡懿请求的，按照八折给你算的。"

程夕：……

2

看样子，那天陈嘉漫病发时的情形完全没有影响到他。

而且，他的观察力要不要这么恐怖？怎么就知道她是要和他提合同的事？明明从始至终，他连看都没看过她几眼。

虽然和林梵的事他猜错了，但也太敏锐了。

程夕倒不急着谈了，而是问："你为什么会觉得我跟你提的就是这个事？"

"那不然呢？你想跟我提结婚吗？"他面无表情地说，"他好像，很喜欢你。"

程夕无言，这一点，刚和林梵重逢时，她还不确定，现在，她知道了。

林梵确实……有些喜欢她。

可能是最近经历得太多了，发现这个事实，她也没有多欢喜。摇摇头，她说："那也和我今天要跟你谈的事无关，而是我觉得，我有必要和你讲清楚，我签那个合同的初衷，是因为你想让我签，并且，我想让你信任我，用你愿意接受的方式。"

"我是医生。"她提醒说。

"医生。"他淡淡地笑了笑，"医生都像你一样吗，为了取得病人的信任，可以不顾一切？"

"对。"陆沉舟太聪明了，也特别理智，所以程夕没想瞒他，"从心理治疗的角度来说，对患者有共情是治疗的必修课，所以有时候，为了给病人治病，我们医生甚至会暂时抛弃一切三观、正义还有道德，只为了能让他们信任我们。"

"会上床？"

程夕："……不会。"

"可我们上过床了。"

程夕：……

她想了会儿，才明白他话里的逻辑：他们上过床了，所以，她很不必再做他的医生。

程夕一时弄不懂陆沉舟在想什么，说他喜欢自己吧，一点也不像，说他不喜欢，那他为什么又一直要强调她"女朋友"的身份？

陆沉舟微微偏头看着她："既然想接近我，又为什么要后悔？合同都签了，就这么继续下去不是很好？还是……你爱上他了？"

他说话时脸上神色很淡，眼神也毫无变化，看起来，只是在和她陈述事实而已。

"和他没有关系。"程夕语气认真，望着他，"我能问一句，如果当时当日我没有签下那份合同，我们还有机会见面吗？"

陆沉舟没有回答。

程夕微笑，摊了摊手："所以你看，那就是权宜之计而已。我想了解你，就像你其实也想试着相信我一样。现在我们有了简单的接触，你应该对我也有了初步的信心，那就是时候把一切都说清楚了。"

"陆沉舟。"她叫他的名字，声音温暖而轻柔，"我真心，很想帮你。"

好像过了很久，她才听到他问："你要帮我什么？"

"帮你相信人，帮你……相信这个世界上，除了规则条文，还有爱。"

陆沉舟缓缓抬起头，看着她，她今日穿了件石青色的外衣，颜色太暗沉了，显得她人都老气了起来，没有了平素那样的鲜活。

可是那双眼睛还是那样明亮，黑白分明的纯粹，像是一汪水，能照见人心里最隐秘的渴望。

他笑了起来，笑意未达眼底。"爱……很好啊。"他倾身靠近，一直望进她眼里，说，"医生，我们要不要打个赌？"

"……赌什么？"

"赌赌看，你会不会爱上我。"

他说："如果你爱我，那么，我就会真的相信你，相信……爱。若不然，那就赔钱吧。"

程夕走出东来，人都是晕的。

陆沉舟做事，从来都很干脆，见她犹豫不下，他直接把律师叫了过来。东来的律师也着实是个人才，一板一眼地和她清算赔偿，程夕起初十分镇定："你不用吓唬我，这个合同，法律未必会承认。"

谁会承认这种明显像是玩笑一样的傻逼合同啊？

律师闻言笑了起来，拿出一份文件递给她："程医生可以看看这个。"

程夕打开，发现里面是一笔一百万元的转账记录，以及她手写的欠条，律师说："这是帮程医生收买那个老师的费用，程医生曾经承诺，这笔钱会分期还给陆先生，这是您的第一笔分期汇款记录，我想即便合同不认，这个欠款，法院总是会认的吧？"

程夕："……不是只有二十万元吗？"

"抱歉。"律师双手交叠放在面前，笑微微地看着她，"二十万元只是他去见你的先期款，他见过你后，我们才把尾款结清。"

"……"

于是莫名其妙地，程夕就欠了陆沉舟一笔巨债。律师看她蒙掉了，将她拉到一边，有些为难地说："那个，其实陆先生并不在乎这点钱，他就是……"他指指自己的脑子，"脑回路有点跟别人不一样，觉得利益牵扯从来就比人情往来要牢靠，所以，如果程医生不是特别讨厌我们老板的话，最好还是和解了吧？"

怎么和解？那就只有试试第一种选择。

本来程夕对陆沉舟那天肯陪她去陈嘉漫老家帮她搞定刘老师还有点感激的，结果突然来了这一出，她都不敢去细思陆沉舟的目的。

毫无疑问，东来的律师也是个很厉害的律师，程夕听他一通情与法讲完，顿时觉得，依着陆沉舟，也未尝不是一个很好的选择……

也不知道哪里出了错，和陆沉舟的医患关系里，她真的毫无选择权，一直被牵着鼻子走。

这事实真是让人无奈，也令人挫败，这挫败甚至让程夕在那天晚上还做了一个梦，梦里她成了超级有钱人，陆沉舟嘴毒骂她，她骂不过，于是拿钱砸，指使光头他们："帮我骂，骂一个字给你一万块！"

她在光头特别起劲的骂声里醒来，很想对梦里的那个蠢自己说："闪开闪开，这样的骂战我要自己来！"

然后慢慢清醒，再回想了一遍梦里的情景，不由有几分好笑。

顺手拿起手机，看到里面有程妈给她发的信息："今天周末，回来吗？"

也有林梵的，问她："到家了吗？"

他还记得他的嘱咐，她却已经忘光了。程夕看着信息，想起陆沉舟说的话，不由得叹了口气。

她很客气地给林梵回了条信息，却不想，信息才发过去，他的电话就到了。

"我在你们医院这边办事，中午能一起吃个饭吗？"

相比以前，他确实主动了很多，如果还是过去的林梵，大概在昨晚她跟着陆沉舟走了后，他就不会再找她了。

程夕想了想，拒绝："对不起啊，我可能没有空。"

林梵沉默了下来，程夕也没说话，电波里的沉默让人难受。

过了好一会儿，林梵才说："我没别的意思，就是觉得……我们不应该这么生疏。"

程夕轻轻"嗯"了一声，说："我是真有事，病人的事。"

林梵这才笑了笑，很社交地说了一句："那有空再约。"

挂了电话，程夕坐在床上发了好一会儿呆，才起床找东西。东西吃过，心不静，她又练了一段瑜伽。

待得身心都放松下来，她才盘腿坐在瑜伽垫上，拿出了陈父给她的那个电话号码。

一个数字一个数字按下去，好像等了好久，那边才接起，一个温温柔柔的女声传过来："你好，哪位？"

程夕隐隐觉得这声音有点耳熟，却也没多想，自报了身份，说："我是仁医的医生，我姓程，有一个叫陈富国的先生委托我找您。请问您有时间吗？方便的话我想见面跟您谈谈。"

对面好久没有动静，程夕还以为电话被挂掉了，正拿起来准备检查检查，就听到那头说，"你是医生，"这一回，她声音里的温柔不再，凛冽至极，"他委托你，是他病得要死了吗？"

她这回说得有点长，且没了那拿捏的客套腔调，程夕一下想起为什么会觉得这声音有些熟悉了。

因为这根本就是个熟人，那是……林梵妈妈的声音！！！

世事真的好巧好巧，当在约定的地方真的见到林母的时候，程夕都不得不如此感叹。

林母是一个人来的，这一次她穿得简朴了许多，长衣长裤，白色的长款羽绒服，戴着素色的口罩，要不是她进了包间，而且眼睛还露在外面，程夕都差点没认出她来。

看到程夕，林母的震惊并不亚于她刚刚得知消息的时候，站在门口瞪着她："小夕?!"

"阿姨，您好。"程夕起身，尽量平和地同她打招呼。

林母扶着门，好半天才慢慢走进房内，摘下了口罩。

"你知道陈富国让你找的是我？"

"不是，我是从电话里听出了您的声音。在那之前，我没有想到，我要找的人会是您。"

"你说他杀了人，阿漫又进了精神病院，到底是怎么回事？"

"先坐吧。"程夕给她倒了杯茶，"这事说来话长。"等她坐下后，她才跟她说了自己知道的那些事，原原本本。

当听到说陈嘉漫的奶奶是死在陈嘉漫手上，林母冷笑了一声，说："真是报应！"

而当程夕转述陈父在医院里说的那些话时，她更是冷笑连连："果然是越来越会演了，就他？会对女儿那么好？要好，在她受辱的时候就已经动手了，怕是走投无路，才要拉几个垫背的吧？"

程夕沉默。

她突然对陈父的决定有些怀疑，林母真的能，或者说是会照顾陈嘉漫吗？她是到最后才想起来问陈嘉漫："她的病又是怎么回事？有多严重？能好吗？"

程夕没有瞒她："她得的是罕见的科塔尔综合征，能不能好，能好到什么程度，要看后续的治疗，而且精神病人就算出院了，也会有相当长一段时间需要家人一直陪在身边，让她能重新适应这个社会，慢慢步入正轨。"

"如果不能呢？是不是就会一直疯下去？"

"差不多是这样。"

林母闻言，从袋子里拿出烟，抽出一根点燃了，狠狠吸了好几口后才说："其实疯了也好，疯了就什么都不知道，省得清醒了，继续痛苦。"

"林阿姨！"

"听不入耳？"林母看她一眼，笑了起来，笑容凄艳，"你难道不觉得，从那样的家族出来，好好活着不是件很痛苦的事吗？嗬，那个男人，现在他要把她托付给我了，十四年前，他怎么就不给我？那时候我吃糠咽菜我都愿意带走她，现在她疯了傻了，就扔给我，是什么意思？！"

她情绪激动，程夕知道这时候说什么都没用，干脆就什么都不说，只是默默倾听。

林母发了好大一通牢骚，说的内容倒和程夕以前打听的有些符合，也无外乎是陈父很好赌，好赌到有了副好演技，不明真相的，都以为他是个憨厚老实的大好人。

但其实，他混得亲戚陌路，朋友断交，谁也不愿意搭理他。林母出走，其实是被逼无奈，她还没出月子，就有债主找上门，可是赚的那点钱又能抵什么用？他就打上了林梵的主意，"不是卖掉他整个人，而是不知道跟谁搭上了线，要卖他的器官。小夕，"林母说到这儿忍不住泪流满面，"你也见过他，看到他那个人，你相信那是他能做出来的事情吗？"

程夕震惊地看着她，没想到事实真相远比她曾以为的更为可怖也更加不堪。

她相信这件事上林母没有撒谎，因为说起这些的时候她牙关紧咬，眼神坚定，显然那段过去是真实存在的。

她默默地给她递上纸巾，听她抽噎着继续说："现在的社会那么开放，就算她有一个逃跑的妈妈，就算她爸爸再不争气，她自己立得正，为什么还会那么受歧视？什么被侮辱，她肯定是被牵连了，他干的那些好事，牵连了她，他们才会唆使孩子那样对她！"

程夕听得脊背一寒，为林母那些揣测背后的深意，她有些艰难地说："不会那样吧？也许他后来……变好了呢？"

"变好？"林母笑起来，秀丽的面孔有几分狰狞，"那你知道我为什么要改嫁，为什么明明小梵高考考得那么好，我还要把他送出国吗？因为那时候他找到我了，他问我要钱，不给钱，他就要再害小梵。他是疯子，他什么事都做得出来！所以世事为什么这么不公平，为什么不是他被送进精神病院，为什么他还活着，活那么久，祸害了那么多人？"

可是林梵不是他的儿子吗？为了钱，陈富国真的会毁了自己亲生儿子？

程夕见多世情，不敢保证说没有这样的父母。

她也不想再跟林母求证，往事太难堪，掀开都是血，只是她突然有些明白了，明白林梵当年的性格为什么会那么别扭、内向、寡言，哪怕成绩再好，却还是自卑得恨不能当个隐形人。

她伸出手，轻轻地握住了林母的手，她的手微微发着抖，显然过去那些事，让她一直都没能释怀。

"他现在已经受到惩罚了，过去的就让它过去吧。而且阿姨您已经很厉害了，把林梵培养得那么好。"她轻柔地安慰她，"就算是陈嘉漫，脱离了那样的家庭环境，对她来说，也是一件幸运的事。她是个很乖巧的孩子，读书画画都很有天赋，等她病好了，有您的关爱，她不但能过上正常人的生活，也能像正常的孩子一样，孝敬您，爱您。"

"孝敬我，爱我！那些我已经不奢望了。"林母发泄够了，情绪总算缓和了下来，拧灭烟头，揉了把脸，她说，"你放心吧，她是我生下来的，现在这种情况，我也不会不管她……陈富国就是认定这点，所以才把她推给我。我不像他，没有人性，好好的孩子带成这样，只是要我多费心去照顾她，那也是不可能了。小夕，你是小梵的同学，我也不怕你笑话，我再嫁的那家人，家里有钱，可是太有钱了，容不得外人。他们连小梵都恨不能赶出去，更不要说阿漫这种情况了。"她说着，打开手袋，从中拿出一张卡推到程夕面前，"这里面有一笔钱，你帮忙拿着，若是她没好，就一直在医院住着，若是好了……就把这钱给她，让她在外面租套房子，以后，自己好好过日子吧。"

她说完就要走，程夕错愕："您……您不去看看她吗？今天的探视时间马上就要到了。"

"不去了。"林母背对着她，冷淡地说，"她从生下来，我就没有带过她，大概，以后她也不会想要见到我。"

根本不等程夕再说什么，林母打开门，匆匆地走了。

程夕追出去，在外间走廊她看到林梵立在那儿，正神色茫然地看着她。

3

林母从林梵身边走过，扯着他的手，强硬地把他拉走了。

程夕没有再追上去。过后她接到林梵的电话，很久他都没出声，电波里，只有他压抑而隐忍的呼吸声。

就像那年,他从遥远的异国给她打来电话,十二月末下很大的雪,程夕坐在窗前,看着外面白皑皑的世界,问:"你哪位?"

他没出声,电流里只有细微的呼吸声,她连着问了好几声都没得到回应,准备挂掉的时候灵光一闪,突然就想起了他。

她叫他:"林梵。"

他才轻轻地应:"嗯。"

她突然哑掉,不知道该说什么,两人就那样沉默好久后,他说:"她……真的是我妹妹?"

程夕声音轻柔:"看阿姨的反应,应该是的。"

林梵苦笑,有时候他真的觉得命运无形中都在跟他作对,每一次,当他好不容易鼓起勇气要开始新生活的时候,总会有这样那样的事情发生。

十年前,他用尽全力,和她考上了同一个大学,他妈妈改嫁,他被送出国。

十年后,他鼓起勇气向她表白,却在看见一点点曙光的时候,她身边有了别人,而他家那不堪的往事被重新掀起来,且,比以往更不堪。

程夕只来得及说出那一句话,林梵就挂了电话,之后她再怎么打,也都是打不通。

他关了机。

果然,还是那个敏感的少年,会自惭于自己的身世,而将自己隔离在人群之外。

但,他能主动给她打这么一个电话,也就说明,他还是比之那时候,要成熟一些了,至少,他有了面对的勇气。

想了想,她给他发了一条信息:"我在家里,如果你想找个人说点什么,我会一直等着你。"

之后她就一直乖乖等在家,程母忙完,店里都收好摊了还没看到她回去,忍不住打电话过来:"你都多久没回了?找不到回来的路啦?要不我请个八人大轿去抬你啊?"

程夕汗颜,赶紧讨好说:"这段时间有点忙,下周,下周我一定回家。"

"什么忙,忙什么呀?"程母根本不听她的,而且还超敏感,联想到上回那个出现在女儿家里的某"二愣子",声音立马沉了八度,"该不会你还没跟那个人分手吧?"

程夕哭笑不得:"没有,是真的有事。"

"我怎么就那么不信你呢?"

程夕摊手："那我也没办法。"

程母坚决不信，要和她视频，程夕只好应了她，开了视频满屋子扫射给她看，程母犹不满意："谁知道你有没有把他藏起来啊。"

程夕无语，干脆开了视频搁在那儿，自己靠坐在沙发上看书。

程母看了她一会儿，见她乖乖地坐在那儿火气也就散了，反而关心地说："怎么感觉你又瘦了啊，没好好吃饭？冰箱里有给你做了那么多吃的，有记得吃吗？"

程夕："……有。"

暗里一拍脑袋，哎呀，忘记冰箱里还有吃的了，早上居然就给林梵煮了那么一碗面。程母每次过来，都会把她的冰箱塞得满满的，里面多数都是做好了只需简单加工的吃食，像是糯米丸子啊、饺子啊、牛肉干啊，尤其是牛肉干，程母特意从乡里访到的黄牛肉，给她制成一罐罐的牛肉干，好吃又顶饿……但她通通忘记了！

程母见她那样，有些不相信："都吃完了？"

程夕很担心她家母上大人要她开冰箱查验，还好，她没有，因为她很快就想到更不对劲的事儿了："你就窝家里看书？这也叫忙事儿？"

程夕只好仔仔细细地禀报："下个月要考试，关系到职称和前途呢，我最近忙都没好好看过书。等会儿还要见个病人家属，晚上院里要开会。"

总之就是一句话，真的没空。

程母听完，转过头就和程父诉苦："以前还以为当医生是个好职业，至少不用担心会失业，好了，现在失业什么的是不用我们操心了，可她这样子，我就怕她结婚生子都没有空，到时候孤家寡人老在家里，那就好了。"

当然了，后面这句话，反讽意味十分强，程夕翻着书，就当没听到。

程母更是气苦，拉扯程父："你女儿不听话，你说说她。"

程父为难，女儿长这么大，他没怎么带过她，但也没有说过她一句重话，再说了，自家女儿多懂事啊，可老婆有命，他不得不从，只好也凑到视频面前，细声细气劝："囡囡，要听你妈妈话。"

程夕脆生生地："好哪。"

程父便觉得完成任务了，扭头和程母说："看，我说过她了，她也肯听了。"

程母简直气傻，也顾不得再念叨女儿了，在那头一个劲地数落程父。

程夕就在父母这样的数落声里看着书，他们不叫她她也很快忘了这一茬。她看书挺投入，枯燥的医学书也能看得津津有味，更何况这本书并不乏味。这是她同学特意给她从国外带回来的，英文原版，里面的案例十分丰富，其中就有一例说到"科塔尔综合征",患病的是个中年妇女,她在经历了一系列的婚变、失业以及丧子的打击后患上了这个病症,她的主治医生尝试用一些抗抑郁和稳定情绪的药物进行治疗,先期效果还不错,病人顺利出院,不过在回家后不久,她就自杀了。

案例对此的总结是,病人愈后没有得到家人适当的关爱,对生活已失去信心,所以精神类疾病的患者,对情感和家人的依赖要比正常人更甚。

程夕看完,心头沉重,捧着书好久都没回过神,以至她都忘了她还和她妈妈在视频着。

所以门铃被按响的时候她也没注意,只放下书才发现时间已不早了,客厅里昏蒙蒙只剩了一点天光。

她揉揉眼睛,随手开了灯,起身去开门。

来的是林梵,他一身浓烈的酒味,背靠在她家门框上,听到门响,有些迟钝地转过身来。

"程夕。"他叫她,声音低沉茫然。

"你还好吧?"她看着他,问。

他没应,只是望着她笑了笑,身子往前一倾,倒在了她怀里。

"哎——"程夕被他弄得手忙脚乱,勉力扶住他,一步一趋将他半拖进客厅,让他躺倒在她家的沙发上。

看他面色潮红,体表温度很高,程夕准备去给他倒杯水,不料他手一伸,猝不及防下她就扑腾着倒在了他身上。

"你……"她话还没说完,就听到身后传来程母的声音,"哇咧!程小夕!"

她有些艰难地转身,这才看到竖放在茶几上的手机还开着视频,视频里显出她妈妈目瞪口呆的脸。

不过很快,程母就从画面上消失了,程父的大手重新出现,视频被关掉了。

想必那边又是一场战争,程夕却顾不得,她转过头,见林梵正看着她,他有一双很好看的眼睛,眼长,眼尾略弯,看人时朦朦胧胧的,总带着点说不清道不明的忧郁。

那忧郁很抓人,像是程夕小时候她外婆给她做的那盏琉璃灯,在冬日的夜里散着微光,让人总想掀开罩子去看清楚。

这会儿,他唇畔含笑,眼眶泛红,那双眼睛盈润欲滴,简直是让人心醉。

她问他:"你没事吧?"

他只是看着她。

"林梵?"她小心翼翼,"先放开我,你喝醉了,我去给你倒杯水。"

这句话终于惊醒了他,"不要!"他说着,手上更用力,握紧了她的手臂,"程夕……"他喃喃地叫她的名字,"知道吗?我很高兴,他终于进去了,终于进去了!"

程夕愣了愣,问:"他?"

"陈富国啊!他终于得报应了!"林梵太激动了,猛地扯了她一下,程夕本来用手撑在他身侧的沙发上的,这会儿彻底支持不住,倒在他胸口。

他箍住她的头,微撑起身体凑到她耳朵边轻声说:"告诉你个秘密,我不是他儿子!"

程夕意外,看向他,他脸上仍带着笑,像是说了什么了不得的事。

"你不信我?"他问。

程夕回过神来,一边试着从他掌中挣脱出来一边摇头:"没有。"

其实她并不想在如此稀里糊涂的情况下听他说那些过去,只是事情的发展并不由她,林梵笑了起来,那笑却比哭还要让人心酸:"我是私生子,我妈嫁给他的时候就怀上我了,那时候他说不嫌弃,会对她好,会对我好。可是我刚生下来的时候,差点被他还有他妈给扔进桶里淹死……我妈说他们淹了我两次,没死,实在下不了手,这才放了我一条生路。"看程夕一脸震惊,他笑得更欢快了,"你不相信是不是?其实我也不信,他那人,人模狗样的,走出去别提多斯文了,可是事实上,他好吃懒做,好逸恶劳,又赌又骗,我妈好长时间都不敢有孩子,他就打她,打我,生了个女儿,他嫌得要死,我妈还下不了床,他就……所以程夕,其实我很高兴,他终于得报应了,他老娘死了,女儿也疯了,自己进了监狱,他终于一无所有,只有求到我们头上,哈哈哈,报应啊,这是报应!"

林梵说着说着大笑了起来,笑得咳成了一只虾米,笑得眼泪都流了出来。

却还是紧紧地抓着她,其中一只手正好抓在她上回被陈嘉漫咬过的地方,那伤口又深又大,最近才消肿,这么被他一抓,痛得程夕忍不住倒吸了一口气,整个人都软倒在他身上。

本来两人的姿势就暧昧,这一下更暧昧了,因为他人往前缩,她扑下去的时候,脑袋埋进了他的腹部,她自己还没觉得什么,贸然闯进来的人却是惊得差点跳起来,一蹦三尺高:"哇靠!是我瞎了吗?姓程的你竟然真的瞒着陆老大偷人?疯了吧?!"

程夕:……

第八章

1

还是熟悉的声音,还是熟悉的配方。

陆沉舟的朋友光头,总喜欢以让人意外至极的方式出现。

屋里突然冒出别的人,程夕大惊,挣扎着爬起来,也顾不得先脱围,扭头去看他:"你怎么进来的?"

光头蹦完就拿出手机拍照留证,咔嚓咔嚓拍了一张又一张,等拍够了,才气哼哼地说:"你大门敞开的还不许我进来啊?"眯起眼睛看着他们两个,"真没想到你是这样的程医生,胆子还真是够肥的,也太目中无人了吧,门都不关就搞起来了?!"

用词真是恶心死了,程夕皱眉,没理他,去看林梵,他仍握着她的手,仰面向上,眼里润泽一片。

感觉到他手劲松了些,程夕趁机脱身出来。

光头走近了,看清林梵的样子,啧了一声:"还真是那个小白脸!啧啧!"

程夕仍旧没理他,起身去给林梵倒了一杯水:"要喝吗?"

他蜷缩着摇摇头,双手改捂在脸上,是很鸵鸟的姿势,但很明显,他并没有醉得太彻底,刚刚应该是在借机发泄而已。

程夕轻轻叹了口气,把水放到一边:"那你先休息会儿吧。"从边上柜子里抽出一张毯子盖在他身上,"好好休息,醒来就没事了。"

她说着,轻轻握了握他的手,他手指微动,也轻轻回握住了她。

不顾光头在场,他微微侧身将脸埋在她手上,压抑而隐忍地蹭了蹭。

程夕只觉得指尖是一片温热的湿意,便用另一只手在他背上安抚地拍了拍。此时此刻,她完全是把林梵当成了须要辅导的病人,可看在光头眼里,却是两人旁若无人、亲热有加的实证。

他气坏了:"妈的,要不要点脸啊?我还在呢!本来我还以为是误会,想给你个机会让你解释的，现在看来，解释什么的是完全不用了。"他抄起手机，给陆沉舟打电话，声音难得严肃，"你快上来，真的，一定一定要上来……嗯，有点事，蛮严重。"

沙发上林梵微微一僵，程夕忍不住抚额，放开林梵扯着光头走到一边："能麻烦别添乱吗？还有，别用那种眼神看我，我和躺在沙发上的人没有你想得那么龌龊！能问一句，你来找我，是有什么事吗？"

"我来帮陆老大捉奸！"光头恶狠狠的，他指着她，"昨天还和舟秀恩爱呢，今天就和别的男人滚在一起，姓程的，你操作这么骚，信不信，我能让你们两个人道毁灭？"

程夕：……

看着光头那张气得快要变形了的脸，她实在有些意外，没有想到，就陆沉舟那烂性格，居然还能得光头这样的人如此维护。

还是真情实感的维护。

程夕倒是挺平静的，说："如果你真想帮他，那就不应该叫他过来。"

"所以，我是不应该来吗？"

突然响起的声音，把两人都吓了一跳，程夕和光头同时回头，只见陆沉舟立在门口，也不知道他是什么时候到的，神色淡漠地站在那儿，灯光隐约中，身姿笔挺，长身玉立，雅致一如青山修竹。

看到两人都望过来，他十分有礼地敲了敲门，淡淡地和光头说了句："发那么大脾气干什么，耍横有用？"

程夕还好，毕竟他一直给她的感觉也就是冷了些，光头的表情却像是见了鬼，嘴张得都能吞下一个鸡蛋了。

好半天，陆沉舟都换好鞋进来了，他才反应过来，凑到他面前盯着他仔细看了又看："讲真，这真是我认识的陆沉舟吗？"

往常对于这样的玩笑，陆沉舟是不屑一顾的，但是今天，他出奇地配合，"嗯"了一声。

光头就觉得自己应该回去洗洗脑了，被绿了后还能这么平静，这么随和，嗯，以后他可以考虑，让这家伙多被绿几次了。

然而这一切比起他对程夕的态度，就又不算什么了。

陆沉舟和程夕说的是："我饿了。"

程夕怔了怔，显然没想到他会和她说这个，一看时间："都五点半了……做饭的话有些来不及，我这儿有我妈做的牛肉干、肉丸子还有饺子……你想吃什么？"

两人就跟老夫老妻一样闲话起晚饭来了。

陆沉舟说："随便。"

程夕就撩袖子，"那我都给你弄一些吧。"边说边往厨房去了。

陆沉舟跟在她身后施施然坐到餐桌边等开餐，好像根本就没有看到客厅的沙发上还躺了一个男人一样。

光头下巴碎了一地，捡都捡不起来。

伸手一抹脸，光头也屁颠屁颠地跟过去，问陆沉舟："你们在搞什么呀？那里睡了个男人诶，没看见？"

他还真是不怕死。

陆沉舟看了他一眼，"很稀奇？"拿出手机开始玩他的《极速飞车》——他最近就迷了这个，特别幼稚特别无聊的一款网络小飞车游戏（光头语），小孩子的玩意儿，偏偏陆沉舟技术还特别差，十次有十次，躲过路障躲不过悬崖，玩半个月了吧，就没见他通过一次关。

光头觉得他没药救了，这反应实在不合常理，不在他想象中啊！

挪了挪凳子，他正准备再发表点啥，就见手机上，陆沉舟的车子呼一声，以力破千钧的气势，一头撞在路障上，车毁人亡，唯落下一堆堆碎片，还有洒出来的血。

光头看得眼角直抽抽，假装自己没注意到，在他耳朵边苦口婆心劝："别玩游戏了行吗？这种游戏不拉低你智商也很破坏你形象……那人你打算怎么倒是说个话呀，是砍人呢还是亮锤子？哥们我很愿意两肋插刀的。

"这男的就是那天在河边碰到的那个吧？靠，那是在你俩分手前就勾搭上了的啊！你就这么放过他？

"我觉得你还是别吃她煮的东西，她是医生，谁知道她会不会在里面加点什么料啊？"

……

他讲得口干舌燥，陆沉舟还在玩游戏，光头不由哀怨了："你倒是说句话。"

陆沉舟头也没抬，应了他一个字："哦。"

真是特别郁闷人，光头气不过，决定来点狠的："你知道我刚进来的时候看到什么？他们在……"他将手伸到陆沉舟眼皮底下，做了个十分猥琐的手势，嘴巴嘟起来唆啊唆的，"特别不堪入目，我还拍了照片，你要看吗？"

他还以为陆沉舟照样不会给他点反应，谁知话音才落，陆沉舟的车子再次狠狠撞在路障上，噼里啪啦滚出去无数米远，在空中翻了N个圈，最后重重掉在了地上。

陆沉舟用力一按，车子彻底报废。

光头后知后觉发现他打游戏的动作充满了火气，脊背就是一凉，赶紧低眉顺眼道："……转弯别加速嘛，不着急，慢慢来，这破游戏设置有问题，一条直路多好，弄那么多弯道、悬崖还有路障什么的简直是智障……"陆沉舟看过来，他立即笑得正经又善良，"问你个问题啊，你为什么一定要在这里吃饭？"

　　陆沉舟便重又垂下头，淡淡地说："饿了。"理由就是如此简单。

　　光头："……哦。"

　　他有些呆，因为他闻到香味了，然后十分可悲地发现，他也饿了。

　　很饿很饿！

　　昨晚陆沉舟半路把他撇下，然后他因为有事也跑了。晚上睡得晚，白天又一直忙，一不小心把午饭的点都错过了，下午波子他们定了地方非要他和陆沉舟补偿，他忙完就急吼吼把陆沉舟找出来，所以这一整天他还没有正经吃过东西的。

　　越想越饿，越闻越饿，胃里简直火烧又火燎。

　　光头恨得捶桌："我也饿！"

　　两人嗷嗷待哺，程夕也果然没让他们失望，准备的东西算得上丰富：一大盘饺子，一碟牛肉干，一碗肉丸子，还有一盘炒鸡蛋。

　　光头看着流口水，却还要嫌弃说："可惜没青菜。"

　　程夕转头就从厨房里拿出两根大葱："这个是青的，要吗？"

　　光头：……

　　陆沉舟眼里滑过一丝笑意，放下手机端起程夕准备的碗筷，慢条斯理地吃起来。

　　光头努力不去看那棵大葱，他现在严重怀疑陆沉舟跟程夕说过什么——否则她怎么会拿得那么准，一下就拿出他最深恶痛绝的东西来。

　　"拿走啊拿走！"他实在是受不了。

　　"你不吃？"程夕无辜，热情地推荐，"抗癌的哦。"

　　光头扭过脸，誓死不愿屈服。

　　程夕见状笑得不行，逗弄得他够了，这才把大葱放回去，然后又端了一碟烧卖和一碗汤出来，汤是很简单的三鲜汤，里面放了火腿和豆腐，都是之前买的料，冰箱里有什么她放什么。

　　味道十分大杂烩，可放一点程妈自做的辣椒油，简直鲜得没边。

　　看在她没有放葱的分上，光头很给面地给她点了个赞："现在可以了。"

　　程夕笑，见他们两人吃得欢，就去客厅看了眼林梵，他应该是已经睡熟了，因为呼吸平稳，姿态也很放松。

　　她没有叫醒他，回到餐厅给自己盛了一碗汤，然后陪着他们慢慢吃。

整个过程里，陆沉舟视而不见，沉着而优雅地吃着他自己碗里的东西。

光头一边吃一边看他们两个，只觉得事情的发展诡异得过分，捉奸捉得这么和谐，大概也是通天下少见的。

尤其这种和谐还发生在陆老大身上。

他决定收起义愤，好好看戏，埋头吃得满头汗，吃得光溜溜的脑袋水汪汪的，程夕对他印象好了些，觉得他这样子很有趣，便问他："好吃吗？"

光头心满意足，抚着肚皮不吝赞赏："好吃！尤其这牛肉干，哎，超美味！肉丸也不错，就饺子差一点，你是冰箱里放太久了吧？"

程夕笑："不是，是我在里面加了点料。"

刚他们说话时也没有特意压低音量，所以那句怕她会加料她也听到了。

光头一点也没有背后说人坏话被抓包的尴尬，呵呵一笑，夹起一个饺子塞进嘴里，扭头看着陆沉舟，特无耻地说："谁说的？舟是你说的吗？太不好了，怎么能怀疑程医生呢？医生救死扶伤，是白衣天使，是妙手华佗，怎么会做加料那样没品的事？连怀疑也是亵渎好吗！"

陆沉舟喝完碗里最后一点汤，抹抹嘴，根本就不稀罕搭理他。

程夕却对他很是佩服："您厉害。"

光头拱手："一般一般。"

程夕生生被他逗笑了，也觉跟他扯不清，就放弃这个话题，转而问陆沉舟："你们来找我，是有什么事吗？"

陆沉舟已经开始在摆盘子了，他见不得桌上有一点点乱，闻言淡淡地说："他想叫你去打牌。"修长的手指点了点光头。

程夕就"哦"了一声，说："那很抱歉，我去不了，七点半我们院里要开会。"

陆沉舟"嗯"一声，没再说什么。

光头筷子戳在烧卖上，斜眼看他："没了？就这样了？"今天晚上波子他们的局设得有点大，说好了要把程夕拉过去帮忙撑场子的，就凭她那牛气冲天的气运，他们会赢得盆满钵满吧？

可现在是怎么回事，她前头还在跟男人幽会呢，转头说要开什么会，就可以了？

陆沉舟想了想："喝杯茶吧。"

光头：……

陆沉舟已经在问程夕："有吗？"

表情语气没什么变化，可程夕硬是从中听出了一点质问的味道：不懂事啊，还要我开口问。她觉得好笑，当真起身去给他们两个泡茶。她这里倒有不少好茶,都是朋友或者病人送的,她还有一套顶好的茶具,也是一个病人送的,雨过天青的颜色,造型古朴,釉面温润,因为她很少喝茶,所以一向都是当成工艺品摆在柜子上。

她本没打算用那一套,不过光头一眼就看到了,敲着筷子指着那套茶具说:"用那套天青色的,那套好!"

眼光也是辣。不过程夕也没什么舍不得,放下先前选的那套,改去拿雨过天青色的。

彼时陆沉舟正好抬眼望过去,见状不由得怔了怔:如雨后浸润过的茶具上,映着她纤细白皙的手指,像是雾雨阴霾里透出来的那一线光,带着令人惊心的美。

陆沉舟一下就想起那只手的触感,温润细腻,宛若上好的羊脂玉,轻轻抚过,还能留有一点淡淡的暖香。

毫无征兆,他一下就……硬了。

2

陆沉舟几乎是瞬间站起来,然后头也没回走了出去。

光头和程夕都错愕不已,两人对视一眼,前者很快追了出去。

程夕比他们慢一步,等她放下茶具赶出去的时候,那两人已经进了电梯。电梯缓缓阖上,她只看到陆沉舟沉静如水的面容,还有恍若寒星的眼睛。

他周身都散发着莫名的低气压,呼呼呼往外不停冒冷气,光头认识他这么久了,还就只在某个二缺把个脱光了的女人丢到他床上时,才有幸见识到他这个样子。

看来是谁要倒霉了,光头不明觉厉,心情莫名的嗨:嗯,他相信那个要倒霉的不是自己。

那就肯定是程医生了,就知道,陆老大心胸没那么宽广……只是这反射弧是不是有点太长了?

他问:"陆老大,要不要我找人,做了他?"

陆沉舟瞥了他一眼。

光头惊得后退了一步,好在电梯到了,陆沉舟率先走了出去。

压力陡减,光头一时觉得腿软,扶着墙站了好一会儿,才抹了抹脑袋上的汗跟出去,抢先一步爬上驾驶座——陆老大心情不爽的时候千万不能让他开车,这是无数血泪总结出来的经验教训。

好在陆沉舟也没想跟他抢,自己坐进了后座,上车后,他就一直低着头,垂目打量着放在膝上的双手。

光头问:"去哪儿?"

"眉庄。"

"好。咦,去眉庄?"眉庄就是和波子他们约定的地方,陆沉舟一直兴趣缺缺,还是光头跑去他那儿好说歹说才把他挖出来的。

这会儿听到他主动说要去,光头着实很惊讶,不是装的。

陆沉舟却是没想给他解释,他继续看着自己的手,表情堪称高深莫测。

光头很怕他路上突然给自己来那么一下,不敢再惹他,老老实实开着车。心里却在想,这家伙到底是受什么刺激了啊?说生气就生气。明明先前都还好好的,进去看到小白脸都没反应,自己说他一句,他还跟程医生撒娇。

没错,陆沉舟和程夕说"饿了"时那语气,妥妥就是在跟她撒娇撒狗粮来着。

也不像是生程医生和她奸夫的气,猛不丁的,是怎么啦?

光头智商不够,猜了半天都没猜到要领,忽然听到后面人问:"光头,你是不是爱惨了萧千语?"

光头猝不及防,车子在路上来了个大蛇行,还好这会儿这路段没什么车,否则就要出大事了。

把车停在路边,他回过头恶声恶气吼:"靠,谁爱惨那个臭女人啊,别乱说话行吗?"

陆沉舟却看着他,又问了一句:"爱惨一个人是什么感觉?"

光头盯着他,盯着盯着像个胀爆了的气球,噗一下就没了脾气。他拿出烟,给陆沉舟也递了一根后,点燃了,靠在椅背上吸了两口,才有些牙疼地说:"爱惨了的感觉啊,真是他娘的糟透了,却又他妈的舍不得,因为除了她,你会发现,这世上就没有哪个女的,能再入你的眼了。"

陆沉舟闻言,若有所思地沉默了。

光头瞥他一眼,很不怀好意:"怎么,你终于尝到爱惨的滋味了,还是在被绿之后?"

他始终不相信陆沉舟会对今晚的事没有半点反应,于是逮着机会就不要命地戳他。

陆沉舟的样子看起来有点茫然:"我想上她,这是爱吗?"

光头一下被自己的烟呛到了,咳得眼泪双流,指着他:"你……"

陆沉舟淡定地看着他。

光头总算不咳了,一抹泪,"刚才你莫名其妙突然走,该不会是……"他攀到椅背上,特意打量了一下陆沉舟的某处,不由得无语了,"靠,要不要这么夸张啊？"

人家穿性感点或者动作撩人些他有反应也还能理解，程夕今天全程穿得超级保守，又厚实又普通，举止也十分平淡有分寸，陆沉舟这奇葩到底是怎么看得起反应的啊？

"你的构造是跟一般人不一样吧？"实在是忍不住，光头吐槽。

陆沉舟却不理他了，眸光暗沉地转望向外面。

他确实跟一般人不一样，如果想了却又没有做，就会很容易暴躁，所以他从不会压抑自己，今天这还是第一次。

很陌生的反应，陌生得让他有些措手不及。

光头也看出他情绪有些不正常，嘿嘿一笑，下巴点了点他那处，问："要帮你找个人吗？"

陆沉舟转过头，看了他一眼，眼里警告的意味，让光头都不敢再撩他，可他就是不撩会死星人，车开出一段时间后，到底忍不住，问："那个，舟，……我记得以前看过一部电影，男的要靠偷窥自己老婆和别的男人发生关系才兴奋得起来，你是不是……嗷。"

光头所有的猜测都终结在那一声惊叫里。

过后他总算是完全老实了，十分乖顺地开着车。

陆沉舟安静地坐在后座，远远的车灯照过来，在他眼里明明灭灭。

那白得耀眼的光芒，让他又想起了那双手，白皙细腻，像是一团火，在他心里隐秘地燃烧着。

许久后，他才说："那个人，确实有点碍眼。"

碍眼的林梵一直睡着，院里开会的时间要到了，他还没有醒。

程夕只好给他留了个条，出门去了医院。路上她给陆沉舟打了个电话，没有接，又发了信息，他也没有回。

她不明白他突然变脸离开是为了什么，有心想弄懂，可找不到人，也是枉然。

收敛心神，她专心开会。等会议结束都已经将近十点了，程夕手机里多了好几条短信，多数是程爸程妈发的，他们约莫是想不通，所以沉默半天后，一个唱红脸一个唱白脸，程妈严厉警告她，必须和上次那"二愣子"断干净，他们家不会认那么一个不懂事的女婿；程爸则是温和相劝，你一向懂事听话，这次我希望你也能好好考虑，不要让爸妈担心。

总之中心思想就是一个：要自重要自爱，更重要的是，选男朋友一定要慎重！

程夕每每听她妈妈说陆沉舟是"二愣子"就有点想笑，她相信，如果可以，陆沉舟绝对不会衣衫不整见她妈妈他们的，但是比起衣衫不整，他貌似更不能接受脏乱差。

而且反正光身子也被看到了，那后来……懒得计较了吧？

不过这个就算和程妈解释她也不会听的，所以程夕干脆什么都没说，老老实实回复："嗯，知道了。"

程爸程妈却是担心阵容不够，还叫了程阳助阵，程夕手机里一堆未接来电都是他的，程夕回过去，程阳问："你是咋的惹着咱家老妈妈了，一个劲地逼我打电话给你，要我多劝劝你。从小到大，这待遇不都是我的吗？什么时候给你抢过去啦？"

被他狠狠调侃了一通。

程夕只好说："是爸妈误会了，其实没什么事。"

"真的？"

"嗯。"

"那你和那个谁，陆沉舟也没联系了？"

他居然知道陆沉舟的名字，程夕惊讶："你知道他？"

"当然，我老妹的事，我能不放在心上？早把他八百代都八干净了。"程阳一副好哥哥样，"别转移话题，虽然他条件貌似还不错，可谁让咱妈看不上呀，我还要奉命对你进行思想教育呢。"

啰里八唆讲了一堆，也没个重点，程夕初时还耐着性子听了两句，后来实在听不下去了，说了句："我有电话进来了。"

挂掉了他的电话。

事实上挂了电话后，程夕才发现自己手机里又多了一条信息，是陆沉舟的，她以为他是要跟她解释他匆匆离开的事情，结果点开一听，却是："想听你讲故事。"

这不是多难的要求，让她惊讶的是陆沉舟的语气，听起来很平静，完全没有傍晚他走时的凛然冷意。

当然，也没有颓废沮丧，感觉他就是想听她讲个故事而已。

程夕当即就用语音给他讲了一个小故事发过去，是关于羊和它的朋友们的故事，羊遇到危险，平日要好的朋友都跑了，只有小狗上前帮忙，事后，那些逃跑的朋友还责怪羊怎么遇到危险也不告诉它们，唯独小狗，默默走开了。

这个故事，是程夕的一次考试试题，她印象很深，觉得讲给陆沉舟听也贴切——朋友不需要时时陪伴，只要在你有困难的时候，能站出来也就够了。

就像她，她可以不是他的伴侣，但愿意做那个真心帮助他的人。

故事发过去，陆沉舟没回应，她也没问，在习惯性地去看过陈嘉漫后她就回了家。

那会儿林梵已经醒来了，他没有走，收拾得整整齐齐地坐在沙发上，表情晦暗，目光深沉。

程夕像是没发现他的异常，走过去，放下包："醒了，感觉还好吧？厨房里给你熬了一点粥，还留了些吃的，你吃了吗？"

她语气温和平静，恰到好处的关心，让人感觉很舒服。

林梵心头微松，"嗯，吃了，很好吃。"他的脸色不太好，声音艰涩沙哑，带着一点小心探究意味地望着她，"对不起，我好像给你添麻烦了。"

"没有。"程夕笑笑，给他倒了一杯温开水，在他对面坐下，"我一向认为，心情烦闷的时候能想办法发泄出来，是很健康的一种方式……喝杯水吧，你声音很干。"

林梵再次道谢，接过杯子将水一饮而尽，垂着头："抱歉，那事对我冲击有点大，我喝多了。"

到底是一个人在国外磨炼多年，他对人对事的态度，不再是一味逃避而是在学着坦诚，程夕觉得这样的林梵，反倒多了一点少年时没有的可爱。

程夕这么想，也这么说了，林梵微怔，苦笑说："如果逃避就能让一切事情没发生，我倒是想逃。"他揉了一把脸，"我妈她……没说什么过分的话吧？"

"没有。"

"那就好。"他低头，拇指不安地在掌心摩挲，可以看得出，他内心很不平静，但他还是说，"我来其实是想告诉你，如果有什么需要我做的，我会尽力。"

"好，我不会客气的。"程夕微笑，她其实能理解林梵心内的彷徨、愤怒以及厌恶，如果林母和林梵醉酒时说的都是真的，那陈父给他们的阴影是足可以影响一辈子的，他和林母一样，抵触的或许不是陈嘉漫或者这件事本身，而是早年那段噩梦一样的生活。

没有经历过的人，永远不会知道那有多痛。

她试着让话题轻松一些："那我说点和她有关的事情好不好？"得他许可，她这才说，"她画画画得很好，你要看看吗？"

林梵这会儿其实没什么兴趣，可看她一脸期待，还是点了点头。

程夕打开手机，将里面存着的陈嘉漫画的画给他看，林梵先还只是随便瞟一眼的，看着看着，不禁将手机拿了过去。

"……这些，都是她画的？"

"是的。她不跟人交流，却很喜欢画画。我打听过，她好像从来没有专门学过绘画，你看，这张，还有这张，是不是特别有天赋？"

"嗯。"林梵点头，他虽然是个理工男，但也爱艺术，在国外的时候他还给一家画廊做过模特，所以对画画多少有些了解。

陈嘉漫的画虽然很暗黑，画技也幼嫩，但是她的线条流畅，笔端的感情，几乎要随着那些线条喷薄而出，特别能抓人眼球。

这已经不仅仅是天赋了，她可以称得上天才。

程夕陪着他一张张把那些画看完，那些画，在陈父眼里是令人恐怖的真相，可在林梵这儿，却是内心情感的一次共鸣。

因为那些暗黑而让人恐惧的过往，他也经历过。

人总是要对比的，有一个更惨的陈嘉漫在，林梵顿时暗暗觉得，他曾经经历过的，似乎也没有那么难以忍受了。

尤其是，程夕的态度一直都很平和。

等把程夕手机里的画都看完，林梵的心情已经完全平复下来了。这一次，他很认真地说："谢谢你，我会好好对她的。我妈她……我也会劝她的，不管怎么样，她都是我妹妹。"

这次，他的语气坚定了很多，也带了一些真心。

程夕望着他："我知道这件事对你来说很意外，你能这样说，我很高兴。我会尽我最大的努力，让她好起来，至少能够独立地生活，不要成为任何人的负累。只是前期你们可能必须得多费点心，因为精神疾病不同于其他的病，这种病除了药物，更需要的是陪伴和家人的关爱，它的痊愈是一个漫长的过程，我或许能让她看似完好地出院，却没办法保证她以后不会再犯，这个时候，她需要朋友，更需要家人。"

林梵说："我知道。我只是一开始接受不了而已。你放心，我知道怎么做的，她才十四岁，她的人生应该还有无限精彩的可能，我也会尽我最大的力量帮助她。"

程夕闻言笑，目光明净清透，像是四月枝头绽放的梨花，纯白娇艳。

她离他这么近，不再是梦里远远站着的那个人，知道他家的那些事，她的脸上也没有鄙视嘲弄，更没有同情，她就只是那样看着他，带着浅而温和的笑意，无端就让人觉得心很静。

他想就在她身边，一直一直。

他忍不住叫她："程夕……"

她的手机响了，她一边找手机，一边应："嗯？"她拿出手机，笑了笑，"是沈唯打来的。"

他看着她接通电话，听到她"嗯"了几声，挂断后告诉他："沈唯说你手机关机了，林阿姨很担心你，到处在找你。"

她说着站起来："走吧，回家吧，我送你下去。"

林梵木偶一样地跟着她离开。

她将他一路送到小区外，其实到楼下林梵就后悔了，天气这么冷，体贴的男人，是不应该让她送的。

可他舍不得，他想跟她待得更久一些。

风呼呼吹过来，她小巧的鼻头一下就红了，更衬得她的脸如雪一样白。

林梵觉得自己心里像是被什么点燃了，有一种无法抑制的热。

依稀还记得年少时，他们也曾有过最亲密的时候，也是这样冷冽的天气里，她和他慢慢走在回家的路上，她搓着手说"好冷"，他鼓起勇气，问她："要我帮你暖暖吗？"

她笑，将手大大方方地放进他的衣袋里，放进了他的手心里。

往事如烟，错过了就再也回不了头了，可是为什么，他这么不甘心？路上的车辆飞驰一般从他们身边驶过，车灯直直地照进他眼里，似是照见了一段迷离的过去，他忽然展开双手，抱住了她。

程夕很是意外，偏头看向他。

他不顾她的躲闪，俯身轻轻吻了吻她的脸颊，在她耳边轻声说："我爱你，程夕。"

3

那可能是林梵此生唯一一次告白，他紧张得身体都在微微发抖，然后在程夕挣扎之前放开她，伸手拦了一辆车离开。

往后看，程夕一直站在那儿，夜风拂过她的衣角，轻轻撩动了她鬓边的头发。

她好像是吓到了，他忍不住笑了笑，将脸埋进自己手心里。

程夕直到载着林梵的车子走没影了才回过神来，她确实有些惊到了，因为没有想到，一向内敛含蓄的林梵也会有这样的举动。

她忍不住笑，笑完了又叹一口气，才双手插兜准备往回走，转身的时候她无意中看到旁边不远处停了一辆车，黑色的车身，隐在暗处，就像是一个庞大的怪影。

她十分随意地打量过去，那车的车灯突然亮起，强烈的光线直直射在了程夕脸上，差点把她照瞎。

哪怕没看到人，程夕都感觉到了对方的恶意，她赶紧捂住眼睛，皱了皱眉,没有多做停留,想要尽快离开。

可是她才迈步,耳边就响起刺耳的车喇叭声:叭叭叭叭叭……在这寂静的深夜,堪称是人间大杀器。

她转身再望回去,就见车内亮了一下灯,然后一闪又一闪,灯光映出了一张熟悉的脸。

陆沉舟。

这么晚,他怎么又过来了?

程夕想了想,慢慢靠过去,走近后,车窗徐徐降下来,车内只有陆沉舟一个人,他坐在驾驶位,双手放在方向盘上,一只手里还握着个打火机,一边不断重复点火一边神情寡淡地看着她。

"真的是你,你怎么在这儿?"

陆沉舟说:"上车。"

"去哪儿?"

他偏了偏头,目光落在她的脸上,一句话没说,又开始按方向盘,声音之大,震耳欲聋。

车喇叭声就像他的心情,极度不耐烦中。

为了让耳朵免于遭罪,程夕麻溜地上了车。

她并不担心陆沉舟会对她怎么样,虽然他看起来很冷淡,但是在这方面,她还是莫名相信他。

事实上,陆沉舟还真没有把她怎么样,也没带她去别的地方,他把她带去了东来,然后直接将她扔给了里面一家美容院,人家都休息了,他叫人把老板娘喊过来,指着程夕和她说:"给她洗个脸。"

程夕和急急赶过来的美容院的老板娘都有些无语,相视一眼,程夕说:"麻烦你了。"

老板娘咳了咳:"不麻烦。"

于是找出东西给她洗脸,陆沉舟就坐在外间等,程夕躺在里面的床上,感觉老板娘柔柔的手指在她脸上捏啊捏,捏没一会儿,她提了好多东西进来,一边做准备,一边说:"把你的左脸给我看看。"

程夕把左脸亮给她。

"没什么呀。"老板娘倾身仔细瞧着,"那为什么陆先生特意交代要把你的左脸洗干净?"

程夕:……

她一下就想起林梵临走时的那个吻,亲在她脸上。

陆沉舟……该不会是因为那个吧?

她很想抚额，然而心里更多的还是惶恐，她笑了笑说："可能是因为我左脸过大，要洗小点？"

老板娘被她的这个猜测弄得笑起来，没再揪着她问为什么。

那个脸果然洗得烦琐无比，却也舒服异常，程夕明明觉得自己很不困的，可是被她洗了一会儿，她就情不自禁地打起了哈欠。

老板娘扶正她的脸："这个要点时间呢，要不你先睡会儿吧，等好了我叫你。"

程夕不想睡，但瞌睡来了好像也不由她，她在老板娘舒服的按揉里，十分酣畅地睡着了。

醒来她还睡在美容院里，还是昨晚洗脸的那张床上，美容院的老板娘睡在她隔壁，她的衣服放在旁边，手机嗡嗡嗡地在她耳朵边振动。

她翻身坐起，从衣袋里掏出手机，看了眼睡熟的老板娘，穿了鞋子悄没声走出去，外间没人，陆沉舟不在，她接起电话："喂，沈唯？"

"醒哒？"

"嗯。"

"昨晚怎么回事，发你那么多信息也不回我。"

"有吗？我看看。"程夕拿下手机看了一眼，果然，沈唯给她发了好多条信息，随意瞟了一眼，发现综合起来就是一点：你不要陆沉舟啦？和林梵又是什么情况？

这么早打过来又接着问，还真是锲而不舍。

她叹气："以前可没发现你有那么八卦。"

"这不是早起赶飞机，无聊嘛。"

"去哪儿呢？这么早。"

"魔都……别试着转移话题哈，老实交代，你和林梵有状况了？"

"没有。"

"才不信，没有昨天晚上那么晚了你还和他在一起？他妈都找到我这儿了，语气可是相当可疑哦。老实说我很讨厌脚踩两只船的人，不过如果是你的话，嗯，我会勉强接受的。"

程夕："……那我谢谢你哦。"

沈唯哈哈笑："所以说女人太有魅力了也没办法呀。不过你要记得擦干净嘴巴哟，都和陆先生见过家长还住在一起了，让他知道可不是好玩的。"

程夕："谁说我跟他见过家长还住一起了呀？"

"都在说呀，你俩在东来，我家傅明义都看到了。嘻，你就别瞒啦，陆沉舟那人有多龟毛，认识他的人都知道，他的私人领地，连光头和他多少年的朋友了都没能进去过,你却进去了,还不能说明什么?要我说,陆沉舟还是比林梵要靠谱一些的,你呀,脚可得踩稳了。"

还真把她当成脚踩两只船的渣女了,程夕无语。

而且要不要那么巧?她总共就去了东来那么两三次,去陆沉舟房里也就两回,结果就这两回还让傅明义看到了,她运气是有多好?

"你别瞎猜了,我和林梵,什么事都没有。至于陆沉舟,你觉得,他那性格的人,能轻易爱上别人吗?"

一只手突然伸过来,拿走了她的手机。程夕大惊回头,见陆沉舟就站在她身后。

垂目挂了沈唯的电话,他一边把手机递给她一边说:"这个问题,你问我就好了。"

程夕:……

陆沉舟说完看着她,目光在她身上盘旋了一圈,有些嫌弃地问:"你一早起来就这么邋遢?"

一声"哎哟"传来,程夕转头,看到美容院的老板娘揉着眼睛满脸尴尬地站在那儿。两个女人对视一眼,一齐看向屋中唯一一个男的,只见那人穿着最简单的白衣黑裤,衣服裤子没有一点皱褶,收拾得整齐利落,他本就长得好看,这样的打扮更衬得他英挺非凡,白衣青年清俊得就像枚饱满的果实,浑身上下都是诱人的香味。

程夕和美容院的老板娘都从对方眼里看到了彼此的狼狈:囫囵着睡了一晚,衣服皱巴巴,头发乱糟糟,搁在这位陆先生面前,就跟被榨干了水分的葡萄干似的,干瘪得让人心酸。

两人都没说话,默默又互看了一眼后,有志一同地往里间给顾客准备的梳洗室走去。

梳洗室很宽敞,里面有全套的梳洗工具,老板娘递了一套给程夕,默默地洗刷了起来。

洗刷到一半,两人从镜子里你看看我,我看看你,扑哧一下笑了起来。

这一笑就拉拢了两人的距离,老板娘心有戚戚地说:"陆总挺讲究哈。"

程夕说:"是。"

老板娘唏嘘:"我还记得第一次见他,是在他办公室,我表哥带我过去,听到说我想在东来开家美容院,他瞥了我一眼,真的,就是瞥,特别嫌弃的样子,问:'美容院不是把人变美吗?你自己都没倒腾明白,还要给别人倒腾?'哎呀我的妈,这都多久了,我就愣没敢往他面前凑。"

她说得有趣,程夕忍不住笑起来:"其实我也一样,我和他第一次见面,他就问我，你只有一个酒窝吗？丑爆了。"

两人吐槽完，又一起笑起来，老板娘说："原来你也有这待遇啊？我还以为他对你不一样呢。"

程夕笑容微收："能有什么不同？都一样的。"

"才不呢，我在东来这么久了，至少从来没见陆总身边出现过别的女的，更别说带她来洗脸啦。"老板娘说到这儿，探头往外看了一眼，压低声音说，"讲真，我觉得他对你真的很不一样诶，昨晚你睡了后，他站在一边看了你好久。"她的语气里很是一言难尽，显然是觉得两人关系没到，不能说透，只是冲她暧昧地挤了挤眼睛，说，"最后他和我说，让你睡，不要叫你时，感觉都有点咬牙切齿呢，显然是觉得你把他撇下了一个人睡有点不高兴，我还是第一次看到这样的他，瞧着真是又别扭又可爱！哈哈，等会儿你记得也哄哄他，他脾气不好，但对你，我觉得是真的好。"

程夕一个早上听到两个人说陆沉舟对她好，颇有些玄幻的感觉，她是心理医生，也是当事人，可是，她真的没有在陆沉舟身上感觉出明显的爱意——当然，他有些举动确实会令她迷惑，可是，那些都不是爱，没有任何的化学反应。

不过这些从另一个方面来说，陆沉舟确实已经是在努力地靠近她了。

这时候，"度"很重要，程夕心中微凛，很认真地解释说："我和陆先生不是你想的那样，我们就是普通朋友。"

"哈哈，我懂我懂。"老板娘笑，应得十分敷衍。

程夕最终都没能解释清楚她和陆沉舟的关系，事实上她自己也发现了，当无法明确医患关系的时候，有些事根本就解释不清。

像她对陆沉舟的"兴趣"，给予他的关注，还有那些没有底线的忍让，等等。

揣摩着怎么把握好和陆沉舟交往的"度"，程夕跟着他去吃早饭，等菜上桌的时候，陆沉舟一直看着她的脸。

他的目光很淡，可是这么毫不掩饰还是让程夕感觉到了压力，她不由得问："怎么了，我脸上是有什么吗？"

陆沉舟说："以后别让人随便亲，我会觉得脏。"

程夕：……

发现无话可说，她摆出微笑脸，直接略过这一话题："你昨天晚上又去找我，是有什么事？"

肯定不是为了带她去洗那个脸，这是必然的。

陆沉舟看了看她，拿出个录音笔一样的东西放到她面前。
"这是？"
"讲故事。"
程夕望着他，心道这家伙没看上她人，该不会是迷恋上她的声音了吧？
然而事实证明想多就要被打脸，像是看出她在想什么，陆沉舟微一挑眉，说："你讲的故事乏味，能催眠。"
……

第九章

1

程夕周末两天休息，第一天就等着林家母子接见，第二天，则完全奉献给了陆沉舟。

那天吃过早饭后，她在他酒店房间里，给他录了一天的催眠故事，程夕把自己知道的故事都搜罗完了，看看录音笔里储存未满，陆沉舟又要她加。

加到最后，程夕从他的书架里选了一本莎士比亚，还是原版的，里面好多单词是旧用词，她都不太认识，反正也是催眠用的，随便吧。

陆沉舟也没干啥，就坐在她旁边听她念，偶尔电话处理一点事情，多数时间，他在睡觉，他睡醒的时候，程夕刚念到莎士比亚《十四行诗》里的一句："Shall I compare thee to a summer's day? Thou art more lovely and more temperate。"

他突然出声："'thou'。"

她惊醒，抬头看向他，昨晚才洗过脸的她，皮肤看起来水润润的，瓷白里透着些微的红润，清透的眼睛，就像是刚刚水洗过的天空，澄净得让人心醉。

心又开始痒痒起来，陆沉舟闭上眼睛，程夕还在问："你刚刚说什么？"

他不想答，脑子里却无意识地重复了她刚刚念过的那段话，Shall I compare thee to a summer's day? Thou art more lovely and more temperate，译成中文是，能不能让我来把你比作夏日？你可是更加可爱，更加温婉。

她念错了一个单词，把"thou"读作了"thee"，他本是很挑剔的，无法容忍一点点的意外和差错，但是，她读莎士比亚，错的并不是这么一处，他却没觉得有多难忍受。

大概是，她的声音太动听了，动听得他可以忽略她犯下的错。

"就这样吧。"他听见自己说，"你吵到我睡觉了。"

她没说话，他也没睁眼，不过他能想象得出这会儿她那一脸无语的样子，感觉到程夕悄然退出去的脚步，他微微勾了勾唇，勾出一个很淡的笑容。

门轻轻阖上的声音传来，陆沉舟睁开眼睛，盯着她放在桌上的录音笔看了好久，才给光头打电话："你以前说过，王三兄妹几个想把他们那个继母赶出去？"

"嗯，他们家老头子年纪大了，脑子有点不清楚，他们是防着他立遗嘱，把家产都给了他们继母……说起来，他们那个继母也不是善茬，装病把自己儿子叫了回来，据说她那儿子还是海归，名校毕业，知名公司出来的，智商能秒了几十个王三兄妹，他们家往后可是有好戏看喽。"光头的声音里满是幸灾乐祸，八完了人家的家事，才后知后觉想起主动打听人家八卦什么的，完全不是陆老大的画风，他还以为他是想要趁火打劫，就问，"你对人家哪块生意感兴趣啦？"

"不感兴趣。"陆沉舟垂下眼睛，看着自己的手，他手里正握着那枚玉色的茶宠，说是暖玉做成的，但石头终究是石头，还是透着一股让他厌倦的冷，他用更冷的声音和光头说，"你女人多，给王三家那个继母的儿子找个女朋友呗。"

"什么叫我女人多?!"光头跳脚，待明白他说的是什么，又嚷嚷，"哇靠，你什么时候喜欢给人牵线搭桥了？王三托到你这儿来了？要用女人毁了他那个便宜兄弟？"

陆沉舟没理他，顾自说："就找一个有背景、有实力、让人没法拒绝的。"

光头继续叫："我擦，原来你是要帮他继母啊，王三知道会不会哭死？虽然说他那人有点不靠谱，曾经给你塞过女人……"

他啰啰唆唆讲了一大堆，陆沉舟却不耐烦听，很不负责任地扔了他四个字："就这样了。"

然后挂了。

光头气得想骂娘。

陆沉舟却是握着手机淡淡地笑了笑，光头说他要帮王三的继母？嘀，他确实是在帮他，是他而不是她。他不过是帮他认清楚现实，帮他找一个适合他的女人。

免得他和程夕走得太近了，他不喜欢。

程夕并不知道陆沉舟动了什么念头，她是心理医生，然而当病人不愿意沟通的时候，她也是没法知道他们在想什么的。

她这会儿只觉得肚子不舒服——水喝多了，还有，水果吃多了。

给陆沉舟做事待遇还是不错的，茶水精致，水果丰富，但是，结果糟心，她都这么卖力，他还说她吵到他睡觉了。

她努力地想要接近他，貌似效果甚微，也许是，一味地顺从还有忍让是不对的？

不配合的病人，真是太让人头痛了。当然了，这个时候，程夕压根儿就不知道，陆沉舟其实已经是尽他最大的力量在配合她了。

她回到家，先是好好洗了个澡，然后舒舒服服睡了一觉。第二日照常上班，因为喉咙有点疼，她打算晚饭就用砂锅熬点粥，守着锅的时候，她突然想，如果陆沉舟都能被她讲的故事催眠，那陈嘉漫是不是也可以？

还有，如果录一些故事，每天没事就在她耳朵边放，就算她不听，是不是也能让她对自己的声音产生熟悉感？熟悉能消除距离，同样地，也能慢慢消除她心里的戒备。

说到做到，调小火，程夕就满屋子翻东西，她记得她也有一支录音笔的，还是她读书那时候用过的，也不知道这么久了，能不能用？

林梵打电话过来的时候，程夕刚刚把录音笔找出来。她一边吭哧吭哧找充电器一边接起电话："你好。"

林梵听着她的声音不对，静了几秒："你在……有事？"

"没，找个东西。"总算找到了，这些充电器都是搬过来时程妈帮忙收拾的，她老人家拿根超粗的线，绑麻花辫子一样绑得结结实实，程夕解开都要很费力，她手上使着劲，讲话就有些憋，"有事吗？"

林梵便也轻松起来："和朋友一起吃饭，就在你住的这边，要一起来吗？"

她听出来了，他声音里有一种故作的镇定，一下就想起昨天晚上他临走时那贸然的告白，犹豫了会儿，她说："对不起啊，我有事去不了。"

林梵沉默，过了会儿，干巴巴地扔下一句"打扰了"就挂掉了电话。

程夕总觉得林梵是不是误会了什么，事实上她的感觉还是很敏锐的，林梵确实是误会了，听程夕的声音，他后知后觉地想到，也许这会儿她正在和陆沉舟做什么不可描述的事。

他本以为昨天晚上陆沉舟撞见他在她那儿会误会些什么，很显然，并没有。

林梵握紧手机，缓缓地嘘出一口长气。

"林梵，你是在等我吗？"年轻的女声突然响起，他转过身，一个衣着精致的女孩从外面慢慢走进来。

"孟总。"他勉强笑出来，"是啊，大家都在等你。"

她笑了笑："那好，我们进去吧。"

她上前，挽住他的手，两人一起进了其中一间包厢。

而就在那时，光头也正坐在陆沉舟的办公室，跷起二郎腿很得意地告诉他："人我给你找到了，绝对的有背景有实力。"

陆沉舟低头看着电脑，漫不经心地问："是谁？"

"隆昌孟老头的侄女，是他哥哥的遗腹女。当年他哥可是替他挡灾才死的，所以孟老头对那侄女一向是有求必应，不但把公司一半的股份都送给了她，还一心扶她上拉，接替他本人的位置。也是巧了，王三那继母的儿子正好让孟老头招揽去了隆昌，近水楼台，便宜得很。"

"有钱有颜有背景有实力，确实是联姻的好对象，但是呢，可能这辈子过得太顺了，孟大姑娘脾气可不太好，眼界也有点高，王三继母那儿子能不能拿下她，我可不敢保证。"

陆沉舟这才来了点兴趣，抬起头："她叫什么名字？"

"孟清扬，江湖人称小孟总。"

程夕性子急，找到录音笔的当天晚上就把故事都录了，连着这么录了一天，翌日上班的时候，她嗓子就有些哑哑的，整个人的精神都不太好。

护士长看到她有些奇怪："你这两天干吗去了，一副榨干的样子？"十分猥琐地拿胳膊撞了撞她，"男朋友太猛啦？"

程夕无语："你也调侃我是吧？"拿出一支录音笔，"我是录这个录的。"

护士长接过去："是什么？"

"会讲故事的录音笔。"

"给陈嘉漫的？"护士长也算是了解她了，一看这个就明白了，"你对她还真是上心。"

程夕呵呵笑，去里间穿了白大褂出来："她这两天还好吧？"

"不闹。但是也很不配合。程医生，你确定要继续这么治疗下去？"

程夕本来往外走的脚步顿了顿，问："怎么了？"

"主任今天在问了。"护士长凑近一些，轻声说，"好像是曾医生跟他说了些什么，所以……嗯，你有时间还是和主任说一说吧。"

程夕想了想，点头："好。谢谢你哈。"

"没事，下次让阿姨把她做牛肉干的技术传给我就行。"

"这个简单呀，下次我回去，让我妈专门给你录个做牛肉干的小视频。"

"仗义！"护士长举起大拇指。

两人又聊了几句，程夕就去了医生办公室准备查房，周二的查房，科室大神云集，主任也来了。查到陈嘉漫病房的时候，曾兴冲她恶意地笑了笑，然后果然，程夕被主任单拎出来训了："这病人已经入院一个多月了吧？"

曾兴补充："是一个月零二十天了，主任。"

主任瞥他："人家病人入院的时间你倒是记得很清楚！"

曾兴涨红了脸，其他医生都忍笑，不是扭开脸就是假装看病历，程夕低眉顺眼地站一旁，就等着主任训话。

主任也毫不负所望地当众批评了她，程夕一边听一边感慨，这要搁以前，她大约能羞愧得好几日不敢出来见人吧？

可是自从上回被罚当众检讨后，她发现，嗯，自己的脸皮变厚了。

查房后，程夕又被主任拎回办公室说了一通，先问她："为什么你那个病人入院这么久了病情还没有起色？有医生反映，你是拿病人在当试验品？"

程夕本还抱着无所谓的态度，闻言神色一正："没有的事。我只是想找到一条更适合病人的治疗方法而已。陈嘉漫不是普通的病人，她患的是世界罕见的行尸综合征，而且本身十分缺乏安全感，如果对她强制用药，我怕就算暂时控住病情，也只是表象。"

"所以你是想要否定我们现行的精神科所用的医学手段吗？"

"不是的主任。我只是觉得，我们精神科的医生不能过分依赖影像和药物，如果只靠影像和药物能把病治好的话，那这世上就没有那么多受到精神疾病困扰的人了。"

说起自己的专业，程夕侃侃而谈，就连主任也没法说服她，说服不了的结果就是，程夕再次被主任赶出了他的办公室。

这事没多久就被传遍了科室，中午看完诊，就有好多医生给程夕发来贺电："听说你又把主任气倒了？恭喜你，已经创造了我院历史。"

还有就是："之后你该吃吃该喝喝吧，反正晋升是没希望了。"

程夕哭笑不得。

2

"程医生，妇产科那边打电话过来，说是有个产妇需要我们这边医生过去会诊，问你什么时候可以过去。"

程夕正好这会儿没事，收了手机，说："我现在过去吧。"

结果还没出门，就听见护士站那边有人问："请问程夕程医生在吗？"

熟悉的温润的声音，程夕回头，一眼就看见了林梵。

他捧了一束花，提着一个果篮，打扮得一身清爽，十分惹人眼。

程夕叫他："林梵。"

他回头，见是她，脸上蓦地笑开来，淡而温润的笑容，十分撩人。

他身后的护士们探头探脑地冲程夕挤眉弄眼，程夕无视，走过去，问："是来看陈嘉漫的吗？"

林梵点头："也来看看你，顺便谢谢你那天晚上的照顾。"说着他将手里的花递到她面前。

程夕微微挑了挑眉。

不知道是不是错觉，她觉得林梵好像有故意诱导人误会的嫌疑，可这着实不太像他的性格，她认识的林梵，似乎没有那种越挫越勇的精神。

明明，她已经拒绝了他好几回了。

她不想让自己多想，便坦然地接过花，说："都是我应该做的。"把花交给旁边的吃瓜群众之一，吩咐说，"找个瓶子插上吧，也算是给我们科室添点颜色。另外，24床病人的家属想要探视，让张姐安排一下。"

吩咐完了，她又和林梵说："不好意思啊，我有点事得出去一下，你可以先去看看你妹妹。"

她态度太自然了，自然得其他人也八不起来，倒是和护士长一起去妇产科大楼的路上，护士长就拿手肘轻轻顶了她一记："刚刚那个，在追你？"

程夕表情严肃："没有。"

护士长"喊"了一声："程医生，装傻了是吧？他看你那眼神，说没有追你，明儿我就跟你姓。"

所以精神科的人都有些神神道道的，但是也有几分真本事，至少这份眼力一般人还真够不上。

不过程夕十分淡定："我要你跟我姓干什么？"微微一笑，"我性取向很正常。"

"谁管你性取向啊。"护士长朝她翻白眼，这转移话题的水平一点也不高，但是她明显不想说，她也不会追着问。

程夕这一去就是半下午，直到探视时间过了，林梵也没有等到她回来。

他本有心想多等她一会儿的，公司却打电话过来，只得黯然离开。

走时他看到他送的那束花，莹白的郁金香，寂寞地盛放在护士站的角落里。

程夕在妇产科一直忙到快下班。

从病房里出来，她一边洗手一边看向和她一起的医生，说："苏医生最近是有什么烦心的事吗？"

苏医生是产科的，也是今天这个病人的主治医生，闻言淡淡地笑了笑："到底是精神科的医生，眼睛就是厉害。"揉了揉太阳穴，她说，"你下班后有空吗？我想占用你一点时间。"望着她，又补充了一句，"我可以付费。"

"你客气了。有需要随时可以来找我。"程夕把自己家的地址发给她，"我可以请你吃晚饭。"

苏医生笑笑："好。"

程夕也笑笑，下班后果然买了些菜，还没做好，门铃就被摁响了。

程夕站在门口，等了会儿，就见到苏医生上来，她脱了白大褂，穿了件浅蓝色的长风衣，看起来倒没有那么瘦削得惊人了。

"还得正式介绍一下，我叫苏岚。"她说。

程夕便叫她："苏岚姐。"递给她一双拖鞋。

屋里放了音乐，很柔和舒缓的布鲁斯，一个低沉宽厚的男声在低吟浅唱，客厅只开了一盏小灯，晕黄的光，给人很温暖的感觉。

沙发收拾得很干净，沙发旁的茶几上放了一杯热茶，一瓶鲜花，鲜花不多，三两枝，高高低低地插在一个白底蓝花的美人瓶里，秀秀气气宛若美人独立。

这一切看起来都那么舒适，舒适得让人想躺在沙发上，舒舒服服地睡一觉。

苏岚笑了起来，回头看着程夕："让你费心了。"

程夕说："还好。你先坐，饭菜快好了，我先收拾一下。"

苏岚点头，程夕便转身进了厨房，等饭菜做好，苏岚已经半靠在沙发上睡着了。

程夕笑笑，调低音乐的音量，拿出床毛毯轻轻盖在她身上，自己在厨房里吃了一碗饭，喝了点汤。

饭后她坐在地毯上看书，苏岚就睡在旁边，她这一觉睡得并不久，差不多一小时的样子就醒了过来。

"饿吗？"察觉到她的动静，程夕收好书，问。

可能是她语气太熟稔太自然了，苏岚有些迷惘地看着她，过了会儿，她清醒过来："我居然睡着了。"而且还睡得很舒服，那是真正抛却一切的深度睡眠，让她感觉自己睡了好久好久一样。深深地看了眼程夕，她说："你和我认识的精神科医生还真是不一样，难怪医院里好多人都说，你是个奇葩。当然，现在我知道了，这是赞美。"

"好吧，我也觉得这是赞美。"程夕笑，"饭菜还热着，你要吃点吗？我建议你吃点。"

苏岚说："好。"

程夕就给她端了吃的出来，她只会做些简单的东西，所以晚饭很简单，就煲了一个汤，炒了个小炒肉，一盘青菜。

她有些不好意思："这是我最拿手的菜了，好不好的，请多包涵。"

苏岚笑："你还有好几个拿手的，我是一个拿手的也没有。"她端起碗筷，慢条斯理地吃起来，程夕陪着她喝了一点汤。

苏岚用得并不多，吃完了，她看着程夕："你不问我点什么吗？"

"嗯，我等你先吃饱喝好。"

苏岚看着她，半晌笑了笑："你真的……完全颠覆了我对精神科医生的认识。我以为，你们治病，会先来一番心灵沟通，然后再开个检查，吃点药。"

程夕问："那你需要吗？"

"我需要。我需要有人告诉我，人走到绝路的时候，应该怎么办。"

"人生没有绝路，路总是通的，站着走，跪着走，爬着走，总是能走通，所以绝望的，从来都是人自己。"

程夕也是后来才知道，苏岚遇到了什么事。

科室里面的同事八卦："苏医生离婚了。"

程夕听到还有些没反应过来，问："谁？"

"妇产科的苏医生啊，你上回去做会诊见过的。"护士长告诉她，"听说是她老公出轨被她知道了，本来她打算原谅他的，那男人也愿意浪子回头，可是苏医生熬了两个月，还是坚持离了婚。"

这个"熬"字用得可真精准，程夕想起那天她问自己的话，不由得默了默，问："苏医生人呢，你见过吗？她还好？"

"还行吧，就是整个人暴瘦。跟你说，你那天看到她那样子才不是她本来的样子，我和她是同期进医院的，原来的她可漂亮了，又高挑又丰满，现在那样，啧，我都有些不认识她了。据说她老公出轨，就是因为她工作太忙，搭了个自己公司的年轻小妹子……唉！"护士长说着，长长地叹了一口气，"所以说，现在做医生真是高危职业，一边吧，要担心病人还有病人家属哪天觉得你不好捅了你，一边还得担心后院别一不注意就失了火。"

程夕笑，护士长见状瞥了她一眼："你可别不在意，跟你说，丢命、受伤、被劈腿，是现代医生的三大痛！你呀趁年轻，赶紧擦亮眼睛找个靠谱的，在自己还风华正茂的时候把人调教好，最主要是得让他相信，他离了你就不能活，这世上就只有你一个小仙女，其他都是不值钱的小妖精。"

程夕再忍不住，哈哈笑起来。

护士长还在说："别笑啊，我跟你说真的呢，你是不知道外面小妖精的厉害，咱们院好多医生都被劈腿了。"

这时另外一个小护士答话说:"我觉得程医生的对象应该不会。那个什么包号的土豪咱不管,就现在那个,如果程医生选他的话,我觉得挺靠谱的。"

小护士说的是林梵,不知道他是不是受到什么刺激了,每次来看陈嘉漫都会给程夕带束花,偏偏他又不明说,彬彬有礼的:"辛苦你照顾阿漫,我没有别的,一点心意而已。"

程夕都没亲自收,每次都是转手给了同事们,可饶是如此,还是没能让他放弃。

话题转到这个,大家都激动了,不及程夕否认,一个个迫不及待地发表意见:"对哦对哦,那人不错,长得帅,又斯文又礼貌,看起来教养好好的样子。"

"而且还超浪漫,从郁金香到蓝色妖姬到白色风信子、玛格烈菊,每次都不重样。不过程医生,你知道这些花都有共同的花语吗?是暗恋哦。"

程夕面无表情:"你们想多了。"

护士长年纪大些,到底比小姑娘们务实,翻了个白眼说:"我也觉得,这算什么浪漫?依我看就是屄,真要喜欢,程医生又没男朋友,直接表明多好,玩什么暗恋?忒没劲了!"

这时一个声音忽地道:"谢谢护士长批评,我也觉得自己有点屄。"

……

场面一时寂静。

程夕闭了闭眼睛,回过头,冲说话的人笑:"你来啦?今天来得有点早哦。"

他们还在午休时间,离探视病人就更早了。

林梵今日穿得十分正式,一身西装。他身材好,瘦而不弱,纤而不细,是个很完美的衣服架子,穿西装就尤其好看。

好几个小护士都冒出了星星眼,连护士长都悄悄拧了她一下。

程夕不动声色地移开护士长的手,那头林梵说:"要出差,所以想前来看看阿漫。不知道,可以通融一下吗?"

他仍然带了花,一束嫩黄色的香槟玫瑰,说着话,就把那花递到了她面前。

程夕听到后面有人小声问:"香槟玫瑰的花语是什么?"

"'爱上你是我今生最大的幸福'。"

"哇噻,好浪漫!"

程夕没有接,林梵的手就一直伸着,护士长见状,赶紧带着吃瓜群众跑路:"到点了别都聚在这儿,准备上班做事。"赶小麻雀似的,把人都赶走了。

程夕看着林梵，等人走后说："我说过的，你这样太破费了，完全没有必要。"她言语仍很温和，仿佛并不懂得什么花语，老朋友似的劝诫他，"于公，我是医生，照顾病人是我的职责；于私，我们是老同学，互相帮忙都理所应当。所以这花，你拿回去吧。"

都是千篇一律的说辞，只是她今天的语气更郑重了几分。

林梵抿了抿唇，有些苍白地笑了笑："没事啊，我喜欢送你。"他说，"如果你不喜欢，扔掉也可以。"

他将花放在她身边的台面上，越过她去找安排探视的张姐，程夕叫住他："林梵……什么时候方便，我想请你吃个饭。"

他静立，过了会儿才说："好。等我出差回来就联系你。"

3

林梵这一去就是好几天，他联系她的时候，程夕正休假在家陪父母。

她有段时间没回去了，程爸程妈怨念很深，程夕有心补偿，一大早便爬起来陪他们开门营业。凌晨五点，路上乌漆麻黑的，程记早餐店却是灯火通明，他们一家三口窝在店后的小厨房里，蒸包子、做豆花、熬粥、包饺子。

程夕不惯做这样的活，手还被刀切了一个口，程爸心疼得不行，一直叫她："哎，你别做了啊，坐旁边休息，陪爸妈说说话就好。"

程夕没听，拿个创可贴贴了继续做，有多余的时间，她还拿胡萝卜雕了些花，放锅上蒸熟了搁在碗碟里，早上开门时有熟客过来，一看就说："哎，你们家小程医生回来了啊？"

程爸程妈特自豪："是呢。"

然后天光再亮些，街坊邻居都起了，还有腿脚不便的老太太来找程夕："小程医生，给我看看啊，最近我总觉得这儿这儿不舒服。"

或者是："小程医生，我睡不着觉，帮我看看是怎么的呗。"

一个早上，程夕帮父母传菜，偶尔给邻居看点小病，寒暄两句，忙得不可开交。而那时，林梵刚刚落地，一张脸白得有些过分，孟清扬走在他身边，一脸含笑。

上车之前，他停住脚："抱歉，我想打个电话。"

孟清扬看了他一眼，无所谓地笑："好啊。"

她上了车，林梵才独自走到一边，拨通了程夕的手机。等待接听的时候，他甚至有些紧张，手微微发着抖。

她温柔的声音传来，他轻轻叫了一声："程夕。"

"我回来了,能见个面吗?……好,到时我过去找你。"他说着看到陆沉舟从机场另一边走出来,身边还跟了两个人,气势凛然,气质出众。

即便同为男人,林梵也不得不承认,自己比不上人,那种骄傲的,仿佛不把全世界放在眼里的气势,他没有。

不甘涌上来,在陆沉舟走过他身边时,忽然抬高了音量:"程夕!"

陆沉舟行走的步伐果然顿住,偏头望过来。

林梵笑了一下,垂下眼睛,对着已经挂掉的电话,一字一句慢而清晰地说:"我很想你,想快点见到你。"

陆沉舟也就停了那么一下,而后没有任何反应,继续往前去,倒是他身边的一个光头伸手点了点林梵:"小子,你有种!"

也跟着走了。

和他们一起的徐波一脸蒙,上车后好奇地问:"刚那人是谁啊?好端端的,你警告他干什么?"

他并不认识林梵。

光头冷笑了一声:"不关你的事。你呀,还是好好想想,怎么让陆老大和你走吧,你可是在你家老头面前立了军令状的。"

徐波一想也是,掉头和陆沉舟软磨硬泡。他和陆沉舟关系算不上顶好,但也称得上是朋友,而且处得久了,也不怕他那张冷淡脸,见陆沉舟就是不松口,眼珠一转,哄道:"舟,你真不去啊?光头还帮忙邀请了程医生呢,你这一出门就是那么长时间,不想见见她?"

光头:……

徐波这人真是会作死!

偏偏陆沉舟还真有了点反应,抬起头看了他一眼。

这一眼的意思就是同意了,徐波很高兴,十分殷勤地把他送回东来洗漱。

陆沉舟进房后,光头一把勒住他:"妈的,你知道你在干什么吗?我什么时候邀请了程医生?我怎么不知道?"

徐波被他勒得直翻白眼,好半日才挣脱出来,一边咳一边说:"我这不是没办法嘛……除了程医生,其他人他也不给面呀。"觍着脸求他,"有程医生的电话吗?给一个呗,兄弟,江湖救急啊。"

光头:"……我哪有她电话?"

记起刚刚林梵那通电话,那么明目张胆地挑衅,不禁恨得牙痒痒,深觉陆沉舟眼睛瘸。

这么个水性杨花到处勾搭的女人,他到底是喜欢她哪儿?而且,他都不吃醋的吗?

光头很好奇，如果这会儿见到程夕，陆沉舟是不是真有他表现的那么平静？

　　这么一想，吃瓜兴趣暴涨，十分热情地帮徐波找程夕的电话，他们都不是一个圈子的，费了老大劲，才从一个朋友的朋友的朋友的哥哥的嫂子那里，要到了程夕的号。

　　号码拿到了，徐波先是实话实说正常邀请，程夕拒绝："不好意思啊，我有点忙，就不参加了，谢谢您的邀请。"

　　徐波傻眼。

　　然后光头出面威胁："听我哥们说叫你过来你不来？程医生，挺拽的啊！信不信我现在就找人绑了你啊？"

　　程医生不为所动，还好心告诉他："绑人犯法，我相信您不会做这种事。谢谢好意。"

　　光头和徐波：……

　　两人都没想到，程夕会软硬不吃。

　　这会儿时间也快到了，就是叫人去绑也来不及啊，陆沉舟出来，看到两人在走廊上捶墙，一边放下衣袖，一边撩起眼皮看了他们一眼："怎么？"

　　没人敢实话实说。

　　整个活动过程里，两人一直心惊胆战，他们倒不怕陆沉舟撂挑子走人，怕的是他事后跟他们算账！也果然，虽然没有在会场见到程夕，但陆沉舟非常配合地参加完了全部的活动，算不上特别亲切，可也没有全程黑面，整个就是公事公办的态度。

　　这已经是很好了，连徐波的老爹都说："陆家的这个小子感觉有点人味了。"

　　徐波闻言干笑，看了眼一脸平静的陆沉舟，和光头缩在角落里瑟瑟发抖："总感觉要出大事。"

　　他们的预感非常正确，没多久，就有一个白衣侍者走过来，说："徐总，高总，陆总说请你们二位出来一下。"

　　这一下就再没回去，侍者直接把两人带到酒店后面的球馆。陆沉舟站在球馆的最里面，他脱了外套，就穿了里面的白色衬衣和黑色西裤，右手拎着一个网球拍，左手慢条斯理地挽着右手肘上的衣袖子。

　　在他的脚边，放着一个硕大的篮子，里面有差不多半篮筐的网球。

　　看到两人来，他连眼皮也没抬，握着拍子试了试手感，说："开始吧。"

　　侍者丢给光头和徐波各一个球拍，然后两人还没反应过来，站在球场另一端的陆沉舟手一抬，一个网球就风一样地砸了过来。

"卧槽！"光头大惊失色，还好他这些年也训练出来了，几乎是下意识地一扬手，险而又险地将球挡在了面门之外。

可是下一颗球已经来了。

球的准头很好，都是只对准了光头，徐波十分识趣，乖乖地走到一边，看着这两人厮杀——其实是陆沉舟单方面的虐杀，光头几乎没什么招架之力。他挡不住，球就落到他身上，还贼准地经常性打在一个地方。网球的重量并不重，搁平时打在身上也没什么，可当被它以高速强力击打在人体同一个部位的时候，那滋味，嗝，难以言述。

反正徐波是再也不想尝试第二次了。

光头刚开始还能反击回去，渐渐就没了力量，到最后，他觉得自己的手大概要断了，四肢大敞着一把瘫倒在地上："我不玩了！你打死我吧，不就是骗你了吗？你当我想啊！没有功劳也有苦劳，我还帮你把程医生身边的小白脸给赶走了呢。"

"呢"字落音，一个球擦着他眼尾的位置落下来，他吓得尖叫一声，滚去了一边。

陆沉舟淡淡地说："如果不是因为这个，高戈，你觉得我会这么轻易放过你？"

高戈麻利地闭嘴了，他很清楚，陆沉舟有多厌恶被人骗，不管因为什么事，骗他他会整死你。

只是拿球敲他一顿而已，比起以往那些人，确实算是很轻微了。

陆沉舟说完，伸手抬起球拍，遥遥指着徐波："到你了。"

徐波：……

他握紧球拍，赶紧摆好架势，一个球击过来，呃一下敲在他肩上。

徐波网球技术十分菜，光头还抵抗了半个多小时，他是连二十分钟都没熬到，肩膀被打了十七八下，脸上也挨了好几下，有一次一个球恰好打在他左脸颊，牙齿都差点给敲碎了。

实在坚持不住，徐波麻利地躺倒，自然的，也受到了最后一球擦过眼际的"美妙"待遇。

他没躲开，眼尾处被球擦到的地方火辣辣的，伸手一摸，隐约见了血。

陆沉舟看也没看瘫在地上的两只，扔了球拍就要走。

光头知道他是生气了，陆沉舟生气了会变得很恐怖，但也好哄，就是让他虐够了也就没什么了，要是没虐够……他根本就不屑再理你。

"陆老大！"他叫他。

陆沉舟恍若未闻。

"舟，陆沉舟！"光头不死心。

还是不理他。

光头忍着一身痛追过去："陆老大，你听我说，我们真的是请了程医生的，但是她没有来，我猜肯定是那小白脸……"

"脸"字还没落音，就被陆沉舟砰地拎着衣领挂在了墙上，"我现在脾气真的好了，"陆沉舟望着他，淡淡地说，"但也别惹我。"转头望向徐波，"车钥匙。"

徐波不想给："……我送你吧。"

他勾唇一笑："随便。"放下光头，步伐凛冽地走了出去。

徐波忍着痛亲自开车送他，陆沉舟坐在后座，他掏出一支录音笔，戴着耳塞也不知道在听什么，看起来安安静静，低眉顺眼的，可徐波却感觉比任何时候都心惊。

事实上，陆沉舟也觉得自己要失控了，心里像是烧了一把火，快要把他整个人都烧焦了。录音笔里程夕的声音异样柔和，念的故事蠢透了，他睡不着的晚上就听她念着这些东西，慢慢地平静下来，直到睡着。

但是今天，他好像很难平静下来。

今日之前，他不知道自己想要干什么，就是觉得特别焦灼，在外面的这段日子，脑子里反反复复想起的，都是那天晚上，林梵将她抱在怀里的样子。

直到被光头和徐波挑破，他才明白让他焦灼难安的是什么。

是那两人无比契合的姿态，也是那天他在沈博的婚礼会场上，她看着那个男人时微笑的样子。

那就是她情动时的样子吧？

他没有回东来，和徐波说了地址后，他回了自己已经有很久没有回过的家——这是他自己的家，回国后他搬了出来，就买了这套房子。

他看中这套房子唯一的地方就是，它有一个独立的泳池，寒冷的季节里，泳池里的水冰得刺骨，但陆沉舟几乎没有犹豫，进屋后连衣服都没脱，就那么倒了进去。

又是那种感觉，疯狂的……想要和全世界一起毁灭……想要……去死的感觉！

充满了自我厌弃和自我否定的绝望的感觉。

第十章

1

呼呼呼!

门被敲响,程夕从床上弹起来,她揉揉头发,懵懵懂懂地起床开门。

"你电话都快要响烂了。"程妈递给她手机,也是一脸的睡意蒙眬。

"哦。"程夕打了个哈欠,却在看清来电人的名字时又掩嘴收了回去,她皱了皱眉,和程母说,"好了,谢谢妈,早点休息吧。"

今日起太早又忙了一天,收摊回来程夕就累得不行,晚饭都是随便吃了几口便睡了的,也不知道怎么的把手机落在了客厅。

程妈不满地看着她:"陆沉舟是谁啊?这么晚了找你,跟老房子着火似的电话一直打个不停。"

"一个病人。"程夕干笑,抱了抱程妈,拿着手机回了自己房间。

接电话前她看了眼时间,十一点二十五分,对程妈他们需要早起的人来说,这个点已经是深夜无疑了。

也不知道陆沉舟找她是有什么事。

程夕不太想接,可想了想,她最终还是接通了电话。

"在哪儿?"电话里,陆沉舟的声音没有任何温度,"我要见你。"态度也是直通通的,十分简单粗暴。

程夕敏感地察觉到了他的不对,陆沉舟平素也很冷,但是那种冷,至少还带着一点彬彬有礼的客气,而不像现在这样,冷得连一点掩饰都没有,像是裹了细碎的冰碴。

"你怎么了?"

"在哪儿?"他仍是问,声音里已隐见暴躁。

程夕只好说:"我在我妈这儿,离城区有点远……"

"嘟嘟"两声,电话就挂断了,程夕握着手机,过了好一会儿,才想起给光头打电话。

她没有存光头的号码，只能凭着印象从手机里找来电记录，试了两通才试准，光头一听是她就炸了："不是说很忙没空吗？老子现在也很忙，没空和你讲！"

呼挂了。

程夕耐着性子，接着打，一直打得他没脾气了，问："陆沉舟怎么了？"

"你背着他偷人，还问他怎么了？"

程夕没理他，说："他刚刚给我打电话，情绪有点不对，所以我想知道，他是不是遇到什么事了？"

"知道你背着他在偷人算不算？"

程夕皱眉："我没有开玩笑。"

"我也没有啊，难道你敢否认，没有背着他和别的男人来往？"光头一本正经也像是在胡闹，"嚄，程医生，你够有种的嘛！"

程夕深吸一口气，才没有口出恶言，而只是默默挂了电话。

正常从市区到程夕妈妈他们这儿，开车需要一个半小时，但是差不多三十分钟后，程夕就再次接到了陆沉舟的电话。

她也预感到他是一定会来找她，所以不但给他发了她妈妈家的位置，还提前换好了衣服，他电话一到她就悄悄出门下了楼。

郊外的楼房，没有城里小区那样严格的门禁，陆沉舟的车就停在她妈妈家楼下，程夕一出门就看到了明亮的车灯灯光，照得那一块一片雪白。

夜色清寒，陆沉舟就倚坐在车头的位置上，强烈的灯光下，只能依稀看到他的影子，被光影挟裹着，高挑、笔挺，却也透着股冷然的味道。

等走得近了，她才注意到他的异样，这样冷的夜里，他只穿了一件薄薄的衬衣，手夹烟头站在那儿，目光犹如寒星，牢牢地锁定了她。

看到她过来，他指尖一弹，烟头落在地上，他的脚尖轻轻旋过，那一点星芒就彻底消失在了夜色中。

"你……没事吧？"程夕虽然担心他的状态，却也不敢轻易靠近，在离他几步远的地方站定，问。

陆沉舟没说话，沉默地看了她好一会儿，才起身慢慢走近来，走出灯光下，走到她面前。

程夕忍不住头皮发炸，总觉得他身上有股莫名危险的味道。强忍着才没有后退，她望着他，声音轻柔："你怎么了？怎么就穿这么点啊？天气冷，要不先上车里去吧？"她说着，试探性地伸手去拉他，手才碰到他就不由得大吃一惊，他的衣服竟然是湿的，整个人冷得就像是一个大冰块！

"你……"她瞪大眼，"不会是掉河里去了吧？"

也顾不得其他，想要把他先推上车，陆沉舟却手一翻，握住了她的手腕。

他的手又冷又硬，程夕还没反应过来，人被他用力一拉，整个都贴到了他的身上。

她觉得自己像是撞到了一坨冰，鼻梁碰到了他的胸口，痛得她眼里一下就涌出了泪意。

她以为他大概是想抱她一下取个暖，可是不，陆沉舟的反应整个完全超出了她的意料，他抱住她，往后退了两步，转身将她抵在了车上，用另外一只手捏住她的下巴，强迫她抬起头，不由分说，吻住了她。

他的唇和他的人一样冷，唇瓣却很软，因为爱干净，他胡子向来刮得干干净净的，所以也不刺人，即便是这个时候，他身上的气息也很好闻，冷冽里带着一点淡淡的烟草味道。

程夕很佩服自己，这时候居然还能有的没的想那么多。

但她很快没有办法再多想，因为陆沉舟的吻已转为热烈，劈头盖脸，从她紧闭的嘴唇，吻过她的鼻尖，她的眼睛，她的额头……和他的唇不同，他的舌头温暖而柔软，但是程夕却没有太大的感觉，他一看就不清醒，这种状态，她怀疑他分得清面前的人谁是谁吗？

程夕想挣开，他却死死压住她，一只手按住她，另一只手甚至拉开了她外衣的拉链，这是在她家楼下啊，这么乱来真的好吗？

她终于觉得惊慌，用力地挣扎起来，一边躲着他一边叫："陆沉舟，你怎么了？你清醒一点！"

然而他全然不理，趁着她说话，再次吻住她的唇，他的动作特别粗鲁，也毫不讲道理，显然的，这会儿的他也听不进任何道理。

眼看着他越来越放肆，程夕知道不能再任他这么下去，脑子里急得不行，理智却慢慢从惊吓中回笼。她努力放柔了自己的身体，果然，她不再挣扎后，陆沉舟的动作也温柔了一些，不再那么强硬，虽然依旧粗鲁……

在他不顾后果地想要更进一步的时候，程夕总算是摸准穴位，头部拼命往后拉，拳头伸出，用了点巧劲击打在陆沉舟面门三角区的位置。

刚刚还疯了一样的陆沉舟，缓缓软了下去，倒在她身上。

车前被强灯照了许久的一户人家恰好这时有人推窗探出头来，见他们抱在一起，忍不住中气十足地喊了一嗓子："我们都快被照瞎啦，你俩还没亲热够吗？"

程夕：……

程家在这儿住了很多年了，换言之，附近的邻居街坊们，几乎是看着程夕长大的。

开窗说话的人程夕也认识，和程夕爸爸差不多年纪，按辈分程夕得叫他一声"爷爷"，最爱吃程爸程妈店里的碱水面。

他嗓门贼大，又是这静得不能再静的半夜里，这一声吼几乎惊动了一整栋楼，很快就有楼上楼下左邻右舍的门窗传来动静。

吱嘎吱嘎连绵不绝，程夕搂着陆沉舟，颇唏嘘地想，好吧，这下她找了个二愣子男朋友还当众亲热的事实是想甩也甩不脱了。

天气冷，她不可能就一直龟缩在这儿不动，她冻不坏陆沉舟肯定也能冻出问题来。可她拉不动也扛不起他，只好找人帮忙，就叫了最先开门也是离她最近的老汉一声："爷爷，他喝醉了，能帮我把他搬上车去吗？"

老汉一听："哎呀，是程家的小医生啊！行，你等着。"

程夕汗，果然楼上就有人在喊了："是小程医生？小程医生你男朋友这么晚了来找你啊？"

程夕自觉脸皮已经练出来了，这会儿都有些受不住，她把脸埋在陆沉舟肩膀后，那一刻真的有种狠狠咬他一口的冲动。

要不要这么害她啊？

她假装没听到，这会儿也只能假装没听到了，心想着，等把他拎到车里就赶紧跑，到时候是"毁尸灭迹"还是"抛尸荒野"就都由她了。可是来帮忙的老汉忒热心积极了，摸到陆沉舟的衣服是湿的，"他这是掉河里了吧？天气这么冷，可别感冒了。"张罗着，"还进车里去干什么？回家啊，回家给他好好换套衣服。"看程夕不情愿，他还特别语重心长，"不要因为人家醉酒了就生气嘛，醉成这样都还知道来找你，说明心里只有你哇。就是挺危险的，给警察抓到要坐牢不说，万一出了事也不好。"

他唠唠叨叨的，说话的声音还巨大，程夕完全不想解释，一解释就更加说不清，只好咬咬牙假笑着说："那还真是麻烦你了。"

老汉年纪不小，力气却大，一个人托了陆沉舟大半的身体重量，还有余力掂一掂："看着瘦，倒是有些重量嘛，肉也蛮结实，你这男朋友体格不错。"

程夕都不知道说什么，在车里找到车钥匙，关了车灯和车门，默默地在一旁帮扶着。

程爸程妈本来睡熟了的，被他们进门的动静又闹醒了，两夫妻一起爬起来，看女儿半夜"捡"了个男人回来，程爸程妈都是一脸"我是不是眼瞎"的模样。

帮忙的人却犹不自觉，还说："老程啊，我把你女儿的男朋友送回来了，喝醉了，衣服都是湿的，你们赶紧帮忙给他换换。"

他还很想留下来观摩观摩，被反应过来的程爸客客气气送走了。

房门关上，程家三口人互相瞪视着，半响，程妈颤巍巍地指着躺在沙发上的陆沉舟，问："这是怎么回事？不是说会分手吗？"

程夕干咳："这其实是个误会……"

程妈炸了："误会你个头！误会他会三番两次去找你？上回也是他吧？喝得醉醺醺的进门就扑，他是禽兽啊还是禽兽啊？"说到这里连程爸都骂上了，"都是你，上次我就说要去看着她，你不准，说什么女儿大了，自己有分寸，现在她的分寸就是这样的，半夜将人往家里偷偷地领……"

程爸和程夕一起，被程妈骂了个狗血淋头。骂完了，该收拾还得收拾，该善后还得善后，程爸低声下气地说："都这样了，先把人安置了再说吧，这孩子冻得像块冰，别冻出毛病来，到时候就真要赖死我们家女儿了。"

程妈一听深以为然，瞪了程夕一眼，帮着去程阳屋里找能换洗的衣服去了。

程夕就乖乖地站在那儿，一副低头忏悔状，心里却想，也幸好陆沉舟不是她男朋友，如果真的是，他的形象，算是在她爸妈那里毁彻底了。

由"二愣子"升级为"无赖二愣子"，也是可叹。

程爸帮陆沉舟换衣服的时候，程夕避到了自己房里，然后又被程妈拎着耳朵训了一通，先是审："怎么回事？"

程夕说："不知道。"

程妈瞪她："你不知道他半夜这个鬼样子来找你？"

程夕答："可能是有病吧。"

她真的已经剧透了的，奈何程妈不相信，还骂她："有病的你还招惹？当医生真是当出病来了！"

程夕无言以对，因为她觉得程妈说得挺对的，陆沉舟，某种意义上确实算是她招惹的。

她也觉得挺愧疚的，程爸程妈每天都要起很早，白天又难得休息，所以晚上的睡眠就很重要，可今晚，他们却一而再再三地被吵醒。

她拉着程母的手，语气诚恳："妈，等会儿你和爸先睡吧，你们放心，这事我肯定会处理好的。"

程妈怀疑地看着她。

"是真的。"程夕笑，决定还是为陆沉舟正一下名，"他不会赖上我的，你们放心。哦,不信你可以问一下哥,他知道的。"

程妈当即眼睛又竖起来了:"他也知道?"

"呃。"程夕觉得,他们是兄妹,真正的娘胎里一起待了十个月的兄妹,偶尔陷害一下他应该也没什么吧?就毫无压力地点头,"是的,哥都知道。"

程妈不知道脑补了什么,气得牙齿不停地磨啊磨,程夕觉得,程阳这会儿要是在跟前,估计是少不了被一顿胖揍了。

房门被敲响,程爸的声音响起:"衣服换好了。"

程夕和程妈走出去,程夕习惯性地近前为陆沉舟做了一番检查,先大概测看了一下他表面皮肤的温度,然后撩开眼皮看眼球,最后摸起他的手测算了一下心跳频率,等都测完了,点点头:"还好……"

抬眼,见程爸程妈都略诡异地看着她,程夕这才反应过来,低低地咳了一声,说:"还好没有感冒的症状。"看向程爸,"爸,辛苦了,等他明天醒来,让他谢你。"

程爸只觉得自己的闺女没心没肺得有些傻,十分不忍心再多看一眼,摆摆手,进房里去了。

程妈则手抖抖地指着她:"你你你你……我真是白教你了!明天醒了就让他给我走,反正我是绝对不会接受他的。"走了两步,冲她吼,"去给我睡,别管他了!"

好吧,两老显然是误会更深了,他们不觉得陆沉舟是病人,自然的,把程夕出来后这一系列动作当成是她对他的关心。

程夕忍不住抚额,等程爸程妈都走后,她站在一边看了陆沉舟许久,想想第一次见到他时他那一脸冷艳高贵的模样,程夕很难想象他居然也有今天,穿着短了一截的衣服,半蜷缩在沙发上,瞧着竟莫名有些可怜的味道。

2

自给他录过故事后,他们已经有段时间没见了,两人也从没联系过,要不是他突然来这么一出,程夕都差点忘了还有他这么一个"男朋友"。

也不知道发生了什么事,他的状态变得这么糟,眼袋很重,掀开眼皮,眼球上居然还有红丝,这应该是长期睡眠不足导致的现象。

情感冷漠症患者会有一定的抑郁症状,会出现失眠并不奇怪,可他这样子,看起来要比之前严重多了。

她又仔细给他检查了一番,最终确定,自己刚刚那一拳没有打坏他,没有醒来,估摸是敲晕过去后反倒能睡实了。

程夕关了大灯，只留了一盏小小的壁灯，准备回房的时候，程爸抱了床大棉被走出来："把那床拿走，把这个给他盖上，他才受了冻，焐焐发发汗。"

程夕看了眼程爸手里的棉被，默默地将陆沉舟现在身上盖着的这床掀开抱起来，然后眼睁睁看着程爸将那被子往他身上一堆，瞬间，刚刚还高高大大长手长脚的陆先生就淹没在棉被堆里了。

她在心里默默为陆沉舟掬了一把汗：程爸抱出来的这床棉被，用程阳的话来说是他们老程家的镇宅之宝，是程妈买了棉花找人弹制的，重达十四斤，程夕曾有幸盖过一晚，差点给压死。

无他，太重了，睡到半夜，一不小心就有鬼压床的错觉。

在程爸灼灼的目光下，程夕抱着手里轻薄的蚕丝被回了自己房间，她睡眠一向不错，这么闹腾一场，躺在床上也不过是看了几页书，困意就上来了。

再醒来已是第二日清晨，窗外蒙蒙有一点天光，她都忘记陆沉舟那一茬了，起床去上洗手间的时候看到他拢着厚厚的被子像个蚕宝宝一样懵懵然地半坐在沙发上，一时也有些蒙。

过了好一会儿才反应过来，哦，昨天晚上还发生了那么一茬，就走过去，问他："你还好吧？"

陆沉舟望着她，没说话。

厚重棉花被的威力不容小觑，程夕注意到陆沉舟脸居然睡红了，她有些怀疑他是感冒了，就将他面前的椅子都抽开，俯身将被子掖了掖，伸手在他额上一探。

温度确实有些高，她又摸摸自己，正色问："有感觉哪里不舒服吗？"

陆沉舟还是看着她，过了会儿，才慢吞吞地说了两句话，一句是，"这是哪儿？"还有一句是，"昨晚是你压了我一晚上？"

程夕：……

虽然知道这个点程爸程妈必然不在家，但她还是扭头看了一眼，确定他们的房门是关着的，才转头有些哭笑不得地说："你乱说什么呢？是被子太重了吧？"回答了他第一个问题，"这是我妈家，你昨晚上不知道怎么了，湿淋淋地跑过来，还晕倒了，没办法，就让你在这里睡了一晚。"再次问他，"你有感觉哪里不舒服吗？"

她一边说，一边注意到陆沉舟的眼睛慢慢清明了起来，最后，又恢复成了往日的冷静淡漠。

沉默了会儿，他说："喉咙痛。"

程夕点头："那应该是感冒了，你等等。"去给他找了支体温计，让他先量体温。

陆沉舟居然很乖地接过，放到嘴里含住了。

程夕上了洗手间洗漱好出来，他还放在嘴里咬着，程夕一笑："可以了，给我吧。"

陆沉舟把体温计递给她，程夕看了眼，三十八摄氏度，"还真的发烧了。要去医院吗？"

他望着她："你不是医生？"

她笑："治感冒我可不在行。"

他半垂了眼睛没说话，身体语言表示得非常明显，他不想去医院。

程夕无奈，好在身为医生，她有给家里备了个医药箱，一般头疼脑热的感冒药都常备着，就说："那我凑合着先给你看看吧。"离得近了，她能很清楚地看清他的脸，还有他眼睛上长而翘的眼睫毛，此时微微低垂着，就像是安静的，敛了羽翼的蝴蝶。

和昨天晚上那个戾气横生的他还真是太不一样了。

程夕感叹，对他说："来，抬头。"

他就抬起头，凛冽的眸子淡淡地望着她。

她柔声哄说："张嘴。"

他意外地配合，张开嘴。

"啊。"

他跟着轻轻"啊"了一声。

"嗯，喉咙的确有些红肿。"程夕看完，又检查了他的舌苔，然后很自然地摸起他一只手，给他把脉。

他不喜欢和人接触，可对她居然并不排斥，定定地望着她，问："你会把脉？"

程夕一边细细感受他的脉搏一边说："读大学的时候好奇选修了几节课。"放下他的手，"看表证是风热感冒，我家里有点药，你先吃点试试看吧，两天后如果没有缓解，就一定要去医院。"

她起身，准备去给他拿药，陆沉舟却突然伸手，握住了她的手腕。

他手一向凉，这会儿掌心却是热的，握得她的皮肤像是着了火。

她没有大惊小怪，更没有露出任何反感的情绪，只是回头，问："怎么了？"

"你不问我为什么来找你？"

程夕其实不想问，她一点也不想回忆起昨晚，她现在的平静都是建立在，她假装不知道外面传出去多少流言蜚语，还有，她是真把他当成自己的病人的。

问多了，就显得太刻意。

陆沉舟见她不答，笑了笑，自顾自地说："知道吗？我来，是因为我已经控制不住我自己，我特别想上你，这几天，一直，时时刻刻，都想。为什么会这样？"他握着她的手腕微微用了点力，眸子里像是氤氲了一圈火光，明明灭灭。

她听见他问她："如果我现在做些什么，你会反抗吗？"

那样彬彬有礼的模样。

程夕却觉得自己的头发根都要立起来了，那是人对危险的一种本能的反应。

她力图镇定，拿出医生专业的姿态："你以前有过这样的感觉吗？"

"什么？"

"性冲动。"

陆沉舟摇头："没有。"

"是从来没有，还是有，但不会像现在这样觉得难以控制？或者说，你只是因为太久没有性生活所以才会有这样难以控制的冲动？嗯，你以前有过这方面的经验吧？"

"这和我想上你有什么关系？"

他说话时握着她的手还用了点力，程夕不得不抓牢了沙发的边缘才没有被他拖过去。

也是这时候，程夕才觉得，陆沉舟和光头还真不愧是朋友，都一样喜欢把话说得又直接又难听。

她皱了皱眉，说："当然是有关系的，问清楚了我就可以帮你控制住这方面的行为，从动物行为学来说，一切不加控制的欲望都是禽兽行为，陆先生最好是学会更好地掌控自己的身体……"

话没说完，他一只手突然往前一拉，另一只手伸过来托了她的腰一把，程夕就被拎到了他面前，随后很快，那只放在她腰侧的手就撩开衣服伸了进去。

"你要干什么？"她按住他的手。

他居然还挺严肃："比起控制我更想这样。"

程夕：……

眼看着阻止不住，她决定重施旧计，照着昨晚先给他一拳让他平静再说。可清醒的陆沉舟反应极快，她拳头呼到，他几乎是下意识地偏了一下头，呼！她那一拳打偏了，正好敲在他的下巴上。

骤然的痛楚太过强烈，陆沉舟不但眼里瞬间被逼出了泪意，手上也下意识地放开了她。

程夕见状都忍不住替他呼痛，嗯，肯定好痛好痛，因为她的手都好痛，指骨那儿感觉都要断了！

这都是施力程度和施力方位不对造成的。

"那什么，"她飞快地起身退开，隔了点距离看着他，"我不是故意打你那里的。你没事吧？"

陆沉舟揉着下巴瞥了她一眼，感觉目光倒是清明不少，显然疼痛让他的欲念减退了。

程夕松了一口气，说："如果你觉得身体有什么不对劲，我建议你尽快上医院咨询就诊。"

陆沉舟笑起来，目光沉沉地望着她："你在赶我？"

程夕说："你要这么想也行，毕竟你的状态不适合再留在这儿。"

他说："你已经打了我两拳了。"

程夕：……

陆沉舟躺回沙发，伸手掀被的时候后知后觉注意到衣袖短了一截，就抬起手看了看："这是谁的衣服？"闻一闻，眉头皱起来，"我的呢？"

他嫌弃的表情太明显了，程夕都忍不住怀疑她妈妈昨晚给他找的是程阳穿过没洗的。

然后就见他蹬开被子毫不犹豫开始解扣子脱衣服，程夕转开脸："我妈等会儿要回来了。"

陆沉舟"哦"了一声，伸手一撩衣服就脱了下来，裸着精壮白皙的上身，就那么开始解裤子拉链，一边解还一边看着她。

不是撩拨却胜似撩拨。

程夕无奈："你能等等吗？我去看你的衣服我妈是不是洗好了。"

她先去到阳台，还好，程妈勤快，陆沉舟的衣服已经洗过了，只料子太好，是手洗的，所以这会儿都湿答答的。

程夕很头痛。

如果她妈妈回来再次看到他脱光光在家里……陆沉舟是无所谓的，倒不是说他没有羞耻心，而是他根本不在乎别人的看法，于他而言自己舒服才最重要——这么一想，他居然能够忍下自己的欲望这么长时间，也够让程夕惊讶的了。

而昨天晚上，应该是他没法忍下去了，行为甚至已不能够接受思想的控制。简而言之，昨晚的陆沉舟，只剩下了本能。

嗯，这么一想，程夕决定还是对他好一点，不过这个想法只维持在她走到客厅,她到客厅,看到的第一眼就是脱光光走出被窝的陆先生。

还好他是背对着她的,正站在那儿,检查自己身上有无异常,听到动静,他回过头来。

程夕倏地拿手蒙住眼睛,转身,特别无语地说:"你要不要这么夸张啊?"

陆沉舟的语气还很严肃:"我身上起疹子了。"

程夕:"……你先穿上衣服,我给你看看。"

陆沉舟:"不穿!"

程夕抓狂:"那你先进被子里去!"

陆沉舟语气惊奇:"你害羞?不是说上过床的男女就没有羞耻心了吗?"

"什么?!"真是怕什么来什么,程妈的声音突然响起,屋内的两人都还没反应过来呢,又听到了她高分贝的尖叫,"啊啊啊啊!你为什么又没穿衣服?!"

程夕和陆沉舟:……

程家入门有个门厅,和客厅隔了一堵墙,所以程妈进门,他们谁也没发现。

而程妈刚进门就听到了陆沉舟和女儿劲爆的对话,急急忙忙跑进来,首先看到的就是无比刺激人的裸男秀,其冲击力,真的不是一般的强。

程妈妈都要崩溃了:"程小夕!!!你是不是想死啊?!"

程家教养法则第一条,有错必先找自家娃的错,别人有错,那也是自家娃错了,谁叫你招惹人家呢?

程夕有预感,如果不处理好,她接下来的日子想必很不好过。

3

还好啦,陆沉舟的羞耻感比程夕以为的强一丢丢,不等程妈飙出大火,自己乖乖钻进了被窝,还晓得和程妈道歉:"对不起,我没想到你会回来。"

和上回还留了条短裤不一样,这次他是真的一丝没挂,所幸程妈看到的也只是裸背,但也够刺激人的了。

程妈不敢看他,也不搭理他,喘一口气,瞪着程夕:"你给我滚出来!"

程夕望向陆沉舟,后者特别认真:"我身上真的起疹子了。"

所以程夕跟着程妈出门,到外间走廊上,程妈问起时,她是这么说的:"他身上起疹子了,脱衣服也是想看看有多严重。"

程妈冷笑:"你当我是白痴?起疹子就要脱光了给你看?"

程夕眨眨眼:"了解要全面嘛。"

"全面你个神经病!"

程妈气得要疯，程夕不敢再贫，说："您别和他计较，他那人……嗯，和一般人想法不一样。"

她是真的讲真话了的，奈何程妈不信她，点着她的脑袋说："我看你精神科待久了，脑子也跟别人不一样！让他走，让他快点走！"程妈说着捂住胸口，想想刚才那一幕，她真的觉得眼睛都辣瞎了。

什么上床什么的都没有那一幕辣。

程夕也挺想他快点走的，但关键问题是："他没衣服穿……哥的衣服都短了。"

他们家不管是程父还是程阳，都没有陆沉舟个子高，所以，他们的衣服他都穿不了。

程妈简直是要气笑了："所以就没办法了是吗？"她气哼哼地跑进去，准备撸袖子亲自赶人，愣人就需要更愣的去解决！结果进屋正碰到陆沉舟在打电话："……给我送套衣服过来，对，现在。"对程妈欠了欠身，"对不起，可能还要再打扰您一会儿。"

他人长得好看，低眉垂目彬彬有礼地讲出这话时，简直能让人忘记他做下的一切合理不合理的事。

程妈火气不知不觉消掉一半，声气也降下来："也不是我要赶你走，确实是……你这样子很不妥当的你知道不？"

陆沉舟应："嗯。"

他给人的感觉依然冷，却是冷俏冷俏的，就像是雪山顶上那一朵白莲，特别剔透。

上回程妈光顾着生气和震惊了，倒是没仔细看他，这回一看，哎呀妈，小伙长得真还挺不错的，难怪一向听话乖巧的女儿会为了他和自己阳奉阴违。

程妈缓了口气，总算有点心情问人家："你和我女儿恋爱多久了？"

陆沉舟抬眼，摇头："抱歉，我们没有谈恋爱。"

程妈：！

程夕见势不妙，赶紧加入进来："妈，我跟你说了的，他不是我男朋友。"

陆沉舟说："不是，我是她男朋友。"

程妈：！！！

程夕：……

程妈扭头看了一眼自己女儿，眼神里的意思特别明显：一边去，别废话！转过头恨声问："没谈恋爱又是哪门子男女朋友？"

程妈老套，尚不知还有"炮友"一说，否则，必须疯。

陆沉舟好像有点疑惑，但他自有他的理解，他说："我们估计会结婚。"

程夕：……

程妈一拍她脑袋，阻止了她要说的话，盯牢了陆沉舟："你们打算结婚？"

陆沉舟点头："我从来不耍流氓。"

他想上她，自然想要名正言顺地上。

陆妈的理解却不一样，还觉得他很负责，脸色更和缓了，连带着语气也和蔼了起码八个度："很好，你能负得起责就行。不过这随便脱衣服的习惯是真不好……天气冷呢，万一冻着怎么办？"

陆沉舟沉默，半晌后说："我是过敏了，您看。"

他伸出手，露出来的胳膊上真的起了一大片红疹子，因为皮肤白，他自己又挠了几把，所以看着特别触目惊心。

程妈和程夕都吓了一跳，前者立即走过去看，"还确实挺严重的，你先坐着，阿姨给你弄点药，很快就好了。"要走时想到程夕，瞪她，"你也来，帮妈看看这药是不是好。"也不管她愿不愿意，将她生拉进房里，关上门，先是一顿喷，"你什么意思，一直不肯承认和他在交往，是不想嫁他？"

程夕：……

这会儿就算告诉她，陆沉舟只是她的病人，他精神状况有点不正常，程妈都未必会相信吧？

她哭笑不得："妈，您别添乱行吗？我和他不是你想的那样的，我保证。"

"你保证？你上次还保证说和他分手了呢，结果呢？视频里，我和你爸都明明白白看得很清楚，他进门就往你身上扑！还有，昨天晚上，你李爷爷都和我们说了，大半夜的，你跑下楼就和他抱在了一起！程夕，如果你是因为我们反对才不敢承认和他的关系，那没啥，上次你爸也劝我了，儿孙自有儿孙福，你这么大了，交个男朋友也正常。我只是觉得他这人有点愣，可是今天一看，也还好嘛，虽然愣是愣了点，倒也是真心喜欢你。你俩要真好上了，那也行，只要他家世清白人品过硬不乱搞三搅四真心能对你好，爸妈也没什么好反对的。"挥挥手，一副筋疲力尽的语气，"出去吧，给他看看那疹子。和他说，他真要有心，就安排安排时间，咱们两家人见个面，一起吃餐饭。"

程夕："……您老的态度是不是变得也太快了些？"

明明进门前还是坚决反对的态势的。

程妈被她一句话又拱起火："转变不快，是要等你们连我外孙子都整出来了才同意吗？"瞪一眼女儿，从抽屉里找出药膏，点了点女儿的脑袋瓜，率先走了出去。

程夕灰溜溜地跟在后面，此后程妈说一她不说二，程妈说二，她绝对不敢说一。

程妈满意了，给两人摆上早餐，欢欢喜喜往店里去——实在是程夕的终身大事是她的一桩心病，别的女孩这年纪，不说孩子都能打酱油了，至少男朋友得谈两个吧？

可程夕长这么大，她就没见她有过什么亲近的异性来往，哦，读高中时倒是有一个，叫什么林梵来着，可那时才多大？两个毛都没长齐的小孩子。

眼看着别家孩子的喜酒喝了一轮又一轮，自家两个全没音信，程阳就算了，毕竟男孩子，四十岁了只要他有出息都娶得到老婆，程夕不行啊，女孩子，条件好，眼光挑一点，一不小心就剩下了。

因此乍然冒出一个陆沉舟，愣是愣了些，可看仪态，看身上穿的衣服料子，也不像是普通孩子，既然愿意娶自己女儿，程妈觉得，还是别挑了吧。

程妈一走，程夕耐着性子和陆沉舟把早餐吃完，然后坐在他面前，很认真地问："陆先生，你到底想干什么？"

"我说过，我想上你。"

"……除此之外呢？"

"想娶你。"

程夕：……

陆沉舟说："是先上了你再娶你，还是先娶你再上你，我还在考虑。"

程夕：……

她深吸一口气，告诉自己面前的是个有心理疾病的病人，微笑着和声说："那么，我能告诉你我真实的想法吗？我不喜欢你，我想你应该也不是喜欢我，所以我从来没有想过要嫁给你……"

他打断她："你喜欢他？"

程夕："……对。"但她和林梵也不会有可能，林母的态度摆得很清晰，她对自己儿子有完全不同的人生规划。

她确实喜欢林梵，但这种喜欢，还不足以支撑她去和林母对抗。

至少，现阶段还不能。

陆沉舟目光沉了沉。

程夕语重心长地说："你应该有一段时间没有性生活了吧？作为成熟的成年男性，如果你生理还正常，禁欲对身体是有害的，严重者不分男女都会出现神经病症状，比如失眠多梦、食欲不振、性格孤僻以及暴躁易怒，等等。你可以考虑，适当地找人纾解一下欲望，不要老盯着某一个人或者某一件事，明白吗？！"

陆沉舟望着她，目光深沉。

她微微笑："你懂了吗？"

陆沉舟问："你有吗？"

"什么？"

"失眠多梦、食欲不振、性格孤僻还有暴躁易怒这些。"他慢吞吞地，一字一句地问，"你有过性生活？"

程夕：……

此前，她从没觉得活到这年纪了还没有过性生活是件羞耻的事，然而此时此刻，面对着陆沉舟像是洞察了一切的目光，她不由自主地涨红了脸。

"那个，咳，我觉得我们现在讨论的是你的问题。"

"我的问题是，我只想要你。"

程夕瞪着他，无力感再次笼罩过来，摆摆手懒得再说，起身收拾碗筷去了。

她还是第一次面对病人时，有这种无力的感觉呢。

后头陆沉舟望着她的背影，忍不住捂住了胸口，当听到她说她不喜欢他也没有想过要嫁给他时，他感觉那个地方在隐隐作痛，那种感觉难以形容也十分陌生，仿佛心口流过的血有些过分的热，也仿佛是有人拿着针，在轻而细微地，不停地戳。

疼得尖锐，也让他难以安生。

第十一章

1

程夕这会儿不想面对陆沉舟,所以她慢腾腾地收拾碗筷厨房,直到她家的门铃再次被摁响,她才出来开门。

外面站了个勉强算是熟的熟人,上回载她和陆沉舟去陈家镇上的陈师傅,他给自家老板送衣服来了。

他提了一堆东西,好几个袋子,看到程夕便笑着将其中一个分出来,其他的都递给她:"这是陆老先生和陆老太太给您准备的礼物,说是小陆总在这儿麻烦你了。"

程夕:……

为什么陆家两老会知道陆沉舟在她这儿?!

她扭头去看陆沉舟,后者半靠在沙发上不知道在想些什么,对程夕质问的眼神视而不见。

程夕就只好和陈师傅说:"这些东西还要麻烦你拿回去,陆老他们太客气了,这礼物我不能收。"

陈师傅把衣服给了陆沉舟,闻言一笑:"那我也没办法,东西拿来,陆老先生说你不要也不许我拿回去,程医生您可别为难我了。"

他说完就走了,程夕无奈,只好和陆沉舟说:"这些东西……"

话还没讲完,她立马扭开脸,因为陆沉舟那个没有羞耻感的家伙毫无顾忌地掀开了被子。

程夕恼羞成怒了都要:"你就不能避着点吗?"

"哦。"他应,然后生生又从她面前晃了一圈,晃到洗手间里换衣服去了。

……

程夕一点脾气也没有了,他进去后她稍微打量了一下手上的礼物,看起来并不太贵重,大概是知道程夕的爸妈是做早餐店生意的,送的都是些煲汤的海货，有些甚至程夕在她妈妈店里都看到过的。

所以说，陆家这一家人都不简单，送的东西，都完全让人找不到理由拒绝。

果然，陆沉舟换了衣服出来后，程夕说："这些你提回去吧。"

他看也没看，站到她面前，看了她好一会儿，才说："你在担心什么？"

程夕："……我只是觉得，无功不受禄。"

陆沉舟低头卷衣袖，淡声说："那就当是昨天晚上的房费了。"

说完，他就要走，程夕叫住他："你还有衣服……"

她一边说他一边走，她话还没讲完，门吧嗒一声合上了。

后知后觉，程夕发现他生气了，莫名其妙的，也不知道哪里就戳到了他的生气值。

程夕想不通，也懒得想，将家里收拾一番后，她去店里又帮着程爸程妈做了会儿活，然后就离开家回了市内。

她和林梵约好要见一面。

她是坐线路车去的，路上摇啊摇啊摇了很久，期间给林梵打了个电话，他没有接，过后倒是回了她一条信息："抱歉，这边还有点事，晚些再联系。"

程夕看着那条信息，默默地叹了一口气，然后就又打给蔡懿，她原是想要和她谈谈陆沉舟的事的，结果蔡懿去外地，要两天后才能回来。

一个人没事做，程夕也懒得出门，就在网上、书里到处寻找陆沉舟类似的病例，她将能找到的所有病例都翻出来，然后一样一样病症去比对，以求有一个好的应对方案。

被病人牵着鼻子走，让病人弄得很无奈什么的，这种滋味她是再也不想尝试了。

林梵一直没见联系她，也没有去医院看陈嘉漫，倒是第二天程夕开完会回到科室，护士长和她说："有个美女找，说是你朋友，我让她先在你办公室里等着了。"

程夕谢过，推门进去，先看到的是个优雅纤细的背影，听到动静，背影的主人回过头，露出一张妆容精致的脸。

来人长得还算不错，只是颧骨略有些高，眼神也锐利了些，有些失之亲和。

"程夕？"她叫她的名字。

"我是，您哪位？"

"看来林梵没和你说过，我是孟清扬，他的……女朋友。"

程夕："……您好。"将手中的文件放下，她转身拿消毒剂擦了擦手，"坐。

请问您找我是有什么事吗？"

"我想向你咨询点问题。"

"您说。"

孟清扬将手撑在她桌面上，望着她："我最近很烦躁，因为发现别的女人和我男朋友勾勾搭搭的。你是心理医生，有什么好的建议吗？"

程夕语气一如既往："那么您烦躁的原因是不信任他，还是你切切实实感受到了危机？"

"我既没有感受到危机，也没有不信任他，我只是很讨厌有人纠缠他，苍蝇虽小，可老是在耳边嗡嗡嗡的……程医生，你难道不觉得很烦人吗？"

孟清扬的目光太有指代性了，程夕缓缓舒出一口气，说："如果您是问我的主意的话，那么，我不觉得烦人，因为只要我足够信任他，我就会让他亲自拍死那只苍蝇，而不是自己动手。"

孟清扬死死地盯着她，气氛正紧绷的时候，办公室虚掩的门被推开，林梵沉着脸走进来，一把拉住孟清扬的手："跟我走！"

"你干什么呀？我不走！"

林梵一语不发，拖起她仍要离开，孟清扬大怒，反手给了他一个耳光："林梵，你不要太过分，你凭什么命令我？"

她这一下力气不小，林梵半边脸瞬即起了反应，他伸手轻轻抚了抚，没说话。

孟清扬冷笑着说："你干什么反应这么大？不是说不喜欢她吗？我什么都没做，你急什么？"她转过头，"程医生，你说一说，我对你做什么了吗？"

程夕语气很淡："孟小姐确实只是来跟我咨询了几个问题而已。"

"你看。"孟清扬得意地冲林梵扬了扬下巴。

林梵脸色苍白，他素来不擅言，这些年虽然有所改变，然而到了关键时刻，还是又回到了那个一心沉默的少年。

他低着头，没有看程夕，死死地抓着孟清扬的手说："走。"

孟清扬终究还是被他带走了，不过后遗症不小，科室里的同事很快就都知道了这三人的"恩怨纠葛"。

说来说去，还是林梵前阵子送的花太招眼了。

主任再一次把程夕叫进他办公室，一脸惊奇："你也会招惹这种麻烦？"

程夕无奈："我也是人。"

是人都有弱点，也都有不能控制的事态。

主任告诫她："处理好。"

程夕默默退了出去。她本来约见林梵，就是为了谈这个事的，却没想到，他身边会突然冒出这么一个女朋友，更突然的是，她会来找她。

她暂时没打算再见林梵，不想，晚上的时候，林梵却先来找她。

仍是来她家里，好在这次，他没有喝醉酒，只是状态不太好，眼神沉郁，一身颓丧。

程夕没有请他进门，说："你等等，我换件衣服，我们出去谈。"

林梵一脚抵在门口，看着她："你讨厌我了？"

"算不上。"程夕语气很是浅淡，"谁都有误解的时候，说开了也就好了。"

"……如果我说不是误解呢？而且，我和她……我们没有感情……我不知道怎么会……但是你相信我程夕，我没有爱过她。自始至终，我……"

程夕打断他："林梵，那是你们的事，你应该处理好，而不是来告诉我。"

她的电话这时候响起，程夕看了一眼，是老师蔡懿。

她没有再理林梵，接了电话。

蔡懿十分直接："陆沉舟生病了，你知道吗？"

程夕微怔："什么？"

"重感冒，还有严重过敏，半条命都快没了。你现在手头要是没别的紧要的事，就去看看吧，我明天凌晨的飞机，一早就会回来。"

蔡懿的语气难得的严肃，隐隐还有几分急切的强势，很显然，陆沉舟并不只是身体生病了。

挂了电话，程夕对林梵说："抱歉。我有事，得马上出去一趟。如果没有别的事的话，你回去吧。"

她也不换衣服了，就地换鞋准备出门，林梵忽地上前，从背后抱住她："程夕，能别去吗？我也需要你！"

他说："我们已经错过一次了，这一次，能不能给我个机会？"

程夕一根一根掰开他的手指，回身看着他："林梵，有句话送给你，'很多时候，错过就是一生，没有那么多机会，也没有回头路可以走'，你要做的，是珍惜当下，过好以后。"

"所以，就算没有今天的事，我们也没有任何可能。"

她不会否认，她曾经喜欢过他，那个单薄忧郁的少年，那么多年里，一直盘踞在她心头。

可是，他回来的时机太不巧，就像是那时候他离开。

外面灯火璀璨，程夕等车的时候看到路边有人推着车卖烤饼，烤得金黄焦脆的烤饼，香气迷人。

恍然惊觉她已经很久没有吃过这东西了，读书的时候倒是经常吃，高中要上晚自习，林梵每次都会送她回家，那时候路上人不多，他们慢慢地走着，走到半路，总会看到一个推着烤箱卖烤饼的年轻人，程夕每次都会买上两个，在弥漫的饼香里，和他边走边吃。

高中毕业后好长一段时间，程夕做梦都会梦到烤饼的香气。

她走过去买了一个，拿在手里慢慢吃，饼香依旧，可是不知道为什么，滋味却远没有年少时那么香甜。

一只饼都没吃完，蔡懿给她发来陆沉舟的地址。

程夕在手机上搜了搜，发现地方有些远，她出门的时候才六点，到那儿已经八点多了，她给陆沉舟打电话，没接，再打，还是没接。

程夕就打给蔡懿，蔡懿说："你等等。"

过了会儿，发给她一组数字，告诉她："这是他大门锁的密码，他在家哪，你进去就行。进去后要是里面的门锁着，你就砸，砸烂了也没关系。"

程夕汗，问蔡懿："这样会不会不好？"

蔡懿说："没事，你去吧。我刚打电话问过他爷爷，说陆沉舟最近都是这样的，谁的电话也不接。他们请了另外的医生，也正往那边赶过去。"

"他那里没有其他人？"

"没有。咱们这位小陆总的怪癖之一，不喜欢自己住的地方有外人。所以估计你要用点强制的手段才进得去。"

程夕无语，倒是有些后悔自己一个人过来。

长出一口气，她走上前，这是一片面积不小的别墅区，陆沉舟住的地方在其中最里面，是一栋独栋的小洋楼，有独立的围墙和院子。程夕站在门口，看不到里面有一点光，她先按门铃，没人应，这才按照蔡懿给的数字打开了外面的门。

进去才发现房子里寂静无声，只有大门走廊下亮了一盏小小的壁灯，她循着光走过去，发现客厅的门是虚掩着的，她轻轻一推，门就开了。

无声无息的，程夕自己都吓了一跳，还好客厅里亮着灯，门一开，她先听到的是自己的声音，"……'小狐狸，我喜欢你！'"然后就看到了陆沉舟，他俯趴在沙发上睡着了，头偏向里，一只手点在地上。

房间里她的声音还在继续，"……这时，它身后轻轻传来一个回音，'我也喜欢你'。"

然后循环往复，讲的还是小兔子喜欢小狐狸的故事，录音笔里，她给他讲了那么多，看来，他最喜欢的还是这一个。

程夕站在门口，正犹豫着是先进去看看还是站在这儿等他醒来，忽然，像是有所感应似的，陆沉舟回过头来，下巴抵在沙发上，看向门口。

程夕居然莫名有点紧张，她解释："对不起，你家的门没有关……我可以进来吗？"

陆沉舟维持着原来的姿势，没有动，也没有说话，只是静静地看着她。

"好吧，我当你是同意了。"程夕走进去，近了她才发现，他好像瘦了一些，脸色也不是特别好看，但依然收拾得很整齐，一张脸干干净净的。

他像是没睡醒，眼神还有些懵懵懂懂的，带着一些无辜的意味，这让他整个人都没了平时的冷意，多了一点软弱的可爱。

像是一只病了的大狗狗，可怜地趴在那儿，等着主人伸手摸一摸。

2

程夕都有些被自己的想法惊到了，她低低地咳了一声，问："你感觉还好吗？用过药了吗？"放下手里的东西，"我帮你做个检查，好不好？"

陆沉舟还是望着她，好像在确认站在面前的她是不是真人一样，过了好一会儿，他才恹恹地说："我记得，大门是锁了的。"

程夕汗，点头："是锁了，不过我有密码。"

他眉头微微皱了起来，翻身慢慢坐起，程夕注意到他的身体很虚，就这么个简单的动作，也弄得气喘吁吁的。

她伸手想要帮他，被他甩开了手，硬撑着自己坐好，闭着眼睛靠在沙发上休息了好一会儿，才有些疲惫地问："你来干什么？"

"听说你生病了，我来看看你。"

"看完了，你走吧。"

"陆先生……"

他睁开眼，这会儿他已经完全清醒过来了，眼神里是熟悉的疏离，就像她第一次看到他，在他满满都是审视的目光里，几乎让你以为自己就是一颗尘埃。

"滚！"他声气不高，带着疲惫的气音，目光落在她脚上，"……脏了。"

程夕看了眼自己的鞋……好吧，进门的时候她忘记换鞋了，主要是，她根本没有看到鞋柜，又急于想知道他的情况，就没有注意这一茬。

知道自己无意中踩到了他洁癖的雷点，程夕十分抱歉："对不起，我没有看到可以换的鞋……"

一只抱枕砸过来，和抱枕一起落地的，还有一支让程夕很眼熟的录音笔，枕头落在她脚边，录音笔却弹到她腿上，然后又从她腿上弹进了茶几底，她的声音嗡嗡地从那里面传出来，"小兔子偷偷喜欢上了一只小狐狸……"

陆沉舟发现自己失手误摔了东西，更是怒不可遏，"滚！"他喘着气说，见她不动，又一只抱枕砸了过来，其实如果手边能摸到其他的东西，程夕相信，他肯定也是毫不犹豫全都扔过来的。

　　他看她的目光很可怕，阴郁、沉重，前后也就是几分钟而已，刚进门时他身上的软弱好像是她看花眼一样，荡然无存。

　　而且他的失控来得很快，几乎是瞬间，他就爆发了，再无可砸的东西之后，他双手抱头，嘶吼："滚！马上滚！"

　　程夕立马脱了鞋子，赤脚走过去，打算安抚他，他却用力甩开她，就算是虚弱着，陆沉舟的力气也不是她能抗衡的，还没靠近，就被他推了出去，差点摔倒。

　　程夕深吸一口气，正要再上前，门口忽地传来一声轻唤："程医生！"

　　程夕回头，见是陆沉舟的爷爷奶奶站在门口。

　　她看了一眼痛苦抱头的陆沉舟，走出去。

　　门外不只陆家两老在，和他们一起来的，还有几个穿着白大褂的医生，其中一个已经上了年纪，应该就是蔡懿说的他们专程请来给陆沉舟看病的。

　　果然，陆爷爷介绍说："这位是中医院的谢医生，我们刚刚回去，就是专门请他过来。"

　　然后又和谢医生说，"这是老蔡的学生，姓程。"

　　中医院内科有个很有名的老中医也姓谢，看样子就是眼前这位了，他是老前辈，所以虽然匆忙，程夕仍不失恭敬地跟他打了个招呼："您好。"

　　谢医生人也很和蔼，对她微微笑了一下，因为场合不对，双方也没多寒暄。陆奶奶性子更急，程夕的招呼才打完，她就拉着程夕的手，低声而焦急地说："怎么办啊，舟已经关在这里好几天没有吃过东西了，傍晚过来的时候他还发着高烧，身上到处都是红红肿肿的，也不去看医生，也不让用药，还不让我们碰他，怎么办啊？"

　　程夕安抚地拍了拍她的手，问："你们是什么时候发现他病了的？"

　　"就今天，他公司有事找他，联系不上他人，就找到我们这儿了，我们到处找，才知道他生病了，把自己关在了这里。"

　　"我们一进去他就发脾气，谁也不让靠近。"

　　所以程夕不是第一个被他赶出来的，自然也不会是最后一个。

　　程夕问："他以前生病的时候也有过类似的行为吗？"

　　陆奶奶看了陆爷爷一眼，说："……有。"然后又着急地解释，"他就是洁癖很严重，生病的时候尤其夸张一些，好像谁都不能碰他，谁碰他他都嫌脏。"

　　了解，生理性情感冷漠症患者，程夕查出来的病例中，也有病人有类似极端的例子，她本来以为，陆沉舟大约能凭他的毅力控制一辈子，却没想到，所有的理智，能被一场病轻易摧毁。

这样一想，好像那天自己错得更离谱了，明知道他感冒了，也有过敏的现象出现，却偏偏被他刺激失态，最后对他所有的症状都视若无睹，就那么让他离开。

深吸一口气，程夕撩起袖子："没事，我会想办法，至少能让谢医生帮他好好检查一下。"她说着看向站在谢医生旁边的几位同行，他们都很年轻，显然陆老爷子他们也考虑到万一陆沉舟不肯配合就打算用强，"我希望最好是不用你们帮忙就可以搞定，所以，给我一点时间，好吗？"

陆老爷子等几人同时点头，程夕笑笑，转身推开虚掩着的门往里走，进去前，她抬起脚，把袜子都脱掉了——外面的走廊看上去十分干净，但是谁知道呢，也许陆沉舟就是会嫌弃。

程夕甚至把外套都脱了，她里面穿的是毛衣搭配同色系的开衩长裙，衬得她的身形特别纤细苗条，她一向很喜欢这套衣服，因为穿着既舒服又保暖，但这会儿，她却有点后悔了，因为开衩的裙子，可能会有点不方便她的行动。

撩起袖子，她转身问："你们有带吃的吗？"

陆奶奶赶紧说："有，有。"话落，一个年轻男人提着个硕大的食盒走上前来，程夕打开看了眼，很满意。

她接过食盒，关上门往里走去，心理医生治病讲究无干扰和私密性，所以这个过程她没打算让人观摩。

陆沉舟已经不摔东西了，看起来也平静了下来，只是目光仍旧凶戾，程夕觉得，要不是饥饿和疾病大大削弱了他的体力，她怀疑，他很可能会暴起把不听话的她像扔垃圾一样地拎起来扔出去。

这时候，他估计已完全忘记了，他曾经和她说过，他想追求她，甚至想上她。

她现在，在他眼里，或许只是一个细菌，让他嫌恶万分的人形细菌。

再次进门后，程夕先将落在茶几底下的录音笔捡起来，将音量调回正常，然后才打开了食盒。

不得不说，陆沉舟的爷爷奶奶准备得很周到，给他带的东西十分精致精细，怕他饿坏，多是养胃和护胃的。

每样的量都不多，但是看起来十分有食欲。

程夕无视他的目光，从里面端出一盅山药大枣粥，揭开盖子，香味扑鼻，程夕晚上就吃了两个烤饼，这会儿闻到这香气，简直是馋虫啃肚，顿有一种饿得抓心挠肺的感觉。

她将之放到桌前的茶几上，轻轻搅了搅："嗯，挺香的。要喝吗？"

陆沉舟不为所动，仍是冷冷地盯着她。

程夕也不管，干脆把他扔的抱枕捡过来，垫在地上坐好，十分优游地自己先吃了起来，东西带得有点多，陆沉舟吃不完，所以她分吃一些无关大局。

程夕吃得特别香，吃一口回味一下，赞一句："嗯，好好吃。"笑眯眯地问，"真不试试？"

她的语气很诚恳，不过陆沉舟眼神更阴郁了，仔细看，能冒得出火。

吃得差不多了，她又拿出一碗，这次不是粥，是芹菜百合炒肉，这个菜对程夕来说清淡了，不过应该是陆沉舟喜欢的口味，因为她看到他咽了口口水。

所以再失智的人，也有吃饭的本能，只要还活着。

她换了筷子，夹起一块递过去："吃吗？"柔声哄他，"我记得，我和你说过，洁癖的本质就是喜欢脏东西。上回你吃了我剥的烤红薯，那东西多脏啊，长在地底下，那种又潮湿又阴暗的环境，每天还有蚯蚓啊虫子啊爬来爬去，可是你不是一样吃得很香？"趴在茶几上再递近一些，"试试吧。"

都已经递到他嘴边了，陆沉舟张嘴就可以吃到，但他没有张嘴，可除了眉头皱起来，眼神更冷了，他也没有别的反应。

没有反应就是有了反应，程夕再接再厉："你现在是不是觉得我特别讨厌？那就吃啊，吃了东西，至少你可以把我扔出去，再不会在你面前碍眼。"

陆沉舟忽然张开了嘴，狠狠地一口咬在筷子上，然后……他疼得嘶的一声，显然是伤到嘴了。

程夕忍笑，他恶狠狠地瞪着她。

"好吧，对不起，嘲笑人是不对的。可是你也可以嘲笑我呀。我有一次饿极了，连自己的手指头都咬到了呢。"她说着，又递给他一筷子菜，等他吃了后，她从食盒里端出一碗鱼片粥，递给他，他没接，程夕就试探着坐过去，拿勺子喂他。

可喜可贺，他这次没有再拒绝她。

程夕就笑了笑，十分自然地将一碗粥都喂给了他，病人就像是孩子，她其实并不介意做这些。喂完了，她将碗都收起来，陆沉舟不满意地瞪着她，眼神落在茶几对面的食盒上。

程夕笑："你饿得太久，刚开始不要吃太多，等会儿再接着吃。现在，能让我帮你检查一下吗？"

他没回答她，可能食物让他的理智稍微回笼了一点，他认出了她："是你。"

"是我。"她说。

"你不打算疏远我了?"

她听见这话,心里莫名有些酸,"对不起,"她说,"那天我不应该让你就那么走的。"

他笑了一下,笑容很淡,也很冷,带着些自我嘲讽的味道。

程夕没有解释,这事也没法解释,她把他的反应当成是默认,握住了他的手,果然,体表温度有些烫手,轻轻撩起他的袖子,只卷上去一小截,就看到一条一条的伤痕,有些是抓痕,有些……

她想要看得更仔细一些,陆沉舟却已经抽回了手,他神情倦怠地说:"你走吧,我现在不想上你了。"

程夕说:"好,我会走。但是我不能就这么走,你是我的朋友,你病了,我不能抛下你不管。"

"朋友。"他笑起来,程夕刚察觉到他眼里的危险,他突然就爆发了,猛地一把抱住她,然后她只觉得肩上一痛,他张嘴深深地咬住了她。

程夕感觉自己都快要被他咬死了,她不敢挣扎,也不敢刺激他,只能忍着痛有些无奈地说:"我身上好脏的,在医院待了一天,还接了两个刚入院的病人,其中有一个情绪激动吐了我一口口水,嗯,好像就吐在你咬我的位置……"

虽然她告诉他,洁癖的本质就是喜欢脏东西,但很明显,这个还是有些突破陆沉舟的认知,他微微一僵,放开了她。

程夕往后微仰,手伸进衣服里面摸了摸被他咬到的地方,嗯,果然是见血了。

今年流年不利,她被两个病人先后咬了一口。

可看到他一脸的不堪忍受,程夕又不由得笑起来:"骗你的。"怕他再扑上来,她摇头说,"别咬我啦,我身上尽是骨头,硌到你的牙怎么办?"

她痛得脸都变形了,却还在跟他开着玩笑,明明他才伤害过她,她却没有立即躲开。

他想起那天,她抱着那个小女孩,任凭她咬得如何紧就是不松手。

而程夕可能不会知道,当看到那场景时,他心里的暴虐,得用他最大的努力才能控制下来。

也就是那时候,他知道,他本质上和那个小女孩是一样的,他们都一样疯狂,都一样……有病。

他闭上眼睛,颤抖着说:"……你不怕我吗?"

程夕问:"为什么要怕?"

"我没有感情。"

"不,你有。"程夕望着他,"你会顾忌到家人,怕他们操心你的婚事,所以千方百计拉我做你的女朋友,这是亲情;你陪我去陈家所在的镇上走访,帮我调查陈富国的事情,这是同情;你也会帮助你的朋友,帮他们搞定他们搞不定的生意,这是友情……这些你都有,为什么要说自己没有感情?"

她的声音真好听啊,那样温柔,就像是他隐隐约约做过的梦,梦里四周一片黑暗,只有不知道从哪里照过来的一束光,虽远,却还是亮着。

他不自觉说出了他从来就没有说过的话:"那些都是装的,全都是装的,因为他们都说我应该要谈恋爱了,恰好蔡懿要我认识你,我就找上了你;我看过书,书上说谈恋爱的时候,女朋友所有的事情都要帮她做到,所以我陪你去陈家,帮你调查他们,这和同情什么的完全没有一点关系,陈嘉漫是谁,陈家是谁,和我有什么关系?我交朋友,我帮他们,也不过是因为,我不想成为独来独往的怪物……事实上,我讨厌人,我也讨厌没完没了的应酬,婚姻、恋爱、家人、朋友,对我而言,没有任何意义!我活着,只是因为我还没有死而已。

"这样的我,你还觉得有感情吗?"

3

"可是,谁又不是这样呢?活着,不过是因为没死而已。但也因为还活着,所以想努力活好一点,不要那么狼狈,不要那么无所适从。"

他看着她。

程夕也望着他,说:"你刚刚说的,婚姻、恋爱、家人、朋友,都是人生路上可遇不可求的东西,得之,是幸,失之,是命。而且,你也没有你想的那么没有人情味,至少陆老他们不会觉得,因为他们一直相信你是个聪明能干、正直善良的好孩子;光头也没有感觉,他很维护你,他觉得你义气又肯帮忙,所以把你当成他最好的朋友和死党;我也没有那种感觉,认识你越久,我就越觉得,在感情上,你有着这个世上大多数人所没有的坚持和纯粹……你只是骗了你自己,以至于没有发现,你有才有貌有同情心又不缺热心。"

陆沉舟听着,脸上慢慢显出一点疑惑,仿佛在问自己:"真的是这样吗?"

程夕微微笑,伸手握住他的手:"好了,这个问题可以慢慢去想。现在,我们先看看你的病好不好?"她手指轻轻按在刚刚看到过抓痕的地方,叹气,"你把这些地方都挠破了,疼吗?"

"嗯,疼。"

"痒吗?"

"痒。"

"又疼又痒？那得多难受！那我们把医生叫过来给你看看好不？"

他盯着她："你不是医生？"

"我不擅长呀，而且你病了好几天，得好好检查。"又说，"你是累了吧？要是累了就睡一下，医生检查很快的。"

陆沉舟皱眉："不！"

"为什么不呢？感冒而已，很多人都会因为这个去看医生。"

"你也会？"

"我也会。"

陆沉舟说："你这个医生当得可真失败。"

程夕：……

他语气太认真了，程夕差一点当了真，陆沉舟却打了个哈欠："我困了。"往前一扑，倒在了她身上。

上回就见识过他困倦后的样子，所以程夕这回倒不惊讶，她稳稳地扶住他，他也舒服地睡在她身上，一只手握着她的手，另外一只手还十分自在地伸进了她衣服里，捏捏她腰间软肉，叹："真舒服。"

程夕：……

等他睡熟了，程夕小心翼翼挪开，走出去："请谢医生进来吧，尽量少些人，免得惊醒他。"看向着急的陆老爷子和陆奶奶，"你们再等一会儿，行吗？"

陆爷爷陆奶奶尽管挂心可都无异议。谢医生独自跟着她进去，先在陆沉舟额头上探了探，从带来的药箱里拿出一根体温计递给程夕："给他量量。"

程夕接过，小心抓起他的手，将体温计从他衣领处放进去，冰冷的触感一下就惊醒了他，陆沉舟睁开眼睛。

程夕说："你发烧了，我帮你量量体温。"

他没说话，仍是看着她，却也没反对，过了会儿，才摸起她的手，枕在了自己脸下。

程夕默然无语，只好半跪在那儿由他枕着。两人的姿势，看起来十分亲密，谢老医生视而不见，又拿了听诊器过来很认真地听了一番，然后问程夕："能让他给我看看舌头吗？"

这真是个高难度的要求，程夕也没把握，关键是她不知道把他弄醒后他会怎样。想了想，程夕说："您先看看别的吧，他还有过敏症状。"

谢老点点头，掀开他的衣服，然后两人同时抽了一口气。

衣服下陆沉舟的背上简直是伤痕累累，重点还不仅仅是伤，那些伤痕边缘都泛白出现了感染，有好些地方甚至出现了严重溃烂。

难怪程夕进门的时候他是趴着睡的，就是这会儿，他也不是正常的睡姿。

谢老神情严肃："他这是拿刀片刮了，然后又泡过水吗，怎么会弄成这个样子？这我看不好，他这情况必须得去医院，进行抗感染的系统治疗，不能拖，再拖我看他真要没命了。"

说完，他掀开他的眼皮看了看，又给他把了会儿脉，然后什么也没说，一脸凝重地走了出去。

程夕也想出去，奈何陆沉舟紧紧地压着她的手，她没法动弹。

外间的门没有关，对话隐约传进来，陆老爷子貌似是给陆沉舟的爸爸打电话："你儿子病得要死了，你回不来还不能想办法吗？他现在要去医院，可他那个样子谁能送得他去嘛？"

电话没打多久，然后她就听到谢医生发脾气说了一句："你喊再多人来又有什么用？他这情况需要无菌环境养着，还要做好些检查以确定他感染到何种程度……造个无菌环境，把仪器都搬过来？你们真的是……"

"人傻钱多。"程夕替谢老把未完的评价说出来，望着陆沉舟笑道，"你们还真是不是一家人不进一家门，都是有钱任性的主儿。"

陆沉舟安静地睡着，程夕第一次离他如此近，这才发现面前的男人还真是造物主的宠儿，皮肤白皙细致，五官精致中透着棱角分明的冷峻，看过陆父，程夕觉得如果陆母不是倾城美人，陆沉舟肯定就是拣着父母的优点长了。

他闭眼熟睡的样子真的很像个睡美人了。

程夕感叹完，觉得自己王子当不上了，却可以做个叫醒美人的女汉子——她也是医生，所以很能理解谢老面对陆家要把整个医院搬到陆家来时的无语，她想好了，要是陆沉舟不配合的话她不介意再赏他一拳，把他捶晕了带去医院。

他和陈嘉漫不一样，所以……糙一点也没事。

陆沉舟睡得并不沉，疾病让他整个人都迷糊了，时清醒时不清醒的，这会儿看到她又皱起了眉头，问："你来干什么？"

约莫是觉得她离他太近了，还推了她一把。

程夕哭笑不得，不过好在不用再被他抓住了，在他毛脾气上来前，她赶紧倒了杯水给他："喝点水吧，你嘴都干起壳了。"

陆沉舟也是真的渴了，就着她的手喝了一大杯水，喝完像是又清醒了一点，他爬起来端端正正坐好，揉了揉额头："怎么是你？"

程夕当没感觉到他的稀里糊涂，很认真地说："你病了，特别严重，我们想送你去医院。"

他闻言放下手，看着她。

她也回望着他，目光里没一点迟疑："正常的像你这种情况早就在医院躺着了，所以我们现在也去医院好吗？"

因为他有程序化的性格，所以程夕现在要做的就是把去医院治病这事以程序的方式"种"在他脑海当中。

成不成功，她没把握，因此她只能略有些紧张地看着他。

房间里好像连时间流逝都慢了，客厅的门没有关，外面人讲话的声音断断续续传进来，程夕很担心会对陆沉舟产生影响。

好在她的暗示成功了，陆沉舟说："走吧。"

淡淡的语气，却让程夕如释重负。她站起来，伸手扶他，他看了她一眼，搭在了她的胳膊上。

程夕忍不住笑，他看见了，问她："笑什么？"

嗯，瞧起来，他已经恢复正常了，就是不要再发作就好。程夕说："我觉得我腰再往下弯一些，就成了古时候扶住皇帝的太监了。"她说着还问了他一句，"我要说'起驾'吗？"

陆沉舟傲慢地瞥了她一眼，答说："起吧。"

挺直了腰站起来，本想做得霸气无比，结果眉头却不自觉皱了起来。程夕猜肯定是衣服摩擦到受伤的皮肤，让他不舒服了。

想起他那不忍目睹的后背程夕就有些心虚加心塞，特别想打电话问问她妈妈，那被子或者是程阳的衣服到底多久没洗没晒过了，会让他过敏成这样子？

没错，她有直觉会让陆沉舟过敏的就只有那两样东西，所以这也是她对陆沉舟感到愧疚和抱歉的原因之一。

陆沉舟要是真有什么，她觉得自己这辈子可能都不得好了。

都这样了，陆沉舟还要去换衣服，程夕说："要不就披个外套吧？"

他摇头，很固执地一定要换，程夕拿他没办法，只好又扶他上楼上去换衣，等换好出来，陆老爷子都已经在开始联系安排运仪器过来了，电话打到一半，突然身边老伴扯了他一把，他回过头，就见自家孙子气宇轩昂地站在门口。

"那个……"陆老爷子活这么大年纪了，头一回口吃起来，看着陆沉舟，"舟……你好啦？"

谢老看不过去，在边上喷他："你看他摇摇欲坠的样子，像是好的样子吗？"

哦，好吧，陆老爷子这才看到自家孙子的旁边还站着程夕，此时那姑娘正努力地扶住陆沉舟，娇小的身形都要被压折了。

有医生上前帮忙，陆沉舟没让，程夕也咬着牙说："没事，我可以的。"

陆老爷子看得唏嘘不已，真不容易啊，总算是出现一个不会让孙儿嫌弃的人了，他握着还在跟人通话中的手机，特感慨地同程夕说："那就要辛苦你了，程医生。"

程夕微微笑，心里却在哀叹：有这时间，快点上车哇！

好在谢老很靠谱，他也确实觉得陆沉舟的情况不乐观，所以急急忙忙张罗人开车过来，哪些人上哪几个车，哪些人去医院，哪些人可以下班回去了。

在陆奶奶紧张的围观中，程夕和陆沉舟被安排在第一个车上。

等张罗完了，谢老在外面说了声："去中医院，快点。"

陆沉舟当即挠了一下程夕的手心，后座就坐了她和他两个，他靠在她肩上，所以他一挠她就回过头去。

他黑亮的眼睛望着她。

"怎么了？"她故作不懂，问。

"去仁医。"他说。

"谢老在这方面是很有名的专家，有他给你治，你也能好得快一些。"她问，"你也不想一直住在医院里吧？"

陆沉舟就不说话了，但嘴唇微抿，脸上透出几分冷冽来。

程夕无奈，只好凑到他耳边说："谢老亲自过来，我们这时不好撇开他。"当然这是个借口，事实上她是看出了陆沉舟对她那种不明原因的依赖，所以想尽力跟他保持点医患之外的距离。

只是她想撇开，旁人总不配合，坐在前面副驾驶位上的陆奶奶探出头来，笑眯眯地说："没事，就去仁医，我和我家老头说。"可能也是怕程夕会多想，她又补充一句，"没关系的，谢老和我们家老陆关系好，我们去了仁医，也还是可以请他过去看诊的呀。"

程夕默默看了眼拆台的陆奶奶，不说话了。

陆奶奶就给陆老爷子打电话："和谢老说，我们去仁医。"

她电话是开着免提的，陆老爷子的声音在车厢里特别大，他先是质问："怎么去仁医呢？"后来约莫是想起了什么，声气立马就变了，"行，行，去仁医，我和他们说去。你们前面赶紧走，余下的我来安排。"

陆奶奶打完电话，就又回过头来冲他们笑了一下，视线尤其重点落在程夕身上，看得后者老大不自在。

她知道这两位老人脑补了些什么，无外乎是这姑娘和自己孙子看起来还挺好的嘛之类的。

程夕对此，只能是无语加无奈。

陆家有东来制药，在医院方面的人脉关系连程夕都比不上，还在路上，他们就已经和院方联系好了。车子一到，绿色通道开启，陆沉舟直接住进了 VIP 特护病房。

而那时候，因为高烧，他又一次陷入了昏沉中。程夕在病房外面坐了很久，直到他做完全部检查并且打上药水陷入沉睡，才疲惫不堪地回了家。

到家时都已经十二点过了，她随便洗洗便上了床。不过困过了头，程夕那天睡得并不好，一直都在做梦，梦里杂乱无章，很多的人和事在她眼前飘过，电话铃声响起的时候她正梦见自己赤脚在悬崖上走，脚底碎石满地就像是尖刀。

梦在某种程度上是心境的折射，程夕是精神科医生，自然清楚会做这样的梦是因为她从陆沉舟那儿感觉到了危险。

起床后，她抚着头坐了会儿才拿过手机。电话是陆奶奶打过来的，老人家几乎要哭了："结果出来了，是败血症啊怎么办？"

第十二章

1

程夕站在镜子前用力揉了揉脸,又揉了揉脸,觉得困倦的表情都揉开了,这才赶去医院。

陆家人来得很整齐,一晚过去,陆父也赶过来了,和陆爷爷陆奶奶一起守在陆沉舟的病房前,陆沉舟的弟弟据说也来了,不过程夕没看到他,陆奶奶说:"他小孩子,还在上学呢,守在这里也没用,就让他先走了。"

程夕也没在意,只劝陆爷爷和陆奶奶:"没事你们也去休息吧,陆先生这里,会有医生照顾的,别他病好了,你们又病倒了。"

陆父也在旁边劝。

陆奶奶固执得很:"我不走,他这样子,我怎么能放心走?"

陆父就说:"你在也没用啊。"

陆父本是关心自己老娘,可这一句话,却是捅了马蜂窝,陆奶奶本来就担心孙子,闻言气涌上头,连形象也不顾了,转脸就把自家儿子一顿喷:"你在就有用吗?你当人爸爸的,有一点紧张样子吗?要不是我昨晚打那么多电话,你是不是压根儿就没打算回来?自己儿子,你什么时候关心过?几十岁的人了,父不成父,子不像子,要是哪天我们老两口死了,我看这个家也可以彻底散了!"

这是公众场合,陆父好歹几十岁的人了,又是常居高位,被骂自然是十分不自在,甚至都没好好和程夕打个招呼,就转身走了。

陆奶奶气得发抖,陆爷爷也一改老顽童的样子,嘴角耷拉了下来。

程夕觉得很尴尬,想走,可陆奶奶拖着她的手,又和她诉苦:"我们家舟怎么办啊?从小和他爸爸就不亲,现在得了这么个病,他还没结婚呢,以后怎么办?"

程夕这才找到理由,说:"没事的,败血症这个病说起来麻烦,但是只要找到致病菌，要治好，不难的。您老先不着急，我先去看看，好不好？"

陆奶奶这才赶紧放开她的手。

程夕就去看了眼陆沉舟，他躺在无菌室里，仍在熟睡当中，要不是一身病服，看起来，倒有种从来没有过的平和。

程夕心下是真的很愧疚，她去见陆沉舟的主治医生，还好，那医生和蔡懿相熟，程夕自然也认得，算起来，也是这方面的权威了。

他已经看过陆沉舟的资料，倒不急着为她解惑，而是问她："他就是那个因为疼你所以包了你几天号的男朋友吧？"

程夕：……

这八卦还没过去呢？她无语，却还是得解释一句："都是误会哪。就麻烦您老跟我说说呗，他到底怎么样？"

"不怎么样！仗着身体好，可劲地折腾，没死已经算幸运啦。"

程夕不说话，眼巴巴地看着他，那医生这才笑道："行啦，别那副蠢样子，你们家老师还老说你是她第一得意的学生，我看也不怎么样嘛。别着急，慢慢治呗，总不会让他死在我手里就是了。"

虽没明说，程夕还是松了一口气，又把他可能致病的原因说了一遍，说："我问过我妈，那被子她年年都有晒的，实在也不知道怎么就让他过敏了，如果您需要，我可以采样过来查一查。"

医生说："采个样吧，总要都查一查。"

程夕就去自己科室请了假，回家里采了样，才把标本送去实验室，就又接到陆奶奶的电话："程医生，你在医院吗？现在能过来一下吗？我们家舟死活不肯住在这里，要出院哪，怎么办？！"

程夕赶过去，才知道陆奶奶说得夸张了，陆沉舟并没有要走，不过他已经醒来了，规规矩矩特严肃地坐在床头，正听医生和他说他的病情。

脸色不好看是事实，却并没有"哭着闹着"要出院的架势。

程夕从监控里看到蔡懿也已在里面，顿觉心安，也不急着进去，默默观察了会儿就先退了出来。

陆爷爷已不在，外间就只陆奶奶一个人，老人家把她哄过来，还是有些不好意思的，说："刚刚他是真的闹着要出院的哦，也幸好你老师到了，才说服了他。"

程夕笑，她能理解老人家的担心，也不和她计较，温言细语安慰她，她安慰人是顶好的，没多会儿，陆奶奶就被她说服了，情绪也平复了下来。

看她脸色不好，程夕正要劝她去休息——事实是她守在这里作用真的不大，陆沉舟现下住在无菌室，又是 VIP 待遇，有专业的护工和护理，家属在与不在都一样。

只有一点，陆沉舟真是败血症，除了必要的治疗，营养也要跟得上，这一点，在陆家是没有任何问题的。

于是和陆奶奶研究陆沉舟接下来的食谱，还没研究完，门打开，蔡懿他们出来了，陆奶奶被主治医生叫走，程夕就和自己老师落在后面。

"昨天辛苦你了。"蔡懿说。

"还好。"程夕摇头，看了一眼里间，问，"怎么样？"

"早期，好治，只要他配合，没大事。"

蔡懿说得简短，口气也很轻描淡写，程夕抚抚胸口："那就好。"抬头，见老师正似笑非笑地看着自己，面上微热，说，"我还真怕他有什么事，因为我怀疑他的病，是在我家染上的。"

蔡懿微讶："怎么回事？"

程夕就把那天的事简单说了一下，只隐去了他一见面就对她又抱又吻那一节。

蔡懿听完，摇头："你就喜欢揽责任。知道他为什么洁癖那么严重吗？他天生皮肤敏感，一不小心就会中招，谁知道他在那之前有碰过别的不干净的东西没有？你也说了，他是湿淋淋地跑去找你的。"

程夕无言。

蔡懿也就没再安慰她，只说："但他情况确实是挺凶险的，要是再晚一些，估计神仙难救。你先去看看他吧，有什么事，我们回头再聊。"

程夕就收拾了下，戴了口罩穿好隔离服进去病房，陆沉舟依旧靠坐在床头，他脸色是真的不好看，半点血色也无，连嘴唇都泛着白。

高岭之花花瓣都蔫了，越加显得楚楚可怜起来，连那冷都不明显了。

程夕走过去，先很自然地拿起他床头的病情记录看了下，很好，最近的几次体温检查显示，高烧至少是已经退下去了。

程夕虽不专业，可也知道，他这样的情况，只要高烧能退下去，就好办了。

她放下记录，一转头，对上了他的视线，程夕忍不住微微一笑——陆沉舟看不到她的笑容，但也知道她笑了，口罩之外，她唯一露出的眼睛弯成了月牙，里面笑意弥漫。

她问："好点了吗？"

陆沉舟没说话，转头看向另一边，一个护士推着车走进来，推车上放着药瓶还有针管等东西。

程夕几乎是瞬间察觉到了陆沉舟的紧张，不禁微微错愕，咳，不会吧，英明神武看起来什么都不在乎的陆沉舟，居然怕打针？

他还真的是怕，都顾不得程夕，死死地盯着护士——手中的针。

"陆沉舟？"护士捏着针头，核实身份。

陆沉舟不说话，程夕只好代他答："对，是陆沉舟。"

护士看了她一眼，放下针头，准备给他注射。陆沉舟僵硬地伸出手，护士在他腕子上拍了好几下，要他："放松。"

陆先生的手依然绷得紧紧的，虽然他很努力地想要配合，可是肌肉还是习惯性地紧张了。

他身材不错，手上的肌肉群也发达，一紧张，肌肉一块一块像是一坨坨铁。

程夕见状，出意不意地握住了他另一只手，轻轻"嘿"了一声。

陆沉舟下意识地回过头来，精神有片刻松懈，而有这片刻也够啦，护士找准静脉，针尖刺了进去。

有血回流，OK了。

美人有优待，换作一般人，这么大个子打个针还紧张成这样护士早就嘲讽模式全开了，可面对美人，护士还要安慰一句："看，不疼吧？不用紧张的。"

程夕忍不住笑，陆沉舟就瞥了她一眼，护士走后，他抓起她的手，放到嘴边狠狠磨了磨牙。

没见血，却也留了一行浅浅的牙印，不疼，可是很暧昧。

程夕抽出手，略尴尬，陆沉舟却没事人一样，闭上了眼睛，还提要求："我要听故事。"

语调冰冷，只是声音沙哑，少了那点气势，倒像是别扭的孩子跟大人撒娇似的。

程夕没拒绝，给他讲了个故事，就拣他最喜欢听的那一个，陆沉舟的身体应该是极疲累的，她故事还没讲完，他就已经睡着了。

程夕帮他将床摇下去一些，看他睡熟，这才退了出去。

出来就看到蔡懿，看她的目光，怪怪的。

程夕忍不住摸摸脸，问："怎么了，我脸上有东西吗？"

蔡懿说："程夕，你今年多大？"

"二十九。"

"啧，年龄没问题啊。我现在总算知道，为什么你长得不错，性格也好，怎么偏偏这么大年纪却没有谈过恋爱了。"

这话来得突然了，蔡老师什么时候像个普通妇女八卦这些啊？也不纠正她，自己不是没谈过恋爱，只不过缘分不是迟到就是早退，讲真，她也略无奈。

逗趣似的，她问："您看出是为什么啦？"

蔡懿说："因为你看人的目光太慈祥了啊，在他们眼里，你约莫跟他们妈一样吧。"

程夕被噎得不轻。

蔡懿哈哈大笑，笑完了问她："你老实告诉我，你是不是喜欢上陆沉舟了？"

程夕差点被自己的口水呛死。

她只好很认真地说："老师，别开这种玩笑。"

蔡懿"哦"了一声，仔细地看着她。面前的女孩子有一张很年轻的脸，年轻、漂亮、充满了勃勃朝气。这真是让她羡慕，她认识程夕已经有些年头了，第一次见她，那时候她还只是个大四学生，和一群学生跟在实习老师后面，别人对上精神病人尚且有些慌乱戒备的时候，她就已经敢冲出去了。

这么多年过去，她身上的朝气还未曾灭，那种朝气不光是年轻，更多的是对本职工作的热情与热爱。

蔡懿说："好，那我不开玩笑。你对陆沉舟的病，研究得怎么样了？"

程夕特自然地说："已经有了一点眉目。"

"有把握吗？"

"五成。"

蔡懿点点头："五五数。变数是什么？"

"如果老师能给他安排一个更好的医生，应该可以到七成。"

"你不能？"蔡懿问，看了她一眼，微微颔首，"他喜欢上你了？"

程夕："……"

蔡懿笑："没什么不好说的。我们都知道，有精神疾病的病人本来就容易对医生产生依赖心理，你年轻漂亮，喜欢你也是很正常的事情。但你现在中途退出是不太妥当的，陆沉舟很挑剔，换一个人，不见得他能接受。"

程夕低敛了眉目，不说话。

蔡懿问："怎么，真的很为难？"

"我担心我会对他影响过深，会对他以后的生活造成障碍。"

即便是蔡懿，也不能不承认，程夕是一个相当理智的人，她很清楚自己在做什么，也很懂人心。

她唯一的弱点，就是心太软了。

2

"那么,你想办法说服他,这个人选,我来找。"蔡懿说。陆沉舟的事就这么告一段落,她提出要去看看陈嘉漫。

程夕和陆奶奶说了声后,便带着她去了精神科。蔡懿是精神科泰斗,她的到来自然引起不小的轰动,不过她本人倒是淡淡的,轰走围过来的人群,先拣着陈嘉漫的病例报告还有入院日记看。

这个日记是程夕自己记的,她的习惯是给手上的每一个病人额外建一份病情观察日记,内容十分详尽,其间还有她的治病心得。蔡懿十分推崇她的这种办法,她后来的学生都要求他们照做,不过最后论起来,还是程夕做的日记更可看也更好看一些。

蔡懿这一看就是半下午,她还特意观察了陈嘉漫好一会儿,最后和程夕说:"我觉得你的办法是可行的,医院多重出院率,幸好她这么个情况,也没有家属来催,你可以慢慢观察,找到最适合她的那一种办法,说不定就是个医学小突破呢。"

突破不突破什么的,程夕没想过,目前而言,她只是想做好自己的本职工作而已。

蔡懿最欣赏的就是程夕身上的这种气质,肯进取却无功利心,所有的热情,都奉献在病人身上,那是她最看重她的纯粹。

至于陈嘉漫,蔡懿以前觉得她的病情太特殊了,个案不适合放到大数据里去研究,可看过程夕的入院日记后,她居然很心动——陈嘉漫并不是单纯的行尸综合征,还有典型的自闭症和抑郁症症状,临床上,完全能够丰富她手头的实验素材。

程夕还不知道蔡懿对她的病人动起了心思,送走老师后,她又去"撩"了会儿陈嘉漫——托录音笔的福,陈嘉漫现在对程夕的声音已经十分熟悉了,就算她站到她面前,她也不会再有过激的反应。然而沟通仍是没有的,程夕会试着带她玩游戏,很简单的手指游戏,把手指都弯曲卷成麻花状,伸到陈嘉漫面前:"瞧,这是生姜。"换一种,"这是月亮。"再换一种,"这是风摆杨柳。"

陈嘉漫面无表情地看着她,像是在看一个"愚蠢的凡人"。

凡人程夕尽职尽责地做完要做的事,估摸着已经到陈嘉漫能忍受的极限,她就退了出来。

都是下班的时间了,护士站的护士们正在办交接,程夕也没就走,又去了陆沉舟所住的楼层看他。

陆沉舟还没有醒,他家人倒来得齐齐整整的,都等在外头。然后程夕总算看到陆沉舟的弟弟陆沉明,两人乍一照面,程夕先是惊讶:"是你?"

陆沉明居然是她课堂上那个爱睡觉爱脸红的旁听生!

程夕自觉自己这话也没过分的,可陆沉明却面红耳赤,躲到陆爷爷背后,只露出一只红透了的耳朵尖。

程夕觉得很有意思,忍不住微微一笑。陆奶奶好奇地问:"程医生认识我家小明啊?"

"学校里见过一两面。"

"哇,真的吗?那还真是有缘分啊。"陆奶奶和陆爷爷虽然奇怪孙子一个学应用数学的怎么会和当医生的程夕认识,却都喜滋滋的。他们喜悦的意思太明显了,程夕觉得面对这俩老人颇有压力,就干脆去找陆沉舟的主管医生,然后知道虽然致病菌的检查结果还没出来,可陆沉舟用药后的身体反应很不错。

程夕心情就轻松了起来,陆奶奶拉着她本还想再跟她聊聊的,可程夕的电话响起,是林梵。

程夕很意外,她没想到林梵还会找她,尤其是在她那样拒绝他以后。

想了想,她接了电话,林梵的声音听着还很平静,只说:"能见个面吗?"

"医院?"

"好。"

她就又回了自己科室,进门小护士就冲她办公室的方向指了指,程夕笑着谢过,推门进去。

林梵背对着她立在窗前,西装笔挺,长身玉立,真正也是个翩翩好男儿。

听到动静,他转过身来看着她。

"等很久了?"

"程夕,我们结婚吧。"

两人几乎是同时开口,说的,却是完全不同的意思。

程夕愣了愣,望着他,林梵也回望着她,表情语气都十分认真。

不过仔细看,还是能看出他眉眼间的郁气,以及……绝望的祈求。

她心微微颤了颤。忽然想起读书的时候,某一天,他和她说:"我们逃学吧。"

没有任何预兆,一向勤奋好学的模范生突然说想要逃学,还要拉着另一个好学生一起。作为重点班里的两棵重点苗子,程夕不用想都知道后果是什么。

可是他的语气很认真,眉目间,依稀也像现在这样,俱是浓得化不开的沉郁和绝望。

当年的程夕十分冷静,先问他:"你想逃去哪儿?逃多久?"怕他多想,还补充一句,"如果去得远时间也长,我得多带点钱呀。"

可这些林梵通通没想过,他只是想逃学,逃得远远的。

程夕说:"那就现想。"

于是他们就研究要逃去的目的地,要带多少钱,路上可能会遇到什么,发生紧急情况该怎么办——做完了所有的预案,他们也完成了一场想象中的逃学,而最后,这事也就不了了之。

为什么不实行?因为太麻烦了。

结婚毕竟不是逃学,前者比后者更麻烦后患更大——程夕没有想到,多年后,看似成熟了不少的林梵,会在此时此刻,还对她提出这样莽撞至极的要求。

他们是什么关系?甚至今天之前,她还拒绝过他。

程夕也没有任何异样的表现,只是平静地看着他,问:"是发生了什么事吗?如果你愿意,我可以听你好好说一说。"

林梵目光悲凉地看着她:"你不愿意?"

"林梵,你懂的。"程夕声音温和。

"是啊,我懂的……可是为什么,我还是有奢望呢?"他踉跄着后退一步,低声说,"程夕,我可能,快要结婚了。"

程夕说不出恭喜的话,他脸上的悲痛太明显了。

她唯一能说的只有:"林梵,生活有时候是有很多的不得已,可是,软弱与逃避,是面对它最无力也最没有必要的办法。"

她没有批评他,在要跟别的女人结婚的时候跑来向她求婚有多可笑和不切实际,乃至有多自私,林梵有点自我型的人格,注定了他内向的性格和被动型的处事方式,他反抗不了给他施加压力的人,只能把这种憋屈和压力转嫁给别人。

这样的人,需要刺激,所以她一针见血:"你很明白,娶我,不是解决问题的办法。这件事从头至尾,也和我没有关系。"

林梵走了,程夕坐在办公室里半天没有动。

直到小护士进来找她她才惊醒,处置了病人的事情,她从手机里翻出几个名字,依次约过去,那些沈唯结婚时还单着的同学,一个说:"我在我男朋友家里呢。"一个说:"今天没空啊,在相亲。"就是柔姐姐,也在叉腰大笑:"哇哈哈,老娘脱单了,你要帮我庆祝吗?"

程夕说:"你还是先巩固巩固战果吧。"

约结了婚的沈唯,却连沈唯也是忙的,她出差,还在外地。

大家都忙，都有自己的事。

程夕只好把林梵的事放到一边，让自己也忙起来，她也不用特意找事忙，本身她就挺忙的，自己科室的事就够了，陆沉舟那边还状况不断。

陆爷爷陆奶奶搞不定的时候就喜欢找她，这不，她还没下班，电话又来了："能麻烦你过来看看吗？他奶奶撑不住休息去了，我们家这个现下什么都不肯吃。"

程夕便过去，路上撞见陆父一脸寒霜，见了她，停下脚，问她："你真是陆沉舟的朋友？"

程夕眨眨眼，陆父脸色就缓和了些，冲她点点头："他那狗脾气，还真是辛苦你了。"

程夕：……

见了陆爷爷才知道原委，老头正对着几个年轻男人在骂儿子："没一点耐性，动不动就只晓得发脾气，他现在身体多虚，吃不下东西那不正常吗？"

走近了，才发现那几个也都是熟人，光头、徐波，还有个素未谋面过的，光头见到她后，给程夕介绍："谢子鸣。"

程夕从记忆旮旯里一翻，想起来了，第一次和光头打牌，貌似当时就有这么个人临时走掉，让她不得不上场。

谢子鸣长相在几人中算是最普通的了，主要是他整个人看起来平和中庸很多，他微笑着看着她，朝她伸出手说："在外面几个月，听得最多的就是程医生你啦，久仰大名。"

程夕微窘，也懒得问他仰的是什么大名，跟他们寒暄两句，说："我先进去看看病人。"就躲了。

身后光头几个聚在一起挤眉弄眼，谢子鸣说："这医生看起来文文弱弱的啊，她真搞得定舟？"

陆爷爷迷之信任程夕，点头："肯定可以，我还没见过舟那么听谁的话。"

几人越加好奇，可惜陆沉舟住的地方大门深闭，一般不允许探视，刚刚因为他不肯吃东西也不愿和人沟通，医生才安排陆父进去，结果把人直接气了出来。

程夕穿好装备进去，陆沉舟闭眼躺在床上，床头还放着丰富的营养餐，看护的护工守在一旁，见到程夕，小声说："什么都不吃，这样不利于他恢复的呀。"

程夕笑笑，走过去，陆沉舟只是假寐，听到动静，睁开了眼睛。

"想吃些什么吗？"她假装什么都不知道，坐到他床前，很自然地问。

陆沉舟没说话，只是看着她。

"吃点吧，能早些好。老住在这儿，多难受呀。"

她端起一碗粥，喂到他嘴边。

陆沉舟看着她，张开了嘴。

住在这儿确实挺难受的，入眼一片纯白，房间又小，真是让人太难受了。

可看到她，好像又没那么难受了。

他吃完了一碗粥，又吃了些其他的，过程里程夕一直在说话，讲的都是废话，什么陆奶奶很担心他，陆爷爷特别挂记他，以及她看到光头他们了，还有个叫谢子鸣的人。

她的声音是真的好听，不疾不徐，不焦不躁，轻轻柔柔的，像是春日缓缓拂过的风。

但陆沉舟还是从那风里感觉到了一点旁的东西，他看着她，突然问："你不高兴？"

程夕：……

3

这大概是认识以来，陆沉舟第一次表现出对他人的关心。

说实话，程夕有些小惊喜，她不想打击他的这种主动，伸手摸了摸脸上的口罩，叹说："我这个样子你也能看出来呀？"

陆沉舟轻轻哼了一声，程夕就干脆放下碗，护工过来清理，等清理完后，程夕支手撑额望着他。

她眼睛微弯，陆沉舟以前在一本恶俗的谈爱情的书里看到过一句话；Ta爱你，Ta的眼里必然盛满星光。他曾对此嗤之以鼻，可这会儿他觉得，她眼睛里确有星光璀璨，他不知道为什么会有这感觉，大概是因为她温和的声音，不管遇到什么都含笑的眼睛，还有，她从未害怕什么的坚定。

程夕发现面前的陆先生莫名就板起了脸，然而耳朵尖却红透了，若是以前，她大概会想是自己无意中戳到他哪里，让他不痛快了吧？可从陆沉明那儿得来的灵感，她猜他这是害羞了？

意识到这一点，程夕……也害羞了，她不是有意盯着他看的啊，这家伙不会想偏了吧？程夕赶紧移开目光，找了个话题："我倒没有不高兴，我只是有些意外，刚刚发生了一点事，让我突然明白了一个道理。"

这不清不楚的，陆沉舟瞥了她一眼："藏头露尾。"

程夕笑："是有些不知道怎么和你说。"想了想，她问，"你当初为什么一定要我签那个协议？"

陆沉舟沉默，过了会儿才说："恋爱，结婚，不是必需吗？"看向她，"而且你胆子大。"

其实何止胆子大，她还很冷静，也不烦人，他弄出个一夜情，她既没和他闹，也没有哭，离开后还很冷静地自己去做调查，并且不介意让他知道，她已经知道了一切。

他就觉得，如果恋爱和结婚是必需的话，那就她吧。

他话说得简短，而且因为身体的原因，还有些微气弱，不过程夕还是听明白了。

其实也就是英明神武的陆先生被陆家俩老人念烦了，觉得恋爱和结婚都是必需的，那就找个还算顺眼的吧。

程夕听了笑，这答案真是一点也没意外，陆沉舟见她又不说了，皱起眉头，看着她。

这是等着她说下去吗？这家伙住在这里是有多无聊，可惜林梵向她求婚的事不能和他说，程夕就另找了个事由："我又被我家主任骂啦。"她自觉圆得还挺好，"骂得我明白了，以后不能随便多管闲事。"

陆沉舟一直望着她，过了会儿，他说："是那个人向你表白了？"

……程夕睁大了眼，想否认的，陆沉舟却面无表情地下了断语："看来就是这样了。"

程夕再度无语："做人不能这么聪明的，会没朋友。"

陆沉舟笑了起来，笑容很淡，却是真的笑了。

程夕问他："你是怎么看出来的？"心里嘀咕，她有表现得很明显吗？

陆沉舟也是无聊了，居然耐心地为她解惑："不明显，是你话里有漏洞，既然是被主任骂，那一开始为什么又要问我协议的事？"他说完还不忘贬她一句，"你心理学没学好。"

程夕：……

她捂了捂脸："难怪我总在你这儿踢到铁板，原来是学得还没你好。"

陆沉舟说："很正常，你本来就笨。"

"这是安慰吗？"程夕看着他，很诚恳地问，"你把天聊成这个样子，我应该要怎么回你呀？"

陆先生才不关心她要怎么回，特高冷地"嗯"了一声，眼里却不自禁露出点笑意。

两人就这么东拉西扯了好些，眼看陆沉舟心情明显好起来，程夕这才离开。

她最终也没有跟他确认是不是林梵和她表白了，陆沉舟也没问，他看着她离开，目光渐渐变得凉薄。

在程夕的预料之中，林梵出人意料的操作果然引来了林母。

只不过，林母出现得比她想象中的要稍微晚了一些。

那天程夕正在忙着，护士长过来，告诉她外面有人找："挺强势的，你还是出去看看吧。"

护士长眼里有着明显的担忧，帮忙接了她手上的事。

程夕倒是淡然得很，出去后就看到林母等在外面，和她一起的，就是上回突然跟来跟她宣示林梵主权的孟清扬。

见到程夕，她微微抬起眼睛，那眼睛里，有一种让人不是那么喜欢的，挑衅的光。

先于林母，她说："程医生，又见面了。"

有足够的心理准备，程夕笑着回："你好，孟小姐。"

林母问："你们认识？"

孟清扬微微昂了昂下巴："见过一面。"

林母看着程夕，有些心不在焉地说，"那挺好的。"她说着拍拍孟清扬的手，"我和小夕说两句话，你在这儿等我一下，好吗？"

孟清扬乖乖巧巧地："好啊。"还冲程夕招招手，"再见程医生。"

程夕见过她强势蛮横的样子，再看她这样一派天真只觉得违和，但她没说什么，带着林母去了自己办公室，本着缓和心情的原则，她问："您要喝点什么吗？"

林母摇头："不忙啦，我们说会儿话。"

态度倒是很和善。

程夕还是给她倒了一杯水，才坐到她面前。

林母望着她的目光也特别慈祥，倒有了一点多年前的样子，那时候程夕和林梵在外面街上做学校布置的课外调查，遇到了林母，当时她也是用这样慈祥、欣慰又带点怅然的目光望着她，说："我家小梵也有朋友了。"

当年程夕没有读懂她的怅然，现在，她模模糊糊知道了一点，而随着林母越说越多，程夕已经完全懂了。

林母今日摆出如此和善的态度，慈母一般的面孔，无非是为了告诉她：你程夕是个好孩子，我很喜欢你，从你们读高中起我就很喜欢你，但是你和林梵不合适，他小时候跟我一起吃了很多很多的苦，我不想他再接着吃我没吃完的苦，我想他青云直上，出人头地。

程夕一直沉默地听着，听完了才问她："先不说林梵的事，伯母既然来了，有没有想过去见一见陈嘉漫？"

林母脸色变了变："你现在这是拿她来威胁我？"

程夕望着她，突然笑了起来。

"你笑什么？"林母脸上的慈爱不在，她十分直白地说，"你和林梵是永远都不可能的，哪怕你用阿漫来威胁我也一样！你根本就给不了我儿子幸福，反倒是外面那个女孩子，既然你认识，那你也应该知道吧？她是隆昌贸易的董事，是下一任的接班人，她能给林梵的东西，是你这一辈子都无法想象的！你如果真的爱他，就应该痛痛快快放开他，别耽误……"

"好。"程夕突然说。

林母卡了一下壳，有些不能置信："你说什么？"

程夕很平静："我说好。我不会拿阿漫的病情来威胁你，也不会耽误林梵的大好前程。只是林阿姨，我能问您一个问题吗？"

"你问。"

"您觉得，人生要怎样过，才是不苦？"

林母几乎没有犹豫："有钱有势！势我们没有，那就赚钱，赚很多很多的钱。"她看着程夕，目光里是毫不掩饰的野心，"我知道你肯定不能理解我的想法，但是无所谓，我只要他以后能随心所欲地活着，不用为钱犯难，被钱所逼就好。"

"伯母觉得有钱有势就能随心所欲地活着？"

"是！"

她那么肯定，并且那样坚信，程夕没再试着说服她——执念深重的人，不可能三言两语就能被撼动。

至少她完全能够相信，像陈嘉漫这样的女儿，在林母这里，什么都不是。

甚至林梵，在她眼里，也只是捞取钱势的工具吧？

她理解了林梵的憋屈和无奈，但是，她帮不了他。

人生路都是自己走的，脚上的血泡也是自己磨的，尽管程夕从未对林梵有过非分之想，她还是跟林母做了保证——这是她唯一能为他做的，不影响他的人生，不干扰他的决定。

客客气气把林母送出去，她们没有见到孟清扬，林母打了个电话，就直接下楼去了。

程夕站在电梯口，看着电梯门缓缓合上，她脸上一直保持着得体的微笑，却在电梯门合上的时候再也撑不住，她揉了揉脸，轻轻嘘出一口气。

一转头，却看到了和林母说已经下楼去了的孟清扬，她站在另一端的楼梯口，不知道是才上楼还是她一直在那里。

这个点，她们科室的人并不多，空旷的走道上，只有她们两个。

程夕停住脚，看着她。

孟清扬慢慢走到她面前，望着她粲然一笑："我留下来，只是想告诉你一句话，不是你的，莫强求，强求不好，会毁了你。"

在被陆沉舟教学医之后，程夕又被孟清扬教做人。

她点点头，仍是一个字："好。"

回到办公室后，她收到孟清扬给她发来的信息，是三张照片：第一张的背景图是某个酒店，孟清扬躺在林梵身边，两人头抵着头，孟清扬对着镜头微微笑，林梵安稳地熟睡着；第二张是在酒吧里，昏暗的光线下，明显是一男一女的手握在一起，其中男的手背上有着一颗和林梵一模一样的小痣；第三张是份手写的保证书，林梵保证永远爱孟清扬，一生一世。

电话突然响起来，照片看不到了，取而代之的，是屏幕上"林梵"两个字。

程夕没有接电话，想了想，她把那三张照片转发给了林梵。

他没有再打电话过来，程夕回家后收到了他一条很长很长的信息，她没耐心看他的那些解释，什么"我被下药，我在完全不知情的情况下和孟清扬同了床，之后就被逼着娶她"，和她，真是没有太大的关系了。

她看到了他最后的一句话："程夕，这是我最后一次努力争取，也是最后一次告诉你，我爱你，此生，唯一。"

她面无表情地删掉了信息，没有回他只言片语。

也许他说得对，大多数时候，她都是冷漠的，冷漠而理智。

她点开朋友圈，发现里面一派热闹，有人秀恩爱，有人晒礼物，有人晒街上热闹的街景，还有人在哀叹：举国欢腾，只有我在上班。

才发现，原来一年又到了尾声，马上就是元旦新年了。

同学群里田柔在发红包，沈唯给她私信：快点抢柔姐姐的红包呀，老大了。

她一个从不缺钱的人，抢到八块八觉得红包已经好大。

程夕倒不错，最后捡漏，捡了个手气最好。大家都起哄让她也发，程夕十分豪气地发了个188的，分了十个包，金额在小红包里都显得略可观。

同学群里她很少抢红包也很少发，突如其来的大方简直是轰动了，大家都问她是不是有什么好事。

程夕很认真地问："被人教做人，发现自己略蠢，算不算？"

同学都笑，有个同学发了个惊恐的表情："你程医生要是也蠢，那我们算什么啦？"

程夕也笑，没有再回应，田柔和沈唯一个给她打电话一个给她发信息，问的都是一件事："谁啊，谁敢教你做人？"

　　程夕没有应，她将头磕在桌子上，心里倒是没有难过，就是窝了一团火，发不出来，也吐不出去。

　　她以前以为自己做什么都会无往而不胜，可是最近，挫败感时时袭上心头，时不时总要反思和检讨。

　　她想看书，可是静不下心来，便发了个朋友圈：想逛街，有人陪吗？

　　底下回复她的有很多，却是一溜的劝她：这个时候你想上街，疯了吗？

　　远在外地赶工期的程阳也给她回了：我家妹妹总算接地气了，我心甚慰，但是时间能不能改一改？

　　然后给她发了一个大红包，十分豪气地表示：买去！

　　程夕顿觉家有哥哥，真好。

　　她收了钱，筹划着要买些什么，陆沉舟突然给她打电话："在家？"

　　"嗯。"

　　"下来吧。"

　　程夕微愣："什么事？"

　　"不是想要逛街吗？"他仍是那种淡淡的语气，带点霸道的样子。

　　程夕的惊讶很快转为恼怒："你出医院了？你怎么能出医院？"连衣服也没换，她匆匆跑下去。

　　陆沉舟果然就等在她家楼下，司机老陈载着他，他坐在后座，戴着口罩，穿得十分严实。

　　程夕劈头问他："当值的医生怎么会放你出来？"

　　陆沉舟受药性很好，昨天就已经转回普通病房了，但是目前还属于危险期，医生怎么会让他出来？

　　陆沉舟的作风一贯就是不乐意就听而不闻，他望着她，眼里露出嫌弃的模样："怎么穿成这副样子？丑成这样也好随便出来逛吗？"

　　程夕：……

第十三章

1

程夕本来一肚子恼火的,可听到他这么说,还是下意识低头看了眼自己。

还好啊,到家后她换了衣服,普通的家居服,没有烂没有坏只是有点点旧而已。

她也只是顺带看了眼,见没问题,又看着他,这回是顺毛摸了,语气和缓了些:"你干吗出医院?外面人多,对你身体不好的。"

陆沉舟就回了她两个字:"啰唆。"显得她像个多事的老妈子一样。程夕特别无语,也不理他了,给当值的医生打电话,问他情况。

结果那医生和她说:"咦,你看到他了吗?他就请了两小时假,说是要去见女朋友。他非要去,我就让他做好防护出去了,毕竟他奶奶也说了,他三十多了连恋爱都没谈过,眼下好不容易有个喜欢的人了,不好阻拦。"

程夕在听到他说出"女朋友"三个字时脸就有点热,不过还是能保持镇定,再听到后来,脸就开始发烫,她问:"他家家属也在?"

"当然,他这情况,我肯定是咨询过主任,也要告知家属才能让他出去的呀。"说罢,那医生忧心忡忡的,"别是他在外面又不好了吧?"

程夕看向陆沉舟,他坐在那儿,气定神闲的,淡淡地看着她打电话,精神头好得很,倒比生病前还多了一点生气。

怕医生担心太过,她只好说:"嗯,暂时看着还好,我就是在外面碰到他,有些意外所以问问你。"

"哦哦,行,你既然遇到他了,就帮忙看着他些啊,别让他玩嗨了……还有啊,"医生神秘兮兮地,"我忘了叮嘱他了,他这情况要是想和女朋友发生点什么的话,可要悠着点啊,别太狠了。"

程夕:……

这话有点不太好转达,她面无表情地挂断了电话。

司机老陈已经过来打开了门，程夕想了想，还是上了车。她还没坐稳，陆沉舟的声音就在耳朵边响起："你不自在了。"

……就知道是这样，他最近揣摩她的情绪揣摩得特别准。

程夕板着脸："怎么会？"

"他是不是告诉你我是出来见女朋友的？"陆沉舟特别认真地问，问完见程夕抓狂，他叹息，"真能联想，我其实说的是，有个笨蛋不高兴了，我想围观一下而已。"

这语气……程夕顿觉自己所有的娇羞揣测都喂了狗，无语地忽略了他前半句，问："你怎么知道我不高兴？"

陆沉舟反问："你不是想逛街？"他说，"难道女人不是不高兴了才会想买东西发泄？"

有理有据，还真是没法反驳。

于是就去逛街，程夕不想枉担个笨蛋的名声，打算好好买一买。结果一时到市中心，看到街上汹涌的人潮，程夕就想回去。可是陆沉舟哪有那么好打发？说要陪她逛，那就是真的不见她买东西就不回，程夕没法，最后只得随便给她爸妈各买了件外套，给程阳买了个刮胡刀，给自己添了两件小工艺品，街上卖新年小礼物来体验生活的小孩特别多，那些孩子有大人陪着也很是活泼，一个个卖力地吆喝。可不管那些孩子怎么撒娇卖萌程夕都没买，却在看到一个穿着寒素的小女孩时，一气买了一大堆。

离开那个小摊位后司机老陈问她："程医生，你为什么要买那个孩子的呀？"关键是当时一堆卖东西的孩子里，那个小姑娘太不显眼了，东西都普通不说，人也木讷，默默地守着小摊子，眼巴巴地看着路人。

程夕回头看了眼那女孩，笑："因为只有她是为了生活。"

嗯？老陈听不懂。

陆沉舟就瞥了他一眼，那眼神程夕太熟悉了，就是嫌他笨。

被嫌弃的老陈毫无所觉。程夕莫名觉得好笑，选了个盒子塞给陆沉舟："送你啦，谢谢你陪我。"然后把余下的一整个袋子都递给老陈，"你家有小朋友吧？这些当我送他们的啦。"

老陈笑着接过，程夕就和他解释原因："她穿得朴素，但是收拾整齐，手上有茧，可指甲修剪得很干净，脸上有窘迫却没有无奈也没有不耐烦，眼神也是干净而柔和的，这样的孩子，可能生活贫困却并不缺家人珍视，她独自一人守着摊子，卖的东西也普通，只能说她不是出来体验生活，而是真的想帮家里赚一点钱。"

老陈听罢一回想，还真是，就夸程夕："你看得可真仔细。"

程夕:"我这都不算什么,你家老板才是观察入微呢。"

老陈"嘿嘿"笑,自家老板的话他可不敢随便搭,抢先在前把两人好好护着,到了人稍微少些的地方,他说:"你们在这儿等着吧,我去把车开过来。"

程夕就和陆沉舟等在那儿,后者手里还拿着那只红艳艳的盒子,他气质清冷,衣着精致,拎着这样的盒子看起来特别违和,程夕笑问:"给你拍个照好不好?"

他没反对,表情虽冷淡可也有纵容的意思在里面。

程夕便当他默认,拿出手机退远几步给他拍照,不时有行人从他身边走过,人群之中,他安静地立在那儿,就像一幅静默的山水,孤独可也从容傲然。

程夕按下快门,一串绚丽的烟花突然在他背后的广场升起,呼啸着拖起长长的尾巴。

广场周围都沸腾了,所有人都欢呼着看过去,程夕也放下手机,默默望着那一方因为烟花而染得瑰丽的天空。

然后就在那方瑰丽里,她看到对面最高的大楼上,灯光渐次熄灭,又慢慢点亮,点亮的灯火混在不停歇的灿烂烟花里,就像是一场耀眼的灯光盛宴,简直是闪瞎所有人的眼。

这场突如其来的烟火表演持续了好一会儿,直到吸尽所有人眼球才慢慢散去,对面闪烁的灯光也渐渐停下来,一点一点汇成几个清晰的大字:"程医生,我爱你。"

同是程医生的程夕:……

心里突然涌起不好的预感是怎么回事?

陆沉舟对烟花没什么兴趣,一直在暗戳戳地留意着她,察觉到她的异常,他微微挑眉,也侧头看了过去,然后一眼就看到那几个字,不由得脸都青了。

程夕见他如此反应,倒是放心了,嗯,很好,和她没关系了,就好整以暇地看戏,顺手还拍了张照片下来。

这时陆沉舟的电话响起,他按了接听,听着听着,眼里露出一点惊愕来,奇怪地回头看了眼程夕。

程夕发现了,走近去。

陆沉舟挂掉电话,望着她。

程夕略有些紧张地问:"怎么了?"

这会儿所有人都拥到广场去了,他们这里出现了短暂的真空,所以陆沉舟的话她听得特别清楚,他慢条斯理地说:"烟花是我爷爷奶奶弄出来的,他们说是帮我追你,"他说着目光落到她红润的唇瓣上,问,"我应该听他们的话,在这时候吻你吗？"

程夕：……

他问得如此认真，认真得让人笑也不是不笑也不是，程夕只好同样认真地说："当然不用听。"

陆沉舟哦了一声，听起来居然有点失落。程夕很怕他再说出点什么惊人之语，烟花还有陆爷爷什么的提都不敢提，转头四处张望："车怎么还没开出来？这会儿人少些，正好走呀。"

陆沉舟盯着她看了会儿，给司机打电话，没一会儿，车子开了过来。

老陈的表情毫不掩饰，等程夕他们上车后，他带着暗戳戳的欢喜，问程夕："程医生，刚刚的烟花好看吧？"

得，这也是个陆爷爷的同谋者。

程夕还能怎么说，自然是说："嗯，好看。"

老陈就从后视镜里望着陆沉舟，陆沉舟却正襟危坐着，一脸高冷地不知道在想些什么。

程夕扭过脸看着窗外，尽管陆家爷爷奶奶的做法让身为陆沉舟医生的她很为难，可她还是觉得暖心——不是为自己，而是为陆沉舟，有这样细细为他谋划替他考虑的亲人，他至少是很幸运地不缺爱的。

平安夜的最后，路上人更多了，车子行进十分缓慢，红色的灯火映着人们的笑脸，世界如此安宁美好。

程夕本来烦躁的心情也渐渐安定了下来。

车子直接开去了程夕家，老陈大概是接到了陆老爷子的指令，先是委婉暗示自家老板："有点晚了呢。"

陆沉舟看了下时间。

程夕问："是回医院要迟到了吗？"

陆沉舟说："嗯。"

程夕就和老陈说："在路边停吧，我自己走回去。"

老陈无语，只好明示："那怎么行？太晚了你回去也不安全。"看向陆沉舟，"等会儿您要不送程医生上去哇？还有些时间，赶得及的。"

都这时候了，还管什么能不能及时赶回医院？当然是把女孩送回家，趁着夜色正好心情正美做一些美妙的事啊！

老陈同志恨铁不成钢。

结果陆先生抬头看了眼自己的司机，皱眉。

这是嫌他多事了，老陈赶紧收敛表情，一副认真老实的模样专心致志开他的车。

不过他的提醒好歹还是有点用了,到程夕家楼下,陆沉舟难得主动问程夕:"安全吗?"

程夕说:"安全。"

陆沉舟就点点头,程夕拿好东西下了车。

老陈眼睁睁地看着她一个人走上楼,自家老板无动于衷。

其实陆沉舟也不是无动于衷,他手上就一直握着程夕送他的礼物,他拆开盒子看了,是个苹果工艺品,小小的模样,做工十分粗糙,但在她买的一些小礼物里,它是唯一一个。

他丢了盒子,摩挲着手里的小苹果,进了病房都没有松开。陆老爷子帮孙子做了这样的大事,自然是要跟等着看后续,结果两老兴冲冲地等到的是,孙子一个人回来了。

没有想象中的你侬我侬,也没有甜甜蜜蜜,自家孙子蠢蠢地拿了个蠢蠢的假苹果,形单影只地走了进来。

陆老爷子当即惊呼:"啊呀,你怎么回来了?"

陆沉舟微微一顿,抬头看着他们。

陆老爷子和陆奶奶相视一眼,顶着孙子高冷漠然的目光站起来,强抑着心痛,期期艾艾地说:"舟啊,你怎么回来了呀?"

而且,还是一个人回来的!

陆沉舟问:"我不该回?"

口气寒凉像风,陆家老两口一下就泄了气。两人坐在一边,呆呆地互看着,最后还是陆奶奶想起程夕的话——不能看着他冷淡就觉得他是真的冷,不要担心他会生气也不要怕他不愿意沟通更不要一味顺着他,把他当成正常的亲人,高兴就明白告诉他,不高兴了也要直白地表达……便鼓起勇气对陆沉舟说:"舟啊,我们刚刚放的烟花好看吗?"

陆沉舟把玩着手里的苹果:"没看。"

陆奶奶:"……那你没按我们说的做啊?"

陆沉舟表情更冷了,连身上都散发着凉气:"她没让。"

她没让你就不做了?我的天,我家陆沉舟同学居然是老实孩子!这事实真是太让人意外了!

陆奶奶被他冷气所伤,败退,看了眼老伴,使眼色:你上!

陆老爷子只得匆忙上场,做出威严的样子:"咳,你摸着个苹果干什么呢?那苹果有什么好看的嘛。"说到后一句声音自动转了个弯。

陆沉舟口气淡淡:"是没什么好看的。"

陆奶奶着急,嘀咕说:"那就别看了呀。"见他没生气觉得有戏,眼巴巴地问,"程医生……你跟她,到底怎么样呀?"

陆沉舟没说话。

陆奶奶便又换了个问题:"你觉得她好不好?"

"有点丑。"

陆奶奶差点喷出一口老血:"她还丑?!"深觉自家孙子的审美要回炉重造一下了,"她已经算漂亮啦,看那五官那气质,在哪里都算美人啦。"

陆沉舟就一句:"她只有一个酒窝。"

忘了这家伙有很严重的对称强迫症,所有不对称的在他看来都是丑的!

陆爷爷和陆奶奶同时无语,陆爷爷说:"看着看着就习惯了嘛……一个酒窝有什么要紧。"

他本是随便吐句槽的,结果陆沉舟还听到了,并且点头:"是不要紧。"他终于摸够了手里的苹果,放下,去洗手,洗完出来,看到老两口还在,偏头问:"还有事?"

陆爷爷和陆奶奶:……

陆爷爷眼巴巴地看着他:"你刚刚说程医生丑点也不要紧,那是不是说,你并不讨厌程医生啊?"

陆沉舟奇怪地看着他:"我为什么要讨厌她?"

……那还不是你一向挑剔,不是对称的就坚决拍死啊!!!陆老爷子咽了口口水,小心地问:"那你喜欢她吗?"

"什么是喜欢?"

看着自家孙子认真的表情,陆家老两口特别心酸:难怪这一把年纪了连个女朋友都没有,竟然连什么是喜欢都不知道啊,真是太可怜了!陆奶奶当即什么都顾不得了,抢上前去教孙子:"喜欢就是你会时时刻刻想着她,心里想的念的只有她,看到她会紧张,会脸红,会心跳加快,会……"词穷了,陆奶奶一挥手,总结说,"总之喜欢就是她对你而言是完全不同的那个人啊,你对程医生是不是就是这样?"

陆奶奶和陆爷爷都一齐屏息望着他。

陆沉舟清朗俊俏地站在那儿,沉思良久,问:"其他都没有,只是想上她,也是吗?"

……

这话说得太劲爆了,陆爷爷和陆奶奶当即瞠目:孙子这么豪放会吓跑孙媳妇的吧!

2

程夕回到家，看时间还早，又做不了别的事，就干脆摆开阵势练瑜伽。

练瑜伽能帮人放松，平心静气。

瑜伽刚刚练完，她拿起手机平息了下心跳，就看到朋友圈里都被今天晚上中心广场那场突如其来的烟花秀给刷屏了，一个两个发的都是当时的现场图，各个角度，配的话也是大同小异：××年的末尾，目睹了土豪最大手笔的示爱！

她还收到几个人发的私信：嘿嘿嘿嘿，程医生，说，今晚的主角是不是你？

程夕黑线，揉了揉额角，干脆丢了手机不去理会。人们的八卦点很奇怪，热门的时候也是讨论得热烈，恨不能将人八代祖宗都扒拉出来，可是只要没有后续忘记也忘记得很快。

她准备洗澡睡觉当这些都没发生，只不知道是不是那场烟花太美，程夕难得有点失眠。早起去上班，在医院门口遇到苏医生，她穿了件驼色的大衣，化了点淡妆，行走间衣带生风，虽然还是瘦，可看起来却特别有生气。

显然，她已顺利走出离婚的阴影。

瞄了程夕一眼，苏医生说："状态有点差啊。"

程夕摸摸脸："昨夜没睡好。"

"失恋了？"

程夕被呛了一下。

苏医生笑，拍了拍自己的肩："作为当日的回报，我可以陪你一晚上。"

程夕说："谢谢，我不会客气的。"

进电梯后，程夕在电梯间的墙上仔细看了下自己，觉得除了有些黑眼圈外，看不出一点失恋的迹象。

但心情不太好是真的。

早起例行和陈嘉漫做沟通的时候，她连话都少了很多，关了音频就那么怔怔地坐在那儿望着她，然后陈嘉漫就抬起头看了她一眼。

程夕后知后觉，过了好一会儿才发现陈嘉漫在看她。

那是她病后第一次和人对视，目光里还带着小心翼翼的疑问，程夕维持着那个姿势没动，甚至连眼神的波动都没变。

空气都像是静止了一样，过了好一会儿，程夕才听到一个略微有些低沉沙哑的声音说："你不说话？"

程夕轻声："你想我说什么？"

她顿了顿，也轻声地："小兔子。"

小兔子是程夕说的故事里的主角，不管什么故事，里面都有那么一只小兔子。听到她这么说，程夕真是长长地松了一口气，这么久以来的坚持终于有了收获，陈嘉漫习惯了她的声音，她的陪伴，也习惯了她故事里的那只小兔子。

程夕就又低声说了一个故事，这次的故事是个全新的："有一只小兔子，长得非常可爱，它有雪白的皮毛，漂亮的眼睛，看到它的人都很喜欢它。它很少出门，因为兔奶奶告诉它，乖孩子不能随便出门，门外面有坏人。所以小兔子就从来没有出过门，但是它慢慢长大，它也会渴望外面的世界，也想要交朋友，然后有一天，它终于忍不住诱惑跑了出去。"

程夕说到这里停了下来，陈嘉漫双手环抱住了自己，小小的身体用力地蜷在角落里，仿佛很用力地在阻止什么。

怕她接受不了，程夕就改了结局："可小兔子太害怕了，它只走出一点点远就又跑了回去，它从打开的门缝里呼吸着外面的空气，告诉自己，它已经走得够远，也看到了远方。"说完，她问陈嘉漫，"你觉得，小兔子真的已经走得够远了吗？"

陈嘉漫没有回答她，她扯起被子盖住了自己，就像那只退回了屋内的小兔子。

可是程夕知道，她已经打开了那条门缝，也许不久，她就会迈出其中一只脚。

她觉得很开心，出来后第一个就给蔡懿打电话："老师，陈嘉漫有反应了，刚刚，就在刚刚。"

蔡懿也替她开心："恭喜你啊，守得云开见月明，总算有进展了。"

程夕傻笑。

因为这事，之前所有的不开心都消散了，连护士长都忍不住说她"像个孩子，一点也不像是心理科的医生"。

程夕特活泼地回了一句："谁规定心理医生就不能喜形于色啦？"

她的这份喜悦一直维持到去给陆沉舟做治疗。

陆沉舟住的病房是仁医最好的，安静，舒适，不像是住在医院里，倒像是某间环境很好的疗养院。

病房是套间，外面客厅，里面才是病室，程夕进去的时候，发现陆家请的看护在外间客厅里坐着，里面传来光头略有些激动的声音："……你是不知道，两家演了多大一出戏，哈哈，据说他誓死不愿意呢，可见还是没放下，你就不担心你家程医生？"

程夕听到了点尾巴，没头没脑的，因为牵涉到自己，正不知是再听一听好还是进去，陆家的看护却已经站起来叫她了："程医生。"

里面光头像是受了惊吓似的，猛地咳嗽了起来。

这是心虚了啊。

程夕推开门，只当什么都没听到，目光在病房里一扫，还好，光头和陆沉舟隔着点距离，且戴了口罩。

光头是极擅长恶人先告状的，他咳嗽还没停呢，就先指责她："你咳，偷听啊？"

程夕真想翻个白眼给他，可跟他计较还真是计较不过来，所以她只是认真地提醒说："病人需要休养，现阶段最好是不要在他面前咳嗽和打喷嚏。"

光头还想说什么，陆沉舟抬起头扫了他一眼，他就装作什么都没说过一样，咳嗽一停，又笑嘻嘻了，和程夕说："程医生你这样子看起来好见外呀，我瞧着有点牙疼呢，还真是怀念那个付嫖资给陆老大的你哦。"

程夕：……

她忍不住头皮发麻，只得换了副语气，说："高先生，你刚刚做得挺好的，咳嗽的时候能自觉和病人保持距离。"

光头哈哈大笑，就是陆沉舟，也忍不住眼里漾出一点笑意来。

程夕没理他们，走过去看陆沉舟今日的用药，光头也凑过来，问她："感染科的处方你也看得懂？"

程夕说："不太懂。"放下注射卡，"但是我能从用药的变化和用量推测病情的变化。"

"那……舟这个有变化吗？"

"没有。"

"应得这么干脆利落，啧，我是不是可以认为，程医生你是不是特别想把舟留在医院，好和你朝夕相对啊？"

光头的本事，就是他每次一说话，程夕就很想用什么糊他一脸，他到底是哪只眼睛得出的这么个奇葩结论啊？

她看向陆沉舟："您交朋友的标准还真奇特。"

陆沉舟靠坐在床上打针，面前还摆着电脑，不过从程夕进来后，他就没再看过那电脑了。

这会儿他也正看着她，闻言目光加深，淡淡地应了一声："嗯。"

你也一样。

程夕从他的眼神里读出了这一句。

她忍不住微微一笑，两人就这么点眼神交流，被光头看到了，他捂着眼睛："真是闪瞎我狗眼！好了，我走了，你们俩慢慢你侬我侬吧。"

然后他干脆利落地退了出去。

好在留下来的两人都不是一般人，他那样说，程夕和陆沉舟谁也没觉得尴尬。

程夕反而顺着这个话题，问陆沉舟："你有想过以后的女朋友或者妻子是什么样子吗？"见他不答，她笑了一下，"嗯，我可以猜一猜，从你身边朋友的性格来看，我觉得你可能更喜欢性格开朗活泼的女孩，对吗？"

光头，徐波，谢子鸣，这三个应该算是陆沉舟的朋友，可陆沉舟和光头的关系明显要更亲近一些，从心理学的角度来说，这是性格的互补，个性内敛沉闷的人，更喜欢和开朗简单的人在一起。

程夕没想做任何引导，她只是想找个话题，以此来了解他更多，之前她和他聊过亲情，友情，无一例外，陆沉舟都不感兴趣。

这一次倒像是押对宝了，陆沉舟眼神微眯，好似是真的有认真在考虑这个问题，过了好一会儿，他问："你是开朗活泼的性格吗？"

程夕想了想，说："我不算。"

陆沉舟说："那就不是。"然后望着她。

程夕想了一下这里面的逻辑，顿了顿："你的意思是，你喜欢我这样的？"

陆沉舟说："不。"

程夕眨了眨眼。

然后陆沉舟又接着说："我只是喜欢你。"

程夕：……

不想能得到他这样正面的答案，她稍微默了默，没有回避这个话题，笑了笑说："这真是让我意外，因为我还记得，我们第一次见面的时候，你和我说的第一句话是，'你长得真丑'。"

"所以我眼光奇特。"

这是又把她的话还回去了，程夕无语，认真劝道："你这么聊天，真会把天聊死的。"

陆沉舟问："你不喜欢？"

"大概没有人会喜欢。"

"那我应该怎么说？"陆沉舟问，"是说'我喜欢你这样的'？"

程夕："……也可以。"

陆沉舟便坐正了身体，双手放在微微弓起的膝上，哪怕靠坐着也坐出了君临天下的架式，然后用这种架势和她说："程夕，我喜欢你这样的，丑也喜欢。"

程夕：……

她脸皮微微发红，差点就要进行不下去了！

好歹还记着自己的身份，程夕就努力板了面皮，认真道："能问一句，你的喜欢是什么样的感觉吗？"

她还记得他说过，他不需要爱和喜欢。

当然了，嘴上说不需要的人，往往内心是极度缺乏和渴望的，这一点，无须挑破。

陆沉舟顿了顿，想起陆爷爷和陆奶奶说的，喜欢一个人，表达要含蓄，要委婉，不能直通通的，会吓跑人的，他其实对此言论很不以为然，因为他和程夕说过好几回，但是她也没有被吓跑。

她之所以不接受他，不过是她所坚持的，她并不喜欢他而已，和直白不直白没有关系。

这样想，心里竟然又有点不舒服了，陆沉舟皱了皱眉，就干脆很直接地说："我想上你。"怕她没听明白，他又补充了一句，"就是看到你，就想试一试，书里面 Make Love 的感觉。"

……

还好他样子高冷，态度也十分端正，否则程夕真会把他当成流氓打一顿，挠了挠脸颊，她说："那是生理上的反应，男人很多时候，身体和精神是可以分开的，所以我应该还算不得是你以后女朋友或者妻子的样子，因为真正能成为你爱人的那个人，你不但会在生理上想要亲近她，在心理上也是，甚至有很多爱情，与性和欲望都没有关系，更多的是心意相通、心灵交融。"

她总算强行把话题又拗回来了。

陆沉舟居然也懂，他声音低沉："柏拉图式的爱情。"

程夕笑："是的。"

"你向往这样的爱情？"

"还好吧。"

他看着她，目光深深，过了会儿，十分平静地下了结语："那个人，也不能给你。"

那个人，就是林梵，他没有记住林梵的名字。

程夕微微愣了下。

他倾身过来，轻轻抚了抚她的眼睑，那里没有泪，然而他看到了她心里的伤感。

陆沉舟上午的药水打完，程夕这次的治疗也结束了。

这仍然是不那么成功的一次谈话，到最后，又变成了她的情绪分析了，如果说陈嘉漫是把自己包得密不透风的话，那陆沉舟，就是武装到了牙齿。

清醒状态下的他，几乎难有破绽，程夕都觉得自己智商有点不够用了。

形象一点说的话，她就像是个拿着铲子在爬山的小丫头，山爬不上去，她被个厚实的壳堵住了，她只能拿着铲子一点一点敲，壳很厚，铲子太小，进展……甚微。

她觉得她应该和蔡懿再讨论讨论，想到蔡懿，蔡懿还真就过来了，护士长见到她就说："你回来啦？蔡老师来了，有事要和你说，让你一回来就去主任办公室找她。"

程夕便转头去了主任的办公室。

主任那会儿并不在，他办公室里只有蔡懿一个人在，她戴着眼镜，手上拿着一份病历正在看着，见程夕过来，她笑着说："坐。"

程夕坐过去："老师今天怎么有空过来了？"

蔡懿并没有回答她这个话，而是提起了陈嘉漫："我想看看，她到底恢复成什么样了。"

蔡懿在工作上一向有足够的好奇心，她这么说，并没有让程夕感觉任何异样。她很仔细地和她说病人一路以来的表现，蔡懿听得也很仔细，听完了，又亲眼看程夕和陈嘉漫"交流"了一番，末了，她望着程夕微微一笑。

蔡懿向来生得和善慈祥，这么笑起来的时候，更显得慈眉善目。

可是她说出来的话，却让程夕整个人都凉了半截。

蔡懿说："程夕，你很厉害。只是我没想到她的病会在这时候有突破……她这时候有好转，倒显得我这个做老师的，要抢你功劳了一样。"

"老师？"程夕惊讶。

蔡懿却仍是微微笑着："但是怎么办呢？陈嘉漫的家人已经正式通过医院给她办了转院手续，明天，她就要转去我的工作室了。"

3

程夕脑子嗡地炸响了，有好一会儿，她都没反应过来。

蔡懿看着她，忍不住扑哧一笑："行了，你这个样子，好像我抢了你什么宝贝一样。你放心，就算转过去，她也会得到最好的治疗，你的努力也不会被抹杀的。"

"我在乎的不是那个……"程夕已经反应过来了，神色慢慢变得冷静，"老师说的病人的家属,是指的谁?"

"她的生母,现在法定的监护人,林俪女士。"

程夕咬咬牙:"就我所知道的,她早年和陈富国离婚,失联多年,早就已经失去了陈嘉漫的监护资格……"

蔡懿似笑非笑地看着她,像是知道她会这样说似的,从袋子里拿出一张纸递到她面前。

程夕没有看内容,她首先看到的是最后的落款,是陈富国的签名,其次才看到上面用笔画出来的一段话:希望你能负起当母亲的责任,好好照顾她……

蔡懿看着程夕,说:"林女士早两天就找到我了,当时我也是照你这么说的,然后昨天她就给了我这个。她知道我们的关系,她也想我告诉你,当年放弃这个女儿她是不得已,也是因为这个,她觉得她现在唯一可以弥补的方式就是把她转去她认为的最好的地方,然后得到更好的治疗。"她说着摆摆手,示意程夕听她说,"当然,仁医的精神科在国内已经是相当不错的了,而你又是我最喜欢的学生,我从来就不怀疑你的能力,一开始我也没打算接收她。"

程夕心里像是被人塞进去一大块冰,凉意何止浸骨:"那老师为什么又要同意接收她?"

蔡懿沉默,半晌才轻轻叹息了一声。

程夕笑了一下,笑意微冷:"让我想一下,老师一向对我照顾有加,而且本质上来说,我治和你治没有太大的区别,除非……"她说到这里,眼圈忍不住泛红,顿了一下才继续说下去,"她给了老师没有办法拒绝的理由。"

而什么东西才会让现在的蔡懿无法拒绝?作为学生,程夕十分清楚,就是因为清楚,所以她才难过,才会愤怒。

蔡懿仍是平静的样子,看着她:"你毕业的时候我就邀请你来我的工作室,可是你拒绝了。那时候我就知道,你并不支持我对抑郁症进行标准化的研究,当时我也没说什么,人各有志,谁也不能强求谁。但是程夕,你要知道,并不是所有的医生都像你一样聪明有天分,甚至他们中的大多数也不会像你一样愿意将精力心血都放在病人身上,他们更愿意采取标准化的治疗,在一开始就排除其他的干扰,然后做出例行的治疗对策……如何找到更标准化的治疗手段来面对抑郁症这个全球最大的精神病杀手,我不觉得,这是错的。"

"我也不认为那是错的。"程夕说,"甚至我很认可老师做这样的研究,只是科学研究的过程充满了暴力和冷血,我不适合,所以我也愿意尊重适合去做的人。只是老师,陈嘉漫她不一样,她的心理受过严重的摧残,极度缺乏安全感,她并不适合作为实验对象……"

蔡懿截住她:"你知道的,她适合。所以你在我面前,一向都只说她作为行尸综合征的那些病症，甚至，你为什么那天会在我面前哭，程夕，我可以理解为，当陈嘉漫唯一的监护人也失去资格后，你很担心她会被指给像我这样的营利机构，你那时候就已经在给我打预防针了，对不对？"

程夕没说话。

"其实我很想成全你，尤其是上次过来看到你做的那些诊疗日记，作为医者，你比谁都要合格。但是程夕，科学的发展，总要有一部分人做出牺牲的，更何况，陈嘉漫去我那儿不代表就一定是被牺牲的那一个，她虽是研究对象，但她也是我的病人。"

"我不否认您的能力，可是我反对她被当作实验对象，别的病人用错办法也许还有挽救的可能，但她不行，她的心理神经已足够脆弱，万一治疗方法不当，于她很有可能就是万劫不复。"

"你说得太夸张了。"蔡懿微嗔，"她上次也被刺激过，可现在她不也在好转？而且，我们那是治疗，只会帮到她，不会刺激她。"

"可是您现在用的那些治疗方法明显不适合她。"

蔡懿闻言，目光变得锐利，这一刻，她终于不再是程夕熟悉的长者，而是工作室里那个近于冷酷的学者："那什么才是适合她的，你知道吗？你觉得她现在在好转，可我不妨告诉你，在你来以前我刚刚重新研究过她的病例，我不觉得她那是真正的好转，程夕，你那一套也未必有用！"

"我相信是有用的。"

"你相信？"蔡懿笑了起来，"科学不是直觉，如果直觉有用的话还要那些检查仪器干吗？你的相信能让她真的康复？能让她出院后过上正常的生活吗？"

"能！"程夕应得斩钉截铁。

蔡懿不以为然地笑了笑。

程夕看着她，很认真地说："老师愿意和我打赌吗？如果我能治好她，让她可以像个正常人一样地工作，生活，是不是，您就能放弃将她当作实验对象的想法？"

蔡懿：……

她觉得自己被自己的学生拿住了，便笑了笑："治病救人可不是赌注。"看程夕还要说什么，她摇摇头，态度总算缓和了下来，"再说了，你说服我没有用，得让她现在的监护人改变主意才行。"她说着站起来，"程夕，我一向欣赏你，也尊重你，所以我亲自过来了。我不会拒绝这样一个对象进入我的治疗系统，但是我也不想失去你这个学生。"

蔡懿说完就走了，程夕习惯性去扶她，她笑了笑："不用管我。你要是有办法，就想办法去吧，转院的事，你还可以拖上一两天。"

她拍拍程夕的手，这时她的助理小伍走过来，蔡懿就和他一起走了。

程夕站在门口看着他们走远，一向不太给她好脸色的主任不知道从什么地方冒出来，站在她旁边。

"主任。"

主任哼了一声："忙去吧。"他背着手往房内走，"犟丫头，有什么事可以来找我，我不是你老师，可也是你主任呢。"

程夕鼻子酸酸的，用力吸了一口气，冲主任鞠了一个躬，然后跑远了。

回到办公室，程夕想了想，还是先给林母打了个电话。没有打给林梵是因为他并不能真正算是陈嘉漫的监护人，拜托他花点心力照顾她可以，真有事却不能找他。

好在程夕也有林母的电话，打过去，没一会儿她就接了。

"小夕。"她的声音仍然亲切，"刚刚我去你们医院了，你没在，正好，你打过来我就和你说了，我们想给阿漫转院，如果你方便的话，在转院手续上签个字行吗？"

"林阿姨，关于这个，我们能见面谈谈吗？您什么时候方便，我想见见您。"

电话那头一下就沉默了。

程夕耐心地等着，等到最后，听到林母一声轻叹："小夕，何必那么麻烦呢？"

"我认识阿姨也有很多年了，您不会连这点要求也不满足我吧？"

林母仍是沉默，过了会儿她说："好吧，我发个地址给你，今天下午我就有空，你可以过来。"

程夕没多久就收到林母的信息，她看着上面的地址，那是一处私家宅院，已经远离市区了，但风景是一等一的好。

护士长来敲门："吃饭啦。"她已经知道陈嘉漫要转院的事了，看向程夕的目光里有同情。

程夕站起来："好，走吧。"

路上护士长还是没忍住劝她："其实转院了也好啊，你就不用操那个心了，24床那病人有多麻烦我们都知道，她能顺利转走，你应该要开心的。"

程夕就笑，护士长捂眼睛："算了算了，你还是别笑了。"拍了拍背，"要是心情不好，这里可以借你捶两拳。"

程夕心下微暖，顺势轻轻靠在了她的肩上："不用了，有你这句话就好啦。"

确实，她这会儿虽然愤怒，但并不是太伤心，大概是因为，她身边还有这么支持她的团队。

下午要去见林母，自然是要请假的，主任听了比任何时候都要痛快，一挥手："去吧去吧。"

亲自安排了一个医生顶她的班。

程夕很感激。

她打车径直去了林母说的地方，冬日天冷，城市的街道却并不因此而显得冷清，程夕一路过去，都是各种堵。

到了门口，还等了好一段时间，才有一个保姆模样的人过来应门："是程小姐？"

程夕说："是。"

那保姆这才打开门，将她领了进去。林母在二楼，程夕过去的时候，她正在修剪廊边的一丛花木，这几天温度仍是低，即便是在屋内，她都穿得很暖和，白色的毛衣，宝蓝色的貂绒外套，衬着白毛的绒毛领，昏昧的日光下，看起来，竟比实际年龄要年轻很多。

只是她兴致明显不高，剪枝也是有一下没一下的，好好的一个榕树盆景被她剪得乱七八糟的。

程夕注意到身边保姆轻轻哼了一声，眼里掠过一丝不屑，说了句"人到了"就头也没回地走了。

林母像是没事人一样，放下剪子，冲程夕笑："走，先带你见见我家老头子。"

她所说的老头子就是这栋屋子的主人，也是林母现在的丈夫，她说他老，还真的没有一点夸张，因为出现在程夕面前的男人已经很老很老了，头发全秃，身材干瘦，外露的皮肤上净是可见的老人斑。

原是卧室的房间被整个改造成了病房，床前放着好些常见的医用仪器，两个医生模样的人正陪坐在床边，而男主人躺在床上，一只手放在被外，床边挂着一只输液袋，有液体缓慢地滴下来。

听到动静，他微微睁开眼睛，林母走过去，凑在他耳边说："这是小梵的同学，来看你啦。"

老人昏暗的目光望过来，落在程夕脸上，半晌，他张了张嘴，说："好。"

"那我先去和她说说话啦，你好好的。"林母说完，还体贴地替他掖了掖被子，这才拉着程夕走出了那间房间。

直到出来，呼吸到外面的空气，程夕才极缓极缓地吐出一口气。

"吓到了？"林母笑。

程夕不知道该说什么。

林母说:"林梵一直觉得这事很羞耻,可是我倒觉得挺好的,嫁给他的这些年,是我这辈子最平静的日子。"她带着程夕去了旁边的小客厅,坐在她面前娓娓而谈,没有了早年的温柔悲苦,也没有了她曾经见过的势利与矫揉,她很平静,说,"知道我为什么今天要在这里见你吗?就是想告诉你,林梵和你不一样,我也和你不一样,我们生来背负的东西就跟一般人不同,所以别试图说服我,让阿漫转走,是因为我不想让她成为我们的负担。"

她很慢很慢地说:"你上回说得对,她于我来说,就是个负担。"

程夕:"……她不会是你的负担的。"

"是吗?"林母望着她,淡淡地笑了笑,"你说不是就不是?如果她这辈子真的好不了呢?你也说了,她的病不仅仅是钱的事,她还需要家人的关爱,需要持续不断的善心……"她居然用了"善心"这个词,程夕心里微梗,却到底没有打断她,听她说下去,"小梵不愿意按照我给他选的路走,他想要自己去拼,那我没办法,只能由着他,可这件事,不该是他的责任,我就不想再让他去承担。我不想追究你硬要他去照顾阿漫是真的出于医生的责任心还是女人的私心,横竖都要过去了。"

程夕抬起头,目光清冽:"林阿姨是觉得,我要求林梵照顾陈嘉漫,是追求他的一种手段?"

林母没说话,但显然,她就是这么想的。

程夕面上涨红:"原来在您眼里,我是这样一个不懂自重自爱的女孩子。那如果我说,我可以保证,自此以后,我不会再和他有任何感情上的牵扯,您能不能……"

"不能。"林母摇头,打断她的话,"小夕,我不想冒任何的险。虽然我想他能找一个可以帮助到他的妻子,不要感情用事,但我是他妈妈,终究还是想他能够不但事业成功,婚姻也幸福的。他喜欢你,这个事实我不想否认也否认不了,在喜欢你的情况下还要不得不时时与你见面,小夕,你觉得,这是对他好吗?

"再说了,我想不出你为什么不同意我将阿漫转院,蔡老师是你的老师,她同时也是国内精神科的权威,她的工作室有基金,阿漫只要成为她工作室的志愿者,这辈子哪怕她好不了,也能得到很好的救治和照顾,这有什么不好吗?"

程夕声音发颤:"可是您知道她成为志愿者后要面对什么吗?她已经那么脆弱了,如果治疗手法不当……"

"你是觉得你比蔡老还要权威吗?你又怎么能肯定她去那儿就会得到不当

的治疗？如果你的方法是恰当的话，那为什么她入院这么久了，病情还是没有一点起色？小夕，有过去的那点交情，我不想打击你，也不想把话说得太明白，你这么年轻，这么优秀，无论是病人还是男人，以后都会遇到很多，何苦呢？"

"所以，您觉得我一定要留下阿漫就是为了得到林梵就对了，是吗？"程夕深吸口气，让自己平静下来，"您说得对，我还年轻，无论是病人还是男人，我都能遇到很多，男人就算了……病人，您可能不会了解，我对病人的执着。明知道她能好却没把她治好，这于我而言，是耻辱。还有，我并不否定我老师的成绩，我也没有天高地厚到觉得自己可以胜过老师，但是，我也是心理医生，我知道对病人而言，她需要什么样的治疗也就够了。"

她说着，起身离开，走了两步，又停下来，转头望着林母："以前我不觉得，可是现在有一句话，我想送给您，为人父母却不需要考试，真的挺可怕。"

第十四章

1

程夕很少对别人撂重话,没想到,仅有的两次,都给了陈嘉漫的生身父母。

林母的思想偏激已出现了病态,她固执地想要别人按照她认为的最好的路走下去,却从来没有尊重过别人的意愿。

年轻时她懦弱无能,没有护住林梵和陈嘉漫,现在,她一样没有护住他们。

从林母那儿出来,程夕就联系送陈嘉漫过来的警官:"我想见一见陈富国,可以吗?"

"现阶段,正常只有律师可以见他,你有什么事?"

程夕就又找律师,她也有两个律师朋友的,只是事有凑巧,他们都不在,其中一个和程夕关系还挺好的,却跑国外度假去了,听她说了这事后忍不住骂她:"你脑子有坑啊?为别人的事这么费神!"

还特意发了个朋友圈:本年度最傻的妹子让我遇上了!

可说是这么说,他到底还是很热心地给程夕找了个律师朋友:"人家大律师,轻易不出手的,让他帮你,看能不能有办法。但是我告诉你,我觉得悬,除非你能举证你老师的工作室用那些志愿者做了不人道的研究。"

程夕怎么可能举证这个?而且蔡懿那里所使用的治疗方法也并非不人道,她其中很多是当今全球通用的治疗手段,只是程夕觉得它们过于简单粗暴,都不适合陈嘉漫而已。

朋友推荐的律师倒是有空,而且十分凑巧,他这会儿正在仁医。程夕赶回去,在仁医门口看到了这位大律师,然后惊讶地发现他竟然是个熟人——他是陆沉舟的御用律师,曾经帮他起草过他和程夕那份十分专业牛叉的"恋爱合约"。

律师先生看到程夕却并不惊讶，他还笑着说："又见面了，我正要去见陆总，要不我们边走边谈？"

程夕这时候的状态其实是不适合见陆沉舟的，太焦躁了。律师就也没强求，说："那我等会儿再找你。"

程夕便回科室去等着，因为正遇着探视时间，她刚进门就被个病人家属找上了，她一向耐心，这会儿也不得不按捺住了情绪，仔细和他分析病人的情况。

事儿还没忙完，程夕电话就响了，是陆沉舟的律师打过来的，程夕还以为他的事已经忙完了，结果对方是要她去陆沉舟那儿："陆总也想听听情况，要不您过来？"

程夕叹气，只好说："好。"

送走病人家属，她一出门就见到了林梵，他穿了件浅蓝色的带领线衫，同色系的外套搭在臂弯里，长身玉立，清清雅雅地站在护士站门口和护士们说话，约莫也是关注着她这边的，几乎是她一出来他就转过头，见是她，微微颔首后大步走过来。

程夕想起林母的话，不由得苦笑。

林梵已经站到了她面前："我是来看阿漫的……程夕，我刚听你们这儿的人说我妈要把她转走，是真的吗？"

"是。"

他眉头皱了起来："为什么？"接触到程夕安静的目光，他发现自己问了个傻问题，"抱歉，我不应该问你的，你放心，我会和她说的。阿漫在这里好好的，我不觉得她须要转走。"

程夕看着他，他目光里的关切并没有因为两人间的不愉快而减少半分，她知道，只要她说了，他就一定会去和林母说，用尽一切办法阻止。可林母既然觉得程夕是利用陈嘉漫在加深她和林梵的感情，那他不管说什么都是错的，她并不想激化林母和林梵之间的矛盾。

所以想了想，程夕说："谢谢，但是你不用和林阿姨说什么，她毕竟是病人的生母，以后有什么我会自己同她提的。"感谢刚刚的缓冲，她已能很好地平静下来了，至少林梵并没有觉得异样。

他怔怔地看着她。

程夕却没再看他，伸手指了另一间房间："抱歉，我还有事，具体你要了解什么可以去找安医生。"

她说完就要走，林梵叫住她："小夕。"

程夕停下，回头静静地望着他。

她的目光太安静了，安静得自有一种能让人闭嘴的力量，让林梵觉得还能说什么呢，说什么好像都已是多余，他苦笑一声，说："好吧，要麻烦你费心了。"

程夕笑笑，离开。见过陆沉舟的律师后，陆爷爷那边打电话过来，想她有时间过去一下。

程夕就去了，到陆沉舟病室的时候，先看到的是坐在外面的陆老爷子和陆奶奶，老两口就跟玩默片似的，悄摸摸在玩牌，看到程夕进来，很高兴，用气息说："程医生，你来啦？"

程夕点头，看向里面，陆奶奶呵呵一笑："在里面呢。"将牌一拢，喜滋滋地朝里头喊，"舟，程医生来啦。"

程夕进去，陆沉舟正靠坐在床上，一只手在吊水，另外一只手边放了一沓文件，一个精英模样的男人也在旁边，很明显，两人正在谈公事。

程夕站在门口，见陆沉舟精神状态还不错——他那人，维持高冷的面貌就是正常了，说："要不我在外面再等等吧。"

"没事，我们都已经差不多了。"精英男说。

收好文件便离开了。

房间里就留下程夕，她习惯性地去看陆沉舟注射的药水，看完，见他坐在那儿，双腿微弓，双手交叠放在小腹处，淡淡地望着她。

"叫我过来是有什么事吗？"程夕问。

没到会诊时间，一般而言，程夕都不用到。

陆沉舟也知道了陈嘉漫要转走的事，他说："我以为你和蔡懿关系很好。"

这一点，程夕从不否认："她是我很尊敬的老师。"

陆沉舟嘲讽地笑了一下："尊敬却不认同。"

程夕说："是尊敬的老师，却并不一定要认同她全部的想法和观点，从古至今，师生之间有争执和分歧应该也是很常见的事。"

"柏拉图和亚里士多德吗？"

她才和他聊过"柏拉图式的爱情"，他就已经连柏拉图和亚里士多德的师生分歧都查出来了，还真是好学啊，程夕叹："不敢和先贤比较。只是像老师说的，我这人不太适合做科学研究而已。"

"不适合，还要阻止？"

程夕正色道："她是我的病人，到了我手上，我就应该对她负责……哪怕我知道很可能是无用功，但还是想要努力一把，我不是圣人，只是努力想要做到问心无愧而已。所以如果方便的话，我想请你同意，让你的律师帮帮我。"

陆沉舟没说话，他微垂下眼睛，看着自己交叠的双手。病了这段时间，他瘦了许多，本来劲瘦的身材颇有了点嶙峋的意味，可是皮肤更白了，炽亮的灯光下，他一双长睫如羽扇，倒让他在凌厉之外，另有了一点柔软的味道。

可他再开口依旧是那样，冷而静："那你也应该知道，东来是蔡懿工作室最大的投资商，作为东来现任的负责人，你觉得，我有什么理由帮你，而不是帮她？"

他看着她："你能给我一个理由？"

程夕听他说完，当时的感觉像是……大晴天的走路上被雷劈了一下。

她竟然忘记了，东来和蔡懿的关系，居然还傻傻地送上门来，要陆沉舟的人帮她阻止自己老师来挖墙脚。

揉了揉脸，她嘘出一口气："抱歉，我忘记了。"

感觉自己又被陆沉舟鄙视了，程夕很无奈："不过没关系的，如果你的律师不方便，我会另外找人想办法。"

至于他说的给他个理由什么的，她自动忽略了。

可陆沉舟却没忽略，他说："可能把杜律师介绍给你的人没说清楚，这件事，如果杜律师都弄不好的话，那么就没有人能够弄得好了。"

程夕瞪着他。

陆沉舟仍旧认真地说着："我可以让他帮你，但是，你要给我一个什么理由呢？"

如果是言情剧，大概这时候，程夕应该说："好吧，我把我自己给你。"

可这不是言情剧，程夕不可能说出这样的话，她望着他，问："你想要个什么理由？"

陆沉舟微微偏了偏头："整垮东来制药怎么样？东来垮了，蔡懿的工作室肯定会受影响，她现在的实验就不能进行下去，自然就也没办法顾及陈嘉漫了，至少暂时她顾及不上。"

……这果然不是言情剧，陆沉舟也不是那种脑子不清楚只想要美人的霸道总裁！但是，他连江山也不要了……程夕很想给他点个赞："好想法！但是你会放弃东来，只为了帮我？"

陆沉舟说："为什么不会？"

程夕噎到了。

因为她发现陆沉舟说这话是认真的，再联想到他的性格，她忍不住说："你……开玩笑的吧？"

陆沉舟淡淡地笑了起来："你不敢？"

程夕皱眉，看着他。

陆沉舟也望着她，他的目光仍是淡漠而平静的，没有戏谑，没有玩笑，这是他完全真实的想法。

他想要搞垮东来制药。

这真是太让人震惊了。

程夕敛下心里的震撼，没有大惊小怪，却有一种踏破铁鞋无觅处，得来却全不费工夫的轻松感——这段时间她和他聊了那么多，今日却莫名找准了突破口！她试着回应他："我敢！如果东来制药在生产的过程中罔顾企业良心，以次充好，以劣充好，甚至做出对社会有极大危害的事情的话，我一定敢的。但是，它有吗？"

陆沉舟笑了起来："它没有。"他说着，忽然俯身过来。

程夕吓了一跳，却没有躲开，她看见他眸子里的自己，有一种强作的镇定，看起来……很胆小。

陆沉舟的眼里没有什么笑意，他伸出手轻轻托住她的下巴："你在害怕？让我看看，在你们心理医生眼里，冷血的人没有所谓的正义和邪恶，他们有时候甚至还恨不得世界毁灭，会做出许多让所谓的正常人害怕的事情……你觉得我想弄垮东来，是精神异常，病入膏肓了的表现对不对？"

所以说智商高的人真的很可怕，他把什么都看透了。

程夕没有否认，她不动声色："我差一点有那种想法，但是现在看来，你没有。"

"是啊，我没有。"他很认真地说，指尖将她的下巴抬得更高。

程夕想挣，没挣脱，只好提醒："你这样其实是很不礼貌的。"

他就又笑了起来："真奇怪，我居然会对你这么蠢的人有兴趣。"

程夕无语，因为她发现自己或许掉进了他的陷阱：他说要弄垮东来的话就是试探吧？可笑她还当真了。

"不带你这样的。"她郁闷地说，"突然就试探我，智商高就很了不起吗？"她抬起眼睛看向他，无可奈何地劝道，"有时候，你也应该笨一点，这样别人才有活路。"

说完这句话，程夕真的有种没路走了干脆撂挑子不干的冲动，这曾经是她最喜欢的职业，可最近给她的挫败感却是无与伦比的。

当医生的不得不在患者面前示弱，也是耻辱。

可是陆沉舟这个人，你永远不能以常理去推测他，她本是缓和气氛的权宜之计，他却当真了，盯着她看了好一会儿，灯光直直地打在她眼里，刺得程夕都想要哭一哭了，他却不但没有放开她，反而突然低头，吻住了她。

程夕惊得呆住了，眼角挂着一颗好不容易酝酿出来的眼泪，像个傻子一样地瞪着他。

节奏变得太快，她完全就跟不上！

陆先生的霸道总裁之魂十分缓慢地爆发，而且一爆发就是摧枯拉朽，程夕想逃都逃不掉，她还没反应过来就被他另一只手提了起来，然后毫无反抗之力地被按在他怀里。

呼！她被迫起身时带倒了身下的凳子，在寂静的房间里不亚于小型地震。

果然，门被推开了。

"哎！"

"哎哟！"

两声分别来自陆老爷子和陆奶奶的惊呼，门咣的一声又被关上了。

然后她还听到门后面陆老爷子说："你还进去干什么呀？没点眼力劲儿！"

陆奶奶并不小的小小声："咱孙子的手流血了！"

"男子汉大丈夫，流点血怕什么？怕的是他不找媳妇呀！"

程夕：……

她只有一个念头：这还来不来得及？

2

程夕看着瘦，但一有空她就会练瑜伽做运动，所以力气倒是不弱，陆沉舟病中，竟然被她挣脱了。

她后退两步，看着他，眼里亮闪闪的像是能冒得出火，嘴唇却被他咬得红通通的，看上去就像是熟透了却被掐破了一点皮的水蜜桃似的，竟有一种特别的魅力。

陆沉舟手指动了动，吊着针的那只手绷到了手背的皮肤，一阵刺痛传来。他回过神，发现针头被扯出了半截，药水和着红色的血液混在一起，就这么会儿，滴滴答答流湿了床边一小片。

他干脆利落地把针头扯下，甩开，用另一只手按住了流血的那只。

程夕看得十分辣眼，忍了忍，到底没忍住，打电话给护士站："VIP病房的病人手流血了。"

陆沉舟看了她一眼，穿鞋下床，程夕戒备地瞪着他："你如果再乱来的话……"话还没说完，他就已经捂着手，头也不回地出去了。

程夕只听到他不耐烦的声音响起："床弄脏了！"

……

护士很快过来，换被单的换被单，拖地的拖地，换药的换药，一片纷乱。

程夕已经冷静下来了，站在一边，陆爷爷陆奶奶看她神色勉强，想到孙子的彪悍,很是心虚,竟也没敢到她面前说什么,只是讨好地不时问她一句:"程医生,要吃点什么吗?"

或者是,"程医生,累不累?"

陆奶奶问她累不累的时候,陆爷爷扯了她一下。

程夕当作不知道也没看见,这时候正乱着呢,她能解释什么?

陆沉舟的主治医生也闻讯赶过来了,知道陆沉舟注射药物出问题后十分不高兴:"玩是吧?"先骂他们这些旁人,"这么多人干看的?手肿成这个馒头样,是觉得这病好玩还是怎样?"然后骂陆沉舟,"陆先生,我知道你脾气不好,说实话我脾气比你更不好,不要以为这几天你轻松了就觉得可以放松了,败血症要是那么好治你那天晚上也不会被送过来抢救了!命是你自己的,如果你觉得折腾着好玩,那好,麻烦出门右拐,别在这儿给医院添乱!"

除了陆沉舟,其他人都被骂得一脸菜色,主治医生越加气,哼哼一声,寒着脸给陆沉舟做完检查后,气哼哼地走了。

陆爷爷赶紧追出去。

陆沉舟倒是没事人一样地皱了皱眉:"床弄脏了。"

护士甲说:"已经换过床单了,都是干净的。"

"还是脏的!"

护士乙:"真的不脏,我们都消过毒,地上都拖得干干净净了。"

连陆奶奶也劝他:"真的不脏了哦,我去看过了,特别干净。"

陆觉舟还是不干,坐在沙发上眉头皱得紧紧的,抿着嘴一副完全不能忍受的模样。

正僵持着,程夕站出来:"你自己流出来的血,很脏吗?那你知不知道,你家里住的地方,吃饭的餐桌边,你小时候还蹲在那儿拉过便便?还有你每天走过的路,不知道沾过多少人吐的唾沫,洒的汗水、感染的细菌、小孩子还有猫狗拉的便便和尿液……"

陆奶奶惊呼:"程医生!"

程夕没理她,她看着陆沉舟,继续说:"你以为回家洗干净就真的干净了吗?你以为消过毒就万事大吉了吗?是,至少干净是真干净,无毒也是真无毒,可是那又怎么样?你以为你真的是天生皮肤敏感吗?不是的,是你太讲究了,讲究得身体没有一点抵抗力,所以你才会因为一次小小的过敏,碰上感冒,就严重成了败血症!还记得我和你说过的那句话吗?洁癖的本质就是喜欢脏东西,不是你喜欢,是你身体的每个细胞、每根汗毛,都特别不耐脏,也就是说,特别容易吸引脏东西!懂?!"她说着,豪气十足地冲两个听呆了的护士一挥手,"出去吧,他爱咋咋的!就像医生说的,这病,他爱治不治,身体是他的,是死是活,关其他人什么事?他不过也就是仗着还有人愿意宠着他,所以放肆地任性而已!"

"程……程医生……"

"出去!"

护士甲乙看了眼一脸凛冽地坐在沙发上的陆沉舟,再看看面色冷肃的程夕,当真默默地退了出去。

门打开,又合上,刚刚离开的精英男探头进来,见气氛不对,啪一声关上,十分有眼色地暂退了。

房间里一时静默得像是被抽尽了空气的瓶子,陆奶奶觉得她一个老人家都快要呼吸不过来了……夭寿哦,她是造的什么孽,为什么要留在这儿?

"程……医生啊,我要不要也出去?"

程夕转头看向陆奶奶,声气倒是和缓了下来:"不用。正好我有事想要说,您听听也好。"

陆奶奶"哦"了一声,特别乖地挨着沙发角站好,扭着衣角眼巴巴地看着她。

程夕:……

她只好不看她,望向陆沉舟,陆沉舟仍然是那么一副冷冽如冰的脸色,看着自己的手。

程夕问他:"要回去里面躺着吗?"

陆沉舟扭过脸,尽管他什么都没说,但是很显然,他是真的被她刚刚的话恶心到了。

程夕也不在意,"行,你坐在这儿也好。"她搬了张椅子,坐到他面前,"陆先生,有件事,我想跟你确认一下。"

"你说。"陆沉舟没说话,是陆奶奶替他应的。

程夕看向她。

陆奶奶讪讪地解释:"他……哎,他不太喜欢说话,你说就行了,他听着的。"

程夕默然,所以陆沉舟自说自话的性格也是有出处的吧?打小就是这个模式培养起来的。在心里叹口气,她说:"好吧,那我就说了,我想跟你确认的事是,你是喜欢我,对吧?不管是什么样子的喜欢,你对我,总是有想法的,对不对?"

陆沉舟总算肯赏脸,看向她。

程夕说:"好,我知道了。我不会接受和病人谈恋爱,因为那有违我作为医生的伦理……"

陆沉舟突然开口:"可是我记得,在我成为你的病人之前,我们就已经上过床了。"

一心准备当壁花的陆奶奶眼睛蓦地睁大,震惊又八卦地看着他们两个。

程夕:……

她再一次后悔那天晚上自己的冒失,……洗不脱了!

她吸口气:"抱歉,那天晚上发生什么,我想你肯定比我更清楚。"断然地岔开话题,"这也不是我要说的重点,我要说的重点是,既然,我们的医患关系已经不纯,那么,我会向医院申请,另外给你调一个精神科的医生过来。"她扬手,罕有地强势地打断了陆奶奶想说的话,"而我,二十九岁,单身,职业是医生,如果你确定你真的对我有兴趣,不管哪一种,那么,你可以来追我,不是用一纸合同,而是真情实感,来追我。陆沉舟,我不太喜欢非男女朋友间的亲密行为,既然你对我有兴趣,那就努力让我爱上你吧!我还是那句话,一切没有爱为基础的亲密行为都是耍流氓!你看了那么多关于爱和爱情的书,我想,你应该知道怎么做的。"

2

程夕说完,也没给陆沉舟反应的时间,就拉开门走了出去。

门外面窝了一堆人,那两个刚刚离开的护士,精英男,还有去追医生的陆老爷子。

几人聚在门口大约是想偷听的,没想到才凑上去程夕就出来了。程夕保持着刚刚霸气侧漏的气势看了他们一眼,叫了声陆老爷子:"能跟您说两句话吗?"

"哦,好!好!"

程夕就和陆老爷子走到一边。

陆老爷子问:"程医生,什么事,你说!"他拍着胸口,一副有事尽管提我肯定为你做主,恨不能立马把陆沉舟绑去和她结婚的样子。

程夕嘴角微抽,顿了顿才说:"首先对不起,我今天情绪有些糟糕,刚刚对陆先生发脾气了。"

陆老爷子讪讪地:"没关系的,他就是欠骂,而且你太温柔啦,他估计一点都不会在意呢。"

"……反正如果他有什么不好的请尽管告诉我。"怕陆老爷子说出什么惊人之语,她连忙又说,"能问问您,陆先生对东来制药的一贯主张是什么你知道吗?"

陆老爷子大惊失色："你不会真的想要弄垮它吧？"

程夕：……

所以他们果然是偷听了是吧？

陆老爷子觑着她的脸色，摸摸头断然道："不过我觉得如果弄垮它就能帮到你也没什么，钱这东西少赚一些多赚一些也就那样。"

程夕闻言，忍不住抚额，看陆老爷子这样，她忽然觉得陆沉舟也挺正常了。

有些无力，她说："谢谢，但是没到那一步，也不用这么麻烦。而且陆先生对东来制药的态度这事很重要，请您好好想想行吗？或者如果您能帮我找个了解的人问问的话就更好了，很有可能，这是陆先生病的突破口。"

"啊，他还是有病吗？"陆老爷子失望地说，"我还以为他已经好了呢，看，他都知道谈恋爱啦。"

说到后一句，陆老爷子又笑眯眯的了。

程夕很严肃："陆老先生，他那不是谈恋爱。"机器人一样设定的程序而已，说到底，和爱或喜怒都没有关系，倒是在对东来制药的态度上，程夕觉得自己隐隐看到了什么。

其实陆沉舟能这么压抑着过一生也没什么，横竖只要他能控制自己，他就不会对社会造成任何危害，相反，他聪明有能力，一心只做事业很有可能能做出番让人瞩目的成绩来。

但显然，对陆家人来说，与其要个事业成功金光闪闪的陆沉舟，他们更希望他可以像个普通人一样结婚生子，体会平常人的喜怒哀乐。陆沉舟本人应该也是有类似想法的，否则他不会对她有兴趣。

程夕想了很多，时间却只过去一会儿而已，见陆老爷子勉强愿意平静下来想她的话，她松了一口气："我还有事，就先走了，鉴于陆先生对我的态度，我会让科室另外安排一个医生过来。"

本来还在暗戳戳高兴孙子感情生活有进展的陆老爷子："……这样不好吧，舟那人很挑的。"

"放心，新安排过来的医生肯定是能力水平都十分出挑的。"

陆老爷子一脸牙疼地看着她。

所以说太豪放了会吓到人，他家那孙子咋就不听呢？现在好了吧，她找个借口跑掉了！

赶紧重新找个能让两人亲近起来的理由："那让杜律师帮忙的事……"

"嗯，我会另外想办法，所以你别多想，我不会让你们为难的。"

陆老爷子心里想，他很愿意多想，也十分想为难一下的。

但是程夕却已经打定了主意，回到科室她就正式向院里提了申请，然后当天医生们要下班的时候，陆沉舟一家就见到了接替程夕前来会诊的精神科医生——一脸褶子花的精神科某主任医生，在国内也是相当有名望的心理治疗学教授。

他虽然老，但是长得十分周正，方脸，大耳，可能程夕考虑到了陆沉舟那奇葩的审美习惯，新来的这位除了年纪大些，还真是无一不正，连眼下的眼袋颊边的褶子都是一样大一样多。

陆家老两口看到的第一眼就是，程夕也不容易，请来了这么尊大神，然后是高兴，哎呀，这么费心，那让陆沉舟追她也是认真的了。

因为陆沉舟的任性妄为，他下午又做了好几项检查，其中有两项入院的时候就说过是可做可不做的，陆家人因此都猜这是被气走的那位医生在变相提醒：你们不是有钱吗？你们不是喜欢折腾吗？那就多折腾一下。

陆沉舟对此倒是不甚在意，他这人就是这样，没来医院的时候，对医院百般厌恶，可真的被送进来了，倒也挺能随遇而安——只要一切合乎他的要求。

就算挨了程夕的骂他也没什么反应，程夕要他追她他也没有任何表示，程夕走后，他该干什么还是干什么，和精英男继续讨论接下来的收购合约，反倒是陆爷爷和陆奶奶，在一边急得抓耳挠腮。

新的医生过来，第一件事就是让陆沉舟填个表格，他拿起来表格一看就笑了。

程夕从来就没有让他填过这种表格，但这些题目他很熟悉，因为她都稍微伪装了问过他。

纸上的题他唰唰几笔填好，那医生读完他的答案，疑惑地看了看他，然后向他伸出手，挺和善地说："握个手好吗？以后咱们就认识啦。"

这医生连声音都好听，特别醇厚，带着一丝华丽的韵味。

陆沉舟望着他的手，无动于衷："抱歉，我有洁癖。"

"哦，对不起。"医生笑，收回了手，指尖轻轻在答案纸上一弹，"我看到这上面你的答案是不介意。"

陆沉舟：……

他冷着脸，一张清俊漂亮的脸上看不出什么表情，双手交叠放在小腹处，换了个话题："你和程夕熟吗？"

"嗯。"医生委婉地说，"程医生虽然年轻，但她是个很有责任感的医生，业务能力也很不错。"

"她要我追她。"陆沉舟表情清冷，语气清淡，十分平静地扔下这个炸雷，还能认真求问，"你有什么好建议吗？"

陆沉舟那一问，让程夕又一次被请去了主任办公室。

护士长来叫她的时候程夕正在陪着陈嘉漫，她终究还是没有劳动陆沉舟的大律师，昨晚通过自己的律师朋友又找了另外一个，把能做的都做了，现在也只有静等消息。

陈嘉漫听完一个新故事后，扯被子将自己埋起来，却又没埋好，挖了一个小孔，从那个孔里偷偷地观察程夕。

程夕看了笑，蔡懿曾经说过，她做心理治疗师是极适合的，长相漂亮却不妖艳，素淡而又不寡淡，看起来温和柔婉性格却是极大胆，连声音都是很容易让人听进去的动人，现在她更是将自己的这些优点发挥到了极致，蹲下身趴在床沿上，望着陈嘉漫挖出来的那个孔，说："我小时候也和你一样，你是奶奶带着长大，我是跟在外婆身边。她经常给我讲故事，讲得最多的是流传在乡间的那些恐怖传说，我很喜欢听，却又怕得不得了，每次一听完，睡觉的时候就很怕窗外面突然有鬼飘进来，或者床底下有什么爬到我床上，所以我就把自己捂在被子里，假装就算鬼来了也看不到我。

"后来再大一点我就知道了，这世上本没有鬼，最大的鬼在自己心里，你害怕，它就会出现，当你无所畏惧了，鬼也就没有了。

"阿漫……我可以这样叫你的对不对？我知道你肯定听得懂我在说什么，我也希望你能听懂。那么我想你能明白，住在这间小小的房子里或许安全，但太小了，它遮不住什么风雨，要想不被心中的恶鬼所辖，就只能走出去，变成一个更勇敢更坚强的自己。"

护士长过来的时候，看到的就是这样的场景——外人面前聪明干练的程医生，没什么形象地趴在病人的床前，对着一个拱起的团子细细地说着什么，那样子，特别孩子气，也特别可爱。

她不能不佩服程夕的耐心，年轻的医生多有几分浮躁，然而在她身上却完全看不到。

轻轻开门进去，程夕感觉到了，没有回头，只是伸出白皙的手掌晃了晃。

护士长退出去，又等了一会儿，程夕出来："什么事？"

"主任请你过去。"见程夕一副头疼的模样，护士长忍不住笑，"你在咱们院里也算是头一份了，谁有你这荣幸呀，三天两头给主任召见。"

程夕说："谢谢赞美，我会更加努力的。"

护士长笑死。

程夕过去，昨日才难得对她温和一把的主任又将她训了一通，而且这次是点着她的额头训："你呀你呀你，你怎么就这么不省心，这个时候你弄这么一出到底是闹哪样，嗯？知道的是你为了能给病人治病所以施了点小计策，不知道的就只当你是攀龙附凤为了钱连职业道德也不顾了！你你你……你有水平有能力用什么办法不行、怎么就想了这么个损招？"

程夕注意到他一边骂一边朝里面的房间使眼色，骂完了还用唇形说了句"病人在"，顿觉无言——病人在，那就是陆沉舟过来了？这个点那家伙不应该在打针吗？跑这来是要正式宣告追她吗？

程夕很想再骂他一通，但这会儿却只能当作不知道，捂着额头和主任开玩笑："您一直对我没个好脸，我还以为您不待见我呢，没想到对我的评价这么高。"

主任："哼，真不待见你那时候我也不会招你了。"

是的，程夕进仁医，当时主任是她的主招聘老师。

程夕笑得眉眼弯弯，无知无忧的样子真是能气得人肝疼！主任本来也是做个戏，替她辩明一下用意也算是替医院挽回名声了——这事搁哪个科室都可能是浪漫情缘，可放在精神科医生和病人身上那就是灾难，伦理道德根本就不会允许发生这样的事！程夕身为蔡懿的高徒又是优秀毕业生，不可能不知道这点。

因此看她这浑不在意避重就轻的样子他是真生气了，训话也就认真了好些："别给我转移话题，这事你必须妥善解决，医生向病人求爱，这也幸好是在国内，搁国外妥妥就是性骚扰，随时能告得你身败名裂的晓得不？你就算是想给病人治病，那也不要用这么蠢的办法嘛！"可能是觉得用词太严厉了，主任最后一句就十分生硬地温和了一下。

程夕自然也猜出了主任的用意，可是他不清楚陆沉舟的病情，这么一来就完全弄巧成拙了呀，赶紧眨眨眼睛，更正："谁说我是想给他治病，就不兴是我俩一见钟情、情投意合呀？毕竟陆先生又帅又有钱又年轻又有能力，对女性还是很有吸引力的。我也是女性，还称得上是大龄单身女性，遇到个优秀的合适的单身男人，一时色令智昏也很正常呀，对吧？"

主任闻言，气很发抖，指着她："你……你你你你……"气死他了，抓起桌上的东西就要砸，这时从里间冲出一个人，以迅雷不及掩耳之势抱住主任的手："呵呵，别打呀，不能打，这是我家孙媳妇，可不能打坏了！"

程夕和主任：……

程夕傻掉了，为什么冲出来的是陆奶奶呀，说好的病人呢，怎么成了病人家属？

程夕扭头去看，里间的门洞开，一眼望去，空无一人！

陆奶奶阻止了主任，又转头来望着程夕，笑得那个喜乐开怀呀，拉着程夕，特亲切激动地说："程医生，哦不，小夕，我就知道我家孙子不会娶不到媳妇，看这眼光多好呀，哎呀，你等等。"她说着拍拍程夕的手，又冲回里间，捧了一个食盒出来塞她怀里，"舟说你上班太辛苦了，这是让家里专给你熬的汤，趁热，多喝点哦。他对你可是一腔心意呢，刚刚的话要是告诉他，他肯定得高兴坏了！"

程夕觉得，高兴什么呀，陆沉舟顶多来一句："哦。"

她抱着胸前的食盒，想要解释，但陆奶奶压根儿就没给她机会，说完就表示，"我得走啦，不耽误你上班。"又转头叮嘱了主任一句，"我们家舟和小夕是未婚夫妻哦，骚扰什么的，不存在的，不要再骂她啦！"

然后就风风火火地走掉了。

程夕感觉自己要崩溃掉了，哭丧着脸看向主任："您不是说在里面的是陆沉舟？"

主任在陆奶奶冲出来后就全程保持了冷漠脸，这会儿也一样："呵呵，那又有什么关系？恭喜你哈，要嫁入陆家了呢，咱们医院最有来头的陆少奶奶。"

程夕：……

主任已经气疯了！

3

主任是觉得，有这关系还和蔡懿打什么擂台，直接叫陆家撤资不就完了，她实验室的大金主发了话，难道还会为了个病人跟金主过不去不成？

真是白为她操心了！

害他一听说还眼巴巴把人家属叫过来替她澄清，想想就很傻！

程夕也知道主任是真为自己好，因而十分感动地看着他，眼泪汪汪地说："主任，您真好，有您这样的上司咱仁医精神科难怪这么棒！您放心，我肯定会好好工作，用心工作，一定不会给仁医抹黑，给您抹黑的！"

主任受不了地猛挥手："行了行了，你不给我惹麻烦就好了，看看你来这两年干的那些事……"

程夕小小声："那我也没做坏事呀。"她奉公守法，工作努力，是良好公民也是先进工作者呀。

主任瞪她："还敢说？"

程夕眨眨眼："那我说别的好不好？"要说服主任其实并不难，实话实说也就好了，主任这些年工作重心虽然更多地偏向行政这一块，但他也还是精神科的医生。

程夕说完，他就懂了，却更揪心了，冷笑一声说："这样的共情，你这辈子得和多少个病人谈恋爱？"几乎要恨铁不成钢了，"你真以为这样就可以免除他人非议吗？而且就算你不怕非议，就你说的这种情况，万一他病好后真的喜欢上你，你打算怎么办？我看他奶奶可是很喜欢你巴不得你明天就和她孙子领证结婚，最好是孩子都立马蹦出来！"

……主任真不愧是主任，火眼金睛，陆奶奶还真是这样，程夕玩笑道："要真那样……那我就做陆少奶奶呀。"

主任瞪着她，半天喷出一句："滚！"

程夕就又滚了。中午休息她去看陆沉舟，他上午的针已经打完了，这会儿也在休息。

硕大的病房里连护工都不在，只有他一个人闭目躺在床上，戴着耳塞也不知道在听什么。

他躺着的姿势和陈嘉漫刚进医院那会儿有些相似，笔挺笔挺的，双手交叠放在小腹处。只是陈嘉漫喜欢从头蒙到脚，陆沉舟却在腰下盖了点被子，看起来倒是规矩得可爱。

程夕不知道他是睡了还是没睡，正犹豫，他长长的睫毛像羽扇般轻轻抖了抖，慢慢睁开了眼睛。

程夕第一次觉得看人睁眼也是如此赏心悦目，就像是看一朵花缓缓开放，时光静谧，仿佛可以听到花开的声音。

还真是帅得违规，程夕在心里叹息。

这样的人如果不是有这样的病，就算没有财势也会引得女孩子们前赴后继吧？

她走过去，陆沉舟看着她。

"你换时间了。"他说。

程夕笑，果然是陆沉舟，他的注意点就是和人不一样。

她说："你会不习惯吗？抱歉，我现在已经不是你的医生了，所以想看你只能是下班休息的时间过来。"

他没说话，但看他的意思像是接受了这个改变。

程夕就问他："你在听什么？"

他将一只耳塞递给她，是大段的英语，程夕正想夸陆先生好学上进，就听到一句："…I dreamed of him, his gaze, his uniform, his long legs, his slender fingers, and his mysterious atmosphere…"

一股浓浓的小言气息，因为这话翻译过来就是，"我梦见了他，他的目光，他的制服，他长长的腿，修长的手指和他的神秘气息……"

她取下耳塞:"这是什么?小说?"

"嗯。"他应。

"名著?"

"《五十度灰》。"

我去!程夕差点被自己的口水呛到。她知道这本书,这是大名鼎鼎的外国言情小黄书,当然她没看过,只是有段时间柔姐姐在群里疯狂安利,出了电影版还到处找资源,所以程夕也知道了一点内容。

她收敛了一下表情,让自己看起来更平静些,做出好奇的样子:"怎么想起来看这个?"

陆沉舟仍是那副淡淡的语气:"光头推荐的,说是合适我和你。"

程夕:……

霸道总裁和初入社会的小菜鸟吗?光头那家伙出的什么主意?程夕抚额,问他:"那你觉得呢?"

陆沉舟皱眉:"难看。"

"因为看着伤眼,所以你才选择听?"

陆沉舟微挑了挑眉,显然她猜对了。程夕忍不住笑,笑完却又有些替他感到难过,陆沉舟或许从来没有说过,但他心里一定很寂寞,他理解不了别人的喜怒哀乐,就只好去看书,去学习,去假装自己都懂,也并不缺乏那些情感。

他不是神经病,他也不是怪物。

放下心里的叹息,她问:"看着不好看,难道听就容易听了?别听了。"说着,俯身过去扯他另一只耳塞,她手过去的时候,他略挡了一下,很直觉的反应,是他下意识对人靠近时的排斥感,反应过来后他很快放下了手,装作什么都没有发生的样子,仰头看着她。

程夕笑,也装作什么都没有发生的样子替他取下了耳塞,这一回很顺利,只是他动了那么一下,她的指尖碰到了他的耳朵。

陆沉舟的耳尖居然红了!

程夕眨眨眼,确认自己没看错,顿时也有些无措起来,一时都不敢再看他。

程夕努力想集中精神找个话题,陆沉舟突然说:"我奶奶回来了。"

"嗯?"她回头看了眼,没人进来呀。

陆沉舟说:"我很高兴。"

程夕愣了愣,旋即反应过来,他高兴,是因为听到陆奶奶转述了她说的话?

陆沉舟突然抓起她的手放到他胸口,望着她:"心跳快吗?"

程夕：……

她想起以前自己和他说过，喜欢一个人，看到或者听到对方的消息，会出现兴奋、激动、心跳加速、皮肤升温等种种反应。

现在他问她，他心跳快不快。

程夕一时不知道该说什么，陆沉舟握着她的手又往里按了按，问："有加快吧？"

他声音淡淡，却带着认真，这一刻，程夕奇异地感觉到了他的温柔，连清冷的嗓音都似乎变得和煦。

但其实，他的心跳并不快，他就穿了件薄薄的病号服，所以程夕感觉得特别清晰，她读书的时候闲得无聊想体验中医摸脉，练了一年多，结果摸脉没什么进展，对不同时候状态下人的心率倒是掌握了个七七八八。

陆沉舟这时候的心跳绝说不上快，甚至比普通人还要慢了一点点，想到他那异于常人的体温，程夕猜他压根儿就没有任何情绪上的起伏。

他的兴奋更接近于一种伪装，可以把他自己也骗到的伪装。

但她还是说："嗯，有点快。"

陆沉舟就笑起来，真正的愉悦的笑容，带着一点孩子气的纯真与无辜，就像是程夕曾见过的暗夜幽昙，在寂静处，无声而凛冽地绽放。

那样夺人心魄！

长得帅的人就是有这么违规，程夕都看呆了，直到门口传来一声"哎哟"。

两人同时惊醒回头，只看到一个匆匆跑出去的背影。

是陆家的护工。

程夕淡定地抽出手，微微偏头看了眼外面，"你把人吓走了。"她看着他，"以后多笑点呀，高兴就笑出来，看看刚刚那样多好。"

陆沉舟回了她一个字："哦。"

仍是高冷清冽的模样，却少了一点初识他时那凛然的高高在上。

嗯，她的工作还是有点进展的，至少高岭之花已愿意俯看人间。

程夕略感欣慰，这时她的电话响起来，是科室打过来的："24床办出院，程医生你还在医院吗？"

程夕微微一滞，24床就是陈嘉漫，她拖过昨天，今日还是来了。

收好手机，程夕说："我走啦，你好好休息吧。"

陆沉舟看着她："你不高兴了。"

"嗯，有一点。"她没有瞒他，"陈嘉漫的家属来给她办出院了。"

陆沉舟问："你不要我帮忙？"

程夕反问："你会吗？"

"不会。"

尽管早就知道这个结果,也没想让他帮自己,可当他这么想也不想就拒绝了,她还是有些郁闷。

陆沉舟心情好,所以额外解释了下原因:"身为投资人,不干涉实验室的运营工作是合同规定的,所以除非弄垮东来制药,那时我就会申请破产……"

还申请破产,真是牛叉坏了,程夕吸口气:"没到那个地步,真的。"实在是怕了他了,她赶紧说,"我真要走了,你好好休息啊。"

程夕像是被鬼打墙似的急忙跑出去,看到陆沉舟那认真的样子她就心塞,好怕他真的弄垮东来制药,然后她被媒体舆论拿出来不断放大评判。

不要低估一个精神病人的行动力,尤其那个病人又固执一根筋又智商高!

心塞!

程夕回到自己科室,林母还等在那儿,她不是一个人来的,和她一起的还有几个陌生的男女,一个个摩拳擦掌的,很像是要上阵杀敌的打手。

林母依旧衣着精致,像个完美的贵妇,那天的不欢而散好像并没有什么后遗症,她看着程夕笑容也依旧温和亲切,但这亲切因配着疏离倒有点高高在上的意味。

她说:"真是对不起,影响你午休了吧?不过你也知道,我上午都忙,也就这点儿有空……阿漫的手续,能麻烦你帮我办一下吗?"

程夕看向旁边的护士,护士长不在,只有一个小护士在那儿,见程夕望过去,她不动声色地撇了一下嘴,说:"已经跟她说过了,但她说认识你,坚持要你过来。"

程夕眉目未动,又看向林母:"请跟我来吧。"

将那些打手模样的人拦在外面,带着林母去了自己办公室,却并没像她期待的那样办理手续,而是在办公桌前坐定了,说:"抱歉,阿漫的出院手续暂时还不能办理。"

"为什么?"

"我的律师正在联系陈嘉漫的父亲,在得到他的亲口证实前,我想这个手续我还不能给您办。"她做了个手势,阻止林母的话头,又说,"因为当初我曾经向他承诺过,一定要治好她才能让她出院。而现在,她的病情虽然有进展,可情绪还不是很稳定,她又极度缺乏安全感,这时候换个环境,对她没有好处。基于对病人负责的态度,我不建议她转院。"

林母皱眉:"我给她换个更好的医生还不行?"

程夕点头:"嗯。"

大概是没想到她会这么认真地耍无赖，林母微微瞪目，好半响才说："小夕，你不会是说真的吧？"

"是真的。而且陈嘉漫是行政和执法部门指定送过来的，在没得到相关指示之前，任何人都不能将她转走，就算是病愈出院也得先提出申请。"

"那你之前怎么没说？"林母的声音都尖厉了。

因为没想到啊，程夕很平静地表示："因为我也是刚刚才接到的通知。"

林母：……

总觉得程夕是在刻意针对她，而且她公事公办的样子也隐隐激怒了林母，她压抑着火气："小夕，就一点也不能通融吗？"

程夕沉默了会儿："抱歉。"

"不让你和林梵在一起就要翻脸？"

"如果我说这事和他没关系，您肯定不信，那我也就不解释了。"

林母果然是不相信的，她冷笑着说："是根本解释不清吧？老实说像你这样的女孩子我见得多了，别管有工作没工作，都是以为抓到个好男人就爬上了登天梯，也不管自己能不能承受！我只是没想到那天把你叫过去话说得那样明白了你还是不肯放手，嘀，既然跟你说不清，那我会找你们领导好好谈谈的！"

对林母的这个脑回路，程夕很服气，她深深觉得林母这些年在王家和继子继女斗多了，心理已经扭曲了，这样的人和她讲道理是没有用的，只能以利益相胁。

"我希望您不要闹。"眼看她就要走出去了，程夕加快了语速，"否则我很难保证您能如愿以偿。"

"什么意思？"林母回头瞪她，"你威胁我？"

"不。"程夕叹气，"我只是想告诉您，我希望您能更慎重地处理这事。仁医有各大媒体常驻的记者站，如果您闹起来，我不保证这事会影响多广，最后又被挖出来多深。可不论深浅，如果您真想林梵娶个对他有帮助的太太，比如说孟小姐，我想您还是给他留点面子的好。

"另外，我还想再告诉您，我的确很喜欢林梵，可是还远没到能脑残到不管不顾的地步，他有您这样一个母亲，想婚姻幸福是有难度的，而我不会做那么有挑战的事。"

程夕说着，走过去帮忙打开门。"请一定慎重选择。"她说。

然后就看到门后站着的林梵，他脸色苍白，正一脸难过地望着她。

程夕：……

第十五章

1

也没过去多久吧？林梵瘦了好多，神色间憔悴又疲惫。

依稀又看到了那个高中时期她认识的惨绿少年，沉默而带着不符合他年纪的忧郁。

他看了她好一会儿，才转向林母，哑着声音说："妈，我答应你，我什么都答应你，所以给阿漫转院的事，能算了吗？"

林母看了眼程夕，问他："说到做到？"

倒像是在问她一样。

林梵垂下眼睛："是。"

林母就带着人走了，当然临走前她也没忘拖走林梵，并警告程夕："我还是会把她转走的，如果她的病再没有什么起色的话。"

当然，这个警告更像是描补，显得她不顾一切想把陈嘉漫转走，只是因为她关心她的病，也只是对程夕的医术不满一样。

可程夕却完全没有在意这种掩耳盗铃似的补救，她只是很郁闷——最后还是要靠林梵才解决这事，而且貌似他为此还做了什么了不得的妥协。

心里憋得厉害，说不出来的感觉。所以晚些时候林梵请她吃饭，她想了想，还是去了。

林梵一向体贴，这会儿约的地方却有些远，程夕到那了才发现那是一所中学的旁边，她到的时候学生们早已放学了，校门口冷冷清清的，车子从学校门口驶过，她一下就看清了门牌。

周围景色已完全改变，只有那个校门依然如昨。

她到达约定的饭馆的时候，林梵已经到了，他靠在窗前望着外面，脸上因为沾染了外间暮色，看起来有些苍凉。

程夕走过去，他没有回头，只是说："我记得我们第一次遇见就在这里参加数学竞赛,没想到这么多年,这学校还在。"

程夕笑了笑:"那时候我们多大?十四岁吧好像?"

林梵点头:"我十五,那时我们读初三。初中真是我过得最轻松的一段时间了,那会儿我家很穷很穷,可他还没有找过来,我妈一心想要对我好,我一心想放弃读书帮她挣钱。"

所以那时候,他和她一起揉了考卷,并不是为了要陪她,而只是想考差后降低他妈妈对他的期待,然后他就可以不读书去找工作赚钱了。

程夕还以为他是为了陪她。

嗯,果然这世间事,诸般误会。

程夕沉默了会儿,笑着说:"过去再好,人总也要往前看的……今天,谢谢你了。"

"谢我什么?"他回过头,"谢我和我妈妈对抗吗?"他笑起来,笑容很有些自嘲的味道,"她总还是我妹妹,是我妈的女儿,而你是……""你是"什么,他没有说,只是深深地看了她一眼,才说,"其实是我要谢谢你,我知道你那样说,是想要帮我点醒我妈。"

程夕忍不住想要叹息了,面上却还是笑着说:"你没嫌我多事就好。"

林梵声音温柔:"怎么会?"

这时服务员敲门:"可以点菜了吗?"

两人就坐回桌上点菜。程夕很认真地把菜单看完,最后点了一个糖醋排骨。

看她报出菜名,林梵微愣,她嗜辣,今日却点了一个甜菜。

程夕仿佛没有注意到自己口味的改变,服务员出去后,她问他:"你找我出来,是有什么事吗?"

林梵看着她:"就是想拜托你,以后阿漫的事,可能要劳你多费心了。我妈现在的状态,我不觉得让她掺和是好事。"

当然,他这话还有一层意思,就是他以后也不会再像以前那样过来陪伴陈嘉漫了。

程夕眉头皱了起来,他望着她,她姣好的面容就像是将满的明月、将开的春花,似乎永远都带着一股子宁静而热烈的味道。

程夕很认真地说:"林梵,你有想过如何面对你妈妈吗?事事顺着她就真的是为她好?"

顿了顿,她又说:"你其实很明白的,对不对?你在国外都已经做到高管了,回来却愿意从小职员做起,为的什么?还不是想她能对你的期望小一些?可是你达成愿望了吗?不管你有没有那本事,她总要推着你实现她对你的想望，而你只能妥协。我的确不想让陈嘉漫转走，是基于她现在的情况的考量，可是，我也不愿意你为了这个而放弃自己的坚持。"

林梵微微闭了闭眼睛："不仅仅是为了阿漫。"他轻轻嘘出一口气，"是我想满足她……她只有我了。"

程夕见状，忽然就明白了林梵的心理：他对林母满心内疚，所以他对她就也只有妥协，只能妥协。

这餐饭真是吃得完全的不欢而散，林梵的精神状态让她心惊，走的时候，她叹息着和他说："不知道你有没有看过电影 Gaslight，从这部电影里衍生出一个精神类词语，叫作 Gaslighting。林梵，我们曾经是最好的朋友，彼此陪伴了对方整个少年时代，我希望不管什么时候，你都能拥有独立的人格，健康的心性，还有永不沦落的精神。

"这是我今晚见你的目的，听不听，在你。"

人际交往里，亲密关系间的情感控制并不少见，在心理学研究中，通过"扭曲受害者眼中的真实"来控制对方情感的操控，就称为 Gaslighting，程夕不知道这段时间林梵和林母间发生了什么，但很显然，刚回国时那个自信、从容而又大方的林梵正在消失。

只希望被她点明后，聪明的他能及时明白过来。

陈嘉漫的事也随着林梵对林母的妥协而看似平静了下来，蔡懿后来还给她打了个电话，说："别把我想得像个坏人，程夕。"

程夕说："我不会。我和老师只是立场不同，我只是陈嘉漫的医生，而老师，想做很多个陈嘉漫的医生。"

"你这么说，我很欣慰。"蔡懿说。

程夕笑了笑。

她后来去看陆沉舟，还把这事拿来和他讨论了。陆沉舟的身体受药性还是很不错的，经过两个多星期的治疗后，他的各项指标已经渐渐都恢复正常。不过出于谨慎起见，医生还是建议他住满三周。

陆沉舟也完全把医院住成了他自己的家，程夕每天的中午或者下午下班时间来看他，有时候她会给他买个汤，或者带束花，以至于光头某次都开玩笑说："程医生，其实是你在追我们陆老大吧？"

但程夕和陆沉舟的话题却多与风花雪月无关，像这次讨论蔡懿和她的分歧，听在边上的陆奶奶耳朵里，很是无趣。

陆沉舟倒十分认真地和程夕说："我支持你。"

程夕笑，偷听的陆奶奶就也笑了：哎哟，我孙子开窍啦！可喜可贺！

第十五章

结果才庆祝完,就听见她孙子特反社会地又说了一句:"我们把蔡懿的工作室还有东来制药都干掉吧!"

妈妈呀,那口气,因为平静才显得格外凶残。

陆奶奶一口气没上来,受到了极大的惊吓。坐在陆沉舟身边的程夕倒是一点也没被吓到,甚至还饶有兴趣地问:"怎么干?"

陆沉舟对上她的眼睛,视线扫到她身后轻抚着胸口的陆奶奶,说:"我听你的。"

这是一下改了口了,程夕扼腕,觉得这人警戒心还是太强了一点,于是玩笑道:"听我的那肯定就办不成,因为我没那智商。"

陆沉舟微勾了勾唇:"你对自己倒是很了解。"

又被鄙视了,程夕倒没生气,说:"这也是优点呢。"

陆沉舟瞪她,程夕还笑了笑,陆奶奶见两人这样,就又有些看不懂了,叹息一声,出去给老头子打电话去了。

程夕已经和陆沉舟在说他出院的事了:"医生说后天可以了?"

陆沉舟并不期待的模样,淡淡地"嗯"了一声。

他这是还不想出去了?程夕撑着下巴,笑:"那还真是巧了,后天还是沈唯的生日。"

陆沉舟不明白这巧在哪儿,瞥了她一眼。

程夕说:"那天会很热闹。"

沈唯二字头的最后一个生日,傅明义要给她办一个盛大的生日宴,白天请家人,夜里请的都是沈唯的至交好友,弄了个颇有声势的主题 party,这几天他们同学群里因为这事都要炸了,柔姐姐一天到晚只要想起就私她:"我穿这衣服好看吗?"

他们同学一起参加过不少活动,可是主题 party 倒是第一次。

程夕对这样的节目并不热衷,但她觉得住院住得越来越冷清的陆沉舟很需要往这样人气高的地方待一待,就问:"那天可以带家属,你要陪我去吗?"

程夕是习惯性地用了沈唯邀请他们时的话,却不想"家属"两个字莫名让陆沉舟感到熨帖,他很高冷地点了点头:"可以。"

"那就说好啦,活动是在晚上,你下午回家可以休息半天。这次的主题是圣天使,怎么穿,穿成什么样,都是各凭创意,所以你可以尽情发挥。"

后天很快到来,那天是周五,程夕上午有事,下午却是空了,田柔一早就问:"你想好穿什么了吗?"

程夕说:"想好了。"

"穿什么？"

"医生服呀，不是说医生都是白衣天使吗？"

被田柔一顿喷："滚！这么敷衍，难怪你明明不缺女神的气质，却硬没搞定我家男神！"

田柔的男神就是林梵，沈唯嘴巴倒紧，程夕和林梵的纠葛她并没有宣扬出去，所以田柔还可以把她当成是难兄难弟一样分享她刚得来的最新八卦："他订婚啦，据说未婚妻是个富二代，喵的，我还是富一代，他怎么就没看上我？"

程夕微微发怔，心里很慢很慢地浮起一层酸涩的情绪。

田柔还在说："不想咱们被剩到了最后，真是想想就很不服气呢！"

程夕笑："你不是也有男朋友了吗？"

"分掉啦。那家伙太宅了，死宅活该单身一辈子，找什么女朋友啊！"

田柔的语气很轻松，并没有受到情伤的样子，程夕就也只是意思意思地安慰了她。

田柔说："哼，我才不难过呢，有你陪着我一起剩，我心甚慰！"然后兴致勃勃地筹划，"要不今天我俩凑一对吧？凭咱俩颜值，得闪瞎一堆人的狗眼。"

所以她说了半天，最后这句才是重点，程夕很不忍心告诉她自己已有了男伴，正好陆沉舟出院的时候光头也过来了，程夕就也替田柔邀了他。

只是没想到柔姐姐行动力忒强，她准备了一白一黑的天使恶魔情侣装，硬扒了程夕的护士服，要她换了那条白色的天使裙。

沈唯她们就在一边看热闹，程夕求助无门，只好说："我有男伴了的，还给你也找了一个，所以我不换行吗？"

柔姐姐找来的那衣服，不穿都知道一定是羞耻度爆表，看她本人那套黑色的就知道，即便有翅膀遮掩，也遮不住那一大片裸露出来的背部和胸前过于袒露的线条。

她真的承受不来好不好？

她要沈唯帮忙作证，毕竟多带了两个人来，也是要先征得她同意的，可沈唯也很不满意她那身白大褂，太异类了！就睁眼说瞎话道："没有啊，我不知道。"

最后程夕还是被逼着换了衣服，所幸她这身白色的倒没有柔姐姐的那么夸张，只是特别贴身，然后在胸口处有一小块的镂空。

程夕自我感觉还好，出来却是将田柔、沈唯她们都震了一把，前者率先反应过来，立马抱住她："说好了，你就是我媳妇儿，不许跑！"

程夕很淡定地："你带把吗？"

"……我去！程医生也学坏了！"田柔蹭着她，在她身上揩了好几把油。

第十五章

程夕用了点力才把她撕开，轮到沈唯，她开玩笑地说："你这样子，我倒不敢把你领到我男人面前去啦，太勾人了。"

程夕心下微顿，她相信沈唯说这话纯是玩笑，但后来她自己很注意，除了和女同学扎堆玩以外，基本不会和男同学随便搭话——他们班男生多是已婚族，便是没结婚的，也有了女朋友。

于是柔姐姐心满意足地"独占"了程夕，直到陆沉舟到来。

陆沉舟来得有些晚，程夕都差点以为他不会来了，结果他和光头悄没声一起出现在了大厅里。

场上有片刻的失控，主要是这两人太醒目了，一色的白衣，一色笔挺的身姿，光头虽只称得上长相周正，却气势惊人，陆沉舟则是……太帅了，他五官俊秀，偏又眉目冷冽，穿着一袭白衣，很有种干净的禁欲系的味道。

当时就有人叹："哎呀，这来的不是天使，而是佛前圣僧吧？"

一时引得人无数附和。

傅明义和沈唯夫妇也被惊动了，两人携手迎出来，都是男俊女靓的人物，站那儿堪称入画。

光头颇得意，跟开屏孔雀似的倒破坏了他邪魅狂狷的气质，陆沉舟则浑不在意聚拢过来的目光，眼神在四周微微一扫，问："她呢？"

沈唯不想程夕这么让他惦记，微挑了挑眉，和傅明义暗戳戳交换了一个眼色，说："哦，她在楼上呢，走吧，我们带你们上去。"

几人上楼，楼梯上下都站了好些人，都是听到动静跑出来看的。程夕也在，不过她被沈唯亲戚家的一个小孩子拉住了，小女孩很喜欢程夕背上那对小翅，寻来了一模一样的还非要她帮忙戴上才算完。

所以陆沉舟上来的时候，看到的就是她微微俯身帮小女孩戴翅膀的样子。

那时的她侧面对着他，脊背向下弯成一个漂亮的弧度，头微抬，露出一截雪白纤细的脖颈。不得不说，今晚这一身实在太适合她了，贴身的白色长裙勾勒出她极美的身体曲线，黑色长发带着微卷垂落至腰上，头上的花环让她美得就像个仙子，而肋旁的两只翅膀，就是随时能带她飞走的天使之翼。

如星空耀眼的灯光洒下来，她美得已有些失真，好像是用工笔细细描绘出的画卷，每一笔每一处着色都让人心折、让人神迷。

所有的人与物都成了陪衬，陆沉舟眼里只剩下她，她那纤弱的姿态仿佛是可以被他掌控在手里的唯一。

想到也就做到，陆沉舟不觉得应该要压抑自己，她邀请他过来，她让他追她，其实就已经给了他放肆的权力不是吗？

因此他走过去，不顾所有的目光，从后面一下就抱住了她。

而此时林梵也刚进来,在别人的提醒下看到沈唯这个主人家,拾级而上,还没注意到程夕,只疑惑众人怎么像被定身似的不语不动,就瞬间被糊了一脸狗粮。

2

其实不仅仅林梵被糊了一脸狗粮,田柔她们这些跑出来看帅哥的路人甲也是给糊得猝不及防,一个个目瞪口呆地看着程夕和陆沉舟两个。

田柔是最先反应过来的,几乎是立刻双手叉腰跳出来:"你谁呀,干什么随随便便抱我家媳妇儿?"

陆沉舟撩起眼皮看了她一眼,顺着程夕的手劲放开她,然后站到一边,目光从田柔的长头发落到她两腿之间:"你是男的?"

田柔下意识缩了缩腿。

陆沉舟紧跟着又问了一个和程夕一模一样的问题:"你有把吗?"

田柔:我去,这下知道程夕是跟谁学坏的了!

程夕囧,陆沉舟则一副完全不知道你在说什么然后也不 care 的表情,扭头看着程夕,说:"这个挺漂亮的。"

摸了摸她的两个翅膀。

众人:……

所以他到底是在夸程夕还是夸她那两只翅膀啊?

光头更是捂脸叹气,老大这样,真的是要注孤生了。

好在程夕不在意,她俯身将小女孩翅膀的最后一根带子系好,反手将自己的取了下来:"送给你?"

陆沉舟点头。

程夕就把自己的翅膀系到他身上,那翅膀很小的两只,放到他身上就跟才长出羽翅的小鸟崽似的,有一种说不出来的软萌。

陆沉舟还伸手拨了拨。

"扑哧!"沈唯忍不住笑,说,"陆总,没想到你这么一打扮还挺好看的。"

陆沉舟没说话,但表情明显是愉悦的。

沈唯这一开口,就跟打破定身咒似的,周围人叽叽喳喳地问:"程夕,这谁啊?你男朋友?"

或者是:"好帅啊,求签名!"

还有更狠的:"这是小鲜肉吧,程夕你确定不是老牛吃嫩草?"

程夕:……

她也不老吧？而且这些人要不要这么激动，她感觉自己的手都要被戳烂了，而柔姐姐则一直望着她在呵呵！

说好的要陪她剩到天荒地老呢？

程夕很觉头痛，偏偏陆沉舟今日心情奇好，居然肯搭理他们，慢条斯理地，一个一个问题地回答说："她没有老牛吃嫩草，我比她大。"

"签名不会给你的。"

"我不是她男朋友。"一静，然后他又说，"我是她未婚夫。"

"……这两者有区别吗？"

陆沉舟说："有，男朋友是可以不以结婚为目的交往的，但未婚夫，是一定会结婚的。"

众人一下就轰动了，又帅又专情，这样的男朋友，让人不要太羡慕！

程夕望着陆沉舟微微笑，觉得这人记性实在好，多久前她说过的话了？他居然还记着。

柔姐姐在旁"呵呵"一声，伸手往程夕脖子上一圈："哎，程夕的未婚夫，借你的未婚妻说个话呗？"

也不等他回答，捞起人就挤出包围圈了。

两人往人少的楼下走，正好和林梵堵了个面对面。他今日穿了一身黑，黑色的大衣，黑色长裤，半长的头发剪得短短的，嘴角微抿立在那儿，竟在往常的忧郁文弱之外，别有了一点冷酷的味道。

田柔一下就看呆了，还是程夕暗暗扯了她一把才醒过神。

回神的第一个动作就是放开程夕，扯了扯衣服，倚在她身上努力做出一副风情万种的模样："嘿，男神！"

出口就露了底。

程夕不忍直视，林梵没有看她，只是和田柔说："你们来得挺早。"

田柔撩撩头发："我们闲嘛。"望着他，"你一个人来的？"

林梵说："是。"

"不是说你订婚了吗？怎么没把……"想起陆沉舟的未婚妻和女朋友论，酸酸地改口，"未婚妻带过来呀？"

沈唯毕竟是已婚，所以今夜派对还特别叮嘱过要带"家属"来。

林梵说："她有事，来不了。"抬头看了眼沈唯的方向，他们夫妻二人正在帮陆沉舟解围，后者恰也望过来，两人视线对上，陆沉舟什么表情都没有，仅仅散淡地看了他一眼，带着居高临下又漫不经心的意味，仿佛他就是一颗毫不起眼的尘埃。

他又想起自己妈妈的话，当他哀求地说："为什么你要这么看不起程夕？

你可知道，陆家却巴不得她能嫁进他们家？"

林母说："因为他们姓陆，他们是陆家！知道富人家的孩子和穷人家的孩子同去洗盘子意味着什么吗？前者是体验生活，而后者，是为了生活！"

这话真是现实得近于残酷，他被堵得一时说不出话。而这会儿，看着不远处被众星捧月一样的男人，体味到他那轻飘飘的目光，多年后，他再一次真实地领略了这句话的意义。

田柔再说什么，他一个字也没有听进去，随便找了个理由，扭头走了下去。

身后，能隐约听到田柔疑惑地问："我男神不会生气了吧？"

然后是熟悉的温婉的声音："不会。"

他微顿，手握着扶手用力闭了闭眼睛。

田柔颇遗憾地看着自家男神走远："是越来越帅了……可是怎么感觉也离我越来越远了呢？"

程夕也望了眼林梵的背影，他才下去就被几个男同学拉住了，几人勾着他的肩也不知道在说些什么，压得他劲瘦的腰肢好似要断了一样。

这之后程夕就没再和林梵打过照面，被柔姐姐蹂躏一通后，程夕又被沈唯拉去暗审了一遍，自然是问她："和陆沉舟，确定了？"

程夕笑笑，没说话。

沈唯说："恭喜你啊。对了，你知道林梵的结婚对象是谁吗？"见程夕望过来，她微微一笑，"孟家的女儿。隆昌孟家，很有钱。林梵妈妈对这个儿子也真的用心良苦了，先是以重病为由把他从国外骗回来和继子女争家产，林梵不愿意，就又以死相逼要他娶孟家女，算计挺好。"她说，"也幸好你和他没有什么。看陆先生，多好。"

程夕都不知道该说什么，半晌只得道："你很八卦嘛。"

"啧，我是真心替你高兴。"

程夕摇摇头："谢谢啊。"

"不谢，咱俩谁跟谁？"

两人说话了一通，傅明义找过来，程夕总算从沈唯那里逃了一劫。

出去后她就一直和陆沉舟在一起，光头和柔姐姐本还不太熟的，结果田柔因为夸了林梵一句，被光头一顿嘲，两人自此就结了仇，十分丧心病狂加莫名其妙地开启了互怼模式，搞得气氛分外热烈，倒也算是另类的结缘了。

派对办得总体还是挺成功的，一大群人按沈唯的朋友圈分阵营玩游戏，玩着玩着彼此捉弄，喝酒都要喝疯了，程夕因为担心陆沉舟身体替他挡了杯酒，被光头盯上，哪怕有田柔帮忙顶都被迫连灌了好几杯。

她感觉自己要醉了后就悄悄出了大厅，坐在傅家的花园里醒神。

醒到一半，从后面递了个杯子过来，她回头，见是林梵，心下微顿。

"热开水，喝点吧。"

程夕默然，谢过后接过了那杯水。水的温度刚刚好，不冷也不热，程夕喝完抹抹嘴，说："我先走了。"

"你现在，还只是他的挡箭牌吗？"他突然开口。

程夕停住脚。

她不能不停，因为她看到了陆沉舟。他不知道是什么时候过来的，正神色淡淡地站在花树下看着她，哦，是他们。

不管他来了多久，他肯定是听到林梵的问话了，因为他直接问了："什么挡箭牌？'他'又是谁？"

他一出声，林梵就惊了一下，回过头。

程夕站在两人中间，努力调整了一下心情，想说点什么。

还没开口，林梵抢先说："我们说的'他'是你，小夕曾经和我说，她和你并没有男女之情，你们只是互相的挡箭牌而已。"

程夕：……

陆沉舟貌似很费解，他望着程夕："为什么这么说？"他语声清淡，便是质问也带着特有的从容时候的慢条斯理，"难道我们没上过床？我没有吻过你？我们的关系还不够亲密？"

程夕只有继续无语。

就是林梵也吓到了，他还从来没有见识过这种程度的"表白"——如果这是表白的话，他涨红了脸，好一会儿，默然无语，一个人先离开了。

说实话，他自己都不知道自己在做什么！故意挑衅吗？可是，谁在乎？

林梵一走，唯留程夕面对着陆沉舟，后者脸上仍是那副清冷模样，对于林梵的离开，连一个眼角都欠奉，从头至尾，他只是望着程夕，慢悠悠地说："你男神走了。"

那悠长的腔调，没有一点嘲讽的意味，却让程夕不自觉地红了脸。

她僵着脸皮"哦"了一声，握紧了手中的杯子，夜风吹得她头昏昏的，难受得想吐。

陆沉舟这时候还不忘再补一刀："这么轻易就逃跑了，战斗力真是弱爆了！"

程夕：……

她揉了揉额角，感觉吹了风后自己醉得更厉害了，脑子都是木的，心里的火气却被他这么一讽一讽地硬是给激了出来，想也没想，她伸出手，在他头上狠狠揉了一把，恶声恶气地说："就你能，感冒过敏……啊！"

她乍然出手，都算是快的了，可陆沉舟的身体反应更快，她几乎是只摸到了他一撮头发，然后不知道是用力过猛还是别的什么，往前扑倒，差一点就摔了个狗啃屎。

之所以说是差一点是因为，陆沉舟捞住了她。

从她背后，手横过她的腋下，箍在了她的胸前，一只手还压住了其中一只……包子。

年轻女人的胸，饱满丰挺，手感极佳，陆沉舟感觉好，把她捞起来后，没有放开她，反而还用力又往下压了压。

程夕有些迟钝地低头看了一眼他的手："你……"

她只说了一个字，半边脸就被他的手捏住了，被迫着往旁边一侧，被吻住了。

程夕都不知道该做何反应了，这样的神转折——他们刚刚有聊到这一趴吗？

而且都这种时候了，她居然还在想，也许今晚她不适合说话，这么久了，就硬还没有完整讲过一句话呢。

陆沉舟的吻，因为生疏显得有些粗暴，一开始，程夕感觉很不舒服，但是她也挣不开，酒精让她整个人都有些发软，懒洋洋地提不起一点力气。

她的挣扎弱了，他的钳制就也没有那么用力，抓着她脸的那只手缓缓下移，握住了她纤弱细长的脖颈。那个地方，形状优美如白天鹅，美丽修长，白皙如玉，他甫一见面就想要占领的地方，这会儿终于得偿所愿，只觉得指尖到处，温温软软的，十分细腻，简直能让人爱不释手。

程夕没有被他吻得如何，却被他摸得头皮发麻，他的手掌宽大，手却是冷的，凉凉的指尖缓慢地、细致地抚弄着那一小块皮肤，程夕顿时觉得自己很像是他掌中的一只小狗，又是舒服又有点……想逃。

她软倒在他怀里，含含糊糊地叫："陆沉舟……"

自己都说不清是想阻止还是想要他做更多一点。

长到这么大，程夕一心一意地读书、工作，没有正经谈过恋爱，更没有和谁如此亲密过。所以她理论可能有一堆，实践经验却近乎为零。此时的她有些发慌，可又挣不脱，怎么办？只能顺从，闭上眼，不再用力，顺从着跟着地心的引力滑了下去。

无法再阻止了，只有装醉。

陆沉舟本就抱着她的，见她往下滑，顺势捞起了她——可装醉也不是个容易的活，尤其对象还是陆沉舟这么个从不按牌理出牌的货。

他抱着她，坐到她原来的位置上，让她坐在自己身上，一只手搂着她的腰，另外一只手就十分不客气地从她衣服里面伸了进去。

程夕醉得再厉害，也还记得这是在哪儿，这是室外啊！

她一下就直直地坐起来，伸手握住了他的那只手。

陆沉舟低头，脸轻轻贴在她的脸侧蹭了蹭，笑着说："酒醒了？"说完，还在她耳边轻轻吹了一口气，以一种十分罕见的愉悦的声音说，"你和我想的一样好摸。"

程夕：……

要不是双脚被他夹住，手也被他捉了，她真想先赏他一记撩阴腿，再来一记勾心拳。

想想而已，做不到，她也只好服软："别闹了。"她叹气，"这是在别人家里。"

陆沉舟听都没听，他整个人都处在一种亢奋的状态下，连呼吸声都有些重了，眼圈微微泛红。程夕转过脸想要继续说服他，看到的就是他因为深吻而水光潋滟的唇瓣，深刻清晰的眉目。

这一刻，他眉梢眼角只有欢喜，很是温柔软和的感觉，连那丝惯常的凛冽都没有了，整个人洋溢着一股子说不出来的味道。

"我决定追你了，"他轻轻在她唇上啄了一下，额头抵着她的额头，低声说，"不用合同，像男人喜欢女人一样，追你。"

程夕听闻，只觉心下微微一颤，过了好一会儿，才问："想好了？"

"嗯。"他应，捉住她的手，把它放到他的心脏处，"感觉到了吗？"他目光灼灼地望着她，微仰的面孔被花园的灯光描摹得清晰而深刻，他微微弯唇，笑得竟有几分温文儒雅，还有几分让人难以抵抗的温柔，"它跳得好快，对不对？"

她听见他问，低低的，欢喜的声音。

3

程夕是晕乎乎地被陆沉舟牵回去的，那时候她已经非常难受了，光头先接着他们两个，她听到他问："真醉了？"

陆沉舟嗯了一声，光头啧啧："这酒量都敢帮你挡酒，对你妥妥是真爱啊！"过了会儿，又说，"那你还把她带回来干什么？带走啊，趁醉不发生点什么，我不是白灌她酒了吗？"

原来他是蓄谋已久！程夕瞪他，却瞪得自己眼晕，她揉了揉额角，瓮声瓮气地说:"光头,你别太过分了。"

大着舌头,没警告成,倒把那两只给逗笑了,光头凑过来:"程医生,我可老实了呀,什么都没做。"

背着程夕却怂恿陆沉舟:"走吧,走呀。"

陆沉舟拉着她,神色高深莫测,好像是在认真思考光头建议的可行性,程夕却只觉后颈一凉,他另外一只手突然摸上了她的脖子,指腹轻轻摩挲着上面细嫩的皮肤。

她想挣开,没挣掉,缩进衣服里,他干脆整只手也跟着伸了进去……程夕被他摸得一点脾气也没有,软软地叫他:"陆沉舟!"

她着实是想要他别乱来的,可懒洋洋的样子和软软的腔调,听在人耳朵里更像是撒娇。

陆沉舟摸着她脖子的手顿住,侧头看着她,突然俯首在她唇上咬了一口,还不及人反应,就抬起头莫名其妙说了句:"我要买只猫!"

光头:……

谁能理解陆老大的脑回路?莫名其妙塞他一口狗粮又冒出这么一句话,这两者有关系吗?

他茫然地看着陆沉舟,还在思索,就听程夕摆着根细长的小手指说:"你洁癖,养,养不了。"

陆沉舟又低头咬了她一口。

光头:……他眼睛!

故意刺激他啊,难怪叫他走不走,原来是要在这里秀!恩!爱!

"会有报应的啊!"他说。

然后报应来得还真的挺快,田柔她们也跑过来了。这几人本来是在玩游戏,田柔被罚想要赖,给人追得走投无路,看到他们眼睛一亮,噔噔就跑过来了,一下抓住程夕:"小夕,你要帮我啊,她们一起欺负我!"

"好意思说,愿赌服输,你输了还要耍赖!程夕,你可不能帮她!"

几个人一拥而上,陆沉舟在她们过来前就放开程夕,冷淡地退后了好几步。

他这动作突如其来,好在闹哄哄的也没人注意,只是可怜程夕就那么被人裹了进去,给几人拖拽得摇摇晃晃,越加晕眩得不行。

她感觉自己像是在坐太空船,胃里翻江倒海,眼前一片星光灿烂,她无力地摆着手:"我要吐了。"

她说着干呕了一声,田柔没想到她是醉酒,见状立马乱七八糟地嚷:"哇靠,程小夕你怀孕了!"

程夕晕乎乎的可神志还清醒，闻言直接糊了田柔一掌，只是酒后准头不好，那一掌糊到了她肩上。

田柔还一副大惊失色的样子，一边躲着众人的爪子一边喊："哎呀，别挤别挤，小夕怀着宝宝呢，别挤到了她！"

这声可比刚才那声响亮多了，众人俱都停了手，安静下来看着她们两个。

惊叹之声，此起彼伏。

光头确定自己没听错，一偏头，看向陆沉舟："你当爹了？"

其实他挺想问他是不是喜当爹，毕竟他知道，程夕和林梵有过纠葛，貌似还不浅。

算算时间很符合啊！

但他怕挨打，所以换了个问法。

陆沉舟没搭理他——也不需要理了，因为程夕吐了，一边吐她还一边无甚力气地骂："田柔你是猪！"

程夕吐完就彻底断片了，吐的时候她就在想，她这个酒量啊，她自己都表示佩服。

再醒来时，耳朵里是一片的嗡嗡嗡，叽叽喳喳的，跟落在鸭子群里一样。

"醒了。"田柔的脸以放大的姿态出现在她面前。

程夕头疼得很，伸手遮住眼睛："这是哪儿呀？"

床的另一边陷下去，沈唯的声音响起："我家呀！你酒还没醒？你喝了酒以后可是真能睡。"

程夕这才放下手，看着她："什么时候了？"

"十一点。"

"晚上？"

田柔翻个白眼："还晚上！已经是第二天啦！"

程夕扶着脑袋坐起来，这时更多人凑过来。

一个说："程夕，你从哪里找来陆沉舟那样的男朋友啊？好可爱！"

一个问："哎，你真的怀孕了？是真的吧？要是生出来的孩子像爸爸，请一定订给我家宝宝！"

程夕：！！！

她一下就记起了吐前的一场乱，看向田柔，柔声细气地笑："柔姐姐？"

柔姐姐抖了抖，抹抹并不存在的冷汗："我开玩笑的啦！"抱着她的胳膊娇声娇气地撒娇，"我知道你只是喝醉酒，对不起啦，原谅宝宝好不好？"凶凶地转过头去，"小夕没怀孕，我又没把，她上哪儿怀去啊？"

"切！关你什么事！"众人都嘲她。

一同学接话说："就是，程医生家的陆先生多好啊，可萌可萌了！"看向程夕，"你是不知道，他有多逗人爱。你醉了后，他跟我们玩游戏，一直没输过，大家就起哄，你知道他说的什么吗？"咳嗽一声，那同学学着陆沉舟的语气，摆出清冷淡漠的样子，"让我输也行，我的惩罚不要别的，让我吻程夕，或者，她吻我。"

程夕：……

除了音色，那位女同学可以说是学得惟妙惟肖了，顿时引起鼓噪一片，大家都笑倒在床上。

程夕听得真是出了一身的白毛汗——没有谁比她更了解陆先生的语出惊人了吧？那家伙，在某方面的羞耻心几乎为零，说吻都是很小儿科了。

好在，貌似他后来有所收敛，并没有说更吓人的话。

而且他也一直没被罚，智商太高是一回事，程夕他们班的男同学也很护花的呀，怎么能容忍这个莫名其妙蹦出来的"未婚夫"公然吃他们班女神的豆腐？

嗯，程夕觉得，他们班的男生都超可爱！

程夕心里对此是满意的，不过满意之后又是无奈：一夜过去，她不但莫名其妙"被怀孕"，还多了一个未婚夫。

不过从单一效果上来说还是可以的，她醉死后陆沉舟居然没走，还留下来十分"好脾气"地跟大家玩到了一起，简直是难能可贵了好吗？要知道除了打牌，程夕还没见陆沉舟和光头他们玩过什么，他参与他们的活动一直都是游离在外的，会组织，会参加，也不过是为了让自己看起来没那么孤冷罢了。

当然陆先生的好脾气也是相对的，他的高冷在男人们看来是冷傲不好接近，在女人们眼里，则是帅气、可爱外加十分有魅力！

这年头，颜值就是正义。

程夕因为得了这么个"好未婚夫"又不老实交代，最后被一帮同学从身到心都蹂躏了一通，使尽百宝才脱身去洗漱换衣服。

她身上穿的还是昨晚的天使服，这一番下来早就皱巴巴的了，程夕躲进洗漱间，先给陆沉舟打了个电话，得到的反馈是："买猫。"

她怔了一下："买猫？"

"嗯。"

她完全忘了他昨晚曾说要买猫的话，虽惊奇却也尽职地提醒说："猫有点爱掉毛，你皮肤敏感，可能不是很适合。"

电话另一头的陆沉舟握着手机，偏头看了眼放在副驾驶位上的猫笼……里的那只猫，默然无语。

那是一只白色的苏格兰折耳猫，大大的眼睛，小巧红润的鼻头，这会儿趴在猫笼里看着他的样子，特别温婉美好。

他找了半天，才找到这么一只看起来有些像某人的猫，结果她告诉他，猫掉毛！

感觉鼻端已经开始痒了，呼吸困难，洁癖综合征一下发作，忍无可忍陆沉舟在路边停下车，正想就地将猫扔掉，手机短促地响了一声。他想要拎起猫笼的手微微顿住，拿过手机，上面有一条程夕新发过来的短信："猫猫也是生命，如果买了，请不要随便扔掉。"

准备扔猫的陆沉舟：……

他回到公司，和猫对望了一上午，最后还是叫来自己助理："把猫给老太太送过去。"

陆奶奶收到猫，很是意外，当然，更多的是惊喜，深觉她家孙子和程夕在一起后有人气多了，看，都知道送她礼物啦！还是这么可爱的一只猫！

她高兴得不得了，当即给陆沉舟打电话，表示自己一定会好好养仔细养，还要他取名。

陆沉舟放下笔，垂着眼睛想了想，说："叫多恩。"

"嗯？"

多恩，丹麦语里意指晨曦。

为什么要用丹麦语？因为程夕喜欢讲童话故事！

程夕对陆先生暗戳戳的小心思一无所知，她洗漱好出来，大家也终于不逮着陆沉舟的话题问了，却丧心病狂地玩起了更狠的。

也不知道是怎么想起来的，几个女的在玩试探自己老公或者男朋友的游戏，田柔虽然没有，但是不妨碍她积极主动地帮忙出主意，程夕出来的时候，就只听到她在嘎嘎笑："换这个换这个，这个够火辣！"

原来是其中一个同学有个微信小号，她们准备拿那个改头换面一番去勾搭各自的老公或男朋友，程夕听说后不由抚额："你们无聊不无聊？"她很认真地劝，"感情这个东西，经得起几下试探？试探不成，你们是满意了，可你们老公男朋友们知道了心里就未必舒服；试探要成功，哪怕你们自己知道是玩笑，哪怕他没有出轨，你们心里也自此要怀了一块疙瘩，何必呢？"

没人听她的。

沈唯笑她是女唐僧，其中一个同学更是说："你别饱汉不知饿汉饥，知道你家陆先生对你是一门心思的好。哼，我们家的，没有沈唯家的财力，也没有你家的长相，至少忠心这一项不能减分吧？"

合着还是有陆沉舟的事，程夕叹气："他也没有你们想的那么好……"

被喷了一顿。

于事无补，她们加好友的请求也都发出去了，除了田柔，四个女的个个目光灼灼地等着回应。昨夜留下来的都是喝多了的，她们几个的对象都住在沈唯家的另一头。

男人们住在一起，她们这么一窝蜂地发过去，傻子都知道有问题好不好？……好吧，程夕不劝了，任她们胡闹。

结果这世上还真有傻子，傻子一是其中一个同学的老公，两人是青梅竹马长大的，那男的一向看着老实稳重，却偏偏是其中唯一一个成功加上的。

虽然发信息过去，她家老公没怎么理，但是谁都能看得出她笑容里的勉强。

然后傻子二是沈唯，程夕本来以为这 part 就这么过去了，那个女同学生气过后也很快想开，听了程夕的劝，拉黑了自家老公的微信，没有再接着试下去。

可是沈唯闲极无聊，从这事里得到了灵感，等她们走后，居然又弄了个微信号重新去加傅明义，这一次她换了图像，换成了个看起来清纯可人的萌妹子，她和傅明义认识好几年了，自然知道他的品味——他喜欢的是御姐型的，就像她自己。

可这一次，傅明义加了那个微信。

生日会后没多久，程夕接到沈家人的电话："小夕？你是小夕吧？求求你快来吧，傅明义出轨，沈唯她要气疯了。"

程夕：……

第十六章

1

程夕接到电话的时候正和陆沉舟在进行一场略有些艰难的谈判——自在沈唯的生日宴上宣布要追求她后，陆先生不知道这次看了什么书，十分忠实地执行着追女朋友日常三项：送礼物、约会、要亲亲！

从沈唯家离开后，程夕本来要回郊县去看看父母的，结果走到半路接到电话，要她收礼物，她让放物业办公室回头她再取，结果物业的工作人员很为难地说："对不起啊，我们这儿实在是收不下。"

没办法，程夕只好又折回去，然后就看到了一皮卡的花，不知道有多少朵，反正两个送花小哥搬了 N 趟才全部搬上楼。

程夕小区的保安们都以为她要改行开花店……

花还是特别有少女心的粉玫瑰，全搬上楼后占据了她客厅一半的位置，陆先生还十分文艺气质地给她手写了一张卡片，上书：爱情只有在自由自在时，才会花繁叶茂。

话十分有哲理，但是用在这儿，略有些莫名其妙。

看着那些花，她当时第一想法是，还好那天是周日，然后还好，花是送到她家里而没有送去科室，不然在继包号事件后，她大约又会红透整个仁医。

第二想法是，这花谢了以后就是好多的垃圾啊……

略有些无力地给陆沉舟打电话："谢谢，但你这是要干什么？"

陆沉舟淡淡地："追你啊。"

程夕："……谢谢，可是能不要这么破费吗？"

陆先生就又露出他惯常的土豪嘴脸："没事，我赚得多。"

程夕还得先夸他："你好厉害，你真是棒棒哒，这么年轻就这么能赚钱。"夸完了，还得苦口婆心地劝，"但是再能赚也不能这么浪费呀，花是很漂亮，可干了后，就是好多的垃圾！"

陆先生沉默了，实在是"垃圾"两个字击中了他洁癖的内心。

然后转天，程夕收到的就不是花了，他约她吃饭，吃完了，他说："去看电影吧。"

吃饭看电影，情侣标配，程夕还不能不去，因为是她要求他来追她的，再说了，她也想看看他能做到什么地步，就和他去了。

那时临近过年，也没什么好片子，两人枯燥无味地看了场不知所云的爱情片，然后就又是送礼物，吃饭看电影一个轮回。

因为程夕说鲜花什么的处置太麻烦，其他东西她也用不上，陆沉舟很听劝，然后送的就是……早餐、中餐、晚餐，就跟定好似的，三餐准点，三餐不落。

程夕第一次收到的时候还有些意外和小感动，第二次觉得很不好意思，开始拿着小本本记送的餐数，想着将来他的移情作用没有了，几餐饭而已，她和他算算清楚也是可以的。

所以第三次收到，她就很淡定了，科室的人极羡慕，她就说："我哥非给订的，说是我太瘦。"

众人看看她瘦削削的身板，倒也没有怀疑什么，陆沉舟最近也很忙，礼物送得勤，人却是没有来过，这谎言就也没有被揭穿。

礼物这事混过去，约会就不太好混了，陆沉舟的约会也是很有规律性的，两天一约，再忙也是这样，程夕有时有事，没去，但没事的时候，也会应他一回。

两人就这么像模像样地"交往"了起来，陆沉舟的表现中规中矩，程夕就觉得这样也不错，像朋友一样来往。

然后她就被打脸了，陆沉舟的行为很快突破了"朋友"这一界限。

这天也是吃饭，却没看电影，因为确实是没什么片子可看了，两人就一起打网球。程夕那身板，做做瑜伽还行，打球这些就真是被虐菜，输得惨是一回事，三局球打下来，她人都要累瘫了。

当即路都走不稳了，扔了拍子靠坐在地上大喘气。陆沉舟从另一边慢慢悠悠地走过来，竖着拍子蹲在她面前。

程夕摆着手："不行了，我打不……"她说不下去了，因为陆沉舟扯了他肩上的毛巾给她擦汗。

她想躲，没躲开，陆沉舟在她头上不轻不重地按了一下："别动。"

程夕只得僵着身子让他擦，他手法算不得温柔，可擦得却特别细致，从她的额头往下，一点一点的，慢吞吞的。

程夕等了好久都没见他擦好，也破罐子破摔了，闭上眼睛，任他擦。

第十六章

然后不知道多久过去，唇上一软，睁开眼睛，就撞上了他乌黑英挺的眉目。

"你……"她哑着声音，喉咙干干地问，"干什么？"

"亲你啊。"他说，他的声音一向清淡冷冽，透着一股子不食人间烟火的味道，甚至他的脸上，也依旧是冷淡而斯文的，看起来，没有半点的侵略性。

可是此时，他就用着这样的声音，顶着这样一张脸，说："到时间了，可以亲了。"一边说，一边单膝跪地，俯首轻轻含住她的唇瓣，她嘴唇运动后显得有些干，他就那么耐心地，一下一下地轻含着她，并不深入，也不用力，但因为细致和耐心，倒有了些缠绵的味道。

程夕说不清那时涌上心头的是什么感觉，大约是有些慌乱的，还有一点隐秘的……她不能控制的甜蜜。

轻轻嘘出一口气，程夕推开他："你心跳又加快了吗？"

他感受了一下，摇头，"但是，不是该进行到这一步了吗？"见程夕懵然，他还微微笑了一下，"送礼物、约会，到最后，情侣不都应该要亲亲吗？"

程夕：……

原来都只是步骤，把她刚刚的甜蜜还有慌乱还给她啊！

于是她就和他谈："那也快了些。你还没感觉到爱意呀，这时候就亲亲是不合适的。"

他"哦"了一声，不知道哪里延伸出来的逻辑："那你亲亲我。"

程夕："我为什么要亲你？"

"好让我快点爱上你啊，不是男追女，隔座山，女追男，隔层纱吗？"

……好有道理的样子。

沈唯家人的电话，就是在程夕正无言以对的时候打过来的，隔着电波，她都能听到沈唯完全不同往常的尖啸。

程夕一秒变严肃，也顾不得手脚还软着，爬起来："我得马上过去一趟。"

她本没打算让陆沉舟去，因为她不知道沈唯具体是什么情况，她不想刺激到他，可是她刚一转身，就被他拉住了。

"我和你一起。"他说。

"我们在约会。"他又说。

程夕：……

程夕看了眼自己被他抓住的手，又看了看陆沉舟。

他还挺认真的，而且面上有很明显的不高兴——约会被打扰，是让他很难受的一件事。

程夕莫名有些想笑，忍住了，说："沈唯可能闹的动静有些大。"

她怕"吓"到他。

陆沉舟却挑明了："放心，她就是真的疯了，也吓不到我。"

他语气神态都淡淡的，好像浑忘了当初陈嘉漫病发时他受震动的样子。

而且沈唯也未必就真的疯了，在程夕看来，沈唯的心性还不错，就算傅明义出轨，她可能会因为刺激过度而有过激的反应，疯什么的，就是个夸张的形容。

但她还真的不想带他去，沈唯那么好强好面子的一个人，大概是不想让她曾经的男神看到自己失态的样子的。

可有强迫症的陆先生，这么约会到半途就结束……程夕想了想："你送我回家吧。"

送她回去，这约会也就算结束了。

陆沉舟果然就愉快地答应了，然后把她送到了家。只程夕下车的时候出了一点小意外，她开车门的时候，他再次拉住了她。

程夕还以为他还是想要跟着去沈家，就说："真的是不太方便……"

"Say goodbye and kiss."说完，他微微仰起下巴，看着她。

程夕：……

她凑过去，在他额上快速地亲了一下，扔下句"Bye"飞跑了。

陆沉舟是什么表情她没敢看，所以就也没看到他抿唇浅笑的样子。程夕挂记着沈唯，回家里拿了一点常用的精神抑制类药物，就打车去了傅家。

沈傅两家都不差钱，沈唯结婚的时候买了两套婚房：一套是那天傅明义给沈唯举办生日趴体的别墅，偶尔去住住；一套在市内，那套房子面积不算大，但是位置相当好，是婚后他们常住的地方。

沈唯今天也就在市内的家里，她刚到楼下，就听到了楼上沈唯的尖叫，下面聚集了一些小区看热闹的住客，一个个望着楼上议论纷纷的。

程夕上楼，来给她开门的是傅明义的姑姑，房里人不少，沈唯的父母、两个哥哥嫂嫂，傅明义的父母、姑姑，还有傅明义。

所以是两家至亲都来了，现下里，两家人也是坐得泾渭分明，沈唯的家人守在卧室门口，傅家人坐在客厅里。

装修得温馨雅致的客厅现下面目全非，一片狼藉，沈唯在卧室内，无助地号叫。

没有骂人，就只是号叫，声音愤怒、绝望而又无助。

程夕和沈唯的关系不错，所以两家人也认识她，看到她来，都松了一口气，傅明义本来是萎在客厅沙发的一角的，这会儿也忍不住抬起了头。

他一张脸都被挠花了，满面伤痕。

程夕只看了一眼就转过脸去，迎上沈唯焦心不已的父母："伯父，伯母。"

"小夕。"

沈妈妈还没开口就哭了起来，她是个很温柔的女性，瘦弱、娇小，"你帮我看看唯唯吧，她可怎么办？"

程夕点点头，也没问什么，先去房里看沈唯。

房间里比客厅更混乱，沈唯被她的哥哥嫂嫂四个人压在床上，像一条被抛上岸后濒死的鱼，一边绝望地挣扎，一边"啊啊啊"地嘶声痛叫。

程夕从袋子里拿出来前准备的药片递给沈母："她声音都嘶了，拿这个去给她泡点水喝。""好。"沈母抖着手，接了药片，转身去倒水。

程夕踩着一地稀碎走进去，在床边叫沈唯的名字，沈唯殊无反应，她抓住她的手，一边查看她的脉搏，一边问："她这样多久了？"

"快半小时了。"沈唯的哥哥说，"我们不敢松手，一松手她就要杀人，要和傅明义一起死。"

"唯唯这样……"

程夕轻轻嘘了一声，代替沈唯的哥哥上前抓住沈唯一只手，沈唯的力气大得出乎她想象，都这么久了，程夕换手的时候都差点被她挣开。

她只好全身趴下，用拥抱的姿势抱住她，不停地叫她："沈唯沈唯沈唯，漂亮的沈唯、可爱的沈唯、我们心目中最最完美的沈唯，静下来，好不好？"附在她耳边，"我知道你这会儿肯定很愤怒，想要杀了他，对不对？我帮你。"

"我帮你！"

"我一定帮到你！"

她说了好几遍，沈唯总算听到了，转过头，看着她。

程夕的声音大了些："你安静些，我们就放开你，好不好？答应我，也相信我！"

沈唯喘着粗气，死死地盯着她。

程夕迎着她的视线，目光平和、坚定。沈唯慢慢安静了下来，可脸上的表情仍然狰狞，她说："我要他死！"

"好。"程夕毫不犹豫。

"现在、立刻、马上！"

"好！"程夕应得十分干脆，扭头说，"去倒两杯水来。"说着，她看了眼沈妈妈。

水很快倒过来，沈唯看着程夕往其中一杯里放了两片药，然后傅明义被叫进来。

看到他，沈唯眼里的恨意藏都藏不住，又尖声叫了起来，程夕死死抱住她,和傅明义说:"沈唯渴了,想你喂她喝杯水。"

傅明义犹豫地看向沈唯,最后硬着头皮端起了水杯。

"等等。"程夕拦住他,"她怕你毒死她,所以这水,你先喝。"

傅明义脸上浮起一层难堪,但他也没多说什么,仰头就把那杯水一饮而尽。

然后,然后他就扑通一下倒在了地上。

他倒得太突然了,所有人都吓了一跳,沈唯的两个嫂子甚至短促地尖叫了一声。这会儿傅家其他人也都站在卧室门口,见状都叫了起来,傅母和傅家姑姑拥上前:"傅明义!阿义!"

傅明义毫无反应,就像是死了一样。

程夕看都没看他们,只是望着沈唯,在她耳边低声说:"那是含有剧毒阿芬卡太尼的药品,我们实验室的禁药,中毒者先是昏迷不醒,没多久,他就会呼吸困难,心肺功能衰竭,死状和突发性心肌梗死差不多,就算是法医,也未必能检查出他真正的死因。"

她抱着她,问:"这样,是不是可以了?"

2

沈唯彻底安静了下来,呆呆地看着她,程夕笑了笑,和同样已经呆掉的沈唯的哥哥说:"唯唯渴了,拿水给她喝。"

另一杯水拿过来,程夕亲自喂她,一边喂,她一边说:"你不用怕,也不用担心,喝了这水睡一觉,醒来就什么都好了。"

"别担心,有什么,我会和你一起扛。"

约莫是傅明义的"死"震动到了她,也或者是,程夕的这句话温暖了她,沈唯出奇配合地喝下了那杯水。

没多久,在傅家人的哭声里,她缓缓闭上眼睛,睡着了。

程夕这才轻轻嘘出一口气,放下沈唯,转头望着还抱住傅明义哭的傅家人说:"别担心,他没死,只是吃了安眠药睡着了而已。"

嗯,刚刚她虽然是附在沈唯耳边说的话,但是音量并不算小,所以其他人多少都听到了一些。

这种情况下,傅家人只是抱着傅明义哭而没有冲上来揍她,也算是有理智的了。

所以程夕说话时语气还算温和,但是话里却透着毫不掩饰的冷淡。

傅母和傅姑姑被噎了一下,傅姑姑指责说:"你是医生,怎么能这么吓人?"

程夕说:"那要不我让沈唯醒来,一刀捅了他?"她很实事求是,"不过我得告诉你们,她这会儿精神异常,捅也是白捅。"

见识了沈唯之前疯狂的傅家姑姑和傅母:……

还是傅父有见识,上前和她们说了几句,三人一起,把傅明义又拖又抬地弄了出去。

程夕这才看着沈唯的家人,他们这会儿看起来还有点蒙,主要是程夕今天的表现反差有点大,要知道之前,他们可是都以为,她是纯正的软妹子,长得好、脾气好、性情好,又温柔又大方又善解人意。

这会儿,他们才知道,原来熟悉的软妹子也有彪悍的另一面。

彪悍的软妹子程夕说:"这里这个样子,对唯唯的心态很不利,所以我想把她带去我那儿。"

"医院吗?"沈妈妈闻言,声音都抖了。

程夕没答,先问了几个问题:"她情绪有异是从什么时候开始的?"

答说:"就前两天,她知道傅明义在结婚前有出轨,当时很生气,不过那时候她也只是生气而已,没有砸东西更没有打人,就是和傅明义说要离婚。我们觉得这事有些突然,就都劝她不要冲动,要想清楚,她觉得我们大家都不理解她,想看着她死。"

"还有其他异常的言行吗?"

"有,她说傅明义想害死她,说娶她就是要杀了她。不过我们觉得她是气极了乱说的,没当回事。"

程夕点点头:"今天又是怎么回事?"

"今天是我们两家约好了,过来一起劝他们两夫妻的,看能不能说和……"

程夕打断:"傅明义出轨的事是真的还是假的?"

其实她挺盼望是假的,是沈唯幻想出来的,可是沈唯的哥哥沉默了一会儿说:"是真的。她拿小号去试探傅时义,傅明义把她当成了别的女人,开口就是警告要她别再骚扰他,他们已经结束了……唯唯套他的话,才知道,结婚前,傅明义不止她一个女朋友……因为那女的拿怀孕威胁他,傅明义才找人强行打掉了那女的肚子里的孩子,然后和她断了关系……"

程夕:"……就这样你们还要劝和?"

"不然还能怎么办呢?"沈唯的妈妈哭着道,"唯唯也怀孕了。"

程夕:……

不只程夕,说到这个,沈家所有人的脸色都不好看,沈父更是一脸铁青。

程夕也不知道该说什么了，顿了半晌，才问："多久了？"

"事发时才查出来的，她气晕倒了，我们怕她有事送去医院检查，才知道她怀了孕。"

……

大怒大悲后的大喜，也难怪一向坚强的沈唯也会崩溃，她叹了口气，问："那今天这又是怎么了？"

"具体我们也不清楚，本来气氛还算好的，唯唯看在孩子面上也肯听得进话，可中间她接了个电话，突然就疯了一样，对傅明义又抓又挠，还抢了把刀，说要杀了他。"

也是幸好今天人多，不然真是会出大事情。

沈唯的哥哥们再谈起都有些后怕，沈唯的二嫂性急甚至问："唯唯这……是不是真的疯了啊？"

沈家全家人都看向她，沈爸爸更是皱眉："胡说八道什么？唯唯只是被气到了！他们那么说你也就跟着乱讲？"沈父是个看起来很有些严肃的人，而且平素话很少，此时他这么冷不丁一呵斥，所有人都默了默。

程夕亦然，过了片刻才问："知道是谁打的电话吗？"

都摇头，"问傅明义，他说他也不知道。唯唯的手机被她砸了，所以想查一时也查不到"。

程夕没有再问，沉吟了会儿，她说："我觉得，最好还是去医院，她死志强烈，我担心她醒来还有过激的行为发生。"

看她的家人都在犹豫，又补充一句："要快些做决定，我给她吃的是抑制类药物，她睡着也是脱力累到了而已，在她醒来前最好是已经都安排妥当。"

沈妈妈看着程夕，泪眼婆娑的："唯唯情况很糟吗？"

"暂时不清楚，得看她醒来的情况才能定论，但这家里显然是不适合她的。"

"那就搬！"沈父最后下了决断，"不过不去医院，先来家里，我们看着她，应该没事的，是不是？"

最后这句话，问的是程夕。

沈妈着急地补充："唯唯好面子，把她送到那里去……我是怕她真毁了自己呀。"

程夕叹气，只好说："行，不过，还是去我那里吧。一来，我那里离医院近，有什么也来得及；二来，我想她现在最好还是跟以前都暂时隔离起来，也许对她的恢复会好一些。"

这个提议，得到了沈家人的全票通过，至于傅家——这个时候，谁会理？

最后沈唯就被送到了程夕那里，沈唯父母与她一起，他们住在客房里，沈唯睡主卧，程夕自己睡客厅。

路上都安排妥了，可进屋程夕看到那一屋子花才想起，还有这些东西没有清出去，顿时有些囧。

即便记挂着沈唯，沈家人都被这满屋的花震了一下，沈唯的大嫂说："小夕你这是……在做电商吗？"

程夕含含糊糊应了，张罗着让沈唯的大哥把她背到自己的房间，外面客厅的花看起来震撼是因为多，而且摆放得十分有艺术性，靠阳台那边从中分出一条小路，两边铺满了鲜花，程夕在其中穿插了一点绿萝和吊兰，大略这么一看，倒像是房间里种满了鲜花一样，于日常生活倒是无甚妨碍。

趁着沈唯没醒，沈家人做了分工，沈唯的大哥去修理沈唯的手机，二哥和二嫂回去给她收拾些日常衣服，沈唯的父母和大嫂留下，以防沈唯醒来，人少了搞不定。

沈唯也并没有睡多久，几乎是他们才安排好她就醒了，程夕听到动静走进去，就见她已经坐起来了。

她睁大了眼睛看着她："傅明义真死了？"

程夕还没说话，跟进来的沈母就急急地应说："他死了，他已经死得透透的了！"

"死了？"沈唯一怔，然后就哈哈大笑起来，"他死了？哈哈哈，他终于死了吗？"

而后又大哭："他是杀人凶手，他要杀了我！为什么你们都不信我？为什么？"

她一边说一边咬着牙瞪着她们，眼睛微微泛白，秀美的脸蛋显得狰狞可怕，那癫狂的样子，让沈唯的大嫂十分害怕，在后面抖抖索索地说："她癫起来会杀人的啊，要不……要不还是送医院吧！"

沈唯突然站起来，她更是吓得尖叫了一声，叫声虽然不大，但十分聒噪。程夕转身，把她们都推了出去，要关门时沈父拦了一下："你一个人？要不我也留下吧。"

程夕扭头看了眼沈唯，默默同意了沈父的意见，沈母也趁机跟着挤了进来。

她不放心女儿。

沈唯脸上还挂着眼泪呢，却大笑着站在床上一手叉腰一手指着他们："疯子，神经病啊，杀了他！"

她一向爱干净爱漂亮，此时还穿着昨日的衣服，看起来皱巴巴脏兮兮的，头发也是揉得乱糟糟的,沈父沈母两儿一女,疼她疼得跟什么似的,没想到如珠如宝宠着长大的女儿,现在却成了这个样子。

沈母咬着拳头才没哭出声,沈父也是呆掉了,如果说之前还怀着侥幸的话,这会儿看她又嚷嚷着杀人然后到处转着圈圈找武器,他再没法说服自己她还是好好的。

"送医院吧。"沈父也流着泪说,"我打电话。"

程夕什么也没说,她上前去抱住了跳下床准备往外冲的沈唯。

沈唯蛮力地挣扎:"我要杀了你,傅明义,我们一起死好了!"

她嘶吼,嗓子都完全哑掉了,还在叫,沈母吓得迭声唤她:"唯唯!唯唯!"

她冲沈母吼:"谁是唯唯?谁?我才不是唯唯!我不是!沈唯已经死了,她死了!"一副要冲上去杀人的模样。

程夕差点没抓住她,沈父眼疾手快,也冲过来拖住她,他力气大了些,三人牵牵绊绊,一下都摔倒在床上。

沈唯挣不开,烦躁地"啊啊"大叫,程夕爬起来,突然就给了她一巴掌,撸起袖子指着她:"你有完没完?!"

她突然爆发,把沈父沈母都吓了一跳,沈母更是弱弱地扯了她一下。程夕理都没理,只是盯着沈唯:"是,沈唯死了!被傅明义那个凶手杀死了!所以你就要因此疯掉吗?你疯了,对谁有好处?

"沈唯,我告诉你,傅明义才没有死,他活得好好的,你疯了或者死了,他照样能活得好好的,过得几年,他自有他的潇洒去处,跟别的女人……哦,指不定还是那个女的,两人双宿双飞,快快活活地过日子。

"你愿意这样吗?愿意就这么认输?把一切拱手让人?如果你愿意,那好,我成全你,你想死,我给你刀,你愿意疯,我们医院还有床位呢,就算没有,我怎么也要给你留一个!"

沈唯嗓子本来就叫哑了,气急的时候更是一句话都说不出,程夕声音轻轻松松就压过了她。

她"啊"地叫了起来,程夕也任她叫,只是再次死死地抱着她,他们三个人,又早有准备,沈唯自然是又被压制住了。

程夕还以为她会像之前一样,叫到自己脱力失声为止,然后没办法,只能送去医院。没想到,这次她叫着叫着竟慢慢平静了,然后伏在程夕的肩上,痛哭了起来。

她哭得十分崩溃,但程夕却暗暗松了一口气,只听哭腔发声的方式就知道,她清醒了。

她把手放在她背后，一下一下抚着她的背，让她痛痛快快地哭过这一场。

等她哭完，眼看着是真的不闹了，程夕让沈父沈母都出去，关好门，房内只留了自己和沈唯。

程夕给她倒了一杯水："喝点吧。"

沈唯喝了水，情绪倒是真的完全平复下来了，只是人还有些呆呆的，没了以往的灵动。

就这么呆了好一会儿，她才像终于清醒了似的，苦笑着以手掩住脸："程夕，你说我怎么会那么蠢？怎么就没看出来呢？她说要给我当伴娘，我还答应了，嗬，她哪里是要给我当伴娘，她只是想要正大光明地站在他面前啊！就我蠢，居然还同意了！"

程夕：！！

伴娘，还是能刺激得程夕发狂的伴娘，这个小三是谁，她已经大略有数了。

沈唯还曾经想撮合那人和林梵，嗯，现在想来，约莫又是自己的一件蠢事，以她的心高气傲，怎么能不被气疯了？

最好的闺密和最信任的丈夫，人生要不要这么狗血刺激？

果然，沈唯磨牙："他跟谁不好，为什么要是她？"

程夕安静地当着听众，只在她情绪特别负面的时候才说："我记得你以前说过，能被拐走的男人都不是你的男人，他既不是你的，又何必为他难过？"

"不，你根本就不能理解！"沈唯红着眼睛看向她，"你一向优秀，学习成绩让我们望尘莫及就算了，连男人也一样，林梵、陆沉舟，没了这个你还有另一个，哪一个喜欢你的都是人中龙凤，你随便挑都是个好的，你又怎么能理解我？"

其实照程夕说，为什么就一定要挑个男人？没想到看起来活得洒脱如沈唯，也只是看着洒脱而已。

只是这话她不能说，眼见沈唯的情绪又要糟，程夕说："我能理解你。"她心情复杂地看着自己为爱几近癫狂的好友，"我只是不想说而已。你说得对，林梵是好男人，我也喜欢了他很多年。以前你不是问我，为什么不找男朋友吗？因为我觉得，没有谁比他更好，更懂我！他刚回国时我以为是命运出奇迹，可忽然有天，有个女孩子跑来告诉我，她是他的女朋友，让我别再纠缠他，他妈妈也告诉我，我配不上他，因为我给不了他他想要的东西，至于陆沉舟……我不爱他，他再好，又能怎么样？"

说到"不爱他"时，程夕心里微微有些不舒服，但她强行压下了这种感觉，也结束了和他有关的话题，而是望着吃惊的沈唯，总结道："现在你知道了吧？其实我也很惨，也很衰。更惨的是，你们遇到惨事可以发泄可以发疯，但是我不能，因为我怕失业，也更怕刺激对方过度，然后一不小心他就成了我的病人，然后我还得给他治病，千方百计哄着他……真的，太惨了，我不想那样。"

"噗！"沈唯终于忍不住，笑了出来，笑完她又抱住她，一边哭一边说，"程夕，对不起，我没想到你也这么惨。"

程夕叹了一口气，跟着又松了一口气。

比惨真不是人干的事，但是在心理学上，比惨却是十分有效的刺激病人的手段。

用别人的悲惨来衬托自己的不幸，尤其这个人，还是自己眼里很优秀的那一个，自己的不幸好像也没有那么不幸了。

3

沈唯看起来是真好了，收拾收拾，又是那个精明强干的沈家大小姐。

只她声音哑了，眼睛也肿了，她暂时谁也不想见，想就住在程夕这儿。

程夕出去，传达了她的意思，沈父他们都没意见，主要是见识到了程夕的水平，还是相信她能安抚好沈唯的。

只问了一句："唯唯这是好了吗？"

"还要观察。"

沈家人就又提了一颗心，沈母眼巴巴地看着她："她这到底是怎么了呀？"

程夕声音柔和，安慰说："她发病时间不长，病发也急，很有可能是急性短暂性精神障碍，具体是不是，还得接着观察，最好是去医院检查一下。"

这次沈父没再反对，而是说："好！什么时候去？"

他们是再不想来一次这样的事了，简直要短寿十年。

程夕说："我会说服她去的。但是往后，伯父伯母可能还是要多注意开导她一些。"

这种急性的精神障碍多是由外部因素刺激病发，病发得急，处置得当，好得也快，但是一定要注意后续，程夕担心沈唯就算病愈也会走上另一个极端。

但这种担心现在还不能说，她能做的，也只是让她家人一起，尽力地开导她。

沈父沈母折腾了这么久，又累又乏，他们还要回去商量沈唯和傅明义的婚姻该怎么办——两人虽是因为感情而结婚，可他们恋爱几年，彼此也早有了不小的利益牵连，现在沈唯还怀了孕，实在不是说离婚就能离婚的。

这些程夕都没有理，送走沈家人后，她又进了房间，沈唯靠坐在床头，目光悠远，也不知道在想些什么。

见她进来，她轻声说："急性短暂性精神障碍？"

程夕刚才的话，沈唯也听到了。

程夕点点头，坐到她面前，口气寻常地说："正常人在受到外界强烈刺激的时候都会有这种情况发生，或轻或重而已。这病，要搁在修仙小说里，就是暂入迷障，哦，不对，是心魔考验，没什么大不了的，走出来就好。"

沈唯看着她，脸上似哭也笑，好一会儿，她以手遮面，说："嗬，迷障……还真是啊。"她再放下手，眼眶还有湿意，脸上却是笑着的，"没想到，程医生也会懂得修仙界的事。"

"嗯，略懂。"

沈唯就又笑起来。

程夕没笑，她握住她的手，轻轻捏着她的手指。沈唯渐渐放松下来，松开手，任她又揉又捏。

屋内一时有些静，又过了会儿，沈唯说："你和林梵……其实我一开始就觉得你俩不合适。"

程夕心下微暖："是。"

"他太弱了，保护不了你。"

程夕笑："我不要他保护……但是你说得对，我和他不合适。"

所以从来都还没开始，就结束了。

"忘记他吧。"沈唯伸了个懒腰，结束了这个话题，她坐起来，"我和你去医院。"迎着程夕的目光，她说，"尽管我觉得我已经完全好了，但是，我决定还是听你的话，去医院检查一下。迷障什么的，入过一次也尽够了。"

能这么想，她是确实问题不太大了，但是保险起见，第二天程夕还是带她去了医院。

一系列检查做下来，程夕可以确定，沈唯患的就是急性短暂性精神障碍。她给她开了一些药："感觉自己有呼吸困难或者心跳加剧的时候可以吃一点，平时如果情绪起伏强烈的时候，也可以吃，要是没有，就都不用了……还有，我因为欠了某人的钱，最近略穷，你要不要先搬来和我一起住？包吃哦，住宿费很便宜的。"

她这倒不是瞎说，陆沉舟因为帮她搞定了陈嘉漫的老师，让他说出了实情，当时花费颇多，程夕分二十年还，每个月要还的数目都很可观。

因为担心再拿这个要挟她，她还钱十分准时。

加之还要定期给父母钱，要走人情往来，所以说穷，她是真的穷。

沈唯淡笑："你怕我还会犯病？"

"不是，这是我对老同学的优待。"

"行啊。"沈唯无可无不可，应道。

就这样，沈唯住到了程夕那儿，次日陆沉舟约她，程夕就有了正大光明的理由："我要照顾朋友，所以去不了了呢。"她十分诚恳，"这都要过年了，要不您先忙您的事吧。"

陆沉舟当时也没有说什么，等程夕回到家，和沈唯准备晚饭的时候，他来了。

拎着花提着酒，带了一堆的零食，后面还跟了个陌生的年轻男人，据陆沉舟介绍，那是谁谁谁家的谁，沈唯知道却不认识，程夕却是连听也没听过的人家。

她对本城的富贵人家所知很有限。

不过陆沉舟乍然带了人来，程夕还是挺意外的，还当他是渐渐恢复，总算懂得人情往来能交到新朋友了，孰料他在报了人家姓名来历后，跟着就冲沈唯来了一句："介绍给你的，家世、人品、学历、智商，都比傅明义强。"

程夕闻言，差点拿着他送的那些东西把他砸出去！

他还老神在在的，扭头又和那男的说："是不是长得还不错？"指指程夕，很顺手地捅了她一刀，"比她要周正漂亮多了。"

程夕：……

沈唯本来也有些错愕的，听到最后这一句，实在忍不住，站在一边笑得一抽一抽的。

好吧，能把她逗乐，陆先生也算有本事，程夕无奈，把二人迎了进去。他带来的朋友也不是一般人，陆沉舟那样说，他也没见半点尴尬，过后还背着陆沉舟跟程夕、沈唯解释："其实我来是有任务的啊，我奶奶，哦，陆奶奶是我妈的干妈，我也叫她奶奶，她一直都想让我哥请你去家里玩呢，结果我哥一直没带你去，她又怕冒失去找你让你难做，便让我跟着我哥一起来啦。"挠挠头，"相亲什么的，就是个由头罢了。"看一眼沈唯，"当然，沈小姐也着实很优秀。"

沈唯知道优秀什么的就是客气，淡笑着道了谢，望着程夕："他家里挺在乎你的啊，我觉得陆总真的挺好的。"

关于这个程夕没法解释，只得笑笑，转身默默地往电锅里多加了两杯米，又多炒了两盘菜。

四人吃了饭，无事可做，也不想出门，陆沉舟的干弟弟就提议："要不我们玩玩牌吧。"噔噔噔跑下楼去买了牌，四个人打起了升级。

程夕和沈唯坐对家，陆沉舟和他干弟弟分坐在她的左右手，程夕打麻将气运无敌，读书也是真的学霸，但是打升级，她就是个实实在在的渣渣。

沈唯被她带累得一盘未赢，眼看欠账无数，程夕很惭愧，就用了点心去记牌和算牌。那一局打到最后，程夕她们还差十分就能翻盘，余下两张牌，她很认真地在大家打出的牌面里翻来翻去。

翻到陆沉舟那一堆的时候，他突然握住了她的手。

程夕惊讶，沈唯亦睁大了眼睛看向他们，陆沉舟的干弟弟则是一愣之后愉快地说："拦得好，必须不能让她查啊，赢了这局我们就通关了哦。"

陆沉舟理都没理他，看着程夕："你亲我一下。"

三人一齐："哈？"

陆沉舟慢悠悠地说："我告诉你我的牌啊！"

陆沉舟的对家，他干弟弟：……！

第十七章

1

猝不及防被秀了把恩爱，真是眼要瞎！

尤其是一晚上，陆沉舟和程夕看起来都淡淡的，旁观两人都要怀疑他们是不是情侣的时候，突然来这么一出，眼瞎得尤其厉害。

谁再要说陆沉舟不会撩妹，他会被打死！

此时此刻，这是余下两人的心声。至于另外两个，陆沉舟仍握着程夕的手，神情淡淡地看着她，仿佛刚刚他说的只是一句"你快点出牌，我已经等不及了"一样。

程夕的表情也是微有龟裂的，不过还好，由于时常被他这么神来一句地锻炼，她已经能很快地适应他的突如其来了。

甚至偶尔还会配合着有些神发挥，像这会儿，她抽出手，十分认真地告诫了一句："下次不要这么突然，"看一眼那两只，"会吓坏小朋友。"

被吓坏的两只小朋友：……

陆沉舟的干弟弟一拍桌："打牌啊打牌！不能放水！放水翻倍！"

这人是属于玩也玩得很认真的那一类，程夕自然配合，不再算牌了，手上最后两张，留了个大王，保底。

保底成功，她们在对方通关的最后一刻翻了盘。

程夕认真起来，牌运慢慢也上来了，就一局牌，从A打到K，直打到夜深才算完，程夕她们小输两级，和沈唯每人输了一百块，当是喝茶啦。

除了陆沉舟，其余三人都累得够呛，连沈唯都说："这一百块钱输得好难。"

被陆沉舟的干弟弟翻了个白眼："那你倒是早些认输呀。"

"那怎么行？输也要输得漂亮，像这会儿，你就算赢了，还有赢的兴奋劲吗？"沈唯这话说得颇有深意，程夕眼皮一跳，看向她。

沈唯却是笑意淡淡的，仿佛她就只是就事论事。

说笑几句，一齐看向陆沉舟，他正在收牌，一张一张地，收得整整齐齐，连折了的边角都要压得服服帖帖。

那仔细劲，三人都有些服气，一时就都没说话，看着他修长劲瘦的手指拿着牌盒一张一张地收拾，他收完了，他们同时嘘出一口气。

陆沉舟的干弟弟说："都这么晚了，要走啦。哥，你……回去？"

陆沉舟"嗯"了一声，将牌放在桌子的正中间，站起来。

陆沉舟的干弟弟看了眼沈唯，把那句"你可以留下"咽了回去，再次和程夕传达了一下陆家老太太的旨意："姐，有空一定去家里玩啊。"看向陆沉舟，心道我都开了个头了，您老倒是顺势邀上一邀把时间定下来啊！

刚才撩人那劲呢？

陆沉舟却没看他，他在换鞋，换好了，就看着程夕，他那操心的干弟弟以为这会儿他总会说了吧，结果，他放了个大招，微微俯身，把脸伸到了程夕面前，在她唇上舔了一下："再见。"

就没了。

他走了。

余下三只：……！

陆沉舟他们都走了好久了，沈唯还在笑。

虽然她能笑是好事，但是这笑得也太久了，程夕无奈："还没笑够？"

"嗯。"又开始笑，一边笑一边还说，"没想到陆总这么有意思。"把脸凑到她面前，"你怎么就不喜欢他呢？"

沈唯不是笨人，她现在也能看出来了，程夕对待陆沉舟，有纵容，有宽忍，但唯独，没有女人对待心爱的男人会有的那种爱意。

当然，也有可能是程夕一向能掩饰，像是她和林梵，谁能看得出，她曾经那么喜欢过他？

程夕想了想："也许以后会吧。"但是现在，她不会也不敢。

长那么大还没有开过情窍的生理性情感冷漠症患者，遇到一个自己不会出现反感的对象，很有可能只是暂时性的移情作用而已。

沈唯不知道这点，还道程夕有些松动了，忍不住笑了笑，说："是啊，以后一定会的。"然后不知道想起什么，又自嘲地一笑。

打牌是个很费脑子的活，两人都累了，说了几句话，也就洗洗睡觉。

程夕以为今夜沈唯会睡得好一些，便没有让她服安神的药，没想到半夜迷迷糊糊的时候，听到沈唯突然出声："小夕，我明天回去了。"

她一下就吓清醒了，转身面对着她。

沈唯睡在她旁边，眼睛睁得大大的，不知道是睡醒了还是根本就没有睡过。

她一边观察她，一边不动声色："怎么？"

"逃避不是办法。"她没什么情绪地笑了一下，"我想要尽快解决这事，久拖着……"她轻轻抚了抚肚子，垂下眼睛，"对胎儿不好，对我自己也不好，我在一个渣人身上，浪费的时间已经够多了。"

她说得有理有据，哪怕知道她状态不是很好，程夕也不能强留她，只是要她："如果可以，定期来医院看看，或者至少，和我通个电话，行吗？"

她笑眯了眼："你对我这么不放心？"

"嗯。"

沈唯笑，却还是乖乖地答应了。

沈唯的哥哥和父母都来接她，程夕把医嘱都对他们说了一遍，她本以为，经她先前那么一闹，傅家人既怕了她，虽然怀了孕会麻烦些，但离婚应该是很顺当的事。

可傅明义居然不愿意。

他非但不愿意，还打电话给程夕："能帮我劝劝唯唯吗？我爱的是她，我既然和她结婚，就从来没有想过要离婚。"

程夕：……

有一句话，程夕挺想砸到他脸上的："从来就没见过如此厚颜无耻的人！"不过她是程医生，素质好，所以话不会讲得那么粗鲁直接，她只是问他："那你为什么要出轨？"

"那都是结婚前的事了……"

"结婚前……难道不是你和沈唯的恋爱期？"

傅明义就祭出那句男人犯错后推卸责任的万能金句："是她主动勾引的我！"

"是她主动勾引的我！"在程夕这里，简直比那句"犯了男人都会犯的错"更让她厌恶和痛恨，她当即就说："她勾引你你就要上钩，你是鱼吗？鱼还知道咬错饵就要快些吐出来呢！你倒好，不但吃得多，还把人肚子都弄大了！傅明义，"考虑到沈唯还在和他闹离婚，程夕觉得隐讳地骂他一句"畜生不如"也就够了，努力克制了自己，"人生最重要的就是工作和爱，为了工作和爱，人要学会控制自己的欲望，以免伤了重要的人和事，所以人有两条底线不能丢：不该拿的钱不要拿，不该要的感情不要要。你既然拿了，要了，那就该负起你该负的责任，不要再让爱成为折磨，而是应该要适当地放对方一条生路。

"沈唯不是弱者，她被你气到发疯不是爱你，而是恨她自己。所以，你最好不要再逆着她，否则会发生什么，可能我们谁也想不到。"

她是真心实意地劝他的，沈唯走时的状态看着是平静，但她底下藏着的情绪，程夕想想觉得怕好吗？

可惜，傅明义没有听，然后，他就果断地悲剧了。

当然这个时候，他还以为自己是情圣，是浪子回头金不换的浪子，把旁人恶心坏了却把自己感动得不要不要的。

程夕和他接触不多，以往只是觉得他人有些浮，却没想他还能有这么皮厚无耻，见提醒他他也不听就干脆挂了电话。

有些人，总是不撞南墙不回头。

沈唯的状态倒是越来越好，只看她白天的表现，谁都当她发泄过也就走出来了，这也是傅明义觉得两人还能挽回的最大的倚仗，打过了骂过了，自然也就原谅了。

但其实，她晚上睡不好，好不容易睡着，莫名地半夜又惊醒了，然后就睁眼到天亮。程夕曾问她："睡不着的时候你在想些什么？"

她说："想杀人啊。"又说，"开玩笑的，其实我什么都没想，但就是睡不着。"

前一句是真话，后面那句才是假的，她就算不会真的杀人，心里也积聚了很大程度的愤怒。

程夕能做的，只有不断开导她，给她开些温和的药，可她身怀有孕，那孩子又没确定要还是不要，很多药就不能随便乱吃，便是能吃的，也不适合多吃。这样的情况下，傅明义还要感觉良好到觉得努努力就能让她原谅他，程夕也是无语了。

没两日，除夕到了。

程夕年初一才放假，除夕夜都还要值班，她上午在家陪父母团年吃年夜饭，下午还要回医院上班。她哥程阳比她好一点，却也是年二十九了才赶回来。

兄妹两个一身糟点，本来过年讲究个欢乐喜庆的，程爸程妈也顾不得了，吃完饭，趁还有点时间，两人先逮了程阳一通说，主题思想是，恁大年纪了，该找女朋友了，不找就要成光棍了，你妹妹都要比你先结婚。

程阳惊讶得不行："妹妹谈男朋友了？要结婚啦？"

话题就引到了程夕身上，程夕无语，程爸程妈则笑得和气得很："是啊，也差不多了呢，谈个一年半年的，明年年底结婚刚刚好。"

程夕：……

程妈又说："之前你们一直都说忙忙忙，我就也没管你们，现在过年总有几天假吧？小夕，和他家里人说说，不拘初五初六初七初八，定在哪天见个面吃餐饭。"说到后面，不开心了，"当然，你也别总和小陆说，提一句就行，他要不安排，估摸着对你也没那么上心，你呀，就干脆趁早死心。我看那谁谁谁家的谁谁的儿子就挺好的，回头你也可以认识认识，不拘以后会不会交往，就当认得个朋友也好哇，多个朋友多条路，也省得人家以为你就只能在一棵歪脖子树上吊死了。"

程夕看着自己妈妈，哭笑不得，心想陆沉舟也是惨，在她妈这里才扭转了一点二愣子的形象，因为她的推托，又成歪脖子树了。

倒是程阳抓到重点："小陆，陆沉舟？妹，你和陆沉舟……真搞到一起了？"

话没说完，被程爸一掌削歪了头："什么'搞'，啊？会不会好好说话？"

程阳捂着脑袋，身残志坚地继续揪着程夕问："你们真谈朋友了？"

程夕说："没有。"

被程妈揭穿："是就是，瞒什么?！"看一眼自家女儿，毫不客气地吐槽，"你有本事不认，你倒是有本事别把他带家里来啊。"

还有一句，顾及到她面子没有说，睡都睡了，还不认？信不信她分分钟给她盖个渣女的戳啊？

自家女儿是个隐形的渣，很让程妈伤心的呀！

这回轮到程阳无语了，看着自己妹妹："还带回家了？你这……进度挺快啊！"

然后又被他爸爸削了一掌，又被念了一通。兄妹两个轮着来，被程爸程妈念得面无人色，直到程夕要回医院上班才停止。

程阳十分乖觉地提出要送她，程夕笑纳，难兄难妹逃难一样地逃出家里。路上程阳颇有些纠结地问她："你和陆沉舟……真的假的啊？"

程夕说："假的。"

"那妈说你带他回家又是怎么一回事？还有上回，他还光着身子在你那儿……"

"误会而已。"程夕和她哥说话就直接多了，"我俩才是统一联盟上的啊，反正这事你必须信我，不能跟着妈一起瞎起哄！"

……有这样的妹妹也是心累！程阳摇头："既然不是，那你别跟人家来往那么密啊，还老让人误会。"

程夕惊奇，取笑说："你居然支持我？你不一向盼着我找个有钱人，然后好让你沾点光的吗？"

程阳被噎了一下，瞪着她说："我说你就信？再说了，我是那种卖妹求荣的人吗？真是白疼你了。"

程夕哼哼："还不是你前科累累。"程阳做生意，公关上有点"不择手段"，所以程夕才有此说。

程阳自也懂，闻言只是嘿嘿笑。

兄妹两个太熟悉了，所谓的灯下黑，以至于程夕都没注意到他笑声里的那点心虚。

谈笑着，医院到了，她上班，程阳不想回家再被念，就说："我等你啊，下班了给我电话。"

"等那么晚？要十二点去了哦。"

"没事，再晚我也等得起。"程阳晃晃手机，"小伍他们叫我去打牌，你能走了就提前给我打电话好了。"

程夕便应了，身后程阳正要发动车子离开的时候，他的手机响了，进来一条信息："过年了……真没想到，我们最后会这样……明明是我先认识的你。"

那语气酸得，他略牙疼，看一眼车外面的妹妹，缩头缩脑地把信息一删，就远远丢开手机走人了。

手机被丢到副驾驶的角落里，所以他没看到随后进来的那一条信息："他正大光明来看你了，而我只能躲在角落。"

车子开出，此时日光尚早，却已有烟花在四处渐次炸响，那一丝微弱的手机光芒，带着那一行字慢慢熄灭，归于平静。

3

程夕只来得及说了句"小心一点"，就看着程阳的车飞一般地走远，摇摇头也上了楼，她手上提着食盒，值守的同事们看到一窝蜂地拥上来："带什么好吃的了？"

"还是程医生记得我们。"

大家快快乐乐地分食，程夕就在一边散淡地看着当日的值班记录，这时一个护士凑过来："哦，忘了告诉你，程医生，那个24床的家属来了，他想看看病人，我们同意了。"

程夕有些意外，放下值班记录，走向病房。过道里，穿着风衣的男人儒雅温文，只眉间那一抹愁郁越来越浓。

他和她说："新年快乐。"

"新年快乐。"她也说。

除了问候，两人现在能聊的东西并不多了，林梵说："过年了，我来看看她。"

程夕和他一起转向门内看着陈嘉漫，她现在恢复很多了，虽然还是有些混乱，也还是不喜欢太亮的环境，但已经能正常地沟通了。

所以她也拾起了正常的兴趣，这会儿，外面烟花爆竹声此起彼伏，几乎所有的病人都趴在窗户边往外找声儿，她却在画画，亮了一盏小灯，画得十分认真。

当然，她画画的姿势还是很与众不同，握笔用力，神情也略有些狰狞，像是在发泄而不是创作。

"她现在好很多了，能和人进行相对正常的谈话，也会思考了，只是她恢复过程里还有个十分重要的环节，就是要帮她重塑人格，学会正确地认识和接纳自己的过去，面对现实。"

重塑成功，她自然就能真正恢复，不能，那很有可能会再次崩溃，陷入混乱。陈嘉漫的过去太不堪，长到十五岁，几乎没有享受过正常的亲情，记忆里只有不断的伤害和可怕的侮辱，所以程夕把这个过程进行得很慢，也很谨慎。

"在进行人格重塑之前，我想尽可能给她一个熟悉稳定的环境，让她有足够的安全感，因此可能有一段时间，病人家属都不能再和她有直接的接触。"

事实上，重塑人格过程里能有家属参与配合效果更好，这也是她前面让林梵多来看她陪她的原因，可惜还没培养出熟悉感，就有了后面种种。为了避嫌，他这都已经有日子没来看过她了，自然也不可能对她有帮助。

"病人家属"几个字听得林梵微微一愣，他转头看着她，她穿着白大褂，双手插兜，无论语气还是神情，都自然而平静。

是真正只把他当成了病人家属。

心头怆然，林梵快速地转身，咽掉喉头那一点哽咽，他说："就这样看看她也挺好的。"

看看你也挺好的。

这句话他默默地放在心里，又看了会儿陈嘉漫，他离开了医院。

程夕没有送他，她回了自己的办公室，坐在座位上，有半晌无言。

门被敲响，她回神，苏岚衣带生风地走了进来："发什么呆呢？"

"在想病人的事。"程夕笑，看看她还有她手上的袋子，"你怎么来了，今天也值班？"

"嗯，我孤家寡人嘛，就照顾一下其他有家有口的同事了。"苏岚说得毫不在意，把袋子放到她面前，"建议你尝尝，我一上午的功劳。"

程夕失笑，打开袋子，里面是几盒码得整整齐齐的小饼干，饼干做得五颜六色的，十分漂亮。

"嗯，当下午茶挺好，你等等，我给你泡杯咖啡。"

除夕值班并不忙，这一天就是一向累成狗的妇产科都闲了下来，所以苏岚才能过来看她，两人还悠闲地一起品尝了顿自做的下午茶点。

其间沈唯给她打了个电话，说她今天不过来了，但她很乖，心情也很平和，她说话的口气带一点讨好的味道，瞧着比过去那个精明的沈唯还要多了一点可爱。

但程夕总记得她若无其事的那一句："我想杀人啊。"她越可爱，她越担心。

挂了电话，她就忍不住叹气，苏岚问她："你病人？"

"嗯。"

"很难治吗？"

"有点。"然后忍不住吐槽，"其实对医生来说，最为难的不是疾病本身，而是病人太清醒，主意又太正，偏执还偏执得理直气壮。"

程夕运气不太好，遇到两个，沈唯是其一，然后，她手机再次响起，叹气："另一个麻烦的也来了。"

被程夕称作另一个麻烦的是陆沉舟，他打电话："医院？"

程夕说："是。"

然后就挂了，苏岚挑眉："就这样？"

"不。"程夕站起来，"下午茶结束了，我得出去一下。"

然后苏岚还没反应过来，就见她噔噔噔跑掉了，跟出去，就只看到一个消失在消防通道的背影。

程夕直接跑下了两层，然后将所有电梯按了一遍，大概是除夕，今日送东西的人比较多，程夕厚着脸皮按到第三次的时候，陆沉舟出现了。

见她在这儿，他还看了眼楼层，挑眉看向她。

程夕……程夕看着他身边各捧着一堆东西的人深吸一口气，"都是你带来的人？"她问。

陆沉舟点头，她就果断把他们都拉了出来："抱歉，你们回去吧，哪儿来回哪儿去，谢谢。"

陆沉舟看着她折腾，等她把人都赶走后，他对她微微一笑："有用？有人已经上去了呢。"

程夕：……

所以刚刚见到的那些送东西的人都是他的人吗？！！

那天的结果就是，程夕又出了一回名，那个追她的神秘土豪男人在除夕夜送了她一桌满汉全席，精神科留守的同事们吃不完，就在朋友圈里号召全院值班的同事过去帮忙，然后大家共同见证了某人的豪气冲天。

可事实上，那些东西都是关心心切的陆爷爷陆奶奶安排的，他们觉得，她除夕还要上班也忒可怜了，自然要好好犒劳，多多安慰。

程夕没有被安慰到，她有些恼火地把陆沉舟直接带下了楼。

"我要上班，所以好意心领了，你先回去吧。"她难得强硬地把他摁回他车上，说。

"可是我的礼物还没送给你呢。"

"刚刚那些我已经收了。"虽然是被迫的。

"那不是我的。"陆沉舟淡淡地说，"那是他们送的。"

程夕：……

她捶了捶胸口，心平气和："那你要送什么？先说好，我不要吃的用的也不要花，因为存放处理起来都非常非常麻烦。"

陆沉舟"嗯"了一声。

"那给我吧。"她伸出手。

陆沉舟双手交叠放在窗口，下巴搭在手背，望着她："你确定在这里？"

晕黄的路灯下，他清淡悠然的模样帅气得无以复加，可程夕心里却浮起很不好的预感，想了想，她果断说："你先去我家，我等会儿回去。"

这一等就等得有些晚，程夕回到科室遭到了史无前例的围观，连已经休假的护士长都打电话给她："嘤嘤嘤，等我上班的时候还有吗？"

头疼。

程夕感觉这个年过得兵荒马乱，而更让她感到慌乱的还在后头，她抽空回家，面对的就是一个脱光光拿被子把自己包在沙发上的陆沉舟。

难为他还自己准备了被子，就是把她的客厅弄得很醒目，一大片的，火辣辣的红。

她目瞪口呆地看着他的时候，他掀开被子："礼物，你收吧。"

他居然还有点淡淡的羞涩！！！

程夕感觉自己整个人都要不好了，却还是十分不要脸地多瞄了一下那具年轻的身体，被子底下的他是真的寸缕未着，大红色被子上，他皮肤白皙，身材好到不可思议，肌理分明深刻像是充满了力量，侧躺着时的线条漂亮得堪称违规！

就多看了那么一眼，她气不起来了，还得小心口水不要流出来，长这么大程夕也是第一次知道自己居然是个身材控！

她走过去，帮他把被子盖得严实了，好声好气地说："没开空调呢，别冻着。"摸摸被子，"质量真好呀这个，你带来的？"

第十七章

纯属没话找话。

陆沉舟却不肯放过她，"你脸红了。"目光灼灼扫过她脸上，"哦，耳朵尖也红透了。"

程夕：……

"你这是害羞了吗？"他问。

看破不说破啊，懂？程夕恼羞成怒，伸手在他头上狠狠揉了一把，直把他揉蒙了，才恶声恶气地说："是啊，我害羞了，满意了吧？"

陆沉舟这次居然没躲，任她揉来揉去，他只是看着她，直把程夕看得脸更红了，才"嗤"地笑了一声。

这真是比任何语言都更要直击人心，程夕脸红得更透，只好以手覆面："你这是要干什么呀？谁给你出的馊主意？"

陆沉舟十分不客气："你很喜欢。"

程夕：……无法反驳，谁让她刚刚眼贱没忍住呢？

陆沉舟倒没想到程夕反应会这么大，而且他也喜欢看她脸红红的样子，她这一向待他，温婉宽待有余，亲昵暧昧少见，便是他撩她，她也只是无语无奈居多，今日这样，倒让他有种推开新大门然后捡到宝一样的意外。

程夕说不过他，只好避走，扔下一句"穿上衣服"，去洗手间冷静冷静。

镜子里，程夕也是第一次见识到自己失态的样子，一张脸红得像要滴血，可能是心思不正，连目光都迷离了，然后脑子里一直悬晃晃的，都是那具极有美感的白肉！

她自己都不明白何以今天反应会那么大，简直有辱自己医生的名头——精神科的医生们虽然不像其他科室那样需要不时进行人体观摩，甚而人体解剖，可他们的病人发起疯来，脱衣耍赖随便裸奔也从来就不少见好吗？！

只能说她今日先是被院里同事调笑太多，重复暗示之下乍然见到这么完美漂亮的男体……好了，明白自己失态的原因就好，其他……打住！程夕警告自己，泼了自己一脸水，冬日的自来水冰冷刺骨，堪称冰块，冷敷效果出奇的好，程夕再出去脸上已经看不出什么了。

陆沉舟也已经穿好了衣服，但是他没有穿外套，黑色的长裤包裹着他逆天的大长腿，白色的衬衣扎在裤腰里，看起来倍儿清爽好看。

尤其当他垂目微带了一点冷淡之意看着她的时候，禁欲的模样让才冷静下来的程夕不由得又是满脑子的少儿不宜。

简直造孽！

赶紧转开视线，然后就又看到了一地迤逦的红，她不由得无奈地想，也许往后有很长时间，她都无法直视这抹红了。

"礼物收了，我们走吧。"咳了一声，程夕说。

陆沉舟没有动。

程夕只好问："怎么啦？"好声好气，先把他哄出去要紧。

当然，如果他要问她为什么收了礼却不用，她一定会喷他一脸的：谁家会送这样的礼啊？！然后赏他一记老虎拳，打晕了就地拖出去处理。

好在陆沉舟颇识眼色，他没有这么问，但他却问了另一个让程夕颇有些头疼的问题："没有回礼吗？"语气惊诧，且理由正当，"今天除夕。"

程夕只好捏着鼻子给他找回礼。东西倒是有，都是程阳这次外出带回来的，其中有一盒十二生肖的根雕小挂件，做工精美，打磨得也很细腻光滑，十分好看。

陆沉舟喜欢茶宠，大约应该会喜欢这些吧？

程夕顺手选了一条小龙递给他，那是陆沉舟的生肖。

他接过放在掌心看了看，然后拇指轻轻在龙首上微微一摩："有什么用？"

程夕："……也没什么用吧，做个钥匙上的挂件也还行。"

然后他问："有蛇吗？"

"有。"

"给我。"

蛇是程夕的生肖，可是他想要，程夕也并不吝啬这个东西，便把蛇也递给了他。

陆沉舟接过，照常先摩挲了会儿，然后将钥匙取下，把龙和蛇相对着挂在了他的钥匙扣上，挂完了，他把两个生肖小动物轻轻一合，一龙一蛇就凑到了一起。

陆先生还点头："对称了。"

……

程夕摆摆手："好啦，走吧，我还要去医院。"

真是专门翘班为他跑出来的，结果受到一顿暴击。

可是当进了电梯，见他一直把玩着那两只小动物，一副爱不释手的样子，她又觉得挺对不住他的：根雕雕得再好，比起他送的东西总是太廉价了些。

她有些愧疚，就说："这个东西做得粗糙，你要是真喜欢，下次我再买两个更好的送给你。"

陆沉舟闻言抬起头来，眉眼依旧是熟悉的冷淡，但眼角眉梢却能让她很明显地感觉到，他的心情很不错，"好啊。"他淡声说，"我会等着的。"

……突然压力好大怎么办？

程夕深恨自己嘴快，可是既许诺出去了，自然就要送。她在送礼上是没有任何细胞的，但是没关系，她还有程阳。

值班到十二点，打程阳电话他一直没有接，还以为这家伙是打牌打到浑然忘我了，不想等了不到半小时，他又来了。

跑到科室来找她。

程夕问："你手机呢？"

"不知道啊，不知道丢哪儿去了呢。"程阳气喘吁吁，浑不在意地在上下左右口袋拍了拍，问，"能下班了吗？"

"嗯。"兄妹两个下楼，回家。程夕坐在副驾驶位上，帮着他找他的手机，手机响起在她屁股底下，她费了老大劲，才从缝隙里把它抠出来，"你也是心太大了……"她说他，看着他的手机，"这都有几十个未接来电了。"

"妈打过来的吧。"程阳瞥了一眼，不甚在意地说，"他们要守岁，这会儿估计还没睡呢，回个电话，就说我来接你啦。"

这是提前套好口供，程夕很懂，也不介意帮他，划开了他的手机。程阳的密码她都知道，这家伙懒，记性也奇差，什么密码都是告诉她一份的——权当备份。

所以她很自然就划开了他的手机，然后在点开未接来电之前不小心先点开了那一条未读短信。

"他正大光明来看你了，而我只能躲在角落……这谁……嗷！"程阳骤然停车，程夕差一点整个人都扑了出去。

第十八章

1

程夕没想到程阳反应会这么大,手机被抢走了,人都还没反应过来。

"不是,你急什么呀?"过了好一会儿,她才很有些头疼地看着他说,"你这是当了渣男,负了人家了?"

程阳已经在检查手机了,看完先是庆幸:还好他留了一手,给那家伙存的名字是001。

跟着就听到自家妹妹的话,不由得吐血:"我在你心里,就是那样的人?"

程夕轻哼:"那谁知道你!我看那句话就很有问题,什么叫'他正大光明来看你了,而我只能躲在角落'?听着就是一出虐心虐肺的狗血剧,不谙世事的小女孩被你哄得晕了头,知道你还有原配正版,又舍不得离开,只好默默地当了小三,偶尔看到你和正版出去玩,只能又嫉又伤地躲在角落偷偷看。"说着,越发觉得自己猜得正确,"刚刚你就是出去了,说是和小伍打牌,谁知道你干什么去了啊?我就说你怎么电话都砸这角落里来了,肯定是她们两人同时约了你,你分不了身,又哄不了人,只好把手机扔了?"

说得还真像那么一回事,程阳气笑了:"真能猜啊!"他撒谎和程夕不一样,程夕是不到万不得已,宁可含糊过去也不撒谎,程阳撒谎是没有半点心理压力的,对谁都是张口即来,他跟程夕说,"求求你了,可别乱往我头上扣帽子,你在哪儿看到我有什么原配正版了?老子忙赚钱都忙不过来!再说,这家伙有病,莫名其妙就死缠着我,看谁都像是情敌,谁知道他在哪里看到我,然后又发什么疯啊?"

他说话时程夕一直看着他,他神情也坦然得很,程夕有段时间学心理分析,回家拿他练手,因此他虽然不像程夕那么变态会分析,却也至少能在她面前很好地掩藏起自己所谓的"谎言线索"了。

可惜他面对的是程夕。

程夕在他说完后，当时说的是："嗯，看着不像是撒谎，信你了。"

程阳松了一口气，程夕问他："你前天是自己开车回来的？"

程阳莫名，点头说："是啊。"

还以为那事儿过去了呢，却听程夕忽然来了一句："撒谎。"

程阳下意识怼回去："哪里撒谎了？我明明就是自己开车回来的……"看着程夕，消音，都有点气急败坏了，"程小夕，你又对我来这一套！"

程夕笑："你不也没反对吗？之前说得那叫一个滴水不漏。"笑容一敛，语气就严肃了很多，"哥，在我心目中，你一直都是个好人，我也一直觉得你很厉害，所以，别做让我看不起你的事行吗？之前我还劝过一个人，说做人得有最起码的两条底线：不该拿的钱不拿，不该要的感情别要，大大方方正大光明地爱和被爱，既是对对方的尊重，也是对自己的尊重。"

"好啦好啦。"她一摆出这样子程阳就受不了，咕哝着说，"我知道自己在做什么。"

还是没有吐口。

程夕叹了一口气，想说什么，程阳却已经发动了车子，说："我开车呢，这时候精神不好，别招我说话。"

完全就拒绝沟通，程夕无奈，只好把这事暂时压下来，心想着过后再找时间和他好好聊一聊。

谁知后来一直忙，她也就忘了这茬，而等她有时间再想起这事的时候……那时候，程夕倒宁愿他脚踏两只船，做一个讨人厌的负心渣男。

回到家已经很晚，程爸程妈转钟就睡着了，程夕也困倦得很，洗洗便也睡了。

在那个新旧交替万物更新的夜里，一向生活阳光欲求很低的程医生做了一个难以启齿的梦，梦里一片金黄，以至于早上被她妈妈叫醒的时候，她差点脱口来一句："流氓！"

说了一个"流"字，看到她妈的脸，清醒了，顺势打个滚，把通红通红的脸埋进被窝，撒娇："……留我一个人看家吧，好困！"

被程妈毫不留情地掀了被子。

起床、穿衣、吃饭、拜年，初三之前都是走亲戚、吃吃喝喝、打牌，程夕间或还要关心一下沈唯的情况，她这两天比较辛苦，因为出现了孕吐反应，可能是心绪始终不好的原因，沈唯的孕吐反应十分强烈，几乎是吃什么吐什么。

程夕很想去看她，可是一直都忙，初四的时候家里还来了一屋子客，开了几桌牌局，连程夕的房间都给腾了出来让他们打牌用。

程夕被拖着打了几圈麻将，因为"手气"太好，被无情地赶下了桌，她也不恼，笑嘻嘻地说："我去给你们买吃的啊！"跑出家门去透气。

进超市买了家里已缺的零食和饮料，拎着袋子才走出来就接到了陆沉舟的电话："该约会了。"

程夕无语，这种程式化的追求，还真是让她难以招架，她说："我忙……"话还没落音，感觉自己的脚被碰了一下，回头，就看到陆沉舟的车，慢慢悠悠地跟在她背后。

他坐在车内，下巴搁在前面握着方向盘的手上，午后的阳光温暖而柔软，染得他素来沉静漠然的脸也添了一点安宁的味道。

她避到一旁，他的车子开上来，停在她面前。

"上车。"他说。

程夕看了眼手中的袋子："我家里还有客。"

他下了车，说了句"等会儿"就进到超市，没多久，带了一溜超市的工作人员出来，那些人后面都推着推车，推车上放的有水果、饮料、烟、酒、糖果、点心，七七八八的足有三大车。

陆沉舟指挥那些人将东西装到车上，程夕觉得很不妙，问他："你这是……要干什么？"

他回过头，淡淡然地说："去你家。"还说，"我不介意把约会的地点放到你家的。"

程夕：！！！

她很介意啊好不好！

她就差吼了："我和你出去！"于是拖了半车礼物，两人大年初四跑出去"约会"，程夕心累得不行，都不太想和他说话，嘟着嘴一直望着车窗外面当雕像。

直到陆沉舟的电话响起，她听到他"嗯"了几句，然后把电话递给她："光头的。"

因是新年，程夕不好不接，只得匆匆结束赌气，接过了电话。

光头自然是和她新年道喜的，末了却又说："那家伙年初二就去你家守了一天，还拉着我陪他晒了半日太阳，我问他干什么不给你打电话，他说你忙……这是我第一次见他这么体贴人，简直是受了一万吨惊吓好吗？"

后面光头再说了什么，程夕都没有在意，她把手机放到一边，扭过头去看着身边的男人："你初二来过？"

"嗯。"

她声音有些不稳："因为那天也是约会日吗？"

"不。"她听到他说，淡淡的声音，清清冷冷的音质，却似蕴满了她曾忽略过的温柔，"因为我想你了。"

程夕长到这么大，收过无数的情书，也听过很多的情话——她长相不差，性格也还算好，也是有人追的好吗？

只不知道为什么，那些追求她的，最后处着处着，都成了可以无话不谈的好朋友，没一个能成为恋人。

以前她以为那是因为她不爱他们，现在她知道了，他们都没能真正打动她。

这会儿，哪怕陆沉舟的表情依然淡漠，可是只要他的感情里掺了一点点纯粹，就都显得那样难能可贵。

因为他是情感冷漠症患者啊。

程夕一时没说话，陆沉舟也没说，他开车呢。不过他看得出自己那么说了以后程夕很受震动，便暗戳戳地想，追她的进度拨快一格了，像是亲亲以后上个床什么的。

结果感动下的程夕说的是："我们去看沈唯吧。"

"……嗯？"

程夕又清晰无比地说了一遍："去看沈唯啊，她怀孕反应很大，吃什么吐什么，我有点担心她。"

陆沉舟第一次被她弄得有些无语，很不明白他想她和她担心沈唯这两者是怎么建立起等式来的。

程夕当然不知道他心里的想法，她只是本能地感觉这样独处下去有点危险而已，而避免危险最好的办法就是到人民群众中去。

她还拿他先前的话挤对她："你不是不介意去我家吗？那肯定也不介意陪我去沈唯那儿的对不对？"

她说话时微微侧对着她，露出左颊那个小小的梨窝，可爱得想让人戳一戳。他忍了忍，没忍住，伸指轻轻在她颊边一点，面无表情地说："我约你出来就是为了陪你去看别人？"

程夕笑着躲开："看电影也是在看别人呢。"

……好有道理！

于是陆沉舟陪她去看沈唯，因为在和傅明义闹离婚，沈唯现下住回了娘家。年初四，正常人家里都很热闹，沈家却冷清得很，沈唯的哥哥嫂嫂们不在，沈父沈母都在家。程夕打电话问清楚了情况，就很不客气地从陆沉舟买的那一堆东西里挑了两个果篮、两盒茶叶还有其他一些包装精美的东西。

两人四手都拎得满当当地上门，沈母过来开门时看到，还嗔了她一句：

"这么客气干什么？"看到程夕身后的陆沉舟，又惊讶，"你是陆家那孩子吧？"

陆沉舟为人冷淡，礼仪方面倒是无可挑剔，他淡淡地点头："是。您好。"

很矜持的模样。

沈母的目光在程夕和陆沉舟身上打了一个圈，见他如此也不好多问两人怎么一起来，因为程夕已经在问沈唯的情况了，沈母叹气："吃不好就算了，睡也睡不好。"默然片刻，"她越笑得开心，我看着就越愁，小夕你说，这可怎么好呢？"

程夕就也只好安慰她："这也是她不想你们担心。"过了会儿，问，"孩子是确定要留下来吗？"

沈母脸上愁意更深了，看了眼和陆沉舟寒暄的陆父，叹气："我们都不敢问，什么都不敢问她。"

程夕默然，她了解沈唯，她是极有主意的人，便是问，只怕也问不出什么，那天要不是出其不意，她也不会跟自己吐露第三者的事。

"那就不问吧。"她劝道，"只是伯母也别把她当成瓷娃娃，就像平常那么待，该怎样还是怎样。"

劝了两句，陆沉舟和沈父在楼下喝茶，程夕去楼上看沈唯，一上了楼，沈母连脚步声都放轻了，她压低声音和她说："她受不得声音大，说是头疼。"

程夕心下微微一凛，这是睡眠缺失症患者最开始常有的症状，就也放轻了脚步，跟着沈母进了沈唯的房间。

但沈唯并不是一个人在，看到坐在她床边的龚恒谨的时候，程夕十分意外。

沈唯看到她却很高兴，虽有孕，她外表却没多少变化，连憔悴的感觉都没有，脸上还化了点淡淡的妆。

"别起来啦。"程夕拦住她，"感觉还好？"

"嗯。就是吃不了东西，烦人。"她笑着说，还和她撒娇，"刚刚又吐了。"

程夕握着她的手："吐吐就习惯了。实在习惯不了也没事，我认识一个妇产科的医生，她很优秀的，必须有办法能缓解这个。"

沈唯被她逗得又笑了起来，笑着笑着却轻轻抚了抚额头。程夕见状，很自然地替她在太阳穴处揉了揉，转头和沈母说："我想和沈唯单独聊聊，可以吗？"

沈母忙不迭地应了，龚恒谨自她们进来后，除了开头出声打过招呼后就一直没说过话，这会儿也很有眼色地站起来，说："唯唯，程医生既然来了，那我就先走啦？你好好休息，等过两天再来看你。"

沈唯很舒服地享受着程夕的按揉，连眼睛都没睁，随意地摆了摆手。

人都出去后，她这才睁开眼睛，看着程夕："你那是什么眼神啊。"

　　程夕说："不赞同你的眼神。"

　　沈唯笑，笑意却很淡，甚至还有点点的冷："总要让她自以为是地在我面前卖几天蠢，才能抵消我自己犯过的蠢呀。"

　　"她不知道你知道了？"

　　"嗯。他们都不知道。"

　　程夕怀疑地看着她。沈唯说："是真的。他们自以为自己掩饰得好，所以根本没想过我会查得出来。嗬，这世上的事，人过留名，雁过留声，只要做过必然就会露出痕迹，哪有真正的天衣无缝啊？"顿了顿，她又说，"不过他们也算是掩饰得好了，我就硬是一直没发现。"

　　"是你从没想过要怀疑他们。"程夕语气淡淡，"谁会那么龌龊，没事把自己的丈夫和最要好的朋友想到一起去？"

　　说得沈唯又笑起来："还是你好，骂人从来不明着骂，可我听着怎么就那么解气呢？"

　　"能解气就好。"程夕放下手，替她捋了捋鬓边的头发，"沈唯，你这么聪明，我别的话也不想多说，只想告诉你，兵无常胜，水无常形，挫折和失败跟成功一样，也是组成人生的一部分。婚姻失败一点也不可怕，识人不明也并不可耻，可怕的是一直陷在里面不出来，那是拿别人的无耻来惩罚自己。要知道，毁掉婚姻总好过被它所毁，咱年轻着呢，没必要为一件无聊的事情死磕，放开了，天地自然宽阔。"

　　这是程夕的人生观，也是她的感情观，所以她能执着，也会很快地放开。

2

　　其实道理沈唯怎么不知道？只是她不甘心而已，她懒懒地靠在程夕身上，抱怨道："还说不多说，说了这么一大堆呢。"她闭上眼睛，"好啦，我懂的，我不会为两个贱人赔上我自己。"她说着，还轻轻抚了抚肚子。

　　程夕就知道，她其实还是在意这个孩子的，不管这孩子来得适不适宜，能让她有挂念就好，心有挂念，做事大约也不会太出格。

　　沈唯是真的累了，程夕讲话的语气又柔和，不知不觉，她就那么靠着睡着了。

　　程夕将她轻轻扶回床上，又看了她一会儿，才起身下楼。

　　楼下气氛略有些僵硬，主要是沈父沈母很少和陆沉舟打交道，陆沉舟又是一副目下无尘的样子，三人聊天，聊着聊着就聊死了。

看到程夕出现，陆沉舟还好，沈父沈母先就松了一口气，很热情地招呼她："这里坐。"还给她拿这吃的那喝的。

程夕笑："不忙了，我要走啦。"

"就走了啊？"沈母是真舍不得程夕，以前没觉得，现在才发现，有这孩子在多让人心安哪，"吃了晚饭再走呀，唯唯呢？她肯定也舍不得你的。"

"她已经睡了，伯母没事也不要去叫她，就让她睡。以后没事，您多陪她聊聊天，如果身体允许，可以拉她出去逛逛街，也可以帮她把婴儿房布置起来，总之不管怎么样，要适当地找点事给她做。"

沈父沈母都惊了一下："婴儿房？唯唯她……还是决定留下这个孩子吗？"

"我猜她会的。"

"那她和傅明义……"

"这我就不知道了。但是不管怎样，沈唯不是个任性的人，你们能支持的，就多支持她吧。"一句话，她过得开心就好，只要她不发疯不想着报复社会，怎么决定都随她。

沈父沈母都叹气，说："我们怎么会不支持她呢？也不过是想她好而已。"

程夕点头，说完了该说的，也便告辞走了。

从沈家出来，程夕的心情有点沉重，陆沉舟因此看了她好几眼，她也没有发现。

后来陆沉舟都忍不住了，问她："你每次给人做完心理辅导都这样？"

程夕回过神，明白他问的是什么，摇头，很头疼地说："当然不是。我只是担心沈唯，总觉得她在酝酿什么大招。"

陆沉舟淡淡地："她那么大了，做什么决定有什么后果，她自己可以承担，需要你担心什么？"

程夕转头看着他。

陆沉舟说这话时语气很淡很淡，而且眼光清明，神情坦然，显然，他是完全不觉得程夕的担心有什么必要。

程夕心底一动，维持着姿势表情不变，问他："那如果光头兄出了什么事，你会替他担心吗？"

"光头兄"三字让陆沉舟微觉莞尔，他想也没想："不会。"

"为什么？"

"因为那是他的事。"

"……可是你有时候还不是会帮他？我记得是上回吧，他说要好好感谢你，因为你帮了他大忙。"

陆沉舟闻言"嗤"地笑了一声："那是因为于我也有利。"他问她，"你帮沈唯，能获利吗？"

程夕说："不能。"见他又要开口，忙跟了一句，"但是她能好起来，作为朋友我开心，作为医生，我也有成就感。"

前面是红灯，陆沉舟顺着车流将车停下，冷嗤了一声："她能让你开心，还能给你成就感？"

他的语气平平无奇，可就这么平平无奇的语气里硬是带出了尔等皆凡货的睥睨之态。

程夕还是护短的，她不开心了："当然！"

陆沉舟嘴巴就真的毒了起来："嘀，一个遇到这么点事就把自己折腾疯了的蠢货而已，你有什么好为她高兴的？"

程夕：……

和情感缺乏症患者谈感情那就是找虐，程夕换了个角度："那如果你是沈唯，你会怎么做？"

红灯已过，陆沉舟重新发动了车子，然后他看着前方，轻描淡写地说："毁掉他在意的，拿走我自己该得的，还能做什么？"

程夕莫名从他的话里听出了血腥的味道，不由得眨了眨眼睛，很真诚地问："那个……我没有得罪你吧？"

他微微一顿，转过头来冲着她露出一口森森白牙："有啊。"

她大惊："什么时候的事？"

"擅自更改约会行程，算吗？"

"那个不算吧，因为已经征得了你的同意。"她本来想就此回去的，这会儿也只能很厌地说，"要不我请你看电影？"

陆沉舟居然没反对，程夕在网上订票，结果能订到票的场次都要到凌晨去了，程夕软软地问："要不改吃饭？"

陆沉舟这次没理她，而是直接开车把她带到了东来酒店。他们一到，就有工作人员过来接他们，一边走一边汇报说："陆总，已经安排好了。"

程夕懵圈脸，也不知道他安排了什么，默默地跟着他往里走，路上程妈妈打电话找她，说是要出去吃饭了，问她在哪里。

程夕含含混混地说是有事回不去，让他们先去吃，然后要她妈妈帮忙跟亲戚朋友道个歉什么的。

正说着，陆沉舟突然凑过来："到了。"

程夕：！！

程妈妈已经听到了，在那边"啊啊啊"地叫："是谁？"

程夕啪的一声挂了电话，十分迅速地将手机放进兜里，惊魂甫定的模样颇有几分掩耳盗铃的傻气，陆沉舟微微弯了弯唇角，清冷俊逸的面孔像是初化的冰雪一样，棱角处染了一丝温润的柔软。

程夕尴尬地扯了扯嘴角，四处张望："这是哪儿？"

她来东来也有几次了，但目前也就只去过三个地方而已：咖啡馆、办公室，还有就是陆沉舟的房间。

这里她却是全然陌生的，像是饭店装修精致的包间，却又有些像是某个入口。

陆沉舟很绅士地做了个"请"的手势，房间门打开，她随着他走进去，发现里面就是个圆形顶的房间，房间里布置得很是清雅幽静，有桌有椅，也摆放有精致的茶点。

程夕本以为这就是个普通的吃饭地方而已，却见房门阖上，陆沉舟径直走到最里面，拉开了那一层厚厚的窗帘。

窗帘后面是一面巨大的玻璃墙，而玻璃墙后，只有一片幽蓝的……水幕，"这是水里？"她有些惊讶地问。

陆沉舟没有说话，静静地看着她，等她走过去才打了个响指，然后眼前一暗，灯光完全熄灭。

黑暗刹那笼罩而来，程夕静立不敢动，只见原本是一片水幕的地方亮了一盏灯，灯光幽远，徐射而来，然后灯光越来越亮，也越来越多，那片水幕就成了一场巨大的幕布，幕布上是深远辽阔的天空，五颜六色的光芒就像是极光闪过，互相交织着宛若是盛放在眼前的烟火，带着夺魂摄魄而又触手可及的瑰丽。

腰上一紧，陆沉舟就在那片瑰丽的背景中，突然拥住她，掰过她的脸，吻住了她。

不得不说，这一吻感觉还挺好的，程夕一直觉得自己大概没那么容易喜欢上别人，她很懒，懒得去爱，一旦爱上了也懒得移情。

可现代社会，真没几个能与她一起共情长的。

所以有时候她也真的想过，她这辈子约莫也只能像她老师蔡懿那样，把终身都献给医学和病人了。

但此时此刻，感受着这个男人的专注，哪怕没有情深，她也……心动了。

陆沉舟放开了她。她望着他，璀璨夺目的背景灯下，他本就英俊的面孔被打了一层暖柔的光，看起来就像是烤得上好的面包皮，让人很想捧过来咬一咬。

程夕努力让自己不要太垂涎，但这有点难，因为他离得她太近了，拿头抵着她的额头，以至于她都能闻到他身上清冽的香味，还有男人浓郁的荷尔蒙的气息。

不由自主地，她又想起了除夕夜里那个让人羞耻度爆表的黄灿灿的梦，偏偏陆沉舟还问她："好看吗？"

声音低低的透着暗哑，性感撩人。

程夕尽量保持平静："好看。"

陆沉舟说："我是说我。"他一只手抬起她的下巴，让她看着他，另一只手抓起她的手，从他形状优美的下颌到他精致微凸的喉结，轻轻抚过他劲瘦有力的胸膛，落到窄窄的腰侧，捏着她的手指用力摁了摁，那是人鱼线的位置，他记得那天她就特意多看了好几秒，然后脸就红透了，"我好看吗？"他特别认真地问。

程夕不可抑止地脸又红了，那时候，水幕里的极光已慢慢隐去，那里就成了一片深渺的星空，只有星星在上面静静地眨着眼睛。

从极美到极静，何止是一场灯光的变幻，也是心境的极端考验！

程夕不是个扭捏的人，察觉自己的感情已经失控，她没有费力挣扎，而是尽量淡定地说："好看。"又说，"房间弄得好看，你长得也好看，身材更好看。"人在紧张之下，多说话可以有效缓解情绪，程夕果然慢慢平静了下来，她用自己空着的另一只手，捧着他的脸，问他："陆沉舟，你知道顶着你这么帅一张脸，用这样冷静的表情撩人，有一个词叫什么吗？"

陆沉舟抿了抿唇，不答，他觉得她没安好心，用的词自然也不好。

程夕也无所谓，她自问自答了："叫禁欲系！什么叫禁欲系你知道吗？就是长得眉目如画，穿得也沉静高雅，顶着一张普度众生的得道高僧脸，却偏偏要说下流话做流氓事。这种反差极大的男人据说很受欢迎，会让女人们不顾一切，想要冲上来压倒你、撕碎你的衣服、扯下你冷淡高傲的面具，让你沉迷在俗世红尘中，不能自拔，也不可自拔。"她说着突然揪住他的衣领，在他下巴上咬了一口，磨着牙颇有些凶狠地叫他，"陆沉舟，陆沉舟！"

她不知道该说什么，唯有叫他的名字，一遍一遍。

同时也在心里不断地提醒自己，他是陆沉舟，他只是她的病人，现在他所做的一切，只不过是移情作用而已。

陆沉舟并不知道程夕心里的纠结，他偏头，就这么一会儿工夫，沿着被程夕咬过的地方，呈放射状迅速地起了一层鸡皮疙瘩，以前那是他对人本能的排斥，这会儿，却是兴奋。

他压抑着那股子跃跃欲试的兴奋，问她："如果我撩了呢？"

"概不负责！"程夕应得斩钉截铁。

他笑了起来，轻轻的一声笑，低沉之极，然后他在漫天的星光背景下低下头来，再次含住了她的唇。

她听到他说："那你就不负啊，我负责就行。"

程夕想，她真的没有成神，她真的很难抵抗一个成熟的有魅力的男人对她一而再再而三的勾引。

也或者是，星光真美，哪怕是假的，她也想要来一场艳遇，尤其这个艳遇的男人，还是这样美得惊心动魄。

程夕闭上了眼睛，她终于不愿再去想什么病情什么病人，也不愿意去思考，陆沉舟到底有多清醒——如果她只是他的一根浮木或者说是稻草，那她，也只能认了。

从她听到光头说他在她家门口守了一天，听到他说"我想你了"的时候，她的心就已经在蠢蠢欲动了。

她……其实也很寂寞，像那河流深处的极光，像那远在银河里的星辰。

他们如此渺小，大概也只有沉沦。

3

再次唤醒程夕的是她的手机，在打了无数个电话她没有接以后，程妈妈很机智地开了视频。

手机是放在她衣服袋子里的，两人在床上滚来滚去的当口，也不知道怎么碰到的，视频居然给接通了！

然后她就听到她妈妈十分有穿透力的声音："程小夕！你在干什么?!"

程夕吓得一哆嗦，什么想法都没有了，一把将陆沉舟掀开，爬起来，才发现自己衣服外套还穿得好好的，里面的衬衣却已经完全解开了。她赶紧手忙脚乱地扫过衣服，伸手进口袋，关掉了视频通话。

程妈妈的魔音终于消失了。

程夕这才松了一口气，然后发现，他们居然滚到床上来了！床？"这里怎么会有床？"她转头望去，见他们进来的房间在另一个门外，很显然，这个屋子本来就是套间设计，而且很有可能，就是给情侣约会用的。

吃了饭看过美景之后来一发什么的，真的不要更羞耻！

程夕系上扣子，被掀到一边的陆沉舟又爬过来，锲而不舍地想要再次压倒她。

她也不挣扎，只是拍拍他的脸："我得回去了。"他不理，手伸进她的衣服里，明显是还没有尽兴——事实上两人也没到多深的程度，亲着亲着进了房上了床，衣服才解开呢，程妈就搅乱来了。

程夕倒是有办法对付他，她说："我们都还没洗澡呢，我今天走了一天亲戚，出了汗、打过牌，买过东西还给沈唯揉过脸。"她很真诚很纯洁地望着他，"你真的要继续吗？"

陆沉舟：……

他伸进她衣服里的手顿住，眼里的迷离急遽退去，程夕不禁有些好笑，所以说洁癖过头什么的，情到深处，总还是有得治的。

但她现在并不想给他治，这会儿再留下去，就真的要出事啦！程夕不敢留，趁着他还没回过神，快快地跳下床，然后麻利地拢好了衣服。

陆沉舟没有追，他侧卧在床头，就像他们第一次见面，一夜过后，她早起收拾自己，他淡淡地高卧一边看着她一样。

只是程夕再不敢试探他，她一边整理一边没话找话缓解尴尬："你这两天是不是看了什么新书？"总觉得他撩人的技巧更成熟了，情话一套一套的就算了，连追求的花样也翻新了。

要知道，之前他可是兴致上来，就直接脱衣服"致敬"的那种！

陆沉舟似乎有些被她刚刚的话恶心到了，懒洋洋地说："徐波的那帮女朋友推荐的，有好多吧，什么《总裁的私家爱宠》《BOSS的密恋情人》一大堆。"

程夕：……什么鬼！！

下意识地，她想也没想，先扑上前去，把脉。

还好，虽然过去了一段时间，但陆沉舟的心跳明显还是有起伏的，而且，他皮肤的温度也不是平素那样冰冰凉。

嗯，可见刚刚他是确实情动了，不是在演。

明白她在干什么，陆沉舟笑起来，眉眼弯出一个极好看的弧度，"真笨。"他说，长手一捞将她又拖回床上，压在了身下，"我说什么你都信吗？那种一听标题就很弱智的书，你真的觉得我会看？"

程夕说："你会。"

这家伙的脑子就像是计算机，看过的书就是程序，他把目标设定就只管去做，才不会管什么感情不感情。像是程夕要他追她，他想想觉得不错，于是把追求成功当成目的，其间过程花样百出，都不过是为目的服务而已。

至于真情实感，暂时还是别多想了。

不过就目下的程度，程夕还是满意的，至少他已经隐约有了感知方面的变化。却不知道陆沉舟是不是听明白了她的意思，他唇畔微冷，也不说话，十分不客气地又去解她的扣子，因着程夕不配合，也可能是他力气太大了，还一不小心崩坏了其中两颗。

程夕：……

陆沉舟默然，下意识地把扣子又放进了她衣服上面，发现会掉，便开始默默地思考起来。

程夕就那么被他压着，看他脸上露出挣扎的神色，实在看不过去了，正想说算了，外面衣服一扣也不碍事，就见他说："脱了让人缝一缝吧，我们正好去洗个澡。"

然后扒衣服扒得理直气壮极了。程夕简直被他气笑了，一边躲一边说："等等，等等，我自己来，这是吃饭的地方，哪里可以洗澡啊？"

陆沉舟一顿，然后也不知道动了哪里，就见左边原来是幅山水画的地方慢慢往上卷起，露出了隐藏在其中的洗漱间。

还是自然体的，有山有水面积还很不小的一个人工大暖池。

程夕：……这得花多少钱造啊？

"这真的是在河底吗？"她又问了这个问题，实在是不容她不问，因为东来靠近眉河，然后她又想起东来酒店真正出名的原因，广告上说的是国内首家水上科幻酒店。

陆沉舟摇摇头，从旁边掏出个遥控器，一按，整个室内的场景都换了，这回换成了陆地上，还是丛林里！而且还有十分逼真的鸟叫和兽鸣！一不小心真的会以为他们就是在某大森林里放了张床！

陆沉舟见她感兴趣，等看够了森林风光后又换成了大漠孤烟，然后就是长河落日，还有草原美景，最科幻的是太空漫游，不知道是怎么做出来的效果，换到太空漫游时，仿佛连床都是一震一震的。

程夕……程夕这才发现她还被他压着，床震动的时候带得两人也动起来，好羞耻！

陆沉舟挺喜欢她脸红红的样子，忍不住用手碰了碰她的脸，面上却还是一派端正严肃的模样，就着那羞耻的姿势在震动中说："其实都是3D效果，给那些想打野战又怕不安全的人准备的。"

程夕：……

为了表明自己是个不想也不会打"野战"的正派人，程夕很坚决地推开了陆沉舟，后者本来是不太情愿的，"洗洗还是可以继续的啊！"但程夕先是说自己饿了，然后吃完饭，她就不得不回去了。

必须回啊，程爸程妈晚饭后送走了亲戚，押着程阳送他们来城内找她来了，程夕还没回呢，他们就已经等在她那儿了。

程夕没有让陆沉舟送，自己叫车回去的。陆先生智商很有，情商却是真的缺，程夕说不让送，他就真的没有送，大概也是因为，他真的觉得这不算什么太大的事吧。

回到家，自然是被程爸程妈联合起来审，程夕解释："真是临时有事，沈唯怀孕后状态非常不好，吃不下睡不着，她爸爸妈妈打电话给我，我也不能不过去。"然后就说自己一直陪着沈唯，因为她情绪不稳才没有及时接电话，还给出了沈母的电话，"你们可以打电话问，真的。"

表情特别真诚。

程爸程妈勉强信了，不信也不行，他们总不能真的打电话过去问吧？不过也没放过她就是了，逮着她又说起陆沉舟的事，"过年都没有动静，显然是没把你当回事，我看这事还是算了吧。"主要是程阳和他们说了陆沉舟的家世，陆家的地位在本地虽不说老少咸知，但程爸程妈还是晓得的，为了女儿以后的幸福计，哪怕对陆沉舟印象已有不少改观呢，他们也很觉得没必要攀这个高枝。

他们今晚火急火燎地来，也就是为了强调这个事。

程夕自然是他们说什么就应什么，和陆沉舟的关系太复杂了，解释不清，就现阶段来说，也没必要解释。

一家人说完话已经很晚了，程夕安排父母兄长休息，她这是两房一厅，程爸程妈睡了客房，程阳就只能睡客厅。

好在客厅里有地暖，今春过年又暖和，倒也不会冷到哪里去。

程爸程妈进房后，兄妹两个又说了一会儿话，程阳和沈唯也是认识的，两人还有些生意上的往来，所以他先问了一下她的情况，程夕不好深说她和傅明义的事，只说："她现在有些不方便，你不去看她也是可以的。"

程阳点点头，突然就冒出一句："你今天晚上去东来了？"

哪怕心理学学得再好，程夕也没法掩饰住自己的情绪，只好说："是啊。你怎么知道？"

"有朋友在那边吃饭，看到的。"程阳望着自己妹妹，语气严肃了不少，"你和陆沉舟……真的没什么？"

程夕沉默了，如果说之前她还能坚决地表示，自己只是把他当成一个特殊的病人，经过今晚，她已经很明确地知道，已经不仅仅是了。

想了想，她谨慎地说："如果有进展，我可能也不会排斥。"

程阳的表情颇有些复杂，大约是想恭喜却又不知道该从哪里恭喜起吧，半晌，他说："陆家不是一般人家，陆沉舟也不是一般人。"过了会儿，又问，"你见过他家里人吗？"

程夕点头。

"他……有个弟弟，你也见过？"

程夕惊讶地抬起头："你调查过他？"这个他指的是陆沉舟。也不怪程夕会这么想，实在是陆沉明还在读书，程阳生意人，知道陆沉舟不奇怪，但是着重点在陆沉明身上就有些奇怪了。

程阳顿了一下，旋即应得理直气壮："是啊，我就一个妹妹呢，可不得仔细一点。"

程夕冷哼："又撒谎！"

程阳：……

真是没法活了！他个在外面满嘴跑火车的货，在自己家里说话还得小心又小心。对上程夕黑白分明却坚决不会让他混过去的眼睛，只得摸着鼻子承认："以前想做陆家的生意，就想着走走关系，因为陆沉舟特别不好接近，所以我就找人查了查他身边的人，看能不能有什么突破。"

"查出什么了？"程夕说着，突然想起，"你是不但查出什么还找到突破口了吧？我记得你海南那个工程就是陆家的。"

海南的工程就是程阳年前做的那一个，他没说过，但是程夕看他在朋友圈晒过其间的工作照，其中有一张的背景上打的就是陆家东来集团的旗号。

程阳很幽怨，"你记性可真好。"叹气，"那工程确实是我在做，却不是我接的，是从别人手上转包的，给了好大一笔中介费。"怕她还要问，连忙说，"所以你要是真和陆沉舟好了，可别忘了我啊。"贱兮兮地拖着她的手，"苟富贵，勿相忘。"

程夕拿巴掌糊了他一脸。

程阳呵呵笑，兄妹两个正闹着，忽听程妈在房间里叫她。

程夕进去，只见客房衣柜门大开，程爸程妈都穿了睡衣站在那儿，像是看到了什么可怕的物事一样。

程夕探头一看，啊，坏菜了，上回陆沉舟表演"人体礼物秀"时用过的大红被子还在那儿！程妈上前一步，扯指着那被子颤悠悠地问："你什么时候买了这个？"

其实被子不是问题，被子的颜色才是问题所在。程夕的品位是从来就不喜欢那些个大红大绿，衣服可能因为搭配问题会有两件红色的，但被子，还是这种正常只有结婚大喜才会用到的大红色被子，程夕就是脑抽了她也不会买呀！

偏偏程夕说的就是："我……我脑抽不小心买到的。"

被程妈一顿狂喷："你脑抽也不会买！这是脑抽能解释得过去的事吗？这是结婚才用的东西啊！你说，你是不是瞒着我们和那个二愣子把婚都结了？"

好嘛，程妈气得不但爆粗，还脑洞都开大发了！并且她越看越是坚信不疑，满屋里找程夕背着家人可能已经结婚了的证据。

程夕打小就没被她妈妈这么盘查过，她一向是好孩子、好学生、好员工，程爸程妈除了近两年开始操心她的个人感情问题，就还真的从来没有干涉过她什么。因此他们一旦较起真来饶是程夕也拿他们没有办法。至于程阳，两兄妹在"糊弄"父母上倒是常常一个鼻孔出气，于是顺带又被株连——一起骂了。

程夕给逼得，只能可怜巴巴地向程爸爸求救，程爸才替她说了一句，程妈就连他也一起喷。

没办法了，妥协吧，爷三个给骂得蔫巴巴的，最后程夕被逼得没办法，被押着给陆沉舟打电话。

电话一通她就被剥夺了说话的权利，程妈妈拿过手机，直接和陆沉舟对话。当然，程妈语气还是很和蔼的，为女儿面子计，也没有说得太直白，拐弯抹角打了半天太极套了半晌话，落脚点就一个："小陆啊，过年是喜庆的节日啊，见个面呗。"

也没直接说要双方家里人见一面。

陆沉舟觉得这老太太有点莫名其妙，说话啰啰唆唆没有重点，可想想书上说的，他都要从人手里拿走人家的宝贝了，那对人好一些就也是应尽之义。

于是十分耐心，等程妈总算说出要见面，他也很爽快地同意了："明天可以。"

程妈很满意，为怕女儿和他串供，不但缴没了她的手机，晚上还和她睡在了一起，理由都是现成的：你哥那么长，睡沙发多不好，让他和你爸睡。

程夕给折腾得都已经没力气争了，只能是她妈说什么就是什么，本来因为陆沉舟来那么一出心里还有点甜甜的呢，给这么一搅和，什么旖旎的心思都没了，只想睡觉。

见面什么的，随便吧。

第十九章

1

实在是依她妈妈的闹腾劲,不依也没法。早起还得接着讨好她老人家,吃了饭,程夕十分积极主动地说:"妈,既然还有点时间,那我们逛街去呀,买两套好看的衣服,做个头发啥的,你一年忙到头,有时间也要好好犒劳犒劳自己。"

程爸程妈开着早餐店,吃上面还好,穿衣打扮却是真的不讲究,程阳程夕兄妹俩给买多少新衣服都舍不得穿。

程阳因此也帮腔:"是呢,打扮得美美的让咱爸也新鲜新鲜。"

被程妈逮着又一顿喷:"什么意思,意思是嫌我唠叨是老帮子菜不新鲜了想鼓捣你爸换了我还是咋的?"

无辜躺枪的程爸,脑门上顶了硕大一个"冤"字。

程夕知道她妈妈这是为她焦虑,于是又卖力安抚,还扯出了陆沉舟和陆家,说她都见过他家人了,都挺好的,程妈这才消停了些。

一家人出门,程阳和程夕悄摸摸地叹道:"咱妈可真难伺候,就因为没找对象没结婚,亲妈就要变后妈?"

程爸在后头说:"这和说好的剧本不一样呀,你怎么连我也一起骂呢?"

程妈翻了个白眼:"看效果多好,这不乖乖让我们见小陆了吗?之前三催四催她都没当回事,就是对他们太好了!"

程爸想想,哎,是这个道理啊,就很开心地和程妈继续一个唱红脸一个唱白脸,直到顺利见到陆沉舟。

陆沉舟那天穿了件制服一样的外套,扣子扣得严丝合缝的,配着他那张清俊淡漠的高僧脸,看起来优雅、贵气、从容,脱胎换骨得和那个随便在人家家里脱衣服的二愣子完全就不是同一个人。

程家程阳没有来,他临时有事忙去了,所以这边也就程爸程妈和程夕,陆沉舟这一出现，程家三口都看愣了。

陆沉舟冷淡却不失礼貌地打招呼："叔叔阿姨好，祝您二位新年快乐。"然后一挥手，先送礼物。

他送礼还一套一套的，不会太贵重，但也绝对很拿得出手，而且他语气还轻描淡写的："就是些小玩意儿，还没程夕送我的贵重。"

程夕：……她送他什么贵重的了？

程爸程妈也好奇地问："小夕送你什么啦？"

陆沉舟就看了一眼程夕，他肃然正坐在他们对面，身姿笔挺，仪态昂然，非常非常严肃认真地说："她把她自己送给我，就是最贵重的礼物。"

程家三口：！！！

程夕当即说："别乱说……"被她妈妈一掌糊了回去。

程妈盯着陆沉舟，略崩溃："你们结婚了？"

陆沉舟都不明白程妈为什么要这么问，却还是说："没有。"

"那你刚刚那句话是什么意思？！"

陆沉舟正襟危坐的脸上就又露出了那么一丝淡淡的羞涩，真的很淡，要不是程家三口都盯着他看还看不出。

程夕心里浮起很不好的预感，刚要开口阻止，就听陆沉舟说："意思是她愿意和我上床了。"

程夕：……要不要这么直接啊？！

程爸程妈……血槽已空，两老都红着一张脸，特别想咆哮：有谁会把话说得这么直通通的啊？！

而且，你个名分未定的家伙在人父母的面前说这样的话，真的不是想要被打死吗？

陆沉舟眨了眨眼，见对面三人情绪如此激动还十分不解地挑了挑眉：嗯，有什么不对吗？

他是真没有应付"女朋友"家里人这样的经验点，像他自己家里，他妈早死，他爸从来就不管他这些事，他爷爷奶奶倒是问得多，但是陆沉舟一向简单又粗暴的。

像陆奶奶现在就爱问他："你和程医生到哪一步了？"

他的答案是"在追""亲到了""可以试试上床了"。

问了几回，陆奶奶都不敢问了，也不敢教他，于是就成就了现在出现在程家人面前的陆沉舟。

实诚的，直白的，不喜欢跟人拐弯抹角的陆沉舟，商场上甲方当惯了的陆先生……是真的不懂迂回曲折是何物，能愿意花这么多工夫追求程夕已经是破天荒了，还能指望他多委婉？

可怜程爸程妈遭到这一暴击，半天都没能回过神来：不知道该怎么接话呀！

虽然知道两人可能早就这样那样了，但说出来又完全是另一种感受好不好？

又是程夕站出来，事实上她也很无奈，好在她有心理准备，所以窘迫之后除了无奈倒没有别的想法——能有什么想法？他也只不过是说出他自己的想法而已。

但是陆沉舟那话她也没法圆，只能略有些讨好地说："爸，妈，你们别乱想，我有分寸的，相信我，嗯？"

她顶着一脸绯红，诚恳度打了不少折扣，好歹台阶递上来了，程爸程妈再不敢就这个问题深究下去，就连那大红被子的事也不敢问了，谁知道能问出什么呀？狠狠瞪一眼女儿，从牙缝里漏出一句"回头再削你"，看向陆沉舟，问他："那你们以后是什么个打算？真会结婚？"

陆沉舟之前就说过会结，可那时他们还不知道他是陆家人，这会儿知道了，自然要再确认一遍。

好在陆沉舟答案没变，他说："会。"

很肯定，程爸程妈竟不约而同地松了一口气——都这样了，分开估计不现实，还是考虑更现实的吧。

至此，会面总算进入正常状态，程爸程妈又问他家里人对两人结婚的看法。

陆沉舟说："他们没意见。"

程妈问："不会嫌我家小夕小门小户出来的？"

连很少开口的程爸都十分严肃地说了一句："我也不避讳什么，咱们两家就社会和经济地位来说，悬殊还是很大的。我们从没想过要她大富大贵，可她既然选择你，行，我就希望你能好好珍惜她，别让她受委屈，否则，我宁可她一辈子不结婚，我们养着她。"

程爸爸的话很真诚也很走心，程夕注意到，陆沉舟听了后微微有些愣怔，这是今天晚上他唯一的一个真实的情绪反应，在心里拿个小本本，记下了。

陆沉舟垂下了眼睛，过了会儿，他淡声说："好。"

没有长篇大论，他的话应得很淡，表情也很淡，可就是这种淡，让人竟感觉出了他的真心，以及一往无前似的肯定。

行了，话谈到这里也差不多了，饭菜上来，吃饭喝酒，程爸爸一年到头也喝不了二两酒，居然异想天开要和陆沉舟拼——酒后见人品嘛！

可是他还没见到陆沉舟酒后的人品，自己就先醉倒了，喝着喝着，吧唧，滚桌子底下睡着了。

程妈气得要死，自己酒量怎么样，这么多年，还没点数吗？

陆沉舟看看醉倒的程爸，又看看程夕，嗯，他现在总算明白，程夕那渣酒量，继承的是谁的了。

和程夕一样，程爸的酒品也很不错，醉了不吵不闹，就是要睡觉。

他个高体重，一般来两三个人还抬不动他，好在吃饭的地方还挺方便的，楼上就有酒店，陆沉舟帮忙订了个房间，程妈和程爸就在那里歇下了。

安顿好后，程夕送陆沉舟离开。城市里过年是非常没有氛围的，除了街道两旁布置得特别华丽的灯饰，行人很少。

两人在街边站定，程夕才总算有机会开口："对不起，我妈非要见你，今晚如果有唐突冒犯的地方，别介意。"

陆沉舟望着她："为什么要道歉？"

程夕：……

陆沉舟说："是因为就算你和我上过床，你也没有打算嫁给我对不对？"

程夕被问得有些狼狈，她是医生没有错，但她也还是女人啊，他总这么上床上床的，她心理上多少还是有些不适应。

但她没有移开目光，而是回望着他，微笑着问："今天我爸爸说他宁可我不结婚，也不想我受委屈的时候，你好像很惊讶？"

陆沉舟抿紧了唇。

程夕说："你惊讶是因为你发现，原来还有父母能同意孩子不结婚对不对？我不知道你怎么想的，但是我觉得，那种人到了什么年龄段就该做什么事情的理论很荒谬，人活一世，为什么就必须要恋爱，要结婚？世界那么大，现代人的选择和追求可以那么多，不管是爱情还是婚姻，都不是必需品。

"你刚刚问我，是不是就算和你上过床，也没有打算嫁给你，我现在可以回答你，是。可嫁不嫁给你，和会不会爱上你是两回事，因为婚姻我可以选择，但是感情不能。那么你呢，陆沉舟，我想再问你一次，抛去那纸合约，你现在追求我，是因为你想找个人结婚，还是，你真的有一点点，喜欢我？"

程夕说这些话时不疾不徐，脸上一直带着笑，眼神也很柔和。

她不想给陆沉舟留下自己是在逼问他的感觉，然后引起他心理上的任何不适。

她只是想让他暂时停下他的某项"程序"，然后思考一下，这条路还有没有必要走下去。

陆沉舟看着她，她也望着他，满街璀璨的灯光里，男人一身笔挺的制服，傲然孑立，他身后的背景是那样美丽，可因为有他在，那些背景皆成了虚化。

"我到底只是想结婚才追你呢，还是真的喜欢你呀？"他慢慢走近她，重复着她的问题，说完，伸指轻轻地在她颊边一点，"程夕，喜欢是什么呢？"

程夕看着他认真地疑惑的样子，略有些难过，笑了一下，正要说话，忽地刚刚被他碰过的地方一痛，陆沉舟倾身竟在她那"丑丑的"酒窝上咬了一口。

程夕直觉想退，没退成，陆沉舟展臂搂住了她的腰，将她拉到了怀里。

他脸上的神情一点没变，仍是那样淡淡的模样，唇边却带了一点笑意——那还不如不笑呢，看着就让人瘆得慌。

程夕头都大了，鉴于他那不要脸起来会吓死人的属性，很怕他会当众做出些什么来，尽管她也不清楚，好好的，她是哪里摸到了他的雷点。她死命地抵着他的胸口，努力提醒他："这是街上呢。"

所以清醒一点好吗？

陆沉舟笑起来，他笑起来是真好看，如冰花绽落，格外清雅怡人，他捉住程夕的手，依着她的力气往后退，直到将她抵在他和一棵树中间，然后好整以暇地围着她，将下巴搁在她肩上，在她耳朵边低低地说："害怕了？可是你问出那句话的时候，怎么就没觉得怕呢？"

声音变轻："你是还把我当你的病人对不对？"

他说着，在她耳朵上又咬了一口，程夕感觉整个人都要麻了，十分没有骨气地认了怂："没有！我……我就是随便说一说……"

"是吗？"他磨蹭着她的脸，压低了嗓音，那个样子，危险又暧昧，"那我也随便说一说，"他一边说一边吻着她的耳垂，"我看到你就会硬，就想把你拖上床，你说，这是因为我想结婚了，还是真的喜欢上了你？"

程夕僵立在那儿不敢动，她脑子里乱乱的，以至于一时找不到该说什么话。

陆沉舟却等不及了，拿牙齿在她耳垂上不轻不重地磨了一下："说啊。"

程夕忍不住打了个哆嗦，全身像是过了电一样，脸一时都红透了。这样的情况下哪还能正常思考呀，程夕终于忍不住了，也破罐子破摔，将头埋进他肩里侧，闷闷地说："你这样是想我怎么回答？太违规了！"

陆沉舟"哦"了一声。

程夕一本正经地耍赖："人太多，而你又太帅，所以我答不了啦。"

陆沉舟沉吟了会儿，竟然真的放开了她，他看着她，突然来了一句："明天是初六。"

"嗯？"

"我们该约会了。"

程夕：……

陆沉舟说罢招招手，一直停在不远处等着他的车子慢慢驶过来，上车之前，他轻轻在她脸上捏了一把："回去吧，你的脸都可以煎鸡蛋了。"

程夕：……

2

程夕总觉得陆沉舟明日要发大招，但她又很好奇他的大招是什么，这个时候，她忽然有点理解蔡懿那孜孜不倦的研究欲了，然后也突然明白了伟大的人类科学家爱因斯坦的话——我没有特别的天才，只是因为有强烈的好奇心。

好奇心是促进人类进步的一大动力。

程夕自我消遣式的胡思乱想，在见到程妈后很自动自觉地戛然而止，程爸爸喝醉了酒，她担心程妈一个人应付不来，所以今晚也睡在了酒店里。

陆沉舟开的是套房，倒也不用担心地方不够。

其时已经有些晚了，程妈却还没有睡，看样子就是在专程等着她的。

程夕乖乖地坐到她面前。

程妈看着她，将近三十岁的女儿，在她记忆里好像还是那个跟在外婆后面的小姑娘，是那个外婆疯了以后，哭着求她说我们把外婆送医院去吧的小丫头，没想到眨眼间，小丫头也长大了，她成了医生，有了自己的主意，然后很快，她也终于将要有自己的家了。

程妈看得满心柔软，连之前对她阳奉阴违的恼火也没有了，很是温情地问："就他了吧？"

程夕说："……不知道。"

程妈：……

温情的面纱打破了，她老人家瞪大了眼："怎么又不知道啦？"

所以宁可她嫁不出去也不想她受委屈什么的，前提是她真的受了委屈啊，没有受委屈的情况下，程爸程妈约莫是很想早些把她嫁出去的。

家有大龄儿女，也是很操心的呢。

程夕笑，抱着程妈的胳膊说："妈，您能别那么急吗？我知道女孩子年纪越大越不好找对象，可这对象也不是凭空就能掉下来的呀，与其嫁得不好，还不如不嫁呢……"眼看着程妈要炸，赶紧又安抚，"我也就是那么一说，我是很认真地想要结婚的，而且我可以保证，我肯定不会学老师做不婚主义者。那您也答应我，别总那么急行吗？结婚什么的，总得有个过程的，这过程里出了什么差错，谁又知道？"

而且这年头，结婚也并不是买了万能保险，只是这话，程夕就不说出来讨程妈的烦了。

　　程妈现下得到自己想要得到的，听得进道理得很，想一想："也是。有钱人家的孩子听说私生活都有点乱呢，你多了解了解也好。"正经警告她，"女孩子，要自重，别随随便便就把自己许出去，你是医生，这话也不用我多说了。"警告完了又将她上下一番打量，开始嫌弃，"你也打扮打扮啦，买些漂亮衣服穿，看这一身素的，不知道的还以为你是哪里来的烧火丫头呢，好歹也是博士生，是名医院出来的医生呀……"

　　程夕被她念得昏昏欲睡，撑着下巴想，他居然看出她仍然把他当病人呢……那他看出来，她其实已经有那么一点点心动了吗？

　　再这么下去，程夕觉得很危险，医生和病人，共情和移情，一旦弄混乱了就是极大的伤害，对她，也对他。

　　但是她居然也没有多抗拒，也许是美色真的太惑人，那个时候，她是想把他当成一个正常的男人，去试着爱他，也试着被他所爱的。

　　程爸喝醉酒，上半夜睡得安稳，下半夜则闹了好一会儿，一直嚷着说头疼，程夕半夜里跑出去给他找药，然后又给他按揉了好一会儿，才总算是睡实了。

　　次日一早就醒得有点晚，一醒来就看到程妈坐在她床边，捧着个手机也不知道和谁在噼里啪啦聊得欢。

　　而且她心情还挺好，一改见陆沉舟之前的后妈脸，特别有朝气地冲她打招呼："早啊，女儿。"

　　程夕：……

　　感觉一觉睡醒见到的是个假妈妈。她爸昨天晚上闹成那样把她妈给气得不行，结果大早上的她老人家不去教训丈夫还心情这么好地守在她床前是要闹哪样？

　　程夕揉了揉额角："早。爸爸怎么样了？"

　　"睡得像个猪一样，懒得理他。"

　　程夕微顿，爬起来去里间看她爸爸去了。还好，体温正常，心跳正常，脸色也正常，老头闹腾归闹腾，身体倒是没有因为醉酒弄出什么毛病来。

　　程夕去洗脸，衣服是没的换了，仍旧穿着昨天的旧衣服，可是头发却不舒服了，顺手又洗了个头发。

　　出来看到程妈还拿着手机在跟人聊，她很奇怪，一边抹头发一边在程妈身边坐下："妈，你跟谁在聊啊……"看到她手机上备注的人名，凤妹，是她妈一闺密，放下心，可等看清楚两人的对话，又旋即无语，"您跟她聊这些干什么呀？"

程妈在跟她老闺密炫耀：哎呀，我女儿谈男朋友啦，长得格帅格帅的一小伙子呢，家里条件也挺好……

说好的不着急，要多了解暂时不宣扬的呢？

程妈顺口回她一句："你懂什么？你杨阿姨老说你学历太高工作太好会很难嫁，哼哼，我就是要刺激刺激她。"一推，"你收拾好了就先回去吧，回家好好打扮打扮，下午不还要和小陆去约会吗？"

程夕："……您又知道？"

"他自己说的呀。喏。"把手机递给她，翻到另一段对话。

对话的另一方在程妈手机上的备注是：女儿的男朋友小陆。

程夕抚额，她都不知道这俩什么时候互加了微信，总觉得有很不好的预感呢。

事实上，程夕的预感还真的是十分准确的，因为往后程妈和女儿的男朋友小陆联系得十分紧密，对话也是十分简单粗暴，举例如下：

某月某日，程妈问：今天你俩没出去玩啊？

小陆答：玩了。

又某月某日，程妈问：今天没安排？

小陆答：陪她守病人。

再某月某日，程妈问：你们没在一起？

小陆答：吵架了，她不理我。

十分神准，且从不隐瞒，程妈觉得小陆同学比会打太极的女儿实诚多了！

但这些都是后话，此时程夕哪怕预感再不好，也不能要她妈把陆沉舟从她的朋友圈里删掉，而是只能说："你别经常打扰他，他很忙的。"

程妈说："我还能不知道？"翻个白眼，"你还是顾好你自己吧，赶紧回去，换个衣裳，这样子怎么出去见人哪？"

程夕就被无情地赶走了。

好在她爸爸没什么事，程夕给程阳打电话，让他来接他们老两口，也就顺水推舟回去了。

她没有回家，而是先去医院转了一圈。年初六，精神科本身不算忙的，但那天他们科室却是鸡飞狗跳。院里初三的时候新收了一个患有双向情感障碍的女孩子，入院的时候也只是有些抑郁，结果初六早上，值班的曾医生替她做心理辅导的时候，那孩子突然爆发，非说医生用十分不堪的语言挑逗她，想骚扰她……

女孩子因为入院时症状不算严重，所以住的是开放式的病房，她家里人怕她不适应，每天都会来陪她。

那天早上正好他们也在，见她嚷得像模像样的，说的那些话也实在是不像她个十几岁孩子会说的，就冲进辅导室也跟着嚷了起来。

程夕过去的时候正吵得热闹，那家人觉得孩子是有病，但从来没有听她说过那些乱七八糟的话，再说了，十几岁的孩子，能懂那些吗？所以必须是曾医生对女孩做了什么，医院得给个说法。

曾兴跟病人的家属争得面红耳赤，护士们忙着安抚其他病人和家属，因为还在春节假期，上班的医生并不多，他又是当事人，以一敌三，颓势十分明显。

他唯一的证据又只有监控视频，可那东西只有画面没有声音，他就算想证明清白都没有办法。

眼看着越吵越凶，护士急得都要找主任来了，程夕拦住，走过去说："我有办法证明曾医生到底有没有说过那些话。"

曾兴闻言眼前一亮，也顾不得和她有过不和了，抹着汗叫了一声："程医生！"难得他看到她也有像看到救星的时候。

程夕冲他笑笑，病人的家属则是狐疑地问："你？你要是办不到怎么办？"

程夕说："办不到的话医生这一行，我就不做了，行吗？"

曾兴气急败坏："程医生！"

程夕没理他，只是看着那几个家属："两分钟，可以吗？"

自然是可以的，程夕穿上白大褂，和病人家属还有曾兴一起，去了病人的病室。

因为先前那起变故，现下病人住的是单人的病室，她一个人坐在里面，颇有几分不安的模样。

单从外表看，那是一个十分漂亮的女孩子，鹅蛋脸、柳叶眉、白白的皮肤、大大的眼睛，很是秀气斯文的模样。

程夕把曾兴还有病人家属都拦在外面："你们在这儿等我就可以了。"然后一个人推门进去。

曾兴看到她走到女孩面前，摊开手掌不知道说了句什么，女孩子就怒了，冲她喊道："我没有病！我要回家！为什么你们都不相信我没病？有病的人会知道诬陷医生，会像我这么头脑清楚吗？"

好了，什么都明白了，病室的门没有关严实，外面的人都听到了女孩的话。

程夕还有本事让女孩安静下来，两分钟，她走出来，里面像是什么都没发生过一样。

特别魔幻。

曾兴面红耳赤，他好像总算明白了，自己和程夕的差距到底在哪里，也许，不仅仅是那多出来的几年博士生涯。

程夕事了，又继续去看自己的病人，曾兴没好意思凑到她面前来，倒是值班的护士趁空问她："程医生，你是怎么做到的啊？"

程夕说："很简单啊，我就给她看了一颗药，然后告诉她，我是她的新医生，给她送药去的。"

"就这样？"

"对，就这样。"

"那你又是怎么让她安静下来的呀？"

"哦，我和她说，如果她安静下来，我就告诉她怎样才可以尽早回家。"

"这么简单？"

"嗯，这么简单。"其实真的有那么简单吗？也不是。只是她运气比较好，女孩的病不算太严重，她知道自己在做什么，她也很清醒，她只是控制不住她自己而已。

程夕突然就想起陆沉舟，他也知道自己在做什么，他也很清醒，但是，他一直都能很好地控制他自己。

如果……他不那么严格地控制自己，又或是"小小地"失控一下……会怎样？

3

想让陆沉舟失控还挺难的，因为能让他感兴趣并且引起强烈反应的事情并不多，没看到他就算是撩她也是一本正经跟任务一样吗？偶有失控却又太小了，没办法刺激到他。

程夕总不能真和他上个床吧？那也解决不了问题呀。

程夕想着想着就神游了，和小护士的对话就也没继续。事实上她们也忙，能聊这几句都很难的好吗？

程夕的事倒是处理完了，她就是不放心所以来看看，然后顺便跟病人们聊聊人生谈谈理想，其余病人都还好，就陈嘉漫比较麻烦，她甚至不愿意试着和陌生人沟通，程夕休了几天假没见她，她都不愿意搭理她了，握着画本子坐在床头，她说什么回的都是一哼，她要走却又偷偷回头看她，看着也是个小傲娇。

一切看起来都还挺好，当然刚刚那件事也没人真正放在心上，精神科的医生遇到的奇奇怪怪的人和事多了去了，被人骂被人打被人揍都是常事，最夸张的是有个新来的妹纸，给病人做心理辅导的时候，还差一点被病人猥亵了呢，这期间会碰上一两个奇葩家属就更是常事，所以程夕完全没把它当回事，回办公室翻了好一会儿病历和医书，琢磨着怎么才能准确地撩动陆沉舟的神经。

怎么想怎么觉得像是要在老虎头上拔毛呢。

所以不但要准确还得要安全，得很仔细地想一想才行。

正想着，电话响了，是田柔打来的。

柔姐姐气冲冲的："刚跟人掐了一架，好气，出来陪我散散心呀。"

大过年的跟人掐架？程夕表示佩服，翻着手上的资料，笑问："怎么啦？"

"一个王八蛋乱造谣，说沈唯和傅明义在闹离婚，哼哼，我早上才和沈唯通过电话，她怀孕了，在家里安心养胎呢，傅明义就陪在那儿，你说，大过年好端端地咒人家，这不缺德找掐吗？当然是骂他没商量啦！"

程夕微微一顿："傅明义在陪着沈唯？"

"是啊，两人可好了，在我面前秀恩爱……啊，感觉我今年都要不好了，大年初一和我妈吵架，今天又是，一早被人喂狗粮就算了，还和人掐大架，嘤嘤嘤，小夕，求安慰！"

程夕淡定地："好啊。不过我下午已经有约，你要不要一起？"

"擦，那姓陆的？"

"嗯。"

田柔挺不好意思的："会不会不好？"

程夕说："也没什么吧。"正好，要是陆沉舟招太大了，有外人在，他好歹顾忌一点。

而且他那人没什么人气，还真应该有田柔这样的姑娘在边上闹腾闹腾。

田柔便挺愉快地说："那就这么说定啦，正好他长得帅，我多看他两眼洗洗眼。"问明了时间地点，特愉快地挂了电话。

程夕就又给沈唯打电话，她没接，电话是沈母接的，她用庆幸的语气说："和傅明义出去散步去了，唉，也算是想转了吧，希望他们以后都能安安心心过日子。人呢，谁能不犯点错，对吧？这段时间真是辛苦你啦，有空请你吃饭。"

程夕没什么好说的，只能说："好，要是有事，您再联系我。"

叹口气，她都不知道沈唯在想什么，但是要说她真的能做到当作什么都没发生过一样原谅傅明义，她是不信的。

沈唯就从来没有那么"大气"过，她也不是个会为了孩子委曲求全的人。

可对于沈唯，程夕除了定时关注也没更好的办法，再为她担心也只得暂时按捺下，盼着慢慢地，她自己可以真的想开来——至少不要太过激就行。

这边事差不多了，将桌子收拾收拾程夕就回了家，随便吃了点东西，洗澡又补了一回眠，下午三点起床做了半小时瑜伽，才慢慢悠悠地换衣服准备出门。

选衣服的时候想到程妈的话，她在镜子面前站定了，她一向穿着以舒适宽松为主，所以这季节的衣服，除了衬衣就是毛衣，冷点外面就罩件羽绒衣，暖和些就是风衣外套，从来都是很随性的。

想想既是约会，也确实要郑重些，就挑了件黑色的裙子，搭大红色的羊绒外套，如程妈所说，程夕极少会穿这么艳的颜色，这衣服还是去年过年时程阳送她的，挂在衣柜里就没有穿过。

这会儿穿出来，感觉还行，跟过年的氛围挺搭的，就它了。

衣服挑了自己向来少穿的，头发她就没有弄，一色的丸子头，简单方便还不碍事。

出门打车，正月里，打车也是个难事，程夕等了许久，要等的车没有来，等来了曾兴。

他正下班，看到程夕一袭红裙俏生生地站在路边，犹豫了会儿才将车慢慢靠过去。

"去哪儿？送你吧。"说这话时，他还有一些不自在，无他，两人针锋相对太久了，一时亲近，都很别扭。

程夕也是有些惊讶的，却很快收敛了表情，问他："你去哪儿？"

"随便去哪儿，反正你到哪儿我都会把你送过去就可以了！"见她没动，他还不耐烦了，"别啰唆，快上车，这里不能停车的！"

匆匆忙忙的，程夕只好上了他的车。

他们两人师出同门，又是同事，按说关系应该会很不错的，但是一直也都亲近不来，非但亲近不起来，工作上曾兴还没少绊过她的脚，和她说话更是天然就带了刺。像这会儿，程夕报了地名，他看了她一眼，酸溜溜地说："又是跟你那个土豪男朋友一起吧？"然后说她，"我还以为你喜欢的男人必是能跟你心灵相契的呢，没想到，也那么俗，物质至上。"

程夕原没想搭理他，后来见不搭理他也能叽里呱啦说上一路，就无奈地说："师兄，你也是土豪啊，怎么也那么歧视有钱人家？"然后又说，"如果你说这些是出于感激我今天的帮忙的话，那么我告诉你，真的很没必要，事实上我也没有做什么；如果不是出于感激，那么更没必要啦，我们俩又不熟。"

曾兴闻言脸色铁青，可喜可贺总算是闭嘴了，世界清净。

程夕一点也不怕得罪他，约莫是很清楚，他除了嘴巴刻薄些能力平庸些，人却不是真的坏。

却没想到他今日还就奋起了，程夕都下车了，他像是实在想不通似的，也跟着下了车，从后面突然拉住她，沉着脸问："程夕，你是不是特看不起我？"

程夕觉得他莫名其妙："你想多了。"挣开，没挣脱，两人形象都不错，外表看起来也是男帅女靓，本来就吸引眼球，这么一争执，立马就吸引了N多的眼球。

楼上光头和陆沉舟早到了一会儿，光头是被田柔叫过来的，这俩货在沈唯的生日宴上不打不相识，关系进展迅速。

田柔想看帅哥，又不想一个人被虐，得了邀请后就给光头打电话："我去给我家姐们当电灯泡啊，你要不要也给你哥们当一当？"

光头正好拜年拜得穷极无聊，就颠颠地来了，还是蹭的陆沉舟的车。

两人先到，选了个靠窗的座位正等着，忽听到有人说："下面有人吵架啦。"

光头也好凑个热闹，兴致勃勃一转头，一看："擦，那不是程医生吗？孤男寡女，他们是要干啥？"

程夕正被曾兴拉着呢，妥妥就是一年轻男女恩怨纠葛的戏码。

讲真，曾兴来这么一出，程夕既莫名也很无奈，但她脾气好，挣了两下没挣脱，为免成为舆论的焦点，就干脆不挣了，看着曾兴说："你这是要干什么？"

曾兴其实自己也不知道自己要干什么，他就是心里莫名憋屈得厉害，看着程夕说："没什么，就是想问你，既然我俩不熟，为什么早上要帮我？"

程夕："……帮还帮错啦？"

无语。

"你刚刚说我也是土豪，"曾兴有些古怪地看着她，也不知道这么会儿工夫他脑补出了什么，说，"程夕，你该不会是喜欢我吧？"

"哈？"

两个声音同时响起，一个是程夕的，一个是……程夕和曾兴同时扭头，看到一个锃光瓦亮的脑袋，一脸懵逼的逗比表情。

是光头。

而在光头身后不远，陆沉舟慢悠悠地走过来，目光淡淡地在曾兴抓着程夕的手上扫了扫，面无表情地移开了。

光头夸张地回头和陆沉舟说："果然是有奸情呢，这家伙说程医生喜欢他。"劈手一指，典型的光头式的傲慢，"程医生你眼瞎吗？放着这么有钱有势的帅哥不喜欢，去喜欢一个路人甲？"

从头至尾，他一个眼风都没有给过曾兴，只是似笑非笑地望着程夕。

程夕抚额，曾兴面色铁青。他有眼睛，自然看得出光头和陆沉舟来历不凡，这两人穿得还没他好呢，但气场这个东西，和穿着打扮还真没有多少关系。

曾兴能力平平，但起码的见识还是有的。

不过他也是富家子，天之骄子一样长大的人物，也没那么容易退缩。而且，他不觉得自己要退缩，这突然冒出来的俩货再不简单又怎样，管得着他和她说话吗？

他和程夕，既是同门，也是同事，本来可以是最亲近的关系。

这么一想，曾兴又不气了，非但不气，他还放柔了脸色，和程夕说："这里无关的人太多了，不方便说，等回医院……"

曾兴说不下去了，因为陆沉舟走过来，无视他直接揽着程夕，在脸上蹭了一下，说："走吧，去洗洗手，你手弄脏了。"

曾兴：……

光头：……

陆沉舟却完全不理围观群众是何反应，淡声说完，目光往下轻轻一瞥，不知道为什么，曾兴脊背一寒，下意识就放开了程夕的手。

等他恼羞成怒反应过来的时候，程夕已经被陆沉舟拉走了。

陆沉舟说到做到，还真就带着程夕去洗手。

她洗手的时候他就站在一边，没干别的，就看着她。

程夕自己也很自觉，拿出要进手术室的精神，将一双手从上到下从里到外每一个指缝搓洗得干干净净的，洗完了伸到他面前，笑眯眯地问："干净吗？"

有一些无伤大雅的小习惯，她还是愿意纵容他的。

陆沉舟看着她那双手，灯光下，白皙无瑕，就像是刚刚打磨好的美玉，连指甲都是通而美的。

眼里暗光闪过，他面上却仍是淡淡的："把脸也洗了。"

程夕出门的时候化了一点淡妆，闻言说："我脸没脏吧，怎么也要洗？"

陆沉舟说："好亲。"

程夕：……

假装没听懂，对着镜子左右照了照："不青呀，白白的呢。"

"是吗？"陆沉舟轻哼了一声，突然过来，在她脸上咬了一口，问，"现在青了吗？"

程夕：……

她默默地低头，默默地洗了个很干净的脸。

洗完抬起头，陆沉舟和她站在一起，他眉眼仍是清俊而冷淡的，是程夕看惯了的样子，可就是她，也不太敢直视他那双深黑色的眼睛。

没有情绪，冷酷凉薄得让人心惊。

她转开视线，陆沉舟将下巴轻轻抵在她肩上："好亲吗？"

……程夕憋屈地说："好亲。"

陆沉舟就微微笑了笑，唇角弧度不大，可总算气氛没有那么紧绷了，他不会说"好乖"这样的天雷台词，他更直接，偏头在她酒窝那儿舔了舔，然后掰过她的脸，吻住了她。

这大概是他吻得最凶狠的一次，牙齿先在她唇上磨了磨，直到磨得程夕尝到了铁锈味，他才顶开她的唇，舌头十分粗鲁地扫过她的内壁，卷起她的舌头厮磨。

"你生气了？"她后知后觉，挣扎着含含糊糊地问。

要不要这么巧啊？她今天才想要怎么安全而准确地撩动他的情绪，现在，他就被撩了？心里怦怦怦怦跳，程夕本质上也是个不太解风情的货，这种时候，她居然硬是挤出一丝清明，双手捧起他的脸，拉后，眼灼灼地看着他："你真的生气了？"

怎么看怎么欢喜。

陆沉舟：……

程夕差一点被陆沉舟在洗手间里吃干抹净，饶是如此，她出去的时候，身上还是痕迹累累。

最明显的是，她嘴唇破了，脖子上给留了好几个明显的唇印。

坑爹的是她今天穿的衣服，裙子是一字领，外面的大衣领子也是松松的，她又没戴丝巾，就算想遮掩也没法。

那时候田柔也已经到了，看到她身上的那些个"爱的奖励"，也不忙着看帅哥，先号了一嗓子："程小夕你要不要这么缺德？让我来当电灯泡也就算了，不迎接我让我在这里等半天也就算了，还要一来就这么虐待单身狗，真的合适吗？"

程夕无奈地塞了一块糕点进她嘴里。

光头也是看着陆沉舟哧哧地笑，笑完了，夸他说："厉害啊，现在撩妹子的手段一套一套的呢。我看那个家伙走的时候一脸死灰，完全被你秒成了渣渣！"盯着他上看下看左看右看，"你真的是我认识的那个情商为负的陆沉舟吗？到底是怎么想到的？"

到点了；该吃饭了，陆沉舟淡定沉静地坐在那儿，很认真地看着餐牌，完全就没想搭理他。

程夕也不想理他，她准备今天晚上就练无视大法，谁也不理，因此捧着个杯子，喝水。

压压火气……还有心里那股子让人羞耻的躁意。

光头就和田柔绘声绘色地说刚刚发生的事，说完了，特得意地总结道："看过《动物世界》吗？那时候的陆老大妥妥就是冲出丛林的一只狮子啊，吧唧一泡尿撒过去，此处就是咱陆老大的啦！"

程夕猝不及防，有幸领略了光头同学登峰造极的语言"魅力"，噗的一声，一口水差点喷了满桌开花。

田柔捧着肚子，笑得滚到了桌子底下。

第二十章

1

在座三个人，只陆沉舟对光头的话反应平淡，唯在程夕喷水后，无言地看了她一眼。

然后平静地招来服务员，开始点菜。他点菜如果你不提，他是从来就不会问你意见的，四个人八个菜，天南地北，反正总有一款适合你。

点完了，他才总算肯施舍一点多余的目光，看了眼笑倒的田柔，评说："傻子。"然后程夕紧跟着躺枪，"和你一样。"

至于光头……已经习惯他卖蠢了，所以连说都懒得说他。

田柔被骂很不服气，从地上爬起来，一边揉着笑疼的肚子，一边暗戳戳地挑拨说："为什么要骂我们啊，"一指光头，"他把你比喻成畜生呢，你怎么不削他？"

光头喊冤："我哪有？别冤枉我啊，我明明是夸陆老大霸气侧漏，阳刚十足。"

田柔"喊"了一声，想反驳却一下想不起该说的话，卡在那儿，还是程夕淡淡接口："狮子撒尿占有地盘那是动物的领域行为，你拿狮子作比，可不就是把他比喻成畜生吗？柔姐姐说得没问题。"

二欺一，光头跳脚，被比作畜生的陆沉舟倒神色淡淡的，看向她："比喻成畜生算什么，我还有更畜生的事没有做，你要见识一下吗？"

程夕：……

田柔：……

光头：……

田柔问光头："刚刚他是在开车吗？"

光头夸她："老司机啊！"

田柔说："所以我们这是干啥来的啊？"

光头说:"发光发热。"

两人说相声一样的,这会儿倒是同气连枝了,而且转眼还能联合起来挤对程夕和陆沉舟两个,田柔吐槽程夕:"几十年单身狗,读书期间连男朋友都没有过,猛不丁找一个,能把人狗眼闪瞎!"

光头也调侃陆沉舟:"老处男啦,长这么大都没追过女孩子。说出来你可别不信,就前几天他还问我,亲,追女孩子的正确姿势是什么呀?我还得手把手教他,告诉他,日常三项:送礼、约会、要亲亲!"

程夕:!!!

她就说陆沉舟这次的风格怎么转变如此之大,她还以为他是"博览"了群书,不想原来是有这么个狗头军师在这里!这还没算完,就听光头继续和田柔说:"没过几天又问我,亲,她收礼不想收花也不要吃的不要用的不要珠宝不要衣服,怎么办?我当时真的想掀开他脑壳看一看,做生意那么精,怎么谈个恋爱这么笨?好气哦!"

田柔笑死,咬着衣袖子双眼冒光兴致勃勃地问:"后来呢?"

"后来我就说,这你都不知道?身外之物她都不要,必须是想要你这个人哇,你把你本人送给她吧。"

程夕:……

田柔拍桌:"然后然后呢?"

程夕真是无语了,看陆沉舟完全没有阻止的意思,只得出声:"亲,你们当着当事人的面讨论这些真的好吗?"

被田柔一掌按倒:"一边去,别打岔!"又追着光头要然后。

光头的然后果然如程夕猜的那样,就是他给出的馊主意,要陆沉舟买个大红被子把自己包了,当成礼物让她拆!

"还原古代的洞房花烛夜啊,多美多浪漫!"

浪漫他个头!想到那一晚的囧,程夕很不争气地又脸红了,看着淡定无比的陆沉舟:"你真的不管管吗?"

陆沉舟还奇怪地看了她一眼:"管什么?"

程夕:……

忘了他的脑回路跟正常人不一样了,他就不在乎这些事。

光头和田柔哈哈大笑,更肆无忌惮了。陆沉舟那段时间忙,要忙公司的事还要和程夕约会,光头想见他都难,出了主意就一直盼着后续,见程夕这样,就猜陆沉舟果然用了那一招,笑得那个夸张,还直问:"效果好吗?"

陆沉舟张嘴就要答,察觉他意图的程夕什么都顾不得了,飞扑过去捂住他的嘴:"不许说!"

陆沉舟挑眉，趁机搂住了她的腰，她身上带着淡淡的药香味，很宁神，刚刚洗手间里的余韵似乎还没散去，心神一荡，他凑到她耳朵边轻轻一嗅，低语道："我们走吧。"

程夕：……

她面无表情，承诺："吃饱就走。"

陆沉舟不甚满意，可也没说什么。

眼看他就要倒戈，那怎么行？最关键的后续还没问到手呢。

光头动之以情："不是吧舟，我可是出了那么大力气呢，有问必答有事必做，全力支持你追女朋友的事业和爱好，你你你……你忍心连一个结果都不肯给我吗？"

田柔诱之以利："陆先生你想要成功追得美人归吗？问我啊问我啊！我和程夕可是十几年的朋友呢，她喜欢穿什么颜色的内内我都知道。"

程夕：……有友若此，真的是分分钟都要掀桌翻脸的节奏！

好在陆沉舟得了保证，立马就踩了回去，冷冷一哼，先说光头："你既然那么有本事，怎么这么多年了，还是单身狗啊？"

光头……卒。

然后说田柔，目含不屑："想知道她穿什么内内我为什么要问你，我自己不知道扒开看吗？"

田柔……卒。

剩下程夕，乖乖巧巧地坐回自己的位置，囧囧地看着他。

陆沉舟把目光转向她，眉眼锋锐，表情倒是堪称温柔，"下次约会，再拉上一串电灯泡……"凑近了，低声，"干死你！"

程夕……程夕也卒。

三人被他一顿踩，也不号了也不叫了，正好菜上桌，全都乖乖地拿筷子吃饭。

程夕的位置，左边是陆沉舟，右边是田柔，吃得一会儿，田柔回过神来了，伸出一根手指戳了戳光头："他骂你单身狗啊，你不回击？"

她自己没胆子反击——陆沉舟气场太强大了——就撺掇光头兄。

谁知光头兄比她还不如，捉住她的手，面上义正词严的："他说的本来就是事实嘛。"心里流泪，别再讲了啊，陆老大有点不爽了呢。

于是吃完饭，光头说："哎，我出去抽根烟。"田柔说："哦，我去打个电话。"

然后抽烟的打电话的，都一去不复返了。

程夕收到田柔一条信息：你家陆先生生气了，自求多福。

程夕：……

她抬起头，陆沉舟也已经吃完了，正支手撑额看着她，眼神儿幽幽的，看得程夕心里发毛。

她觉得自己应该自救，就试图摆出要和他闲聊的架势去中和他那种阴郁气："他们走啦。"

陆沉舟没说话，仍是淡淡地看着她。

程夕也不是一般人，她语气很诚恳："对不起，没提前和你说就邀了朋友过来确实是很冒失。不过，我觉得过年嘛，人多了才热闹。"

陆沉舟点点头，没看错，他确实点头了，不过说的话却是："你今天穿得很漂亮。"所以陆沉舟其实也没生气，不过光头他们在觉得碍眼倒是真的。

他们一走，他就毫无顾忌。

话题突然转到这个上来，程夕略害羞："……谢谢。"

陆沉舟却还是那副不紧不慢清清淡淡的样子："你很适合穿这种裙子。"贴身而柔软的长裙，衬得她曲线玲珑，身段特别窈窕，"就是衣服质量差了一点，摸起来手感不好。"

程夕囧囧地看着他，无语地说："那还真是对不起了。"

陆沉舟站起，十分有长进，他现在还知道要牵她了，一伸手："走吧。"

程夕略犹豫，还是把手给了他，蒙蒙地站起来，问："去哪儿？"

"买衣。"

连拒绝的余地都没有，程夕就被拉着去买衣服了。

他们吃饭的地方是本地最大的商业中心，各种名牌奢侈品汇聚，程夕本来还很担心陆沉舟这种王霸之气外溢的家伙会不由分说带她去买那些贵得死人的衣服，还好，他连奢侈品牌店都没看，就领着她上了车，然后驱车离开了这一片。

程夕松了一口气，心想只要不在这一片买，任哪里，买上一件两件衣服，她的荷包应该还是能勉强承受得起……吧？

结果陆沉舟给她带去了某高级订制店，那店门头没什么特别的，内里却收拾得特别雅致。

陆沉舟是熟客，待遇也高，老板娘亲自接待。看到他牵着程夕，她眼里掠过一丝诧异，却很快地掩饰住了，笑着问："这位就是陆总您对象吧？"

陆沉舟点头。

程夕：……

"传说中的对象"什么的，想起就有种说不出来的酸爽。

陆沉舟却已经和老板娘谈上了，他很直接地问："裙子，有吗？"

"当然有。我们正研发出了一些春季新款，"老板娘看一眼程夕，笑眯眯地，"她身材好，皮肤又白，一看就是个极好的衣架子，穿什么都能 hold 住。"

然后领他们上楼，招呼他们坐下后，一下走出四个工作人员，每人手上都捧了一套衣服。

都是裙子，长长短短，性感的、保守的、大方的、甜美的，程夕都还没看清，陆沉舟已然皱眉："不要那么复杂的。"

老板娘一看，便懂了，再拿出来的都是长裙，俱是贴身柔软的布料，十分有质感。

根本没有程夕出手的机会，陆沉舟就给她挑了一条白的，一条红的。

程夕一看，裙子的样式倒也不算太出格，日常加个小外套完全能穿出去，便没有说什么，拿着两条裙子进试衣间去了。

白色的上身，老板娘赞她气质好，"你是我见过的把这裙子穿得最出挑的人"，陆沉舟却只是淡淡地扫了一眼。

及至穿了红色的出来，老板娘还没说话，陆沉舟就起身走了过来。

看到他伸出手，程夕头皮发麻，下意识想躲，陆沉舟却已经握住了她的腰，微微摩挲了会儿，问："是新的吗？"

问的是老板娘。

老板娘自也清楚他的怪癖，当即说："是新的，昨日才做出来的新衣服，连模特都还没试过。"

陆沉舟点点头，又看向程夕："穿着它回去？"

……这就定下来了吗？她完全还没发表意见好吗？很不死心地说："我觉得白色的更好看。"

她不喜欢红的，太鲜艳。

可惜没有人理她，老板娘甚至说："可以一起买了嘛。"

陆沉舟很无所谓，散漫地说："那就都包了吧。"

程夕：……

衣服选得不如意，付账的时候看到价格，程夕心里更是一痛：两条裙子，没镶钻没嵌银也没什么格外的花样，居然要一万二，还是高级 VIP 的折后价！

眼看着陆沉舟要签单，程夕只好赶紧拿出钱包："我自己给吧。"把卡递过去。

老板娘看向陆沉舟，陆沉舟就看着程夕。

程夕故作淡然地说："这俩裙子都挺好看的，但是逛街嘛，我还是喜欢花自己的钱买东西。"

陆沉舟放下笔，程夕松了一口气，两人名分未定，他再有钱她花起来都很有压力。

结果气还没喘匀，就见他一扭头，说："把店里所有的裙子都包起来吧。"一指程夕，"她付账。"

程夕：……

2

程夕一点也不会怀疑，就算她不要，陆沉舟也一定会让人把那些裙子都送到她家里去的，而且他还说明了："不要担心她付不起账，仁医的医生，有钱。"

程夕：……

识时务者为俊杰，人干吗要和自己的荷包过不去啊！程夕果断把账单放到陆沉舟面前："我没钱，你帮我买吧！"

老板娘和店里的工作人员见状都忍俊不禁，偏过头去笑得一抽一抽的，只陆沉舟神色未变，很认真地问："要是减了你逛街的乐趣怎么办？"

……程夕自认心理学学得还不错，此时却真的没法判定他是信了她"逛街喜欢花自己的钱"这种鬼话还是在调侃她。

当然，结合他前面的话，这家伙必须是在调侃呀！

程夕老着脸，只能假装没有听懂他话里的意思，也用同样认真的语气说："不会，其实花别人的钱更开心。"

陆沉舟这才拿过单子，签名。

店里的那些人已经快要笑翻了，程夕脸红如血，偏那老板娘还要说："这位小姐，陆总很爱你呀。"她和陆沉舟显见还是相当熟的，甚至能开上一两句玩笑，说，"陆总一向洁身自好，我还以为，他这辈子只想赚钱，就没想结婚的事呢，倒没想到，找了个像你这么漂亮有趣的对象。"

然后目光，还在她脖子周围那一圈吻痕上打了一个转。

程夕还能怎么说？只有微微一笑，生受了陆沉舟对象这个身份。

衣服买好了出来，程夕便说："时间有点晚了，我得回去了。"

陆沉舟竟也没有说什么，把她送回了家，弄得程夕颇有点不适应——倒不是她舍不得他什么的，主要是她真的感觉他像是憋了个大招的，结果大招没见着，就是送了她两件衣服就没了吗？

陆沉舟真不像是个随便放弃计划的人呀！

这么想着，不自觉就带了一点情绪出来，下车时还说了一句："那我走啦？"

陆沉舟看了她一眼，问："你要邀我上去？"

……程夕憋出一句："再见！"

陆沉舟浅浅地笑了起来，程夕被他笑得脸红，转身开门，他却又拉住她的手，将她拉回来。

程夕问："干什么？"

"么"字没有完整地吐出来，就被他含进了嘴里。陆沉舟还趁机将舌尖探进她口中，卷起她的舌头不住地吸吮。

密闭的车厢里，唇舌纠缠的声音清晰可闻。

程夕觉得好羞耻，可也无法抑止地感觉到了快乐，但这样的快乐也是有底线的，当感觉到他的手撩起她的裙摆，再次想要突破那条界限时，程夕睁开了眼睛。

她用了点力气挣扎，他也没有强求，顺势从她嘴里撤了出来，微带凉意的手却还放在她大腿处，温柔而细腻地摩挲。

程夕用力抓紧了他的手。

陆沉舟看着她，看着她黑白分明的眼睛，从迷惘慢慢变得清醒，也看着那一点存在于她和他之间说不清道不明的界限消失又出现。

他捏着她后脑勺的手微微用力，心底又升腾出那种隐隐的焦躁、暴戾而贪婪的感觉，想狠狠地，狠狠地对她做一点什么。

但是，不着急，他不想吓到她，所以当程夕闷闷地说出"陆沉舟，进度不要那么快好不好"时，他压抑住了心头那些恶意的念头，再次俯首，轻轻舔了舔她的唇角，在她脸上蹭了蹭，"下次穿那条红色的裙子"。

他的手还极具威胁力地放在她的腿上，程夕想想他付的那些钱，好吧，就当是回报了，点点头。

陆沉舟就十分痛快地放开了她。

那天晚上，程夕又做了一个黄灿灿的梦，醒来前因后果都不记得了，就记得里面一个场景，明晃晃的太阳底下，一个女人被男人堵在角落，他微凉的手指轻轻抚过她的腰身，钻进了她的身体里面……

醒来身上还留着那股子难以言喻的酥麻的感觉，心里空荡荡的，程夕捂住脸，简直是服了自己。

梦里除了地点不对，男人对女人所做的事，赫然就是昨日在那间洗手间里的重现！

将近而立，好学生程夕终于也懂得了思春的滋味，还真是让人无语凝噎。

在床上躺了好一会儿，等心底的那股感觉平息了，她才懒洋洋地起床穿衣。

第二十章

到医院都迟到了。因是年后第一天上班，主任也早早过来了，仍是延续往年的习惯，封了开工红包，站在门口给每一个到的同事发一个，钱不多，可大家心里都乐呵呵的。

电梯门一开，看到主任笑呵呵地站在那儿，程夕很想扭头就走，主任却已经看到她了："迟到还想跑？"

程夕乖乖地过去："主任新年好。"又可怜巴巴地，"今天是新年第一天上班呀，别骂我啦，行不？"

主任就瞪了她一眼，也真的没有骂她，只是将红包往她手上一塞，负着手："来我办公室。"

程夕只好过去，心里却是有数的，果然，主任问的就是昨天的事："到底怎么回事？"

程夕便把事情简单地说了说，还说："病人家属希望将病人转到我手上，我没同意，这件事，曾医生的处置并没有过错。"

主任嗬了一声："你还替他讲话呢，知不知道人家家属投诉你啦？"

"投诉我？"程夕蒙。

"对，还是投诉到院长那儿，说是你身为医生，拒诊。"

程夕：……

好吧，本来还有些晕乎乎的，程夕立马就被雷清醒了，同事应该都知道她被投诉了，从主任那儿出来，那些没良心的家伙还一个个幸灾乐祸："可喜可贺，程医生看来你今年要升职了啊，新年头一天就在院长那儿挂了号。"

程夕哭笑不得，转脸见到曾兴，正奇怪他今天怎么也来上班了——他假期值班，按说今日应该开始休假的，就见他直直地冲着她走过来，然后不顾众人的眼光，生生把她拉进了他的办公室。

"曾医生，你太冒失了！"程夕微微动气，甩开他的手。

"我冒失？那你呢？"曾兴看着她，咬牙低声道，"昨天那个男人叫陆沉舟对不对？他是你的病人？竟然和病人在谈恋爱，程夕你是不是疯了？"

程夕：……

她还没说话，曾兴又说："精神科的医生和病人扯上恋爱关系，你知道那代表什么吗？尤其陆家有钱有势，他有病，你当医生的不好好给他治病，还和他谈起了恋爱，传出去，口水都能喷死你！你你你……你怎么就不晓得爱惜名声呢？"

程夕抬起头看着他，有些意外曾兴会说出这样一番话来。一向看自己不顺眼的人突然示好，还真有点不习惯呢。

程夕眨眨眼，倒是不生气了，改和他开玩笑："你这是在关心我？……这真的是我认识的曾师兄吗?"

嗯,不说和他不熟了,但是曾兴怎么觉得,好像更心塞了呢?

程夕领了他的好意,却没打算和他解释更多,只是说:"谢谢你关心啦,我有分寸的。"

她没问他怎么知道陆沉舟的情况,不须要问,只要知道他名字,往电脑上一查就查出来了,陆沉舟虽没有入过精神科,但是这边有安排过他的会诊,自然也有了他的病情记录。

"你有分寸?"曾兴被她气笑了,"生理性情感冷漠症、严重洁癖症和强迫症,你知道这些病意味着什么吗?"

其他两个不说,生理性情感冷漠症,病如其名,其实就是性冷淡加思想变态——这种人,严重的,做杀手反人类毫无压力,就是轻微的,也是完全没有一般人所有的感情。

所以他完全不知道程夕在想什么!

程夕就平平一句:"我知道啊。"没有了。

见她不搭自己的茬儿,曾兴顿时觉得好没意思,显得自己一晚上的担心忧急都是笑话一样,他脸拉得更长了:"算我多管闲事!"

生气了,程夕挠挠头:"也不是啦,就是有些不太适应,师兄你该不是真以为我喜欢你吧?"

呼,撩到虎须,麦毛了,曾兴想到自己昨日的冲动,很想把自己埋了,闻言喷她一句:"我还宁可你是喜欢我呢!"冲了出去。

出去了又进来:"这是我的办公室,你出去!"

程夕忍笑,从善如流地走了,大概是真被气到了,曾兴此后对她态度更差,她所有的治疗方案但凡拿出来讨论,都要给他狠批一番,旁人只当他是气量窄小,程夕帮了他他还不领情,程夕却知道他其实是真在关心她,就是别扭了一点而已。

所以她也不生气,以前怎样,以后还是怎样。

弄得曾兴没脾气,过了两日又收敛了。

科室聚会时还郑重地当着一众同人的面,向她道谢,至于道歉什么的,曾师兄字典里没这个词,不用想了。

好在关系是真缓和了。

元宵节过后,蛰伏了一个假期的沈唯给程夕打电话:"柔姐姐说你和陆沉舟进展挺好哈?晚上一起吃个饭吧,把他也叫上。"

她语气一派轻松,还带着淡淡的调侃的意味。

沈唯情况特殊,所以她有邀,程夕必须去。不过她并没有叫上陆沉舟,结果等她到了后，发现沈唯居然是和傅明义一起来了，而且听说陆沉舟没来，她还撺掇傅明义："你给他打个电话，小夕在这儿呢，让他来。"

傅明义也是一副唯太太马首是瞻的模样，笑着说："好啊。"当真就给陆沉舟打起电话来。

好像两人之间从来没有起过龃龉一样。

程夕决定好好观察一下，如果沈唯真心愿意原谅，想和傅明义重新开始，她也不打算再说什么，毕竟都是成年人了，都有自己的选择和人生。

因此程夕并没阻止他邀陆沉舟来，只是看着沈唯："脸色差了很多，晚上还是睡不好吗？"

"才没有。"沈唯对着她时，笑容真切了很多，还跟她撒娇，"我是没化妆所以才显得脸色差。"

"沈唯……"

"好啦。"沈唯隔着桌子拉住她的手，用力捏了捏，"不谈那些个好不好？你知道的，怀孕本来就会让人不舒服，还让人变丑，你要再说，我就不理你啦。"

有句话怎么说的？没有玩笑，所有的玩笑都有认真的成分，沈唯的语气虽然是玩笑式的，但她认真的意味还是很浓的。

她摆明了不想再谈她身体的事。

程夕便也只能闭嘴不说，这时傅明义电话也打完了，他说："陆总答应过来了。"一边说一边还冲程夕笑得暧昧。

程夕现在看到他这样就眼睛疼，只好垂目喝水，沈唯却又和傅明义讲："陆总身边有好多黄金单身汉呢，我们把恒谨也叫来吧，上回给她介绍的林梵没成，我就说过，一定要给她找个更好的。"推了推他，"你打电话呀，"她捂着肚子，笑得一派的天真柔和，"我就不打了，免得有辐射。"

程夕可以很清楚地看到在沈唯说要把龚恒谨叫过来时，傅明义眼角抽搐，脸上的肌肉十分不自然地抖动了好几下。

他说："不好吧……咱们都成双成对的。"

沈唯笑："那有什么？吃个饭见个面而已，吃完了见完了面，咱们也不讨嫌呀，陆总和小夕，才是热恋呢。"

傅明义强不过，只好给龚恒谨打电话，他本来是要起身离开的，沈唯拖住他："就在这儿打啦，跑来跑去的，多不好？"

程夕看着沈唯的做派，心底微沉。

她从来就没打算放过他们。

没多久，陆沉舟来了，龚恒谨也来了，他们两个差不多是同时进来的，程夕因为某种缘故,没注意陆沉舟,反而特意多看了几眼龚恒谨。

印象里,这就是个很内向文弱的女孩子,长得不算漂亮,但面相楚楚,会让人不自觉地产生某种保护欲。

是和沈唯完全不同风格的人。

陆沉舟和沈唯傅明义他们打完了招呼,很自然地在程夕身边坐下,顺着她的目光看过去,皱了皱眉:"怎么了?"

所有人都看过来。

程夕:……

她只好说:"龚小姐很漂亮。"

陆沉舟就也看了一眼,点头:"是比你好看。"

程夕:……

陆沉舟又说:"不过放心,我不会喜欢她。"

程夕:……谁在暗示这个啦?

沈唯本来听他夸龚恒谨踩程夕有些不开心的,闻言差点笑死,故意问:"为什么呀?我们家恒谨不好?"

傅明义和龚恒谨都很认真地听着。

然后,他们就听到陆沉舟用没什么感情的声音淡淡地说:"太瘦、太矮、太矫揉造作,没有欲望。"

众:……

3

程夕可以肯定,陆沉舟说的就是他真实的想法,绝对没有一点故意的意思。

可就是因为没有故意才扎心好吗?

龚恒谨本来还有点小得意的,陆沉舟的名字她也听过呀,没想到他也夸她漂亮呢,还比面前这个程夕漂亮,嗯,必须得意。

因此就算他说不会喜欢她,她也只当是他和程夕小情侣间的打情骂俏,无损事实,于是微微笑着努力保持着矜持不让自己得意得太明显。

然后,她听到了什么?

程夕感觉她都要哭了,就是傅明义也是脸色微僵。

沈唯则一头栽倒在桌子上,无声地大笑了三个回合,才揉揉脸抬起头,笑眯眯地说:"陆总真是会开玩笑。"

陆沉舟语气冷淡:"你觉得我像是在开玩笑?"

程夕觉得这样不好，再说下去，还不知道陆沉舟会讲些什么出来呢，他甚至对她都从来不留口德的！虽然吧，她也看不惯龚恒谨这个疑似的小三，但是学心理的人，特别不喜欢招惹那些性格看起来内向老实的家伙，老话说的"咬人的狗不叫"，很有道理，越老实的人，越不知道他们爆发起来会做出什么事。

像龚恒谨，要真像外表那么清纯朴实、楚楚可怜，会搅和进自己好朋友好姐妹的婚姻里去？她和沈唯，就算不是闺密，还有点远亲哪！

从这一点来说，陆沉舟评她"矫揉造作"，是真的眼光毒辣。

可她还是不得不站出来打岔："好啦，说话又不能当饭吃，点菜吧，我都快饿坏了。"

于是做主，按铃叫了服务人员进来，她是真心想要解围的，奈何有人存心作死。

在等服务人员进来的那么一点空当里，回过神的傅明义居然笑着和陆沉舟说了一句："恒谨也没那么差吧？我看程医生也瘦啊。"

程夕面无表情，都不想说话了。

沈唯原本满脸是笑地趴在桌上的，闻言更是当即呕了出来，程夕立马站起来，问："怎么了？"

"没事，怀孕的正常反应。"傅明义伸手去拍沈唯的背，没拍着，沈唯一把推开他，抓住了程夕的手。

程夕毫不犹豫地绕过去，扶着她往外走。

龚恒谨这时候也站起来要陪她们，程夕说："不用了，我陪她就好。"硬没有让她跟着。

沈唯在洗手间里干呕了好几声，然后大吐特吐，把胆汁都吐出来了才觉得舒服一点。

程夕拿水给她漱口，替她擦了擦脸，问："好点了吗？"

沈唯软绵绵地靠着她，仰头深吸了一口气，笑得毫无人气："挺好的。"

"要不我送你回去吧？"

沈唯转头看着她："程夕，你说我是不是真的挺蠢的？"

程夕抿唇，冷着脸："确实挺蠢的，都不像是我认识的那个沈唯了。我认识的沈唯，应该拿得起放得下，应该无所顾忌，洒洒脱脱，现在这样，你自己还认识自己吗？"

沈唯眼里有泪滑下来，脸上却还在笑着："我就是想让自己痛一点啊，麻木的时候，戳一戳，才发现，原来伤口还在呢，痛着才舒服。"

程夕闻言叹气，声气儿缓了下来："傻不傻？何必……让自己那么痛？"

沈唯笑，拿手遮住脸："我倒是想就那么放过他们，可是，谁又肯放过我呢？"

程夕轻声斥她："人被狗咬了一口，难道还一定要咬回去？路都是自己走的，不能因为被一两颗石头绊倒就要在原地死磕到底。"

还想要再劝，外面传来傅明义的声音："唯唯、程夕，你们在里面吗？"

程夕只好停下，看着沈唯抹干净泪，冷冷地说了声："是。"

出去，程夕尚面色冷然，沈唯却已经照旧笑靥如花了。

傅明义说："里面就有洗手间呀，怎么跑这儿来了？"

沈唯说："就要吃饭了，我在里面吐，恶心不恶心？"

"那有什么，你怀着宝宝呢。"傅明义说着，很自然地将沈唯从程夕手里接了过去。

程夕在后面看着，只觉无力。可沈唯失态过一回之后，演技飙升，进去了先拉住来迎她的龚恒谨，说："没事啦，就是宝宝太闹腾。"

又和陆沉舟道歉："不好意思，最近反应有点大，经常莫名其妙就想呕。"

陆沉舟面色平淡，目光在程夕脸上一扫，等她坐下后，说："你不高兴？"

程夕：……

他声音并无掩饰，傅明义等人听到了，也惊讶地看过来，沈唯甚至冲她眨了眨眼，问："小夕，怎么啦？"

程夕看了她一眼，说："有个病人出了点问题。"

既是她的病人，大家也就爱莫能助了，说了两句，也就没再提这一茬。

那餐饭吃得真是乏善可陈，全程就看沈唯和傅明义"秀恩爱"以及秀她肚子里的宝宝，傅明义也是够恶心的，在两个和自己纠缠不清的女人面前，相处得十分坦然。

程夕没什么胃口，陆沉舟更是连筷子都没举过，沈唯故意取笑他："陆总你来不是吃饭，那是干什么来的啊？"

陆沉舟答得简单又直接："看她。"

沈唯他们都笑，程夕没有，她看向他，他脸上的情绪仍是淡淡的，不见深情，可是，他能说出这样的话，已足见情深。

她伸手，在桌子底下握住了他的手，手指扣进他的掌心，与他十指相握。

那是她第一次主动牵他的手。

他望过来，唇角微抿，眼里漾过一丝笑意，柔软了他的眉梢眼角。

这餐饭最大的收获，大概是程夕突然明白了自己的心意：她根本抵抗不了陆沉舟，那为什么，不真的接纳他。

把他真的当成自己的男朋友、男人，去爱他，珍视他。

至于以后，何必去想呢？

所以跟沈唯他们分开后，陆沉舟也说："我走了。"

程夕拉住他："就走啦？"

陆沉舟说："今天不是初八。"所以，不是他们约会的日子。

程夕笑："那你为什么要来？"真看她？有点不信呢。

陆沉舟认真地："想你了。"

程夕以前常被他这样的一本正经弄得无语，这会儿，却觉得这样的他真是可爱到无人能敌，街上人来人往，她想反正也没有人认识他们吧？就踮起脚，飞快地在他唇上印了一个吻，微笑着趴到他耳边说："那么，今天就让我来约你，好吗？"

她亲完即退，正准备拉着他走，就听到耳边清脆的一声："程医生？陆……陆沉舟？"

程夕：……

说好的没有人会认识他们呢？

她一转身，心里略崩溃，来的人不但是认识的，而且关系还略微妙。

林梵和孟清扬。

要不要这么巧？

两人约莫是才逛街出来，孟清扬挽着林梵，林梵手里还拎着大大小小好几个袋子。

此时，前者满脸意外，后者面无表情，静静地看着他们两个。

陆沉舟也是没什么表情的，而且一般情况下，"不熟"的人他都懒得打招呼，能多看一眼就是他赏脸了，尤其是这种时候，出声打断人家，很讨人厌好不好？

孟清扬才不管，陆沉舟脸冷在圈子里也不是一天两天，所以仍旧笑盈盈地说："新年快乐呀二位。"看了看程夕，又看看陆沉舟，"你们两个……"她拿手比了个姿势，"在拍拖？"

特别不可置信的样子。

陆沉舟不搭理，程夕只好站出来："谢谢，你们也新年快乐。"

并未回答她的问题。

孟清扬还要说什么，林梵这时候突然开口："走吧，别打搅人家。"拉起她便离开。

孟清扬挣了挣，见程夕看着，只好很顺从地跟着他走，却又回过头来说："程医生，我们这月底结婚哦，你一定要来！"

程夕：……

她还没有理清自己的情绪，手上突然一紧，微带凉意的手指抓紧了她的指尖。

　　再回头，她脸上重又漾起了笑意，看着他："怎么了？"

　　陆沉舟说："去约会。"

　　然后两人往另一边走，又看了一场没什么内容的电影……

　　从电影院出来，程夕突然有些明白陆沉舟谈恋爱为什么要向光头问计了，因为说是约会，但是她也不知道约会的年轻男女能做些什么好。

　　吃饭，刚吃过。

　　打球，只有被完虐的份儿。

　　逛街，不要说陆沉舟了，就是程夕都没有兴趣。

　　所以最后就只有看电影了。

　　电影看完，都十点多了，照往常，要是程夕不开口，陆沉舟大概是不会想到要送她的，今日他却主动送了。

　　到程夕家楼下，程夕问他："你晚饭都没吃，饿吗？"

　　陆沉舟说："饿！"

　　程夕说："那你早些回去啊，吃点东西再睡。"

　　陆沉舟没说话，只是看着她，明明脸上还是淡淡的，可程夕硬是从中读出了一点幽怨。

　　她忍不住想笑，摆摆手："晚安。"

　　准备下车，陆沉舟却一锁车门，然后重新发动车子往小区停车场驶去。

　　程夕问他："你这是要去哪儿？"

　　陆沉舟看了她一眼，慢悠悠地："回应你的邀请。"

　　程夕："……我好像说的是'再见'。"

　　陆沉舟看了她一眼。

　　程夕只得说："好吧，我怕你会饿坏……请你吃面怎么样？"

　　陆沉舟轻轻"嗯"了一声。

　　程夕到家就给他做吃的，陆沉舟口味清淡，她除了给他做了面，又拿黑米黑豆红枣这些打了一碗米糊糊，面条是给陆沉舟的，米糊是她的。

　　今天晚上，她也没吃饱呢。

　　想到没吃饱，她又想起沈唯，想起林梵，面条下锅后她拿出手机，沈唯回去后很安静，没有回她信息。

　　而林梵……他的朋友圈几乎没有更新过，最近的一条就是他刚回国时参加沈唯的婚礼，他传了一张照片在上面，写着简单一句话：祝幸福。

　　他拍的照片是沈唯准备抛新娘捧花的时候，她回头一笑，而她们正立在下面，兴致勃勃摩拳擦掌地准备抢花。

婚礼的喜悦和热闹似乎还在指尖，沈唯和傅明义的婚姻却已明显到了尽头。

现在，林梵也要结婚了。

"在看什么？"

耳后一热，陆沉舟的声音在她背后响起。

程夕把手机亮给他看："看沈唯结婚的照片。"

陆沉舟看了一眼，没什么兴趣地转过头，看向锅里："还没好？"

程夕也瞄了一眼，收起手机拿筷子搅了搅："差不多了。"

挑起面条，又倒出米糊，两人吃了餐十分简单的夜宵。好在陆沉舟是真不挑，不紧不慢将一碗面吃得干干净净。

程夕的米糊还没吃完，他就已经吃得差不多了，程夕问他："好吃吗？"带点炫耀地，"这是我爸自己擀的面条，我一向都很喜欢吃的。"

她坐在他旁边，眼睛亮晶晶的，白皙莹润的脸在灯下像是发着光，嘴角却沾了一点黑色的米糊，就像是一颗黑色的小痣，竟给她平添了一点俏皮的味道。

她还在问他："好吃吗？"

陆沉舟放在桌下的手微微一动，他抬起手替她抹去了嘴边的那粒"小痣"。

程夕看着他指尖那点黑色，还没来得及为自己居然吃东西吃到脸上而脸红，就见他十分自然地将之放到嘴里吮了吮："嗯，没你这个好吃。"放下手，望着她，"你的甜。"

程夕：……

她的脸上又飞起一片粉红，能不红吗？米糊里根本没有放糖好吗？甜什么的……她努力板起脸，可脸还是热透了，她不得不拿手捂住，有些怀疑地望着他："陆先生，你以前真的没谈过恋爱吗？"狗胆包天地伸手捏了捏他看起来正经得好想让人揉一把的俊脸，"这么会说情话，真的一点也不像诶。"

真正是人家说的"撩而不自知"。

陆沉舟抓住了她的手，程夕心底一跳，正想认怂时，就听到陆沉舟笑了笑："我们上床吧。"他说，"我技术不错，你要不要试试？"

程夕：……

桑妮 著

幸好遇见你

（下）

南方出版传媒
花城出版社
中国·广州

咪咕阅读

图书在版编目（CIP）数据

幸好遇见你：全二册 / 桑妮著． -- 广州：花城出版社，2021.3
ISBN 978-7-5360-9194-8

Ⅰ．①幸… Ⅱ．①桑… Ⅲ．①长篇小说－中国－当代 Ⅳ．①I247.5

中国版本图书馆CIP数据核字(2021)第028391号

出 版 人：肖延兵
责任编辑：黎　萍　夏显夫
技术编辑：凌春梅
装帧设计：姚　敏

书　　名	幸好遇见你 XINGHAO YUJIAN NI
出版发行	花城出版社 （广州市环市东路水荫路11号）
经　　销	全国新华书店
印　　刷	佛山市浩文彩色印刷有限公司 （广东省佛山市南海区狮山科技工业园A区）
开　　本	787毫米×1092毫米　16开
印　　张	41.5　2插页
字　　数	760,000字
版　　次	2021年3月第1版　2021年3月第1次印刷
定　　价	98.00元（全二册）

如发现印装质量问题，请直接与印刷厂联系调换。
购书热线：020-37604658　37602954
花城出版社网站：http://www.fcph.com.cn

幸好
遇见你

目　录

第二十一章 ················· 001
第二十二章 ················· 017
第二十三章 ················· 033
第二十四章 ················· 050
第二十五章 ················· 063
第二十六章 ················· 079
第二十七章 ················· 096
第二十八章 ················· 113
第二十九章 ················· 130
第三十章　 ················· 151
第三十一章 ················· 172
第三十二章 ················· 188
第三十三章 ················· 204
第三十四章 ················· 222
第三十五章 ················· 238
第三十六章 ················· 254
第三十七章 ················· 269
第三十八章 ················· 281
番外　我最爱你 ············· 300
番外　彩蛋 ················· 320

第二十一章

1

男女之间,很多事靠的就是一个水到渠成,什么都说破了,真的是……好想糊对方一脸!

程夕脾气没那么暴,却也囧囧的,说:"还没到那一步。"

她明明才想通了准备和他试一试啊,这就提到要上床了,真的是坐火箭都赶不上他的速度了。

她脸微红的样子,像是白玉染了微霞,特别想让人掐一掐。

陆沉舟伸手抚了抚她的脸:"快了吗?"他垂下眼睛叹,"前面的不算,自我追求你以来,我们约会十五次,亲吻十二次,你的态度从不太情愿到勉强同意再到无可无不可,然后就是主动亲我,按照约会进度表,我觉得,是时候了。"

程夕:……

真心觉得自己的害臊显得很没见识!压下心底的情绪,她有些好奇地问:"你的什么进度表,哪儿来的?"

陆沉舟望着她,一副学霸论道的神气:"现实和理论结合,通过概率计算得出来的。"

程夕:……心塞!

感觉和陆先生谈恋爱着实是个很考验人的事情呢,他很有一种瞬间把旖旎的气氛秒成渣渣的本事。

不过这种感觉还挺新奇的,再说了,程夕以前也是学霸,见状就也迅速切换成学霸模式,和他开始了十分严肃的学术交(忽)流(悠):"那你有研究过短时间内进展迅速的交往,它们大概率的结果是什么吗?结婚前分手,结婚后就是离婚,这个结果的概率在80%以上。不信你可以看看你身边的朋友,他们那种认识不到一个月就发生亲密关系甚至闪婚的，结局往往都不会好。心理学上有一项研究，就是男女交往，半年以上确定恋爱关系，恋爱一到两年再发生亲密关系或者结婚才能建立起最稳固的两性关系。因为爱情事实上就是一种幻觉，它需要时间来检验，然后让幻觉变成现实，所以一切没有经过时间检验的感情都是短暂的，只是一时的激情而已。"她望着他，微微笑，"陆先生，您要的，也只是短暂的激情吗？"

陆沉舟：……

他想了想，倒是认同了她的说法，不过说，"两年的时间太长了。"理由是，"我可能没有办法和你维持那么长时间的约会，"作为东来现任的掌门人，他也很忙的，过年抽出时间安排和她约会，在时间上已经是做出了相当大的腾挪了，这种腾挪可以短时间安排，却没有办法维持太久，"而且一年也很难。"他看着她，"我可能很难保证和你在一起的时候不想别的，比如说，用点别的什么手段，搞你。"

"搞你"这样的词，真是粗鲁得让人想抽他，偏偏他说得还挺认真，让人想抽都不知道从哪里抽起。

他还一字一顿地说："程夕，我对你，有想法。每次和你约完会回家，晚上睡觉我得换上几回裤子，这已经对我造成很大的困扰了。"

程夕：……

这话搁谁说出来，大概都要被骂一句"流氓"，可他说出来，居然能让人情不自禁地反省，是不是对他真的太苛刻了？

程夕现在就在反省……

她想起一句话，一切的生理问题都会导致心理问题，而一切的心理问题最终都会影响到生理健康，陆沉舟的心理问题，或者很有可能就是和他长期没有得到很好的发泄有关。

当然，这种发泄，不仅是生理的，还有心理的。

她已经在很认真地考虑怎么帮他先解决生理问题了，然后她就出了一个馊主意："你有试过用其他的方法解决吗？比如说，手？"

陆沉舟看着她，沉默。

半晌，他问："你要帮我？"跃跃欲试，准备解裤子。

程夕：……

她赶紧扑上去，拦住他的手，等反应过来时，自己已经落到了陆沉舟的怀里。

他抱着她，一手搂着她的腰，另外一只手扣住她的头就吻住了她。程夕一靠近就感觉到了他的不同，因为这一次，他吻得特别温柔，莫名地，给人以缠

第二十一章

绵难舍的感觉。

程夕可以对粗暴而简单的爱抚无动于衷,却没办法拒绝这样温柔的缠绵,她微微发着颤,自己都分不出是害怕还是激动。

可能是真的从心底里接纳了他,她生不出反抗的情绪,洗手间的那一次似乎打开了他心中的某道禁忌之门,也或者是点通了他的任督二脉,程夕明显感觉到了陆沉舟的进步,技术虽然没到炉火纯青的地步,但是对付她,已经是绰绰有余了。

年轻而成熟的身体,真是太容易被撩动了。

好在,她刚刚的话对陆沉舟也是有影响的,他并没有深入更多,浅尝过后,他拉住她的手放到了他的某个地方,一边吻着她一边轻声说:"我的耐心并不多,别用那么长时间来考验我的忍耐力。"

然后,他放开她,起身走了。

程夕看着关上的门,都有些回不过神来。

然而,他是真的走了,走得很急也很快,仿佛再慢一点点,他就再走不了一样。

程夕看着自己的手发呆……那上面,好像还残留着那种触感,陌生而羞人的感觉。

长吁一口气,她拿起手机给陆沉舟发了条信息,问他:"为什么是我?"

他没有回她。

过了很久,程夕在床上辗转,迷迷糊糊都快要睡着了,手机才突然短促地响了一声。

打开,是他发来的信息,只有短短的三个字:不知道。

不知道想了多久,他才给了她这样一个答案。

她知道,这不是敷衍。所以程夕看着,莫名有些心安,忍不住微微笑了笑,给他回消息:"两情若是久长时,又岂在朝朝暮暮。陆沉舟,正常的约会是不能固定时间的,情侣也是各自独立的个体,有彼此的事情要做,忙时各忙,闲时相聚,挺好的。"

她就差明白告诉他,男女恋爱不是电脑程序,不需要那么多条条框框,自然也不用必须在什么时间做什么。

这次陆沉舟回信倒是很快了,却就给了她四个字,比刚刚多一个:"你忽悠我。"

喷茶。

程夕抱着手机生生把自己呛清醒了。

鉴于时间真的已经太晚,明天还要上班,程夕没再回他,反正他那么聪明，一定能想得明白的吧？

眼见着要开学了，她要上班要备课，熬夜是经常。

第二天还收治了一个产后抑郁症患者，患者在抱着孩子准备跳楼的时候让人拦了下来，因为家人处置不当，导致病人情绪崩坏，差一点和全部家人同归于尽，酿成人间惨剧。

程夕花了一个星期的时间帮她做心理疏导，开学后，她把这个案例拿出来说给自己的学生听，"不要以为玩笑就是玩笑，所有的玩笑都有认真的成分。对于抑郁症患者来说，想死，想杀人，想世界爆炸都不是玩笑。

"那位病人家属做了最糟糕的一次病例示范，以为女人坐月子有的吃有的喝就是掉在福窝里了，抑郁症什么的纯粹是矫情。事实上多数女性初为人母，因为疼痛、紧张，以及家人关注重心的转移而产生心理落差，这些落差有些能被新生命和家人的关爱填平，有些则无法疏解而导致或轻或重的心理抑郁。

"所以作为男士，我希望我的学生们有一天为人父为人夫的时候，能够对自己新生育的妻子多一点理解和关爱，也许你替代不了她的痛，但是请你记得多给她一点鼓励和拥抱，最亲密的人所给的每一份包容和宠爱，都是挽救妻子的救命稻草；而作为医生，你们更加记得要做好一个倾听者，因为你们每一个不信任的表情都很有可能将患者彻底推向深渊。"

课堂里静了好一会儿，约莫是都在消化程夕的话，过了好一会儿，才有学生问："老师，那这个病人怎么样了？你是怎么处理的呀？"

"这个病人目前情绪已经稳定下来了，只要不再刺激她，相信很快就能好。至于我当时的处理，确诊的第一件事就是给做丈夫的好好先上一堂思想教育课，为人父母不经考试，是很可怕的一件事，同样，男人结婚了还没有进入丈夫的角色，也是很可怕的事。"

这时有男同学不平了："老师你今天很针对我们男性呀，这可不公平！女同学们呢？你就没什么建议吗？"

"有啊。"程夕说着目光扫过底下那些年轻的孩子，然后有些意外，又看到了陆沉明，他已经有段时间不来蹭课了，没想到新年头一天，他竟来了。放下他，程夕说，"我给女孩子们的建议是，如果没有做好准备，那就不要匆忙地做决定，结婚生育是人生大事，想好了再做，而一旦做好了选择，那就要记住，爱别人的时候多爱自己一点点。世界那么大，社会如此开放，每一片土地都有生存的空间，真的没有必要做谁家的菟丝花，什么样的人最有魅力？他必须拥有独立的人格、开朗的个性，还有一往无前的勇气。"

那堂课最后歪楼都歪到天边去了，由抑郁症谈到了人格的独立自主，程夕一向觉得，好的老师，同时也应该是一个好的性格塑造师。

她希望，她教出来的学生，都是独一无二拥有自己独特性格魅力的人。

一节课很快结束，程夕眼瞅着陆沉明要走，忙叫住他。

陆沉明听到她叫他的名字，呆呆地站在原地，一张嫩生生的脸都红透了，头顶好像能冒得出烟来。

程夕：……

他这么腼腆，她真的好怕他昏过去怎么办？

她抱着教案走过去，自认已经摆出最和蔼可亲的脸了，可陆沉明站在桌子后面，颤巍巍地看着她，眼里还隐隐含着泪。

程夕：……

她不得不检讨一下自己，摸了摸脸："我长得很可怕？"

摇头。

"那就好。"程夕笑，从袋子里拿出一颗糖，"吃吗？"

放到他手边，她看到他手指动了动，却并没有拿，程夕也不在意，又是一笑，说："有好长一段时间没见你啦，你下午是没课吧？请你吃个饭？"

她其实是想和陆沉明聊聊，看能不能从他这儿知道些陆沉舟的事，她总觉得陆沉舟的病是有些因由的，她既打算跟他好，自然也想能快些给他治好的。

其实这些也可以问陆爷爷陆奶奶，但那老两口看孙子天然戴了滤镜，除了老大年纪不结婚连恋爱都没谈过，他做什么在他们看来都是正常的没有任何问题的，所以程夕就想到了陆沉明。

不料陆沉明实在太腼腆了，她话一落音，他哆嗦地看了她一眼，然后泪奔着跑掉了！

真的是泪奔跑的，桌上还落了他两颗泪呢。

当然，糖也不见了，他跑的时候倒没忘记把那颗糖给顺走。

程夕目瞪口呆地看着他跑得只剩下一点残影，收回了伸出去的尔康手。

回去的路上程夕打电话问程阳："你对陆沉舟的弟弟了解多少？"

她也就是那么一问，因为觉得陆沉明实在是太害羞了，而且怪怪的。程阳问："你问他干什么呀？"

"随便问问你问他？没空啊。"

啪！挂了她电话。

程夕：……

不知道是不是错觉，她觉得程阳似乎特别不喜欢提起陆家人。

嗯，有什么是她不知道的吗？

正想着，又有电话进来，这回是沈唯，她声音有些沉："小夕，能帮我个忙吗？"

程夕忙说："你说。"

"傅明义约了龚恒谨在东来酒店见面，你能帮我和陆沉舟说说吗？我想知道他们在哪个房间。"

程夕：……

2

程夕恨不能一下飞过去！然后如果傅明义在面前的话，先狠狠赏他几脚！

是不是人哪？才过去多久？

加上今天，距离沈唯发病都还没过去两个月！

程夕气得发抖，可事实上，等见了面，她才发现沈唯平静极了。看到程夕，她甚至还笑着抱怨说："东来的保密功夫做得太到位了，我找谁帮我查都没用。"

程夕望着她，发现沈唯真的不是故作平静，倒是松了一口气，问："到底怎么回事？"

两人先在大堂里的沙发上坐下，她得知道到底怎么回事，才好确定要不要帮忙——事实上找陆沉舟也是不妥当的，不管傅明义在这里干了什么，只要他没犯法，这种窥探客人隐私的事，作为酒店管理方，都是不好做的。

虽然程夕也气得不行。

沈唯也没说什么，把手机往她面前一摆，只见屏幕上显示的是东来大酒店这一块的地图，而地图上有两个人形图像：一个写着渣男，一个写着贱女。

十分直白。

此时，两个图像紧挨着，显示就在东来大酒店这里。

程夕："……你在他们手机里装了监视器？"

"是。"

程夕张了张嘴。

沈唯笑："你想说这是违法的是吗？可是我也没办法啊，我想离婚，身边人都不同意，那既然他们两个这么难舍难分，与其让他们偷偷摸摸，我何不帮他们公开了，成全他们？"

程夕：……

这么正义凛然大气大方的正室范，怎么就这么违和呢？

她都不知道该说什么好了。

沈唯又说："你来前我就找了陆沉舟，可我见不到他人。所以就只能请你帮我了。小夕，你放心，我不会大吵大闹，也不会让人很难堪，我就是想证实一下我的猜测，然后让他们知道，我并不是什么都不知道的蠢货而已。"

程夕沉默，过了会儿，她叹气："我也不一定能说得动他的。"

陆沉舟那个人，特别有原则，她自己在他身上碰过的壁都可以写一本书了，更何况是今天这样的情况？这事明显会对东来酒店造成不好的影响。

沈唯说："试试吧，成就成，不成也没事。他们既然有这事，就不会只在这一家酒店的，也不是所有的酒店，都像东来这么守护严密。"她说着垂下眸，淡笑，"我只是不想再应付他了而已。"

最后这句话，听起来很正常，程夕却不禁眼角一跳，总觉得沈唯在酝酿什么。

后来她总算知道，沈唯为什么必得要找上陆沉舟帮忙了，东来表面上看起来挺正常的，和一般的五星级酒店没什么不同，但是它有一个叫作幻想空间的地方，就算你办了入住甚至是普通员工也没办法了解更多客人的信息。

"那是东来的招牌，隐私保护特别严密，非高层不能查。"

程夕再一问，才知道所谓的幻想空间，就是陆沉舟上次带她去过的水底俱乐部。

讲真，那里还真是一个做坏事的好地方。

程夕没抱什么希望地给陆沉舟打电话。

自从那天程夕和他说了"情侣约会不能定死时间"后，陆沉舟总算正常了，有时间才约约她，没时间，基本上不理会她，程夕这段时间忙，倒也有好些天没见过他了。

陆沉舟接到她电话时正在开会，他出了几天差，回来，公司里压了一堆的事情。

程夕言简意赅地和他说了沈唯的请求，陆沉舟说："你觉得，我会因为这个出卖客人的隐私？"

语气冷冰冰的，哪怕知道他就是那么个人，程夕的脸还是红了，只好装作不在意地说："那行吧，我也就试试，麻烦你了。"

挂了电话。

东来的会议室里，陆沉舟看了眼手机，继续开会，开了一会儿，中场休息，他身边的杜律师顺嘴问了一句："陆总，是谁要查客人的隐私啊？"

东来的隐性宣传就是保密性高，隐私性好，陆沉舟行事向来铁面，除了公检法因公来查，谁的面子他都不给。

所以杜律师很好奇还有谁这么不识趣，敢提这种要求。

陆沉舟低头看着资料："程夕。"

"哦。"杜律师点头，旋即反应过来，程夕不就是仁医的程医生吗？他帮两人起草过奇葩的交往协议，陆沉舟住院的时候，他还经常过去，所以很清楚，就算老板什么表示都还没有，但程夕在他在陆家都是不同的，因为陆家老两口早已把她当成内定的孙媳妇儿了。

陆老奶奶还经常打电话给他："我家舟追女朋友少根筋呀，你没事多提醒提醒他。"

看了一眼陆沉舟，他小心地说："这么拒绝她……真的好吗？"

口气那么生硬官方，真的不会伤到人家吗？委婉一点也好啊，好歹也是你喜欢的人呢！

陆沉舟瞟了他一眼。

杜律师大雾，忙说："程医生不像是那种多事的人呢，她是不是遇到什么事？"就算不成，好歹也多问两句，说什么公司有规定之类的柔和一些嘛。

陆沉舟翻了一页，语气淡淡："她要帮人捉奸。"抬起头，"你要帮她吗？"

杜律师：……

对于陆沉舟的拒绝，沈唯和程夕的反应都很寻常，主要是，也没寄予过多大的希望。

程夕劝沈唯先走："我请你吃东西。"说哪里哪里新开了家烤鱼店，很好吃，她们正好去尝尝鲜。

沈唯以前，是很喜欢吃烤鱼的。

她不想让沈唯在这里等，时间还早，谁知道傅明义他们要在里面待多久？且他和沈唯报备是跟人应酬，男人真的"应酬"起来，彻夜不归也是常事，她们总不可能在这里守一晚上吧？

等待熬人，她不想沈唯这么熬下去，再说了，就算想熬，东来光酒店部就有三个门，横跨整个东来的水下俱乐部在建的时候出于安全考虑，通道出口更是好几个，她们想守也不知道从哪里守起。

沈唯想了想，点头，结果还没走出大门，陆沉舟的律师就到了。

远远地叫了一声："程医生。"走近来说，"陆总有事在忙，所以想我请你们二位去望江楼吃个便饭，那儿虽然生意好，但是这个点，也不用等多久，饭菜很快就出来的，到时候一道一道上嫌麻烦，可以想点办法，让他们一起出来也不是什么难事嘛。"

程夕正要拒绝，沈唯突然扯了扯她的衣袖，笑着和杜律师说："好啊，那就麻烦你了。"

"不麻烦。"杜律师笑呵呵的。

第二十一章

三人去了望江楼，杜律师十分体贴地帮她们要了个靠窗的房间，等她们点好餐后，就离开了。

他一走，沈唯拿出手机看了看，和程夕说："走，我想我知道傅明义在哪里了。"

程夕懵懵然地跟着她，看她重又回到东来，扯着杜律师的大旗，说："幻想空间A区，剩下几间订几间。"

服务小姐长相甜美，声音也更甜美，查了电脑后告诉她："A区还剩下八间房，您确定都要吗？"

"都要。"

房间订下后，沈唯留了一套房卡在前台："等会儿有人来找我，让他们直接过来。"然后自己拿了其余房卡跟着服务人员往里走。

程夕默默陪在一边，看沈唯一边走一边打电话："你们过来东来吧，前台报我的名字拿房卡。"

她看着她一一安排下去，趁空问："你这是……什么意思？"

沈唯看着她，笑了笑，说："程夕，我现在能确定一件事，对于陆沉舟来说，你的确是不同的。"然后她才和她解释，"我在网上查过，幻想空间是仿蜂巢的设计，它对着的，有三个大出口，可是能从望江楼那边出来的，只有A区。A区有十个房间，我把剩下的八间都订了，再要找出傅明义在哪儿，就很容易了。陆沉舟让他的律师来，其实也就是想告诉我们这个而已。"

程夕：……

这样的哑谜，她能说，她一点也不懂吗？

但不得不说，这也是陆沉舟作为东来管理者，能做的极限了。

余下找不找得到，还真是她们自己的事。

事实上，沈唯运气挺好的，她第一次出手，就找到了正主。

门是龚恒谨过来开的，因为这儿的保密性太好，她完全没想到沈唯会找过来，所以开门时她就披了件浴袍，散着头发，看见沈唯，惊得连话都说不出，呆在当场。

然后下意识想拦，没拦住，沈唯一把将她推进去，扯着她的手将她扔到床上，和同样惊呆了的傅明义跌在一起。

程夕注意到屋内的场景，居然是望江楼外，还是实时图像，连声音都有，环绕立体的车水马龙的声音！

程夕整个人都有些不好，她是真没想到这两人还有这爱好！

沈唯却像是没看到似的，拿出手机咔咔咔连拍了好几张，然后一声未发，准备离开。

龚恒谨惊慌失措地往傅明义身上躲，傅明义一边推她一边叫："唯唯，唯唯你听我说……"

沈唯头也没回，傅明义爬起来要追，结果发现底下是真空的，又急急忙忙缩回去。

两人丑态不一而足，程夕都不稀罕看，仍跟着沈唯往外走。

后面傅明义见叫不住沈唯就叫她："程夕，麻烦帮我看着沈唯，她还怀着宝宝呢。"

沈唯顿了一下，程夕……程夕停住脚，后来觉得实在没法忍，卷起袖子冲回去，拿起桌上一个茶壶想也没想就往那两衰人床头砸，茶壶砸在床头，哗啦碎成了渣渣，两人吓得又是一阵尖叫。

程夕就在他们的尖叫声里冷冷地说了一声："闭嘴！"

然后牵着沈唯离开了。

出来就看到一大堆人拥过来，沈家的，傅家的，都齐全了。

由此可见，沈唯准备功夫做得有多足，捉奸之前，她就已经让自己哥哥找借口把两家人都聚齐了，就安排在附近。

站在他们面前，沈唯的声音凉薄如水："都来了？那就都进去看看吧。"

侧开身，让他们进去，程夕也让到一边，扶住她。

众人都问："唯唯，到底怎么回事啊？"

沈唯偏头，微笑："进去不就知道了？"

于是都进去，看到里面情景，什么也不用问了，传来几声又惊又怒的断喝："傅明义！"

也有骂声："龚恒谨？你怎么这么不要脸?!"

沈唯漠然地站在那儿，程夕去拉她的手，她缩开："走吧，我们到那边去。"

随便进了一个房间，开门，沈唯先去洗手，她在里面洗了很久，仔仔细细地，拿洗手皂一根手指一根手指地洗，洗完了，还叫程夕："你也洗洗吧。"

程夕看她很认真，不想违逆她心意，就也进去认真地把手洗了。

洗完，沈唯说："走吧。"这一次，她主动拉起了程夕的手。

路过傅明义他们的房间，没人记得关门，所以里面闹哄哄的，沈唯犹豫了会儿，站住脚，和程夕说："小夕，帮我去把我妈他们叫出来行吗？"

程夕看向她，沈唯笑："我就在这儿等你们，保证不乱走。"

从始至终，她平静得都不像话，程夕担心不已，还是去里面叫了沈唯的父母哥哥出来。

程夕进去时沈唯的两个哥哥正踩在床上拳打脚踢，傅家人帮忙拦，让他们不要再打，沈爸沈妈就在一头骂。

鸡飞狗跳。

程夕实在没想到有生之年还能见到这么狗血的场面，又贡献了一只杯子，然后才把沈唯的家人扯了出来。

沈唯一家都面沉如水，骂骂咧咧，出来见到沈唯却又都没话说了。

沈唯很平淡地开口问："这日子还能过下去吗？"

沈唯的大哥沉着脸："离！必须离！"

二哥说："就算要离也不能就这么放过他们，欺人太甚！尤其是龚恒谨，什么东西！"

沈爸爸和沈妈妈都面色难看，倒也没说什么。

沈唯就笑了，这回笑意真心了很多："那你们帮我和他家说吧，我不想看到他们。还有，别打架，免得弄脏自己的手。"

这话约莫有些颠覆，沈家人都有些吃惊地看着她。

沈唯又加了一句："我是认真的，都这样了，打他有什么用？谈点实惠的吧。"

说完，拉起程夕，走了。

程夕一直都把自己当成朵壁花，直到出来，才轻轻嘘出一口气。

沈唯看了她一眼："吓到了？"

程夕摇头："我就是担心你。"

"我挺好的。"见她不信，她靠到她肩上，"真的，已经疯过一回啦，所以现在轮到让他们去疯一疯了。"

程夕当时并不明白沈唯的意思，只觉得她话里有话，还道她想不开，努力地想要开导她。沈唯很听话，她说什么她都应，还拉着她："我们去吃你说的烤鱼吧，把你家陆沉舟也叫上，还有柔姐姐，还有阿双……"一气说了好几个名字，男男女女，都是高中同学，平素玩得很好的朋友。

程夕无所谓，却说："陆沉舟就算了吧？他最近有点忙。"

像是专门打她脸似的，她话才落音手机就响了，程夕拿出来，两人头对头一看，屏幕上跳跃着三个字：陆沉舟！

沈唯看了她一眼，笑起来。

3

程夕有些无语，还没决定要不要接电话呢，沈唯就帮她按了接听。

陆沉舟略有些清冷的声音传出来："在哪儿？"

沈唯替她答："就在你们东来大门外呀。"

陆沉舟顿了一下："让她接电话。"

沈唯啧了一声，转开了头。

程夕关掉免提，轻轻喂了一声。

陆沉舟说："今天我有空。"

程夕想笑，心里却又沉甸甸的，叹了口气，说："我们去吃烤鱼，你要一起吗？"

陆沉舟说："好。"

然后两人就在那儿等他过来，沈唯已经在逐个打电话了。今天不是周末，能来的人并不多，田柔是自己吃自己，倒是一叫就到了。

沈唯不死心，又叫了好几个，看那架势是必要热热闹闹的了。

最后居然也凑了有一桌人，柔姐姐看到陆沉舟也在，先捅了捅程夕："又拉来这么多电灯泡，不怕你家那个生气啦？"

程夕问："怕他生气你会走吗？"

"吃饱了会。"

程夕就回捅了她一下，田柔笑着躲开，又去勾搭沈唯："今天什么好事啊？这么热情地呼唤我。"

沈唯说："暂时还不能说。"

田柔伸手在她肚子上抚了抚："贪吃了，不会怀的是双胞胎吧？"

沈唯摇头，程夕注意到她脸上并没有任何不自在，很坦然。

她注意力都在沈唯那里，自然对陆沉舟有所忽视，不过这家伙存在感还是挺强的，哪怕就是安静地坐在那儿，也没有人会无视他。

因为太帅了有没有？

用田柔的话说就是："只看脸，都可以多吃一碗饭。"陆沉舟自己也挺会找存在感的，他倒不大跟人搭话，就是默默地烤鱼，巴掌大的小河鱼，别个要不烤得稀里糊涂要不就直接吃现成的，只有他，把鱼烧得两面金黄，香气四溢。

他自己又不吃，烤好了就给了程夕，烤给她的第一条她给了沈唯，第二条，才放到她盘子里，柔姐姐从旁伸出手："给我给我。"

程夕当时正在和沈唯说话，根本没把她的话往心里去，见她伸手也就给她了，放在脸侧的手忽然一痛，她转头，见陆沉舟正拿着根扦鱼的扦子往她手上轻轻地戳。

程夕：……

要不要这么幼稚啊？

她默默地放下手，默默地将那根扦子拿过来，然后握住他的手。掌心中陆沉舟的手指微微一僵，跟着很快就放松了，乖乖地由她握着。

之后他也不烤鱼了，就坐在她身边，用另外一只手撑着下颌，看着她，直看得程夕感觉那边脸都要发烧了，不得不回过头来，问他："你要吃鱼吗？"

他语气淡淡："好。"

程夕这才放开他的手，帮他烤鱼。她技术没他好，然而胜在姿态好看，不紧不慢的，握着竹扦的手指又长又白，十分赏心悦目。

鱼最后烤煳了一边，她红着脸将煳掉的地方剔出来，问："还要吃吗？"

陆沉舟点头，她就很细致地将还完好的肉取出来，还顺便将鱼刺也给剔掉了，她做这些时完全心无旁骛，从陆沉舟这边看过去，能看到她低垂的长睫，秀挺的鼻梁，还有紧紧抿着的红唇。烤鱼店里温度有些高，她脱了外套，这会儿只穿着一件深蓝色的圆领针织衫，领口露出了部分锁骨，尽管她没有化任何妆，也没有佩戴任何饰品，可依然显得秀美而性感。

周围一圈都是她的朋友，他们放肆地谈笑着，烟火十足的气息里，她美得就像是一朵幽幽开放的花，有一种静静绽放的怡然。陆沉舟以前是最不喜欢这样的环境的，然而这会儿，他突然觉得这样也挺好的，他陪在她身边，陪着她一起应酬，一起回家，心里都是暖洋洋的。

程夕不知道陆沉舟这会儿心里难得柔了一把，将弄好的鱼肉夹到他盘子里："尝尝，应该是熟了的。"见他没作声，抬起头，"怎么啦？"

他没说话，只是低头拿起筷子，默默地吃起鱼来。

"还可以吗？"她凑过来问，伴着淡淡的属于她的隐隐暗香。

陆沉舟直接夹了一筷子放到她嘴边，程夕微愕，却还是微红着脸将那筷子鱼肉吃掉了。

两人这恩爱秀得"旁若无人"，程夕的同学终于看不过去，拍桌说："喂喂喂，我们都还在呢！"

柔姐姐更是卷袖子："被你们虐了一次还要虐两次，这日子没法过了，干酒干酒，程夕你要是不干上三杯酒，跟你说我都要和你绝交！"

陆沉舟要开车，免于喝酒，程夕却推不过，只好干了三杯酒，然后又被他们巧立名目灌了两杯，等饭吃完时，她人已经晕晕乎乎的了。

沈唯被她哥哥赶来接走，其他人也都清清醒醒地散了，只有程夕是蒙的，被陆沉舟带回了家。

到她家楼下，陆沉舟将她拉出来，她靠在他肩膀上，努力地认了他一会儿，叫他："陆沉舟。"满嘴都是酒味，还有烤鱼的味道，陆沉舟居然也不嫌弃，低头在她嘴上亲了亲："走得动吗？"

她点头，特别乖巧的样子。

陆沉舟忍不住笑，忍耐地看了她好一会儿，抱着她往楼上走，一进门，却再也忍不住,急不可耐地吻住了她。他吻得太用力,程夕觉得难受,推拒着他将头转到一边去,陆沉舟就急切地将手伸到了她衣服里面,摸到了她的胸、她细腻温热的皮肤、怦怦怦怦的心跳。

他指尖的凉意很好地缓解了她身上的燥热,她懒懒地靠着他,由着他在她身上胡来,但到底意识还在,闷闷地说:"陆沉舟,不能这样的。"

他根本就不说话,只是埋头吻她,从她的脖子往下,手还不停地揉搓着她,等他的手解开她裤子的时候,她不得不按住了他:"陆沉舟。"

声音软绵绵的。

陆沉舟看了她一眼,吻住她的嘴,一边吻还一边说:"你说过的,禁欲对身体有害……程医生,我们开禁吧。"

程夕:……

晚上喝的是啤酒,杯子也不大,所以程夕醉得并不深,虽然手脚有些不受控制,但感觉是清晰的。

她能清晰地感觉到陆沉舟的激动。

这些天他们没见面除了忙也未尝没有躲避的意思在里面,不见到的时候还好,见到了就真的不一定能控制得住了。

程夕都不知道该怎么阻止他,其实顺着他也没什么,这年头,男女关系也就那么回事,可程夕总有那么点顾虑和不甘心——比起生理上的欢爱,她更崇尚柏拉图式的感情。

她和陆沉舟的心灵,还没达到那种契合。

无法可想的时候,身后的大门咔嗒一声,开了。

陆沉舟转头,这回轮到他无语了,程阳来了。

程阳也很郁闷好嘛!一进门就看到鸳鸯交颈,会长针眼的好不好?

他下意识地捂住眼:"哎呀,是我眼瞎了吗?"

陆沉舟干脆当没看到他,抱住程夕继续往里走。最后还是程夕死活不干,扒着门框叫他:"陆沉舟!"

这回她是真的完全清醒了。

陆沉舟在她唇上狠狠咬了一口:"你要这样见他吗?"

程夕:……

于是进去整衣服,陆沉舟臭着一张脸坐在一边,程夕也顾不得理他,收拾好后忍着羞耻出去了。程阳还没走,站在门口纠结着离开还是不离开的事。

程夕出来,他夸张地松了老大一口气,却又抱怨:"打你电话你也接呀!你电话又不接,我还以为你睡了,就想着反正也不吵你,睡一觉我就滚。"

程夕感觉自认识陆沉舟后她的脸皮呈几何级数在变厚,居然还能很镇定地对着她哥解释,"手机没电了吧。"问他,"你怎么来我这儿睡了?"

"晚了,懒得回去,最近接了个工程,就在你们医院旁边,这里近嘛。"程阳说着探头探脑往里瞅了一眼,走到程夕身边,推了她一把,想说话,鼻子耸了耸,又皱眉头,"你喝酒了?"

程夕扶着额头"哦"了一声。

"我去!"程阳卷袖子,"他不会是趁你酒醉占便宜吧?"

程夕的渣酒量,这么说完全不是无的放矢。程夕看着他:"你要和他打一架?"挥挥手,"那去吧。"

程阳:……

又坐回去:"别对我那么残忍嘛,我是你哥。"放下袖子,表情严肃,口气认真,"再说你们两口子的事我也不好管的。"然后十分不要脸地表示,"我睡啦,你们晚上动作轻点,好歹想着我是你哥。"

程夕拿起抱枕砸过去,程阳跳起来接住,溜进了客房。

程夕趴在沙发上,羞恼得将脑袋在扶手上磕了好几下,结果也没磕清醒一点,倒是把自己头磕得更痛了。

回到房间,陆沉舟还坐在她房里的桌子前阴郁地种蘑菇,眼睫低垂,一只手放在桌上,手指在那儿抠啊抠。

"别抠了,桌子都要给你抠烂了。"

没理她,继续抠,程夕和他打商量:"那什么,要不你先去洗个冷水澡?"

还是不理,还在抠。

那沙沙的老鼠啃食一样的声音简直能把人逼疯。程夕只好走过去,捉住他的手:"真的,别……"

后面的话自动消声,因为陆沉舟已经不抠了,他把她整个人都硬压下去,反握住她的手,将之放到他身下肿起的地方,低哑着声音说:"你弄!"

程夕:……

她蜷着手指,磨牙:"不怕我折断你的吗?"

他单手解裤子:"你折!"

程夕:……

最后她还是被迫压低了底线,帮某人手动解决了个人问题。弄得她手都酸了,他还不满意:"还是难受。"眼灼灼地盯着她。

程夕火气上来,扑上去十分凶残地在他身上咬了一口,然后他抱着她滚到床上,就那么打了一架。

不要想歪,真的只是打架而不是干别的,当然过程里少不了让陆沉舟翻过来又掀过去这样又那样,除了最后一步,大概能做的也都做了。

至于为什么没做到最后一步，是因为隔壁住着程阳啊！陆先生看过书，基友们聊天的时候也都说，女人第一次那什么的时候动静大，所以上次在洗手间里他没做完，这次也一样，总结原因也就一个：环境不好！

折腾得累了，陆沉舟还把程夕抱去洗了个澡，换了被子，再搂着她睡了。

程夕第二天起床看到规规矩矩睡在她旁边的陆沉舟，简直以为自己穿越回到几个月前，看看四周是自己家才勉强回过神来。

然后她就注意到了陆沉舟脖子上那一圈堪比贝壳项链的红痕，记忆里貌似有个场景是，她抱着他的脖子一顿啃："叫你咬我，我也要咬你！"

……简直不能更幼稚！

程夕从来没有发过酒疯，昨天晚上也不知道是被哪只鬼摸了头。偏偏陆沉舟还一点也没要遮掩的自觉，程夕起床没多久他也起了，他没衣服换，所以就那么围了条浴巾出来，顶着一身的"伤"——会围条浴巾也是好歹还记着有程阳在。

程阳被厨房里的香味唤醒，出门和陆沉舟来了个面对面，然后他惊得下巴都要掉了："妈呀，我妹原来这么凶残？"

陆沉舟：……

他低头看了看自己身上，没理他，飘进厨房，告诉程夕："我饿了。"

外间的程阳听到咣的一声，然后是他妹气恼的声音："你怎么穿成这样就出来了？！！"

"我没衣服。"他听到陆沉舟说，"你弄脏了。"

程阳：……他什么都没脑补！

那天的早餐吃得十分尴尬，当然那也只是程家兄妹，陆先生吃得可舒服了，因为就算是生气中的程夕也还记得惦记他，早餐端上桌的时候，程阳端起一个碗，程夕说："那不是你的，你是另一个。"

程阳问："有什么说道吗？"

程夕凶巴巴地："这个碗里有毒，你也要吃？"

然后拿过据说有毒的碗给了陆沉舟，陆沉舟看一眼，认出这是他上回过来用过的，晓得她是专门给他留的，顿觉浑身莫名的舒泰。

所以饭吃完后，陆沉舟抹抹嘴，对准备要开溜的程家兄妹二人说："我打算搬过来住。"先看着程阳，"往后如果你要来借宿，请提前预约。"再望着程夕，"这家里的装修品位太奇怪了，搬过来前，我打算重新装修一下。"

程夕和程阳：……

第二十二章

1

半晌，程阳掏掏耳朵，问他妹："这房子你是卖掉了吗？"

程夕说："没有。"

程阳："没卖怎么他说得这么理所当然？"主人是谁搞清楚了吗？说完一抬眼，对上陆沉舟淡漠如水的目光。

陆沉舟平静地问："你有问题？"

程阳："嗝！"

陆沉舟说："东来在海南的那个项目你有参与吧？"

"呵呵呵呵，作为户主他崽，住户她哥，"程阳瞬间没有节操地变脸了，"我觉得这房子确实装得太奇怪了。您要是看不惯，尽管动！放心，我最近都不会过来，我爸我妈我大姑我家谁谁谁也不会来！您尽管放心大胆地装！"

程夕：……

程阳以手遮脸，不敢看被自己卖了的妹妹："撒哟啦啦，我走哒！"

溜得比兔子还快。

程夕抚额，有这么个哥哥，真的是家！门！不！幸！

她表情严肃，看着陆沉舟："这样不行的。"

"嗯？"

"……你装修的话，我上班没地方住。"

"我有。"

"太远了。"

陆沉舟想了想，一副勉强随你便的样子："那我今天就搬过来。"

程夕郁闷得不行，实在忍不住问他："你想搬过来，不问我同意不同意吗？"

"你不同意？"

"不同意!"

陆沉舟眨眨眼:"那又能改变什么?"顶着一张正经脸讲这么无耻的话他还先不耐烦了,"床都上了,你想怎样?!"

程夕:……

她无语地看着他,最后还是没扛过他,让他先装修再搬过来,至于装修期间她住哪儿……她自己搞定。

能拖几天就是几天吧,这么快就要住到一起,心理上还是有些不适应呢。

程夕绝对不会承认是陆沉舟昨天晚上的"吃相"吓到了她!

出门的时候,又被拎着告诉了他家里的密码,然后还录入了他的指纹,程夕不知道的是,陆沉舟记住了管理密码,然后当天再过来就把密码改了,把除程夕之外的指纹全都删了,以至于程阳某天想起到他妹这儿来拿件换洗的衣服,开门输密码,不对,再用指纹,十个手指头都试遍了,打不开!

逗呢?他妹没搬家吧!

这会儿,不管是程阳还是程夕,都没想到陆先生会鹊巢鸠占得这么彻底。

那天程夕去上班,又戴了条丝巾,以护士长为首的一干女士见面就笑她:"又带伤啦?让你家那位也温柔点嘛,天气热不能戴丝巾了咋的办哦。"

程夕:……

看到她吃瘪,大家都笑得不行,程夕只好摆出正经脸:"不做事啦?闲得慌啦?闲得慌多去看看病人呀。"又被扯着脸揉了一通。

程夕逃也似的逃去了封闭式病房,因为去陈嘉漫那儿去得最勤,所以她下意识就走到了她病房外。

往里一瞅,陈嘉漫坐在床上,那层经常遮蔽着的窗帘被拉开了,她铺着画板就坐在阳光底下,微微仰着脸。

程夕不禁眼眶微湿:有多久了,她一直把自己避在暗影里。

她也没惊动她,就那么站在那儿看着,直到陈嘉漫回过头来,冲她笑。

她现在作息已经完全正常了,白天清醒晚上睡觉,会好好吃饭,会对人笑。

现在她还不怕站在阳光下了。

程夕也笑,慢慢走进去:"今天画什么?"

画布是空的,陈嘉漫指着上面说:"太阳自己在画画。"

她久不嘶叫,被撕坏的喉咙也好了,嗓音回复了原本的样子,很甜美的声音,因为带着怯意所以显得特别柔软。

阳光透过窗棂照在画布上,落下星星点点的光影。"真的很像呢。"程夕望着画布，说，"太阳可是个最擅画的画手，它能画出青山绿水，也可以画出桃红柳绿、枫林尽染，它画了一个大千世界，让人可以在里面感受到自然之美，也能体味到焦阳之烈，温暖、冷酷，都是太阳。"她低头，轻轻在她头上抚了抚，"阿漫想去看看吗？看看太阳画的大世界。"

陈嘉漫微微缩了缩，本来还在笑着的脸上写满了惊恐。

程夕也不逼她，她的耐心一向好，见状就说："不用怕，不想看也没事。只是你要记住，我一直都在等着你，等你想看的时候，带你去眉河边看樱花。"

然后她引着陈嘉漫说话，又陪了她好一会儿才出去。

才回到办公室就见到预约的几个患者前来复诊，因为前一天都待在学校，这一日医院这边事情就特别多，程夕根本顾不及想别的。等下班回到家，看到空荡荡的屋子，她这才想起陆沉舟说要重新装修。

但是，有必要这么快这么彻底吗？她所有的家具都拆掉搬走了，她的衣服鞋子也都不见了，真正是家徒四壁，什么都没有。

好歹给她留片纱啊，不然晚上她换洗个啥？

程夕扶着头，瞪着寂寂荒凉空无一物的家看了半晌，才给陆沉舟打电话："我的衣服呢？"

"在我那儿。"

她耐着性子："都搬走了，我晚上换什么呀？"

陆沉舟很意外的样子："你不知道我住哪儿？"

程夕：……

鸡同鸭讲也是辛苦，她累得不得了，也没力气和他争，说："那行吧，我自己想办法。"然后挂了电话。

她也没生气，就是挺无奈的，遇到这么个超级自我的男人，只好用白天劝别人的话来劝自己：好啦，男人大多神经粗，陆沉舟的神经更是粗上加粗，指望他能体贴地先知会你一声什么的，是妄想啦！

安慰好了，又去找地方住，远的像是田柔和沈唯那就不考虑了，苏岚正合适。

苏岚住的地方离医院也很近，只是和程夕的家不在一个方向，两人中间隔着医院，一南一北。

苏岚才下班，接到她的电话就说："那我来接你吧。"

看看，还是女人心细如发体贴周到。

程夕上了车，疲惫地靠在车座上，说："我觉得我还是应该娶个老婆回家而不是找个老公嫁。"

苏岚一瓶酸奶扔给她："你这发什么神经啦？"

"不是神经,就是随便感叹一下。"

苏岚笑:"是不是你那个土豪男朋友又惹你了?"

程夕实在忍不住,开启了疯狂吐槽模式:"……真的,他要搬就搬过来呀,他还嫌我家装修品位不高!好了,要装也可以,反正他钱多,十万八万他也没放在眼里,随便啦!可是有必要早上说装,晚上我回去就把我家搬空了,而且还不告诉我一声吗?这样真的好吗?好吗?"

苏岚笑得不行,她还从来没有看到程夕生气呢,见她这样真是要笑疯了,干脆把车停到一边抱着肚子笑。

程夕郁闷,"有这么好笑吗?"看一眼外面,咬着酸奶的管子,提醒说,"这里不能停车。"

苏岚眼泪都笑出来了,抹抹泪:"那你别逗我笑。"

程夕:……

她控诉地望着她:"嘿,姐姐,我真的很认真地在和你发牢骚,我一小资阶级莫名其妙沦为无家可归的贫民,没衣服换,没地方住,没吃没穿的,同情一下我好不好?"

苏岚拍拍她:"好啦,我包吃包住还包陪睡,放心,不会让你浪迹天涯。"她说着又忍不住笑,"不过他没通知你就算了,要装修也不给你先准备个地方住吗?"

程夕不想说了。苏岚瞥她一眼:"有准备的是吧?你不想去?"伸手去掰她脖子上的丝巾。

程夕警惕地捂住:"好好开车!"

苏岚已经看见了,啧啧几声:"年轻真好,看这战果累累的。"

程夕看着她:"你也还年轻。"

苏岚摇摇头,望着后视镜专心地倒着车,漫应道:"就像你说的,我干吗要找个男人嫁?这年纪了,有钱有车有房有孩子,没必要找个男人给自己寻不自在。"

这话程夕就不好劝了,每个人都有自己的生活态度,只要是健康的,就没必要非得强求去异存同。

这个话题就这么放过去了。

程夕上班太累,不想做饭,苏岚是一直就没做过饭,所以两人的晚饭是在外面解决的。吃到一半,陆沉舟打电话:"你没来?"

程夕吃饱喝足,心情也好了,便说:"我住我同事这儿。"

陆沉舟:……

失算了。

第二十二章

只好扬起小皮鞭催人快些弄装修,基础的工程不用搞,只是重新制作家具还有买沙发什么的,半个月,就全搞好了。

陆爷爷陆奶奶那段时间知道孙子在帮程夕装房子,特别高兴,老两口某天还专门跑到他公司找他面授机宜:"房子装好了,要除除甲醛呀,你皮肤容易过敏,不好跟她住到一起,就过敏成一副丑样子给她看的。"

这一点有效,陆沉舟听了。

然后陆奶奶又说:"你要抓紧时间跟她求婚,不然怀了宝宝到时候办婚礼都麻烦呢。"

陆先生震惊了,他光想着要把程夕拐上床,还压根儿没想过会怀宝宝的事!

嗯,这点也有效,他不想要孩子,所以,得避孕!

搬家那天很快来到,那时候临近清明节,天气已经很暖和了。恰逢程夕周末,倒是有时间收拾。

程夕也是搬家的时候才看到新家的样子,平素忙,她都懒得回来,横竖她也提不了意见,随便啦。

她本以为,按陆沉舟的性格大概会装修成全对称的高冷风,事实上,新家却是走的温馨小清新风格,蓝白色的搭配,十分有质感有格调。

程夕在里面转了转,发现主卧和之前的布局差不多,最让她震撼的是客房,现在已经改成了书房,原来的衣柜拆了,和邻墙全都变成了整墙的书架,窗户那边的榻榻米也拆了,弄了一个大大的书桌,没有床也没有放衣柜,陆先生的小心思也由此暴露无遗——他一点也不想再有人来借宿,也不想任何人来打扰。

程夕看着这个完全变了样的房间,都不知道该说什么好,抚着额努力安慰自己:还好,没有床后面还是可以再重新买的……

陆沉舟搬家也是极富个人特色,一辆大车,把所有东西都搬上楼,然后搬东西的人离开,他卷起袖子,开始收拾。

整齐划一的箱子堆满了客厅,程夕问:"我们不用找人帮忙吗?"

陆沉舟看了她一眼:"自己的家,为什么要别人来帮忙?"

程夕默然,点头说:"也是。"扎起衣服卷起袖子,拆箱子,归置东西。

其实箱子多,却主要是书很多,那么大的书架呢,肯定是要放些书的。这时候就知道强迫症的好处了,因为他在装箱前就已经整理好了,程夕的东西就被他打包得十分精细,一样一样,衣服、裤子、鞋子、内衣分类整理得井井有条,就连书,程夕原本的书也被很好地归了类,字条上还十分细心地写了,哪些是从哪里拿下来的,一看就明了。

因而东西虽然多，整理起来却是十分快，直到程夕拿到一个箱子，上面什么字条都没有，她有些奇怪，一边准备开箱一边问陆沉舟："这一箱是什么？"

陆沉舟回头看了一眼，淡淡地说："贺礼。光头送的。"

哎？光头还送贺礼啦？程夕有些好奇，拿剪刀一戳，戳开胶条，然后，她就看到了一整箱的避！孕！套！

避孕套的盒子十分抢镜，整整齐齐码在那儿，一水的"冈本""超薄""超爽""超安全"字样。

程夕：……

2

有谁会在乔迁新居的贺礼上送这玩意儿的？送礼的家伙你过来，程医生想好好和你谈谈人生说说理想！

陆沉舟看她一脸崩溃的样子，走过来，问她："这个不好吗？"

"好！"程夕有些牙疼地说，"但是买这么多……"你是打算用到哪时候去啊？避孕套有保质期的你知道吗？

陆沉舟拿起一盒看了眼，"多吗？"翻开来数了数，"二十四盒，一盒十二小盒，"某人计算能力倒是不弱，一下就算出来了，"二百八十八小盒，一年都还用不到呢。"

程夕："……你一天一盒？"

"一盒三个，少吗？"

程夕：……妈妈，妈妈我现在搬回家去住可以吗？主任我后悔了，可以把这家伙关起来吗？

看到陆沉舟那一脸的理所当然，程夕居然诡异地想起读书的时候，宿舍里的同学从身体和心理学方面来论证"男人一夜三次郎的合理性"，当时她们的结论是什么来着？

她抓狂："你为什么让他买这个？？"

"便宜。"

多么简单粗暴又让人没法反驳的理由，但你不是很有钱吗？土豪省钱也省得这么让人蛋疼。

程夕脸又红了，想起光头那张嘴她就觉得，大概她至少得有一年时间不想看到他！

陆沉舟眼看着程夕暴走，很是勉强地安抚道："好吧，我承认真正的理由不是这个，我不差钱。"

程夕心说：谁关心这个？

然后陆沉舟又说："我只是不想他来打扰我们而已，所以他说要过来我就给他提了两个要求。"仿佛嫌程夕受的打击还不够，陆先生十分清晰地告诉她，"我说：一、我们要办事所以不欢迎电灯泡；二、如果他要送礼可以只送避孕套。"

程夕……程夕吐出一口老血。

她抚着胸口呻吟："陆先生，你的脸皮还好吗？"

陆沉舟冷淡脸："挺好。"他占了她的家，还十分理直气壮地告诉她，"我不喜欢家里有外人，你以后也不要叫人来。至于你家人，我已经把隔壁那套房子买下了，装修好他们随时可以过来住。"

程夕：……

她用力拍拍胸口，彻底放弃和他交流。

前面收纳得好，后面整理起来就很快，整间屋子收拾也只花了大半天。

下午三点半，新家就正式整理好了。程夕一向觉得自己也算是个会收拾的人，然而有了陆沉舟这个对照组，她突然就有种自己活得好糙好糙的感觉。

像是她喜欢花，可又不会插花，所以经常就只买一两朵放在一个小长颈瓶里，权当点缀。陆沉舟却不是，他居然会插花，房子收拾好后他叫人送了一大把花来，然后就坐在阳台上，晒着行将西落的太阳，不紧不慢地整理着花枝，慢慢地就插出了一个漂亮的花瓶！

再比如陆沉舟还会做饭，还不是程夕煮碗面条卧个荷包蛋那种做法，人家做的是正宗的西餐，煎了牛排做了比萨还弄了一份三文鱼，烤龙虾，还有香喷喷的纯手工的巧克力蛋糕！

当然，费时也相当久就是了，反正程夕看他围着围裙在厨房里鼓捣，由最开始的"哇，居然会做饭，姿势看起来又帅又熟练"到"好了吗？我真的快要饿死了，随便弄点吧，真的我一点也不讲究"，想吃的饭，一直没有来到。

总算，将近八点的时候，陆沉舟对饿得已经在沙发上看书看到眼直的程夕说："可以开饭了。"

程夕过去，就看到了一桌堪称丰富精美的晚饭。

美食，红酒，鲜花，还有蜡烛，最最醒目的当然还是站在桌子那一端的那个白衣黑裤眉眼清俊如画的男人。

程夕当时想的是，她怕是个假女人吧？面前浪漫如斯，她却只是有些遗憾，其实她更喜欢吃中餐呢……

不过还是要谢谢他的："辛苦啦，忙了这么久。"

陆沉舟拿着开酒器开红酒，一边开一边说："不辛苦，吃你之前，总得让你先吃顿好的。"

程夕认真脸："这饭我能不吃了吗？"

陆沉舟想起自家爷爷奶奶的教导——不能吓坏人，改口："书上说上床前先弄点气氛，女人比较容易达到高潮。"

程夕：……

她扶着头："陆先生，你这样我们还能好好吃饭吗？"

陆沉舟有些奇怪："医生也还避讳谈性这种事吗？"

程夕好想翻过白眼给他："我还是女人，谢谢。"

陆沉舟若有所思，后面果然就不再提了，给她倒了红酒，乖乖地吃饭。

所以说，烛光晚餐什么的，遇到个不懂浪漫的人那就是对牛弹琴，遇到个饿得不行不行的就更是焚琴煮鹤，再遇到个别有心机的家伙根本就是悲剧的摆设！偏偏他们两个，三者都占全了，所以，这餐饭吃得十分快。

东西解决完，一仰脖子，红酒一杯干，嗯，完事了。

喝得太快，程夕脸上被酒精醺出一片红霞，她双手托着脸，望着他。

陆沉舟像个家庭好妇男一般开始收桌子，里里外外碗洗了地拖了厨房也弄干净了，程夕捧着脸看他忙来忙去，觉得自己有些醉了。

迷蒙之间，她看到他解下围裙，挂好，走到她面前："洗澡睡觉吧。"

……

程夕是真的有些晕了，被他牵着乖乖地去洗澡，洗完，吹干头发上床，瘫在一头便想睡。

一只避孕套递到她面前，身后的男人问她："这个是事前戴还是事后？"

程夕很认真地回："你觉得都完事了还用戴这个吗？"

陆沉舟想想，也是，看了她一眼，开始剥她衣服。

程夕：……

她这才清醒了一点，有气没力地求他："我累了。"

陆沉舟没说话，埋头继续剥，她那会儿穿的是淡蓝色的纯棉睡衣，黑色的长发柔顺地披在肩上，看起来，又软又娇。

陆沉舟忍不住，俯身在她肩上轻轻咬了一口。

可能是真的看了不少那方面的书，真正行事起来，他特别温柔有耐心，一直不遗余力地开发着她。

水到渠成。

渐入佳境。

然后陆沉舟突然停了下来，程夕睁开眼，疑惑地看着他。

"怎么了？"她有些迷蒙地问。

陆沉舟没说话，脸色有点难看地坐起来，撕下了小陆沉舟身上的冈本雨衣，"有点痒。"他说着，用手轻轻挠了挠顶端。

程夕秉着医学精神凑近去看，"过……过敏了。"她说。

陆沉舟：……

程夕在洗手间里默默扶墙笑了好一会儿，才勉强抑制住了笑意。

用冷水敷脸让自己看起来没有那么幸灾乐祸后，她才走出来。

陆沉舟盘坐在床上种蘑菇，见到她，眼神幽怨。

程夕咳了咳："那什么，如果你实在不想去医院的话，我先打电话帮你问问。"

给苏岚打电话的时候，她尽可能用正经的语气问："男性对避孕套过敏的话，有什么办法吗？"

苏岚一下就猜着了："你家土豪？他对避孕套过敏？"

程夕："咳咳。"

苏岚狂笑："哈哈哈，不是吧？你今天才搬回去，还说不用我去暖房，我还以为你们要……这过敏是怎么回事？"又是一阵笑。

程夕："喂喂，苏医生！"拿出点职业道德啊喂，再笑，陆先生要核爆了好吗？

苏岚却笑得更厉害了："宝贝，你真的是我的开心果。"

程夕：……

她无奈极了，不过想想这事也的确很好笑啊，陆先生做了那么多准备，还让光头兄送了他那么多避孕套，结果，败在了过敏上。

程夕破功，背对着陆沉舟，也跟着苏岚笑了起来。

笑完，拍拍脸："好啦，正经问你呢，有什么办法没有？还有，他本身就是易敏感体质，这样的过敏会不会对他身体有影响啊？"

"这个我也不很懂，我妇产科的诶。"

程夕："……姓苏的你信不信我会打你呀？"

苏岚笑死："你来打呀，反正你家土豪也成不了事。"

程夕：……

她心虚地看了一眼床上的陆沉舟，立马转过身去，警告她："别废话啦。"

苏岚再次笑够了，才说："好啦，我帮你找个专家问问。"

"嗯嗯，快点。"程夕说完，很怕她再回电话过来还是这德行，到时被陆沉舟听到就惨了，便嘱咐说，"我把他身体的具体情况给你，你问好了，直接开处方发我手机上就好,谢谢。"

挂掉电话似乎还能听到苏岚的笑声。

不过笑归笑,苏岚做事还是很靠谱的,陆沉舟洗好出来,处方也开过来了,口服的、外用的都有,最重要的是后面的一条,禁挠、禁烫洗,治疗期间及恢复正常后两周内暂停性生活。

程夕看完,眨眨眼睛,乖乖巧巧地把手机拿给他看。

陆沉舟……脸色略有些精彩。

程夕本来已经平静下来了,结果看到他这样,忍不住又笑起来。她低下头,忍笑。陆沉舟挑起她的下巴,她咬着手指头,杏眼汪汪地看着他。

"这么好笑吗,嗯?"

语气危险,程夕一把抱住他的腰,将头埋在他怀里,一边笑一边说:"不好笑呀……"

陆沉舟也拿她没办法了,倒是被她逗得,忍不住弯了弯嘴角。

……

苏岚开的药都是一般性的过敏药物,程夕家里也有,用过药后,什么都不能干啦,陆沉舟躺在床上挺尸,程夕就卧在他旁边,手指轻轻在他脸侧挠啊挠。

陆沉舟偏头看了她一眼:"想要?"翻了个身。

程夕轻轻抓住他的手:"别闹。"将他的手垫在脸侧,就那么枕着看着他。因为刚刚擦了药,他身下未着寸缕,只是用被子遮住了腰间的位置,露在外的身躯修长而挺拔,此刻安静地侧卧在那儿,起伏的身体线条上充满了呼之欲出的力量。

他病一场瘦下来的肉,又都长回去了,而且貌似长得还很不错。

程夕欣赏了一会儿男色,到底没胆子伸爪去摸,看他仍是闷闷的,就说:"陆沉舟,我没有笑你,我就是……挺开心的。"在他清冷明亮的眼睛里,她蹭了蹭他的手背,"真的很开心,因为我能感觉得到你的用心。这年头,心意或许不值钱,但是用心的心意却很难得。"尤其对陆沉舟而言,他能为她做到这一步,她是很意外也很感动的。

她说:"陆沉舟,我真的已经开始喜欢你了。"加一句,"很喜欢。"

陆沉舟望着她,她软软地睡在他的身边,樱唇红润,眼眸若水,颊边小酒窝像是盛满了醉人的笑意。

她的声音温软如水,像是一只手,轻而小心地拨开了萦绕在他心头的层层硬壳,露出了里面藏着的一片柔软。

他忍不住伸手覆在她的脸上,拇指摩挲着底下柔嫩的肌肤。

他第一次敢于直面自己的问题，敢告诉她："我从来没有爱过人，但是程夕，就算我这辈子都不会爱，我也会学着爱你，像书上那样坚贞不渝。"

他说这话时，表情并没有多认真，也没有表现出特别用情，仍是那样淡漠如水的口气，可是程夕还是忍不住笑了起来。

"好啊。"她轻声说。

3

如果是半年前，有人告诉程夕，你将会爱上你的病人，他还是个情感冷漠症患者，她大概会觉得对方是在讲个不好笑的笑话。

可现在，她知道这个笑话是真的，她胸间激荡的情绪比喜欢还要更多，更深。

他蠢萌蠢萌的样子，他笨拙的喜欢，他生硬地照搬了教科书的追求，还有他一本正经求欢爱的模样，都让她不由得要更喜欢他一点。

程夕忍不住抱紧了脸下的那只手，抬起头轻轻吻了一下，说："陆沉舟，你不会爱没关系，我会爱你。这儿就是我们的家，在这儿，你想干什么都行，高兴的时候就大笑，难过的时候就哭一哭，累了的时候我的肩膀会给你靠，我也没有真正地爱过谁，但是我会尽我所能，去爱你和陪伴你。"

陆沉舟闻言，沉默了下来。

半响，他声音低哑地开口，语气惆怅："但是我想干你就干不成。"

程夕：……

她差点被自己的口水呛到，有一种正动情地表白然后被迎面糊了一脸口水巾的感觉。

一巴掌罩到他脸上，程夕凶声凶气地："这种时候只适合谈情说爱，不能东想西想！"

陆沉舟拿开她的手，掀开被子："那你看。"

程夕很不争气地瞄了一眼，然后就看到他那里慢慢立了起来，顶着两颗小红包蠢兮兮地冲她点了点头。

程夕：……

真是不能好了，她扑到他身上："今晚都别睡啦！"

他搂住她，任她在他身上滚来滚去，某一处又痒又热，十分难熬，可心里是填得前所未有的满。

"嗷，不要再咬我脖子！"

"那什么，我投降啦。"程夕窝在他怀里，嘻嘻笑。

只是投降都已经迟了,她又被他按住蹂躏了一通,蹂得她一整个晚上都那么什么不满,简直不能更心塞。

陆先生点完火,慢条斯理地擦了擦手,说:"这叫同甘共苦。"

……

这么闹了一夜,一早就被电话吵醒了。

程夕爬起来找手机,发现是陆沉舟的在响,就拿给他,趴着继续睡。陆沉舟开了免提,她耳朵里猛然就蹿进光头高分贝的十分猥琐的声音:"哟西哟西,昨晚过得爽吗?我送的套套好用吗我的朋友?"

陆沉舟眼也没睁,直接挂掉了,挂掉不算,他还很个性地关了机,然后把程夕捞过去,埋在她肩膀上继续睡觉。

嗯,这是不爽了。

任谁没干成事还被搓了一晚上火,大早还要被人道恭喜什么的,都会不爽吧?

程夕想笑还是忍住了,彻底清醒。她以前很少赖床,因为不想纵容自己养成太多坏习惯,可今天她却是懒洋洋的一点也不想起。

身后那个人这么睡着身上都不是很热,温温的感觉,在这早春四月的天气里倒是刚刚好。

他约莫也是睡不着了,抱着抱着手就伸进了她衣服里,手指一下一下摩挲着她的皮肤,"痒!"程夕笑着按住他的手,翻身对着他,"早上想吃什么?"

"吃你。"

程夕笑,把手伸到他嘴边,很大方地说:"吃吧。"

他轻轻拿着她的手磨牙,这会儿他也不敢做别的了,一晚上那什么焚身的感觉也是很难受的好吗?

两人就这么幼稚地玩着,没多会儿,程夕的手机也响了,她又等了会儿才滚过去拿起手机。

是田柔打的,和光头差不多的说辞:"听说你们昨天买了几百个避孕套诶,亲爱的,你的身体还好吗?"

程夕真的好想打人。

这种全世界都知道你俩在一起,然而事实上你俩什么都没发生只是纯睡了一觉,结果一大早全世界都发来贺电替你庆祝的口气,也是真的蛮酸爽的。

突然就有点理解陆沉舟了呢。

程夕清了清喉咙,又觉得不对,问她:"你怎么知道买了几百个避孕套?"

田柔干脆地说:"光头说的啊。"

"光头?"什么时候这俩家伙关系这么亲近了,这种事情都能共享?"你们两个，不会有情况吧？"

顺利地歪了楼，田柔结结巴巴地："没有啊，我们什么都没有！"可是她说话的口气已经出卖了她，那种偷油小老鼠一样暗戳戳的欢喜，实在是太明显。

不过程夕没打算戳穿她。

田柔的电话还没打完，程夕家的门铃也响了。

还真是一波又一波的热闹。

程夕奇怪这个点儿有谁会过来，一边和田柔磨牙一边去应门，打开可视屏一看，妈呀，居然是她妈和她姑她姑父带着她家表弟过来了！

说好的她爸她妈妈她大姑她亲戚最近都不会过来的呢？

程夕也顾不得田柔了，挂掉电话飞跑进卧室："快起来快起来，我妈他们来了！"

陆沉舟：……

"快点穿衣啊！"她掀开被子，发现这家伙底下是真空的，囧坏，又赶紧把被子盖上，转着圈圈给他找衣服，"快点快点快点，他们马上就上来了哇！"

陆沉舟控诉地看着她，一动不动。程夕就差求爷爷告奶奶了，扑过去抱住他，在他脸上胡乱地亲着："拜托拜托啦！不只我妈，我姑我姑父都来了呀……你想要怎样你说！"

叮咚叮咚，噗噗噗！门铃又响了起来，还伴着敲门声。

程夕可怜巴巴地看着他。

陆沉舟淡淡地看了一眼自己身下，说："让它快点好起来。"

……您老到底是有多执着？程夕点头："好，我想办法！"

陆沉舟这才起床，穿衣服。

程夕舒口气，正准备去开门，发现自己还穿着睡衣，大囧，又急急忙忙找衣服换，等换好，她手机都响第三轮了，门铃都快要被按烂了。

好在两人已经衣着整齐了。

程夕去开门，门开，对着自家妈妈和大姑讨好地笑："妈，大姑，大姑父。"又冲自家表弟温温一笑，"阿远也来啦？"

程妈十分没好气，瞪她："干什么呢？这么久才来开门？还有，你这门我怎么开不开了呀？"

说着一行人换了鞋子进屋，然后全都傻眼了："啊，怎么变大样啦？"

再看到从卧室里出来的陆沉舟："你是谁？你怎么在这儿？"

陆沉舟倒是乖乖的，端着高端精英范，虽淡却是礼貌十足地叫："妈，姑姑，姑父……"看向程夕，问小表弟，"这位是？"

程夕低眉顺眼地说："是阿远表弟。"

陆沉舟点点头,"还有阿远表弟,你们好。"

程妈＆程姑姑,程姑父,阿远表弟:……

这个叫得这么亲热的家伙谁啊?程小夕,你来,我们好好聊一聊!

所有人望向她的目光都是这一个意思。

程夕……程夕决定装死。

程妈其实还好啦,虽然有些意外加恼怒于陆沉舟大清早地出现在女儿这儿,但程姑姑和程姑父就是真的震惊了。

前一刻在来的车上他们还在担心她年纪大了再不谈男朋友就不好嫁出去,结果进门就有个男的站在那儿,叫他们姑姑姑父,真是……人生如戏剧,处处有惊喜。

程姑姑和程姑父面面相觑,看向程妈。程妈已经回过神来了,努力让自己显得和蔼一点,咳了咳:"那什么,都坐吧。"

然后坐下,程夕问他们:"要喝什么吗?"

程姑姑看了眼清清朗朗立在那儿的陆沉舟,说:"小夕啊,这个谁啊,不给我们介绍一下?"

程夕就说:"姑,姑父,这是我男朋友。"又看向她妈,"我妈之前就见过的。"

程姑姑和程姑父谴责地看向自家嫂嫂,都见过未来女婿了,刚才在车上还和他们说程夕找不到男朋友,坑妹(妹夫)呢。

程妈……程妈心里苦哇,这个熊孩子不是说先处着试试还不知道会怎样吗?所以她就做了下两手准备,想着万一这个不行还有即时替补的上,谁知道这俩货还悄没声就同居了,坑娘呢!

可不管怎么样,人家孩子妈都叫了,姑姑姑父也喊了,捏着鼻子也要认的——也不用捏鼻子认,主要是陆沉舟这货穿上衣服,外形还是很拿得出手的。

程姑父最先回过神来,笑着和陆沉舟说:"你好啊,我们打扰到你们了吧?"

他客气,陆沉舟就也客气,眼睛里的冷意都少了一些,却是说:"有一点。"

程姑父:……

程夕额上挂下一串黑线,赶紧把陆沉舟往厨房推:"我饿了,能麻烦你帮我做点吃的好吗?"扭头看着程妈他们,"你们吃早餐了吗?"

"这时候了,还没吃?"程妈瞪她。

程夕吐吐舌头,三下五除二就把陆沉舟推进厨房,关上门。

这时程妈他们也已经回过神来了，倒记起家里大变样的事："怎么回事？你重新装过了？锁也换了？"

程夕故意忽略了后一个，只含糊地应："是啊。"赶紧转移话题，"你们来，是有什么事吗？"

"哦哦，是这样，阿远要结婚了，现在要给女方买聘礼……"

是让程夕帮忙参考拿主意来了。

程夕心虚，早餐都没吃，就陪程妈程姑姑他们上街选聘礼去了，走时也只和陆沉舟匆匆打了声招呼："你做好了就自己吃，我楼下随便买点，先陪我妈他们办事去了。"

陆沉舟转过头，叫她："程夕。"

"嗯？"

"我不想你去。"

"别闹。"程夕笑，在他脸上摸了摸，"吃完了你有事就忙去吧，我们还不知道什么时候回来。"

陆沉舟目光沉沉地看着她。

可惜这回这样的目光对程夕没用，程妈在外面一喊，她就跑出去了。

那天程夕陪着逛了一天，到家时她感觉整个人都要累毙了。

屋里乌漆麻黑的，她以为陆沉舟没来了，结果摁开灯，发现他坐在客厅的沙发上，冷而静，像个泥塑。

"怎么不开灯？"她一边换鞋一边问。

陆沉舟恍若未闻。

程夕走过去，坐到他身边："怎么了？"

还是不理她。

"生我气了？"她笑，刚从外面回来，没洗澡她也不敢抱他，微微俯身看着他，"对不起啊，我也想早点回来，可是你知道的，女人们逛起街来都有点可怕，更何况还是阿远表弟结婚的大事，自然更要精挑细选了……"

左哄右哄，就是哄不好。

程夕很累，渐渐也没了力气，站在那儿沉默地看了他一会儿，说："那你先坐着吧，我去洗个澡。"

听到她的脚步声渐渐远去，陆沉舟用力地握紧了手中的小根雕，眉间冷意凌人。他放开根雕正准备离开，才刚起来一半，腰间一紧，一个又暖又软的身体挂到了他身上，迫得他又坐了回去。

"真生气啦？"她在他耳边说，"生气了就要说呀，你不说我又怎么会知道呢？我不知道自然就只会惹得你更加生气的。"

她也不知道去了多少地方，身上弥漫着外面的烟尘气息，还有隐隐约约的、陌生的香水味。

他忍耐地闭闭眼睛，突然开口，将她的手掰开推离她，冷冷地说："程夕，我不喜欢生活里有太多的外人，能接受一个你，已经是意外了……别恃宠而骄，这对我没用。"

换作一般人，男朋友强住到自己家就算了，陪一陪父母亲戚还成了恃宠而骄，听到这话大概会吐血吧？

可程夕知道，他说的就是他想的。他可以学着爱她宠她，但也只是她而已。

她理解他的想法，也试着让他接受自己的想法。"他们不是外人。"她强握住他的手，让他听她说，"对我来说，他们都是我的亲人，需要我的时候，我自然会义不容辞出面。陆沉舟，你得接受一个事实，那就是如果我们在一起，你在试着爱我的同时，也得接受他们，这是生活。"

他看着她："生活里，不能只有我和你？"

"不能。"她说，"不过我今天做错了，我不应该因为心虚把你一个人留下来，而是应该叫上你，我陪他们，让你也可以陪着我。"

回应他的，是陆沉舟冷淡的一眼，然后他甩开她的手，一语未发，开门离开了。

程夕没想到，他们的第一次分歧会来得这么快。

尽管有准备，但真面对这一刻的时候，她还是有点难受。

她也更加清醒地意识到，医生和女朋友的身份，所得到的感受是完全不同的，当她只是他的医生的时候，她可以包容他全部的任性、妄为，尽量客观而公平地去对待他。

可作为女朋友，当她累了的时候，她发现自己面对他的任性，还是不可抑制地生出一点失望。

而她唯一能做的，只是不让这种失望的情绪扩大化，进而影响到他。

第二十三章

1

那天晚上,程夕在日记本上写:做医生,面对病人时可以不要有自己的性格,但是当人女朋友,这种性格必须有,因为男女相处是个漫长的过程,失去自己,会是件很可怕的事情。

所以她没有主动去找陆沉舟。

临睡前她只是给他发了一条信息:"我很累。但是我会一直等你。"

悲摧的是,她熬到十二点过,实在熬不住,趴在书桌上睡着了。

醒来是凌晨四点,陆沉舟没回来,也没有给她回信息,她上床睡觉的时候,才发现陆沉舟并没有带走手机,不光手机,他的钱包、车钥匙,他通通没有带。

程夕靠在床上眯了会儿,天一亮就给光头打电话:"昨晚见过陆沉舟吗?"

光头大早上被她吵醒,怒:"我见他个鬼,重色轻友的家伙,自从和你好上,我已经有八百年没见过他了好吧!"

程夕说了声"谢谢",挂了电话。

光头兄:……

程夕那天找了陆沉舟大半日,不只光头他们没见过他,就是东来、他自己住的地方、陆爷爷他们那儿,都没见过他人。

她对他开始还有埋怨,当一直找不到他时,剩下的就只有后悔了。

他和一般人不一样,她确实应该对他更多一点耐心的。程夕一边后悔一边继续找,急得都快要报警了,下午去上班时灵光一现,想到了一个地方。

她扭头就往回跑,在陆沉舟的钱包里找到了一片钥匙,拿着它去开隔壁的门。

钥匙插进去,门啪嗒开了。

程夕眨眨眼睛,走进去,发现这个家居然也是装修好了的,只是因为长久没有人住，家具看起来已有些陈旧。内里收拾得很干净，几乎要到纤尘不染的地步了，害得程夕都不敢贸然走进，又回家换了双鞋子才进门。

程夕转了一圈才找到陆沉舟，他蹲在阳台搞卫生，右手抹布左手喷壶很认真地擦着家具与墙角的死角，窗外的红霞如火，映着他隽秀的侧颜，沉静而又绚烂。

程夕松了一口气，走过去，趴在他身上，抱住他。

他微微一僵，程夕怕他再甩开自己，抱得更紧了，凑在他耳朵边闷闷地说："陆沉舟，你把这里也弄得这么干净，是打算在这边养个小美人吗？我惹你生气了，你就过来找小美人陪你？"

程夕压根儿就没有哄男人的经验，摸索着这么说的时候心肝都在颤，果然陆沉舟都不稀得搭理她，低垂着眼睛冷淡至极地说："走开！"

"不走。"程夕决定死赖到底，不肯撒手，"我们才好呀，你就要养小美人了，必须不能走，也不能让你走。"

嗯，无中生有，弄个假想敌，把之前真实的矛盾先化解掉。

陆沉舟冷声："滚！"

"滚"字吐出半边，程夕往下趴了一点，学他以前的样子，掰过他的头，吻住了他。

情侣之间，争吵的时候强行亲密虽然无耻了一点，但也是化解争端的有效手段之一。

程夕是个好学生，活学活用，就是亲吻的技术差了一点，半天都没有攻垒入城。

陆沉舟望着她，她眼睛亮晶晶地也看着他，两人离得很近很近，近得他的鼻腔里满是她身上的香味，她的眼睛里，也只有他自己。

几乎是不由自主地，他张开了嘴，接纳了她。

两人在霞光下亲密地拥吻，一切的纷争都在那一吻里成了过去。

陆沉舟说："我在这里等了你好久。"声音很淡，可还是藏不住那一点点委屈。

程夕想象着他一边搞卫生一边等她的样子，心里软成了一摊水，她说："对不起，让你等了这么久。"

她又吻他，他避开，声音低低地说："脏。"

"我不嫌你。"她笑，在他唇上轻啄了一下，又吻了吻他的眼睑，"我爱你，也爱落在你身上的每一粒灰尘。"

程夕真心觉得自己从来没有这么肉麻过，好在，效果不错，陆沉舟笑了，拿额头抵着她的额头，说："程夕，你也只是想哄我接受他们而已。"

"那你愿意接受吗？"她揽着他的脖子，很是认真地说，"我是个人，唯一而独立，所以，我必然有我的朋友，家人，我爱的事业，他们是我不可舍弃的一部分，那么你会像学着爱我一样，去试着爱护他们吗？"

陆沉舟没说话，用手臂揽住她，用缠绵而凶狠的吻回应了她。

……

这件事儿就算这么过去了，陆沉舟学会了妥协，他知道程夕有底线，而这个底线，哪怕是他，也不能突破。

他没有再试着破坏这种底线，但他还是做了很幼稚的事，把隔壁修整了，将程夕原来的家具搬进去，两家格局一样，家具一放，还真有点以假乱真的感觉。

最搞的是，他还把门牌也换了，并在出电梯口做了一个漂亮而醒目的，很"贴心"的指路标志：程医生家。

目标，隔壁那个高仿程夕家。

程夕下班回家看到，简直都不敢相信这是陆沉舟能做出来的事情，关键是还真有人走错了。像龚恒谨，她就蹲守在那个高仿家的门口，看到她回来，连忙站起来，怯怯地叫她："程医生。"

程夕瞥了一眼那个标志，又看了看她，问："你怎么到这儿来了？"

龚恒谨幽怨地看着她，见她真没有邀请自己进屋的打算，只好咬咬唇，忍着耻辱说："我找你，是想请你帮我一个忙。唯姐不肯见我，我想请你帮我和她说说，不要再针对我了，我不是故意要破坏她的幸福的，我……我只是爱惨了那个男人而已，我没有想要他们离婚，也没有想霸占他……"

"等等等等，"程夕抚额，有些牙疼地看着她，"对不起啊，你的逻辑我不是很明白，但是如果你想要寻求帮助，仁医第一门诊大楼B区六楼精神科，你可以随便挂任何医生的号，他们会帮助你的。但是我下班了，对不起，不接诊。"

她说着就要进去，这时电梯叮的一声，程夕回头，看到陆沉舟气宇轩昂地走了出来。而龚恒谨就是在这个时候突然扑过来的，她拉住程夕的衣袖："程医生，你应该也能理解我的，不是吗？你不是也在心里爱着林梵，却又和陆总在一起吗？爱和拥有不是一回事，你不是也很清楚吗？"

程夕：……

她抬起头，陆沉舟已经停下了脚，站在那儿，冷淡地看着她们两个。

龚恒谨说完，顺着程夕的目光，也看到了陆沉舟。

她松开手，像朵寒风中的小白花似的瑟瑟发抖："对不起……我……我也不知道在胡言乱语什么。"然后望向陆沉舟，一声"陆总"叫得百转千回，绵柔娇软,"我都是瞎说的,您千万别往心里去。"

程夕现在不光是牙疼了,她胃也疼。

好在陆沉舟并不欣赏这种故作的矫揉,他皱起了眉头,仍是那样面无表情的样子,冷淡地说:"程夕,我再说一次,别随便把垃圾带回家。"

然后越过二人,开门进去了。

进门来又回过头来:"还不进来?"

程夕"噢"了一声,跟着往里走,被陆沉舟的毒舌吓到的龚恒谨反应过来,一下抱住她:"程医生……求你了,帮帮我!"

程夕甩了甩腿,没甩开,只好停下:"你先放开我。"她低头仔细看了她一眼,发现龚恒谨的状态很差很差,虽然外表看起来没多少变化,但是双眼充血、神情疲惫,说话时嘴角会无意识地抽搐。

这是精神长期处于极度紧绷的状态所特有的反应。

她声气缓了些:"你放开我,我才能和你谈。"

龚恒谨犹豫着放松了一点点。

结果门内的陆沉舟不耐烦了,打开门一伸手,就把程夕拎小鸡崽一样地拎进了门。

将她放下后,他回头冷冷地说了句:"滚!"

龚恒谨就什么都不敢做了。

倒是程夕胆肥了不少,门关上后,她嗷地扑过去抱住他:"陆沉舟,我不要面子的啊,那么拎我!"

陆沉舟淡淡地瞟了她一眼,推开她。

好吧,程夕老实了,乖乖地换了鞋,乖乖地帮忙做晚饭。有陆沉舟在,程夕几乎插不上手,也就只剩下打打下手的份儿。也是住在一起后程夕才发现,陆沉舟不光会做西餐,他做的中餐也极好吃,但就是做事太龟毛了,速度超级超级慢,程夕洗菜前他在剥鱼鳞,菜都洗完了,他还在剥那条鱼的鳞。

还能不能好呢?

"让我来!"程夕将袖子撸得更上去一些,走过去挤开他,拿起刀唰唰唰,上几刀下几刀横几刀,鱼鳞像雪花似的落了一砧板,再拿去水池里一洗,顺便把砧板一冲,"好了!"被剥得干净整齐的鱼儿摆在砧板上,有气无力地甩了甩尾巴。

陆沉舟对她的霸气侧漏视若无睹,单手撑在背后的流离台上,随意一站都是绰约风姿,他微微抬了抬下巴:"杀呀。"

程夕:……

瞬间垮掉,"杀鱼是我弱项。"一手的鱼腥味就那么不管不顾地凑上去抱住他,"陆沉舟你好帅,亲一个。"

他本是拒绝的,可是像羽毛一样柔软的唇瓣轻轻落在他的唇上,舌尖掠过,是最甜美的味道,让他想拒绝都拒绝不了。

他微微垂眸,也没有更多的动作,就那么任她吻着,眉眼清淡,唇色却极是潋滟,矜持而又极力忍耐的模样,让程夕总忍不住去逗他。

最后是被他赶出了厨房的。

他说:"你在这里,我做菜都不专心。"可是没一会儿又会叫她,"糖在哪里?"或者,"这个菜没有洗干净,"或者是"辣椒在哪里"?

他也会迎合她的口味,做一点她爱吃的菜。

程夕被他支使得团团转,想坐下来做点什么也不能,最后算是看透他了,被他赶了也不能走,就那么站在那儿,陪着他。

一般都是她说他听,她叽叽呱呱地,说医院同事的趣事,说学生好玩的地方,两个人,居然过得也很是热闹。

今日也一样,她给沈唯打电话也是在他身边打的,他听到她和她说:"沈唯,龚恒谨今天找到我这儿来了,你是不是对她做了什么?"

电话按的免提,沈唯清亮的声音传过来:"她去找你了?她是有病吧,找你干什么?"然后有点紧张地嘱咐她,"你别理她,也别和她有什么接触,免得她伤到你。"

程夕说:"这不是重点吧?"

"这才是重点!"沈唯断然说,"反正你别理她就行了,她再蹦跶也蹦跶不了多久,放心。"

这话听着怎么这么恐怖,程夕皱眉:"……你到底是想干什么?"

"没干什么呀,就是和傅明义离婚,然后顺便,让她丢了工作没了前途再被个小人缠上而已,已经很轻微了。"沈唯笑,转了话题,"听说你和陆总渐入佳境,什么时候办好事?到时候,一定要通知我。我不能给你做伴娘,但做个婚礼顾问还是可以的,还有,如果你们再晚点的话,我家宝宝说不定还可以给你做花童呢。"

程夕:……

话题就这么歪掉了。挂了电话,她忧心忡忡地说:"我总觉得沈唯是在发什么大招,龚恒谨瞧着像朵小白花似的不经一折,可是狗急了还跳墙呢,人被逼急了谁都不知道她会做什么。"一张脸凑到他面前,"陆沉舟,你说我要不要去看看她还在不在,安抚安抚她?"

陆沉舟往她嘴里塞了一口菜:"熟了吗?"

"嗯。"她含混地应。

"那就准备吃饭。"他垂眸，将菜出锅。

至于别人的事，和他们又有什么相干？

程夕按捺着性子准备碗筷，后来到底没忍住，偷偷跑出去看了看，龚恒谨已经不在了。她总有些不安，觉得自己忘了什么，吃罢饭，两人窝在沙发上，他工作她看书，她才突然想起来，问陆沉舟："哦，对了，你不问问我林梵的事吗？"

林梵在上月底已经结婚了，他的婚结得无声无息，只是很简单地办了场婚礼，他一个同学都没有请。据说孟家原本是不满意的，不过他给的理由是："我现在一事无成，能给她的也唯有我的爱而已。至于仪式，等我五年，木婚之时，我给她一场大婚。"

也是因为他说了这话，所以婚讯才传了出来，然后都在传他的深情与体贴，同学群里才有人知道。

程夕听说了，也只是听说而已，林梵于她，大概在她同意签下陆沉舟的那纸合同的时候，就已经成为过去式了吧。

只没想到，今日会在这样的情况下，被龚恒谨"叫破"。

"问什么？"陆沉舟一手点在图纸上，转过头来看了她一眼，淡淡地说，"你爱不爱他，现在不都是在我身边？"

他说得那样漫不经心，却又那样自信，程夕忍不住笑了起来："好吧，我家的陆先生是不会乱吃醋的好宝宝。"

当然，陆沉舟和程夕这么说的时候都没有想到，时候到了，陆先生也是会吃醋的，而且醋劲之大，弄得两人都遍体鳞伤。

那时候她才后悔，今日的解释……太浅淡了点。

2

陆沉舟对程夕的"表扬"连眉毛都没动一下，转回头又继续做他的事去了。

因为过敏，他最近特别平和，真跟修了佛的高僧一样，连睡觉都是规规矩矩的。有时候程夕撩他一下，他都会说她："能好好的吗？"

弄得她好像很那什么一样，也不得不跟着规矩起来。

但是多个人，家里总还是不一样的，适应之后就觉得，一个人固然清静安逸，可有时候难免还是会寂寞，两个人在一起，有人说说话拌拌嘴，好像连空气里都透着欢喜和甜蜜。

情侣间的相处约莫就是这样吧？争执和甜蜜都有，失望和欢喜交织，然而只要情意够深，甜蜜和欢喜总比争执与失望多。

日子便这么安静地过着，当陆沉舟的过敏症休养期快结束的时候，陈嘉漫也终于愿意走出那间小小的病室，程夕那天去给她做心理辅导，末了她突然仰起脸问她："河边的花，开了吗？"

程夕一愣，很快说："开了。"又告诉她，"下面院子里的花也开了，如果你愿意，现在就可以先去看看。"

陈嘉漫怯怯地望着她，程夕向她伸出手，说："不要怕，我会一直陪着你。"

然后她就领着陈嘉漫出去了，看到外面那么多人，她像是受惊的小鸟似的一直躲在她身后，徒劳地扯着她的衣服遮掩着自己。

走到一半，她逃也似的逃了回去。

程夕跟着她进去，她躲在门后面，哭着问她："你会不会嫌弃我？"

程夕说："不会。因为你已经很勇敢了，能走出那么远。"她蹲下去，看着她，"如果你愿意，我可以每天都陪你走一趟，每天多走出去一步，我们离花开的地方就又近了一步。只要你不放弃，我们总是可以看到外面的美景的。"

陈嘉漫十分害怕，却还是听话地点了点头。

从她那儿出来，程夕才看到外面围了好几个医生护士，知道陈嘉漫终于愿意走出来了，他们都朝她道喜："看来你是真的治好她啦。"

程夕说："长路漫漫，只是其中一步而已。"

她并没有谦虚，因为走出去，也真的只是代表陈嘉漫刚刚进入恢复期而已，她最重要的关卡，在以后。

曾兴当时也在，他看着她，难得说了一句很中肯的话："你在她身上花的心血，大概够治好十个躁狂症病人了。"

程夕便怼他："病人也能论数量？曾医生你得注意你的措辞。"

然后被曾兴翻了一个白眼："累不死你！"

程夕确实挺累的，那时将要面临毕业季，她要指导学生的毕业论文，还要配合做一些毕业生的招生工作，今年开始，主任还让她开始带学生……千头万绪。

好在陆沉舟并不缠人，有之前她陪程姑姑他们的前车之鉴，陆沉舟努力不去干涉她的工作，两人更多时候就像两条平行线，除了晚上共居一室，并无更多的交集。

那天程夕又做好了加班的准备，孰料沈唯来医院做产检，就约她晚上一起吃饭。

"叫上你家陆先生啊，自从你和他在一起，我们聚会就再没见过你了。"她对着她抱怨。

程夕想想也是，这么久了，是时候把陆沉舟正式介绍给自己的同学了，那天又正逢着周五，便暂时放下工作，说："那把柔姐姐他们也叫上吧，人多热闹。"

就打电话给陆沉舟，和他商量晚上一起请吃饭的事，她知道他一向没有接送她的意识，便也从不强求，只要他快到点了直接过去吃饭的地方就行。

不料那天他偏来接她，她和沈唯刚走出医院大门，就接到他的电话，当时简直有些意外惊喜了。

沈唯还笑着说："他要是再捧束花，我肯定会觉得我以前认识的是个假陆沉舟。"

下班时间，医院门口的人有些多，两人便一边说笑一边停在原地等陆沉舟过来。下班时间，车多，陆沉舟那边行进有点慢，他还没到，曾兴等几个同事倒是下来了。

春天到了，科室里单身的男士们也觉得寂寞难耐，和另外一个科室的女同事们玩联谊，看到程夕都极欢快地跑过来怂恿她："程医生也一起去呀。"

曾兴在一旁放冷气："人家哪里还是单身？她男朋友可了不得的。"

几个人正在说着，忽然一个清脆的女声响起："沈唯！"

众人回头，就见龚恒谨站在离她们不远的地方，目光复杂地望着沈唯："我们能谈谈吗？"

沈唯轻蔑地瞥了她一眼，没有理她。

程夕第一眼就觉得龚恒谨状态不对，戒备地看了她一眼，先把围观的同事赶走："你们约会的还不走？"然后拉起沈唯，"你先去找陆沉舟，我和她谈谈。"

"和她没什么好谈的。"沈唯冷道，扯着她要一起走。

龚恒谨拦到她们面前，约莫是这段时间真的是被整怕了，她整个人都有一种豁出去了的感觉，目光直接而危险："沈唯，事情都是你做的对不对？是你害的我是不是？！沈唯，你为什么要那么狠？为什么？"

既走不了，沈唯也不走了，她低头温柔地抚了抚肚子，这个动作很刺激人，至少很刺激龚恒谨：她怀孕，还没有体味到为人母的喜悦，就被傅明义强硬地押去做掉了。

可沈唯怀个孩子，却像怀了个金疙瘩一样，人人捧着她，个个念着她！

龚恒谨当下眼睛都红了，沈唯还笑着问她："我害你什么了？龚恒谨，你抢我男人，破坏我的家庭，那么久了，我一直都把你当朋友，当好姐妹，我害你什么了?"

"你……那天晚上你故意的是不是,你故意把我引过去,故意让我喝醉,那个男人,也是你找来的,对不对?好,我不怪你,我只要你让他走,让他不要纠缠我,我就什么都不跟你计较。"

"哈!"沈唯笑了起来,"脸好大呀,你觉得,你还有什么资格跟我计较!龚恒谨,我再告诉你一遍,我不知道你在说什么,我也不知道什么喝醉什么男人,我只知道如果你真有本事,真的那么爱惨了傅明义,那就让他早点签字,我等着扔掉他已经等了很久了!不要再来找我,恶心我,我现在脾气好,是因为我还有所顾忌,等我什么都不想顾了,会做什么,你肯定不会想知道的。"

她说完,拉起程夕就要离开,龚恒谨在她们身后哭着喊:"你还能做什么?我家家回不得,工作工作也废了,走到哪儿都有人向我吐口水贴大字报,还有个莫名其妙的男人一直缠着我,沈唯,你已经害得我这么惨了,你还想做什么?"

沈唯笑笑,想做什么,肯定是不会告诉她的,所以喊了也白喊。倒是程夕回头看了一眼龚恒谨,也才几个月过去而已,那个斯文清秀看起来柔弱娇软的女孩子,如今容颜憔悴一脸的疲惫。

她绝望地低咒:"沈唯,你这样会遭报应的!"

沈唯是不服气的性子,都走了,还要回头应一句:"呸,要报应也是报应你,等着吧,你的好日子在后面。"

语气冰冷。

龚恒谨瑟瑟发抖。

沈唯根本没把她放在眼里,拉着程夕继续往陆沉舟的车走。

变故是在她们离车只有几步路的时候发生的,龚恒谨冲上来:"沈唯,你别走,你去帮我和他说清楚,否则我跟你同归于尽!"

程夕那会儿正上前准备帮沈唯开车门,见状用力扯了沈唯一把,把她护到了自己身后。

"龚恒谨,你冷静点……"

话还没说完,沈唯突然叫了起来:"啊啊啊!"

她声音太尖厉了,程夕和龚恒谨都吓了一跳。程夕转身,开始她还以为是不小心碰到了她的肚子,可那样又不像,便猜是因为情绪过于激动导致她精神上再次出现了问题,赶紧抱住她:"沈唯,沈唯你冷静点,没事了。"一边扬声叫,"曾师兄,曾师兄你们过来一下!"

沈唯还是不断地叫着,蹲身抱住头。

曾兴他们都已经上车准备走了,见状一个个忙又跑回来,其中两个男同事扣住惊疑不定的龚恒谨，另外两个上来围住程夕和沈唯："她怎么了？"

程夕其实也不清楚，她只是搂紧了沈唯，匆忙间她抬起头，发现这边的动静引起了整个门口的注意，许多还没走的人都围过来，在旁指指点点。

这对沈唯的情绪很不利。

在同事的帮助下，三人扶起沈唯，不经意间程夕的视线对上了陆沉舟，他坐在车里，离她们不过几步远的距离，淡淡地看着她。

她心下微顿，收回目光，和曾兴说："车就在那儿，先把她送上车！"然后安抚沈唯，"没事了，我们先离开这儿，好不好？"

几人又抱又扶，试着将她搂上车，沈唯却死活不干，他们顾忌着她有孕，又不敢硬来，局面一时僵持住了。

龚恒谨也被吓到了，沈唯曾经失常过一段时间，万一这次再疯掉……咬牙跺跺脚，趁扣住她的人注意力都在沈唯他们身上，猛地挣开跑掉了。

其他人都顾不上她，见她跑了也没管，都过来帮程夕的忙。

但人多又有什么用？一个不配合的孕妇！程夕没想到好好的只是想去吃个饭，居然会演变成这样，简直是无奈极了，见怎么也安抚不住她，只得说："龚恒谨都跑掉了，沈唯你真的要这样吗？让她气一气就折腾自己，亲者痛仇者快，你真的要这样？"

奇异地，这话居然安抚住了沈唯，她慢慢平静了下来，松开手。

程夕趁机将她扶上了车。

人多也是种刺激，程夕谢过帮忙的同事，关上了车门。

世界总算安静了，陆沉舟收回视线，正准备发动车子，沈唯突然说："不要走！"

程夕看过去，只见她是真的已经平静下来了，只是身体像是冷极了似的，剧烈地发着抖。

她抚着她的背，不停地安抚："没事了沈唯，不要怕。"

"她真的走了？"沈唯问，和刚刚的歇斯底里相反，此时的她冷静异常。

"嗯。"

沈唯脸上就露出似哭似笑的表情来，慢慢转过头，朝她伸出手。

刚才人多没注意，这会儿，程夕一眼就看见了她手上的伤，这两天天气热，程夕还在衣服外面罩了件外套，沈唯却是直接穿的短袖，所以很清楚就能看见她白玉一般的手臂上，多了一条长长的刮痕，皮肉微微外翻，隐隐有血丝冒出来，看着有些可怖。

但是还好，皮外伤而已，程夕正想安慰她，却见沈唯面色苍白，哆嗦着说："程夕，下车，去医院。"

第二十三章

程夕立即觉察出了她的情绪是真不对，沈唯不是个娇气的人，指甲的刮伤而已，还远远不到能惊得她如此失色的地步。

她抓紧她的手："到底怎么了？"

沈唯眼泪都流下来了，她缩回手，抖着唇，语不成调地说："龚恒谨……她可能已经染上了艾滋。"

程夕惊呆了，就是坐在前座充当路人背景的陆沉舟，也惊呆了。

……

程夕脸色难看地扶着沈唯下车，曾兴因为担心还没走，见状就又走过来，问："没事吧？"

她摇摇头："没事。今天辛苦你们了，玩开心点。"

然后扶起沈唯就往医院急诊楼那边去。

曾兴看了眼陆沉舟，他居然没下车，就那么坐在里面，脸上不由闪过一丝不屑，转身和其他人说："你们先去，我随后再来。"

大家都是同事，沈唯刚刚的情绪明显不对，他们也怕程夕会搞不定，见他这么说，就也没说什么。

几人兵分两路。

程夕这时候已经带着沈唯跑去感染科了，好在住院部居然还有医生在，而且那医生程夕也是认识的。

她把沈唯带到他面前，将情况一说，那医生说："艾滋病最主要的传播途径是血液和体液，如果只是单纯被抓伤，没有被对方的血液或者体液感染到的话，一般是不会传染的。"

"可是她被抓出血了，也没问题吗？"

"一般不会。"医生的话，让程夕沈唯都松了一口气，不过为了保险起见，沈唯还是验了个血。

她们在去验血的时候被曾兴找到，沈唯进去抽血，程夕和曾兴在外面等着她。

"怎么还要验血了？"曾兴奇怪地问。

程夕没说话，她这会儿脑子里乱乱的，模模糊糊的猜想，让她觉得很可怕。

曾兴还在说："你喜欢的就是那样的男人吗？你出事了，他就只是个尽职的旁观者？"

眼前出现一双熟悉的大长腿，腿上是擦得锃亮的皮鞋，她抬起头，看到那个尽职的旁观者正慢慢地朝他们走过来。

曾兴还嫌不够似的，挑衅地看着他，又补充了一句："他对别人冷漠，对你也没有感情,你图他什么?钱吗?我也有的。"

程夕:……

3

这世上总有一些人,他们会以正义的侠客自居,对别人指手画脚。

如果知道帮一次曾兴会惹来这位这么强烈的正义感,她……好吧,她还是会出手,但她真不是帮他啊喂,她是为医院和病人考虑。

程夕抚额:"别添乱了行吗?"迎着陆沉舟,微笑,"你来了?"

陆沉舟看看她,然后又看向曾兴:"你对我很不满?"

曾兴嗬的一声,他倒不是对陆沉舟不满,再怎么他在他眼里也是个病人而已,他是对程夕很不满。

陆沉舟摊开手:"抱歉,我不知道你是她的谁,但是我们已经住到一起,睡到一起了,再不满你也得忍着。"

咳咳,久未出场的"陆式毒舌"再次现身,程夕和曾兴都有些被他呛到了。

程夕忍不住笑,曾兴越加气得不行,干脆眼不见为净,走了。

身后程夕对陆沉舟说:"下次中间那句话可以不用说的。"

"为什么?"

"霸气一些呀。"

曾兴回头,见那两人站在一起,只看外表还真的是十分相配的,男的俊帅女的柔美,说一句天造地设也不为过,忍不住叹了一口气。

程夕却是不管自家师兄的忧愁的,她这会儿自己脑子都乱得很呢,和陆沉舟说笑几句算是安抚,见他还是一直看着自己,只好偏过头,也望着他,直白地说:"陆沉舟,我知道自己喜欢的是个什么样的人,所以完全不必在意曾师兄的话。"

陆沉舟"哦"了一声,下班了,医院里渐渐安静了下来,长长的走道上只偶尔才有人走过。

程夕看向里面,沈唯还没有出来,脑海里乱七八糟都是刚刚在门口发生的事,她试图把事情还原,却又觉得猜想太可怕,有点不敢去触及。

就在这一片寂静里,陆沉舟突然开口:"我不是冷漠。"

程夕吃惊地看向他,见他一脸认真,不由也很认真地点头:"我知道。"

"你不知道,"他居然看起来有些委屈,语气却是很淡,"我知道她是装的,我看得很清楚,她只是想摆脱她而已,而且她也能摆脱她。"

程夕闻言，一时不知道该说什么好，因为当时她也觉得沈唯的情绪崩溃得有些莫名，可她们是朋友，当时情境，不管怎样，她都要护着她。

现在想想，当时让沈唯崩溃的，是龚恒谨有可能患有艾滋病的事实吧？但，这种事，沈唯又怎么会知道？观龚恒谨的表现，可能连她自己都不知道。

程夕一时沉默了下来，沈唯出来，看他们两个气氛怪怪的有些意外，却也没在意，挽住程夕的手说："小夕，我刚在里面听他们说，有那种阻断药，七十二小时内都有效而且孕妇也是可以用的，我们再去找医生让他给我开一点，好不好？！"

她看起来十分紧张。也难怪，国人谈艾色变，沈唯也只是个普通人罢了。

她晃着她的手，"小夕，我不想有一点点意外的可能。"加重语气，"一点也不行！"

程夕在心里叹了口气，什么话也不想再劝，都由着了她。

等沈唯买好药时间已经有些晚了，田柔他们打了好几个电话过来问，沈唯说："我这个状况就不过去了，你们去吧。"她看着程夕欲言又止，然而终究什么都没说。

她知道程夕已经猜到了。

程夕也没跟她点破，只是告诫了她一句："想办法让她知道吧。"她说："沈唯，不要把不幸扩散得更大。"

她不知道沈唯听进去没有，她一向有主见，自己坚持要做的事，大概十头牛也拉不回来，她没有贸然出手，就是不想破坏沈唯的计划，让她暴露了自己——她几乎能肯定，龚恒谨这事是她的手笔，而在朋友和三观上，她还是默默啃掉三观选择了朋友。

可这种选择，她心里是沉重的。

这会儿，沈唯离开，她松了一口气。之后程夕就和陆沉舟去见田柔他们，因为迟到，不出意外又被罚了几杯酒，可能是心里有事，程夕醉得很快，本来说好吃完饭还要再去唱歌的，但因为她醉了，最后只好先回了家。

醒来是在自己家里了，就床头开了一盏小灯，陆沉舟并不在。

看看时间，已经是晚上十一点了，她发现自己衣服也换了，一身清清爽爽的，不由得莞尔，家里有个特别讲究的人，带着她也活得舒服多了。

头隐隐有点痛，是醉酒后的症状。程夕在床上躺了好一会儿，就维持着那个微笑的姿势看着天花板发呆，直到陆沉舟进来，她才收回目光，看向他。

他也已换过衣服了，在外面，他总是穿得正式而妥帖，在家就休闲多了，一身海水蓝的家居服，看起来有股子难得的慵懒劲儿。

他在床边坐下，伸手撩了撩她鬓边的头发。

程夕问他："给醉鬼洗澡麻烦吗？"

他摇摇头，看着她："你不开心。"

她笑："是啊。"朝他伸出手，"陆沉舟，抱抱我好不好？"

陆沉舟的手微微一顿，程夕却已经爬起来，缩进了他怀里。她玩着他衣服上的扣子，这会儿她心里压抑得厉害，她也知道，陆沉舟肯定猜到了，所以她忍不住和他说："我现在想起下午的事都觉得自己像是做了一场梦。沈唯那个人，理性、独立、追求完美，也许有点小气，可她人并不坏。我一直都觉得，她和傅明义的事没有那么容易过去，可我没有想到，她会做得这么……这么狠。"

艾滋病呢，她到底是怎么做到的？程夕现在总算明白，为什么先前她会死死瞒着龚恒谨就是小三的事，也许她等待的，也就是这一天。

龚恒谨现在还只以为她找了个男人缠她，等她知道自己还染了艾滋，醒悟过来肯定会想到是沈唯设计了她，到时候……程夕都不敢去想那些结果。

她替沈唯愁得慌。

"这样算狠吗？"陆沉舟用手指绕着她的头发，一圈一圈，漫不经心地问。

"难道不狠？"她坐起来，望着他，却不防自己的头发还在他手上，被扯得轻轻嘶了一声。

陆沉舟也没放开，就那么揪着，眼里带着点笑意，淡淡地说："我不知道你是怎么想的，但是我现在发现，我应该收回对她的评价，那个女人并不算太笨，她做得挺好的，对于背叛自己的人，为什么要对他们客气？做错事总是要付出代价的，不然，这犯错的成本也太低了。"

程夕：……

总感觉沈唯这事放出了陆沉舟心里的什么东西。

她抓紧了他的手，颤颤巍巍地说："陆沉舟，我是个不会背叛别人的好人。"不管怎么样，先和他说清楚再说。

陆沉舟笑了起来，"嗯。"手指轻轻摸上她的脸，"好人，今天是最后一天了，我们爱一爱吧。"

"我已经等了你很久了。"他说。

程夕：……

那句"好人"听得她整个人都麻了一下，然后灵光乍现，突然就明白这家伙今天为什么会去接她了。

想之前为了能拐她上床，他可是重装了她的房子，然后还做了一桌巨美味好看的烛光晚餐，和那天比起来，今天只是去接接她，然后陪她出席个应酬什么的，已经算是准备得很粗糙了。

程夕都不知道该拿什么表情面对他。

求爱来得太快，她有点反应不过来。

她磕磕巴巴地："但是我还没准备好。"

陆沉舟挑眉，居然一副很耐心的样子："要准备什么？"

程夕："……心情……不太好。"

"因为下午的事？"

"嗯。"

"为什么？"陆沉舟很不解的样子，"我看你也没说什么。"

程夕细心地解释："因为我不敢说。我知道一开口我肯定会和她吵起来，我不想和她吵，虽然她可能做了很可怕的事，但是我觉得，这个时候，她也是需要支持的。"

陆沉舟看着她，眼里一片柔软。他想起第一次见到她，就是在蔡懿的工作室，她坐在蔡懿面前，微笑着说："对不起老师，我接受不了这样的治疗实验，我是精神科医生，我手里握着的应该是他们康复的钥匙，而不是冰冷的实验数据。"

她离开时和他擦身而过，脸上带着笑，眼里却有很明显的难过。

她没有注意到他，他却注意到了她，一个有着可笑的坚持的……医生。

蔡懿和他说："这很宝贵，我愿意让她坚持。"

是的，很宝贵的坚持。

他低头吻着她，才洗的头发，有着很清新的香味，陆沉舟觉得自己可以为了她再等久一些，就问她："那你现在想做什么？"

她想做什么？当然不会和他想的一样。程夕可怜巴巴地说："我想让龚恒谨知道她可能已经感染上艾滋的事实，最好是让她尽快接受监督和治疗，还有傅明义，我相信，沈唯肯定也不会放过他的，他们两人，这时候对自己的身体状况懵懂无知，这么放任着就是两个大杀器……"

"那就去做啊。"

"啊？"程夕抬起头，愁眉苦脸地说，"可是沈唯怎么办？那两人再对她心怀愧疚，如果知道被她设计了，肯定会杀了她吧？"

"那就不让他们知道。"

"不……不让他们知道？好难吧，我看沈唯好像还在布局的样子……"

"没什么难不难的。"陆沉舟说着放开她，转身拿起桌上的手机，一边准备拨电话，一边问，"是不是解决了他们两个，你就有心情跟我 make love 了？"

他看出了当他说做爱时她的不自在，所以"贴心"地换成了英文。

程夕：……

她就知道今晚肯定是混不过去了。陆沉舟也知道她知道了，所以直接拨通了一个电话："明天找人去两个片区，就说最近流感横行，公司免费派发药物，我不管你想什么理由，要从他们每人身上抽取一管血，有两个重点对象，取到他们血以后，以最快的速度将样本送去实验室化验 HIV 感染情况，他们的住址、姓名还有其他一些情况我会发给你。"

然后挂了电话，在手机上一顿写，傅明义的资料就编辑好了。轮到龚恒谨，他抬起头，问程夕："她住在哪儿？"

程夕：……

陆沉舟看她傻乎乎的样子，有些无奈，摇摇头："算了吧，她既然和傅明义在东来住宿过，应该留有身份信息，我让人查。"

程夕：……

查完了，东西都发过去了，他望着她，柔声问："还有什么问题吗？"

程夕猛摇头。

陆沉舟就收起手机，程夕紧张地瞪着他。他属于那种一点也不愿意多啰唆的人，见她表示没问题了，就站起来开始脱衣服。脱完了，凑过来，在她唇上轻轻舔了一下，又舔了一下，然后才半跪在床沿扶着她的头吻住了她。

程夕微微偏了偏头，他的唇落在了她的耳朵后面，热热的呼吸扑过来，有些痒，她一边躲一边问："那……避孕怎么办？"

他过敏啊真是坑爹！

谁知陆沉舟居然还很有准备的，他微微一顿，轻描淡写地说："我帮你算好了，今天是你的安全期。"

程夕："……你怎么会知道这个？"

"哦，上次过敏我就在找替代的办法了。"转身打开床头柜的抽屉，程夕探头，发现里面不知道什么时候码了整整一抽屉的排！卵！试！纸！他拿出其中一盒，和她说，"如果你不放心的话，我们可以再用这个测测。"

程夕：……

她一下躺倒在旁边，有气无力地说："好啦，随便你啦。"

准备这么足，好像不如他的意都有点对不起他呢。

陆沉舟便又爬上来，将她压在身下，两人重新拥抱、接吻，刚开始她好一会儿都进入不了状态，主要她的心真的没有那么大，前一刻还满怀忧虑，转过背就可以跟男人玩"欢乐蹦迪"。

她只是顺从地依着他，手指抚在他背上，就像安抚病人似的，有一下没一下地轻抚着他。

他慢慢激动了起来，呼吸急促，就连体表的温度也渐渐升了上来，被她摸过的背上更是爬满了鸡皮疙瘩。程夕以前以为这是他身体对他人排斥所产生的本能反应，但是一起"同居"这么久了，她发现，那不是他对她的排斥，而是喜欢。

他特别喜欢她摸他，不管摸他哪里，哪怕只是牵牵他的手，他的反应都特别强烈，不一会儿就会手心冒汗，然后多注意一下就会发现，小陆沉舟还偷偷立起了稳稳的军姿。

见他越来越激动，她停住手，犹豫着要不要停下，陆沉舟却忽然坐起来。"要不你换件衣服吧。"他板着脸一本正经地说，"你这件衣服太丑了，我完全没感觉。"

程夕：……

她慢慢撑坐起来，看着他红透了的脸，还有粉粉的耳朵尖，再看一眼他短裤底下连掩耳盗铃都没法掩住的耸起，淡淡地笑了一下。"没感觉?"她凑过去，伸手握住了他那里，也一本正经地说，"这是什么啊，你在你这里藏了什么东西，嗯?"

然后……然后，程夕只感觉手心的物件猛烈地跳了几跳，几声细微的噗噗噗之后，小陆沉舟，它发！射！了！

程夕：……

第二十四章

1

这是事关男人尊严的时候，一定不能笑的，嗯，一定不能笑！

程夕若无其事地松开手，假装完全没有感觉到手上的湿意，装模作样地点头："这衣服真的挺丑的呢，我去换一套。"爬下床，嘴里念念叨叨："我穿什么呢？你喜欢什么样的啊？"

陆沉舟……他没说话，默默地起身进洗手间去了。

程夕一边挑衣服一边笑，却又不敢笑得太夸张，真的是忍得好辛苦。

当然心里还是很同情他的，可怜的陆先生，不就是想开个禁吗？一波三折的，也是试不容易了。想想陆沉舟起身离开那样儿，程夕觉得今天大概是又不成了，就想要不要补偿补偿他——比如说穿得漂漂亮亮的，和他出去吃个消夜。

晚上吃饭那会儿上场就被罚酒，几乎没吃什么就醉倒了。

鉴于陆先生说她丑，程夕很心机地按他的审美挑了他给她买的那件大红色的裙子。穿好后她站在镜子前看了又看，怎么看怎么觉得这颜色太艳了，正准备换掉，陆沉舟出来了。

他站在门边，目光幽幽地望着她。

嗯，看来刚刚发生的事对他影响有点大，连头发丝都透着萎靡呢。

程夕装作一副我什么都不知道咱们什么都没发生的样子，扯了扯裙子笑眯眯地说："那什么，我有点饿了，我们出去找点东西吃吧？"

陆沉舟没反应，仍是那么看着她，程夕被他看得有些头皮发麻，很怕他被刺激过头了会做出什么了不得的事，便一心想把他拉出门去。于是找到他的衣服，很殷勤地递过去："来，换衣服吧。"

陆沉舟抬手，越过衣服直接握住了她的手腕，把她拉到他怀里。

程夕下意识将手抵在他胸膛上，他还没有穿衣服，身上滑滑的，陆沉舟的皮相是真不错，又紧实又光滑，而且还很白，好看也好摸。手下忍不住抓了一把，面上却还是一本正经地抵抗说："你要是不想出去，我们也可以自己做着……嗯。"

没机会做饭，还是有机会做做 love 的，陆沉舟堵住了她的嘴，他看起来并没有特别激动的样子，很平静也很冷静，可是一触及到她，他就变了，像一条饿极了的小狗崽似的，胡乱地在她脸上舔来舔去，一双手无处安放似的蹭来蹭去。

程夕无奈极了，觉得男人真的是不太能理喻的生物，明明都已经有心无力了，还要这么逞强。

直到被他翻煎饼一样翻过身去……她才后知后觉地反应过来，这家伙已经悄没声就恢复战斗力了。

……

程夕被自己的"无知"打了一把脸，因为陆沉舟不但有心有力，他还身体力行地告诉了她他是怎么有力量的！

一次一次，还没有中场休息！从后面进攻不过瘾了，把她翻过来，传统的动作再来两回。

当初在宿舍夜谈中信誓旦旦地表示男人可以一夜三次但是中场必须有休息且不能持久的学姐你在哪里？你出来，我们好好聊聊！

第二天醒来，程夕感觉身体像是被重型机器碾压过，又累又疼，还有些呼吸困难——因为他抱得太紧了！

她动了动，他感觉到了，也醒了过来，伸手在她身上揉了揉。

程夕这才发现，她居然还穿着昨天晚上那条红裙子。

她在他手臂上蹭了蹭，正想撒撒娇，陆沉舟就在她头顶吻了吻，眼睛弯弯用难得愉悦的口气说："这件衣服真好看。"

他用实际行动告诉了她，陆先生就是个红色控。

程夕累得不想说话。

陆沉舟却兴致勃勃的，摸着摸着就又有了反应。程夕感觉到他的异常，倏地转过身来，坚决地阻止说："那什么，不行！我疼，很疼！"

她第一次啊，被这个禽兽煎鱼一样地煎了一晚上，现在翻个身扯到那里都疼好吗？

禽兽还说："我难受。"

程夕："……我也难受。"她用她此生都不可能有的可怜兮兮的表情看着他，"陆沉舟，你不能这么不顾我的意愿。"

他的手还按在她腰上,一点减轻的力道都没有,目光坚定完全不为所动。

程夕只好装死了,她装死装得很彻底,任尔东南西北风,她自岿然不动,陆沉舟在她脸上戳了好几下,都没有戳醒她。

后来约莫是看她太可怜了,放过了她,起身洗澡穿衣,当他的家庭好妇男去了。

程夕装着装着就睡着了,再醒来是被饿醒的,鼻子里一股浓浓的饭菜的香味。她阿飘似的飘起床,顺着香味走过去,陆沉舟围着围裙正架势十足地在炒最后一盘菜。

流理台上已经摆了有好几盘炒好的,最打眼的就是那盘红烧排骨了。程夕想也没想,伸爪去拈,陆沉舟本是在专心炒菜的,此时却是眼明手快,一下敲落了她的手,连眼风都没给她一个,淡淡地问:"洗漱了吗?"

程夕:……她快饿死了!

眼珠一转,走到他身后,抱住他的腰蹭啊蹭:"好香啊,陆先生你真能干。"

能干的陆先生问她:"你不疼了?"

"嗯,我洗漱去了。"她一秒变脸,麻利地放开他,迅速滚蛋,滚蛋前还十分利索地顺走了一块排骨,一边吃一边挑衅,"好香呀。"

陆沉舟放下锅铲,转身,程夕一见不对,一溜烟地跑了。

陆沉舟看着她消失的门口,微微笑了笑。

程夕再出来,已经彻底洗漱干净连衣服都换好了,陆沉舟坐在餐桌前,正拿着手机在一字一字地敲着什么,面前美食如画,美男……没看见,程夕直接坐过去,开始吃。

她真的真的要饿坏了。

陆沉舟也知道她饿坏了,煮的是好消化的薏米粥,还说:"这个消肿去淤,可以多吃点。"

"嗯嗯!"

再指黄瓜炒猪肝:"这个补血。"

"好好!"

程夕嘴上应,手却往排骨那里夹,被他拿筷子夹住:"这个少吃点,盐放多了些,不利于你恢复。"

……还能不能好了?

程夕眨眨眼:"我给你夹的。"手一抖,夹了一根排骨往他碗里放,行到半路,趁他没准备,迅速塞回自己嘴里,还说,"我看看咸不咸。"骨头上有一块脆骨,被她咬得咯吱咯吱响,一边咬一边点头,黑白分明的眼睛眯得像是一弯新升的月，"不咸啊，挺好吃的。"

陆沉舟看着她，越看越觉得她就像那只折耳猫，瞧着有种傻乎乎的聪明劲儿，便淡淡地说："不咸那你就多吃点，反正吃坏了疼的是你，我还是很舒服的。"

程夕：……

她实在是受不了他了，严肃地说："饭桌上能不说这个吗？"

陆沉舟居然受教地点头："好吧。"

程夕很觉稀奇，但到底还是安生地吃了一餐饭，被他塞了一肚子的补血消肿益气血的东西。因为是周末，吃完饭还可以悠闲地休息一会儿，程夕记挂着傅明义和龚恒谨的事，让陆沉舟打电话去问问两人采血的情况。得到的回复是："这两人都有不同程度的咽痛和发热症状，但都只当是普通的感冒在处理。"今年春天流行性感冒暴发，他们身边有很多人出现差不多的症状，所以这两人居然完全没有怀疑自己的身体异常，连医院都没去，就买了点药在家里吃。

陆沉舟派的人打着做流感情况调查的名义去送药抽血，这两人也很配合，如今血已经取到了，正送往相关实验室进行化验。为了安全起见，他们还以防流感的名义跟两人特别说了一些禁忌事项，暂时可以不用担心他们在不知情的情况下传染给其他人。

陆沉舟打这电话时按的是免提，对面那个人说话口齿清晰，安排合理，程夕听完忍不住舒了一口气，说："这人挺会做事的。"

陆沉舟说："他技术不会好。"

"嗯？"

"技术好的话，大概他太太不会同他离婚。"

程夕：！！！

她一巴掌盖到他脸上："陆沉舟你个逗比！"

讲真，程夕完全没有想到，开禁了的陆沉舟会是这种画风，她实在受不了，决定包袱款款先离开两天——昨天晚上真的给了她很严重的阴影好吗？到现在，她都还在隐隐作痛！

当然了，话她还是讲得十分义正词严的："我已经有几个星期没回家啦，正好这周有空，我想回去看看我爸妈。"

陆沉舟说："我已经跟他们说了。"

"嗯？"

"我告诉妈妈你今天不舒服，所以不回去。"

程夕："……我妈打电话来了吗？"

"嗯，正确地说，她给我发了信息。"

程夕：！！

她心里浮起很不好的预感，本来要进房去的，又走回来："你们说什么了？"

陆沉舟舒展着双腿坐在沙发上，十分大方地把自己手机拿给她看，然后程夕一眼就看到了他手机里程妈的图像，因为他是把她置顶了的。

两人正经还聊了不少的天，都是程妈发起的，像是刷日常一样地："你们今天在干吗？"

最初陆沉舟的回答："忙。""上班。""她加班去了。"然后估计程妈觉得没劲，有好一段时间没有再问，直到装修完后，程妈的日常又刷起来了。

刷到今天早上，程妈问："你们在干吗？"

陆沉舟说："她在睡觉，我去买菜。"

程妈震惊了："懒丫头这时候还在睡觉？"

陆沉舟说："因为她不舒服。"

"嗯，感冒了？要丫头多注意身体哟。"后附好几条未经证实的"感冒你应该吃什么"等烂遍朋友圈的大路信息。

看到这儿都还正常，劲爆的在后面，陆沉舟过了会儿才回复说："没有感冒，她说是我把她弄疼了。"

程夕的心情和程妈的心情约莫是一样复杂的。

她一边看一边抓过他的手磨牙：有病有病有病！干吗要跟她妈妈说这个啊！！

程妈这次过了好久才回复："多给她补补……"又说："如果太辛苦了，就要她在家好好休息。"

以程夕对程妈的了解，她那会儿大概是面目狰狞地一字一字敲下这些字的。

果然，她回房间拿了自己手机，就看到了她妈妈给她发的信息："臭丫头你这段时间千万别回来，回来我怕我会忍不住打死你！赶紧和他说，准备结婚，房子反正也都装修好了，随便选日子弄个仪式吧！"

程夕：……

2

程夕总觉得自己并不差，有工作能挣钱也不缺孝心，可她妈妈总给她一种甩包袱的感觉也是伤人。

于是她就回复说:"我打算一辈子赖着您了。"

程妈秒回:"受不起,求求你赖别人吧!"

程夕:……

她要离家出走!只是走也不能一个人,陆沉舟也得带上,留在家里实在太危险了,那家伙一脑子的黄色花苞,随时随地都想放肆绽放。

任何室内都危险,外面天气也好,阳光明媚,春光灿烂,程夕就拉着他玩骑行。可是她忘了自己才被"摧残"过,硬忍着不舒服骑了几里路,最后实在骑不动了,弃车死狗一样躺在路边。

彼时陆沉舟已经骑出很远了,没看她追上来又回头去找她,然后就见她躺在樱花树下,阳光细细碎碎地从树缝间漏下来,春风拂过,有樱花片片飘落,落在她头发上,她洁白的面颊上,她素淡的衣服上。

感应到他的到来,她睁开眼,黑白分明的眸子盛满了醉人的春光,她在春光里微笑着向他伸出手:"嘿,这里风景很好哦,要停下来休息一下吗?"

他下了车,朝她走过去,半跪着抱住她,不由分说地吻她。

程夕:……

她面红耳赤地推开他:"在外面呢,收敛点啊大兄弟。"

陆沉舟忍不住笑,却还是放开了她,程夕调整了个姿势半躺在他膝头上:"天气真好,就这么和你坐在这儿看看景,也真好。"

她是纯粹有感而发,而且更多的还是提醒他,陆沉舟却觉得这样真的很好,看到她的笑,仿佛连心都跟着静了下来。

两人偷得浮生半日闲,在程夕的坚持下,总算像普通的情侣一样,第一次有了个小清新的约会。次日她就开始忙起来了,周日的下午被学校叫去开会,会议开到一半,陆沉舟给她发来了傅明义和龚恒谨的HIV初筛报告,两人都是HIV抗体阳性。

从沈唯的动作来猜,这个时间检测出来的结果,应该是接近确诊了。

趁着会议的间隙,她还是给沈唯打了个电话,把事情经过和结果都告诉了她,程夕的语气很平静,她说:"我想这个结果对他们打击会很大,你自己照顾自己。"

沈唯语气轻松,已没了那日被抓伤的紧张,她说:"难怪龚恒谨会跑到我家去发疯,原来是已经知道结果了啊。你放心,我知道你在担心什么,他们的事,牵连不到我。"

她如此笃定而从容,让程夕完全不知道该说什么,半响才干巴巴地问:"他们,真的罪当如此吗?"

沈唯语气干脆:"在我这儿,是。"她说,"我从不相信老天会有报应,你可能不相信，支撑我活下来的动力，也就是看到他们的报应，现在我看到了，我很高兴。"

沈唯越说越觉得兴奋，那是一种近乎狰狞的快感，让她无法抑制，迫不及待挂掉了程夕的电话。

沈唯自精神状况有所好转以后就搬离了傅家也搬离了自己家，现在是暂住在她嫂嫂买的一套房子里。龚恒谨找不到她人，就带着警察堵了沈父沈母家。

沈唯赶到的时候，龚恒谨在哭，沈爸沈妈正满心不耐地在跟警察讲道理，于他们来说，自家女儿被伤害，反而要被施害者告也真是日了狗了。

沈唯一到，龚恒谨就停止了哭泣，愤恨欲绝地看着她。

她毁了她，她也要毁了她！

沈唯毫不在乎，如今的龚恒谨，在她眼里，就跟一团垃圾也差不多了。她直接问警察："她告我什么？"

"请问你是沈唯本人吗？"

"是。"

"现在龚小姐告你故意伤害，请你和我们走一趟，配合调查。"

……

沈唯被带走的时候，程夕回到了家。

陆沉舟饭菜都已经做好了，坐在沙发上看电视，见她回来，他关掉电视，说："洗洗吃饭吧。"伸手摸了摸她的脸。

这是看出她又有些不高兴了。

程夕抱住他："累，暂时不想吃。"压着他倒在沙发上，陆沉舟很嫌弃地推她，外面跑了大半日，脏着呢。

程夕却死巴着："回来前我在医院洗过澡了的，乖，让我抱抱。"

陆沉舟摸在她肩膀上的手就松了下来，任她抱着。他身上其实不舒服，但是气息很好闻，程夕正是心头惶恐愧疚的时候，闻着他的气息，能让她安定下来。

"你刚刚在看什么？"窝了一会儿后，她问他。问完发现陆沉舟居然有点不自在，便取笑说："不会是在看什么不健康的东西吧？"

陆沉舟看了她一眼，然后拿起遥控器，点开了电视。

程夕望过去，她家的电视也是陆沉舟后来换的，屏幕很大影像超高清，现在，在这超高清的屏幕上，出现的竟然是岛国动作片。

为了让陆先生转移注意力，程夕只好改撒娇："我饿了，真的饿死了！"抓住他的手放在自己肚子上："看见吗，都瘦下去了！"

陆沉舟说："你刚刚不是说不想吃？"

那是因为她心情不好只想安静地坐坐好吗？结果坐也坐不安生！她有些虚弱地："刚刚是心情不好所以不想吃，现在我心情好了呀，看到你心情就好了，所以好饿。"

她看起来真是太可怜了，陆沉舟最终大发慈悲，点头："好吧。"放她洗漱吃饭去了。

被他这么一弄，程夕的心情还真是莫名变好了，可能是身边有了个更变态的，沈唯那种好像都不值得大惊小怪了。

晚饭又是变了花样的猪肝、猪肚、猪血还有一只炖得烂烂的老母鸡，若能无视做饭人背后的"险恶"用心，还是可以吃得很开心的。

程夕觉得他们聊天的话题应该要健康一些，就问陆沉舟："为什么你会做这么多菜啊，经常自己做？"

陆沉舟说："不。"看了她一眼："现学的。"

程夕意外："真的？"

"嗯，网上有教程。"脸上露出一点若有所思的神情，过了会儿，他说，"看来还是要多看一点，技术才能好。"

程夕看着他，总觉得他说的不是做饭这回事……

饭后程夕帮忙做了清洁，然后就告诉他："我晚上要做事，可能会有点晚，你如果觉得无聊可以出去玩玩。"

陆沉舟没说话，他没出去玩，但也没吵她，程夕就安安静静地待在书房里做自己的事，做到一半出来，发现他懒洋洋地靠坐在沙发上，腿上放着他的电脑。

她还当他在做事，十分殷勤地问："要喝水吗？"

他点点头。

程夕就颠儿颠儿地给他倒了一杯水，正准备递过去，往他电脑上无意中瞥了一眼……他还是在看动作片！

而且还是比岛国更火爆的欧美动作片！

程夕：……

"算了，我看你也不渴。"她直起腰，一口将水喝尽，转身回书房去了。

等她忙完出来，陆沉舟倒是没有看电脑了，他正在打电话，一副清清冷冷的神气，特别高冷特别有范的样子。

细细一听，他说的是："嗯，都不好看，恶心。"

约莫是那边问他要什么样的，正好程夕出来，他看了她一眼，说："医生的有吗？"

程夕：……

她抚额，十分后悔那天自己嘴贱把嫌他技术不好的话给说出来！等他打完电话，她非常诚恳地说："你的技术很好了，不用学了，真的。"

程夕其实并不觉得看动作片怎么样，她以前没事，也偷偷看过好吗？就是陆沉舟这样，弄得这么学术这么正经当然而且还到处问资源什么的……她看着着实太伤眼睛也太挑战神经。

陆沉舟挑眉："那再试试？"

……

晚上就被他拉着试了几个他新学的"知识"，陆沉舟满意不满意她不知道，反正她是满意得快要死了！

第二天那种情况下还要爬起来去上班，简直是无限悲摧。中午本来想好好补个眠的，结果程阳又过来找她。

程阳约她之前还给陆沉舟打了个电话，他不知道他私人的号，是打到他办公室去的，陆沉舟的助理接的电话，当时也没确定说他家老板中午有没有空。

程阳本来也是奉命行事，陆沉舟不来他还自在些呢，就也没和程夕说，体谅程夕没车，他就在医院附近找了个饭店吃饭。

兄妹两个坐定，程阳看她那一脸萎靡的样子，十分不正经地笑道："看来陆沉舟不是个花架子啊！"

程夕："……能正经点吗？我是你妹！"然后问他："找我什么事？"

"嗯，受老妈委托，来问你，婚礼打算怎么弄？还有，陆家是不是该和咱们家的人见个面了。妈说房子就算是已经给你买了，你结婚，她再送你一台车，六十万之内，你随便选。"然后特别幽怨地，"我当时问她，我结婚她送我啥，她说'一屁股债，你要不要'？咱俩是双胞胎吧？好像都是从她肚子里爬出来的吧？咋差别就那么大捏？"

程夕微微怔了怔，六十万元，再加上买房子的钱，她爸妈在她身上，这是差不多花了半生积蓄了吧？她有些闷闷地："我不要，我自己能挣钱。"

"哟哟，这是怎么了？妈给你六十万就把你感动哭了呀？至于嘛。"

程夕嘟着嘴："才不是。"她嘴硬："我是委屈，感觉好像妈是迫不及待要把我甩掉了一样。"

程阳一个白眼翻给她："得了吧，她老人家要是愿意出六十万甩了我，我分分钟离家出走。"

"呸！"程夕啐他，却也被他逗得笑了起来。

程阳说："你就好好挑车吧，陆沉舟眼光不错，让他给你挑，也不六十万啦，我再给凑个四十万，百万以内，当然，超出一点也没啥，随便挑。"

"我不要你们的钱。"程夕摇头，"而且我也是真的还没打算这么早结婚。"

程阳怪叫:"还早啊?你马上就三十了!"

程夕瞪他,程阳乖觉地在嘴上一拉:"Sorry,说错了,应该是你马上就满十八了,成年啦,可以嫁人啦。"

"哥,你现在这是撺掇我结婚?我记得好像不久之前,你还对他不是很满意的吧?"

"此一时彼一时嘛,"程阳大剌剌地靠在椅背上,十分不要脸地说,"以前是担心他就玩玩,所以才不同意你和他在一起。现在既然要结婚,那肯定可以啦,退一万步说,就算你们最终离婚,你也吃不了太大的亏,到时候拿笔大大的分手费,爱干吗干吗,多自在。"

"是吗?"包间的门被推开,陆沉舟走进来,看着程阳,"你是在提醒我,结婚会让我付出多大的代价吗?"

3

程阳吓得差点蹦起来。

程夕余光瞥见自己哥哥那不争气的怂样,无声地翻了个白眼,和陆沉舟说:"坐吧。"给他拉凳子,让他坐,问他:"你怎么来了呀?"

陆沉舟就看向程阳。

程阳赶紧说:"是我请他来的。"对上自家妹妹的目光,不太自在地咳了咳:"咳,忘记和你说了,妈要我把他叫上,和你一起商量结婚的事。他们毕竟守着店嘛,不好总过来。"

陆沉舟就看向程夕:"结婚?"

这下轮到程夕不自在了:"那什么,老人家总是比较性急。"

陆沉舟点点头:"应该的。"

程阳惊讶地望向他。

陆沉舟说:"结婚的事的确可以着手安排了。"

程阳一副下巴都要掉了的蠢样子。

然后陆沉舟又说:"毕竟我都已经被你睡过了。"

程夕:……

程阳:……

程阳弱弱地说:"陆总,这个,说反了吧?"

陆沉舟语气平淡:"没反。"看着程夕,回答了他进门时提出的那个问题,说:"我并不怕付出所谓的代价,钱财于我,毫无意义,我要的,只有你。"

程阳猝不及防被强喂了一把狗粮。

程夕也被他突如其来的剖白弄得有些手足无措，只好握住了他的手。

陆沉舟又说："婚礼就定在秋天吧，夏天太热。"现下已经是春末，显然春天也是来不及了的，他问程阳："可以吗？"

程阳："……可以。"

就这么把事情说好了，连双方家长见面的日期一起定了下来，都定好之后，两个男人才意思意思地问了程夕一句："怎么样？"

程夕吃着东西："恭喜二位，祝二位百年好合，早生贵子。"

"噗！"程阳差点喷汤。陆沉舟倒是淡淡地看着她："你不想结婚。"

是肯定句，不是疑问。

程夕微微沉吟了会儿，问："你有想过，我们现在这样就很好吗？情淡了，就分手，不会有更多的牵扯。"

"我不怕。"陆沉舟的语气并不强烈，平平的只是叙述事实，"而且，我不会离婚。"

这话就连程阳听着都不服气了："别说那么肯定啊，万一你对不起我妹，也不离？滚蛋吧！"

"如果我对不起她，那我把我的命赔给她。"

"谁要你的命呀。"程阳喊一声。

程夕问："如果我……对不起你呢？"

陆沉舟淡漠如水的声音，慢慢地在房内响起："我会要了你的命。"

程阳：……

他居然觉得陆沉舟说的是认真的！毛骨悚然有没有？丢了一个眼神给程夕：这家伙是在开玩笑的，是吧？

程夕没理他，因为陆沉舟又说了，他说："如果结婚我们会再签一个协议，这一次，你想毁约肯定没有上次那么容易，所以，我会给你时间考虑。"

饭后程阳故意磨蹭到陆沉舟离开，巴着程夕心有余悸地问："妹啊，陆沉舟刚刚说的那些，都是开玩笑的，对不对？"

程夕一点也不觉得陆沉舟是在开玩笑，不过看着程阳惴惴不安的样子，她不想吓到他，就说："对啊，开玩笑的。谁让人家不想结婚你们偏要催着结，看吧，吓到了吧？乖点，回家和爸妈说，别催啦，我自己的事情，我会安排好的。"

程阳哭丧着脸，看着程夕小跑着上班去了，深深觉得他妹找了这么个男人，那就是造孽！

程夕却是完全没有被陆沉舟吓到，可能是潜意识里，她还是把他当病人待吧,所以她一直觉得,等他大好了,也许就会有完全不同的恋爱和婚姻观,自然,也再说不出今天他说过的话。

因此结婚,她确实暂时不会考虑,至少,在陆沉舟的心理状况转好之前,她不会。

她上班,依然该做什么做什么,晚上回去,又和陆沉舟探讨了结婚的话题,她问他:"你为什么会想要结婚?"

陆沉舟给的答案是:"这是一个男人能给女人的最好的承诺,不是吗?"

是的,是最好的承诺,可是,于他而言,这也只是一个定好了的承诺而已。因此程夕就更不把结婚的事放在心上了,不过按部就班的恋爱还在谈着。

也是那一天,出差在外的陆沉舟早上突然给她发信息,告诉她:"我今天回来。"然后约莫是十点的时候,有个自称是陆沉舟助理的男人给她打了个电话,说是陆沉舟有东西要给她。

程夕当时刚刚带学生查完房,一群人在办公室里讨论病案,闻言便说:"那你送上来。"

人家就送上来,还特意嘱咐:"陆总说请您务必按时间使用。"

还按时使用,大家都好奇了,等助理走后,学生们就起哄:"是老师的男朋友吗?送你什么呀?看这包装还挺漂亮的,老师拆开来,让我们也见识见识。"

程夕无所谓,主要是,盒子不大,但是挺精致的,她还以为是陆沉舟在外买的什么稀奇小玩意儿,便无可无不可地将盒子给了其中一个闹得最厉害的女孩子:"行啊,你们看吧。"

然后几秒过后,她后悔了,眼睁睁地看着她的学生从那盒子里拿出一把测试排卵期的试纸条,都是医生,虽然都还只是未来的精神科医生,但是谁还不认识它们呀?

学生们眼睛都要瞪脱眶了:"老师我们是看错了吗?这其实是披着试纸皮的黄金条吧?"

程夕:……

她当时就一个想法,陆沉舟你给我过来,我保证不打死你!!!!

晚上睡觉时,程夕很奇怪地在梦里追车,可能是白天程阳又催她去挑车了吧,她那天晚上就梦见陆沉舟帮她选了一辆,火红火红的颜色。她载着一家人出去玩,结果回程的时候,发现车找不到了。她拿着钥匙在停车的地方不停地按不停地按,车钥匙奇奇怪怪的,她自己都不知道按了哪里,就见她的新车嗖地冲了出来,歪歪扭扭着直接冲上了大马路。

之后程夕一直追着那车子跑，无人驾驶它居然也能跑得十分快，却也非常险，好几次不是差点碾到路人就是几乎要碰上别人的车。

追得太累了，醒来的时候程夕都还是蒙的。陆沉舟已经先她醒来了，他半靠在床头看手机，见她睁开眼，第一句话说的是："你这个月还没有给我钱。"

程夕：……

哦，她欠了他钱，分期付款，这个月因为忙，她忘记给他打款了。

程夕顺手就把手机扔给他："密码652847，你自己转吧。"她还在想那辆车，梦境稀奇古怪，可是失控的车辆，其实也是隐喻了她心里的情感——有什么东西已经渐渐超脱了她的控制，变得不被她所掌控了。

也挺好的，人不需要那么理性，程夕发了会儿呆，安慰自己，然后转头看向陆沉舟，他居然真的开了她的手机银行在转账。

程夕问他："你不是说如果我们结婚，你的钱都是我的吗？那你还转过去干什么？"

陆沉舟头也不抬："看着高兴。"

程夕："……是看我的钱包空了你高兴吧？"

陆沉舟低头，冲她淡淡地笑了笑。

他这一笑，程夕就想起来了，马上坐直，回头看到那个装试纸的盒子还在床头柜上，拿起来就砸到他怀里："陆沉舟，我还没跟你说，下次不许把这种奇奇怪怪的东西往我医院那里送！"

陆沉舟拿起盒子，他还疑惑："这东西很奇怪？"

"难道不怪吗？"程夕坐到他面前，"有谁会送这种东西去人家上班的地方啊？你知道这盒子是谁打开的吗？我学生！嗝，你知道他们是怎么说的吗？他们说：'老师，我们是看错了吧？这其实是披着试纸皮的黄金条？'"

陆沉舟拈起一张看了看，居然也会睁眼说瞎话了："……是有点像。"

程夕：……

她嗷地扑上去，咬他："你还说，还敢说，我不要面子的呀？老师的威严不需要的啊，呜呜呜，陆沉舟，你赔我！"

"噗！"陆沉舟却突然笑了起来，这么久了，程夕还是第一次听到他的笑声，轻轻的一声，几乎像是她听错了。

她整个人都埋在他怀里，微微怔了怔后，她伸手扯住他的脸："你还笑我？那你再笑呀，再笑呀！"

他就果真笑了起来，并不大声，却是真的非常高兴的声音。

第二十五章

1

她伏在他胸口,感受到他胸腔的震动,不由得微微屏息。手上却并不停,一直逗着他:"陆沉舟,你敢笑得再开心一点吗?"

她不知道她是哪里戳中了他的笑点,因为她一点也不觉得这事好笑,可是看他这么开心,她竟然……都不想和他计较了。

陆沉舟抓下她的手,翻了个身,将她压在身下,又那样压着她笑了很久,程夕双手双脚都被他压制着,只能无力地任他压,也任他笑。

到最后,她什么动作都没有了,就那么静静地感受着他的开心。

等他抬起头的时候,她看到他连眸子里都盛满了笑意。他眉眼一向是稍嫌冷淡凌厉的,这会儿,却像是寒霜遍布的枝头,悄悄地打出了一个花苞,有一种不动声色的生动与媚意。

程夕忍不住勾下他的头,吻了吻他。陆沉舟向来不错过任何机会,马上反扣住她的头,甚至都不管两人才醒还没洗漱,加深了这个吻。

休息了一晚上,陆先生神清气爽体力又是大好,程夕感觉到不对劲,想挣却没挣脱,反被他借势将她身上的衣物都除尽了。

程夕大叫:"我还要上班!"

没理她,他提枪就冲了进去,已然十分熟练,情到深时他用力地抱紧了她,在她耳边说:"程夕,你怎么那么笨。"

声音仍然带着笑意的。

程夕无语地推了他一把:"亲爱的,这个时候人家都是说我爱你的啊!"

他就又笑了起来,胸口一震一震地压得她特别难受,她说:"你快压死我啦!"

他很幼稚地又用力压了她一下,才翻身让她趴在他胸口,程夕看着他那带笑的眉眼,忍不住问:"有那么高兴吗?"

他点头。

"好吧,"程夕看着他,轻轻按着他的嘴角,"你笑起来太迷人了,以后但凡多笑一点,"她凑近去,"我大概就只能做个昏君,任你予取予求了。"

他微微挑眉:"真的?"

程夕点头,说:"陆先生,以后开心了就记得笑出来,你那么帅,都是本钱呢。"

她说得很认真,是因为她真的希望他能多笑一点,不,是能学着更多地释放他自己的情绪,开心就大笑,难过就哭一哭,会释放情绪,他也才能更好地懂得人生的喜怒哀乐、爱恨忧惧。

因为要迟到了,程夕洗漱好后连早餐都没吃,匆匆忙忙赶去了医院。只是她再赶都还是迟了一点点,到医院的时候大家都到了,那会儿又正好逢着大查房,所有人都到了,看到她进门,齐刷刷地望过来。

程夕:……

"发生什么事了吗?"她问。

"咳,刚有人打电话过来,我们正准备去接个病人。"曾兴率先开口。

程夕"哦"了一声,抬脚想要进去,另一个医生笑嘻嘻地说:"程医生昨晚没睡好呀,眼袋都出来了。"

"丝巾也围上了哦,今天的最高温度是三十三摄氏度,程医生你确定这样不会太热吗?"

"放心,小别胜新婚嘛,我们不会笑你的。"

然而事实上,这帮家伙一直都在取笑她,连护士长看到她都忍笑故作关切地问:"你还撑得住吗?"

她那帮学生更过分,见面就给她送了一只好大的甲鱼,说:"老师,给你补补身,是母的哦,最补了!"

程夕:……

一个个胆都肥了。

同事她奈何不了,学生她还是有办法的,甲鱼笑纳了,至于其他,她笑眯眯地说:"这段时间你们也已经了解好几种心理疾病了,看在甲鱼的分上,我比较仁慈,这周你们的作业就选你们最了解的一种心理疾病,写一个详细的病例观察报告过来,不低于五千字哦,低于五千字或者报告华而不实,对不起啊,相信我,成绩会很难看的。"

众学生:……

看着他们一个个面现菜色,程夕总算是出了一口气,昂首挺胸继续做她的事去了。

给病人做完心理辅导出来，发现整个科室都有些躁动，护士长正安排腾出一间封闭式病房，其他所有人都有种严阵以待的感觉，程夕忙问："怎么了？"

护士长还没说话，她旁边的一个小护士有些心慌慌地说："曾医生他们这次带回来的病人是个艾滋病感染者，而且攻击性还超强，这不坑人吗？有精神病就算了，还有艾滋，想想就吓人啦！"

护士长拦住她："别废话，赶紧该准备准备。"然而她也是有些无奈的，凑到程夕身边，说："前方消息，该病人最喜欢在闹市区抱着人玩舌吻，据说已有不少人觉得占便宜后发现被坑，已经要疯了。"

"这还真是个悲剧。"程夕说。当时她也没有做更多的联想，只是想到艾滋病多少有点不自在而已。

病人很快到来，程夕刚开始都没有认出那就是龚恒谨，因为入院时的她穿了一条黑色的裙子，头发凌乱，妆容很浓，嘴上戴了一个又大又厚的口罩，双手被缚，是被捆在担架上送进来的。

她带着学生站在一边观察，还指导他们从病人的表现来做初判，忽然就听到曾兴的叫声："龚恒谨的家属，到这边来办一下手续。"

她这才吃惊地看过去，发现无论如何，她都没有办法把那个被捆在担架上奋力挣扎的病人和当初在沈唯婚礼上娇俏柔美的龚恒谨联系起来。

她甚至都没法想象，眼前这个人，就是不久前守在她家门口，看起来就像是白莲花一般楚楚可怜的龚恒谨。

其实就是曾兴也没有认出她，程夕后来找他去了解情况，曾兴龇牙咧嘴一副牙疼的样子说："和她在市人民广场打了场伏击战，妈呀，那个能跑能跳能骂能咬，折腾死个人。"又斜睨了她一眼，埋汰说："幸好不是你去，否则就你那一套，现在大概只能请假回家等着被隔离了。"

"艾滋病感染者并不需要被隔离，曾医生。"程夕没理他的埋汰，淡淡地提醒他玩笑开过了后问，"她……影响了很多人？"

"嗯，据说几十个应该是有的。"

程夕皱眉："不可能。"她猜沈唯应该是二月有所动作的，从二月到四月，两个月的时间，就算龚恒谨一天应付两个男人，几十个难度都有点大。

因为在她确诊之前，她既怀着要拉下沈唯的想法，自是不可能再和除了傅明义之外的男人有所牵连。

"怎么不可能？"曾兴瞪着她，"据说她大概是半个月前就开始不正常的，突然就走火入魔一样到处找男人发生关系，之后更是频频走上闹市区，遇着单身男人就拉扯，扑上去就玩舌吻，吻着吻着还咬人，我们到了后，听说她昨天晚上就一直游荡在广场附近，当时有十个混混围着她，和她玩接吻游戏，几十人都是保守估计了。"他说着突然省悟过来，"你认识她？"

程夕："……对。半个月前她来过医院，当时我们都在楼下。"曾兴既然没有认出她来，程夕就不能不把这件事告诉他，这也是在病人失常状态下了解病人的一个重要线索。

曾兴有些目瞪口呆："那就不止半个月，她当时就已经有相关症状了啊？"

程夕说："不，我觉得那时候她人还是清醒的，只是有些焦虑，而且那时她应该也还不知道自己得了病。"

艾滋病，在许多人心里是个太恐怖的名词了，竟然生生把她吓疯，这也是程夕没有想到的。

整个科室因为龚恒谨这个病人的到来有些隐隐的不安，就像小护士说的，精神病人不可怕，艾滋病感染者也不可怕，可怕的是，那个艾滋病感染者是个有攻击意向的精神病人。

更可怕的是，已经检查出她的口腔内有破损。

原本只是单纯接吻的话是不会有感染风险的，但是她口腔有破损后又咬伤别人……

程夕当天晚上在推送的本地新闻上看到了白天的事情，新闻的标题很耸动：女白领酒吧染上艾滋病，疯狂传染近百人。

照片配了龚恒谨正常状态下的一张照片，绿衣白裙，说不出的文静秀美，因为照片的马赛克打得有些敷衍，像程夕这样对她不算很熟悉的人，都能一眼就把她认出来。

程夕仔细看了新闻，龚恒谨最初走上街头找人索吻的时候，很多人都以为这是个隐藏摄像头之类的游戏，看她长得还算漂亮穿着也入时，就有不少男人借机占便宜，然后不提防就被她给咬伤了。

因为都不知道她是 HIV 感染者，当时也没有人当回事，只是被咬了后，或是骂她一顿，或是抓到她打她一掌，踢她一脚也就算了。

直到今天凌晨，在路上游荡的她被一个"好心人"拦住，那人要送她回家，两人拉扯中她自己把得病的事嚷嚷了出来，这才有人报警，警察赶到后见她精神疑似有问题，才通知了她的家属，叫了仁医精神科医生过去。

程夕当即把那个新闻链接发给了沈唯，给她打电话："这件事，你知道吗？"

沈唯笑了起来："她又不是个了不得的人物，我怎么会知道她做了什么？"

"沈唯！"

"你在怀疑我？"沈唯的声音淡了下来，隐隐有些激动，"那你报警啊，看看警察会不会把我抓起来？不过，你可能不知道吧？她得到确诊结果的当天就报警了。可是，警察已经宣布我无罪，她所指证的那些东西也全都是无中生有，是她因为太想做傅太太所以幻想是我找人害她，幻想我杀了人，现在她被送去你们那儿，不是更加证实了这个吗？她发疯，她害人，和我有什么关系？"

程夕沉默，过了好一会儿才缓声说："如果是我误解了你，我很抱歉。但是我希望你能真的明白，自己在做什么，或者说做了什么。人常说活着就要快意恩仇，可失控的快意恩仇就是罪恶。报复更是一枚毒药，能让人暂时解脱，也终究会让人万劫不复。沈唯，在我心目中，你是我认识的最完美的女性，敢爱敢恨、勇敢独立、聪明、理性却又不乏柔软，我们是多年的好朋友，所以我不会怀疑你，我会站在你这边，但是，你要好好爱自己，别让我最后转过头发现，我身边的人已经面目全非。"

沈唯闻言，沉默了好一会儿，才缓了缓语气说："小夕，要说我有错，也只不过是让她晚一点发现自己有病而已。"

程夕说："好。"

挂了电话，她捂着脸有许久都不想说一个字，陆沉舟见状蹭了蹭她，她不理，他的手就直接伸进了她衣服里面。

程夕握住他的手："陆沉舟，我现在心情很糟糕。"

陆沉舟说："我的心情也很糟糕，因为我们本来应该好好在床上滚的，现在却在浪费时间。"

程夕：……

她偏过头去看着他。

陆沉舟也看着她，又露出那种久违了的居高临下地看愚蠢的凡人一样的嘲讽。"你替他们烦什么？作恶的不是你，害人的也不是你，你既拦不住开始也管不了结束，有什么好烦的？"他说着抖出一张纸，"你现在唯一应该烦的是，你今天又没测，而我，很不喜欢弄在外面！"

程夕：……

陆沉舟已经抱住她，开始脱她的衣服了，程夕察觉他的动作竟然挺温柔，她一边抓他的手一边说："陆沉舟……你这是在安慰我吗？"

他的手顿了顿，然后凶她："闭嘴！"吻住了她。

可是那天他真的没有弄得太厉害，更多的时候他就那么抱着她，无声地轻抚着她。

虽然同样是骚扰了她大半夜，程夕居然有点被他感动到了……

然后心情才将变好一点，第二天就有一个出乎意料的人来找她。

傅明义。

2

讲真，对傅明义这个始作俑者，程夕一点也没有想要见他的欲望。但他一再打电话来，最后程夕只好在下班时见了他一面。

就在医院旁边的一家小咖啡店里，傅明义特意要了个角落的位置，多日未见，他也清瘦了许多，头发留长了，胡子拉碴的，又戴了帽子，程夕乍一眼，都没有认出他来。

不过她也不太同情他就是了，今日的一切，说到底，都是他招来的。

她板着脸，店员过来问她要吃点什么，程夕说："给我一杯白开水，余下的等会儿再点。"

然而她根本就没打算和他一起吃个饭什么的，店员走后，程夕直接问他："你找我究竟有什么事？"

傅明义看着她："你都知道了？"

"知道什么？"

"我被龚恒谨那个贱人害惨的事？"

程夕其实明白像是傅明义这种人的逻辑，反正出什么事，错的都是别人就对了。她不想和他争个是非对错，到现在了，这场婚变的闹剧里，没有一个赢家。

她问："这和你今天来找我有什么关系吗？"

傅明义摊开手，程夕这才看到他手底下还压着一张银行卡。他将那张卡推到她面前："一百万，让她烂在里面，这钱就是你的了。"

程夕看着那张卡，有点想笑，她什么都没说，站起来就准备走。

"沈唯也被她害惨了，就算为了沈唯，你也不做？还是你嫌少了？有陆沉舟做靠山，一百万，程医生就没有看在眼里？"

程夕停下脚，这时店员将水送过来，她摸起那杯水，店员看她那架势，有点吓到了，端着托盘赶紧溜走，一边走一边还不停地回头望，就连傅明义都有些紧张地看着她……手中的那杯水。

程夕握着水的杯子在微微发抖，然后她举杯，傅明义下意识地往旁躲避，想象中的被泼一脸并没有到来，她端起杯子，颇有气势地一饮而尽，然后头也没回地走了。

路过那个店员身边，她随手从袋子里找出五十块："水的钱，不用找了。"

当时，程夕觉得自己这动作帅毙了，五十块钱一杯的白开水姐都喝得起，要你那臭钱？不过等走到自家楼下，她气就渐消了，又觉得心疼，五十块钱一杯的白开水呢，好贵！

晚上陆沉舟回来，程夕和他说："我今天被人用钱侮辱了。"

陆沉舟"嗯"了一声。

程夕说："一百万，买我的职业道德。"

陆沉舟说："太便宜了。"程夕正想应和，就听到他又说："按你现下的年薪，五百万买断差不多了。"

程夕：……

陆沉舟觉得她鼓着脸颊瞪他的样子很有趣，眉眼微弯。

程夕磨着牙说："能出到五百万，陆先生你很有眼光哟。"

陆沉舟就忍不住笑了起来，他自己也发现，和她在一起，他很开心，那是一种毫无压力的放松，仿佛他做什么，说什么，在她这儿，都是正常的。

他好像是，真的感觉有点爱上她了，尽管他仍然不知道，爱一个人到底是怎样一种滋味，他在书上找到了答案：爱是一种排他性的、独占性非常强烈的情感。

如是，那么，他是真的爱上她了吧？

龚恒谨住进了封闭病房，曾经给陆沉舟看过病的老主任成了她的主治医生，傅明义没有再来找她，程夕有时候也会去翻龚恒谨的病案，老主任他们给的判断是，"创伤性精神障碍"。

在医院里有了针对性的治疗，龚恒谨的情绪慢慢平静了下来，她给医院医护人员带来的恐慌也渐渐平息。

傅明义没有再来找过她，沈唯也没有。

程夕有时也会遇上龚恒谨，后者目光散淡无光，仿佛已经不认识她了。

五月初，当陈嘉漫终于能够跟在程夕身后下到医院楼下的大院里看挂了果的毛桃树的时候，程家和陆家两家家长约定见面的日子也到了。程夕那段时间忙得不得了，见面那天，她一整天都在给学生们做论文答辩，程爸程妈陆沉舟他们打电话她通通没接，只回信息让他们先过去，自己要晚一点到。

两家人定的吃饭的地方就在眉河边上，据说是一家河鲜做得非常好的私家菜馆，馆子不大，地段也偏僻，程夕赶到的时候，河两岸灯火璀璨，行人如织，她找了半天也没找到具体位置，只好打电话让陆沉舟来接她，自己则百无聊赖地站在路边，看不远处河岸公园里小孩们打闹嬉戏。

好像是做梦一样，她忽然听到一声熟悉的轻唤："程夕。"

回过头，就看到了林梵。

他静静地站在灯火下，依旧的眉目乌黑分明，神情清浅而温和，只是唇色淡了些,脸上也有些过于苍白。

那份苍白让他看起来似是沉默了许多,隐隐竟和当年那个坐在她身后的少年重叠了。

只是她心已平静无波,目光扫过他臂间搭着的女式薄外套,笑了笑:"你好,真巧啊。"

他也笑了笑,搭着衣服的手似有千斤重:"你在这里是……等人?"

"嗯。和家里人约了一起吃饭,但是我找不到吃饭的地,只好等他们来接我了。"

林梵应了一声,这时候了,他们其实已没什么话好说,但林梵不想走,就又问她陈嘉漫的情况,他自婚后就没去看过她,程夕知道他有苦衷也不强求,便淡淡地应付了两句。

正说着,她欣喜地看向他身后:"接我的人来了。"

林梵回头,就看到了陆沉舟。

他不紧不慢地走过来,也没跟他打招呼,只是向着程夕伸出了手。

程夕微笑着握住他的,和林梵说:"我们先走啦,再见。"

没有刻意的客套,却也就是这种看似并不刻意的客套,表达的却是最冷淡的疏离。

陆沉舟看着她脸上的微笑顿了顿,那时的他并不明白,只有真正地放下才能做到如斯平静与坦然。两人牵着手往里走,他见她笑靥如花,脑海里突然就蹦出那天龚恒谨说的话:"你不是也在心里想着林梵,却又和陆沉舟在一起吗?"

他本不在乎她心里住着谁,但当真的看到她和那人站在一起时,还是忍不住会觉得莫名的烦躁、抑郁还有不安。

他想起数月前那场婚礼上,隔着人群看到她和他说话时含笑的眼睛,温柔的唇角,想起他贸然走过去递上的避孕套。

原来,遇见她,还没学会喜欢,他就已经尝到了嫉妒的滋味。

不是不吃醋的。

可能真的在一起久了,程夕居然能很快地察觉到陆沉舟情绪的反常。私家菜馆在一条巷子深处,里面的灯光并不强,她抬起头,看到他微微绷紧的下颌,忍不住扯紧了他的手。

"陆沉舟,你不高兴?"

他转过头,微微瞥了她一眼:"是。"

"为什么?"

陆沉舟说："不喜欢看到你和他在一起。"

程夕微愣，有些不能置信地问："你这是在吃醋？"

陆沉舟一副理所当然的认真样子："正在学。"

程夕：……

她没忍住，扑哧一下笑出声来。陆沉舟看向她，程夕敛了笑，说："对不起。但是我得解释一下，我和他只是碰巧遇上了，然后他问了下陈嘉漫的事。放心，我们大概也没什么机会再碰面。"

程夕说这话时绝对没想到不出一个月，她就不得不和林梵常见面了，这时她还握住陆沉舟的手，笑着说："陆沉舟你太可爱了！要学吃醋也要吃点有技术含量的呀，我和林梵……"她说："他就是天仙，我也不会喜欢有妇之夫的。"

陆沉舟面色这才缓了些下来，当然，表面看起来他是更冷峻了，程夕到底不敢多笑他，只是心情颇愉悦地和他继续往里走。

当然，她感到高兴并不是因为他吃醋，而是因为陆沉舟似乎已有了自动自发地追随自己情绪的意识，而不是像以前一样，对什么都表现得无所谓。

程夕是因为工作而迟到的，两家的家长们都对她表示了相当程度的谅解，只是方式略有不同，像程妈就是嗔怪："弄这么晚，大家都等你一个人，好像那些工作没你就没人做了一样！"

陆爷爷陆奶奶就接话："哎呀，工作重要，我们多等等都没事的。"还说程夕辛苦了，十分亲热地拉着她在他们身边坐下。

就连陆父也说："年轻人，多做点事挺好。"

程夕闻言，都只笑笑，目光落在对面的陆沉明身上。他低头坐在角落里，本是在偷偷地打量她的，见她望过去，急忙红着脸转开了头。

程夕忍不住笑，一个个跟他们打招呼，陆家的人今天都来了，他们这边独程阳去了外地工地上所以没在，程妈妈在"数落"女儿的同时因此也捎带上了自家这个儿子，"快别这么说，把他们都惯坏了，就苦哈哈地挣点辛苦钱，弄得好像天天在忙国家大事一样。我家那个儿子也一样，本来说是要来的，结果说工地上出了点什么事，非要他去，这不昨天连夜就赶过去了。"

陆爷爷说："年轻人，有事做比游手好闲强呢。"然后也损了自己家的儿孙一把，什么"大的不着家，小的又太宅"之类的。

程夕和陆沉舟并排坐在一起，加上对面的陆沉明，三个人就听家里长辈们损他们这些后生，好在饭菜很快上来，他们也不算干坐着。

这毕竟是双方家人的第一次见面，也没谈什么实质性的事，拿程妈的话说是，也就一个双方互相了解的过程，至于结婚什么的，不必急。倒是陆奶奶提了一句:"结婚的事随他们年轻人的喜欢,想怎么办就怎么办,唯有一点,咱不兴不办酒席搞什么旅游结婚,咱们两家孩子都不多,仪式什么的,简单或者隆重,是必须要一个的。"还说:"女人一辈子,哪能没点仪式呢?"

这话真是深得程妈之心,两人坐到一起,一个叫"大姨"一个叫"大妹子",嗯,聊得别提多投机了。

程爸就和陆爷爷陆父两个聊些经济大势——程爸虽然经营的只是个小早点铺,却对国家大事向来关注,每天的《新闻联播》从来都是必守的,大道理说不出,像是"原材料这两年涨价涨得厉害,生意不好做啦"之类的,总还是能聊几句的。

陆沉舟和陆沉明话少,程夕偶尔在两方各搭两句话,这餐饭吃得一片和谐。饭后陆沉舟被安排送程夕一家,陆家一家人就由陆父带回去了,陆奶奶走时还拉着程妈的手:"以后多见面多聊。"

程妈则邀请陆家人:"没事去我们那儿转转,好东西没有,但城里人喜欢的原生态的东西还是能弄到一些的。"

依依不舍。

程爸程妈今晚就住到程夕家隔壁的房子里,当看到门口那个指示牌的时候,两人都抽了抽嘴角,对程夕和陆沉舟的行为表示相当无语。

进门后,程妈借口要找东西把陆沉舟赶走了,夫妻两个就拉着程夕说话——不赶时间不行,明天周末,程夕都还得上班,赶上即将到来的毕业季,就是这么悲摧。

程妈开门见山,说:"陆家人都挺和气的。"

程爸也满意:"不像是豪富人家里出来的,没有那股子娇气。"

程夕点头,何止没有娇气,她实是觉得陆爷爷陆奶奶很接地气。

程妈说:"所以这嫁娶都还要看对方家人,对方家里人如果都通情达理,那这人也差不到哪儿去。我看陆沉舟家里人性子都挺好的,陆沉舟也不错,除了话少,有点愣,这人还是可以信赖的。"

程夕听得笑,看来陆沉舟这"愣"的形象在程妈这里是改不了了,好在无损大局,毕竟,"愣在另一方面也说明这个人性格比较直,一根肠子通到底的人没那么多花花心思"。

总而言之,程家人对陆家表现出来的言谈举止和对程夕的重视还是挺满意的,虽富却不骄矜,这样的人家教养不会差。

另一边,陆家人对程爸程妈的观感也还不错,程夕就不说了,只要陆沉舟愿意结婚且对象是个母的,他挑谁他们都没意见。再说了,程夕的个人条件是真没什么好说嘴的,有了这个前提,他们对程父程母也很宽容了。

既满意，陆爷爷陆奶奶就特别想把这事早些定下来："先订个婚也好啊，结婚什么的可以慢一些也没所谓。"

陆父很少会在陆沉舟的事上发表什么意见，这次也一样，他说："你们看着办。"

把自己父母给气得不轻："到底他还是不是你儿子？叫你一起吃个饭还要三催四请，现在这大事上让你发句话你还推给我们！"

陆父挑挑眉，淡淡地说："我一操心就怕他会想多，所以他的事，你们愿意怎么操心就怎么办，需要我出面的，说一声就行。"说完，一甩袖子走掉了。

陆爷爷陆奶奶只好干瞪眼，勉强记得小孙儿还在，他也二十几岁了，眼看大学也快要毕业，便收了气，意思意思地问他的意思："小明觉得哥哥这个女朋友怎么样？"

陆沉明低着头，眼睛红红的，憋了好一会儿才说："不好。"

"怎么不好啦？"

陆沉明咬着牙："心不好！"

???

陆爷爷和陆奶奶都呆掉了。

3

他们真的只是意思意思问一下的啊，没想到居然还得了这么一个答案。

陆奶奶当即就问她："程医生哪里心不好了？"

陆沉明又不说了，气得陆爷爷忍不住在他肩上捶了一下："就知道胡说八道！"

陆沉明埋着头，犟牛一样的："我没胡说！"

"那你倒是说啊，她做了什么让你觉得心不好？"

陆沉明还是低头不语，陆奶奶蹲下去一看，哎呀妈呀，眼圈都红了，眼里蓄了一泡的泪，急得她老人家不行不行的，只好又好言安慰："好了好了，我们也没有怪你，就是你要是知道什么，那你就说啊，这么猛不丁地说一句人家心不好，你说，让我们怎么想？我看你哥难得有那个心找个女朋友，你这……"

话还没说完，陆沉明爬起来噔噔噔就跑上楼了。

"哎，这孩子，这到底是怎么啦？"

陆爷爷和陆奶奶面面相觑，看他这样，两老人心里也有了些狐疑，主要是陆沉明这孩子虽然话少，胆子小，但几乎不说假话，他要说程夕心不好，那就很有可能是她真的做了什么不好的事让他知道了。

可这不哼不哈的就砸这么一句话，急人不急人？

所以陆沉舟第二天就被老两口急召回家，偏偏他不知情，下班时还把程夕也带回了家。程夕是在学校被他直接接过来的，仍穿着上班时穿的衣服，因为这两天要准备学生答辩的事，她的穿衣风格偏正式和成熟，浅紫色的圆领上衣，搭配同色系的休闲裤，看起来竟有点帅气的味道。

她很贴心地给陆家人都准备了礼物，给陆奶奶的是一串小手链，陆爷爷则是个精致小巧的鼻烟壶，陆父是茶叶，陆沉明的则是副耳塞，都不算特别贵重——主要是也没时间挑选，陆沉舟这个邀请来得匆忙，她还是在路上临时买的，陆沉舟对家人的兴趣一无所知，搞得她还不得不给杜律师打电话，能投其所好已经算是很用心了。

陆爷爷陆奶奶也看得出程夕已经很用心了，因此他俩左看右看横看竖看，都没看出程夕有哪儿不好：面前的姑娘笑容温婉，说话动听，眼神清亮，态度也是不卑不亢的，因而又觉得，莫不是陆沉明误会了吧？

两老的纠结程夕看在眼里，只当他们跟陆沉舟有事要谈，见陆家的保姆要带猫出去遛弯，就说："我也和多恩一起去外面看看。"

陆沉舟买的这只叫多恩的小猫，买回来的时候瘦瘦小小的一只，这才多久过去，就已经隐隐有向圆滚滚方向发展了。为了它的健康考虑，陆爷爷陆奶奶就规定每天早晚都要强行遛一个圈。

陆沉舟淡淡地点了点头。

程夕便和保姆一起牵着多恩出去了，陆家三人看着她的背影都有一点呆，过了好一会儿，还是陆沉舟先回过神来："说吧，什么事？"

陆爷爷陆奶奶都有点难以启齿的感觉，顿了顿，才颇委婉地开了个头："你和程医生，处得挺好的哈？"

"嗯。"

"她没哪里不好吧？"

陆沉舟看向他们，语气有点冷："她怎么了？"

……

外面程夕望着多恩迈着小短腿特欢快地走着，有点好笑，她从没养过小动物，觉得这小猫倒是挺可爱的，就心痒痒地和保姆说："要不让我牵着它走走吧。"

保姆很放心地把牵绳给了她，程夕和小猫在前面走，她就在后面慢慢地跟着，她们也没走远，就在陆家的院子里绕圈圈。多恩开始还挺欢喜的，走着走着就不干了，开始耍赖，趴在程夕脚上不肯动，任她怎么推都装死，程夕拿手指戳它，它还以为她要给它挠痒痒，翻个身摊了肚皮任她戳，把它翻过来，它又跷着小短腿癫回去。

程夕哭笑不得。

一人一猫在那儿玩得欢快，忽地听到头顶上传来陆沉舟说话的声音："你和爷爷奶奶那么说是什么意思？"

是楼上房间。

程夕正好蹲在那间窗户底下，窗扇又没关，所以这句话她听得特别清楚。

听意思，是陆家两兄弟在说话，程夕觉得这么蹲在这儿偷听不好，正准备抱起猫猫离开，就听到陆沉舟又问："你认识程夕？她对你做了什么？"

程夕：……

她抱起猫的手又不自觉地放下了，陆沉舟的话她有些听不懂，真的。她能对陆沉明做什么？除了他来蹭她的课，平素见着她就是跑的。

所以她不是故意偷听的，她只是有点好奇，便一直蹲在那儿，远远地看见保姆要过来，她还冲她摆了摆手。

陆沉明的声音一直没有响起，倒是陆沉舟问了两句就不耐烦了："陆沉明，我的耐性不算好，所以给你最后一次机会，想说你就说，不想说，你以后就永远也不要说了。"

"三个数的时间考虑。"然后陆沉舟就开始不紧不慢地数，"一，二，三！"

讲真，陆沉舟对陆沉明的态度已够温和了，还能给他三个数，要是换作别人，他大概是连一个数的时间都不会给。

爱说不说，陆先生就是这么有个性的人。

"三"字落地，程夕听到转向门口的脚步声，显然是陆沉舟没耐性，直接走人了。

可与此同时，陆沉明的声音也响起了，几乎是声嘶力竭的一声吼："她勾引我，却转头就要嫁给你！"

程夕：……

她什么时候勾引他了？

显然陆沉舟也有这样的疑问，她听到他仍旧冷清清地问："什么时候？"

大概是觉得最重要的一句已经说出来了，陆沉明闷闷地说："比你早！"还带了点负气的味道，颇有一些"哥你不厚道，你抢我女人"的郁闷。

陆沉舟估计也被他噎到了，好一会儿都没出声。

然后程夕就听到陆奶奶颤颤巍巍的声音："你确定是她？"

"是！"

"她说过她喜欢你？"

"是！她还叫过我老公，我还叫过她老婆！"

陆爷爷惊慌的叫声传出来："哎哎，老太婆，老太婆……别急啊你别急，慢慢说。"

陆奶奶开始哭："怎么会这样嘛?!"

上面兵荒马乱的，哪怕偷听很无耻，可是程夕觉得自己还是必须站出来了，她直起身，走出几步，朝上面喊了一声："对不起，打扰了。但是，我能说两句吗？"

陆家众：……

突然听到程夕的声音在下面响起，房内的陆家人感觉头皮都震了一震，还是陆沉明先回过神来，唰地拉开窗帘，对着程夕就又是放开了的一嗓子："你还要说什么？我都祝你幸福了，可是你干吗要攀上我哥啊！讨厌！"

号着号着，就哭起来了，一抹眼泪，唰又拉上了窗帘，扑到床上扯起被子把自己埋了起来。

程夕：……

她发誓，她真的什么都没做！

她很真诚地望着楼上，这一次，陆沉舟出现在了窗面前，他看着她，淡淡地说："上来吧。"

程夕便抱着猫猫赶紧回去，保姆显然也听到了刚刚陆沉明的那一声吼，见她过来，忙不迭地伸出手："把多恩给我吧。"

程夕将猫递给她，拍拍身上的猫毛，沿着旁边的楼梯上了二楼。

一边走她一边想，很肯定自己和陆沉明没有过任何过分的接触，什么"老公老婆"的更不存在。联想到他一见她就脸红跑路的情态，程夕怀疑他是不是有什么癔症。因为单相思而出现精神问题的患者，其中最常见的一种是，从偶尔的接触中幻想两人是两情相悦，久而久之，会让自己都相信，他们是恋人。

单相思者多数性格孤僻、情绪低沉，同时不擅于处理周边的人际关系，从而将所有的情绪都压在单恋对象上……一瞬间，程夕已经想象出了好几种预后方案，但她万万没想到的是，等她上楼找到陆沉明的房间，他还真的拿出了两人"相恋"的证据。

很多很多的聊天记录，被他宝贝似的加密保存在手机上，这其中还有程夕的照片，背景无一例外都是在程妈家甚至是程夕家里，甚至有一张还是她穿着白大褂在医院里照的！

程夕几乎不会在任何社交媒体上放自己的照片，所以乍一看到，她十分意外。

可是怎么会？她对陆沉明，除了课堂上那个爱睡觉的旁听生，没有更多印象。

第二十五章

看向把手机交出来就又躲进被子里装鸵鸟的陆沉明，程夕问："这些聊天记录，我能看看吗？"

没反应。

陆爷爷陆奶奶看到这些东西，顿觉心力交瘁，默默地站在一边不出声。

只陆沉舟走到床边，淡声说："出来，解锁。"

陆沉明在床上拱了拱，最后还真就钻出来，先用红红的眼睛看了看程夕，然后低着头默默地从她手里拿过手机，解了密，递还给她。

然后又偷看她一眼，像是受惊的兔子似的，蹦回被子里去了。

程夕：……

真的，她现在十分好奇，陆家人到底是怎么养出性格这么极端的两兄弟的？

陆沉明手机里的这个文件夹内容很多，但是一目了然，十分清晰——他是真的用了心的，所有聊天记录全都按日期分好了类。

这一点，倒有些像陆沉舟了，整整齐齐，条理分明。

文件标注日期最近的是今年二月过年的时候，最远的则到了四年前的二月了。而四年前，程夕正在蔡懿门下读博，陆沉明长相和性格都很有特点，程夕可以肯定，当时她并没有见过他。

一边想，程夕一边点开了第一份聊天记录，她本来是气定神闲的，可是当看到上面的聊天记录后，她脸色一下就白了。

陆沉明的聊天记录是从聊天软件上直接复制下来的，所以其中不但有确切的时间，还保留了双方的ID。

两个ID：一个叫"笑傲由人"，一个叫"Icey"。

程夕唯一用过"Icey"这个名字，是在一款近几年十分大火的《末世逃生》游戏里，她注册的那天正好下雪，于是就给自己取了"Icey"这个名字。

她在《末世逃生》里加的第一个陌生好友，就是"笑傲由人"，两人是在一场遭遇战里遇到的，程夕觉得他技术很好，他也觉得程夕很会打，两人战后便互加了好友。

她完全没想到，在游戏里看起来挺活泼可爱的"笑傲由人"，现实里居然是害羞内向到极点的陆沉明……差别太大，简直无从想象起！

聊天记录显示两人一开始的交谈真是乏善可陈，无非是互夸对方游戏玩得好，然后偶尔会问一声："今天有空吗？组队打BOSS去。"

这样的内容一直持续到次年五月，那时候因为毕业季，实在太忙太忙，她就戒掉了游戏。

五月后，两人聊天的内容多了起来，慢慢地，出现了许多亲昵的词汇。

程夕看到那儿，脸色一下就变了。

她想把程阳拖过来，掐死！

因为五月后，这个号她就给了他，是他一直在玩，所以那些话是谁发的，几乎不用怀疑，因为语气什么的，太像他了。

陆沉舟一直安静地看着她，见她面色突变——哪怕只是很细微的变化，他还是察觉到了，不由得挑了挑眉，唇角也紧紧抿了起来。

程夕又看了一会儿，忽然收起手机，问："对不起，可能这个要求有些冒昧，但是小明，这些记录能发给我吗?"

程夕低头看这些东西的时候，陆家其余三人就看着她，这会儿见她这样，忍不住升起一丝希望，陆奶奶颤巍巍地问："是假的……对不对?"

程夕没说话，她不知道该怎么解释，只能抱歉地看了她一眼，说："对不起，我现在暂时还不能说什么，但是请您相信，这件事情，我一定会给你们一个解释的。"然后她望向被窝，声音柔和地说："小明，给我点时间，我也一定会给你个交代，可以吗?"

被子里的人沉默了会儿，终于还是闷闷地应了一声"嗯"。他说："你和我哥说清楚，我……我就原谅你。"

程夕：……

第二十六章

1

陆沉明的意思，显然不仅仅是原谅她那么简单。

他的意思是，她和陆沉舟解释清楚后，他就原谅她，并且还愿意跟她在一起。

抛弃哥哥和弟弟双宿双飞吗……杀千刀的，这几年程阳拿着她的号到底干了什么？

想起两家人聚会，程阳突然出差，时间再往前推一点，他奇奇怪怪地问她，有没有见过陆沉明，甚至更早一些，在得知她和陆沉舟有来往后，程阳的态度就十分奇怪。

显然她的脑洞还是太小了，她一直以为程阳也就是想攀点关系然后拉拉生意这种程度，实在是从来就没想过他会拿着她的号跟别的男人在网上勾勾搭搭！

手好痒，想拿刀！

程夕努力克制着心里的怒气，把聊天记录转发到自己邮箱后就告辞离开了。

没有人挽留她，倒是走的时候，陆沉明的被子露出一个小孔，他从那个小孔里眼巴巴地望着她。程夕看他那样，说不出心里是什么滋味。

这种时候，她连多余的笑或者话都不敢和他说，看了一眼便扭头走了。

然后走出陆家门她才发现，她！没！车！陆家这个片区出入都是私家车，要走……工程量略大，程夕暂时没有这个打算。

她给程阳打电话："在哪儿？来接我。"

程阳说："啊，去哪儿接？我在外地呢。"

程夕冷笑："我不管，我发个位置给你，是自己来接我或者叫个人来，随便你。"

然后她就挂了电话，给程阳发了个位置就坐在路边休息——不休息不行，她实在太生气，胸闷，完全没法走路了！

坐了没多久，陆沉舟居然开着车追过来了，程夕看到他，有些无言。陆沉舟倒是看不出什么特别的情绪，趴在车窗上，懒洋洋的："怎么不走了？"

程夕瞪着他，这回也有些负气了："我勾引你弟弟呢，你要学吃醋，怎么这个醋就不吃了？"

陆沉舟看她的眼神像是在看大傻子似的："你都气成这样了，我吃谁的醋？"

程夕：……

她无力地摆摆手："你先走吧。"

陆沉舟皱眉："你真要自己走出去？"

程夕吸了一口气："求别再用那种眼神看我了行吗？你这样看我，我会真的忍不住怀疑自己的智商的。"

陆沉舟倒也听话，果然就换了个眼神，不过也就是由大傻子变成了愚蠢的凡人而已。

她都不想跟他计较了，有气没力地说："你先走吧，等会儿会有人来接我。"她不能再跟陆沉舟待在一起，否则那口憋着的气泄了，她怕面对程阳的时候，给他的脸色太好看。

陆沉舟问："当真？"

"嗯。"

陆沉舟看了她一眼，当真就开着车走了，程夕猝不及防，吃了一嘴的烟尘。

嗯，很好，好像真的更气了呢！

程夕原本只是想诈一诈程阳的，她赌他没有去外地——事实上她还真赌对了，陆沉舟走后，程阳真就颠儿颠儿地亲自开车来接她了。

那时候程夕已经自己走出陆家那片别墅区了，她就坐在门口等着他，程阳下车，先往里瞄了一眼："你怎么跑这儿来了？陆家？"

这一次，程夕听出了他语气里的心虚。

程夕看着他："是啊，我被他们家赶出来了，你要不要帮我出气？"

"当然出！"程阳撩袖子，作势就要往里冲，见程夕也不拦他，眼珠一转，又把袖子放下了，凑近了嘿嘿笑着说，"又逗我了是吧？就我妹这人才这相貌，只有你赶别人，怎么也不可能是别人赶你呀。"

程夕瞧着，心累，也懒得和他掰扯，直接上了车。

程阳十分殷勤地跟在后面，车子开出后，路上还一直耍宝，想逗她笑，程夕冷眼瞧着，心里都不知道是什么滋味。

讲真，他对她，是真的好。

但是他没有节操起来，也是真的一点底线都没有。程夕再次深呼吸，告诉自己，不要吵架要理智。但是等到了她家楼下，程夕要他和她上去，程阳还贱皮兮兮的时候，她就没耐性了，直接拎起他的衣领："走！"

程阳"哎哎哎"地叫唤，"要勒死了要勒死了！我跟你上去还不成吗？"下了车，锁了车门，一路嘀嘀咕咕的，"妹你自从和陆沉舟在一起后就凶残了啊。"还在她手臂上戳来戳去，"总感觉我接回来的是个假妹妹呢。"

"假妹妹"连个白眼都不赏给他。

程阳这才有些惴惴了，联想到她是从陆家回来的……好想跑……

程夕出了电梯，见他没跟上，头也没回地扔了一句："有胆你就跑路试试。"

程阳……没胆，虽然他是哥哥她是妹妹，程夕脾气也一向温和，但是她真的发起火来，他招架不住。

程阳苦兮兮地跟她进了门，因为心里有事，连程夕带他去的是隔壁门都没有发现。

兄妹两个在沙发上坐下，程夕坐中间，程阳坐边上，屁股就挨了一点边，一副可怜得很的模样。

程夕望着他："看来你自己也知道自己做了什么。"

程阳老实巴交的样子："我不知道呀，但是我看你这样，莫不是在生我的气……吧？怪我去接你接迟了？怪上次你们和陆家人见面我没有去？怪……"后面的话自动自发地在程夕清亮的目光中消声了，他垂下头："好吧，我到底犯了什么错，老妹透个实底儿呗。"

还是不敢承认。

不过程夕能理解，不到黄河心不死嘛，侥幸心理，人人如此。

她划开手机，把收到的邮件信息点开，放到他面前："解释解释吧。"

程阳和她一样，只看到聊天记录里的那个ID脸色就控制不住地变了：这证据保存得也太充分了吧，连狡辩的余地都没有呢。

程夕知道他能说善道，也不想听他狡辩，直接封了他最后一条路："不要告诉我，你又把我的号送给了别人。程阳，我的哥哥，不应该那么没种。"

程阳：……

"谁说我没种啦？"程阳一拍桌子，太用力了，手疼，他龇牙咧嘴地甩甩手，气恼地说，"是，你的号一直都是我在用，我是用它扮成你和陆沉明开了个玩笑，可也就是个玩笑而已，谁知道他会当真啊？"

"只是玩笑吗?"程夕盯着他,慢声问,"还是,哥哥本来就喜欢的是男人呢?"

咔嚓,程阳下巴着陆,差点摔倒在地。

"不许开这种玩笑啊,"程阳一副心有余悸的模样,"你哥我可是妥妥的直男,属性钢铁的那种。"

他自觉话说得很俏皮,不过程夕没有笑,她望着他:"可是我还真的宁愿你喜欢的是男人呢。"

程阳嘀咕:"妈会打死我的。"

"不打你会真喜欢他吗?"

程阳瞪着自己妹妹,半晌,泄气:"不会。"

"那你为什么要那么做?"

程阳:……

理由有点说不出口,他硬着头皮:"能别像审犯人一样审我吗?真的怪怕怕的。"

"哥!"程夕都忍不住要拍桌子了。

程阳只好投降:"好啦好啦,我交代,其实真就是开个玩笑嘛……"眯起一只眼看过去,见程夕一脸的面若寒霜,又老老实实改口:"好吧,其实我就是想通过他做点东来的生意。"

"想做生意你不能正大光明地去做?"

"你看,所以我才不想和你说真话嘛。"他还有理了,"做生意多难你知道不?想做东来的生意又有多难你知不知道?你哥我一没门路二公司又不够大,就算我在招标书上把自己夸成一朵花,人家也瞧不上我呀。"

"所以你就去……去利用陆沉明?"

"那还不是陆沉舟太难接近了嘛。"

"程阳!"

程阳抖了抖。程夕很少会这么吼他,记忆里她就这么吼过他一次,那还是初中的时候,外婆得病,家里谁都顾不上管他,他不学好,就经常跟些小混混混在一起,天天逃课,不是去网吧瞎胡混就是偷偷摸摸跑小录像厅里看十八禁的电影,看完电影还跟着他们跑去偷窥别屋的妹纸……有一天刚从人家屋檐底下溜出来,就看到他妹铁青着脸站在外面,手里摸了一根手臂粗的大棍子,他刚落地她照腿就是那么一下。

程阳一次就被打怕,尽管没有学得更好吧,可也确实没有走得更歪。

程夕这次却没有揍他,但是她哭了,眼泪吧嗒吧嗒往下掉。这更吓人好吗?程阳惊得手足无措,"哎呀,怎么哭了嘛,我错了,我错了行吗?"没找到纸,坐过去扯起自己衣服就给她擦眼泪,"我真的没有恶意的,我以为这就是个玩笑。"

程夕是真的对他失望透顶:"如果你真的觉得只是个玩笑,那你为什么要避着陆沉明?为什么要心虚连面对都不敢。因为你知道,那不是个玩笑,至少,对陆沉明来说,就绝对不是玩笑,对不对?"

程阳抿着唇不说话。

"哥,你怎么就变成这样?你知道这世上最不能欺骗的东西是什么吗?是人的感情!有些事情,不是一句玩笑就能抵消的,它一旦做下,就是伤害!尤其对陆沉明的性格而言,他敏感、纤细、内向,又不善言辞,他把所有的感情都投入网络里,他相信你是个女的,相信你和他志同道合,相信即使隔着网络你也是真的爱他,所以他也用尽了心力去爱你!你知道吗?这两年,他几乎每逢我的课都会去旁听,风雨无阻。这样子,你用一句玩笑打发他,哥,你不觉得自己很过分吗?"

她盯着他,一字一句:"还是你忘了外婆,忘了她为什么会疯?为什么会死?你忘了吗?"

……

程夕回到自己家,感觉已筋疲力尽。

陆沉舟坐在沙发上看电脑,她走过去,本来是想借着他肩膀靠一靠的,结果睁眼一看,他居然在看!情!色!片!

韩国的三级片,剧情再好看画面再唯美,它也还是三级片好吗?更何况,这会儿她看到的镜头是如此不和谐不美好!

这种时候他还有这样的心情,程夕都不知道是该高兴好还是怎么的好——打发了一个不省心的,家里还有个需要她上思想政治课的。

程夕一把把电脑关掉,望着他:"陆沉舟,你不关心事情真相,也一点不生气吗?"

他坐姿未变,望着她,淡淡地说:"我知道真相,能拿到你那么多照片,又能让你那么生气的,除了程阳也没别人了。至于我为什么不生气,"他冷淡地表示,"因为自己笨而被人骗,我为什么要替他生气?"

程夕:"……可他是你弟弟,他很可能会因为这个受到很大的伤害。"

"那又怎么样?"

"陆沉舟……"

"是不是觉得我很冷血?觉得我很可怕,连家人都不关心?"

程夕有一瞬间屏住了呼吸,然后她很快放松。"干吗说得那么严重?这和冷血有什么关系,你只是比较冷静看问题看得比较透彻而已。"她试着挨近去,见他没有拒绝，她便放松地靠近了他，"而且，其实你是生气了吧？你平时都不会这么凶和我说话。"

陆沉舟沉默，他并不认同她的话，不过她要这么以为也无所谓。

程夕又说："对不起，确实是我哥干的混账事。"管他想不想听，把事情原原本本告诉了他，那时候程夕因为忙有好久都没再登录游戏，她哥拿了她的号一上线，陆沉明自然会找她。程阳那家伙本来对他兴趣缺缺的，他是男人，怎么会对个男号感兴趣？可后来无意中知道了他是陆家的人，兴趣一下就上来了。

他垂涎东来的酒店安装生意已久，可陆沉舟太不好接近了，大公司没有特殊关系或者一定的规模，程阳想分杯羹都分不到。

这时候，陆沉明给了他希望。

他就谎称自己是程夕，在网络上肆无忌惮地挑逗陆沉明，他个情场老手想拿下小白如陆沉明还不是分分钟的事？他怕被揭穿，还精分成两人，把真正的自己也介绍给了他，正好去年东来在海南的酒店招标，他就让陆沉明帮他谋取了一把福利。

陆沉明还是学生，管不到东来的事，但是作为东来的二少爷，他想要推荐个把人，还是很容易的。

甚至都不需要通过陆沉舟，程阳就拿到了海南那个项目。

可谁能想到，那时候程夕居然认识了陆沉舟，两人还谈起恋爱了呢？不得已，只好忍痛和陆沉明"分手"，因为过于简单粗暴了点，就给陆沉明小弟弟留下了攀上当权派哥哥就不要无权派弟弟的这么一个背信弃义的形象。

程夕忍着羞耻说完这些，脸都红透了，陆沉舟摸摸下巴，半响，说了一句："爱情的魅力真大。"

程夕：……

她要很用力才没把"逗比"这两个字砸他脸上。

身为哥哥，他到底明不明白这事处理不好对陆沉明产生的影响啊？

2

可能是怕她领悟不够，陆沉舟又说："没想到陆沉明会为了你，差点跟我干一架。"

这话夸张了，陆沉明哪里是跟他干架，只是跟他宣示了一下"先占权"而已。

而且，程夕抓狂道："那不是我！"

第二十六章

"假冒的你也是你啊。"

程夕就说不出话了，的确，假冒的她也是她。程阳和她是双胞胎兄妹，他不但冒了她的名，还模仿了她说话做事的方式，她所有的兴趣爱好，当然，熟悉程夕的人看到那些聊天记录可能还会怀疑一下网上的那个"Icey"是不是她，毕竟程夕再怎么样也不可能在幽默里带出几分贱兮兮。

可是陆沉明不熟悉她哇，他知道"Icey"在医学院教书后，摸清了她上课的规律，天天跑去蹭课实际是暗戳戳地就近观看自己的"意中人"，就他了解的程夕，博学、有才，说话还幽默有趣，跟"Icey"真的很像了好吗？

小伙子沉迷在网上与现实中渐渐不能自拔。

程夕看着陆沉舟，她能感觉得出，陆沉舟是看重这个弟弟的，可是看重的弟弟被"调戏"，他也是真的半点也不生气，他是真觉得他太蠢，竟然爱上一个虚幻的"人"。

程夕有些无力，也没试着让陆沉舟去理解陆沉明，只说："你放心，这事我会处理好的。"然后看着他，"陆沉舟，我们来干一架吧。"

很显然，陆沉舟误会了她"干一架"的真正含义，欣然从命，"好啊。"指使她，"先去洗个澡。"

程夕：！！！

她一脸黑线地纠正他："不是这种干架。"抓着他的手，把脸凑过去，"你打我两巴掌吧。"

陆沉舟挑眉。

程夕一脸的严肃："打重一点，最好是留点痕迹什么的。"

陆沉舟是真不明白了："为什么？"

程夕说："我哥那家伙太肆意妄为了，得给他一点深刻的教训，不然的话他是不会意识到自己究竟犯了多大的错的。"

"所以他欺负了我弟弟，你就要我欺负他妹妹？"

程夕想了想，点头。

程阳很疼她，痛在他身可能好了就没事了，但痛在她身，效果就完全不一样。

陆沉舟收回手，摆出同样严肃的面孔。"我不打女人。"他说着，凑近了在她脸上咬了一口，"但是我可以咬你。"

程夕一张脸被他咬得通红通红。

……

程阳就睡在隔壁，听到妹妹家传出响动的时候，他正在看自己和陆沉明的聊天记录，这家伙想的不是怎么反省，而是如何从两人的言语中找到漏洞进而脱罪。

然后貌似有一点思路了，忽然就听到了呼的一声，闷闷的，像是什么东西砸在地上一样。他吓得一下就蹦了起来。

隔壁住的是他妹，这时候传出这种动静……他飞奔着跑下床，打开门就看到陆沉舟从程夕的房里走出来，眉眼冷峻，步伐凛冽。

程阳：……

这是吵架了吗？

陆沉舟看到程阳，连个眼风都没有给他，咣地带上门，气势汹汹走掉了。

程阳见状心里浮起很不妙的预感，飞扑过去开门，录指纹，指纹不对，输密码，密码错误，他只好不停拍门："小夕！程小夕你没事吧？"

程夕过来开门，双颊红彤彤，两眼泪汪汪，神情却异常冷淡地看着他。

"他打你？！"程阳出离愤怒了，撩起袖子就要追出去。

"他没有打我。"程夕叫住他，声音冷硬。

程阳恨铁不成钢："你还要替他瞒？"手指戳到她脸上，只觉指下皮肤滚烫滚烫的，心里一哆嗦，这下是真气得眼珠子都红了，"这不是他打的，那是谁，你自己吗？"

程夕说："是！我自己打的，"她仰起来脸看着他，"我觉得出了这样的事，没脸再和他在一起，所以要分手，他不肯，我就只好打我自己，打到他肯。"

程阳："……你神经病啊！"

程夕说："那不然呢？你觉得我和他还能好好处下去吗？"

兄妹两个你瞪我瞪我瞪你，一个面目平静一个气喘吁吁，最后气喘吁吁的那个总算是服输了，原地一跺脚往地上一蹲："好了，不就是要在不伤害他的前提下让他明白真相取得他谅解嘛，我去！"仰脸看着她，狠狠一咬牙，"我都听你安排了还不行吗？"

就是这么个没担当的货，自己犯了的事，连面对的勇气都没有。

程夕真的好想掐死他！

好在程阳是真心疼她，为了不让唯一的妹妹伤心，说到做到，他说会想办法和陆沉明解释清楚且不让他受到伤害，还真就让他绞尽脑汁想出了一个办法。

陆家是不好去的，太大张旗鼓，这种事，私底下搞定就好了。

周一陆沉明去学校上课，程阳就抽出时间去堵他了。程夕那天正好也要去学校，便和他一起过去——两所学校毗邻，校门口都是门对门的。

因为不放心，程夕偷偷跟在程阳后面，然后就看到他完全没有事发后的龟缩样，大剌剌走到陆沉明教室门口："哎同学，麻烦帮我把陆沉明叫出来噻。"

陆沉明一脸狐疑地被同学叫了出来，看到程阳，怯生生地问："你谁啊？"

程阳勾勾手指。

陆沉明小心地上前了两步。

程阳一把勒住他的脖子，将他带到角落里，手肘一顶："小样，就是你污蔑我妹，说她是见异思迁、水性杨花？"

后面尾随并观看全程的程夕：……

这时候的程夕好想把程阳拖出去打死算了。

说好的要好好谈呢？

而更令她无语的是，弄清楚程阳的身份后，陆沉明看到程阳居然还挺高兴，愣怔惊慌之后，略羞涩地叫了他一声："哥！"

惊喜又婉转，还真不愧是陆沉舟的兄弟，看到别家屋里人，都可以"面不改色"叫得自然又亲密。

程阳和隐在一边的程夕都有些倒牙。

程阳说："……知道我是你哥，你还污蔑我妹？"

让程夕惊讶的是，陆沉明在程阳面前虽也有几分拘束，胆子倒是大了不少，他红着脸磕磕巴巴地说："你长得和照片不一样，也跟 Icey 不像。"

这回轮到程阳无语了，他凶巴巴地说："别扯有的没的，不要以为你帮过我我就会放过你，告诉你啊，再随便污蔑我妹让她伤心，我还是会揍你的！"

程阳说着还扬了扬拳头，那钵大的拳头总算让陆沉明从见到"心上人"哥哥这现实里回过神来。"我没有污蔑她。"他立即委屈巴巴地说，"明明是我先认识的她。"

"嘿，你个犟驴！"程阳将他拉起来，在他脑袋上拍了一巴掌，"之前我劝你那么多都是白劝的是吧？网络上那些都是假的，假的，OK？我在游戏里最高纪录同时把十个女号叫'老婆'，难不成现实世界里我还得负责？傻不傻？"

程夕听到这儿，大概明白程阳的路数了。这家伙，要他承认用女号去撩过陆沉明大概是不可能了，他估计还是想用程阳的身份去劝陆沉明想通。

程夕想了想，觉得这未尝不可行，程阳那人，读书什么的是个渣，但论人际关系，他无师自通得让程夕都有点小嫉妒：小时候兄妹两个在家里的早点铺子里帮忙，上到八十岁老太太下到几岁的小孩子，就没有不喜欢他的，这人嘴欠、会逗人乐还特别自来熟，貌似陆沉明也很吃他这一套。

如果他能忍住心虚好好哄哄他，估计还是有用的。

既然程阳不是瞎胡闹，程夕也就放了心，哪怕这个锅她背定了，只要陆沉明能彻底放下也是没什么的——是自己亲哥哥干的好事，如果她背锅就能天下太平的话，还想怎么的？

程夕晚上回家，和陆沉舟说了程阳的盘算，问他："你觉得我哥能成功的概率有多大？"

陆沉舟就回了她三个字："试试呗。"

懒洋洋一副完全不想多理的样子。

程夕却偏不放过他，扯着他非得要他多说说陆沉明的事，然后还要他："你帮我注意着点小明的动向呀，没事跟他多聊两句嘛。"

陆沉舟皱眉："你怎么这么上心？"

程夕说："他是你弟弟，这事如果处理不好，会影响我俩关系的。"知道陆沉舟必是不太在乎陆沉明怎么想的，因为撩他的骗他的毕竟不是程夕，陆沉明想不开那就是他蠢，所以她干脆说："他要是一直挂着这事，至少我心里会有疙瘩，而为了减少麻烦，哪怕你让我赔得倾家荡产，我也一定会和你分手的。"

程夕说了N多，掰开了揉碎了和他讲道理没有用，都没有"分手"两个字有用。

陆沉舟勉强说："好吧。"

自此多分了点心神关注他弟弟。

当然程夕不知道的是，陆沉舟关注自家人的方式也是很特别的，打个电话："有空？"

陆沉明说有，让人把他接到自己那里，兄弟两个就那么对坐几分钟，看得陆沉明坐立不安、汗如雨下后，问："还要她？"

陆沉明怯生生地点头，他怕陆沉舟怕得要死，但同时也很清楚，在自己哥哥面前要说什么。

真就真，假就假。

陆沉舟果然没有生气，他只是淡淡地"哦"了一声，没再说什么了。

陆沉明丈二和尚摸不着头脑地又被送回去。

当晚，陆沉舟告诉程夕："没用。"

程夕哪知道他和自家弟弟谈心的细节？只说："嗯，没事，横竖没变得更激进就行，让我哥先试试。"然后又嘱咐他，"你还是要继续多关心。"

于是陆沉舟只要不是太忙，就会叫人把陆沉明拎过来继续对坐，坐得陆沉明……生不如死，却也硬气，一直没有松口。

与此同时，程阳和陆沉明倒是"不打不相识"，两人由游戏里的好朋友迅速变成了现实里的"铁杆"，前者觉得后者太宅交际太少，"就你这么个宅法，你见过几个女的呀？就是因为见识太少，所以你才在网络上死磕，知道不？"

有空就拉着他夜夜笙歌，当然一开始也没那么猛，就是邀上几个酒肉朋友一起玩，陆沉明长得嫩性格软又爱脸红，十足十的身娇体软易推倒，女孩们把他当弟弟，特别喜欢逗弄他，每每这时候，陆沉明就躲在程阳身后，程阳假模假式地呵斥那些人："我弟啊，不许乱撩他！"看在陆沉明眼里，"心上人"的哥哥形象特别高大。

可能是形象高大的程阳给了他勇气，也或者是这段时间天天被叫过来"对坐"已经习惯了陆沉舟高冷的气压，这天要被送走的时候，陆沉明突然问他哥："哥，你是真的喜欢她吗？"

陆沉舟点头："是。"

"是非她不可非她不娶的喜欢吗？"

陆沉舟想了想，淡淡地说："不知道。但是我从来没想过，除了她，还会喜欢谁。"

天地良心，这真的和深情表白什么的没关系，这完全就是陆沉舟心里真实的想法，这个怕麻烦精觉得追个女朋友忒麻烦了，要列计划要选礼物还要看那么多的书和不知所谓的"动作片"，付出的精力都足够他拿根绳子把程夕绑上N回了。

可陆沉明却是真的被震到了——作为兄弟，哪怕关系并不亲厚，可陆沉舟是什么货色，陆沉明还是多少知道一些的。这个一向淡漠到对家里人都不上心的哥哥，居然这么喜欢程夕？小可怜陆沉明觉得心里可酸可酸呢。

他怔怔地看着他哥，呆呆地问："哥，喜欢一个人是什么感觉？"他捂着胸口，想问他，喜欢一个人是不是真的就像书上写的那样，会心跳加速会神魂颠倒会满心满眼都只有她，但是心里太酸了，他说不出话。

"很难受。"陆沉舟说。

陆沉明懵懵然地望着他。

然后，他就听到他那个高冷得像是从来就没食过人间烟火一般的哥哥说："忍得难受，因为明明看到她就很想搞她，但还是得忍着。"

陆沉明：……

陆沉舟一脸深沉严肃地问他："你看到她会想搞她吗？"

陆沉明的脸唰地着了火，红透了，慌忙摇头又摆手。

"哦，那你就不是真的喜欢她。"陆沉舟看着面前这个傻乎乎的小男人，冷淡地说，"就这你还坚持说喜欢她，是不是傻？"

陆沉明：……

3

陆先生本来是个很高雅的人,奈何他有一个光头这样特别三俗的朋友,所以他接受的关于男女关系的言论都是"今天搞吗?""搞!""想搞了吧?""想!"这样的。

委婉什么的,他也会,但是听多了,总觉得粗俗更顺口。

可把陆沉明这个小可怜给吓傻了。

他看着他哥,赤着脖子红着脸,又不敢提醒他不能说得这么粗鲁,半晌,只好说:"哦。"

陆沉舟灌输给了他弟不正确的恋爱知识,还道自己终于点化了他,内心略欣慰。

嗯,还有些小得意,回头就告诉程夕:"陆沉明已经醒悟了。"

程夕意外:"真的?"她还以为像陆沉明那样内向的孩子会很固执很难扭转他的想法呢,便很有兴趣地问:"是你说服他的吗?怎么说服的?"

"嗯。"陆沉舟一副淡泊名利的高人样,淡淡地说,"他还小,根本就不知道什么叫喜欢。"

……不懂什么叫喜欢这样的话从陆沉舟嘴里说出来,还真是说不出来的奇怪。程夕心里是对陆沉舟的判断持保留意见的,不过面上还是笑:"其实我也觉得是这样,他性格太内向啦,我觉得你有空,应该多找些机会锻炼锻炼他。"

实则程夕这说法已经是很委婉了,陆沉明那不叫内向,而应该是已经出现了人际交往障碍,如不改善,他往后的生活、感情都会受到非常大的影响。

照程夕说,陆沉明最好是接受一下适当的心理辅导,不过鉴于陆沉舟对医生和医院的排斥,她没有跟他说得那么明显,也许以后有机会,可以和陆家其他人说说。

可能是两人间的气氛很好吧,陆沉舟听懂了她的暗示,难得问她:"有用?"

程夕说:"你不是说他还小?还小就还有可塑性。而且我一直觉得,不管什么事,做总比不做要有用。"

陆沉舟想想,点头。然后大手一挥,第二天又把陆沉明叫过去,扔给了他一份东来基层业务员的兼职,他倒是知道他还在上学,任务定得也不重,还给了他选择,"酒店、药业、生活超市,随便哪儿都行,周末出去跑跑单,当是提前实习了"。

陆沉明嘴巴张成了"O"字形,整个人都要不好了,眼泪都喷了出来:

"哥！"

但他哥铁石心肠，冷漠地看了他一眼："嗯？"

陆沉明就一句话也说不出来了。

陆沉明回到学校，简直是万念俱灰，他是学应用数学的啊，就算不是富二代，那也妥妥的是未来工程师，让他去跑业务，前途真的一点亮都没有！

他在现实里又没什么朋友能诉苦，电话簿翻来翻去，憋得要死，总算找到一个了，嗯，"心上人"的哥哥程阳同学。

他也不敢打电话，就给他发了个信息："哥，我要死了……"

程阳收到信息的时候正在忙，也没看到，等看到后简直心脏都要吓停摆！可怜程哥哥周围都是言出必行的货，哪怕说要死呢，也是真的死，像他外婆，自杀那天唯有给自己外孙子外孙女打了个电话，留言："外婆要走啦，你们以后自己照顾好自己。"

然后就真的走了，永远走了。

所以程家人从来就不轻言说生死，哪怕开玩笑呢，都是没有过的，突然来这么一货，还是正受"打击"中的精神有些小自闭的，一下说要死了，他看到的第一眼就是相信他真的要去寻死。

什么都顾不得了，马上打电话，关机！程阳头皮发麻，吓出一身白毛汗，扔掉手头所有的事就往外头跑，一边跑一边给程夕打电话："妹，出事了，出大事了！陆沉明一小时前给我发了条信息，说他要死了！卧槽，赶紧联系他家里人啊，让他们联系学校啊！"

陆沉明上课期间是住校的。

程夕也是吓了一跳，下意识地说："不会吧？他哥昨天都还说他想转来了呀。"

"想转个屁！"程阳一着急，痞子本色暴露无遗，"那就是个犟货，老子天天给他洗脑都是洗到臭水沟里去了的，快点啊，你联系他家里，我现在赶去学校！"

程阳风风火火挂了电话，程夕就赶紧联系陆沉舟——在自己哥哥和陆沉舟之间，她还是比较相信程阳的判断的，可能其他方面，陆沉舟都很优秀，但是情商上，程阳真的甩陆先生几十条街。昨天陆沉舟说的时候，她就知道那话是必须打个折扣的，但是，她万万没想到这折扣会打得如此凶残！

程家兄妹急得燎心燎肺，陆先生听说后就说了三个字："不至于。"

程夕忍着急躁，好声好气地问："那你能联系到他们学校的老师吗？或者他亲近的同学也行。"

陆沉舟：……

他都不知道。

好在他还有个靠谱的助理，这段时间因为经常要去召唤陆沉明，秉着保险原则，他要到了陆沉明宿舍几个同学的全部的电话，还有他们辅导老师的。

打过去，因为下午没课，他们谁也没有见！过！他！

家里，也没人。

好了，是真出事了。

程夕和陆沉舟都往陆沉明学校赶，他也只会在学校，因为陆沉舟的人是亲自把他送回学校去的。

三人几乎都快把学校翻过来了，总算是找到了，还是程阳眼尖，他们正准备死马当作活马医一栋一栋大楼爬的时候，蓦然一回首，在艺术学院大楼的门口看到蔫巴巴地走在下课人群中的那一只坑货。

吼一声："陆沉明！"

那坑货抬起头，这下三个人都看到了。

程阳一马当先冲过去，也不顾旁人侧目，拎起他的衣领："你跑哪儿去了啊？"

陆沉明被突然跳出来的他们吓到，花容失色，瞅一眼程夕，结结巴巴地说："上……上课。"

"你上鬼的课，你下午不是没课吗？"

"我我我，我蹭课。"

于陆沉明来说，蹭课是传统，君不见，他之前还风雨无阻，经常跑程夕她们学校去蹭她的课吗？

隔壁学校都去了，隔壁院系也是没有问题的。

程夕闻言很有几分啼笑皆非的感觉，不过心里头还是松了一口气的，陆沉舟……从始至终他都是淡淡的，陪着找人的时候也没见他有几分急色，这会儿，也不见有生气，只是漠漠然像是旁观者一样看着自己弟弟。

三人中反倒是程阳最激动，看着陆沉明那一脸无辜小白兔的样实在是手痒，也不顾人家亲哥在场，揪着他的衣领把他拎到旁边小树林，往假山石上一推，啪啪啪就来了一顿铁砂掌炖屁坨肉。

很精心的。

小可怜陆沉明当即被打蒙。

陆沉明挨了一顿打，倒老实了，看到程夕也不躲，只脸还是红的。

程阳在他后脑勺一拍："叫姐！"他也乖乖地叫了一声"姐"。

声音很轻，像蚊子叫似的，程阳打得正顺手，举起爪子又要拍，抬头见程夕盯着他，便将举到半途的手收回来，咳嗽一声撩了撩自己的头发。

和程阳比起来，陆沉舟平静得都不如个看热闹的路人。

他就问了陆沉明两句话，一句是："为什么发那条短信？"

陆沉明："……就就……"

"就"了半天，说不出来，陆沉舟又问了第二句："给你安排的事做不来？"

陆沉明的身体微不可察地抖了抖，低低地说："能。"

陆沉舟点点头，程夕和程阳等了半天，以为他还会再说点什么，结果他一挥手："吃饭去吧。"确实是什么都没了。

程家兄妹俱都无语，去吃饭的路上，程阳偷偷跟他妹吐槽说："陆沉明、陆沉舟其实不是亲兄弟吧？"

程夕赏了他一手肘。其实她是有些明白陆沉舟的想法的，管你应答的声音大不大，态度有没有问题，反正你答应了，那他看结果就行。

说到底，陆沉舟就是个干净彻底的甩手掌柜。

知道程夕是不想他说这个，程阳就不说了，顺着程夕那一肘子的力，很夸张地往后倒，退到了陆沉明身上，然后趁势勾着他的脖子。

程夕慢悠悠地朝前走，后面程阳和陆沉明说："下次不要再这样啊，真的把我裤子都吓掉了。"

她回头，见陆沉明低头抿着嘴笑，便也笑了笑，走前几步赶上了陆沉舟，趁人不注意轻轻勾起他的手指。

陆沉舟偏过头来看了她一眼。"在外面呢。"他一本正经地说。

程夕也一本正经地点头："嗯。"

"我俩还在吵架呢。"

程夕：……

她都忘了要在程阳面前扮不和这一茬儿。

她悄声说："没事，我是死缠烂打型人设。"

陆沉舟挑眉，作势要抽出手，她却紧紧地抓牢了，两人就很幼稚地那么较起劲来，陆沉舟没有再看她，嘴角却不自觉地扬了起来。

因为陆沉舟的过于挑剔，四个人又回了东来吃晚饭，陆家兄弟两个都是罕见的话少人种，所以撑场子的伟大任务就落到了程阳身上。

好在他也是见惯世面跑多江湖的人，一点也不怕冷场，有了要让妹妹幸福有靠的压力，他的任务除了给陆沉明洗脑还是给他洗脑，趁陆沉舟不在，程夕又接电话去了，他就在陆沉明面前使劲地抹黑程夕："我妹那人忒讲究了，跟你们说她在家里就讲究得丧心病狂，有一次她回家，看到我换下来的袜子搭在沙发上，妈呀，直接抄板凳砸我的！"

他说得夸张又有趣，陆沉明忍不住笑了起来，往门口看了一眼，小声问：

"她……也会打人吗？"

所以程夕还没进门，就听到里面程阳在说相声似的："打，怎么不打？她现在看起来是不是温温柔柔斯斯文文可和气可亲切了？跟你说，都是假象！我妹那家伙打起人来可狠了，现在大了还只是拿板凳砸，小时候还狠些，那么粗一棍子，"他一边说一边比画，"追了我八条街，我人都差点给她打废了！不夸张，真的，一点也不夸张。"

陆沉明惊叹："这么凶？"

"那是，所以我才说，不要被假象所迷惑。像我妹那样的人，一般人那根本消受不起，也就你哥那样的，"甩一个眼神给陆沉明，意思是"你懂的"，说，"马马虎虎能承受吧。"

陆沉明想想他哥那个自带冷气的高危人物，被程夕追在屁股后面揍，忍不住扑哧笑出声来。

两人说得投机，浑忘了程夕就在外面打电话，陆沉舟也只是在里间洗手而已，等说完，一前一后已各站了一尊被损到的大神。

陆大神走过来，拿起桌上的毛巾不紧不慢地擦着手，抬眸间慢条斯理地问："我什么样的，嗯？"

程大神两手抱胸，似笑非笑地望着他们两个，呵呵一声，特和气地说："程大阳，好像追你八条街还少了呢，要不要再多赏你两条？"

"哎哟妈呀！"程阳左右看看，吓得瑟瑟发抖，躲在陆沉明背后，"兄弟，挡挡啊。"

陆沉舟没动手，程夕却是上前拎起他的耳朵尖："会抹黑我了，不错啊。"把他揪到洗手间，在里面就是一通惨无人道的踩躏。

外间两人只听到里面程阳在鬼哭狼嚎："啊啊啊！"

唱戏似的。

陆沉明果然目瞪口呆，想帮忙又不敢帮，搓着两只手看看自家哥哥，十分无措的小模样。

陆沉舟却是相当淡定，一按铃，叫来服务员："上菜吧。"

兄妹两个这一架打到菜都上齐才出来，程夕面色如常，程阳一瘸一拐。

陆沉明悄悄坐过去，问："还……还好吗？"

程阳龇牙咧嘴："屁股要开花了。"

陆沉明：……

原来程家人打屁股也有传统。偷偷瞥一眼程夕，隐性山大王程医生坐在另一边，正温婉贤淑地讨好他哥哥："要吃点这个吗？"

他哥冷冷淡淡："不用。"

程夕"哦"了一声，低眉顺眼。

果然一物降一物。

一场虚惊，最后换得陆沉明彻底对她死心，还真是最好的结果。只程阳比较亏，他自此担负起了教导陆沉明跑业务的重大责任，一时间累成了狗。

而当五月的第一场大雨落下来的时候，陈嘉漫已经可以在活动中心小坐一会儿了，随着精神恢复，她终于进入了病情最关键的时期，眼看着陈嘉漫的情绪在"杀死奶奶"的自责中越陷越糟，程夕犹豫着拨通了林母的电话。

痛苦的陈嘉漫需要有人救赎——她太小了，失去全部的亲人，让她对未来感到十分惶恐甚至绝望，她需要安全感，而这种安全感，是身为医生的程夕没有办法给她的。

林母接了电话，但她没有来，倒是大雨下到第四天的时候，林梵推开了她诊室的大门。

"我想请你帮个忙。"他披着一身湿与冷站在她面前，有些凄苦地说，"我太太好像犯病了，能麻烦你去看看她吗？"

第二十七章

1

程夕惊讶地看着他："你确定要我去看？"她看了眼他用来挂号的名字，孟瑶，"其实我可以给你推荐别的更合适的医生。"

她知道他懂她的意思。

可林梵摇了摇头，有些抱歉地说："她说她只想要你，也只相信你。"

程夕沉默，过了会儿问："她在哪儿？"

"家里。"他连忙又解释，"她有先兆流产征兆，出门有些不便，不然的话也不会麻烦你了。"

程夕沉吟了会儿："好吧，我会去看看她。但是，得等我下班才行。"

"好。那我到时候来接你？"

"给我地址吧，我自己会过去。"她说着，递给他一个便笺本，示意他将地址留在上面。

林梵并没有强求，等程夕看完诊回去病房那边，才知道他还过来看了陈嘉漫。专门挂她的号请她出诊，还特意选在探视的时间内，程夕都不知道，该说他太周到还是太冷漠。

有时候，刻意的周到，就是冷漠。

程夕问当值的护士："陈嘉漫反应怎么样？"

"她很害怕，不过我觉得她对他还是有些好奇的。"

程夕点点头，又去看陈嘉漫。她的情绪竟然还不错，坐在床上，面前放了一堆的零食，见到程夕，眼睛微微一亮，细声细气地叫她："程医生。"

程夕笑："在干什么呢？"

她指了指面前的东西，仰起脸问她："程医生，他真的是我哥哥吗？"

"是。"

她呆了呆，过了会儿才攥紧了手指，小声地说："他们都说他很坏。"

这个"他们"自然是指以前她身边的那些人，亲戚、邻居，或者也还包括陈父和陈奶奶。

程夕问她："那你觉得他坏吗？"

她摇头："我不知道。"

程夕微微笑了笑："挺好的，阿漫没有轻易下决断。其实我认识他很多年了，我们以前是同学。"她告诉她关于林梵的一切，说他，"是个读书很用心也很认真的人，我刚认识他的时候，他几乎不同人讲话。别人都觉得他那人很冷漠，可是有一天下雨打雷，那雷几乎是落在了我们坐的窗户上，我吓得不得了，连那个位置都不敢坐，却是他主动站出来，跟我换了位置。所以我认识的他，是个很温柔很体贴的人。只是人没有十全十美，好坏也是相对而言的，只要为人做事还保有底线，那就算是个好人了。"

程夕对陈嘉漫说的这番话，很快就验证了，人的好坏，的确是相对的，也是分人的。

那天下班，她按照林梵给的地址找到了他家，他已经没有住在原来租住的地方了，结婚的时候他买了新房子，地段不算好，但是房子很大，近两百平方米的复式房，装修没有多豪华，但还算得上温馨。

只看到这房子，程夕就知道，林梵确实是尽了他最大的努力去娶孟清扬。

因为孟清扬怀孕，林家请的保姆专门照顾她，路上来的时候，程夕仔细看过她孕期的病历，有先兆性流产征兆，医院住院四十天后回家休养，其他食欲差、睡眠差、情绪有异常，妇产科医生的医嘱是静卧休养、避免刺激、保持孕期情绪平和，必要的时候随诊且咨询心理医生。

程夕到的时候林梵也在家，保姆正在喂孟清扬吃晚饭。

没看错，确实是喂，在他们脚下，仍然还能看得见没有拖干净的食物残渣，床角甚至还有一块没有清走的碗筷的碎片。

知道程夕来了，她推开保姆："我不想吃了。"

保姆看了眼林梵，林梵挥挥手，这才带着程夕进去。

孟清扬坐在床上，直直地看着他："你也出去，我想和程医生单独谈。"将近半年未见，她的变化并不大，只是脸色略有些不好，颊上多了一些黑色素沉积的斑点，微耸的颧骨让她看上去，多少有了点尖刻的味道。

林梵静默未动，孟清扬突然爆发，捡起床边的手机就砸过去："滚！没听见？"

林梵的脸上浮现难堪，但他什么都没说，甚至也没有多看程夕一眼，只是捡起手机，默默地放回床头，然后走了出去。

门关上，孟清扬"哈"地笑出了声，旋即冷了脸，和程夕说："我讨厌他。"她说:"我把他还给你,好不好?"

程夕看着她,如果说,半年前她遇到的孟清扬是自带气场的女王,现在的她,则是一个可怜的陷入歇斯底里中的怨妇。

她身上有被绑缚很深无力挣脱的绝望。

程夕问她:"你想和我吵一架吗?"

她冷冷地:"你会吗?"

"不会。"

孟清扬"呵"地笑了起来:"你当然不会。"她咬着牙,"你们都不会!其实你和他才是一路人,都是那种看起来温柔又体贴的好人,可实际上要多冷酷就有多冷酷!"

……

程夕和孟清扬独处了将近一小时,出来的时候,看到林梵正在和保姆吩咐:"把那些东西再重新加热一下……我知道辛苦你了,她怀着孕,脾气不好,你多体谅她一些。"

他换了衣服,一身米白的家居服,头发温驯地贴在额头,让他看起来气质更温和了,就像是每一个体贴的男主人一样。

听到声响,他回头迎上来:"没事吧?"

程夕心情复杂地摇了摇头:"已经睡了。"

他轻声:"谢谢。"然后问她:"是产前忧郁症吗?"

"是,也不是。"

他微微一愣:"什么意思?"

程夕看了一眼保姆,她正好奇地望过来,程夕说:"我得走了,这边我不太熟,能麻烦你送送我吗?"

林梵说:"当然。"

他于是送她,本来是要开车送的,但是程夕拒绝了。外面仍在下雨,瓢泼大雨,伴着轰轰的雷鸣,小区的灯光并不亮,两人就站在楼下的走道前。程夕撑开伞,挡着外头不断侵袭的雨丝,回头面对着他。

在见孟清扬前,她觉得他似乎又回到了少年时期,身上总有着无处不在的忧郁,可见了孟清扬后,她明白,那个少年,其实已经永远地不存在了。

她的声音在雨夜里并不清晰,但也足够让他听明白,她说:"你刚刚问我,她是不是产前忧郁症,现在我可以告诉你。林梵,在我看来,其实真正病的不是她,是你。"

程夕的声音,带了几分雨夜的寒凉,丝丝缕缕漫进林梵心里,就像是在他心上扎了一把又一把细密的小刀。

他听到她轻声说："冷暴力也是一种暴力，用体贴和周到给别人围上的牢笼照旧是牢笼。无心的伤害可以改过，精心的设计就是有病，林梵，你让我觉得很陌生。"

说完，她撑起伞，就此冲进了雨幕中，雨真的下得好大，没一会儿她身上就湿透了。

程夕一直没有叫到车，因为内涝了，路上这么会儿工夫就积了很深的水，她想蹚过这段路，但举目四顾，看到的就只有深深浅浅的汪洋。路上零星陷落了几辆车，车主下车来走入这汪洋中，就像是无力漂浮的几片落叶。

她又想起孟清扬说的话："知道我怎么才能见到你的吗？我说如果他不让我见你，我就饿死我自己。同样的事，我们结婚前也发生过，不过那时我说的是，如果他不娶我，我就天天去找你。"

"他为了保护你啊，什么都肯做。为什么他就不能多爱一点我？可笑的是，我身边的人都知道他很爱我，可那是爱吗？他有求必应，任打任骂，他把所有的事都安排得妥妥帖帖，但是回到家从来不会主动跟我多说一句话，他不会说甜言蜜语也不会恶言相向，他只是沉默而已，沉默着让你明白你和他隔得很远却又没办法说出来，因为全世界都知道他对你很好了呀！可迁就和忍让就是爱吗？这能是爱吗？程医生，这些是爱吗？"

她花了很长的时间，像个迷路的孩子似的，一直在问她那些是不是爱，是不是觉得林梵冷酷觉得他无情就是有病。

程夕说："不是。"

所以她才和林梵说，他和孟清扬，有病的不是她，是他。

程夕踩过那几片枯叶，踏上另一个街头，她陷在暴雨里，感觉整个世界都陌生了，就在她以为自己是不是迷路了的时候，她十分好运地叫到了车子。

车主是个年轻的男性，话很多，看到程夕一身湿也不嫌弃，还十分体贴地给了她一条毛巾："干净的，还没用过。"

程夕笑着道谢，接过了毛巾，毛巾握在手里很温暖，这个时候，陌生人的一点温情都能让人感觉到温暖，而身边人长久的周到，却只是让人发冷。

司机问明了地址，说："你怎么这时候跑出来呀？到处都积了水，也幸好我车子的底盘高，不然的话，都没有人敢跑了。"

程夕说："没办法，为了生活呢。"

司机很是同意，一路唠叨着生活不易把她送到了地方。路上他言语可亲，可收钱的时候却也一分没少——积水路难行，车资得翻一倍。

程夕笑着把车钱给他，觉得这样也挺好的，你送我一段路，我回你等值的价钱，银货两讫，倒是简单。

突然就有点理解陆沉舟那简单粗暴的作风了。

就他那病，如果心思再细腻些，大概会把自己逼疯吧？

一路胡思乱想着回到家，陆沉舟还没回来，一直下雨，眉河水暴涨，东来就在眉河边上，他已经好几天没有回来了。程夕换了鞋子，拿出手机给他打电话："雨下得很大，你那边还好吗？"

"还好。"他一向言语简单。

"会不会有什么危险？"

"不会。"

程夕笑，"那就好。"带着自己也不明白的心理告诉他，"我刚刚蹚水回来的，弄得一身湿。"

他淡淡地"哦"了一声，一本正经地叮嘱："记得洗澡。"

程夕忍不住笑起来，还真的是典型的陆沉舟风格，听到她蹚水回来，没有问她遇没遇到危险，会不会害怕，只是要她记得洗澡。

她点头应下，挂了电话便去洗澡，可能还是淋到雨了，总感觉有点昏昏沉沉的，坐在沙发上看书，看着看着都不知道什么时候睡着了。

再醒来是在陆沉舟怀里，他抱着她，却还没睡，床头暖黄的灯光映着他英俊的轮廓，好看得不像是真人。她有些懵懵然地捏了捏他的脸："你回来了？"

陆沉舟"嗯"了一声。

"不是说下雨怕东来有危险吗，怎么回来了？"

他没理她。

程夕笑："你该不会是听到我说蹚水回来的，担心我吧？"

"不是。"他俯身吻住了她喋喋不休的嘴，半晌，才说，"我想你了。"

他的手准确地伸进了她的衣服里面，用实际行动告诉了她，他想的是什么。

一夜狂风暴雨，第二日却奇异地放晴了。所有人都松了一口气，只有程夕很郁闷，因为她感冒了，鼻塞严重。

好在不用上班，可以在家休息。陆沉舟走的时候什么都没说，程夕睡到半上午，却收到了他叫人送过来的药，随药一起的还有十分丰盛的午餐。

是陆沉舟的助理亲自送过来的，那人嘴巴可甜了："药业那边有个仓库进了水，陆总得亲自去看看，您病了他也不能陪您，只好让我给您送点东西，并且让我转告您，请务必好好休息，注意身体。"

只是说得太多就漏底了，程夕笑："其实你们陆总只是让你送点药来吧。"

助理嘿嘿笑："陆总只是嘴上不太会说。"

程夕点头认同，谢过助理后收下了东西。知道这会儿陆沉舟必然忙，她也没打电话给他，只是给他写了条信息。

信息写到一半，有电话打进来了。

是林梵。

她其实不太想见他，但他态度出乎意料的坚决，程夕没接电话，他就给她发了信息：“抱歉，如果方便的话见个面，我在你家楼下。”

程夕后来常常想，也许她不见他就好了，但是没有如果，她握着手机想了好一会儿，最后还是下楼去见了他。

2

林梵当真就等在她家楼下，内涝过后，街上到处都有水浸的痕迹，天气倒是很好，浓密的树叶下都能看到明媚的阳光。

林梵就站在小区楼下的一棵树下，绿树如盖，男人长身玉立，还真的有"岩岩若孤松之独立"的味道。

程夕以为他找自己必是为了昨晚的事，谁知他开口的第一句话就是："对不起，我不知道你打过电话给我妈。阿漫的事，我能帮上什么忙吗？"

程夕看着他："你来，就为了这个？"

他沉默，程夕就也耐心地等着，她知道他不是那种习惯于坦诚的人，但这件事，沉默以对对谁都没有好处。

陆沉舟很艰难地："昨天我太太说的那些，能听听我的解释吗？"

程夕看着他："你和你太太解释过了吗？"

"她不相信我。"他微微苦笑了一下，"我说什么，她都不相信。我不是故意对她那样的，我只是，不知道该和她说什么，因为不管我说什么，她都不相信，也是因为她不相信我，所以我就越来越不想说话。程夕，我没有那么混账，决定娶她的时候，也想过要好好对她的，只是人总是会累，她的喜怒无常，她的强势和态度上的居高临下让我觉得很疲惫。从小我就生活在打打闹闹的环境中，所以我特别不想吵架，为此她想做什么，我都愿意尽量去满足她，可没想到，就这样，还是让她生出了误会。"

"我也承认，我一直不想她去见你，因为我不想把你牵连进来，她就觉得我是在维护你，甚至不惜用绝食来威胁我。"

程夕静静地听着，等他说完，问："这么说，一切都是她的误解？"

"是。"

"那你娶她，是因为爱她吗？"

见他不答,她又问:"你真的有用心去了解过她吗?你们结婚已经有这么久了,她喜欢吃什么,玩什么,无聊的时候在想些什么,她爱看什么书,对于孩子对于未来,她有什么样的期待,这些,你都了解吗?

"林梵,不要说她不相信你,她不相信,是因为在你那里,她没有感觉到真心。在人与人的相处中,总把问题把矛盾的产生归结于对方,那不是解释,那是推托,也是无能。所以你刚问我,阿漫的事有什么你可以帮忙的,我没有回答,是因为我也不相信你。一个人,连自己的家都顾不好,又怎么能顾好别人?"

林梵怔怔地看着她,听她一字一句说出这些话,心口蓦地抽痛,尖锐的,像是昨日雨夜里她捅进去的那些刀还在那儿,一刀一刀随着她的话再次反反复复绞来绞去,他痛得死去活来,却毫无办法。

他抽不出刀,甚至都没有办法握住刀柄。

他曾经以为她是世界上最温柔不过的人,却原来她也有如此伤人的时候。

她也会伤人。

他相信她是懂他的,但是,她还是这样说他,他踉跄着后退一步,问她:"程夕,你是真的厌烦我了对不对?"

程夕没说话。

毕竟多年同窗,他的感觉太对了,程夕确实是厌烦了,因为她顶厌烦的就是以爱的名义做一些伤害人的事,如父母于子女、如恋爱中的男女之于对方。

不爱就别娶,娶了,孩子都有了,就应该要好好负起责任来。

林梵说:"我懂了。"

程夕点点头:"你能明白就好。还有,我觉得我并不适合做您太太的心理医生,所以如果她的状态没有改善的话,我建议你找仁医的赵医生,她是主攻产前和产后忧郁症的,对抑郁症也有很专门的研究。当然,我希望她能无药而医,对于她来说,再好的心理医生,可能也比不上你对她的一分用心。"

这才是她今天会见林梵的真正用意,按说她的态度也表达得足够坚决明白了,奈何有些人你真的不明白她在想什么。像孟清扬,在程夕和林梵谈话过后的第三天,本来应该卧床休息的她来到了仁医。程夕当天正在门诊,两个病人的间隙,孟清扬由院里一个领导陪过来加塞,领导说:"这儿有个病人,小程你帮忙加个号,给她看看。"

程夕看看坐在轮椅里的孟清扬,又看看陪过来的院领导,还能说什么?只好说:"好。"

她接下病人,领导出去,程夕的一个学生本来要对孟清扬做一个初始登记,孟清扬都拒绝了,她说:"我想直接和程医生说。"

第二十七章

学生手足无措,程夕便接了资料,让学生去接待下一个病人,程夕一边给她填写资料一边问:"您先生没有告诉您吗?我已经将您的资料推荐给另外一个医生了。"

"我知道。"她望着她,"可他们都觉得我有病,我想让你帮我看看,我是不是真的有。"

程夕低头疾书,闻言微微顿了顿。

她那天晚上和她说的是:她没病。

孟清扬看着她:"他上次又去找你了是吗?回家后,他和我吵架了,因为我坚持要来找你。"

程夕笔尖微微一顿。

孟清扬又说:"所以,他不让,我就只来找你。"

程夕抬起头:"你喜欢吵架?"

"不。"孟清扬说,"我讨厌吵架,我想他也不喜欢,可是如果不吵,我都不会知道他在想些什么。程医生,我是不是跟你说过,我愿意把他还给你?其实那是骗你的,这辈子,我都不想把他还给任何一个人。我爱他,在我第一次见他的时候就爱上他了,莫名其妙的,我就是喜欢他。"

孟清扬说着,拿过程夕面前的表,那是一张"产前忧郁症"的自测表,她拿过表唰唰就填了起来,填完了递回给她:"看,我病得很重对不对?你给我治病吧,我想好起来,想让他爱上我,就像曾经对你一样温柔地对我,疼惜我,珍爱我。"

"程医生,这可以的吧?"

程夕:⋯⋯

程夕很少有被病人弄到无语的时候,因为她觉得再奇葩的病人也有脑洞可寻,然后能试着理解他们。

孟清扬这个想要去理解,略难。

她问:"你确定要我帮你?一般意义上来说,我们两个可是情敌。"

她干脆挑破了这层关系。

孟清扬的表情无辜得像只纯洁的小白兔:"那又怎样?现在嫁给他的,是我。"

程夕:⋯⋯

她也干脆利落:"好,你明白就行。"拿起面前填好的表,产前抑郁症自测表总共都只有12个题,孟清扬有10个都填的是"否"。

程夕问她:"你的不安全感主要来自哪里?"

"林梵。我感觉不到他爱我,别人都说他对我很好,但我知道他不爱我,他只是在照顾我，像我家请的那个保姆。"

"失眠的时候你在想什么？"

"想他。想和他大吵一架，想把他踢醒来，想让他和我说说话。"

一连问了几个问题，她的焦躁和不安以及所有的负面情绪都和林梵有关。程夕问了她最后两个问题："你觉得怎样才算是爱？"

她毫不犹豫："爱就是他必须无条件地宠我疼我绝不背叛我！"

"如果他做不到？"

孟清扬说："那就留下来给我折磨吧。我不好过，肯定也不会让他好过的。"

孟清扬的语气特别肯定，这是个相当自我同时也相当自信的人，不得不说，林母的眼光很毒辣，她想要个能给林梵帮助的儿媳妇，面前这姑娘也确实有那能力和实力，前提是，林梵得给她她想要的。

这次的心理辅导程夕做得无比的累，强势型的人格，会让心理医生有种无从下手的感觉。

何况以一般人来看，孟清扬也没有病，她来找她，也不过是威胁林梵的一种手段罢了。

偏偏这个"病人"，她没法拒绝。

程夕过了非常忙碌的一个月，这天又是一个加班后，大清早的，天才蒙蒙亮，她家门就被敲响了。

程夕爬起来去开，田柔像个小炮弹一样冲进来扑到她身上："嘤嘤嘤，小夕，我惨了！"

程夕：……

她连忙捂住她的嘴，可还是迟了，陆沉舟已经醒来了，他披了件薄薄的晨缕站在卧室门口冷淡地看着她们，说："让她滚！"

嗯，那家伙有起床气。

然后田柔不知道遇到什么事了，居然有胆子和他顶牛："我就不滚，就不滚，怎么的？"死抱着程夕，一副撕也撕不开的架势。

程夕大雾，感觉陆沉舟额头上的青筋都要蹦出来了，赶紧把田柔带去了隔壁，问她："你怎么啦，怎么这么早跑过来？"

田柔可怜兮兮地看着她，扔给她一个炸弹："我把光头给办了。"

"嗯？"程夕的哈欠打到一半，顿住了，"什么意思？"

田柔就一拍桌："装什么傻？办了的意思就是我把他给睡了！"

程夕："……然后呢？"

田柔板着脸："然后我又把他揍了一顿。"

第二十七章

程夕：……

她揉了揉额角，觉得自己可能没睡醒，有些头疼地问："为什么呀？"

"他居然把我当成是别人的替身，我能不揍他吗？"

程夕："……揍得很严重？"

"也不严重吧？"田柔也有些不确定，结结巴巴地，"就……就是拿酒瓶子砸了一下。"挨到程夕身边，"小夕，你让陆沉舟给他打个电话呗，看他死了没有。"

死鸭子嘴硬，明明就担心得不得了。

程夕问："你把他砸了就自己跑了？"

田柔绞手指："嗯。"偷眼一瞧，见程夕脸色不好，又说，"我不走能怎么样啊？我还想阉了他呢，留下来才真的会血流成河！"

程夕顿时觉得心好累。

于是扔了田柔回去，陆沉舟正沉着脸坐在客厅里，见她回来，说："程夕，你又把我扔下了。"

程夕抱歉地亲了亲他，说："柔姐姐闯祸了，她把光头砸了，也不知道严不严重。"

陆沉舟微微挑了挑眉。

程夕说："你陪我去看看他好不好？"声气儿特别温柔，"太早了，我一个人去，有点怕。"

陆沉舟目光暖了些，看着她。

他们到光头家时，光头正四肢大开着瘫在床上，血把半角床都染红了，他就那么抱着一只残手，躺在那半角红里面，神色茫然地不知道想些什么。

看到他们，第一句话就是："臭丫头呢？她没来？"

没人理他。

陆沉舟走过去，在他粗粗包着的胳膊上捏了一把："没断。"捏得光头差点蹦起来，回头和程夕说，"也没死，我们回去吧。"

程夕：……

光头：……

光头气得用完好的那只手捶了一下床："陆老大你狠！"

还是程夕好心，坐过去给他检查了一遍。田柔虽然彪悍，可行事到底有些分寸，那个瓶子砸在光头手臂上，残瓶划开了一个口子，伤口却并不深。

光头自己随便处理了一下，程夕怕有残渣留存，就说："我们送你去医院清理一下。"

光头盯着她："臭丫头呢？"他说，"把她叫过来，告诉她我要死了！让她马上给我滚过来！"

程夕问："你叫她来想干什么？把她也揍一顿？"

光头很不满地瞪着她："我不打女人。"他咬着牙，"我是要教她做人！扬手就砸就咬，她是狗吗？以后打人打上瘾，是不是还要拿刀捅我呀？一句解释都不听，我……嘶！"

太激动了，光头很不幸地扯到了伤口，然后才凝了血的伤口又流了一串血。

不过他的话让程夕放了心，还能想到以后，说明光头并不计较田柔这次的行为。于是将人送到医院外科急诊后，她就直接通知了柔姐姐："光头在医院，你过来。"她也吓唬她，"你刺中他动脉了你知道吗？我们再去晚一点就要出大事！现在的情况也不乐观，你赶紧过来吧。"

那么明显的谎言，柔姐姐居然也信了，几乎是屁滚尿流地滚过来的。

程夕没有等她来就走了，一个没睡好的陆先生还在外面车上等她呢。

然后一出门，她就见到了林母。那时候她根本就不知道，林母在见她之前还见到了陆沉舟，也压根儿就不知道她和陆沉舟说了什么，听到她说她是来看陈嘉漫的，只好走过去，抱歉地和陆沉舟说："对不起，我这儿有点事，要不你先回家去休息？"

陆沉舟一早上脸色都臭臭的，这会儿自然也不好看，他冷冷地问："如果我不让你去，你会不会不去？"

程夕笑着捏了捏他的脸："别闹，反正我也要上班了。"

陆沉舟傲娇地转开了脸。程夕笑笑，踮脚在他脸侧亲了亲，然后又回了医院。进门的时候，她回头看了一眼，陆沉舟的车已经开走了，她只能隐约看到一点汽车的残影。

3

程夕感觉出陆沉舟不太高兴了，还想着晚上可以做点什么好吃的哄哄他，毕竟没睡好就被吵醒的确是件很痛苦的事，而陆沉舟近来特别喜欢看程夕下厨。

在心里想了一下晚上的菜单，她就把这事抛到脑后去了。

那时候医院人已经很多了，林母在人群中慢慢走着，程夕赶上去。

"阿姨今天很早。"她委婉地表达了自己的疑问。

林母对她的态度淡淡的，以往还带点居高临下的审视呢，现在就只有单纯的不喜了："我不像你，有空可以为那么多人操心，我就一个人也够我忙的了。"

这天就没法聊下去了，程夕干脆利落地闭嘴，等到了科室才郑重地说："按说现在还未到探视的时间，不过您事忙，来一次不容易，我可以为您通融这一次。但是有件事我想提前和您说一声，陈嘉漫这病跟一般的不一样，如果她情绪太激烈或者有什么异常，请您不要让她看到您在害怕她。"

林母看了她一眼，面无表情："那是我女儿。"

好吧，那确实是她的女儿，虽然这么些年，她也没有对这个女儿尽到过什么责任。程夕没再说什么，安排陈嘉漫见她的事。

当然，见面之前，程夕还得先问过陈嘉漫。她们之前有聊过母亲这个话题，关于林母的事，陈嘉漫知道很多——当然了，都是从旁人口中知道的，也都是不怎么好的信息。

不过程夕感觉得出，哪怕全世界都诋毁林母，陈嘉漫对这个从未谋面的母亲，还是有孺慕之情的。

所以程夕也没有拐弯抹角，直接告诉她，"你妈妈想见见你。"她问，"你想见她吗？"

陈嘉漫呆了呆。

她坐在窗户边上，早上的阳光洒下来，照在她还有些幼嫩的脸上，连绒毛都清晰可见。

然后她一下钻进了被子里，躲在里面瑟瑟发抖："不，我不见她，我奶会打死我的！"

这是记忆又混乱了，自从记起陈奶奶是被她自己错手弄死后，她就会不时陷进这样的混乱里，程夕每次都会耐心地告诉她："奶奶已经死了，她不会打你。"

然后吃过药，清醒了，她又一本正经地告诉程夕："我杀了我奶，我不是故意的。"有时候她会哭，然而有时候她又麻木地辩解："我不是坏孩子。"

程夕哄着她，等她吃了药安静下来，才把林母来看她的消息又告诉她。

这会儿，她似乎已经完全清醒了，眨巴着眼睛，可怜兮兮地问："程医生，她还要我吗？"

程夕微笑："要的。"

陈嘉漫就点了点头。

见面的过程就乏善可陈了一点，林母没有泪流满面也没有痛悔交加，那不是她的人设，她只是看着陈嘉漫，看了很久，才说："你长这么大了。"

陈嘉漫的眼泪一下就流了出来，哭得不能自抑。

那天陈嘉漫除了哭声，一句话都没有说，林母也就说了两句，除了那句"你长这么大了"，还有一句，"早些好起来，我带你回家"。

她出来的时候，眼圈都红了，可看到程夕，神色还是冷冷的。

走的时候，她和程夕说："其实我今天没打算见她，我是来找你的，不过现在，我倒是不后悔见到她。"她看着她，"我得承认，你是个不错的医生，我会如你所愿，对她尽到我应尽的责任，但是我也希望你能答应我一件事。"

"什么？"

"林梵的家事，我希望你不要再参与。"

程夕皱眉："我不明白您的意思。"

林母冷笑了一下。"这段时间，你在给清扬做什么治疗？"

"是。"

"她什么病？"

程夕说："对不起，这个您应该问她，或者问她的配偶，没有取得她的同意，我不能把她的病情告诉您。"

林母就又笑了一下。"无所谓。"她说，"不管她是真的有病还是假的，程医生，如果你真的爱过林梵，我都希望，你不要再撺掇清扬针对她。林梵这一生很不幸，别让他因为爱错人而更加不幸。"

没头没脑地说完这些话，连句辩解都不听程夕说便走了。

程夕郁闷得不行。

后来她才知道，孟清扬建议她叔叔辞退了林梵，林梵那时候正在上手一个新项目，这一辞退，直接导致了他替他人作嫁衣裳，而且因为孟清扬因为隆昌，五年内他将不得在和隆昌业务性质相同的企业工作，这同时也意味着，三十岁的林梵，将要抛弃一切，从头开始，而且是从零开始。

难怪林母会生气。

这些，是孟清扬再来做心理辅导的时候告诉程夕的，她用一种十分不明白的语气和她说："是他要我这么做的，他说他不想因为娶了我，所以做什么都被说是沾了我的光。"她语气隐隐还有一点不屑，"可是就算他离开这个行业，只要他仍是孟家的女婿，这种光，不是他说不沾就不沾的。"

程夕说："你不能这么想，你应该想的是，林梵确实是想要改变你们两人的关系，至少，他是希望能以平等的姿态面对你，所以，你也应该尽量用平等的态度对待他。"

她说得不怎么客气，孟清扬听了笑："程夕，你真的爱过他吗？"

程夕说："我只知道，我现在已经不爱他了。"

孟清扬就又笑了。

那天林梵是亲自送孟清扬过来做心理辅导的，程夕很平静地和他说话，内心里，确实已经没有了半点微澜。

征得陈嘉漫同意后，林梵还带孟清扬去看了陈嘉漫。从那以后，不知道他是看到了陈嘉漫康复的希望，还是真心想要弥补，他几乎天天都会在探视时间来看陈嘉漫，有时候会带孟清扬，有时候，就是他一个人来。

程夕也因此天天都能看到他，事实上他们两个的话题除了孟清扬和陈嘉漫也没有别的了，但是因为林梵曾经追求过她，所以莫名其妙地，某一天，院里渐渐有了程夕和有妇之夫搅在一起的流言。

所谓流言，当事人总是最后一个知道的。那天也是活该出事，一向不喜欢踏足医院的陆沉舟居然来接她下班，而且早早就过来了，程夕正在和他说话的时候，一个休了产假才回来上班的同事突然很大嗓门地喊她："程医生，你男朋友来啦。"

她休假太久，和程夕有关的情报还停留在，有个长得很帅的病人家属在追求她。

办公室内，程夕看着陆沉舟。

陆沉舟看着程夕。

半响，陆沉舟"呵"地笑了一声，面无表情地说："男朋友？"

陆沉舟说完便走出去，想看看这个所谓的"男朋友"是何方神圣。

然后他就看到了林梵。

林梵这段时间不用上班，穿得十分休闲，深水蓝的上衣，黑色裤子，看起来真是谦谦君子一样的人物。

程夕那个同事那么一声吼，尴尬的不仅仅是程夕，林梵也尴尬得不行，又不好解释，只得说："我不是来找她的，我是来看我妹的。"

喊人的同事"嘿嘿"一笑："顺便嘛，我懂的。没事，程医生这会儿好像正有空，你直接去她办公室找她呀。"

然后陆沉舟和程夕就出来了。

陆沉舟看到林梵，面上倒是没有多大反应，只是淡淡地笑了一下。

笑得程夕很有些毛骨悚然，她看了眼那个同事，恰好有另外的同事听到她的喊声走出来偷偷提醒她，眼见自己闯了祸，始作俑者瞬间收声溜掉了。

程夕简直无语。

林梵看起来也有些无语，知道避无可避，干脆走过来："不好意思，你同事好像误会了，我其实就是来看阿漫的。"

他已经尽可能地做得大方坦然了，解释得也很清楚。

程夕知道他是在变相给自己解围，其实要换作往常，给他通融一下也没什么，但这种时候必须是让他有多远然后走多远的，她看看表："抱歉，探视的时间已经过了，要不你明天再来吧，我会和阿漫说。"

林梵犹豫了会儿，到底没说什么，道了谢，就准备离开。

陆沉舟会什么都不做就让他这么离开吗？嗝，当然不，打断人家说话不礼貌，争风吃醋到和人直接干一架的技能陆先生也没有点亮，他只是在林梵和程夕说话的时候走到护士站那边，然后找出那个闯了祸后假装忙碌实际在偷听八卦的程夕的同事说："你好，能问你个事吗？"

那同事瞄了眼程夕，有些狐疑地走过来："呃，您好，你想问什么？"

"我叫陆沉舟。"

同事语（莫）气（名）认（其）真（妙）："……您好。"

"我是她的未婚夫。"

"哦……嗯？"慢半拍的同事眼珠子都要瞪出来了，"未……未婚夫？"

陆沉舟点头："对。"拿出钱包，他从里面抽出一张卡，语声清淡神色温和，"这是东来的消费金卡，我请你吃饭，劳驾，下次别把她男朋友弄错了好吗？"

他说："我很生气。"

同事：……

所以这卡她是拿呢？还是拿了吧！东来的消费金卡啊！可是免费吃免费玩的传说中的消费金卡！不接好像都有点不好意思呢。

她也是个逗比货，果断接下卡，把脸皮什么的撕下来踩到脚底下，清清脆脆地应道："好的，姐夫！"

程夕：……

程夕还没反应过来，其他暗戳戳围观的也都已经拥上来了，然后就只听到一声接一声的："姐夫！"

"姐夫好！"

"姐夫你真是帅帅哒！"

……

到程夕下班的时候，陆沉舟已经成了全科室人的姐夫了，他们中大多数都比程夕大，结果叫姐夫叫得毫不犹豫。

程夕问他们："节操呢？"

回说："节操是什么东西，能吃吗？不能吃干吗要啊！"

也幸好那时主任已经不在，要不然程夕只怕又要被请去喝茶了。

陆沉舟当散财童子当得十分顺手，叫"姐夫"的人手一张卡，问卡不够怎么办？程夕顶包呀："只管去，我会吩咐记在程医生账上。"

第二十七章

然后莫名其妙地，程夕又欠了陆沉舟一笔巨款。

林梵是什么时候走的，没人在意，科室里一片欢腾，气氛犹如过年。程夕总有些心惊胆战的感觉，下班后主动担负起开车的重任，陆沉舟好说话得很，她说要开车，他就把车钥匙丢给了她。

程夕坐在车上准备导航，嗯，陆先生也不是无缘无故来接她的，今天是光头生日，田柔早前几天就和她说了要请他们吃饭——得谢谢她和陆沉舟对光头的"救命之恩"不是。

程夕弄好导航，也没就走，而是转过头来看了一眼陆沉舟，他坐在副驾驶位上，墨黑色的眼神幽深地望着她，下颌线条微微紧绷着，面目轮廓清冷凝肃。

哪怕刚刚被那么多人围着起哄，他也这样一副表情。

紧绷、束缚、隐忍，是他给她的全部感觉。

程夕小心地握住他的手，说："陆沉舟，刚才的事，我想我应该跟你解释一下，我同事休了几个月的产假，她并不知道林梵已经结婚了，而且因为她今天是第一天上班，所以也不知道我有你这么一个男朋友。"

事实上，科室里知道陆沉舟是她男朋友的并不多，程夕不是一个喜欢在工作场合八自己私事的人，尤其陆沉舟又是那么一个敏感的身份。

陆沉舟没有应，他抽出手，轻轻抚在她纤细柔嫩的脖子上，面无表情地问："他为什么会在那儿？"

程夕讨好地在他手指间蹭了蹭，提醒他："因为陈嘉漫是他妹妹啊，她的病情现在正在最关键的恢复期，需要家人的帮助，所以他最近才会经常过来看她。"

陆沉舟沉默，指尖轻轻点在她的锁骨上，过了好一会儿，才淡淡地说："我不喜欢自己的东西被打上别人的标记。"

程夕以为他这是解释，后来她才知道，那其实是一句宣告。

陆沉舟说完收回手，程夕看他神色不像一开始那么冷凝就也松了一口气。

虽然闹得见了血，但光头生日，田柔还是作为他的女朋友被正式介绍给了他的朋友们，只是，吵吵闹闹是常态，十句话里有九句是互怼的。

光头因为某件事和田柔立场不一样，立即遭到田柔毫不留情的嘲笑："当然没人有你长情啦，居然能挂记前女友挂记好几年，还打算为她守身如玉到死，真是完全没想到你是这样的情圣呢。"

光头恼羞成怒，当即一个白眼怼回去："五十步笑百步，说得好像你没有惦记你那个小白脸男神十来年一样，到现在，手机里存的还都是他的照片吧？"

"存他的照片怎么啦？是我男神又怎么啦？"田柔这个猪队友，说着说着还把程夕拉下水，一挽程夕的手，特骄傲地说，"林梵还是小夕的男神呢，以前读书的时候，他俩可是老师的左膀右臂，是咱们班的绝代双骄，可那又怎样，她还不是和陆老大好啦？"

程夕下意识就去看陆沉舟。

陆沉舟却正在和别的人说话，像是根本没有听到他们在说什么一样。

但是三天后，林母拿着陈富国的委托书，在后者律师的陪同下，把陈嘉漫强行接出了院。

林梵后来给程夕打电话："对不起，这次我也无能为力，因为陆沉舟插手了。程夕，我都不知道，原来，渺小如我，也是被人介意的存在。"

第二十八章

1

林母和陈富国的律师来接陈嘉漫的时候，林梵并没有来，程夕见事不可逆转才给林梵打了个电话。

结果他没有接，等林母这边手续都办妥了，他才回电话过来。

知道林母来接陈嘉漫以后，他很意外，当时是说会想办法再劝劝林母，可过没多久，他再给程夕打过来，说的就是上面那段话。

她下意识地反驳他："你确定他插手了？林梵，陆沉舟不是一个会多管闲事的人。"

若非必要，他对自己家人的事都不在乎，更何况陈嘉漫一个外人？

"你还真是相信他。"林梵"呵"地轻轻笑了起来，"知道我现在哪里吗？A市。我是来这边面试新工作的，我本来以为，他们挑中我是因为我好，可是刚刚我妈告诉我，这个机会是陆沉舟拿阿漫和我妈做了个交易才换来的。而我，也已经确认过了。程夕，他对你还真的是用心良苦，为了让我不再出现在你面前，这份新工作虽然远，可不管是发展前景还是开的条件，都比隆昌更优渥，让我们所有人都没办法拒绝。"说到这里，他声音低了些，带着几分自嘲和说不出的怅然，"我都不知道原来在你心里我有那么重要。"

程夕没有听到他最后那句，其实在林梵说出陆沉舟拿阿漫和林母做了个交易的时候，程夕就有些相信了，陆沉舟……还真的是一个特别喜欢做交易的人。

他的交易，不管是否正当，他都能做得一派光明磊落、童叟无欺。

不期然想起那天他和她说的话："我不喜欢自己的东西被打上别人的标记。"

所以这不是解释，而只是宣告，和她宣告他的不喜欢。

程夕深深叹了口气，说："对不起。"

没有别的解释，她也无从解释起。挂了电话后，她去看陈嘉漫，专门看护她的小护士已经帮忙把东西都收拾好了，知道要出院了，陈嘉漫比想象中的要平静一些，虽然害怕，虽然畏惧，可也隐隐有些期待。

林梵这段时间的陪伴，在她身上的作用真的太明显了。

她正揪着小护士的衣袖，程夕来了后，她改揪程夕的，弱弱地叫她："程医生。"

程夕笑："恭喜你，可以回家了。"

负面的情绪不能给她，那就只好替她高兴。

陈嘉漫抿了抿嘴，眼里堆积起明显可见的忧郁，她这个样子，倒和林梵有些像了。

她示意她凑近些，程夕便弯下腰，俯身看着她。

陈嘉漫攥着她衣袖的手指微微泛白："程医生，我这么做会不会对不起我奶奶？"

陈奶奶很恨林母，提起她，从来没有一句好话。

程夕伸手轻轻抚了抚她的头顶："没有什么对得起对不起的，奶奶爱你，她会希望你以后过得好。阿漫，回家以后要记得，追求快乐是人类的天性，经历苦难也是人生的必然，所有人生的不幸都可以变成自己的财富，只要你足够勇敢和坚持。"

"还有，要记得说不，对任何你不喜欢、不愿意的人或者事说不。"

陈嘉漫懵懂地点了点头。

护士长过来："好啦，可以走啦。"

程夕亲自将陈嘉漫牵出病房，明明在出院诊断上已经详细写明了医嘱，可是见到林母，她还是忍不住又说了一遍："病人的情绪并不稳定，不要刺激她，不要将她一个人推入完全陌生的环境，要鼓励她发展自己的兴趣爱好，用药要持续，还有，请一定定期带她回医院做心理辅导……"

林母都很忍耐地听了，或许是心情好，她甚至都没说什么怪话，唯一一句程度也是很轻微的："程医生对病人还真是尽心。"

听不出好坏，程夕就当她是在赞美自己了。

陈嘉漫的离开，远没有她来时那么轰动，知道的也只是说一句："程医生你挺厉害啊，那么严重的病患也治好了。"

连主任都说："陈嘉漫这个病人，你可以单独写个报告出来了。"

这是医院的成绩，也是她的成绩，可是程夕兴趣缺缺，至少在她这里看来，陈嘉漫远还没有到好的程度。

当然，回家也许更有利于她病情的恢复，但前提是，她得有一个有爱的家庭环境,以及愿意耐心引导她的人。

这两者……林母都做不到。

压下心里的忧虑,程夕努力把心神投入别的事情当中去,就这么按捺着等到了晚上,陆沉舟回来了。

他那天晚上有个应酬,回来得略晚,那时候程夕吃完饭都已经做了一小时的瑜伽了,天气有些热,她又没开空调,做完后整个人像是被水洗了似的瘫在垫子上。

她自下往上,首先看到的是他瘦削俊逸的下巴,再往上,就是墨黑幽深的眼神。

冷冷淡淡地望着她。

程夕一下坐起来。

陆沉舟的目光就落在她露出的小腰肢上,圆圆的肚脐,莹白如玉的肌肤,纤细而美好。

让人想要握在手里,狠狠地蹂躏、折断。

程夕没有察觉他内心里阴暗而暴戾的想法,她拍了拍身边的位置,微笑着说:"回来啦?不嫌弃的话,这里坐坐?"

陆沉舟没有坐,却走过去在她面前蹲下来。她气息微喘,几缕散乱的头发随意地贴在鬓边,眼睛水润,唇色殷红,瑜伽服柔软贴身的面料将她纤秾有度的身形勾勒得淋漓尽致,配合着这副运动过后的脱力感,让她整个人都散发着难得一见的成熟的味道。

慵懒而风情。

他能确定,她一定不知道自己这个样子有多撩人。

他伸手,替她撩开粘到嘴边的发丝,俯身想要吻她,程夕将头一偏,他的吻落在她的脸畔。

"陆沉舟,我们谈谈好吗?"她柔声请求。

所以,她真不是在勾引他,她故意将自己弄得一身是汗,就是不想让他对她有什么想法。

他们得需要好好谈谈。

"谈什么?"他捏住她的下巴。

她没有铺垫,问得直接:"你和林梵的妈妈做了笔交易,用我的病人陈嘉漫?"

"是。"他回答,也是毫不犹豫。

"我能知道原因吗?"她声音温和,尽量让自己听起来不要那么像质问。

陆沉舟微微一顿,看着她,语气是说不出的轻慢:"你不是说他是去看她的吗？陈嘉漫出了院，他也就没有理由去找你了。"

程夕握住他的手，神色认真："陆沉舟，是不是我做了什么让你误会的事，以至于你觉得，我会和一个有妇之夫发生不好的牵扯。"

陆沉舟想也没想，竟然点头："你会。"

程夕："……我在你心里就这么没节操？"

陆沉舟却已经不耐烦了，"我想做爱。"他收回手，开始解自己衬衣的扣子，"脱衣服吧！"

程夕：……

她无力地抚额："先听我把话说完好吗？陆沉舟，这事真的很严重，不说清楚我……嗯，我还没洗澡！"

没洗澡也不能阻止他了，陆沉舟捏住她的手，不由分说将她压在了身下。程夕发现他是真的动了欲念，而不是什么不想和她讨论这个话题。

他决定了的事，他也根本就无意于和她讨论。

这个事实真是让人心塞，而且程夕都不知道自己哪里撩到了他，让他在今天又露出这种"禽兽"的本质，明明她把自己弄得汗扑扑的就是为了能和他好好谈个话的好吗？

郁闷得不得了，程夕试图抵抗，用力顶着他的胸口："陆沉舟，我很累了。"

哀兵之策，没用。

"我不想做，你能尊重我一次吗？"

严肃正告，也没用，陆沉舟已经快要把她剥光了。

程夕无奈极了，只好说："那能让我说一句话吗？嗷！"

猝不及防，他一口咬到了她腰间的痒痒肉上，程夕差点蹦起来。

那句话她最终没能说出来，哦，其实也是说了的，只不过是临时被她改成了："陆沉舟，你这头猪！"

那头猪将她翻过来，努力耕耘一晚上，程夕带着疲惫、郁闷还有说不出的心塞睡了过去。

早上起来，不知是昨晚瑜伽做久了还是被他折腾得，腰简直是要断了！感觉到他要起床了，程夕努力爬起来，抱着他的胳膊，试图重拾昨晚的话题："陆沉舟，关于陈嘉漫的事，我们好好谈谈。"

他看着她。

程夕说："她在恢复期最关键的时候出院去到一个完全陌生的环境，一不小心，我之前所做的一切就都白费了，你知不知道？"

"那和我有什么关系？"他淡声，取下了她的手，坐起来。

程夕怔怔地看着他的背影:"可是,我记得你以前是很关心她的。"

"不是。"他的声音凉薄极了,"我只是对你感兴趣。"他转过头来,食指轻摇,帅气得让人想咬他,"我从没有关心过她,别搞错。"

程夕:"……好吧,那你关心我吗?"

"当然。"

谢天谢地,程夕做出松了一口气的样子,冲他勾了勾手指:"你来。"

陆沉舟偏头看了她一眼,屈尊凑到她面前。

程夕搂住他的肩,看着他:"陆沉舟,作为被你关心的人,我能不能对你提个要求?"

他望着她,默许。

程夕语气特别认真:"以后如果你对我有什么不满意或者不高兴了,直接告诉我,而不要插手我的工作,尤其是我的病人,行吗?陆沉舟,我不喜欢这种专制的行为,这让我觉得被冒犯了。"

"那你喜欢什么?那个王家半路进门的小白脸吗?"

程夕过了会儿才反应过来,那个"王家半路进门的小白脸"指的是林梵,这家伙,是有多傲慢,连林梵的名字都不肯说一下。

她忍不住皱眉:"这是两码事。"

"可在我这儿就是一码事。程夕,不要再提他了。"他眉眼微弯,看着像是笑的模样,语气却是冷冰冰的,"我吃醋。"

他说:"我已经在很努力地控制了,别让我做更过分的事。"

程夕:"但醋也不是这么吃的……"

呼!她话还没说完,他就猛地推倒她,一拳砸在她脸侧。

他脸上的神色半分都不显狠戾,仍是那样漠漠然的样子,却让程夕感觉不寒而栗,再也说不出一个字。

可能是之前相处得太温情了,她都忘了,他……也是她的病人。

程夕闭上眼睛,半响,说:"对不起。"

他放开了她。

那天他仍然做了早餐,看起来色香味俱全的意大利面,程夕努力地把自己那份解决掉,和他一起出门去上班。

只晚上却再也忍不住了,她跑到苏岚家,苏岚那天休息,开门见是她,忍不住嘲笑道:"你家土豪舍得放你出来了?"

其实这话亏心了,程夕之前出门少是因为她忙,而不是陆沉舟不放人。

但她无意辩解,进门后便问:"你家哪里隔音最好?"

苏岚挑眉,疑惑地指了一个房间。

"能进去吗？"

"请便。"

程夕便推门进去，没一会儿，苏岚就听到里面传来"啊啊啊"发泄似的叫声。

程夕在里面喊了好一会儿才出来，苏岚淡定地给她递上一杯水："这是你们心理医生发泄的方式？"

"不是。"程夕摇头，喊得太用力，她声音都有些嘶哑了，喝了一口水才稍微好一些，"我只是心里憋得慌。"

苏岚调侃说："你还憋得慌？现在大家提起你，妥妥的都说你是人生赢家！有个爱死你的土豪男朋友，喊声'姐夫'就发糖；事业也成功，据说十分难治的一个病人也给你治好了，还创新了治疗方法，院里都打算将你当作典型推广了。说来是真正的爱情事业双丰收，信不信，只要你敢出去跟人说你憋得慌，人家就会打死你？"

让苏岚意外的是，程夕还真的好像很郁闷的样子，完全失去了往日的那股鲜活劲儿，面对她的调侃完全无动于衷，沉默地把杯中的水喝完，然后就像是完成了一件什么大事一样，说："我走了。"

苏岚：……

眼睁睁看着程夕起身，换鞋。

苏岚到嘴边的话就又咽了回去，只在她要出门的时候说了一句，"喂！"

程夕回过头来。

苏岚说："你烦，是不是因为最近的流言？"

"什么流言？"

"说是你跟个有妇之夫牵扯不清。"苏岚说着耸耸肩，"不过我从来没相信过，那是假的，是吧？"

程夕：……

2

陆沉舟回去，一打开门就觉得整个家完全不一样了，特别干净。倒不是说平时这家就脏兮兮，有陆沉舟在，加上程夕也不是一个过得邋遢的人，家里总是保持着一个相当的整洁度的。

只是不像今天，好像每一个地方都在闪闪发亮一样。

他挑了挑眉，四处看了一圈，最后在书房里找到了程夕。她正跪在书房的一个角落里擦洗那处的灰尘，感觉到他进来，她回头，冲他笑了笑："你回来啦?"扬了扬手上的抹布,"家里干净吗?"

陆沉舟点了点头:"干净。"解了衣服扣子去洗澡换衣服。

等他洗好出来,程夕在给花浇水擦叶子。她做事精神,对这些东西耐心就很有限,家里种的几种有限的植物,她想起了就浇浇水,想不起就任它们自生自灭,神奇的是,就这样,居然都没死,一株株青葱翠绿,瞧着格外鲜活。

她冲他招招手,陆沉舟走过去,她笑眯眯地问他:"我的植物养得好吧?"

陆沉舟说:"好。"

她皱皱鼻子:"你怎么了?不高兴?"

他看着她,她神色自然,脸上的肌肉放松,比起早上走时的僵硬,她看起来已经是完全平复了。

陆沉舟不觉松了一口气,他不喜欢吵架,早上给他的感觉糟透了,所以即便不喜欢应酬,他还是选择去应酬而不是回来面对她。

所幸她平复了。

他摇了摇头,说:"没有。"

程夕隔着盆栽看着他。

她这无语的表情让陆沉舟颇有些怀念的味道,他伸手,摸了摸她的脸:"去洗澡吧。"

语气缓和了一些。

程夕笑笑,把抹布塞给他:"那行,余下的叶子就劳驾你啦。"

弯个腰,敬个礼,她洗澡去了。

晚上自又是一番抵死缠绵,关于陈嘉漫或者说是林梵带来的争执貌似就此过去,当然,也只是貌似而已。

事实上,那天晚上程夕难得失眠了,很早就醒了过来,夜风吹起纱帘的一角,能隐约看到外面的月光,清冷而寂寞。

实在是睡不着,她起床去找书看,书房自重装后,她还没来这里看过书,好像所有的日子,除了忙就是和陆沉舟胡天胡地。

嗯,她是猪,忘记初衷,真的有一段时间,几乎忘了他的病。

她找到刚认识陆沉舟时看的那一本书,那上面,有相对正式的,对情感冷漠症患者的介绍,她一直将书看完,天色微明时,看到了书里面一个患者自白式的一句话:"我可以对每个人都很好,但是不会把任何一个人放在心上。"

心微微有一点疼,不知道该为陆沉舟,还是为自己。

合上书,她看到陆沉舟站在门口,只披了一件单薄的晨缕,暗淡的光线里,他像是沉默而来的神祇,有一种披霜带雪的冷。

程夕微微一僵,旋即微笑道:"不会是我吵醒你的吧?"她说:"可能这段时间累过头了，有点睡不着。"

陆沉舟没说什么，他走过来，看了一眼她手里的书，《暗处有阳光——心理治疗师的诊病实录》。

他瞟了一眼就移开了目光，程夕松了一口气，带着一些抱怨的语气说："最近状态有些差，周末我们去打球吧。"和他打球就是找虐，程夕觉得不能只虐自己一个，顺手还拉了两个队友，"把光头兄和田柔也叫上。"

陆沉舟无可无不可地说："好。"

程夕再上班时就悄悄确定了陆沉舟的治疗方案——查明病因，有计划地进行心理辅导和心理引导。

不能再拖了。

陆沉舟的病，虽然陆家人都说不知道他怎么就变成了这样，但她觉得，一定还是有原因的，而查明病因才好对症下药。

陆家人都问过了，但还有陆沉明她没问过，程夕打算找他试试。只是陆沉明看到她就说不出话，约他也约不出来，程阳倒是能随喊即到，可程阳这段时间又去外地了，只能等他回来把陆沉明约出来了。

剩下就是心理辅导，正儿八经的心理辅导陆沉舟是半点也不配合的，但适当的引导还是可以的，至于效果，程夕在自己的工作日志上暂时打了个问号。

程夕一旦确定将陆沉舟当成自己近期工作的重心，速度就很快了，她和田柔约周末打球，田柔说："可以呀，我家光头那天也该回来了。"她说："我打算给你们一个惊喜，到时候别太惊讶哦！"

田柔的惊喜，一般人真还消受不了，程夕心累地表示："别再整上回那样的事就好。我老了，心脏有点受不了。"

田柔大大地"呸"了她一声。

到了约定的时间，程夕他们三个倒是早早就到了，田柔却一直不见人影，光头看看边上两只，觉得自己有女朋友了还要被虐实在是太不人道了，就给田柔打电话："你再不来我叫别的女人来了，到时候你别哭。"

然后不知道田柔那边说什么了，程夕下场喝水时听到光头在哄她："没事，你来嘛，再丑我也爱你。"

然后没多久，程夕他们就见识到了田柔的惊喜——真的还蛮惊的，至于喜不喜，听光头近乎崩溃的嚷嚷声就知道了。

光头："卧槽，你是哪个？"

田柔顶着一头狗啃似的短发，矫揉造作地说："认不出？我是你女朋友呀。"

光头一脸正气："不可能！我女朋友绝对没有你这么丑！"

田柔：……

程夕……程夕招呼陆沉舟先围观吃瓜。事实上田柔刚进来时她也没认出来，主要是她那发型太颠覆了，以往的柔姐姐虽然性格彪悍，但外形还是很女性化的，一头黑长直的头发，比程夕会打理多了。

现在，黑长直没有了，不知道她怎么想不开，剪了个狗啃式的短发，剪短也就算了，她还烫了个奶奶灰的颜色——真的只有最丑，没有更丑！

田柔已经在追着光头打了，光头个隐性抖麦，被田柔一揍就立马改口："好了，我现在相信你是我女朋友了，镶真金的女朋友。"

镶真金的女朋友又揍了他一顿，揍完了，田柔把他押过来，问程夕："真的很丑吗？"

程夕问她："怎么想起来换发型了？"

"我去看沈唯，觉得她剪这个挺好看，就也想换个发型嘛。"她说着撩撩头发，不死心地又问，"真的很丑？"

"嗯，"程夕听到沈唯的名字略顿了一下，委婉表示，"大概是你不太适合。"

田柔就转向陆沉舟，陆沉舟正在喝水，长身玉立地站在那儿，只要不开口，妥妥就是一梦中男神。

她想不开，问这位梦中男神："小夕家的陆先生，你觉得怎么样？"

陆沉舟倒给面子，抬起头仔细地看了她一眼。

田柔期待地望着他。

然后陆沉舟就回了她特别中肯的两个字："老，丑。"

田柔：……

噗！程夕和光头都忍不住喷笑。

田柔奈何不了陆沉舟，就又追着光头一顿打，光头被打得抱头鼠窜，一下恼了，反身抱住她："好了，闹够了没有？"见田柔脸色一变，又笑嘻嘻地，"好啦，再丑也有我接着了，你怕啥？"

田柔反恼为喜，抱起他便啃了一口。

两人旁若无人地亲吻了起来。

猝不及防，程夕感觉自己被虐到了，有些不太自在地转过头，就见陆沉舟正神色专注地看着她。

程夕笑："怎么啦？"

陆沉舟说："你羡慕他们。"

程夕：……

"不，我一点也不羡慕。"程夕轻轻"咳"了一声，"我没有公众场合亲密给别人看的爱好。"

陆沉舟看着她，神色漠然间有点似笑非笑的味道。

程夕便垂下头。

好吧，她错了，陆沉舟非凡人，只是他可能并不清楚她在羡慕什么，她羡慕的，不是光头和田柔公众场合的当众亲密，她羡慕的，是他们二人间那种情侣的气氛，无拘无束的、肆无忌惮的爱和喜欢。

那是程夕和陆沉舟之间没有的。

突然觉得今天把光头和田柔一起拉过来的主意烂透了……几日没见，程夕都不知道这两人的感情一日千里，竟然如此之好了。

明明前段时间还拿酒瓶砸来砸去的不是吗？

她笑了笑，拿球拍在地上轻轻点了点，"我是真的不羡慕他们。"她说，"爱情的面目本来就有千百种，有人是欢喜冤家，有人是灵魂伴侣，有人浓情似火，自然也有人相交若水。"

陆沉舟问："你喜欢哪一种？"

"我喜欢我们这样的。"她抬头望着他，脸上带着浅浅的微笑，"你说什么我都懂，而我想什么，你也都明白。"

只是除此之外，她还希望他能学着体谅，学着真正地去爱，而不只是为了爱而爱。

陆沉舟神色微缓，却也没再说什么。那边光头和田柔打打闹闹完了，亲热也亲热够了，欢欢喜喜过来组队打球。两男两女，混双正好。光头在陆沉舟面前也是常年被虐的菜，有女朋友了当然不想再这样，上场前便勾着陆沉舟的脖子说："舟，老大，给点面子，别打那么狠啊。"

陆沉舟答应没答应程夕不知道，但是陆沉舟后来的球打得还真的挺温柔的，程夕和田柔旗鼓相当，光头和陆沉舟竟也勉强匹敌。

最后统计，陆沉舟和程夕只小胜一局，简直是皆大欢喜地散场。

长久没有剧烈地运动，猛然这么来一下，程夕觉得累得不行，但是心情竟然平静了不少，回去后程夕还夸陆沉舟："你对光头挺好嘛，居然真的没有虐他们。"

陆沉舟想了想，说："难道不是你想打久一些？"

"……所以你其实是为我考虑，怕虐狠了，他们就不跟我们打了？"莫名有一种搬起石头砸到自己的酸爽感是怎么回事？早知道他会这么想，程夕就早些歇菜了，她真的是快要累毙了好吗？！

还被打脸了，才说过彼此都懂对方什么的，果然是错觉。

程夕果断说："干得漂亮！下次我们还来。"

此后程夕三不五时就约田柔他们打球，田柔本就不是个爱运动的人，哪怕没虐到，也有些生不如死了。偏偏光头很喜欢，说起来，他和陆沉舟都喜欢运动，没事打打球，再有时间就摸两圈牌，生活算起来，在他们那群人里已经是很健康的了。

大概是田柔怨念实在太深，光头这天就把徐波叫了来，谁知徐波又带了个女孩，于是程夕和田柔就有时间可以当当替补下来休息一下。

田柔一被替下来就再次掐着程夕的脖子："下次你再喊我们打球，我掐死你啊啊啊！"攀在她肩上，简直想哭，"感觉这段时间把我这辈子的球都打完了。"

程夕摸摸她的脸："一辈子长着呢。"

田柔眼前一黑："你不会后半辈子都想扯着我陪你打球吧？"

程夕笑："不会。"看她松了一口气，又补充，"不过你家光头可能会。"

田柔捂脸哀叹。

两人说说笑笑，程夕转而问到沈唯："她还好吧？"几个玩得好的朋友里，沈唯是唯一一个怀了宝宝的，所以田柔经常会去看她。

"挺好的，能吃能睡。哦对了，她离婚了，你知道吧？"田柔悄声，"她不想我和你说，所以你也就当不知道啊。"

程夕"哦"了一声。

田柔侧目："你好像一点也不意外？"

程夕就做出惊讶的样子："是吗？真的没想到！"

演技太差，田柔给了她一个差评，问："你是不是听到什么了？"

"嗯？"

"比如说，傅明义出轨什么的。"

程夕看向她，田柔显然不知道傅明义患病的事，看来，这件事是被瞒下了。她点点头。

"什么时候的事？"田柔瞪大眼睛，"好过分，你居然没跟我说！"

眼看着她又要扑上来，程夕只好说："和你说什么呢？毕竟是沈唯自己的事。"

田柔想想，不得不承认："也是，就沈唯那小心眼的性子，要是知道我们偷偷在背后讨论她不好的事，肯定生气。不过，你是不知道，她这次让我好意外诶，明明是傅明义出轨离的婚，他们两人关系居然还不错，我上回去的时候，还见到傅明义给她送东西，两人说话也是和和气气的样子。要不是她自己说他们离了婚，我都不相信！"

田柔说罢，还感慨了一句："看来母爱真是能改变一个人，沈唯那么心高气傲的人居然能忍下傅明义那王八蛋，还和他做朋友，真是了不起。嗯，换了我，"她狠狠地盯了眼在场上跑动的光头一眼，"我肯定会阉了他！毕竟我的座右铭可是，如果无法影响上帝，那我就要搅动地狱！"

　　田柔的座右铭是在程夕那儿翻书时无意中翻到的，是奥地利心理学家弗洛伊德《梦的解析》里的经典句子，程夕做了点评，被田柔翻到，觉得十分合拍，自此被她拿来做了座右铭，时不时跟人放放狠。

　　可程夕觉得，田柔也只是看起来彪悍而已，她的内心要远比沈唯更柔软。她看了眼田柔，后者正和光头相对微笑，光头那家伙，见自家女朋友举起个拳头，还以为她在给他加油，乐得也举了举拳头。

　　两人相对而笑，看起来特别和谐，程夕忍不住笑了笑，正想说什么，她手机响了。

　　从袋子里拿出来，她自己还没注意，田柔倒是一眼就瞧见了："林梵？他给你打电话干什么呀？"

　　程夕握着手机。

　　田柔还在叽叽呱呱的："你们联系多吗？这家伙真不仗义，结婚没发通知就算了，叫他出来玩，十次有九次是叫不到人的，我以前怎么没看出，他原来是二十四孝好老公呢？你接，接了电话替我们好好训训他，他虽然是你男神，但是你可不能心软。"

　　程夕实在听不下去，轻轻嘘了一声，等田柔安静下来后，她接起了电话。

　　"阿漫想见你。"林梵的声音，好像是从很远的地方传过来，听在程夕耳里，竟有几分不真实。

　　她抬起头，球场上，陆沉舟握着拍子正面对着向他飞旋而来的网球，安静而姿态优容的模样，出手却是格外狠辣。

　　突然，他转头看了她一眼，然后右手狠狠一击，差点就要落地的球被他一拍横扫了过去。

　　黄色的圆球旋转着飞向高空，像是慢镜头似的落在了徐波那一方的界线之内，重重的，程夕感觉自己几乎听到了落地的声音，呼的一声，像是砸在心上。

　　林梵问她："方便吗？"

3

　　徐波他们跑过去看那个球："我勒个去，刚好顶在界线上！"

光头嘚瑟:"厉害吧?输了吧?快点,老实交钱吧!"

嗯,他们打球是有赌注的,一局多少钱,徐波今日输了不少。

徐波特别不服气:"你少牛,让舟退下去,把你家妞儿喊来,看干不死你!"

光头犟着脖子:"喊就喊,怕你啊!"冲着田柔招招手,"妞儿,上来,我俩联手把他们打残,赢了钱带你潇洒去!"

于是田柔被叫上了场,陆沉舟换了下来。

电话里,程夕问林梵:"什么时候?"

"她想今天,现在。"他的语气多有歉意,"对不起,我已经尽力安抚了,但是她好像很想见你。"

陆沉舟过来的时候,程夕正问到地址,林梵说了后,她就挂了电话。

收起手机,她给陆沉舟递了一瓶水:"累吗?"

他摇摇头,接过她手上的水,仰头一口灌了下去。有不及咽下的水漏出来,顺着精致的下巴落在胸口,湿了面前一小片衣襟,印出充满力量感的肌肉。

程夕忍不住咽了口口水,不是欣赏,而是紧张,她突然就想起那天早上,他一拳砸到她头侧的力量。

他喝完,双手放在膝上半低着头平息着呼吸,程夕接过他手里的水:"下次你可以放点水,赢得太厉害我怕找不到打球的伴了。"

可能是最近经常做这种有益身心的运动,陆沉舟整个人都缓和了不少,虽然依旧冷冷淡淡的样子,可熟悉他的人都知道,这会儿他已经是极平易近人了。

听到程夕这么说,他居然还开了句玩笑:"细水长流,慢慢养肥?"

程夕笑:"你懂得太多了。"

陆沉舟就也笑起来,很浅的笑容,却特别让人欢喜。

两人就这么有一搭没一搭地聊着,看他们你来我往,程夕问:"你觉得谁会赢?"

陆沉舟瞟了一眼,想都没想:"徐波。"

"我说柔姐姐他们会赢。"她兴致勃勃,"要不我们赌一把吧。"

陆沉舟看了她一眼,一副"愚蠢的凡人就有这么无聊"的高冷样。

程夕眨眨眼:"赌不赌?输了的答应赢的一个条件?"见他还是兴趣缺缺,她说:"我要是输了,就卖身给你,一辈子,嗯?"

他回过头来,略有些嫌弃:"你能干什么?"

"做饭、洗衣、铺床叠被。"

"我不需要保姆。"

她凑近些,在他耳边轻声说:"可是我还能暖床。"

温热的呼吸喷在耳边,痒而软。

陆沉舟看着她,表情未变,可放在膝盖上的手却不自觉握紧了。"别勾引我。"他说,"不想我在这儿办了你就离我远点。"

但其实他想办了她不是因为她的"勾引",而是他被她撩得心里软乎乎的,让他很想抓住一点什么。

程夕特别乖地退远了一点:"那你赌吗?"

他说:"赌啊!"

程夕便站起来伸了伸胳膊踢了踢腿,朝他粲然一笑,走过去和那酣战的四人说:"我替下田柔怎么样?"她看着徐波,眼睛亮晶晶的,"要是我们输了,今晚你输的钱我替你付。"

"那要是我输了呢?"

"赌注翻倍?"

徐波被美色恍到,大手一挥:"可以!"

田柔巴不得能换下来,她已经完全没体力了好吗?小狗喘气似的忙不迭跑下场,在程夕肩上拍了拍:"都交给你啦!"

甩手掌柜当得十分顺手。

程夕握着球拍,转头问坐在场边的陆沉舟:"可以吧,陆先生?"

场馆的光很亮,照得她整个人都特别明朗耀眼,陆沉舟不自觉地往后一仰,双手撑在背后,点了点头。

程夕就极欢快地跑进了场中,她球技和田柔是差不多的,但是体力和耐力却比田柔好太多,加之又休息了这么久,所以甫一上场,情势就出现了逆转。

最后是7:5拿下了比赛,赢得……略有些艰难,可还是赢了不是。

田柔捡了个赢边,高兴得不得了,球局一结束就跑过来击掌欢呼,抱起光头转了个圈圈,她对自己的男人总是不吝夸奖的,很大声地说:"我家光头君真是太棒啦!"

两人孩子一样地抱在一起,徐波和他的女伴看得都有些无语,撑着球拍立在边上几乎无心吐槽。

程夕则是累得一动也不想动了,她坐在地上,看到陆沉舟慢慢走过来,朝他伸出手,带着一点撒娇意味地说:"我累了。"

陆沉舟抱起她。

嗷嗷嗷其他人起哄,田柔更是将光头当摇钱树摇:"嘤嘤嘤,我也要抱,我也要抱。"

第二十八章

光头说："滚蛋！"公主抱是没的份了，却一把将田柔扛在肩上，转了好几个圈圈。

田柔的尖笑声响彻在球场里。

程夕觉得自己都要被田柔感染得活泼了很多，陆沉舟更是，他几乎要压抑不住心里的念头，俯首在程夕脸上蹭了蹭，问她："你要我答应你的事是什么？"

程夕脸上带着笑，心里却是犹豫得不行，如果可以，她真的不想在这时候去影响他的心情。

输得惨淡的徐波懒得看这些人秀恩爱，跑去将大家的包一起拿了过来。

程夕的也在其中，感觉到手里的振动，完全不知程夕心里纠结的他大声喊道："程医生，是你手机响了吧？"

程夕从陆沉舟身上跳下，拿过自己的包，发现手机上已有好几个未接来电。

都是林梵的。

程夕叹了口气。

光头从徐波那儿拿到了钱，不缺钱的他笑得眉开眼笑："走啊走啊，潇洒去啊！"

大家兴致勃勃地筹划，程夕拉住陆沉舟："你们先去，我们有点事，办完了再过去，行吗？"

田柔瞪大眼："这么晚了要干什么去？太不义气了！"

光头则是一眼就望见了陆沉舟满脸少见的荡漾，捂眼说："真是没眼看，你们两个至于吗，老夫老妻了要不要这么……忍不住？"

程夕赏了他一个白眼，陆沉舟则是直接拉着程夕回他自己的车上去了。

光头在他们后面喊："兄弟，你的避孕套还够用吗？"

陆沉舟批发避孕套的事想必已经很出名，听到光头这么喊，余下几个都狂笑了起来。

程夕忍不住脸红，和陆沉舟说："那些东西放着也是浪费，要不寄回给后面那家伙？"

陆沉舟用眼神告诉她，你好幼稚！完全不搭理她的提议，车子开出场馆后，他再次问她："什么事？"很有一种再不说就过期作废的意思。

程夕脸上的笑容就慢慢淡了下来，手指无意识地抠着窗沿，五月底的晚上，夜风柔得像是情人的手，身边男人的眼神，也是从来没有过的温柔。

她很想说就这样吧，明天再说，但是不行，她的手机再次响了起来，无声的振动，嗡嗡的声音，在安静的车厢里，让人完全无法忽视。

程夕眼前闪过陈嘉漫病发时无助的模样，想起她花一般只有十六岁的年纪……她说："你靠边，靠边我就告诉你。"

陆沉舟很听话，真的在前面找了个停时停靠点停下了车。

程夕转头看着他，他也望着她，脸上的表情一如既往的淡，但眼神是软的，轻扬的唇角也是软的。

她读懂了他眼里的期待，还有隐隐的戏谑，只不过，随着她的犹豫，他眼里的期待，还有戏谑都慢慢隐去。

他又成了那个眉目冷凝，神情淡漠的陆沉舟。

他问她："很难吗？"

"不难。"程夕慢慢地说，"只要你信我，就很简单。"

他像是意识到了什么，眼神渐渐变得冰冷。

手机又一次嗡嗡嗡地振动起来，他唇边化出一个冷笑："谁的电话？"

"林梵。"她听见自己说。有了开头后面要说的话就容易了很多，"陈嘉漫的情绪出现异常，她想见我。陆沉舟，我不想瞒着你去偷偷见她，因为我不想你误会什么，所以，我唯一想让你答应我的事，就是陪我去见见她，可以吗？"

陆沉舟没有说话。

当他冷冷的声音再度响起时，程夕都有些没回过神来。

他说："下车。"

气场太强大了，程夕连一句多余的话都不敢，解开安全带，正准备下车时，他却突然轰开油门，车子像离弦的箭一样射了出去。

幸好时间已经有些晚了，这个路段又偏僻所以没什么车，不然就这速度，程夕很担心会出什么交通事故。

失策，刚刚应该她开车的！

车启动太快了，程夕差点撞到前风挡玻璃上。可是很奇怪，她居然没有多少害怕的情绪，风从未关的车窗灌进来，她甚至还能够苦中作乐地想，应该收回先前的话，情人的手上，也有可能握着杀人的刀。

割在身上，生疼。

她闭上眼睛，手指紧紧地攥着扶手，没有试图劝他停下来，只是有些声音破碎地喊："陆沉舟，我爱你！"

风把她的声音吹得稀碎，连她自己都只能依稀听清楚他的名字。

她都不知道他到底开了多久，等到感觉到车子停下来的时候，她已然浑身僵硬，握着扶手的手指头都要抽筋了。

可离他们打球的场馆却并没有多远，看景致，是到了眉河边上。

陆沉舟下车，咣地关上门，然后又咣地打开她这边的车门，挤上来。

程夕还没反应过来,他就把她的椅子放倒,整个人压在她身下,大腿挤进了她的腿间,手指蛮横地伸进了她的衣服里面。

察觉到他要做什么,程夕都不想吐槽这种言情剧里才有的蹩脚桥段,她一边在心里发狠,回去就烧掉书架上那些乱七八糟的言情小说,一边偏头躲开他的吻:"陆沉舟,我不喜欢这样。"

"如果你敢在这里对我做什么的话,我们就完了。"

他的动作顿了顿,手指却倔强地继续伸进了她衣服里面,程夕没有躲,她很清楚,她的力量,在他神志不清时偷袭还行,他生气时还要和他对着干,大约只有更加激怒他。

她继续说着,声音温和却又不失坚定:"我可以容忍我的男朋友不体贴、不温柔、不会说谎、不善言表,也能容忍他的需索无度、他的小气龟毛,因为他帅、他有颜有钱有能力而我是他唯一爱过的人,所以就有足够的正义让我容忍他所有的缺点……可容忍也是有底线的,那就是,他干什么都行,就是不能折辱我。"

她按住他的手,望着他:"陆沉舟,你确定还要做下去吗?"

第二十九章

1

陆沉舟没有再动作,他闭上了眼睛,伏在她身上,激烈而沉重的呼吸表明,他正在努力地克制。

程夕慢慢抽出另一只手,极轻极轻地在他背上轻抚着,想让他平静下来。她说:"我给你讲个故事吧?"然后她就又讲了那个小兔子喜欢小狐狸,天天跑到山谷里去喊"小狐狸,我喜欢你"的故事。

这个故事陆沉舟听了很多遍,程夕给他录的MP3里存了那么多比这个更有意思甚至更有意蕴的故事,可他好像只对它情有独钟,甚至现在两个人住到一起了,他有时候还会将它翻出来听一听。

跟着听的次数多了,程夕也品出了一点别的意思,故事讲完后,她在他耳边轻声说:"陆沉舟,我觉得我就像是那只小兔子,一直在山谷里喊着我喜欢你,可是,你却从来没有给过我回应。"

陆沉舟的身体慢慢软了下去,程夕总算是松了一口气。悲摧的是,那口气还没有松完,她的手机又响了。

她用力地抱紧了他,很严肃地思考着把那个手机人道毁灭的可行性……

陆沉舟却突然说:"她在哪儿?"

程夕呆了呆。

陆沉舟就一口咬在了她锁骨上,程夕嘶的一声,回过神来,极快地回答:"不知道!"

陆沉舟:……

他就又咬了她一下,程夕可怜兮兮地说:"因为你没有答应我,所以我还没来得及问。"

这是谎言,但是奇异地安抚住了陆沉舟。

他总算是放开了她,然后起身,离座,头也没回地再次回去了他的驾驶位。

他发动车子的时候,程夕装模作样地给林梵回了个电话:"阿漫好一些了吗?我马上过来,麻烦把地址发到我手机上。"

其实地址她知道,林梵之前就告诉过她,他把陈嘉漫带去了他原来租住的地方,那房子他一直没退,临时安置陈嘉漫倒是很合适,他当时说的是,因为那里离仁医最近,那儿有陈嘉漫觉得熟悉的地方。

程夕不敢再惹陆沉舟,乖乖地开了导航,把手机放到他面前,怯生生地说:"在这儿。"

陆沉舟面无表情地瞥了一眼,提了油门。

这次的车速就很正常了,虽然还是有些快,但比起之前的速度,程夕觉得,情人手里的那把刀,总算是扔掉了。

眉河过去那边有些远,陆沉舟还十分"阴险"地绕了一段路,赶过去见到陈嘉漫都已经很晚了。

那儿就只有林梵和陈嘉漫两个人在,一房一厅的房间,陈嘉漫就缩在房间最里的角落里,瑟瑟发抖地念叨着什么。

林梵都被她搞得要崩溃了,来开门都是小心翼翼的,看到程夕,他当即松了一口气,目光滑过随后进来的陆沉舟,和程夕说:"你总算来了,快进去,我怕她又从窗户上爬出去。"

程夕看过去,一边往里走一边低声问:"怎么回事?"

林梵的脸上浮现出一丝为难,顿了顿才说:"我妈带她出席一个活动,不小心吓到了她……"

程夕蓦地停下脚。

林梵说:"对不起,我没想到我妈会那么着急……主要是阿漫刚回来那几天,看着挺好的。"

程夕没再说什么,一脚走进了门内,林梵要跟进去,她拉上门:"抱歉,我想单独和她谈谈。"门阖上的时候,她看到陆沉舟仍立在大门口,神色漠然,完全没有进来的打算。

她关上了门。

陈嘉漫似乎完全沉浸到了她自己的世界里,双手小幅度地比画着哀求的动作,连程夕走近了都没有发觉。

"阿漫。"她轻声唤她。

第一声没反应,直到她连着唤了好几声,她才茫然地抬起头,"程医生,"她竟然还认得她,"我不是故意的。"她既惊又惧地说。

程夕声音很平静:"故意什么?"

"我不是故意不画的,我不是故意要躲的,我害怕,人好多,我好害怕,程医生,我好怕。"说到后面,她已有些歇斯底里。

程夕缓缓蹲到她面前:"没关系的呀,害怕就躲起来,不想画就不画,都是很正常的事。但是阿漫,你还记得我跟你说过的话吗?那些人就像是我们看过的花,你在远处看,它们开得很凶很密,可是走近了,它们其实也就稀稀拉拉的那么几朵,不可怕也不必去躲。"

程夕熟悉的声音总算让陈嘉漫平静了下来,她蹲在她面前,耐心而细致地开导着她。

她打电话,让林梵送药进来,陈嘉漫也乖乖地吃了。吃过药后没多久,她便睡了过去,程夕帮着林梵去抱她,站起来时却差点摔倒——蹲太久,腿麻了,一动就是钻心的疼。

林梵刚把陈嘉漫放上床,还没松开手程夕就倒了过来,他赶紧顶住,放开陈嘉漫下意识地搂住了她。

"你怎么了?"

程夕疼得说不出话,弯腰按住青筋直蹦的腿,再一抬眼,却发现陆沉舟不知什么时候走进来了,就站在房门边上。

"可以走了吗?"她听到他说,声音平板毫无半点起伏。

感觉脊背有点凉,程夕勉力撑起来,先和林梵说:"谢谢。"不动声色从他怀里挣出来,看向陆沉舟,"腿疼,能扶我一下吗,陆先生?"

她叫陆先生,那么生疏客气的称呼却透着无限亲昵的味道。

但陆沉舟并没有过来,他就立在那儿,漠漠地看着她。程夕叹气:"好吧,山不就我,我自己过去。"但她是真的腿麻得厉害,一动就是钻心的疼,感觉整个人都要不好了。

她硬咬着牙一瘸一拐地走过去,脸上还要带着笑,她自觉是无所谓的,因为她对陆沉舟的期待很低,他偶尔体贴一把她还要多担点心呢。

可林梵却是看不过眼了,咬了咬牙,上前几步扶住了她。

程夕说:"不用。"推开他的手。

他却更用力地握牢了她:"你就这么怕他?"他看着她,脸上是深切的难过,"不管我们过去经历了什么,我总把你当作朋友,程夕,作为朋友,我不想看到你在感情上这么委屈自己。什么时候,我认识的那个才华横溢知识过人却又不失傲气和傲骨的程夕,会为别人这么委屈自己?!"

程夕没想到林梵会爆发,她愣了愣,脸上的笑意消失了,用力掰开他的手。"你想多了,"她说,却还是注意着放轻声音,"我从来不觉得委屈,我愿意，只能是因为我喜欢。"

"还有，再郑重地嘱咐你一遍，阿漫现在还没有那个能力去适应人多的环境，如果你真的关心她，就请告诉林阿姨，多给病人一点时间和耐心，让她先信任你们。如果她醒来后情况没有改善，为她也是为你们自己好，我希望能将她重新送回医院。"

程夕说完，绕开他往外走去，其实她更想直白地要林梵别多管闲事，自己那摊子事都还没撕捋清楚呢，管别人委不委屈搞笑不？

但她不想刺激他太过，林梵并无坏心，他是真的关心她——虽然她并不需要，但她也不想让他太难堪。

一句话，她不会违心地讨好谁，也不会为了谁而违心地故意打击别人。

尽管当她说出这些话对林梵就已经是种打击了。

果然，林梵听懂了她潜在的意思，脸色微微泛白。他很清楚地明白，他和程夕怎么也回不到过去，可内心里总还存了点微弱的期望，觉得她大概对他还留有一点温情。

事实证明，都没有了。

他苍白地笑了笑，没有再去讨她的嫌，而是沉默地立在那儿，任她有些艰难地走过去。

他看着她走出去，和那个人说："我们走吧。"

陆沉舟转身即行，没多久，他听到她跟他撒娇："陆先生，身为我的未婚夫，这时候你应该更体贴一些。"

陆沉舟顿了顿，到底回身抱起了她。

从始至终，他们都没有看他，仿佛他只是一个无关紧要的路人甲。

事实上，他也只是个路人甲而已了。

陆沉舟一气将程夕抱到了楼下，直到上了车，程夕的腿才稍微好些。

还有些痛，但总算已没有那种麻凌凌的感觉了，她笑眯眯地说："幸好有你，不然我今天得爬回去啦。"她凑近来，在他脸上飞快地亲了一下。

陆沉舟面沉如水，并没有因为她的刻意讨好而松动一些，回去的路上，他甚至还若有所思地问："和我在一起，你很委屈？"

"当然不！"程夕答得又快又自然，"和你在一起我很喜欢，我说过，你有颜有钱有能力你就有正义，你什么样我都可以原谅你。"

陆沉舟淡淡地笑了笑。"是么。"他说，"记得你说的话。"

程夕说："好啊。"

陆沉舟淡淡地笑了笑。

程夕突然就觉得有点不好。

一般情况下，她的预感十分准确，果然没多久，程夕就为自己那句话后悔了。

那天正好是程夕生日，她小休半天假，下午可以不用上班。女儿站到了二字头的尾巴上，程爸程妈都专门为她歇店半天跑过来给她庆生。程夕收了一堆的礼物，下午就和程爸程妈拆包裹，首先拆的是她哥程阳的，那家伙从海南给她寄了一大箱贝壳回来，仍是延续他让人无语的审美品位，那一箱贝壳摊开来居然是一条远看色彩斑斓的裙子，近看就是一串又一串的贝壳，又小又密，本来很美的东西，生生让人有密集恐惧症的蛋疼感。

然后就是花和吃的，收了一波又一波，收得程妈都不住嘀咕了："多浪费，这么多，换成钱得多少钱啦？"尤其是程阳，是他们重点念叨对象，"送这么个华而不实的东西，白花钱，他真是会作！"

一边念一边手上却不停，将东西都一一整理好，还十分细致地把卡片都整理好，拿了个小本本把送礼的人都给登记好，末了一看，程妈说："陆家那边都不知道你生日吗？"

程夕还真不知道他们知不知道，但陆沉舟应该是知道的，只是他自己从不过生，所以程夕不知道他会不会给她送什么。

程夕对这些也不在意，她不想程妈把这事看得太重，就说："都有送啊。"

程妈好奇："小陆送你什么了？"

原谅程妈这个市井妇人吧，既已接受了陆沉舟，自然也会好奇这位土豪准女婿会送什么礼。

不好问陆沉舟，但问问自己女儿倒是可以的。

程夕说："他还没回，我也不知道呀，但他说礼物已经准备好了的。"

陆沉舟前两天就出差去了，回不回还是未知数，当然，礼物准备好了什么的，是骗程妈的。

她根本就没和他提过她生日。

"啧，"程妈不甚满意，"还要来个大惊喜不成？"

程夕笑笑，拿过程妈记的单子看起来，正看着，主任突然给她打电话过来，程夕颇有些受宠若惊，还道自己一个小生日居然能劳动这尊大佛，正准备说辞呢，主任一句话就给她打蒙了："我就说你会玩脱，马上来医院！院里刚刚收到一份举报，说你利用医生的身份引诱病人和你谈恋爱，借机想嫁入豪门，啧，准备准备接受院里的调查吧！"

嗯，今天程夕收到的最大的生日礼物，上门了。

2

她没敢和程爸程妈说实话，只说院里有事，放下东西就匆匆跑医院去了。

主任、副主任都在主任办公室，程夕一到，主任先甩了一沓文件给她："看吧，看完了准备自辩，调查科的人会找你谈话。"

程夕打开文件袋，发现所谓的举报内容很简单，就一张由程夕自己开出的关于陆沉舟心理状况的诊断报告，几张她和陆沉舟在一起的亲密照片。

东西简单，却全是实锤。

程夕看到东西的时候感觉有锤子在自己头上猛地锤了一下，蒙得什么都不愿意去想。

陆沉舟的诊断报告，她一共开出两份，一份医院留存，一份给了陆沉舟。

给陆沉舟的那一份她写的时候不小心涂坏了一个字，现在那个涂坏的字还在上面，清晰明白地显示那诊断书出自哪里。

而那些照片……她和陆沉舟的合照并不多，有限的几张都是她拍的，拍了后她都会发给他看，有时是表扬他，"看，你这样笑一笑多帅！"

有时则是拿他无奈了，强搂着他合照一张，配文："一本正经地耍流氓的陆先生总让人想咬他。"

当时只道是寻常，现下却都成了铁证。他把这些东西送到院里，根本就是嚣张地告诉她：看，是我做的！

连掩饰都不必要。

程夕瞪着面前的东西看了好一会儿，脑中的晕眩感才过去，她和主任说："对不起，我能先打个电话吗？"

主任看着她隐忍的样子，叹气："去吧。"口气却还是不太好的。

程夕出去打电话，遇到护士长，她"哎"了一声："不是生日要陪父母，怎么又跑医院来了？"

程夕勉强笑笑，自己都不知道说了什么，寻了个僻静地方给陆沉舟打电话。电话通了，他像是正在机场，气息带了点微微的喘，隐约还能听到工作人员提醒登机的甜美的声音。

"什么事？"他清冽微凉的声音传过来，很有提神醒脑的作用。

程夕咽了口口水，"院里收到了一份匿名举报，"她尽量让自己的声音听起来冷静而清楚，"里面是你住院时我写给你的诊断报告，还有几张我们照片，这事儿，你知道吗？"

陆沉舟说："是我让人寄过去的。"语气十分淡然，淡然得甚至还有些理所当然。

程夕都能想象得到他说这话时微微颔首的样子,想必是矜持又高傲。她心里发凉,却还是问:"为什么要这样做?陆沉舟,你知不知道你这么做的后果是我很有可能再没办法在医院待下去?"

"无所谓,我可以养你。"他说。

程夕:……

深呼吸深呼吸,不能和他生气,生气解决不了任何问题!她说:"请给我一个你要这么做的理由,陆沉舟。"

陆沉舟没说话。

她再次叫他:"陆沉舟!"

他轻轻笑了一下:"程夕,我说过的,我不喜欢自己的东西被打上别人的标记。既然你舍不得他们,那我就只能让你先舍了你的工作。没关系的,"他说,"我可以把我的钱都给你,我能养你几辈子。"

他说完就挂了电话,估计是登机了,程夕再打就一直不通。

程夕回到主任办公室,调查科的人已经到了,主任当即宣布:"调查期间你就先暂停一切医务工作,你手上的事情,我会安排其他人接手。"

主任说这话时脸上的表情真是一言难尽,程夕虽然到医院工作的时间没有太长,且时常还想法多多,但她对工作的热情和热爱,所有认识她的人都很清楚。

而且这事情当初他也是知道的,但他知道有什么用啊,就像他那时候警告她的一样,这事儿搁哪个科室都能是浪漫情缘,搁精神科就是灾难!哪怕两情相悦都有可能给人喷死,因为心理医生和病人的特殊关系,这种恋爱关系说难听点,和成年人恋童也没什么区别了!

主任哪怕再相信她也不能替她说一句话,这事的关键在陆沉舟,如果程夕这段时间已经将他治好了,且能站在她那方,那就一切都没有了问题。

所以他也只能隐晦地提点她:"那个病人,你自己去把他找来,不许威胁和诱导他,否则你就是罪上加罪!"

程夕闻言苦笑,主任这是要她万不得已可以提前诱导陆沉舟做出对她有利的证明吗?

嘀,可惜,陆沉舟那人,却不是她能掌控的。

调查员面无表情,当是没听出主任话里的深意,见主任已说完,就把程夕带走了。

程夕再回到家已经很晚了,进门就看到了陆沉舟,他正跟程爸程妈站在一起，可能也是才回来，手上还搭着件薄薄的外套，立在那儿，自有一股子清冷疏离的味道。

听到门响，三人一齐回过头来，程妈迎上来："怎么这么晚？"

她一移开，程夕就看到了他们围在一起看的东西，是一幅画，大块大块粉色的运用，就像是一个旖旎的梦境，阳光透过树叶照进来，形成一团暖黄的光晕，光影的暗团里有双幽绿的眼睛，正静静注视着光影下的那只手，那一看就是女人的手，圆润修长的指节，粉嫩的指甲，在阳光下有种如玉般的通透，尤其是此刻指尖上还落了一片花瓣，深深浅浅的粉堆积在一起，有种让人头皮发麻的妖艳感。

程夕第一眼就看到了那只手，然后才看到画下的签名，程妈问她："阿漫是谁？画家吗？画得还挺热闹的。"

程夕苦笑，程爸看她脸色不好，便把画收起来："累坏了吧，赶紧洗洗准备吃饭。"

程夕点点头，和陆沉舟一起回了房间，他放下衣服的时候她才看到他手上还拿了个文件袋。

他看了她一眼，像是在观察她的情绪，然后把文件袋递到她面前。

程夕眉头狠狠一跳，她现在一看到这种东西就感觉很不好。

"是什么？"她没有接。

陆沉舟说："生日礼物。"将袋子放到她手上，转身进洗手间去了。

程夕犹豫了会儿，还是打开了文件袋，袋子轻飘飘的，里面就放了一份合同，嗯，或者说这是一份婚前财产转让合同更加明确，底下附了一溜的陆沉舟的财产明细，程夕只要签下字，这些就都是她的！

她几辈子或许都挣不来的财富，签下名就是她的。

全都是她的！

程夕捏着那张纸，一个劲地告诉自己，他是病人是病人，是病人！情感冷漠症患者一般都是又小气又自私又冷漠，陆沉舟在举报了她后还能想到把财产全交给她，其实就是在补救！

真的，哪怕这合同一旦爆出去就会把她彻底打入深渊，但他真的是在很认真地补救，并且是讨她欢心。

真的是好感（生）动（气）呢！

程夕把合同放下，做了好一会儿心理建设，又出去和程爸程妈聊了会儿天，心情才算平静下来。

陆沉舟在程夕出去后没多久也出来了，这速度在他而言已经是很快的了，大家坐在一起才总算是正式给程夕过上了生日。程爸程妈趁机展望了一下未来:"今年结婚,明年生娃,再过上两年生个二胎,人生妥妥的很幸福呀。"

可惜收获了两张同款冷漠脸。

程爸和程妈:……

死孩子一说起这些就这副德行,于是程妈假笑着问陆沉舟:"小陆不想要孩子吗?"这么冷漠是不是对我家女儿有意见?

陆沉舟干脆利落:"不想。"

"为什么?"

"不想要孩子。"

程妈倒吸一口气,和程爸对视一眼:"不能吧?你家偌大家产呢,就不想早些培养个孩子继承什么的?"

陆沉舟继续冷漠脸:"那不全是我的,而且,我的都已经给程夕了。"

程爸程妈:"哈?"

已经魂游天外的程夕被他们哈回神,然后就听到陆沉舟说:"我娶她不是想她给我生孩子的。"

程夕:……

陆沉舟总有本事,在想掐死他的时候又莫名被他感动到。

程爸程妈完全不能理解这种结婚不是为了生娃的逻辑,不过这会儿他们的重点不是这个,他们的重点是:"你……你把名下所有财产都给程夕了?"

陆沉舟点头:"她签了名,明天让律师办好过户就是了。"

明天……这种说送了自己女儿一个小包包一样的语气令得程妈好想问他名下总共是多少钱,该不会分到他名下的也就是百来万吧?贫穷有些限制人的想象,程妈硬忍了没问钱的事,而是问他:"为什么呀?怎么想起送她这个?这不是小事吧,你家里人会同意?"

一边问一边掐了下程夕,臭丫头,是不是你找他要的啊?

程夕都不想说话,她根本就没想接受好不好?所以他们说再多都只是自嗨!

陆沉舟却是答:"同意。小事而已。送她是因为她如果没了工作,可以有钱。"

嗯?程家父母莫名其妙:"她怎么会没了工作?"

程夕试图阻止:"别听他的,他乱说的。"已经够乱了,她不想让自己父母再掺和进来。

陆沉舟没理她,他坐得正正的,双手交叠放在腹前,看起来乖得不得了,说出来的话却差点把程爸程妈吓死:"我举报了她。"

……

寂静。

半响，程妈问程爸："我刚刚是听错了吧？他刚说举报谁？"又问陆沉舟："你开玩笑的对不对？"

"没有。"陆沉舟很冷静地说，"她下午已经被医院调查了。"

无力阻止的程夕：……

她抚额低头，轻轻叹息。

反应过来的程爸当即火了："我家小夕做什么了要你大义灭亲举报她？"

说着就要去揪陆沉舟的衣领揍他，程妈和程夕赶紧拦住，程妈说："激动什么？先问问原因！"把老头拉到一边，盯着陆沉舟："为什么？你说！"

程夕说："陆沉舟……"被程妈薅到一边。

陆沉舟抿了抿唇，半垂着眼睛："我想她丢了这份工作。"

我勒个去，这是什么奇葩理由？这回轮到程妈爆发了："有病哪？她丢了工作对你有什么好处？……别拦着我，我要打清醒他！！！"

这回轮到程爸死命抱住她："别激动！"

程妈连抱住她的程爸一起喷："我怎么能不激动？我家程夕为了这工作都熬成什么样了？他想她丢就丢？丢了是要干什么，把她当猪养吗？"

程夕……居然被她妈妈给感动到了。但该拦还得拦，最终程妈程爸都被送到隔壁去休息，程夕跟过去："放心，我的工作肯定不会丢的，我也不会被他当猪养。"勉强说服两老暂时先别管这事，让她自己来处理。

程夕回到自己家时陆沉舟正在拖地，她想帮忙，发现他已经将桌椅碗筷都收拾干净了。

便等他做完，招呼他："过来坐，我们谈谈行吗？"

陆沉舟坐过去。

程夕也没先提举报的事，而是把那个文件袋递回给他："收回去吧，钱很好赚吗？这么随随便便送给人。"

陆沉舟却漠然点头："好赚。"

程夕想笑却又有些笑不出，她摇摇头，柔声说："那我也不要。"她看着他，"陆沉舟，你其实很清楚你的心理状况的是不是？"

他冷冷地笑了一下："我还以为你要问我举报你的事。"

"我自己做下的事，没什么好问的。"程夕看着他，"对我来说，这会儿，你更重要。"

陆沉舟沉默，程夕的声音更柔和了："陆沉舟，我们认识快一年了吧？如果你相信我，让我替你治病，好吗？"她说，"我希望能将我们绑在一起的，不是任何合同或者经济利益，而仅仅是因为我爱你，还有你爱我。"

陆沉舟抬起头："难道你没在治吗？"他微微勾了勾唇角，露出一抹嘲讽的笑意，"你这些日子，拉着我和他们打球，刻意要我多关心陆沉明，甚至你要我追求你，不都是在帮我治病吗？"

程夕居然没法反驳。

陆沉舟轻声问她："你爱我吗？"

"爱的。"

他指指那个文件袋："那你为什么不要它？这是我最贵重的东西了，你为什么不要它？还是，你从来就没有想过要和我走多远，你给你自己的定位是不是就是，你只是从我身边走过的路人甲，终有一天，你会离开？"

程夕悚然一惊，震惊地看着他。然后她就知道坏了。果然，他微微一笑，眉眼却迅速冷凝了下去："你果然是这么想的对吧？"他慢慢凑近，双手缓缓抚上她的脖子，"其实我不在乎你到底爱不爱我，我只是不能容忍你会离开。明白？"

3

身在光明中的人永远没办法体会黑暗世界里的人对光明的渴望，一直在情感的荒漠里踽踽独行的陆沉舟好不容易遇到一个能让他有所触动的人，所迸发出来的那种浓烈的占有欲，让程夕都有些……却步。

之前他尚有所克制，这会儿却让这种感情全部释放了出来。

她抓紧他的手，试着告诉他："这世上没有什么是能够永恒的。爱情的世界里容不下背叛，但它应该允许自由、独立、消失还有分离。陆沉舟，我会想着离开和任何人或者事都没有关系，我只是习惯性地做最悲观的一个打算而已，那只是一个打算，或许永远都不可能实现！"

陆沉舟说："骗子。"

他的声音明明很淡，程夕却听出了莫名悲伤的味道。

这种在陆沉舟身上从来没有看到过的情绪，让她心里一紧，想要说什么，陆沉舟却蓦地将双手收拢，程夕被他箍得汗毛直竖，一下就忘了要说的话。

还好他虽贴得紧却并没有用力，程夕刚松了一口气，陆沉舟就将她用力扑倒在沙发上，咬住了她的唇，直咬得她嘴上见了血，他才放开她，俯身冷冷地看着她。"所以，"他说，"我才要把所有能动摇你的人都赶走！"

程夕大口大口喘息着，有些艰难地说："他们并不能动摇我……陆沉舟，我爱你，我只爱过你。"

那林梵呢？

第二十九章

他想起沈唯婚礼上，他坐在一边，不经意间看到了她，那时她就坐在离他不远的地方，然而从头至尾，她从没有注意过他。

她的注意力，始终在一个方向，那个方向有一个年轻的男人，斯文儒雅的样子，陆沉舟只看一眼就知道，他和她都是一类人。

他们才是一类人。

他向往的那一类人，温暖、阳光、坦然而平和。

他从来没有那么冲动过，看到她和他走在一起，居然幼稚地让人去买了盒避孕套，跑到她面前去找存在感。

他唾弃自己，却又没办法说服自己，陆沉舟都不知道这个叫程夕的女人身上有什么魔力，意外地吸引着他。

这种吸引超脱控制，让陆沉舟十分难以忍受，他耐着性子陪她，耐着性子像一个正常的男人一样追求她，去爱她，但他很清楚，这种忍耐是有限度的。程夕身边的朋友越多，她投注在别人身上的精力越多，他就越焦躁。他知道自己控制不住她，她就像是一只自由自在飞翔的鸟，或许此时会低头散漫地望他一眼，在他身边停留一刻，然而终有一天，她会飞开。

毫不犹豫。

只要一想到这个可能，陆沉舟心里便像是被一把火点燃了，忍不住想做点什么……非常黑暗、近乎于变态的事情出来。

如果陆沉舟能够和程夕坦白，程夕就会告诉他，他这是极度的安全感缺失所造成的心理问题，但是他什么都不说，放在她脖子上的手无意识地收紧，他一边吻她一边看着她在他身下挣扎，心里居然涌上一种奇异的快感。

……

程夕终于体会到了窒息的感觉，血充上脑，头好像一下大了几十倍，她踢他挠他，想咬他……嘴被堵得死死的，后来她踢不动挠不动也挣扎不了，窒息感让她的意识都有些模糊，视网膜上甚至出现了重影。

手机突然响起来，铃声让她清醒了一点点，程夕用尽力气叫他："陆……沉……舟……"

声音脆弱无力。

陆沉舟像是忽然才被惊醒似的，陡然放开了她。

空气一下涌进肺里，程夕推开他，侧身趴在沙发上剧烈地呛咳起来。

"陆沉舟……"她叫他，满脸都是咳出的眼泪，却发现自己不知道该说什么，因为完全没想到他会突然发作，刚刚有那么一刻，她真的以为他要掐死她！

陆沉舟没说话，他怔怔地看了会儿自己的手，然后阴沉着脸起身走掉了。

程夕听到开门声,想拦都已经迟了,她伏在那儿,一身酸软,咳得肺都要蹦出来了。

她放在桌上的手机又响起来,程夕挣扎着拿到电话,是程阳打过来的:"妈说陆沉舟举报了你?他是不是有病哪?他凭什么呀?"

程夕无声地叹了口气,挂掉了电话,然后又打给陆沉舟,手机铃声却在卧室里响起。

放下电话,她瘫在沙发上,闭上了眼睛。

她以为陆沉舟会默默地住去隔壁,像之前那回吵架一样。清醒了后才想起,隔壁住了她父母,他是不会去的。

事实上,他不光没有去隔壁,也没回来,甚至后面一连好几天他连人影都不见,程夕缓过气来借着给他送钱包和手机的名义打电话去他办公室,得到的答复是:"陆总出差去了。"

程夕说:"他的身份证还在我这儿。"

"那我就不知道了。"

问:"有什么能联系到他吗?"

答:"抱歉,不能。"

接电话的是他的助理,永远的彬彬有礼,却又透着一股子浸到了骨子里的冷漠与疏离,像极了陆沉舟。

程爸程妈第二日过来找女儿,看到程夕脖子上多了一条淡淡的瘀痕,"你们吵架了?他还掐你了?"程妈的语气很严肃,决定也十分利落,"分手吧,我觉得你们三观不合。"她说,"我养你这么大,任你读那么多书,不是为了让你嫁个有钱人然后被他当猪养的,任他打任他骂的。"

嗯,程妈的女性意识十分强烈,她盼女儿嫁,但是却并不认同女儿为了家庭放弃一切。当年的她,甚至是可以为了赚钱把两个孩子都丢到一边的。

程夕突然庆幸陆沉舟这会儿没在这里,不过她也同样严肃地告诉自己父母:"我会处理好的。相信我。"

"举报的事,要我们做什么吗?"

"不用。"

"真的?"

"嗯。"

程爸程妈十分不放心地看了女儿好一会儿,回去后两老打听清楚举报的内容,商量商量,就把家里所有的钱都转到了程夕账上——还勒逼着程阳也贡献了一部分,打电话给程夕:"如果医院那边非要说你是为了钱和陆沉舟好的,那就把这张卡甩到你们领导脸上去,咱不缺钱!咱缺的是事业!"

这么霸气侧漏的程妈妈，连程夕都很少见，然而她却顾不上她。

收到短信的时候，她正堵着了陆沉明，程夕找上了他的辅导员，然后由辅导员把他拎到了办公室，将他堵在办公室里。

陆沉明看到程夕转身就想躲，程夕郁闷地问他："你这是怕我吗？"

陆沉明摇头，眼看着走不掉，红着脸结结巴巴地："我我我……我不喜欢你了，我喜欢的是你哥！"

程夕：……

她这两天积聚了不少的火，再好的脾气在听到陆沉明这番话后也恼了，仔细看了他一眼，冷冷一笑："你喜欢我哥？"

什么也不说，拎着他的衣领子就往外面拖。

"啊啊啊，你要带带带我去哪儿？"

"见你喜欢的人。"

程夕干脆利落，把陆沉明拖回了自己家，程阳今日回来，他是因为程夕被医院停职赶回来的，因此落地就会到她那儿去。

程阳回来得比程夕想象得要快，程夕拎着陆沉明到家的时候，程阳都已经回来了，不过他进不去门，正在她家门口瞪着那把锁龇牙咧嘴。

所以见面也顾不上和陆沉明打招呼，第一句话就是："你倒是给我个密码呀，或者，把那边房子的钥匙给我也行哇。"

程夕没理他，开了门。

程阳这才顾得上陆沉明，和他打招呼："啧，长进了啊，敢和我妹走一起了。"

陆沉明哭丧着脸。

程阳就又勒紧了他的脖子："喂，我俩都这么好了，如果我跟你哥打架，你帮他，还是帮我？"

陆沉明哭丧着的脸上露出了惊骇的神色，样子还略有些滑稽。

蠢样子逗得程阳笑了起来，正要说什么，程夕突然回过头来："你俩都那么好了，那就亲一个呗。"

"嗯？"

程阳这货还没回过神来，陆沉明就已经脸红了。

程夕一指陆沉明，语气平平地和程阳说："他说他喜欢你，哥，为了不辜负他的喜欢，难道你不应该亲一亲他？"

程阳：……

一定是他回来的方式不对！

程阳瞬间脑补出了一出年度狗血伦理大戏，弟弟哥哥抢女朋友，最后不得不把女朋友的哥哥拉出来挡枪什么的。

就知道不能乱撩，撩过火了就会出报应！

程阳哭丧着脸，问程夕："真的要亲啊？"

程夕点头。

程阳视死如归地抱起陆沉明就要啃，把个小可怜吓得花容失色，反应奇快地捂住他的嘴，叫道："不不不不……"

"不"了半天也没"不"出个什么来，可见其惊恐。

程夕这才撕开他们两个，和程阳说："哥，你先去那边洗洗吧，我想和小明谈谈。"

说完，把不明就里的程阳推出了门外，顺便，还把他的箱子也扔了出来。

程阳：……

不是他回来的方式不对，是他家温柔可人善良可爱的妹妹被调包了！

撩起袖子正要捶门，门又开了，一串钥匙递出来："去吧。"

声音隐隐有些恳求。

好吧，程阳摸摸鼻子，乖乖地拿起钥匙去了隔壁。

里间程夕将陆沉明领到了客厅："坐吧。要喝点什么吗？"

陆沉明沉默是金。

"水、咖啡、橙汁、可乐、奶茶，要哪一种？"

陆沉明："……奶茶。"

"对不起，没有，只有白开水。"

陆沉明：……

程夕笑起来，最终还真就只给他泡了一杯奶茶："逗你的，只是我这里的奶茶不是很好喝，试试看吧。"

因为这么个关于选择能力的小玩笑，陆沉明居然放松了一些，不过他还是很紧张，坐在那儿，手指不停地抠着裤腿，而且待的时间越久，他就越加的坐立难安。

程夕先前就觉得陆沉明有一定的社交障碍，现在再看，这种症状就已经很明显了，但还好，没到严重的程度。

她让陆沉舟给他安排工作，又叫程阳拉着他去跑业务，其实就是治疗社交障碍的一种强迫疗法，效果……就从他和她共处一室这么久还没逃跑能看出来，效果是显著的。

程夕和他随便聊了聊，话题都很温和，也是他所擅长的："《末日逃生》那款游戏你还玩吗？"

"你的基地已经到几级了？"

"我哥是不是玩那个玩得特别菜?"

经常她问十个,陆沉明才会答一个,不过有这一个也就够了,听到程夕说程阳的游戏水平菜,他忍不住点了点头:"嗯!"

"看来你也被他连累过,掉了几级?"

"三级。"

"还好啦。"程夕笑,"有一次他非要我带他玩,结果级别掉太快,好些武器和异能不能用,我俩被丧尸包围,差一点就清零重来。"

陆沉明心有凄凄焉地猛点头。

"你也有过?"

在程夕的诱导下,陆沉明慢慢把那次陪程阳打怪然后反被丧尸包围差点也清零重炼的事说了出来,开始的时候他说得有些慢,到后来语速不知不觉就加快了,等他反应过来的时候,他已经能很流利地说出一大段话而不结巴了。

陆沉明微微瞠目,好像有点不太敢相信自己居然能做到这样。

他居然做到了。

程夕微笑地望着他。

鬼使神差,陆沉明说:"我……我知道你喜欢的是我哥,我……我尊重你。"

也没有多失落,只是紧张。

程夕说:"谢谢你啊。这件事,是我没做好。"她没打算告诉他程阳冒充她的事,至少没有打算在现在告诉他,"不过以后也别随便说自己喜欢男孩子,我哥那人比较二,我怕他当了真,然后做出点什么伤害到你。"

程夕说的伤害,自然是程阳讲一些怪话刺激他,不过陆沉明显然是误解了程夕的意思,想起刚刚程阳抱着他就要啃的样子,陆沉明僵了僵,点点头,特别特别乖地说:"好。"

程夕笑,话题很自然地扯到了陆沉舟身上,她说:"其实我今天找你来,是有点和你哥有关的事想要问你。如果方便的话你就告诉我,如果不方便也无所谓。"

陆沉明抬起眼睛,小心地看了她一眼。

4

程夕其实并未抱太大的期望,毕竟陆沉明比陆沉舟小太多了,陆沉舟的性格或者说,病情成因,他不知道的可能性很大。

但出乎意料,陆沉明居然知道。

而且他毫无保留："最开始骂我哥是个冷血怪物的是我外婆，因为我妈死的时候，我哥就在边上，他没有报警，也没有叫人救她，就眼睁睁看着她被烧死了。"

程夕：……

可能是完全没想到，程夕乍然听到，都有些不能置信的感觉。然后就注意到，陆沉明在说起这件事情的时候，态度异常平静，仿佛在说别人的事一样。

她忍不住问："那时候你多大？"

"两……两岁？"

还很小的年纪，对亲生母亲连点印象都不会有，也难怪，说起陆母被烧死的事会这么平静了。

程夕问他："你哥和你妈妈的关系好吗？"

陆沉明说："我奶奶说我妈工作一直都很忙。"

一直都很忙，所以会疏忽照顾自己的孩子，亲子关系大概也不会太好。

"那你爸呢？"

"啊？"这回陆沉明的态度是完全茫然了，看起来，好像程夕问了一个什么奇怪的问题。

程夕就懂了，陆父显然和这两儿子也没有太深的感情交流。这时房门被敲响，程夕起身去开门，程阳换了身衣服过来了，他左看看右看看："陆沉明还在？"

"嗯。"她拉住他，"我的事，别和他提。"

程阳便啧了一声，把要说的话又咽回去，换了鞋子走进来。有他在，陆沉舟的事情是不好再问了，程夕干脆去做饭。

做饭的时候她在网上搜索"东来、火灾"两个关键字，看到了一条很老的新闻，"东来药业实验室大火，一研究员丧生"。

想点进去细看，却没有内容，只在搜索页面还能看到一点，"……火灾发生前，研究员奋力将儿子送出，自己却被大火卷入门内，不幸丧生"。

和陆沉明说的，出入很大，程夕考虑再去找陆爷爷和陆奶奶试试看。

这时她忽然听到外面陆沉明说："画得真好……都可以送去参展了。"

程夕走出去，"什么参展？"见他和程阳在看陈嘉漫送她的画，顿时了然，问，"你有这方面的消息吗？"

如果陈嘉漫的画能产生经济价值，至少，她以后的生活就有着落了。

程夕对这个提议还是很感兴趣的。

大概是她的目光太热烈了，陆沉明又紧张了："有……我们学校艺术学院就有同学参加，可以评奖的。"

第二十九章

她把这事记在心里，冲陆沉明笑一笑说："嗯，谢谢你提醒我，我会去打听。"

程阳问她："这是谁画的呀？"

"一个病人。"程夕走过去，和他们一起看画。

看完画又聊了会儿，菜就好了。饭后程阳要送陆沉明，走的时候，程夕将陆沉舟的钱包和手机装好给了陆沉明："如果能见到你哥的话，就麻烦交给他。"

袋子是封好的，陆沉明掂了掂，有些疑惑地看向她。

不过程夕并没有解释。

她在陆沉舟的钱包里还夹了一张字条，如果陆沉舟看到，也许……应该会联系她吧？

然而事实上，陆沉舟一直没有联系她，这期间医院也试图联系过陆沉舟，得到的答复和程夕的大同小异："出差，还没回来。"

程夕甚至还去东来找过他，结果自然是没有见到人。

这事不证实，程夕就只能无限期地停职下去。正好有空，她就找朋友查了查美术奖的事，正好有一个全国性的美术大展将举行，展会上还会评选出一批优秀画家和作品。

如果陈嘉漫能够得奖，那对她的以后，无疑是极好的。

程夕托朋友将画给了一些专业人士看，他们都震惊于陈嘉漫居然没有正规学过画画，然后传过来的话是："画风虽然稚嫩，但情感充沛，可以送展试试。"

程夕很是替陈嘉漫欢喜，只这事她并不能替她决定，还得知会她本人，程夕想了想，到底没有直接联系林母，而是将电话打给了林梵。

林梵接到电话很有些意外，语气平静地告诉她："阿漫住院了，不过不是仁医，你那个好未婚夫，帮我妈联系了你老师蔡懿的工作室，我阻止不了……程夕，"他的声音低低的，"谢谢你们让我知道我的能量到底有多弱，多小。"

林梵说完就挂了电话，程夕的耳边顿时一静，静得她只能听到车外的风声。

呼呼而过。

她攥着手机，有好久没说话，直到司机提醒她："小姐，到地方了。"

她这才回过神来，报了蔡懿工作室的地址："麻烦送我去这个地方。"

司机一看："好嘞，我也不吃中饭了，先送您过去。"极欢喜地重新发动了车子。

程夕扯唇笑了笑，转头望着窗外。近六月了，太阳毒辣如火，已隐隐带了蒸烤的力量。蔡懿的工作室她是常去的，然而好像没有哪回，有如此陌生。

自从上回因为陈嘉漫转院的事和蔡懿争执过后，程夕就没有去过她那里了，两人连联系都少，也就逢年过节的时候，她会照常发条祝福的信息，然后蔡懿会简单地回她两个字："谢谢。"

程夕到达的时候正好是中午一点多，蔡懿没有在。不过程夕和这边的人都熟，他们看到程夕态度也都挺自然的，一个师姐还捏着她的脸："都多久没来看我们啦，小没良心的。"

程夕笑笑："年后有点忙。"

"知道啦，听说你现在开始带学生了？在仁医这么快就能混出来，很不错了。"

程夕不知道该说什么，又跟师姐寒暄了几句，问她："工作室最近是不是新收了个叫陈嘉漫的病人？"

"对。"师姐的态度特别坦诚，"她以前是你的病人对不对？跟我来吧。老师说如果你过来就带你去看她。不过她刚入院，状态有点不好。"

尽管心里已有准备，也尽管师姐提前提醒过她，可再次看到陈嘉漫的时候，程夕还是震惊极了。

她四肢尽缚，被绑在床上，连嘴里都被塞了东西，口水从她嘴角流出来，目光惶恐而惊惧。

师姐说："她刚送来的时候情绪特别激烈，一直拿头撞墙，不得已，只能先绑她两天。昨天没注意，她还想要咬舌自尽……利培酮片（精神镇定类药物）对她的作用都越来越小也是很奇怪，你不来我都想问你，她以前在仁医那边的时候，也是这样的吗？"

程夕隔着监控看着病房里面的陈嘉漫，看着她无助地扭动挣扎，心里隐隐泛疼。

"我们以前……不会绑她。"程夕勉强笑了笑，移开目光，"师姐是负责她的吗？"见她点头，她从包里取出一个 U 盘，"她喜欢听故事，师姐如果有空，不妨把这里面的故事录下来，然后放给她听，也许……会有所缓解。"

师姐挑挑眉："真的？"她笑着接过 U 盘，却没说会不会照做。

程夕没有提出去里面看陈嘉漫，工作室的规矩她再清楚不过了，这里工作的每个人她都熟悉，然而再熟，他们也不会让她随意接触里面的病人。

看过陈嘉漫后，师姐有事去忙，程夕便一人坐在办公室里等老师蔡懿回来。她回来得也很快，程夕没有等多久，就见到了她。

蔡懿对她的态度一如既往："你来了。"

程夕点头："是。"她没有蔡懿那么气定神闲，想想刚刚见到陈嘉漫的情况，脸色还是有些不好。

蔡懿也看出来了，所以她主动提出："见过陈嘉漫了？"

"是。老师我记得以前和您说过，陈嘉漫她因为过去的经历，特别害怕暴力和粗暴的对待，这些对她精神上的打击是毁灭性的。"

"所以？"

"所以我希望老师能考虑改变她的治疗环境和治疗方法，毕竟病人也是人，个体不同就应该采取不同的治疗……"

蔡懿并没有直接回答她，而是反问道："你知道在过去几年里我们一共收治了多少病人吗？128个。那你知道有多少个病人在这种你所看不起的标准化治疗下恢复吗？115个。我们国家每年有多少人饱受心理疾病的困扰，却因为各种原因连最基本的治疗都没法得到。"

"程夕，你之前说标准化减少了治疗的真实性和有效性，心理治疗上更多应该用的是个性化的治疗，可是你有没有听说过一句话，标准化之后的个性化，才是真正成熟的个性化。"

程夕仔细听着，她点点头："我认同老师的观点，甚至也盼着心理治疗的标准化，可是老师，我也依然坚持，病人愿不愿意作为实验或者研究对象，能决定的不应该是病人家属，而应取决于病人的意愿。"

蔡懿笑了起来："这是悖论！"

……

在程夕和蔡懿争论的时候，那个她一直在找的人正四肢大敞着瘫在地上，满头是汗，周围落满了圆球。

光头推开了球馆训练室的门，"陆老大你还在？"走近了，见他脸上尽是大大小小的瘀伤，十分手痒地想戳一戳，到底没敢，只啧啧几声特夸张地说，"你这是怎么啦，飙战绩？"

陆沉舟盯着头上的天花板，连个眼风都没赏给他。

"阿黎说你好几天不管事，东来都要停摆了。"

还是没反应。

"程医生在找你，你知道吗？"光头说完，眼尖地看到陆沉舟的手指动了动，心里惊叹，倒没看出陆老大还是个情种，瞧这样子分明是和程医生闹翻了，他这么想，也这么问了，本来是做好要被陆沉舟痛殴一顿的打算的，陆沉舟也果然坐了起来，可他却没揍他，而是从腿下翻出一个钱包，从钱包里拿出一张纸，面无表情地说："看看，这是什么？"

光头：……

他诚惶诚恐地接过字条，一看上面的东西，脸都青了："你觉得这玩意儿我能看懂？你一个曾经的数学特长生问我一个数学渣这种题真的不是歧视我吗？"

没错，字条上写的就是个看起来十分简单的数学题，已知 x，y 的项，求 $x+y+2xy$。

但是 x，y 的项是什么鬼，他哪里知道？看都看不懂！

陆沉舟冷着脸将字条收回来，本来想撕的，想想又舍不得，看了一眼，仍将它折好放在钱包里。

光头看得叹为观止，忍不住又问："你和程医生……真的分了？"

"嗯。"

居然承认了！

而更重要的是，"程医生她还好吗？"

敢甩陆老大的，必须是真勇士啊！

至于为什么会觉得陆沉舟是被甩的那个，都窝在这里快生蛋了，不是被甩，难道还是甩人家？

别搞笑啦！

第三十章

1

陆沉舟一点也不想满足光头的八卦欲,他撑着站起来,扔给他一个球拍,简单粗暴:"打球!"

光头接住球拍挥了挥,看他已经快累成副死狗的样子,问:"你确定?你这样我会胜之不武的啊!"

陆沉舟"呵"地笑了一声。

然后光头很快被打脸了,事实证明,陆沉舟就算累成了个死狗,坚持要赢,还是能够赢他的。

今天的球风特别利,光头支应了两局,感觉已经累得比死狗还不如了。

他瘫在地上:"不打了不打了。"试图耍赖,可是没有用,球跟小炮弹似的往他身上弹射而来,他不想和陆沉舟一样飙出一身战绩,就只能拼尽全力。

一场球打完,光头累得发狠:"我以后再来撞你的雷我就是猪!"硬拖着他走,"玩点别的吧,打牌、赛车,就是玩玩女人也好哇。"

陆沉舟本来对别的都不感兴趣的,听到"玩玩女人"突然心念一动,点头:"好。"

光头:……

他眨眨眼,生怕他后悔似的,麻溜地将他拖出了场馆,等到上了车才想起问他:"玩什么?"

陆沉舟看着窗外,样子慵懒得不得了:"女人。"

光头:……

他掏掏耳朵:"真哒?"

"嗯。"

光头从后视镜里望了他一眼,暗暗地啧啧了几声,心说程医生也不赖呀,不管怎么样,总算把陆沉舟这恐女的毛病给治好了。

要知道,他们认识这么多年了,还第一次看到陆沉舟起兴想要找女人玩呢!

不过光头不玩女人已经很久了,在这方面比较擅长的是徐波和谢子鸣,这俩家伙的女朋友排成排可以绕城一圈了。于是叫上两个识途老马,"安排个清静地方,还有,找几个漂亮妹纸。"然后暗戳戳私底下发微信,"陆老大失恋,请务必要安排清纯漂亮非一般的!"

谢子鸣在忙,接到消息嗷嗷叫,错失八卦机会啊,可惜!徐波倒是有空,而且他也淡定多了,随手就给他们安排好了地方,确实是难得的清静地,格调也比较高,他一气叫了好些个女孩子,其中一个一看就是很良家的型,穿一条深蓝色的印花长裙,皮肤白皙身材高挑,文文雅雅干干净净的,猛不丁一看,光头还以为见到了程夕。

他心里一跳,忍不住戳了徐波一下:"你狠!在哪儿挖出来的呀,和程医生真像!"

徐波笑,漫不经心地看了那女孩一眼:"你眼瘸啊,哪里像了?"转头问陆沉舟:"有你看得上的吗?"

陆沉舟连眼风都没往那边扫一下,只说:"随便叫两个。"

随便,还叫两个,徐波啼笑皆非,当真就点了两个女孩去陪他,其中就有那个气质和外形与程夕十分酷似的女孩。

俩女孩就分坐在陆沉舟两边,因为是晚饭的点,众人就先点菜吃饭,席上有了这么一大群女孩子,叽叽喳喳热闹得不得了。

陆沉舟不知道是全没上心还是真的已经落入凡尘,居然一点也不挑剔不嫌弃,只是不说话,菜来吃菜,饭来吃饭,酒来了……喝酒。

众人说笑的时候,陆沉舟给自己倒了一杯酒,正要喝的时候,旁边伸出一只纤纤玉手,真的能称得上是玉手,因为那手上的皮肤特别白,手指纤细如削葱,衬着涂得明艳的指甲,漂亮得像是工艺品。

那只手轻轻握在了陆沉舟的酒杯上,手的主人说:"你好像受伤了,最好不要喝酒。"然后旁若无人地给他倒了一杯白开水,"喝点水吧。"

桌上蓦地一静,所有人都看着陆沉舟,还有那个胆大包天的女孩。

陆沉舟也有些意外,他偏头看了她一眼,目光冷冷如水。"拿开。"他淡淡地说,然后放下杯子,叫服务员,"给我重新换一个。"

女孩咬着嘴唇,脸红如血,想走,却又有些不敢,怯生生地望向带她来的徐波。

徐波却是看也没看她,只是和陆沉舟笑着说:"挺多事的哈,要不再给你换一个?"

第三十章

"不用。"陆沉舟言简意赅，还真没把身边的女孩换走，只神色平淡地告诫她，"如果你想引我上钩，最好什么都不要做。"

女孩：……

好想问他一句，既然什么都不做，那还怎么引你上钩啊！

却也听话，当真什么都不做，只是静静地陪坐在一旁，吃完饭后，大家转移阵地去玩乐，陆沉舟随手点了她："走吧。"

女孩狂喜，瞥了另外一个明显不服的女孩一眼，亦步亦趋跟在他身后。出来混的，就没有没听说过陆沉舟大名的，英俊多金出名的难搞，可一旦搞定，他比谁都要大方。

女孩自以为自己走了通天路，孰料在陆沉舟而言，也就是随手捡了个活人放在身边而已。

徐波见状也顺手挑了一个，光头没敢捡个妹纸带——他本来是也想随便拎一个的，正要指定的时候田柔忽地打电话过来，他手一哆嗦，直接就来了句："你们都散了吧，接下来就不需要你们去了。"

徐波忍不住侧目，光头呵呵一笑："放心，我有伴！"接了田柔的电话，还没说话，就听到她劈头一句："你和陆沉舟在一起？"

光头下意识地："是啊……"

田柔说："哦，那挺好。小夕说有事要找他，发个位置给我，我和她一起过来找你们。"

光头：……

挂了电话，看一眼已经连影子都见不到的陆沉舟，和徐波说："程医生要来，我去！这热闹我们要看吗？"

问是这样问，其实他眼里已经在发光发彩了，表明他对这个热闹十分期待，万分好奇。

陆沉舟明明对程医生是相当有感情的，可两人却莫名其妙分了手，要不是他打电话给陆沉舟的助理阿黎，他都还不知道哩！

当然，关键还不是他们会分手，关键是分手后，程医生还能全身而退，这就是个奇迹，必须瞻仰、围观！

徐波也很想看这波热闹，不过他狡猾，云淡风轻地撇开自己说："那还不是随便你？"然后就十分欢乐地看着光头把地址发了出去。

陆沉舟对这两人的所作所为一无所知，他把女孩带回了预订的房间，自己就进了洗手间开始洗澡换衣服，他其实没想对那女孩做什么，做这些，纯粹就是习惯使然而已。

光头和徐波过来敲门的时候，他澡才洗好，女孩过来将门打开，他穿着件雪白的裕袍走出浴室，胸腹处露出一大块，性感得两个男人都被闪了闪。

光头瞄瞄他，又瞄瞄那女孩，忽然觉得把程夕她们叫过来的主意有点烂，可这时还是忍不住硬着头皮："那个……舟，程医生来了，要接她进来吗？"

陆沉舟微顿，看了他一眼，然后十分平静地说："可以。"

可是他的语气太平静了，平静得光头都有些毛骨悚然，然后看热闹的心情瞬间熄灭，伸手捅了捅徐波，妄想祸水东引："你去接。"

徐波反应比他还快，退到一边："不是你喊来的吗？你去。"

光头：……

两人"眉来眼去"一番，最后还是光头去接了田柔和程夕进来，路上他一直跟她俩说："我们什么都没做，其实就是过来吃吃饭玩玩牌的。"

说得田柔都狐疑了："你是不是干什么坏事了？"

光头说："呸，我能做什么坏事？"

田柔悠悠然："没做坏事你紧张什么？"

光头被她堵得一句话都说不出，程夕见状忍不住笑了笑，田柔就一竖眼，很温柔地掐住他后颈："你不错啊！来，让小夕自己过去，我们边上谈谈。"

光头毫无反抗余力地被她拉到边上坦白从宽抗拒从严，临了只来得及告诉程夕："舟就在前面房间，你过去就能看得到的……"

程夕看着两人消失在走廊尽头，明白这是田柔找个借口把光头拖走，想把空间留给她和陆沉舟。

她想了想，照着光头说的往前走去，笔直的回廊上，没有房间，只在走过回廊后，看到了一幢独立的两层小洋楼。

房门是开着的，尚未过去就能看到里间透出的灯火，还有几个隐约的人影。

再往前走一段路，程夕就认出了其中一个正是陆沉舟，他穿着浴袍，坐在桌前面无表情地摆弄着一套莹白的茶具，身边还坐了个年轻的女孩子。

徐波与他相对而坐，他是一直望着外面的，看到程夕像是松了一口气似的，转头和陆沉舟说了句什么。

陆沉舟点了点头，然后程夕就见徐波起身迎了出来，他站在门口等她慢慢走近："程医生，好久不见了啊。"

程夕笑："好久不见。"

"吃过饭了？"

"嗯。"

"那进来吧。"

程夕进去，陆沉舟仍在慢条斯理地拨弄着茶杯，倒是他身边的女孩抬起头，好奇地看了她一眼。

程夕很善意地冲她笑了笑，在桌前站定，看着陆沉舟和声问："我们能谈谈吗？"

陆沉舟停下拨弄的手，没说话。倒是徐波了解他，叫起那女孩："走吧，我们去门口接接其他人。"女孩略有些犹豫，见陆沉舟也不反对，到底还是跟着走了。

房内很快只余下他们两个。

只门却没关，程夕甚至还能听到外面人说话的声音，是那女孩在问："徐先生，那个人是谁啊？"

徐波说什么，没人在意，程夕在陆沉舟面前坐下，"你出差回来了？"

陆沉舟却明显无意和她寒暄，他直接问："什么事？"

语气冷淡，仿佛又成了那个初见时的陆先生，矜持而高傲，看人仿佛就像是在看一粒微不足道的尘埃。

程夕知道，这时候她不需要任何的拐弯抹角，她心情不好，也不想和他绕圈圈，所以她也很直接地问他："如果我想把陈嘉漫从我老师的工作室转出来，你愿意帮我吗？"

陆沉舟抬起眼睛看着她，目光平静而漠然，带点嘲讽。"当医生的，是不是都像你这么天真？"他笑了一下，"你好像总是忘了，东来是我的。"

"可是我也记得，你跟我说过，你对东来并不是那么在乎。"想想这话似乎有鼓励他去毁掉东来的嫌疑，程夕放缓了语气，恳切地说，"陆沉舟，一个陈嘉漫改变不了任何事情，相反，她会被改变，甚至被毁灭。我这不是危言耸听，我刚刚才从老师那儿过来，陈嘉漫的心理防线已经非常脆弱了，除了小心呵护，任何强迫的粗暴的对待，只能让她的状况更加糟糕，我老师要的标准化，在她身上根本就没有办法得到……"

呼！陆沉舟手里的茶杯落在地上，摔得粉碎。

程夕心跟着跳了一下。

陆沉舟伸指挑起她的下巴，看了她许久，而后才说："滚。"

"陆沉舟。"她很少哭的，然而这会儿，眼泪却忍不住落了下来，滴在他的手背上。

他像被烫到似的缩回手，拿起桌上的手帕，一遍又一遍地擦起来。

"我不会帮你。"他说，"现在，滚。"

"所以，你也不再爱我了吗？"她问。

他撩起眼皮看着她，她眼里有泪，面前的程夕似乎又和他第一次见她的时候重叠了,她仍是那个充满了意气的小医生,微红着眼睛,微笑着拒绝了自己的老师。

在一起久了,他差点忘了,她是个医生。

只是个医生而已。

陆沉舟淡漠地笑了笑:"我差一点杀了你,甚至现在,你这样坐在我面前,我都很想对你做点什么不好的事……"他讨厌她医生的身份,也讨厌她为了这个身份而奋不顾身仿佛什么都可以舍弃可以付出的样子……可是,他却又深深地为这样的她而着迷,他问:"爱是这样的吗?"

他再次说:"滚吧。"心里不断涌动着恶劣的情绪,沉声告诫她:"为了你自己考虑,以后不要再来找我了。"

"可是我想你了,怎么办?"

"想我?还是想给我治病,满足你医生的成就感?我现在挺好的,"他垂下眼睛,看着自己的手,仿佛又看到了它们掐在她柔软细嫩的脖子上,他皱了皱眉,"我很喜欢你的身体,但是,我也不是一定非你不可,除了你,也可以是别人。"

他说着偏偏头,程夕顺着他的目光看过去,能看到门外站着的那个女孩,她离得有些远,却还是时刻关注着这边,见他们望过去,她微微笑了笑。

陆沉舟说:"我的新女朋友,也许再过一阵,就是新的未婚妻。"

"你可以恭喜我了。"

2

程夕一句话都说不出。

她仓促地起身,离开。

才走两步,陆沉舟却又叫住她,"等等。"她回过头,就见他从钱包里抽出一张字条,"能告诉我,这个答案是什么吗?"

强迫症真的伤不起,程夕可以说是完全抓住了他的心理才写的这么一道看起来全没有头脑的问题。

如果是别人,看见了也至多是付诸一笑,但陆沉舟……他会忍不住揣摩,忍不住想要一个答案,他找不出答案就肯定会去找她。

他现在果然是找她了,却是在这样的场合,还是这样的时候。

她回身,把字条拿过来,低头看了看,说:"题目不完整,是我放错了。"泪水打在字条上,洇湿了其中的字迹,她问:"我能拿回去吗?"

陆沉舟看着她,好一会儿,他说:"能。"

程夕握紧字条，离开了那个房间，出来遇到徐波，她说："麻烦和田柔说一声，我先回去了。"

她说完，就侧身擦过。

徐波带着那个女孩回到房间，问陆沉舟："就这么让程医生走了呀？她……好像没车吧？这一带有些偏，让她走出去打车，是不是有点不好？"

陆沉舟神色淡薄地坐在那儿，没说话。

光头这时候跑过来，他有点不高兴，"没事啦，我家妞儿开车来的，她会送程医生回去。"看向陆沉舟，"刚碰到程医生，她哭了呢，然后我无辜躺枪，被我媳妇挠了一把。"说着，他亮出自己脖子方向，那里还真的有一条很明显的挠痕。

徐波不忍直视，就没见过像光头这种被自己女朋友挠了还觉得光荣的货！

他叹口气："我还是去看看吧。"顺手把陆沉舟的"新欢"也拎走了，陆老大心情明显很不好，这个时候，路人甲等就不要在他这儿找存在感了。

光头没有走，他大大咧咧地在陆沉舟对面坐下："和程医生真谈崩了？"

陆沉舟语气淡淡："嗯。"

"心痛吗？"

他微微一顿，缓缓闭上了眼睛，过了会儿，轻声说："痛的。"

"那你干吗还要跟她崩啊？"光头的小脑瓜简直不能理解，"人生无味，想要尽情折腾？还是，"他语气奇怪地看着他，"你莫不是觉得像我以前那样作天作地把人作跑了，再要死要活地挂记着前女友很潮吧？"

嗯，不好意思，光头的前女友，正是他作天作地生生作没了的。

他觉得这会儿的陆沉舟，和他那时候很像。

出乎意料的是，陆沉舟居然没用看愚蠢的凡人一样的眼光看他，而是问了一个差点把他吓尿了的问题："她离开的时候，你会不会……想杀了她？"

光头几乎没坐稳："哥哥，不至于的，分个手而已嘛！"

陆沉舟笑了笑："我就差点杀了她。"他摊开手，神情淡漠地看着，"差一点点。"

光头一脸的难以置信，过了会儿才想起问："是……因为程医生要和你分手？"

"不是。她只是尽了她医生的职责而已。"陆沉舟说话时唇畔带了点缱绻又残忍的笑意，低喃着说，"我只是受不了……越喜欢我就越只想独占她，想她的眼里只有我，想把她绑起来，想做个笼子将她关起来……心理学上有一种病叫斯德哥尔摩综合征，只要绑得够久，方法得当，受害人就会对加害人产生难以抗拒的依赖，身心都完全交付给他。"

一副很认真地想要去试试的样子。

光头呆滞地看着他，哈哈哈哈干笑，笑完，发现陆沉舟完全没有配合的意思，不由得挠挠脸："你是认真的？"

陆沉舟的目光危险得让他发毛，光头硬着头皮："舟，你这样想是要不得的。"

陆沉舟没说话。

光头也不敢再说什么，再说下去他很怕陆沉舟要他做帮凶，比如帮忙把程医生骗来，或者帮忙打造个精钢牢笼什么的……他无比后悔刚刚没有和徐波一起溜。

哭死，留在这里听陆沉舟说他想把自己喜欢的人这样又那样真的好可怕！

他一直都知道陆沉舟有些想法很离奇，但他真没想到会是如此暴戾而阴暗。

而更可怕的是，只要他想，他完全有手段也有能力做到这些！

看光头因为自己的话吓得瑟瑟发抖，陆沉舟勾唇笑了笑，淡漠地挥了挥手。

光头出去的第一件事就是跑远点给田柔打电话："带程医生走，赶紧走，走远点，以后再不要来找陆老大！"

然后被不明真相又在气头上的柔姐姐一顿狂喷："死光头，你有病，给我滚！！！"

骂完，砰地挂了他电话。

光头：……

这边光头委屈得不要不要的，那头田柔简直是火冒三丈，挂了电话还在骂他："蛇鼠一窝！狼狈为奸！他们以为他们是谁啊？真当有俩臭钱就是香饽饽了，谁稀罕啦？有本事脱了那身富N代的皮，看谁比谁更有钱！讲真，老娘赚的钱都够包养几百个小鲜肉哒！"

程夕本来心情挺灰暗的，生生被她骂笑了："几百个小鲜肉你伺候得过来吗？"

田柔说："一个伺候不来，我还不能一天一换呀？"小心地看向程夕："你不难过了哈？"

也不怪田柔生气，她在开车，手机是连了车载音响的，换言之，刚刚光头那一通没头没脑的鬼哭狼嚎程夕也听到了！

这不雪上加霜，伤口上撒盐吗？必须得骂得他爹娘都不敢认！

程夕笑："不难过。"那是假的，不过她并不是那种会为感情要生要死的人，当初林梵不声不响和她决裂，然后一消失就是十年，她好像也没有多难过。

比起被陆沉舟赶走，比起他有了新欢，她更替陈嘉漫难过，不知道这一次深陷泥沼，陈嘉漫还有没有勇气再打开心扉，迎接光明。

而她的老师蔡懿却似乎是认准了陈嘉漫的病足够典型——反复发病，是女性，年纪尚小，除去她的行尸综合征，她还是一个抑郁症的重症患者，这些组在一起，就是蔡懿眼里非常重要非常"单纯"的精神病患。

程夕也是今天才知道，蔡懿的研究野心有多大，她不但要找出抑郁症的标准治疗之路，还更想要找出人体基因改变和抑郁症间的联系。

患抑郁症的病人并不少，可合适的却不多，蔡懿的年龄已经不小了，有生之年想要攻克这个课题，她……不可能方方面面都兼顾到。

程夕不是不佩服蔡懿的决心，可这种决心落到她自己的病人身上，她怎么都不能忍。

因此即便知道这时候和陆沉舟提陈嘉漫的事是不合适的，她还是忍不住来了，忍不住提了。

然后连主任交代她的必须让陆沉舟尽快和医院联系的事也忘了。

程夕不自觉地叹息，深深觉得自己是关心则乱，实在是不应该今天过来的……就算过来她也应该先讨好他取得他的"谅解"而不是顺其自然地和他闹翻。

正头痛怎么挽回，田柔见她那"强忍悲伤"的样子却已经忍不住了，蓦地一转方向盘，一边掉头一边说："叹个毛线的气，被甩后黯然神伤什么的太不符合你人设！还敢说走远点不要再去找他，滚他的蛋！敢甩我家的姑娘，姑奶奶我得让他们知道什么叫后！悔！"

而她所谓的要让人后悔就是打电话找了一堆人，"有小狼狗小奶狗可人疼的小野狗介绍吗？大量收购，速度送来！姑娘我要为我的好姐们公开择婿！"

程夕：……

她回过神来，抚额："求别闹了行吗？"

田柔特严肃："这怎么是闹呢？我这是向世人证明你的价值！"

程夕吐槽："一个男人能证明什么价值？"

"能证明你有魅力有能力呀，只要你想，男人还不是大把的呀？"

程夕说："可我要大把的男人用来干什么？"坚决不肯配合田柔这么脑残的主意。

奈何一般人还真拧不过这位柔姐姐，第二日，程夕被迫拉去参加了一个别开生面的相亲会。

相亲的地方靠近水边，离东来也没有多远，那是眉河边上的一个酒吧，人气超旺，才半下午，里面就已经聚集了不少人了。

田柔包了那里最大的一个包间，程夕进门就看到一屋子各式各样的花式美男，他们或坐或站或在唱歌，见到她，都齐刷刷回过头来，那种聚焦感……程夕当即说："对不起，我走错了。"

不等程夕退后，田柔的声音从后面传来："啧，走错什么走错。进去吧您！"然后一股大力，程夕被硬生生推了进去，力道之猛，令她几乎是扑进去的，然后好巧不巧，跌在一个跨坐在沙发扶手的男人身上，她跪在地，脸撞到了人家的胸，差点连鼻血都撞出来了。

那男的接住她，还笑眯眯地调侃："这个小姐姐厉害，一来就胸咚，很刺激呢。"

众人哄笑，程夕从他怀里退出来，泪流满面（被撞的）地说："对不起。"强忍抓狂，很诚恳地解释："脚滑了。"

这样子真是说不出的蠢萌可爱，自然又收获了一大片笑声，田柔笑得尤其夸张，还跟那帮人说："我没说错吧？小姐姐是不是长得条正盘顺又可爱又美腻？"

众人齐声："是！"

程夕完全不能直视，退到田柔身边，在她腰上掐了一记，咬牙道："你想干什么？"

田柔笑眯眯："给你介绍男朋友呀，时下流行的小狼狗小奶狗大野狗随你挑。不过我觉得你刚刚扑的那个很不错，"她说着亮出手机，放出她刚刚抢拍到的照片，十分羞耻的，正是程夕"胸咚"人家的情景，"你们俩这么在一起，有感觉吧？"

程夕：……

"我刚把它发给了光头，要光头转给陆沉舟，嗯哼，我干得好吧？"

程夕：……

看着田柔一脸的求表扬求夸赞，程夕真的……一言难尽。

她什么都没说，转身推开她就往外走，走没几步又回头："你们也散了吧，花了多少钱请记在这位田小姐账上！"

然后不待田小姐及众美男反应过来，拖起田柔就头也不回地走了。

田柔试图反抗："走什么走？就不走！"可是程夕真和她杠起来，田柔也只有被虐的份。

力气比她大又有什么用？程夕懂人体呀，随便捏她一根筋，彪悍的柔姐姐就整个都软了，涕泪交加地求饶："我走我走还不行吗？求别捏！"

乖乖地被程夕牵了出去。

当然了，这其中，有一半还是被程夕的脸色吓到的，她的脸色实在是太难看了，田柔认识她这么多年，还真就没见过她这么生气的样子。

"干吗这么生气啊。"田柔嘟着嘴表委屈，"我这不也是想帮你吗？"

程夕回过头来，"我要你帮我了吗？"不只脸色难看，语气也很是严肃，"田柔，我记得我就告诉过你，我不缺男人，我也不需要通过男人来证明我的价值！我不需要小狼狗小奶狗小母狗什么狗来给我撑面子，OK？"

田柔弱弱地："没有小母狗。"

程夕："……什么？！"

"小狼狗小奶狗大野狗，没有小母狗。"

程夕：……

她抚额转身，实在是不想再看见她。

田柔把她气得无语凝噎，倒是蹬鼻子上脸了，扯着她的衣袖："不生气了嘛……小夕，你不知道我多没安全感，你和沈唯那么优秀的人，都在感情上跌了跤，我又凭什么能得到幸福呀？"

这逻辑还真是醉人。

程夕放下手回过头来看着她，本想喷她的，可是触目所见的，是田柔满眼惶惶，一脸的乞求。

这哪里还是她认识的那个怼天怼地整天笑嘻嘻大大咧咧仿佛什么都没有放在眼里、彪悍无比的柔姐姐呀？

爱情能改变一个人，真的不是随便说说而已的。

程夕嘘出一口气，神色总算是缓了过来，她看着她："别这么看着我好吗？真不像你。"

田柔放开手，低下了头。

她是认真的。

程夕一指戳在她额头上："你傻不傻？我和沈唯在感情上跌没跌跤和你有什么关系，至于让你没点信心？"

3

田柔可怜巴巴的："可是你俩那么优秀！有本事有能力又长得漂亮，我呢，我就算赚再多钱别人也说我是乡下土妞，除了会耍点宝好像也没什么能让人惦记的，光头那家伙又凭什么看上我呀？你不知道，我偷偷查过他前女友，那才是真女神呢，年纪轻轻，已经是全美十大顶级设计师啦，长得又漂亮又有气质，就我这样，拿什么跟人家比？"

程夕皱眉:"谁要你跟她比了?光头吗?"

"那倒没有,就是我自己心里不舒服而已。"

这是真陷进去了,程夕不知道该为她高兴还是替她难过——还是高兴吧,人这一辈子,难得能遇到一个自己敢爱能爱还恰恰彼此相爱的人。

她问:"光头知道你的这些想法吗?"

"告诉他干什么?"田柔转过脸,"我自己鄙视我自己就够了,干什么要让他知道?"

程夕叹气。

她本来很生气的,生气田柔的自作主张,就陆沉舟那可怕的占有欲,她这么做,是真的会惹祸的。可这样的田柔,又让她生不起气来。

将她牵上车,两人坐在车里,程夕开始给她做思想工作:"你为什么要和他的前女友去比?"

田柔不说话。

"他老在你面前提?"

田柔点头。

"提些什么?她很好,你很差,她温柔善良,你粗鲁凶悍?"

"那倒没有。"田柔对手指,"也就偶尔提一提,说是以前要不是他自己作,指不定现在孩子都很大了……然后想我别那么作,对他……好一点。"

还好,光头没程夕想的那么渣,程夕松了一口气,说:"那,别说我没告诉你,恋爱不是你这样谈的,两人相爱,要给对方足够的尊重,可也要做到足够的坦诚,你心里有不安,有不高兴,你不喜欢他提她,那你就要告诉他你不喜欢,以及你为什么不喜欢。田柔,你说你不优秀,所以没有值得他会特别喜欢的地方,那是因为你不知道自己有多优秀。"

田柔问她:"真的?"

"嗯。"

她就眼巴巴地等着程夕夸她,结果程夕一摊手:"车钥匙呢?"

"嗯?哦,好。"把车钥匙递给她,递完也没见她说,反而发动了车子,一边慢慢驶出停车场一边问,"光头在哪儿?"

"干吗?"

"去找他啊,去告诉他你不高兴,去问问他,为什么喜欢你,并且,让他告诉你,你有多优秀。"

田柔:"直接问?……有点害羞呢。"

程夕瞥了她一眼。

田柔问:"要是问不出口怎么办?"

程夕淡淡然:"那就吵一架吧。气头上就什么话都能说出来了,但是,记得不要再动手了,感情可以吵出来,但绝不是从血里打出来的。"

田柔:……

就这么的,本来是田柔要给程夕安排一场精彩绝伦的相亲大会的,却被程夕临时押去找光头。

彼时光头正急得跳脚,却又不好给她打电话,因为陆沉舟就坐在他对面!田柔发给他那张照片的时候他正摸起一张好牌,然后一看照片一吓,自摸都被打掉了!

臭丫头还扬扬得意地给他发消息:"程医生新找的小狼狗,哼,给陆沉舟看看呀,看离了他,程医生是不是过得更好哒!"

我去!光头很坚定地捂紧了手机,绝对不会给陆沉舟看到一个角!

但是女朋友正在干危险的事必须阻止呀,光头心里急得跟什么似的,面上还得保持着淡定,这么高难度的事着实为难他,于是一不小心,惨输!

还不能中途离开,他嘴贱提议陆沉舟不要打球,改成打牌、赛车、玩女人,玩女人没意思,于是今天约了打牌……这才开局就遁,会被他们给打死的。

光头硬着头皮打下去,幸好田柔来电话了,他看着手机装模作样:"嗯,公司有事,我先接个电话。"然后让徐波的女伴替他,利利索索地滚了。

得知田柔想要过来找他,光头简直要感激涕零了,十分爽快地告知了地址,说:"我在门口等你!"

做好了准备要狠削她一顿的:太胆大包天了,陆沉舟的虎须也敢去捋!

可是等田柔的车一到,光头看到程夕,顿时:"你怎么来了?"

程夕和田柔:……

田柔本来还颇有些想表现得小意温柔的,可是一听他这话瞬间就炸毛了:"什么叫'你怎么来了?'"想起那天他号的那些话,火冒三丈,"要不要这么过分,分手了就要避着走?你当你们是传染病啊?我们听到名字就要跑?!"

一扫就是一大片,连光头也光荣挨枪。

而且传染病什么的,还挺形象的呢。

光头囧,程夕咳了咳,打断了田柔的无理取闹,和光头说:"我知道你的意思,我过来没别的,是因为田柔心里很不安,如果你方便的话,就先和她谈谈吧。"

然后不等他们反应过来,将两人推作一堆,自己走开了。

当然,程夕也没就走,只是在附近溜达而已,那时她想的是,万一田柔和光头谈得不好,至少她还在她身边不是。

程夕没有往里走，而是避着去了旁边的花园，光头他们所在的地方仍是那天晚上的老地方，也不知道是没离开过还是重又来了，程夕觉得，陆沉舟大约还是不太想见她的——他说不要去找他那就一定是不想她找他，没有任何的虚词或者说是虚饰，所以在这事上，她决定顺着他。

适当的距离，有助于解决问题。

光头和田柔的谈话比她想象中的要快，田柔没过来，倒是光头找到了她："谢谢你，我就说她最近老跟我闹别扭，今天要不说我都不知道她在介意什么。"

他只说出这一句，程夕就彻底放了心，笑了笑："不客气。"她看着他，倒是真的有点替田柔感到高兴了，"我想我得向你道歉，我以前对你的印象并不好，不过也许以后应该改变想法了。"

光头微微怔了怔，旋即咧嘴一笑，说："嘀，是因为我嘴巴臭？"他倒挺有自知之明。

程夕又笑了笑，她往后看了看，见田柔正远远地看着他们，便说："行了，你们谈好了就好，我看她应该不会就走，车就借我吧，我先回去了，让她不要过来，因为我还在生她的气。"

光头第一次看到有人这么生气的，叹为观止，点头说："好。"看程夕要走，又叫住她："那个……程医生。"

程夕回头："嗯？"

"其实舟，他挺喜欢你的。"

"嗯。"她笑。

光头不自在地挠了挠脸，他还真不适合干这种事，他自己跟人表白都不擅长呢，和田柔两个的感情，完全就是吵出来的，这会儿帮着陆老大说话，还真是浑身不自在！见程夕像是很明白的样子便大大松了一口气，"哎呀你懂就好，"想想又补充一句，"但是最近你还是别惹他，也别见他比较好。"

说完，颠颠儿地跑了。

程夕看着他走到田柔身边，两人一起回头冲她挥了挥手，打打闹闹着往里去了。

她微微笑着，转身慢慢往外走去，只还没走两步，她就不得不停住了脚。

晚上的风有些大，走廊上的灯映着树景，仿佛夜色都是摇摆不定的。而就在这一片摇曳的夜色里，陆沉舟双手插兜，静默着站在一座假山之后，见她望过来，他漠然一笑："你好像真的挺喜欢替别人操心的。"

程夕叹气："没办法，大概是改不了了。"她微微往旁边让开一些，问："要我快一点消失吗？"

第三十章

"能有多快?"

她粉唇轻嗫,发出清脆的一声咻——说:"这么快,可以吗?"

陆沉舟想笑,可心脏却是像被人攥住了一样,难受得他连呼吸都有些困难。

他望着她,一直知道自己是想见她的,疯狂地想见,就像他疯狂地想要伤害她一样,而她,大概也并不知道,她表现得越轻松,他就越生气,越淡然,他就越想做点什么可以伤害到她的事,让她也跟着一起难受。

从来没有人让他这么难受过,也从来没有什么能让他觉得这么难忍过。

陆沉舟的目光转为幽深,像是一面见不到底的深潭,幽幽的只有寒意。

程夕心里发毛,正想说"那我先走了",陆沉舟却先于她开口:"能吻你吗?"

程夕:……

她怀疑自己听错,然而陆沉舟又很认真地重复了一遍:"想吻你了。"

这种冷漠得就跟想吃饭饭拉粑粑一样的语气,也就程夕尚能面不改色地问他:"我可以拒绝?"

"不可以吧。"他偏了偏头。

她语气认真:"可是我讨厌做第三者。"

陆沉舟没再说话,他耐心有限,所以直接用实际行动告诉程夕,她的拒绝或者说讨厌没有任何意义。他想吻她,所以就……吻她。

她的气息仍旧干净而清冽,隐隐散发着甜美的味道,而他宛若是又饥又渴的旅人,只想从她唇舌间汲取更多的甜蜜。

程夕一开始是拒绝的,只是她用在别人身上很灵的手段,用在他那里却是一点用都没有,掐他麻筋他全无反应,把他打昏,她的手才动作就被他抓住了,她整个人被顶在假山石上,后背被硌得生疼,这样的环境和这样的情境之下,想要她对他的亲吻有什么好感也是很难了。

好在陆沉舟这一吻虽然激烈却并不久,吻完了,他还替她擦了擦唇角,明明做的是最温柔的动作,说的话却可恶得要死:"吻你好像和吻别人也没什么不同。"

程夕看着他:"你这么说,要是换成别人,会被打的。"

"那你为什么不打我?"

"因为我喜欢你呀。"

陆沉舟怔了怔。

程夕又说:"但是我也不喜欢你在有别的女朋友的时候来撩我。这一次我原谅你,因为我说过的,你有颜有财有能力做什么都有理,可是,我还是有我的底线。陆沉舟，我允许你去爱别人，却不代表我就要笑着祝福你，也不代表我会欢迎你，在和别人在一起的同时，还回头来找我。"

她说着推开他，自己慢慢往后退，一边退一边说，"陆沉舟，"她叫他的名字，声音温婉而柔和，"我也会吃醋，也会伤心，可你只要什么都不做，我都会原谅你，也会……一直等你，等你回头来找我，也等你愿意试着和我走下去，看我会不会离开你。"

程夕说完，就转身跑了，这话真不应该是她说的，如果他真的爱上了别人的话，这种话简直是一点下限也没有。

但是陆沉舟，他真的爱上别人了吗？

程夕走后，陆沉舟没有再回牌室，他在那处立了很久，然后回了自己的房间。

那个陪了他几天他却连脸都记不起的女孩过来找他："陆总，你不玩了吗？"

陆沉舟朝她伸出手："过来。"

女孩很听话地走到他面前。

陆沉舟仔细地看着她，语气淡漠地问："能吻你吗？"

和程夕听到他这么说时那意外又无语的表现不同，面前的女孩脸上飞了一片红霞，她低着头半垂着眼睛，轻轻说："好呀。"

陆沉舟没动，她犹豫了会儿自己凑过来，微仰着头想要吻他。将要接近的时候他伸指戳在她额头上："把你脸上的妆洗掉。"

女孩闻言脸红得更厉害了，咬唇看了他一眼，十足的委屈。

可惜陆沉舟无动于衷，扯了纸巾已经开始擦手了——嗯，她的粉扑得有点重，沾到他手上了。陆沉舟越擦越觉得难受，干脆起身去洗手。女孩俏媚眼抛给瞎子看，只好翻个白眼，拿过包包把妆卸掉。好在她颜值是真的在线的，卸了妆除了脸色有些过分的白以外，一张脸还是很经得起素颜的考验的。

她不知道陆沉舟满不满意，他洗一只手比她卸妆用的时间都还长，洗完了，又拿布巾仔仔细细擦干净，才坐回原位，淡淡地看着她。

他的表情太淡了，淡得好像他眼里根本就没有她，而只是一个旁观者。

可他眼里，又分明是涌动着什么的。

4

女孩觉得，只要能把他拿下，什么屈辱都可以忍！

第三十章

毕竟他是出了名的洁癖，身边一向干净，能要求她吻他，已经是很大的进步了！

于是又凑过去，只这次还是没能成功吻上，她离得还有些远，他眉头就微微皱了起来："你身上的味道很难闻。"

女孩子这下脸不红了，她脸直接青了！

因为是陪他，她特别花大价钱买的正版香奈儿的香水，以前她都用仿版的好吗？可就这样，居然还被他说难闻？！

偏偏陆沉舟是认真的，他一点也没有调侃或者说是羞辱的意思，只是单纯实事求是，很坦诚地告诉她，不！好！闻！

嘀，再忍！

女孩转身去浴室，把自己脱得光光的，从头到尾洗了个彻彻底底的澡，洗完了，她就围了一条浴巾，站在镜子前前后左右一看，很满意——身长、腰细、胸大、腿直，全身洗得干干净净香喷喷，要是有动画效果，她身上大概都是BlingBling的了。

本以为就算不能闪到陆大总裁的眼，也总可以勾到他吧，结果，还！是！没！成！

这回她倒是吻到了他，两人嘴唇贴着嘴唇，然后……就没有然后了。

她试着伸出舌头，被他一下避开了，像是躲避什么瘟疫一样，特别嫌恶地说："你可以走了。"

……玩她吗？

女孩用力蓄了蓄泪："怎么了？是我做得不够好？"

"不是。"陆沉舟耐心在流失，"我对你没欲望。"

……一亿吨的暴击！

没欲望还要求来吻她？女孩好险没喷他一脸，忍气吞声地说："其实你可以换一种的，"她暗示他，低头含羞瞥了他身下一眼，"我可以为你做很多。"

陆沉舟好歹也是在岛国动作片还有韩国情色片里浸淫过来的人，瞬间秒懂。

他看着她，笑了一下。

女孩也回了他一笑，眨眨眼，正准备动作，就见面前的男人拿起手机，打电话："我这里有个人听不懂人话，过来拖走她。"

女孩：……

他打完电话，还神情高傲又冷漠地看着她："我不想打女人。"

女孩：……

她站起来，脸色青红交错，实在是不能忍了，扯起身上的浴巾往他脸上一砸:"滚你的蛋!你以为你是谁啊!"

女孩也是社会人呢!要不是为了钓这个传说中的金龟婿,谁愿意这么忍气吞声来装乖啊?

陆沉舟被带着女孩体温的浴巾糊了一脸,整个人都是蒙的。

嗯,长这么大,还没有人这么对过他。

奇异的是,陆沉舟并没有生气,他扯下浴巾,顺势倒在床上,望着头顶的天花板,懒洋洋地笑了笑。

女孩都要气疯了,就那么光裸着捡起自己的衣服穿上,然后飞一般地跑掉了。

跑出去后她就到处传,还在网上发了个帖子,帖子标题是"我认识的弱智富N代们"!把包括光头在内的这群纨绔都吐槽了一遍,当然,陆沉舟尤其惨,槽点太多,被吐得连底裤都不剩,什么"死抠门""面瘫货""洁癖王"还有"性冷淡"通通都是槽点。

其中"性冷淡"最惨,被传到最后,变成了"性无能",然后新的帖子也出来了,标题变成:"震惊,本地最年轻最帅气被称为钻石王老五的东来掌门人,居然是性!无!能!"

这帖子在朋友圈里大量转发,然后光头也被有幸转阅,看到的时候,他差点喷了,"哪个人这么有才?"找到原帖,暗戳戳地在后面跟了一句,"陆老大要是性无能,那买那一箱冈本是摆着看的哇?"后面附图,陆沉舟要他买冈本的入货单,以及一箱子看起来十分震撼人心的避孕套。

发完了,光头意犹未尽,又补充一句,"这是三个月的用量",配图微笑脸。

一下就炸了营。

光头却不管了,自以为已经替陆老大辟谣成功,还很贴心地将事情来龙去脉查了查,最后查到第一个帖子,再查到了源头,马上打电话给徐波:"你找的是什么人?把陆老大都要黑出翔来啦!"

徐波看完帖子也很恼火,这姑娘是别人介绍的,认识已经有点时间了,气质不错,性格瞧着也好,最主要的是,居然和程医生长得有点像。之前他没敢往陆沉舟面前领,光头说陆沉舟和程医生分手了,他就把她带了来,本来也是想看看陆沉舟会有什么反应的,没想到他竟当真把人留下了,留下也就算了,指不定他就喜欢这个款呢?可现在闹这么一出又是怎样?

难不成那姑娘不是什么交际花,而是哪个竞争对手派来的逗比?徐波想出手对付,然而这事陆沉舟才是最大的苦主,就跑去问他有什么要求,人是他带来的,这事他得负责灭火。

结果陆沉舟听了后,问:"那是谁?"

徐波:……

敢情他把人带在身边那么多天,连对方叫什么名字都没搞清?所以人家这是明珠暗投,因爱生恨?

瞬间就不想管了呢。

徐波心里正抓狂,陆沉舟办公室的门突然被推开,一个三十岁左右的年轻男人在陆沉舟助手的阻拦下硬闯了进来。

看起来,陆沉舟也是认识他的,在助手道歉后他挥了挥手。

助手放开,那个闯进来的男人整了整衣领,沉着脸走进来。徐波正想这人胆量不错,竟然敢在陆沉舟面前耍脸子,结果,来人的胆子比他想象的还要大,他走近后一语未发,一记勾拳,又重又实地击在陆沉舟脸上。

徐波:……

这世界怎么了,一窝一窝全是猛人!

然而拦还是要拦的,他立即站起来,和尚未退走的陆沉舟助理一起,将来人抓住。

那人也不挣扎,只是轻蔑地看着陆沉舟,呸他:"孬种!分手了还要断人前程,我妹是眼瞎才看上你!"

徐波:……

程医生的哥哥,比程医生还要生猛。

程阳那一下着实狠,陆沉舟半边脸都肿了,他皱眉偏头,吐出一口血。

助手当即杀气腾腾地说:"陆总,我马上报警!"

陆沉舟无所谓地摆了摆手,起身倒了一杯水,站那儿慢慢漱起口来。那漫不经心的样子把程阳气得够呛:"陆沉舟,你狠!我妹倒霉才喜欢你这个神经病!她有智商有本事要靠你发财致富?我呸!要不是我妹,你现在在别人眼里就是个死基佬儿,没人要!"

越说越来气,本来还算淡定的,说到后来忍不住跳脚骂,"神经病!""王八蛋!""我圈圈叉叉你个肺"之类的。

结果他骂半天,都不及一句:"我妹去了那边要是不回来,我一定和你死磕到底!"

陆沉舟陡然回过头来:"她去哪儿?"

程阳骂得正起劲,下意识回一句:"去哪儿关你屁事!"

陆沉舟大步走近,猛地掐住他的脖子,又问:"她去哪儿?"

程阳:……

好想输人不输阵，但是陆沉舟的样子太可怕，而且……他快呼吸不过来了，浑蛋！还是徐波看不过眼，小声地提醒陆沉舟："舟，你快要把他掐死了。"

陆沉舟蓦地后退，受惊似的把手缩到背后。

他一向表情淡，这会儿的情绪算是很激烈了，激烈到连徐波他们都注意到了他的异常，不过程阳没注意，他受的惊吓更大好吗？他一边咳一边说："我要告你，咳咳，杀人未遂……"

话还没完，一把锃光瓦亮看起来就锋利无比的水果刀突然递到他面前，徐波和陆沉舟的助理都吓了一跳，齐齐叫他："舟！""陆总！"

程阳更是吓得连咳嗽都忘了："你，你要干什么？！"

陆沉舟看着他："不是很恨我吗？"语气平静得让人脊背发凉，"给你个机会杀我呀。"说完，他叫徐波二人，"放开他。"

"陆总！"

陆沉舟冷冷地瞥了他一眼。

助理只好不甘不愿地放开程阳，却还是做好了防护的姿势。

程阳却是翻了个白眼："你有病就以为别人也跟你一样有病？我要和你死磕到底就是跟你拼命？呸，我的命才……"想说他的命才没他那么贱，但是貌似人家身价比他高多了，程阳硬生生改口，"没那么不值钱，会拿来和你这种人渣拼！"

话骂得太过了，陆沉舟的助理再不能忍，他记性不错，这会儿总算记起来了，冷声提醒："程先生，我记得你还有合约在我们手上。"

换言之，程阳做下工程，东来还有一大笔钱没有结给他，这么放肆真的好吗？

程阳回头就"呸"了他一脸："去他妈的合约，老子不要了！"气势汹汹放下狠话，程阳威风凛凛地走了。

陆沉舟皱眉看着他离开。

他手上还握着那把刀，刀尖森冷的光看得其余两人都胆战心惊的，陆沉舟却是无事人一样，将刀尖在腕上轻轻拭了拭，淡声吩咐："去查查，仁医精神科的程夕去哪儿了。"

……

陆沉舟办公室里的鸡飞狗跳程夕并不知道，这会儿她正在安抚程爸程妈："医院已经是很宽大处理了，毕竟是我违规在先……"

虽然陆沉舟不配合，但程夕被举报的最终处罚还是下来了，因为事实很"清楚"了。医院酌情，没有吊销她的医师资格证，但是鉴于她确实有处理不当的事实存在，她将会被"借调"到甘肃某县，帮助该地区进行震后心理援助。

至于能不能回来……嗯，未定。

程爸程妈就是被这个"未定"给吓到了。而这次处理会下得如此之快，还要"多亏"了一个大家完全没有想到的人：龚恒谨。

龚恒谨的精神问题已经恢复得差不多，近期就可以安排出院，谁知就在她出院前夕，让她在医院溜达的时候，听到其他医生的讨论，因此知道了程夕的事。

程夕被停职的时候，龚恒谨也是知道的，毕竟程夕在仁医精神科的人气实在是太高了，她长得漂亮、性格温和、说话好听、待人友善，简直是大部分精神病人心中的女神。那些住院的家伙经常还以能偷拍到女神为荣，所以程夕有段时间没来上班，几乎所有人都知道。

龚恒谨起先并不知道原因，所以也没做什么，知道了前因后果，并且还知道她很可能会免于处罚，那怎么行？她自觉暂时对付不了沈唯，但在程夕这事上踩一脚是完全没问题的，就实名向院里举报，说可以证明，程夕确实是"贪慕富贵"，并且为了陆沉舟还"抛弃了相恋多年的男朋友林梵"，把她塑造成了一个完美的女版"陈世美"。

而林梵这事一说出来，程夕更是有嘴都没法说清了——科室里关于她和有妇之夫搅缠不清的流言还在呢！

也是幸好龚恒谨的实名举报太夸张，里面好多东西都是不尽不实，加上她又和程夕有曲里拐弯的"私怨"，这才让她的举报信没那么有说服力。不然的话，程夕被吊销医师资格证都是完全有可能的，就如院长后来在会上说的，"精神科医生和自己病人发生感情纠葛，不管出于何原因，何目的，都是违背了医德和人伦的大事"。

就这处分，还是有他们主任斡旋，又有从国外赶回来的陆爷爷陆奶奶的背书，然后程夕自己主动申请，才换来的宽大处理。

所以程夕真是没什么怨言，她还在读书的时候，就经常会和老师们一起去地方做些无偿的心理援助，要不是程爸程妈实在难缠，程夕曾经还想过要去地方上待几年呢——当初汶川地震的时候，程夕就以志愿者身份在那儿待了差不多半年，她后来能顺利考到蔡懿名下，也和她在汶川的经历不无关系。

能去地方，她求之不得，只唯二不能放下的，是陆沉舟和陈嘉漫，一个是她最爱的男人，一个是她最关切的病人。

第三十一章

1

是的,程夕现在能坦然地告诉自己,她爱上了陆沉舟,不知不觉,也多少有些莫名其妙。

她只是觉得,抛开他的心理问题,他身上所表露出来的赤诚与克制,才是最让她心动的。

程夕走神的工夫,程妈已经完成了从程夕本人到陆沉舟到医院各方面全方位的声讨,程夕等她发泄得差不多,这才安抚说:"妈,放心,我肯定会争取早点再调回来的。"

这个保证总算让程妈得到了些许安慰:"真的?"

"真的!"

程妈说:"只要你别想着扎根西部就行了,我和你爸爸也会给你想办法找找关系……还有啊,不许你在那边找男朋友,等回来了,妈一定要给你找个真正靠谱的。"说着她忽然想起,程夕今年都二十九了,再过得两年那不就是三十多了?悲从中来,"我现在就担心等你回来,恁大年纪了不好找对象,和你年纪相配的好男人,都有主了哇,没主的净是歪瓜裂枣……"哎呀妈,不能想,一想就觉得面前如花似玉的女儿注定要孤独终老,这辈子怕是嫁不出去了。

于是脑补过度的程妈这回是真的哭了,这事太现实,惹得程爸也跟着落了泪,然后老夫妻俩眼泪汪汪地望着程夕。

程夕:……

这个她真不能保证什么了哇!

在程夕被逼得差点也跟着哭的当口,好在,程阳回来了。他气冲冲地,进门先吼:"你这门的密码怎么还不换?"想起陆沉舟,恶从心中来,"记得把他的指纹也删掉,以后这个家不许他来,神经病啊!"

第三十一章

他这一发火,程家其余三口都惊了,望着他。

程妈问:"这是怎么了?"

程阳恶狠狠:"我把陆沉舟给揍了!"

程家三口:……

咳咳,回过神来,程妈很解气:"揍得好,儿子!"

程爸:"没揍死吧?"

程夕囧,问她哥:"真的是你揍他?"语气是相当的怀疑,不为别的,陆沉舟的战斗力她是很了解的,就程阳这个从来不做运动也没有任何暴力细胞的家伙,能揍得了他?

很怀疑。

程阳怒:"你那什么语气?当然是我揍他啦,揍得他满地找牙!"

程夕眨眨眼,不说话了,坐一边听程阳吹牛皮,吹他是怎么闯进陆沉舟的办公室,然后把他揍得满地找牙的。

程爸程妈十分捧场,听完后不停夸儿子:"做得好,当哥哥的就得这样!"然后就这么奇异地接受了现实,开始安排这安排那,查程夕要去的地方的气候、人文、地理环境,确定要给程夕带些啥,老两口店也不开了,一心一意给女儿准备东西。

程夕反倒无事可做,主要是她想帮忙程妈也不让:"你好好休息,一年到头,难得闲呢,而且就那边那状况,还不知道你过去了要受多少苦。"

说得程夕好像是去垦地开荒一样。

程夕也知道程爸程妈是心里难过,想帮她做点事纾解,就从善如流地闲了下来。

不过也不是真闲,有些东西还是要她自己整理的,像是想要带过去的书之类的,程爸程妈就帮不了忙。

程夕收拾书房的时候,程阳跟进去,他关上门,语气严肃:"喂,臭丫头,我问你,陆沉舟是不是有精神病?"

程夕心下微惊,面上却是不动声色的:"怎么了?"

和程夕,程阳就说实话了:"我揍了他以后,他拿刀吓我,当时那个样子,眼神,表情,和我在你那里见过的一些精神病人很像。"

程夕停下来:"和我仔细说说。"

程阳还以为她真不知道陆沉舟有病呢,从头到尾原原本本,没一点添油加醋地和她说了,说完,问:"是不是?"

满怀期待。

结果程夕说:"不能确定。不过正常的人受刺激后也会有一些过激的情绪反应，这种过激来得快消失得也快，是不能称之为精神障碍的。"

忽悠得有理有据，程阳瞪着她。

程夕见了笑："哥你在期待什么？盼着他有病然后好给我翻案？别闹了，如果医院那边真确定他有精神疾病，那我必须是被吊销医生资格，而不只是被发配出去啦。"

程阳：……

"早知道就不和你说了，哎我的英明形象啊！"他一头跌在程夕肩上，"老妹，为了你，我可是连东来的合同都打算放弃了的，你可千万得想办法调回来。"

程夕点头："嗯。"在程阳的毛脑袋上蹭了蹭，"哥，等我走后，你记得多找陆沉明出来玩，多带他参加一些朋友的聚会……"

话没说完，程阳跳起来："我干吗还要管他？他哥都这么对我妹了，我还要管他弟？"

程夕一句话把他钉死在原地："嗯，因为是你主动撩的他。"

程阳：……

这罪还得背一世了。

程阳说她："你也有病！"指尖戳在程夕头上，好想在上面戳个洞，看看他妹妹的脑袋里是不是有圣母之光。

程家在积极准备的时候，程夕被"借调"去往甘肃的通知也正式行文发了下来，这事处理得很低调，精神科的同事们觉悟也比程爸程妈高多了，当然，更主要的是，作为内部人员，他们知道的消息比程爸程妈要多得多，所以也很清楚，如此结果，对程夕已经是最大限度的保护了。

同事们打电话给她，说是为她准备了一场送别宴，要她务必穿得漂漂亮亮地参加。

程夕听了笑，说："好的。"

到了那日，开了衣柜挑衣服，她的衣服多数都被程爸程妈打包了，就余下数件日常穿或者是程夕不会穿的，和陆沉舟的衣服挂在一起。

程妈当日说要把他的东西都扔了，程夕没让，就像她最终也没把他的指纹密码换掉一样，她是希望有一天，陆沉舟回到这里，所有的东西都还是他熟悉的样子。

程夕最终挑了陆沉舟帮她买的那条裙子，大红的颜色，还真是特别喜庆，她化了妆，弄了头发，把自己打扮得漂漂亮亮的。

程爸程妈几天都没开店，就住在这边陪着她，名义上是怕她想不开，实际是给她洗脑，要她去了那边务必记得回来，且要快快地想办法回来。他们买完东西进门正好和程夕正面碰上，差点没认出来，程妈忍不住说："你要是早这么打扮，至于这年纪了还没嫁出去吗？"

程夕的欢喜顿时变得有些囧囧的，和同事们会合后，自然又被他们蹂躏了一通，护士长抱着她："哎呀妈，这么漂亮的姑娘去了甘肃，甘肃人民会不会闪瞎眼呀？"

"闪瞎眼不会。我就怕甘肃的男人们再难娶到媳妇了。"

"为什么？"

"珠玉在前，其他都成渣渣了呀。"

众人皆笑，程夕也不由得笑了起来，大家开开心心的，只说些高兴的事。她那天本想陪着他们干上三千杯然后一醉方休的，奈何她那渣酒量不给力，喝没两杯就晕了，弄得同事们想灌她酒都不敢，护士长甚至主动给她换了白开水，"我的天，你的酒量还真可怕！"

程夕就喝了一肚子的水，喝到散场，她觉得不好意思，到底换成酒，敬大家："谢谢你们，很高兴来到仁医，可以认识这么可爱的你们。说实话，我不后悔自己做下的事，也不害怕离开，但是我很怕你们会忘记我，所以，等我回来！"

说得大家都有些泪目，她一仰脖子，干了一整杯。

那杯酒太实诚，满满一大杯，一时感动的后果就略严重，程夕整个都晕菜了。

出门的时候，她还能面不改色地跟同事们挥手告别，弄得他们都侧目："你其实是酒中高手吧？一直装菜迷惑我们？"

程夕晕头晕脑的："是啊，要不我们再喝几杯？"

她笑得安静，小酒窝里都盛满了甜蜜，那难得一见的样子昭示着她是真要醉了，护士长拦住她："行啦，再喝我们得把你抬回去。"

程夕不服气："我还很清醒的。"为了证明自己所说不假，她很豪气地没让别人送，自己打车回了家，然后路上就不行了，让司机停车呕了一回后人完全稀里糊涂的。她觉得这样不好，便拨电话让程阳来接她，大着舌头："哥，我醉了，你在楼下等我。"

程阳没作声，程夕就嘀嘀咕咕跟他说："别告诉妈，她会骂我的。"

"我走了后，别惹妈妈生气了，钱少挣点也没事啊，不要那么拼。"

"不许干坏事。"

"还有，不许再去找陆沉舟的麻烦。"她说，"哥，我很喜欢他的，你打他，我心疼。"

她一直说一直说，很担心自己停下来就会睡死过去，然后被司机带到什么地方去了都不知道，她觉得自己意识还是很清明的，还知道告诉司机："到地方了叫我啊，我哥在那儿等着的。"

　　也知道在电话里告诉程阳："要是没接到我，你就找护士长，她拍了我的车牌号。"

　　逻辑很清楚。

　　程阳一直没说话，但也没有挂断电话，程夕就歪倒在座位上，抱着手机到最后自己都不知道自己到底说了什么。中间她还一度睡了过去，再醒来的时候，车子已经停了，她听到司机的声音："你是她哥哥？"

　　有低沉而清冷的声音传过来，车门被打开，程夕努力地睁眼，叫了一声："哥？"

　　来人握着她的手臂，将她抱起来，轻轻地"嗯"了一声。

　　是熟悉的声音，靠着他，闻到的也是熟悉的味道，程夕彻底放了心，闭着眼睛缩在他怀里，小声呢喃："陆沉舟……"

　　抱着她的手微微一紧，程夕后来的意识就很模糊了，隐约好像是她被送回了家，然后迷迷糊糊睡着了。她醉成那样都还做了一个特别羞耻的梦，梦里她被陆沉舟抱在怀里，他好像激动得不得了，还没进门，就把她按在了玄关上。

　　她身体发软，他捞住她，从她背后吻她，他的吻比以往任何时候都要火热，滚烫滚烫的，像是要把她整个人都灼伤。

　　明明她并不在意他那个所谓的新女朋友的，可是梦里面她还是记得，嘟着嘴委屈地说："陆沉舟，我不做第三者。"

　　他在她耳边低喘，说："你不是。"

　　她很不满。"骗子，"她说，"你都有新女朋友，很快，也有新未婚妻了。"

　　他无耻地问："那是谁？"

　　程夕说不出话来，因为她也不知道那是谁，只隐约记得是年轻的女孩子，比她更年轻，嗯，大概，也还要更漂亮。

　　她觉得很心塞："那你总会有的……因为我要去甘肃了，离得你远远的，时间久了，你会认识新人，会忘记我。"她伏在玄关处，说着这些的时候竟然有点想哭，然后她也真的哭了起来，哭得情难自抑，一抽一抽的。

　　他将她翻过来，轻轻吻着她晶莹的眼泪，她微微轻抿的唇角，本来是很温柔的动作，可是细细感觉，却是那样悲伤。

　　说不出来的悲伤。

　　他和她道歉，一边吻她一边说："程夕，我不敢太爱你。我怕我会忍不住折断你的翅膀，所以……能飞就远远地飞走吧。"

她一口咬在他的肩上:"陆沉舟,你会后悔的。"

然后他们就没再说话,互相激烈地扒着对方的衣服,凶狠的气势好像要把对方拆吃入腹一样。

他们折腾了很久,从玄关到客厅,又从客厅到沙发,程夕心想反正做梦呢,就狠狠放纵一回吧。有几回陆沉舟都看不过眼想让她休息了,她豪气冲天地往他身上一压:"睡什么睡,接着嗨!"

接着嗨的结果是,第二天程夕被程妈叫醒,感觉自己整个人像是被什么重型机器碾压了一样,从头到脚就没有哪一处不在抗议。

做梦都能到这种地步,程夕也是无语了,而且那梦太真实了,这会儿似乎都能感觉到自己身上还火辣辣的⋯⋯火辣辣!程夕一下就清醒了,这种感觉,还要硬说只是梦一场就真的太侮辱她的智商了。

她猛地蹦起来,扭头——嘶,脖子扭到了,程夕捂着脖子四处看,还好,陆沉舟没在她床上!

但是陆沉舟没在她床上,那昨天晚上她睡的是谁啊?

2

程夕整个人都有些不好了!她不死心地掀开被子,嗯,那一身辉煌的战果,想装眼瞎没看到,难度有点大呢。

"程小夕!还不起来?"程妈终于恼了,擂开了她的门。

程夕麻利地拿被子罩住自己,特别特别无辜地看着她妈妈:"我已经起了⋯⋯"

"起了就快点,这时候了还不起床吃东西,不饿啊?"

程夕还真不饿⋯⋯奈何这世上有种关怀叫作妈妈觉得你饿,所以这几天程妈在的日子,程夕就算不用上班也完全不能睡懒觉,因为程妈觉得不吃早餐人会饿。

她嘘了一口气,忍着一身酸痛还有满腹的疑惑爬起床,洗漱后来到餐厅,程家其余三口已经在吃早餐了。因为程夕即将离开,程爸程妈还有程阳都住了过来,她这房子被陆沉舟改造得住不下,他们就很心安理得地住去了隔壁,拿程妈的话说是:"住他的房用他的电等他来收钱,正要把账好好算一算!"

只是陆沉舟一直没来,他们就也一直住着。

程夕打了个哈欠,目光落在程阳脸上,程阳哧溜哧溜地吃着面,嘲笑她:"看你这样,昨晚又喝醉了吧?你那二两啤酒都能醉死过去的渣酒量,能找回屋真的很奇迹呢。"

程夕："……所以我要你下楼接我，你没去？"

程阳说："你叫我接了吗？"拿出手机，"没接到电话呀。"

程夕：……

她转身，开始满房找自己的手机，最后在玄关上找到，和她的包一起。

拿起包的时候她注意了一下，玄关处收拾得特别干净，其实不只是玄关，就是客厅还有房间，所有昨晚她"梦"里放纵过的地方，都收拾得很干净很整齐，连她昨晚穿的那条红裙子，都被洗得干干净净的挂在阳台上。

有这些，昨晚睡的是谁，程夕已经有些数了，不过她还是打开了手机，看到最后一个通联人的名字写着：陆沉舟。

通话时长：43分。

原来昨晚真的不是梦，她真的是趁着酒醉，把陆沉舟叫过来，然后十分夸张地将他睡了。

脑子里突然蹦出一句话："睡什么睡，接着嗨！"

程夕……特别想死。

她拿手捂住脸，简直不敢相信如果那个梦不是梦而是真实发生了的话……哦，她还是去死一死吧！

程爸程妈还有程阳就看着她在那儿发癫，程阳那死家伙还问她："怎么了，你昨晚喝醉酒后干什么坏事了吗？"

这话导向性略歪，程妈瞪了他一眼："正经点，那是你妹！"

程爸看程夕脸色确实不大好，就也说："知道自己酒量不行，下次就别喝啦……过来，吃点东西暖暖胃。"

程妈也说："就是，快来吃吧。"

程夕怕他们怀疑什么，从善如流地坐了过去。

同事的欢送宴像是打开了某种序幕，接下来程夕天天就是吃吃吃、喝喝喝，苏岚也单独请了她一餐，和苏岚吃饭的时候，程夕同学群也炸了，田柔直接在里面朝她喊话："姓程的小妞你出来一下，你要去甘肃了，居然连个话都不准备留一个？"

程夕和苏岚聊着天，也没注意，直到田柔他们电话一个接一个地打过来，她才知道大家都知道了。

程夕只好在群里回了一句："三天后走，明天聚，可行？"

收好手机，她和苏岚笑："行了，明天大概是又要醉一场了。"

苏岚看着她："你好像蛮期待？"

程夕莫名就红了脸，眨眨眼睛："人生难得几回醉嘛。"

苏岚笑她："你想醉还不容易？"

程夕一本正经："好朋友不揭短。我会努力练好酒量的。等回来，再和你一醉方休。"

"好。"苏岚很认真，"等你回来。一定要回来。"

程夕说："会的。"虽然她也没把握，因为说是借调，她是连档案还有个人关系全都转过去了的，除非辞职不干，否则的话，想再调回来，系统内估计有难度。

这一点，程夕知道，苏岚也知道，但是她们都没有挑破，苏岚只说："未来有无限种可能，凭你的能力，再调回的可能性很大。我就怕你对你的工作太热爱了，以至于你自己都不会想回来。"

程夕说："没事，真那样我也还是会回来看你们。"

可是回来看他们她就只是这个城市的过客，天长水远，时间总会把一切都慢慢淡化掉。苏岚有些难受："我认识你晚了些。"

"不晚的。科技让生命和时间都获得无限的延长。"

这正儿八经的像是打广告一样的语气，把苏岚终是逗得笑了起来，程夕这才松了一口气："别伤感呀，开开心心地送我，因为去那边工作确实是我一直想做但又没做成的事，所以我这是圆梦呢，得高兴。"

苏岚便没再说什么，两人分别后，程夕特别想联系一下陆沉舟，甚至不管不顾跑去看看他，但是她终究忍住了。

想起他说："程夕，我不敢太爱你。我怕我会忍不住折断你的翅膀，所以……能飞就远远地飞走吧。"

她知道，他正在努力地克服，这种时候，她不想打扰他，也不愿意挑战他的忍耐力。

如果要她离开是他所想的，那么，她愿意。

程夕打开窗，感受着六月的风里那一丝咸暖的热意，看着这个她生活了二十多年的城市，微微笑了笑。

只是才下车，就有一个熟悉的声音叫住她："程夕。"

她微微一讶，转身看见沈唯立在保安室的门口，她肚子已经很显怀了，穿着淡绿色的孕妇裙，或许是做了母亲的缘故，她看起来少了往日的干练与精明，多了几丝为人母的柔软。

"你怎么在这儿?"程夕连忙上前扶住她，"天黑，小心点。"

她完全是下意识的动作，沈唯却是忍不住笑了起来，然后一头栽倒在她怀里："程夕，我以为你再不打算理我了。"

程夕：……

感受到肩上的湿意,她叹口气,一手搂住她,一手轻轻在她背上拍了拍:"说什么傻话呢。"

沈唯哭够了,才放开她。

程夕取笑说:"几日没见,那个要面子的沈妞呢?"

沈唯声音低落:"都把你连累成这样,还要面子呢?"

程夕并不意外她会知道。只这个话题不好在这里谈,便搂了她一下:"别这么说。"和保安道过谢后,将她牵走,问:"去我家?"

沈唯点头:"好。"

程夕回去的时候,程爸程妈还在她那儿,看到沈唯,两老都很高兴,程妈还摸着她的肚子问:"几个月啦?"和她很是聊了会儿育儿经。

程夕和程爸坐在一起看她们聊,程爸说:"你妈这是想带孙儿了。"

这种时候,必须死道友不死贫道,程夕立即说:"让哥生!"

程爸笑起来:"傻话!你哥能生吗?"

又聊了一会儿,程爸程妈去睡觉,沈唯看着一地已经打包好的东西,叹了口气:"对不起啊,我不知道龚恒谨那贱人会针对你。"

她咬着牙,和程夕说:"我会让她后悔自己做下的事的。"

程夕简直是想叹气,问她:"你还想对她做什么呢?"

沈唯赌气:"总之不会让她好过的。"她冷笑,"以前我觉得让她活得生不如死就好,现在看来,还是太便宜她了。她就该死,早早地去死了才好!"

"沈唯。"她叫住她,"别再对她做任何不好的事了好吗?你有宝宝啦,戾气别那么重,动不动就死啊活啊报复什么的,不好的。再说了,她已经够惨了,艾滋病对人心理和生理的打击是常人难以想象的,得饶人处且饶人,你也放下吧。"

沈唯说:"我放下了,但她不该那么对你。"

沈唯查是查了,但是她并不知道,一开始举报程夕的是陆沉舟,这事知道的也确实不多,连院里都不清楚。

知道的,程夕都让他们瞒着了。

程夕捏着她的手指:"无所谓,是我做错了事,有她没她我都会挨处分。你忘了她吧,一直记着她,恨着她,很累的。别忘了,对别人最好的报复,就是彻底忘了这个人的存在,好好活着,快乐地活着,精彩地活着。"

那天程夕将沈唯留了下来,对她做了最后一次心理辅导,她不知道有没有效果,她只是尽她最大的努力而已。

如果沈唯能记住她某一句话,然后做出一点点改变,那就是胜利了。

程夕第一次跟孕妇同床,很怕会不小心碰到她的肚子,所以经常会醒来。

沈唯倒是睡得挺好的，连起夜都没有，一觉睡到大天亮。

第二天她也没走，就在程夕家待着了，下午的时候田柔过来接她们，同学们足够热情，包了凤凰台一个豪华大厅给她办送行。程夕过去的时候吓了一跳："这是不是太夸张了？"

"不夸张，今年正好是我们毕业十三年，一起庆祝了。"

程夕闻言无语，她都不知道十三也是个值得庆祝的数字了，不过大家开心就好。

同学间的聚会比起同事之间就疯狂得多了，大口吃酒，大声玩笑，程夕酒量不好，田柔替她挡酒，然后被同学群嘲，恼得她一拍桌子："怎么的，我就替她喝了，不服？不服来战啊！"

于是这位女壮士单挑了十个男生，那十个都喝到桌子底下了，她还在中气十足地喊："还有谁？"

所有人都叹为观止。

程夕很怕她把自己折腾坏了，谁知她还真没什么事，就是酒意上头后特别闹腾，一时抱着沈唯，自己孩子都还没影呢，摸着她的肚子："这是我干儿子，要长乖一点哦，以后给我当乖女婿。"

一时又抱着程夕："陆沉舟那个王八蛋……跟你说，他也遭报应啦，哈哈哈，他不是新找了个女的吗？那女的嫌他小气，到处黑他，说他性无能，结果光头那个傻宝，想替他辟谣，在网上传了他买冈本的单子，还说那老大一箱冈本是他三个月的量，结果被人实力科普，说那么多避孕套陆沉舟想在三个月内用完，他一天平均得做十次，就是铁棒也得磨成针了，硬说他买冈本就是为了掩饰自己是性无能的事实……哎呀，可把我给笑死了！"

程夕：……

她揉揉脸，想想陆沉舟那体力那能力，默默地不出声了。

不想田柔脑洞大开，居然贱兮兮地问她："陆沉舟是不是真的不行哇？嗯？"

程夕："……不是。"

田柔拍拍她的肩，一脸我已经看透的表情说："好了，我懂的。不过你都要发配边疆了，还怕他个球，直接大胆地说出来，没关系的！"

程夕：……

看田柔那样，大约是恨不得把从她这儿得来的"内部消息"大肆宣扬出去了，嗯，和酒鬼说不清，程夕也没想解释，她只是……默默地帮陆沉舟点个蜡。

这名声不好去除呢，辟谣都难，而且现在科技这么发达，他就算跟别人生了娃出来，也可能被想黑他的人说成是试管婴儿。

嗯，真的要替他多点几根蜡。

田柔很高兴，觉得这么抹黑陆沉舟也是一种胜利，就拉着程夕跳舞。林梵进来的时候，程夕正被田柔绕得眼晕，两人转到门口，她一不小心跌了一下，背后伸出双手扶住了她。

程夕回头，就看到了林梵。

好像是几个月前的情景重现，她站在前面准备接沈唯的捧花，他在后面悄悄地护着她。

只是心境已全然不同，程夕再没有悸动的感觉，她微笑着退开："谢谢。"扯住还在癫的田柔："好了，别闹了，林梵来啦。"

田柔扑上去就抱林梵："我家男神！"

程夕惊了一头汗，赶紧拖住她："别闹。"

田柔就说她："老古板，抱一下怎么啦？"又说："你当初还不如和林梵好呢，你看林梵对他家媳妇儿多好，这才是我家男神唯。"

程夕真是想捂住她的嘴，叫了另一个同学，很强硬地把她带走了。林梵的尴尬很短，他虽然来得晚，但是掀起的热潮倒不低，因为他直接说了："来晚了，今天晚上我买单。"

虽然大家都不缺钱吧，可有人能这么豪爽，还是很让人高兴。

气氛更热烈了。

程夕在一边照顾田柔和沈唯，偶尔望过去，见林梵一反常态，跟好些个同学聊得火热——那些同学都是闯荡多年，不乏实力和背景的，程夕想，他是真的改变了，总算学会要经营自己的人脉。

也挺好的。

那天晚上闹到很晚，也是太晚了，光头亲自来接了田柔，沈唯是她哥哥来接她的，而程夕，她要走的时候被林梵叫住："我送你吧。"

程夕摇头："不用了，我打个车就好。"

林梵却已经下车来拉开了车门，他立在那儿看着她："我有些事想告诉你，所以，上车好吗？"

3

林梵的表情很严肃，程夕想了想，还是上了他的车。

深夜的城市，有一种别具一格的寂静。路上车很少，林梵的车却一直开得很稳，车速不快也不慢。

第三十一章

程夕没说话，林梵也没说，车子就一路开到了她家楼下。

停好车后，林梵这才问她："你后悔吗？"

"什么？"

"和他在一起。"

程夕不明白他为什么这么问，摇头："不，我从来不后悔。"

"如果知道他背着你做了什么，还是不悔？"林梵看着前方，声音在夜风里有点冷，"那你知道为什么我会和清扬结婚吗？我跟她去出差，在路上碰到了一个叫谢子鸣的人，他借着请吃饭的名义，在我和清扬的茶水里放了点料，所以我和她才发生了无法挽回的事情……你和陆沉舟在一起那么久，应该知道谢子鸣这个人吧？前几天我和我继兄一起吃饭，他也告诉我，高戈，哦，就是光头，他亲口告诉我继兄，说是陆沉舟吩咐的，要他给我找一个有势力的媳妇，这样我妈就不会只想着王家的家产了。"

"他做这一切，只是想把我们两个分开而已。"

程夕：……

她沉默了会儿，说："可我们从来没有在一起过，而且换个角度，这样的结果对你也不错。"

"你是在维护他？"林梵蓦地回过头来，"维护一个精神病人？"

程夕皱眉："你为什么断定他是精神病人？"

林梵"呵"地轻笑："不然呢？如果他是正常人，你被举报被发配的理由又是什么？行贿受贿？医疗事故？私德有亏？别搞笑了，就凭你对医生这份职业的热爱，我想你是不会让你的职业生涯染上什么污点的。你会犯错就只有一个原因……感情，就是因为你太爱你的工作，所以你很容易感情用事，要栽跟头也只能是在这上面。在来之前，我找人查过，说是你甚至差一点被吊销医生资格，而能让你受到这么大处罚的，就算龚恒谨举报我和你有染也做不到，能做到的只有一件事，就是你身为心理医生，和自己的病人产生了不该有的感情。"

"这才是你被发配，和陆沉舟又脱不开关系的真相，不是吗？"

程夕望着他："然后呢？它们对你重要吗？"

"我就想知道他是什么病。"

"可那和你又有什么关系？"程夕叹气，"难不成你能用他所谓的病去攻击他？他不会在乎的。"

林梵狠狠地转过头。

程夕说："林梵，真要说起来，你也没有损失什么，孟清扬……"

"谁说的？我失去了你！我甚至连追求你的资格都没有，就失去了你！"

"这话以后不要说了。"程夕神色肃然,"人不能纠结于已经不能改变的过去,而应该着眼于未来,而且你不能否认,就算你追求了我,我也不一定会和你在一起,不说别的,你母亲的存在,就是我们最大的障碍。"

林梵怔怔地看着她。"为什么?"他说,"我想了你十年,十年啊小夕。"

"那又能代表什么?你所谓的十年就是,十年前,你一声不吭地离开,十年里面,你也从未跟我联系过,所有的思念和爱,不过是你幻想出来的而已。林梵,接受现实吧。不管你和孟清扬是因为什么走到一起,她现在已经是你太太,怀着你的孩子,你要做的,你能做的,就是忘记过去,过好自己的生活。

"还有,如果你想知道我对陆沉舟有没有感情的话,我可以告诉你,有,我很爱他,在我决定要和他在一起的时候,我就打算一直爱下去,不管他的身份、经历,也不管他有没有病,只要他没放弃我,我也就不会放弃。"

林梵听完,脸色很难看,但是他没再说什么。

他终究不是恶人,只是一时意难平,如今被程夕点醒就也觉出了自己的唐突。

他转过头:"对不起……我好像做了件蠢事。"

"没关系。"程夕嘘出一口气,"如果没什么事的话,我先走了,毕竟已经很晚了。"

他说"再见",程夕就下了车,她径直进了小区,没有回头。

但她想,他大概是不会再为这件事来找她了,他是个聪明人,知道她的意思。

程夕也没太把这事放在心上,包括林梵说的话,她都没有太在意,她很少会为已经发生的不可逆转的事情纠结,那是和自己过不去,她愿意只往前看。

而且最后的三天,她确实挺忙的,要去医院办余下的转调手续,还有学校也要交接,学生们知道她要走,也有想要见她的……因为不知道过去后多久能回来,她还要回老家那边跟其他的亲友道个别,阿远表弟的婚期定在十一,她不能参加,但礼物还是要送到的。

这么一忙,很多事就都推给了程爸程妈,以至于连程妈都抱怨了:"到底是你要出远门还是我们?感觉你是完全不上心呢。"

程夕笑着抱抱她:"妈就当是帮我最后一次啦。"

程妈就又心甘情愿地帮她做这做那,将一切都安排得妥妥的。

当然,程夕还是特意在最后挤出了半天时间陪他们,她没有接受任何人的送行,就他们一家,把她送到了机场。她将从这儿飞往北京,然后再从北京乘飞机过去,落地后还要转坐两趟汽车才能到达目的地。

程妈想起那漫长遥远的路就替她眼前一黑,生怕她出点什么事,打开包包一样一样告诉她:"这里面给你放了有吃的,有水,还有手电筒,有晕车的、感冒的药,下飞机后不要坐黑车,要坐正规公司的出租车,上车记得把车牌号发给我们,不要怕花钱,到一个地方就给我们打个电话……哦,对了,我还给你带了指南针,路上自己警醒点,别随便睡觉……"

程夕还没有弄清楚指南针和随便睡觉之间的逻辑,就先感受到程妈浓浓的不舍,程爸一直没怎么说话,只是坐在她旁边静静地看着她,等她要上飞机的时候才说了一句:"照顾好自己。"

语毕,他转过头去,老泪横流。

程爸爸这一哭,余下的人都有些蒙,主要一向寡言的程父看起来特别冷静理智,谁也没想到他会第一个哭出来。

就是程夕都是做好了要被程妈哭湿一条肩膀的准备的。

程妈也是蒙的,她看着程爸还来了一句:"哎,你爸爸居然比我先掉金豆豆诶。"

难得被程爸凶了一句:"有本事你别哭!"

程妈当然没本事,眼看着排队登机的人越来越少,程妈哭得涕泪交加的,再加上个默默流眼泪的程爸,泪汪汪的程夕,程阳简直要抓狂了,他挠挠头,打断这三人的泪眼对泪眼,说:"哎呀,干吗哭那么惨啊,很丢人呢。老妹她又不是不回来,再说了,她就是回不来,你们还是可以去看她的嘛!哭什么捏,现在交通这么发达……"

被程妈一声吼:"你哭不出来就闭嘴!个没良心的。"

被无端指责没良心的程阳:……

程夕忍不住破涕而笑,回身又抱了抱程妈和程爸,包括刚刚被喷的程阳,说:"好啦,放心,我很快就会回来的。爸妈在家注意身体,哥哥要乖乖听话,争取等我回来的时候,能看到新嫂嫂啦。"

吓得程阳连忙说:"那你千万别那么快回来!"

被程爸程妈同时一巴掌糊在脑袋上,伤感的气氛总算是没了。

程夕坐上飞机后,一直不住地往窗外望,这熟悉的城市,熟悉的天空,就要暂时只存在于她的记忆之中了。

那个时候,她特别希望自己是某个电影里的女主角,离开的时候蓦然一回头,能看到心爱的男主默默地立在某个角落送行。

但她想,陆沉舟大概是不会干这种事的,他若来了,必会光明正大地出现,他若没来,那就是,真的没有来了。

希望,此去经年,他能过得比她想象的更好。

飞机经过长长的地面滑行，终于腾空而去，飞过的痕迹也渐渐被风抹去，只留了一点淡淡的影子。

程夕的离开就像是一颗石子投在水面，开始时泛起一圈圈涟漪，慢慢石落水底，就连一点水花都不见了。

大家的日子仍在继续，程阳揍了陆沉舟后，本来都已经做好要和东来撕破脸然后自己做白工的打算的，没想到，到结账日，东来那边居然有人通知他："程先生，你海南的工地验收合格，可以来结账了。"

嗯，他理直气壮地跑去把账结了，自己辛苦做了的活，不拿钱？没可能的。

他公司虽然小，但工艺确实不错，程阳认真做起事来，是连他自己都怕的。不然的话，就凭他那点微末资质，也不会想接东来的工程了。

所以他结账的时候，东来负责工程的老总还说："你们公司的工艺很精细，不错。下回有事再找你。"要是没有陆沉舟和程夕的事，程阳费尽辛苦勾搭陆沉明，千辛万苦亲自在工地守了大半年，总算得到东来BOSS们的认可，会高兴得跳起来。

可有陆沉舟和程夕的恩怨夹在里头，这份高兴大打折扣，所以他特别傲气特别牛逼地说："不好意思哈，我跟你们陆总有仇，以后东来的单，我不接啦。"

当时办公室里有不少人，大家闻言都望过来，用看傻子一样的眼神看着他。

程阳：……

东来很了不起啊？拒绝东来就是傻？

程阳特别气愤，撩起袖子打算好好干，不沾上东来他也要做成业内……优秀，嗯，第一什么的，目标太远大，程阳是个务实的人，他争取做个优秀就好。

务实的程阳在程夕离开后踏实了很多，不再想一些歪调子，开始正正经经经营人脉，拓宽自己的业务，他偶尔也会记得程夕的嘱咐，把陆沉明拎出来溜一溜，然后从他那里听到一些陆沉舟的消息。

陆沉舟倒霉他高兴，陆沉舟走运他就生气。

不过自程夕离开后，陆沉舟好像就没有走运的时候，陆沉明就常说他哥状态很差，好像对什么都没有了兴趣，然后他爷爷奶奶担心得不行。

这天程阳兴致来了，就决定陪小可怜陆沉明去跑业务——他被东来通报批评了，因为这个月的任务他吃了零蛋。

陆沉明一路忧心忡忡的，程阳还以为他是担心业绩，谁知一问，他说：

第三十一章

"唉,我哥和我爸吵架了,吵得很凶。"

豪门父子相杀,一般都是很血腥的哟!程阳就跟打了鸡血似的,浑身一抖,问:"咋啦?"

"我爸说我哥不管事,闹得董事们很不满,说如果他再这样下去,就会联合董事们撤了他的职。"

嗯嗯嗯,撤得好!程阳说:"你爸还是挺英明的嘛。"

陆沉明睁大眼睛奇怪地瞪了他一眼。"怎么会?"红着脸结结巴巴地替他哥辩白,"我哥很厉害的,我爸才有点乱来。"

"好好好,是是是。"程阳敷衍地拍拍他的肩,心里却是乐开了花。晚上因为高兴,他还多喝了一点酒,喝得醉醺醺地回去,不料进错了门,本来是要去隔壁"伪程家"(程妈语)睡的,习惯使然,却进了程夕的门。

也是因为醉醺醺的,他灯都懒得开,也没洗漱,就那么摸黑爬上了床,他在床上蹭啊蹭,忽然蹭到了一具略有些凉意的……肉体?

嗯,超好摸,超舒服!被酒精烧得脑子都有些坏掉的程阳正准备大施咸猪手——

咚!他还没反应过来,人就已经被踢到了床下,同时房间的灯亮起来,陆沉舟缓缓从床上坐起,冷冷地望着他。

"你你你……你怎么进来了,还睡我妹床上?脸呢?!"

第三十二章

1

陆沉舟没说话，就那么高冷地望着他。

程阳气得要死，酒都醒了一大半，抚着额头喘了一大口气，伸手一指门边："滚滚滚滚！看在你弟弟的面子上，我今天就放过你，但你要是还敢莫名其妙闯进来，老子分分钟报警抓你！"

"滚！"陆沉舟的"滚"比他有气势多了，又冷又沉，就跟砸在他脸上似的。

程阳几疑听错，气得连调子都变了："什么？"

陆沉舟脸色阴得能滴出水，一字一句，冷冷地说："滚出去！"

卧槽！真是叔能忍嫂不能忍，程阳表示他还从来没见过如此厚颜无耻之人，他从地上蹦起来，哇哇叫："脸呢，你脸呢？知道这是谁家吗？啊？这房子是我妹的，买房的钱是我出的！我出的！要我滚，认清现实了吗少年？要我揍你是吧？"

陆沉舟继续神之蔑视。

程阳一撩袖子："妈的，今天不打你是不行了！"

扑上去就要掐他的脖子，想把他拖出去。只是陆沉舟上回被他打那是没提防，这次程阳就没那么好命了，人还没有近到身，就被一脚又踹床底下去了。

程阳：……

拼了！喝了酒的程阳特别犟，一搔地，爬起来再次扑上去，这次他也有准备了，没被踢下去，他抱住了陆沉舟的腿，然后嗷呜一口，咬在了陆沉舟光着的大腿上。

嗯，陆先生是穿了衣服的，短裤。

那一口咬下去，陆沉舟整个人都哆嗦了一下——气的，他完全没想到程夕的这个双胞胎哥哥会这么无耻，居然咬人！不，不，对陆沉舟而言，被咬都不是重点，重点是程阳吵到了他，他已经有好些个晚上没有休息好了，今日也是突发奇想跑到了程夕这儿，然后刚刚睡着正梦见和她卿卿我我，就被人摸醒了。

刚被摸的时候，说实话陆沉舟还以为程夕回来了，他心里酸得发疼，可是疼完了感觉不对，"程夕"的手大了一圈，而且特别糙！必须不是本人！

于是毫不留情，一脚就把人踹下去。

陆沉舟火大得能烧山，结果胆肥的程阳不但要赶他走，还要咬他，行了，那就让他去死一死吧。陆先生眼睛一红，也扑了上去。

两人就那么在程夕的床上摔起跤（打起架）来，而且皆是十分悍勇，拼了老命。按道理程阳是打不赢陆沉舟的，他们虽然身量差不多，但是程阳长期不锻炼，身体素质略差。可他不要脸啊，打不赢他就咬，再咬不到他就舔，舌头还老长老长的，就跟青蛙舌一样，嗖嗖的又灵活又恶心，直舔得有洁癖的陆先生简直是生不如死，然后一个不备就被他袭黑拳，还专往要命的地方打。

所以打到最后两人竟然旗鼓相当，皆是筋疲力尽一人瘫在半边床上，陆沉舟下巴肿了，程阳眼睛青了，陆沉舟脸上被抓了一长条，程阳鼻子都差点给打歪掉……身上大大小小轻轻重重的明伤暗伤更是无数。

谁也没有占到多大的便宜。

程阳的酒这下是彻底醒了，他身体动不了，嘴巴却是一直没停："老子一定要去学武术，学好武术保护我妹打倒你这个王八蛋！有钱了不起啊？你有钱我妹就要攀你家的富贵？什么逻辑！而且你这假惺惺地跑过来是要给谁看呢，人被你害了你跑家里来缅怀过去？笑死人了，我捅你一刀再跑你坟上去哭两声行不行？告诉你，老子看你很不顺眼，你最好不要再出现在我面前，否则我还是看你一次打你一次！"

陆沉舟一直没说话，他冷漠地躺在那儿，无声无息，就像个死人一样。直到程阳说："知道我最恨你什么吗？你就是让人把她的医生资格真撸了也行啊！把她发配到那地方去，我妹那个神经病以前就说要去的，要不是我妈死拦着，她硕士毕业就过去了！看着吧，我这个妹妹算是丢了，她不在那边扎了根她就不得回来，你个王八蛋倒是称心如意，过着舒服日子玩着漂亮女人，她去那边吃沙子……你干什么？"

陆沉舟突然坐起来，捂着胸口微微喘着气，一副难受得不得了的样子。

程阳：……

我勒个去，不会把他打出问题了吧？他是讨厌他但也没想打死他呀！

"你你……告诉你你别碰瓷啊！我才被你打惨了好吗！"程阳说着在床上打滚，"哎哟哎哟"夸张地叫了起来。

声音聒噪得让人恨不能把他毒哑。

可陆沉舟居然像没听到似的，他捂胸半垂着头坐了好一会儿，下床踉跄着去了浴室。

程阳忍着一身酸痛踮着脚凑过去，在门边听了好一会儿，都只听到哗哗的水声传出来。

他放下心，又恼陆沉舟吓他，这时候还有心情洗澡能有什么事？躺回床上他恶狠狠地想，等他出来一定要往他身上泼一盆洗脚水，他甚至连洗脚水都准备好了，结果左等右等，陆沉舟一直没出来。

不会是淹死在浴缸里了吧？真是……程阳深深觉得他上辈子怕是欠了他的，明明是姓陆的私闯民宅，他还被他揍得浑身酸疼，这会儿还要替他担心，人干的事？

程阳坐卧难安，又等了会儿，见他还是没出来，实在忍不住跑过去敲门，结果手还没碰到门，门自己倒开了。

陆沉舟立在门内，身上湿漉漉的，就裹了条浴巾露出一身肌肉以无比性感同时又无比清冷的姿态淡淡地看着他。

程阳：……

宽肩窄腰大长腿，腹肌健壮、人鱼线美……难怪挑剔如程夕都忍不住沦陷，还真是蓝颜祸水！他狠狠瞪了他一眼，恶声恶气："洗那么久，水不要钱啊？！"

陆沉舟淡声说："你口水很臭。"

所以他才会洗那么久。

程阳：……

"陆沉舟我日你大爷，我还没嫌你腿毛粗，你敢嫌我口臭？！！！"

程阳狠狠地冲他竖了个中指。

对这种挑衅，陆沉舟向来视若无睹，他淡然地拿起自己的衣服，穿好，然后瞄了瘫在床上的程阳一眼，出去了。

他走到客厅的时候，房里的程阳听到他打电话："准备一个床，搬来仁医这边的阳光小区……嗯，明天可以。"

程阳：……

这是嫌他在这床上躺过吗？好想再追出去和他打一架啊啊啊，有钱要不要这么嚣张啊？他真的快要气死了！

然而，程阳还是天真了一点，第二天，等他再过来的时候，他发现他进！不！去！了！

他的指纹被删了，密码换了。

感觉陆沉舟这是要上天啊！程阳一口恶气积在胸口，咽不下去吐不出来，过了好一会儿，稍微平静一点了才打电话给程夕："你房门那锁的管理密码是多少？"

程夕对他不设防，他问她就说了。程阳拿到密码很得意，哼哼，陆沉舟以为他删了他的指纹换了密码他就没办法？太小看他了！等会儿他把管理密码也换掉！

事实证明，小看陆沉舟是要不得的，因为程阳按程夕说的输入管理密码后，一个机械的女声毫无感情地说："对不起，你输入的密码错误，请重新输入。"

程阳：……

陆沉舟果然是要上天！他气得，打电话给自己的工人："来两个人，我要换！扇！门！"

看谁比谁更牛叉！

程阳幼稚地和陆沉舟斗法的时候，程夕推开了这边主任的门。甘肃这边医院精神科的主任是个女性，四十多岁，个不高，头发微卷，她年轻的时候也去仁医进修过，很崇拜蔡懿，所以对程夕的态度也特别亲切。

每回见程夕，第一句话总是："在这儿还习惯吧？"

第二句是："有什么需要的，你说。"

这次也一样，程夕总是笑着说："挺习惯的，我这人不挑剔，在哪儿觉得都差不多。"

这是实话，程夕对生活的要求很低，有事做，有饭吃，有地儿睡觉，基本的生活保障有了，精神上不贫乏，好像物质上也特别不匮乏。

主任看她说的是真的，就也笑笑："你真是改变了我对年轻医生的看法，一点也不娇气矫情。好啦，既然你这么习惯，那这儿有个PTSD的病人你接了吧。"

她说着，拿起面前的病历递给她。

程夕接过来，慢慢翻看起来。病人是女性，三十岁，职业是教师，在2013年一次地震后开始出现心理问题，震后心理干预如果不到位，这种心理伤害就会加深，进而演变成为PTSD，也就是创伤后应激障碍。

甘肃处于地震带上，地震不断，这样的病人不少。主任说："这个病人是民政部那边送过来的，她的身份有些特殊，是抗震英雄，也是地震的受害者。2013年定西地震中，她救了二十四个孩子，却失去了她新婚的丈夫，还失去了一条腿，所以上面很重视这个病人。我知道你曾经连很麻烦的行尸综合征都治好过，所以向他们力荐了你。"

程夕在听到主任说的最后一句时微微一动，她摇摇头："其实并没有完全治好，病人现在还在医院，而且病情也出现了反复。"

"我知道。"主任打断她，"我和你的老师蔡懿联系过，她说那不是你的问题。事实上，如果给你更多的时间，你会做得更好。所以，不必太谦虚，我相信你。"

程夕一噎，她还能说什么？只好说："谢谢您。"

下午的时候，她见到了她的新病人，病人姓秦，有个很言情的名字叫诗雅。如果不是事先看过资料，程夕真不敢相信面前的人和自己差不多年纪。她看起来像个五十多岁的妇人，头发干枯发白，两颊干瘦，眼窝深陷，整个人特别特别干，衣服穿在身上就像是挂在一根竹竿上一样。

她甚至都没有注意到自己换了医生，只说："我不想要任何治疗，我只要安眠药，我想睡觉，我已经很久很久没有睡觉了。"

程夕相信她说的是真的，因为她的状态和气色符合长期失眠患者的特征。

她点头说："可以。"从抽屉里拿出两粒白色的药片，递给她。

"不够。"秦诗雅看了眼那两粒药，面无表情地说，"我要多一点，十片、二十片，越多越好，少了对我没用。"

陪她一起来的是个中年妇人，自我介绍说是她妈妈，闻言紧张地冲程夕摇了摇头。

程夕笑笑，看着秦诗雅："我可以给你。但是为了保证安全性，我能要求您在我这边休息吗？我这儿有床铺，很舒适，也很安静。"

秦诗雅这才抬起眼睛，仔细地看了她一眼，然后说："好。"

程夕起身。"那我去给您拿药。"她把抽屉里的药瓶子拿出来给她看，"我这儿药不够了。"

程夕出门，秦母追出来："你就是黄主任力荐的医生？你怎么能乱来呢？给她开那么多安眠药，你想杀了她？！"

程夕将手指抵在唇边，轻轻嘘了一声，"请相信我，我是医生。"

并没有多解释，但是她面孔陌生，年轻又长得漂亮，作为医生，再有水平资历看起来也太浅了，所以她这话实在是不能让人信服。

秦母愤愤地看着她去而复返，见她不听，就直接去找黄主任。程夕也不管她，拿了一瓶新药，进房后问秦诗雅："多少颗才对你有效？"

就好像给她的不是安眠药，而是什么小糖豆，她要多少她就给她多少。

秦诗雅问："这是真的？"

"当然。"程夕笑，从中取出一片药，"要不要检查看。"

语气神态都十分自然，秦诗雅紧紧地盯着她看了会儿，才淡淡地说："不用了，给我这一瓶吧。"

"那不行。"程夕说着从瓶中倒出一堆药片，"我只能给你吃这些，超出安全剂量太多，我也没有办法完全保证不出事。"

可是她那随手一倒，倒出来的也不少，铺在她洁白秀美的手掌心，大略数一数，十来片是绝对有的。

秦诗雅抬起头看着她。

程夕含笑问："现在就吃吗？"

2

秦诗雅冷漠地拿过药，几乎没有犹豫，把那些药就一把塞进了嘴里，咯吱咯吱，嚼烂了慢慢吞下去。

她没有喝水，完全就是在机械地吞咽而已，给人一种恨不能用那些药把自己噎死的感觉。

程夕瞧着都有些替她难受，收回目光静静地等她吃完，然后就把她推去了后面的房间。那是间治疗室，里面布置得十分简单，就一床，一桌，一把椅子，床上铺着淡蓝色的床单，桌上是同款桌布，床上和桌子上都干干净净的，只窗台上放了个小美人瓶，错落有致地插了束花，在寂静的房间里散发着淡淡的幽香。

程夕说："这里很安静，你可以在这里睡一觉。"

秦诗雅说："我不想睡。"

"你可以试试。"程夕微笑，"躺上去，试一试，如果睡不着，我们再说，好吗？"

她声音柔和舒缓，发音圆润，不疾不徐的，听着让人舒服极了。

关键的是，从她进来，她就没有违逆过她。

秦诗雅不知不觉就听了她的，由着她将自己扶到床上。

她睡下后，程夕问："你的头会疼吗？"

"嗯。"

"帮你按按好不好？"她坐在旁边，手轻轻放在她头上，不轻不重地按了起来。

秦诗雅没说话，也没有拒绝她。

程夕就一直给她按着，直到感觉到她的呼吸渐渐平稳才松开手。准备站起来时发现，维持一个姿势太久，她的脚麻了。

她坐在那儿，不敢呼痛也不敢大动，安静地等着那种麻痛感慢慢缓过去。

等待的时候突然就想起那天去找陈嘉漫，她也是这样腿麻了，陆沉舟将她一路抱下楼，现在想来，他那性格能做到那样已经算是对她很好很好了。

然后，有点想他了。

如果说来这里最大的不适应，大概就是不能见到他了吧？

程夕轻轻叹口气，又看了眼床上的秦诗雅，她睡得并不是很安宁，眉峰微蹙，手脚会时不时无意识地抽搐一下。

袋子里传来轻微的振动声，程夕拿出手机，见是主任给她发过来的信息："家属已搞定，放心。"

程夕忍不住笑了笑，回她："病人睡了，也请家属不用担心。"

然后主任就再没有信息过来。秦诗雅这一觉居然睡了很久，到晚上十点她才醒，醒来的时候房间里只她一个，桌上亮着一盏小灯，在寂静的夜里散发着清宁的辉芒。

她躺在那儿，有好半天都回不过神来。

她感觉自己睡了好久好久，没有噩梦，没有就像是战鼓擂响的咚咚声，醒来只觉得神志无比清明，好似又能听到窗外的风声，轻柔而舒缓地轻轻拍打着窗棂。

她怔怔然地坐起来，这时房间的门帘撩起，露出一个窈窕的身影，光线有点暗，她看不清她的样子，只能隐约看到一双明亮的眼睛，黑白分明显得特别干净而纯粹。

她微笑着走进来，渐渐走入光影下，显出一张年轻而漂亮的脸，唇畔有一个小小的酒窝，看起来莫名有些温软的味道。

"醒了？睡得好吗？"她问。

秦诗雅看着她。"你是谁？"

她说："我是精神科的医生，我叫程夕。"

"我没见过你。"

"嗯，我是新来的。"

秦诗雅轻轻"哦"了一声，问："我睡着了？"

"嗯。介意我开灯吗？"

秦诗雅摇头。

然后灯开了，明亮的光线下，仔细看才发现面前的医生比她想象的要更漂亮，是那种很温和的特别容易让人有好感的漂亮。

她问她："你睡了挺久的，饿吗？"

语气自然亲切，仿佛她只是累了在这里睡一觉，没有没完没了的问询，也没有空洞无力的安慰。

秦诗雅看着她。"我不饿。"她说,"你和我见过的医生都不一样。"

程夕笑:"所以我被您的家属投诉了,我们主任说我开创了本院新来的医生即遭投诉的历史。"

秦诗雅脸上就露出淡淡的讥诮的笑意:"和你没关系,是她很怕我死了。"

"关心你并不是错。"

"不,她并不是关心我,她只是关心我死了,他们该得的利益没有了。"

戾气有点重,误解,如果是误解的话,有点深。

程夕还在分析她话里透露出来的意思,秦诗雅又说:"那药能开给我吗?放心,我不会超出今日你定的安全用量。"

她从袋子里拿出一瓶药:"这个?"

秦诗雅灼灼地盯着它:"是的。我没有其他的病,只是睡不着而已。"

"如果是这样,我可以给你。"程夕晃了晃瓶子,"但是我能问您几个问题吗?"

秦诗雅沉默了会儿,说:"你问。"

"我能知道,你是从什么时候开始出现失眠症状的吗?"

"那次地震以后。"

"睡不着的原因?"

秦诗雅的声音像是毫无感情的机器:"因为我害怕地震会再来,重大创伤后压力症候群,你们不是这么定义的吗?"

"嗯。"程夕点点头,"我们确实是这么定义的。但是恕我直言,如果您一直拒绝告诉我们真相,这么压抑自己,那很快这十二片安眠药也会对你毫无作用。而且,您其实也并不真的需要安眠药。"她说着,把瓶子拧开,从中倒出一大把药片,然后分成几次,将它们全都吃了下去。

秦诗雅蓦地瞪大了眼睛,那一把药片比她给她的要多多了,一瓶药,差不多倒去了一半。

"别担心。"面前漂亮的女医生仍然笑着,"事实上这不是什么安眠药,我给您的只是很普通的营养片而已。"

秦诗雅:……

她冷着脸:"你真的是医生吗?"

"是的,我可以给您看我的行医资格证。"

秦诗雅就不知道再说什么了,那句话她必须再重复一遍,她还真没有见过这样的心理医生:"你不知道PTSD病人就算不被激怒也是会有攻击性行为的吗?"

"抱歉，"程夕的语气特别诚恳，"我并没有想激怒您的意思。只是您要服用药物的愿望太强烈了，我相信，如果一开始我说您不能一次性吃那么多安眠药的话，你肯定扭头就走。"她笑了笑，"而我，真的只是想告诉你，您其实可以不用借助任何药物就能睡着。"

秦诗雅瞪着她。

程夕只是笑。

第一次接诊重要病人，就把病人气走了。黄主任知道后说："你原来的领导说你治病时好辟蹊径，现在看来，还真是一点也没说错。"

却并没有批评她的意思。

程夕放下心。

事实上，秦诗雅气走后只一天，第三天早上，她就又来了。她看起来疲惫不堪，说："我只想能睡觉，你帮我吧。"

程夕问她："那你信我吗？信我的话，就告诉我，真正让你睡不着的原因，是什么。"

这次她没有再说"您"，把两人摆在相对平等的位置，像朋友一般聊天的状态。

秦诗雅闭着眼睛，身体微微发抖。她激烈的情绪维持了好一会儿，才说："我不想当英雄。我只想他能回来。"

程夕在她的病历上看到过，她以往求助的时候也经常和心理医生说，她不想当英雄，可见，英雄这个词，这件事，让她的心理压力特别大。

程夕轻柔地安抚："可以的，只要你愿意，你就只是一个普通人，有你应该有的喜怒哀乐、痛苦和愤怒。"

秦诗雅没说话，她缓缓地摇着头，似乎很难开口的样子。

这事儿得说出来，老憋在心里就憋成了病，所以倾诉也是心理治疗的一种，程夕想了想，说："如果觉得不好开口的话，那我问，你答，好吗？"

她很艰难地："好。"

程夕先从简单的："你和你先生感情很好？"

果然，秦诗雅的表情趋于平缓，她点点头："是的。"

"他对你好吗？"

"挺好的。"

"能说说他吗？"

"他是个美术老师，画画画得很好，我们认识以后，他经常会送我画，各种各样的我，他眼里可爱的、生气的、做事认真时还有粗心大意的我的样子，他还给我做了很多东西，小泥人、梳妆盒、雨伞，几乎我要什么，他都能变出来，就像是一个魔术师一样。"

她说起她已经过世的丈夫，整个人脸上眼里都泛着光，这一刻的秦诗雅，仿佛年轻了十岁，仍是那个刚毕业的女孩子，遇到了她此生最爱的人。

话题就这么继续下去，在心情最放松的时候，她总算说出了埋在她心底的秘密："是我害死他的，地震发生的时候学校都已经放暑假了，我们本来可以逃过一劫，因为他并不想办补习班，说我们才结婚，应该出去玩，是我逼着他留下来办起了那个班；地震来的时候，他本来是可以逃出去的，也是为了救我，才被压在那个房子底下。

"这些年我一直想起他，只要一闭上眼睛，就听到他的叫声，看到他的样子，脸都被压扁了，身上血肉模糊，我总梦见他来找我，说他好痛好痛……我不想当什么英雄，我从来也没想救那些孩子，我只想他能活着，好好地活着。

"可是他们要我撒谎，说要办补习班的是他，说是我救的孩子，把错处都推给他，好处全让我占了，我家里人升官发财，他却死了，死得那么惨那么惨……"

秦诗雅终于忍不住，痛哭失声，程夕抱着她，轻轻地抚着她的背，没有再说什么。

这个时候，她也只是需要一场痛哭而已。

哭过后，程夕才正式给她做心理辅导，程夕告诉她："你只是太愧疚了，这种愧疚放大了自己的错处。事实上，如果没有你，那二十四个孩子不可能全部得救，所以你就是孩子们的英雄。还有，办补习班赚钱也并没有错，因为你的本心是好的，赚钱补贴自己的小家，又帮助孩子们有个更愉快更有意义的假期……"总之，她要尽力减轻她的这种负罪感，而幸运的是，可能是程夕听到了她心里最大的秘密，也可能是她的确太需要获得认同了，秦诗雅对程夕的话居然认同度非常高。

秦诗雅走的时候仍是疲惫之极的模样，可她脸上的神情已轻松了很多，明显褪去了那股子阴郁沉痛，还有暴躁。

当然，秦诗雅要完全恢复，并不是一次两次就能好的，她须要接受长期的心理干预和心理辅导，才能慢慢走出那次地震给她造成的心理创伤。

程夕在后来给学生上课的时候说到这个病人的病例，她说："人们通常都说，时间是治愈一切的伤口，不是的，其实伤口一直存在，随着时间的流逝，出于保护，伤口被覆上疤痕，疼痛减轻，可是，它一直都不会消失。而心理医生能做的，也只是让她的疼痛减轻，让鲜血淋漓的伤口慢慢结痂，可以至少忘记那种疼痛，暂时地闭上眼睛，眺望未来。"

3

秦诗雅之后，程夕又接了几个不同程度的 PTSD 患者，其中有一个五十来岁的老人，听不得任何突然发出的声响，连走在街上，听到汽车的喇叭声，都会让他无法忍受，疯狂地寻找掩体躲藏，甚至会人为制造地震的一些后果。

他病程有点长，且为人固执，基本上自己认定的事就不会再听进去任何解释，程夕心理辅导的结果十分不理想后，便对他进行了强迫疗法，在他耳朵里由轻到重制造一些响声，然后反反复复不断地告诉他："看，地震没有来！"

也是因为这个病人，程夕被拖住了，然后某一天，她看到了关于秦诗雅的一个深度采访，这个标题为"深陷 PTSD 的抗震英雄——谁造就了她，谁又毁了她"的视频新闻里，秦诗雅用很平静的语气说出了当年的原委和自己真实的心理状况："是我不顾教委'在职教师不得创办课后补习班'的禁令，强逼我的丈夫办了那个补习班，也是我为了减低成本租了那间抗震性能十分差的房子当作教室，我救那些孩子，只是因为害怕他们死在那里后，我得承担我不能承担的后果……所以我根本就不是什么英雄，我只是个自私自利因为贪财而害死自己和自己丈夫的女人而已。"

当天的她穿着一袭白衣，面色素白，神情却是意外的坦然和平静。

这么些年，她终于把她真正想说的说出来了。

秦诗雅的采访一度在网上引起不小的轰动，秦家人几乎要气疯了，他们甚至还来找程夕的麻烦，觉得自家女儿是受到了她的怂恿。

不过于结果无改。

秦诗雅稍微好一些后，就从那家里搬出来回了老家，在村里办了个小小的幼儿园，程夕知道后拉着自己一帮同学朋友给她赞助了不少书本玩具，还友情提供了一个淘气宝，以此也算是有了养活自己的资本。

再一个月后程夕去看她，那时候时间已经进入八月底了，还没开学，秦诗雅正在教室里面做着最后的布置，教室所在是原来的村委会，房间很大很空旷，她将之租过来后重新粉刷了一遍，如今再看，已经像模像样了。

程夕到时她正在教室的后墙上画画，画面依稀能看出是一个年轻男人的轮廓，坐在桌前正垂头画着什么。

看到程夕来，她笑了笑："是不是画得很差？"

"不。你画得很有感情，让人看着就觉得温暖。"

程夕并不是无谓的夸奖，秦诗雅的画技十分幼稚，就是和陈嘉漫都不是一个等级的，但是她的线条柔软，男人低头的样子，无端端就给了人温柔的错觉。

秦诗雅笑了笑，眉眼微微弯起来，那张干瘦的脸上，也焕发了和初见她时完全不同的神采，"因为我画的是他吧？"她微笑着说。

程夕在那儿陪了她小半天，回去的时候发现有个女孩躲在她车底下，见到她，鼓着脸很有气势地喝了一句："来者何人，见到本公主还不下跪？"

秦诗雅蹲下去一看，认出了她，把程夕先拉远一些，"你离她远点，她会打人。"起身四处看了看，跑到旁边地里摘了把野草野花，趴在地上往车底伸进去一些，"你来，我给你花。"

程夕就看她像逗小狗似的把那人逗出来，那是个还很年轻的女孩子，二十多岁的样子，看起来和本地人一点也不一样，脸颊上没有本地人常见的红色斑块，皮肤较为白皙，个子也不高，小小的一只，头发束成一个乱糟糟的髻，上面插满了各色各样知名不知名的小花。

程夕只一眼就看出这是一个精神病人，果然，她一把抢过秦诗雅手里的花，就不管不顾往头上一顿乱插，插完了跑到程夕的车窗前左照右照："父皇大概很喜欢我这个样子吧？"欢欢喜喜蹦跳着走了。

程夕看向秦诗雅，秦诗雅说："她是隔壁村的，早两年就得了疯病，然后一直到处乱跑，今天也不知道怎么跑你车底下去了。"

程夕问："她家里不管她？"这年纪的女孩子，又长得不差，家里稍微重视点也不会任她自生自灭。

"管不过来，没钱。"秦诗雅的态度有些冷淡，"定西地震的时候，她爸爸正好在那一片打工，被压死了。家里她哥是残疾，有个弟弟还小，家里太穷妈妈跟人跑了，爷爷奶奶顾不过来她，也只能这么由着她了。"

程夕看了眼远去的女孩一眼，没说话，秦诗雅也没说什么，那个时候程夕不知道遇见的这个女孩会对她的生活有什么影响，回程的路上她只是想着，也许她能为她做点什么。

所以还主任车的时候——她今日下乡的车子借的就是主任家的，她顺嘴问了一句："本地的民政部门对无经济能力的精神病人有什么帮扶政策吗？"

主任想了想："没有专门的帮扶政策。"

程夕：……

主任问："怎么了？"

程夕把在秦诗雅老家看到的女孩说了。

主任说："帮不过来的，县财政也就那个能力，扶贫都弄不过来，那些人就更加管不了了。而且地震发生后，为什么本地的精神病人会增加那么多？就是因为太穷了，震后能进行心理干预和心理治疗的只是极少部分，大多数人就是硬扛，扛过去自己好了，扛不过去就疯掉了。"

主任的语气里有一种见怪不怪的漠然，当然，程夕知道这怪不得她，她虽然是精神科的主任，可她没有行政参与的权力，底下的医生水平也都摆在那里，所做的很有限。

可是程夕还是觉得，她应该做些什么。

也是这次出行，程夕发现在这地方没车有多不方便，晚上打电话，她问程阳："我想买个车。"

程阳紧张得要死："你买车干什么？你不一向不喜欢开车的嘛。"

程夕无奈："这边没车太不方便啦。"交通路况倒还好，就是车很少，像她今日去秦诗雅那儿，连每日一趟的班车都没有，村民出行都是要走一大截路，然后才能搭到车，不然，她也不至于会找主任借车。

程阳特别不赞成："租个车啦，买什么买。"然后还把家里打到她卡上的钱给要了回去，"我最近公司接了个单，要垫一大笔钱，你那里有多少？先借我呀。"

好吧，程阳的事毕竟比较重要，程夕想想决定把程妈给她的那些钱划回给他："和妈说一声啊，还有，赚到了，就替我把钱还给妈。"

"好咧。"程阳的声音一下就阳光了不少。

程夕忍不住笑，然后问他："家里还好吗？陆沉明有改变吗？"七七八八问了许多，总算是想起了，"你那天问我管理密码干什么？"

程阳翻了个白眼："你反射弧还真够长的，都多久前的事了？"

程夕没理他的阴阳怪气，突然问："是陆沉舟过去了？"

程阳：……

他什么都没说。

程夕却还是笃定的语气："他真的去了。"叹口气，"他最近还好？"

程阳哼："好得不得了。"

程夕叫他："哥——"

程阳莫名就发了脾气："哥什么哥，你是我哥好吧？他都那样对你了，你还惦记着他干什么？烦死你们了！"

挂了她电话。

挂没两分钟，却又打过来，冲她吼："不许再管那个家伙的事！不许在那边买车，更不许买房，任何投资置产都不可以，待个一两年就回来了，买什么买？"

程夕：……

程阳这是紧张过度了吧？从他话里抽丝剥茧，程夕得出了部分真相，那就是，陆沉舟在她走后真的回去过，还和程阳遇上了，让程阳吃了老大一瘪。

嗯，反正陆沉舟没吃亏就行……呃，这么想好像有点对不起很维护她的哥哥呢。

程夕又从田柔那儿打听陆沉舟的消息，柔姐姐比程阳还不耐烦："他好得很，你管他干什么？"

好吧，就当他还好吧。程夕叹口气，只愿他是真的好，她曾好多次，想和陆沉舟联系，结果……那家伙，把她拉黑了。

不管是微信还是电话，都处于无法连接状态。

挺狠的。

九月的时候，程夕还是用自己攒下的钱买了一辆车，国产越野，配置不高，价钱也还好，拿来代步很不错了。

她开着车去看秦诗雅的时候，又在那里遇到了那日那个女孩，当时小小"幼儿园"里人挺多的，可能也就是因为热闹，吸引了她的注意，程夕因为有心想帮她，就对她多关注了一点。

她在村委会的院子里没有看到她，就转到了外面，举目远眺的时候发现那女孩子已经跑到下面的马路上去了，身边还有两个小男孩，无知无畏，那两小男孩正拿了棍子在驱赶她。

程夕觉得不妥，正要把小家伙叫回来，就见那女孩大概是怒了，反手抓住其中一个小孩的棍子，顺棍而上，抱起他就往马路下面扔。

那马路下面正好有个人工挖的池塘，里面蓄了不少的水，这一扔下去……程夕也不敢喊，怕惊着她做出更疯狂的事，察觉到她动作的那一刻没命地往下面跑，好在两边相差并不远，几乎是小男孩才被扔下去，程夕就到了。

在另一个小孩的惊声尖叫里，程夕扑通跳下了水，所幸池塘不大，她这猛一跳就跳到了落水小孩的身边，用力地顶住了他。

跳下去的时候太紧张了，脑子根本就来不及思考，这一抓住人她就蒙了，池塘的水比她想象的深，而且底下全是烂泥，而她，不会水！

万能型的程医生，她！不！会！水！

主任第二天看到程夕拖了个二十来岁的病人回来，略懵逼。

"不是休假看秦诗雅去了吗？这是……干甚呢？"一激动，连口音都带出来了。

主要是程夕出场的方式略震撼，身边拖着的那女孩子头上插得乱七八糟，人是被五花大绑住的，就这还试图攻击她，嘴里骂骂咧咧着："大胆，敢对本公主不敬,你是想死吗?"

程夕被弄得一头的汗,也顾不得主任的问题,和几个跟主任一起下来的护士说:"先帮我把人弄上去,小心点,她吓坏了,人有些暴。"

等人弄上去了,程夕才嘘口气,和主任说:"她就是我上回和你说的那个女孩儿,昨天在秦诗雅村里把个挑衅了她的小孩子扔进水里,差点被打死,没办法,我就把她带回来了。"

主任皱了皱眉:"她家里那条件,带回来只怕也治不了。"

程夕:"……先治着。"

程夕本来是连休两天假的,结果因为这孩子的事,提前结束了假期不说,还带了个"麻烦"给医院。

从病室出来后,主任已经在她房里等着了,看了眼她:"被攻击了?"

"没。"程夕一边洗手一边说,"那孩子算不上暴力,她昨天攻击也是那俩小家伙先挑衅的她,这会儿反抗也是因为她害怕。"

主任听了笑:"还孩子呢,人家真实年龄也没比你小几岁。"

"嘀,可能是心理上吧,我总觉得比她大很多。"

主任没再继续这个话题,而是问:"你知道她家是出不起这个钱给她治病的吧?"

"嗯。"事实上,昨日那事闹很大,两村又是相邻没有隔多远,程夕和孩子被村人救上来后,女孩的奶奶就被叫过来了。看程夕一直护着自家孙女,老人甩锅甩得比谁都快,直接说:"既然人是医生你救的,那就把她带走吧,以后她好了给你当牛做马都可以。"

然后当真就不管,撒丫子跑路任村里人把孩子打死都不出来。

程夕其实也没想不管这女孩,但看到她家里人那态度还是有些……嗯,啼笑皆非又无奈心酸的感觉。

主任看着她,再次确认:"你真想帮她治?"

程夕点点头。

主任看着她:"你心这么软可怎么行?你知道我们县有多少个类似的精神病人吗?去年的统计,光所谓的'武疯子'就有四十来个,各类的精神病人几百个,这些人,有一半是贫困甚至是赤贫人口,你是打算遇到一个就帮一个,帮得过来?"

程夕老老实实的:"没想好。但是遇到了这一个,我还是想帮她的。"

主要是女孩子太年轻了,这么年轻又不乏姿色的女孩子,放任在外面跑还不知道会遇到什么,程夕从村民那儿隐隐听到的,就有一些很不好的传言。

主任真是被她气笑了:"你看吧,管了这一个,会有下一个的。"

程夕当时还不太能理解主任话里的意思，直到有一天，她和同院的小姑娘一起上街去买东西，回头就见自己车上拴了个三十来岁的男人，那人一身衣衫破破烂烂的，连鞋都没穿，赤着脚套着根绳子系在她的车屁股上。

　　她车门上还被插了张字条，歪歪扭扭写着："请您救救他。"

　　程夕：……

第三十三章

1

所以程夕后来常常跟人说,一开始她展开对精神病人的救助其实是被迫的,她不想像秦诗雅一样被架上神坛,神坛多寂寞啊,她老老实实做个普通人就好。

可是没办法,她遇到了。

她不是救世主,但真要她无视他们——她也做不到。

被迫接了两个病人,程夕想着要不要干脆做大点,把全县的精神病人都纳入一个类似的救助机制。

这事光靠政府是不行的,靠医院,主任问她:"费用呢?谁出?医生呢?靠你一个,能救多少人?我们医院精神科的水平你也看到了,水平、人数都是短板。"

程夕说:"我知道的。"

"知道你还蛮干?"

"或许是因为我很想做出点什么大事,早些调回去?"

主任哧地笑了一声:"就算你什么都不做,凭你的能力,想调回去也是迟早的事。"

程夕淡淡地笑了笑,见她态度坚定,主任最后还是扔给了她一个电话号码:"这是民政局同副局长的电话,如果你真想为县里的精神病人做些什么,可以找他。"

程夕想了一夜,窝在办公室里查了一晚上的资料,第二日拿着自己草写的计划书去找了那位同副局长,但就像主任说的,这事并不容易。

国家级贫困县在甘肃这个地方,还真不是说说就是的,程夕一边上班,一边不断完善自己的计划,一边还要找政府去谈判,找原来医学院的同学、老师帮忙……她和苏岚聊天的时候还开玩笑:"我都不知道,原来自己可供开发的潜力这么大。"

而等田柔知道程夕真正在做什么的时候，时间都已经进入十二月了，那时程夕已经初步和民政局那边达成了精神病人救助的相关办法，田柔跟着光头去蹭吃蹭喝，席上说到打牌，光头嘚瑟他昨日赢了多少多少，徐波便顺嘴怼了他一句："赢我们算什么？有本事你打赢程医生。"

席上顿时静了静，都不约而同拿眼睛去看陆沉舟，他正低头看着手机，仿佛什么都没听到一样。

田柔很看不过眼，当即冷笑一声说："要和程夕打牌你们怕是很难有机会了，她在甘肃那边做大事呢，跟当地政府弄了个什么机构，专门救治贫困的精神病人，不但她自己，她还本事通天联合仁医一起搞了个什么'援西政策'，从她原来的学校挖了不少毕业生过去，说是在那边工作两年，回去可以直接进仁医精神科。前两日我问她过年回不回家，她还跟我说估计最近都没空，嘀，我看呀，没得十年八年，她不会也不想回来了。"

挑衅做得太明显，光头忍不住拉了她一下。

田柔气哼哼地："干吗呢。"

光头颇头疼地望着她，有个花样作死的女朋友，真的心好累。他以前本来是个口无遮拦有什么说什么只求自己痛快的人的，结果自从选了这姑娘当自己女朋友后，生生给磨成个打圆场的了。

只他打圆场的话还没说出来，田柔又扔了一颗炸弹："哦对了，陆总，你可能还不知道吧，我家小夕在那边找男朋友了哦，超帅超帅的一个男的。我有照片，要不要看？"

光头：……

他已经放弃拯救了。

田柔有恃无恐，还当真从手机里翻出一张照片，绕着桌子对众人亮了一圈："看，帅吧？"

公正地说，确实是……挺帅，也就三十岁左右的样子，一张俊脸特别棱角分明，却又不显得冷峻，相反，他看起来特别有亲和力，笑起来的样子十分温柔。

照片还不是单人照，是程夕和那个男人的合照，两人都是坐着的，像是旁人一句提议，然后两人顺便合了个影，所以姿势算不上亲密，但是面相都笑着。

大家都看过来，只陆沉舟无动于衷。

田柔很不甘心，脸上显出一抹"狞笑"，他不想看，她还偏要给他看了，就说："陆总，我单独发给你哈，也让你看看，我们家小夕的魅力。"

然后不顾光头阻拦，当真就单发给了陆沉舟。

光头：……

他不管了啦！

不过出乎他的意料，陆沉舟根本就没反应，他一直在手机上玩着游戏，对田柔的挑衅完全无动于衷。

但是光头才不信他真的没反应，他的平静让他心里毛毛的，大家吃完饭后都陆续离开，光头示意自己搞事的女朋友先走，自己留到最后，战战兢兢对还在玩手机的陆沉舟说："舟……走啦。"

陆沉舟没抬头。

"喂。"

啪！哐！陆沉舟突然站起来，摸起手机就往地上砸，手机弹到墙上，砸出老大一个坑。

光头：……

他招谁惹谁了，都快要吓尿了好嘛！

陆沉舟冷冷地看着他："告诉她，以后再搞事，我会杀了她。"

光头："……她不懂事。"

陆沉舟没再说什么，只盯了他一眼，然后头也不回地走了。

推门出去的时候，田柔还张着耳朵靠在门缝边偷听，门打开她差点整个人都栽到他身上。

陆沉舟对她连个眼风都欠奉，步代凛冽地和她擦肩而过。

田柔无知无畏，冲他的背影做了个鬼脸，跑进去。"光头，你没事吧……"看到躺在地上的手机，说，"真是有钱呢，这么贵的手机也是说砸就砸。"

光头已经是完全无语了，抓住她的手有气无力地说："姐，你是我亲姐，能闭嘴吗？"

田柔一本正经的："我是你亲姐，那我们俩不是乱伦了吗？"

光头：……

田柔还笑起来，看了眼门外边，凑到他耳边特别高兴地问："陆沉舟生气哒？"

光头点头："他还说你要再搞事他会杀了你，所以小姐，别撩他了，你就没发现他这半年很不对劲？"

田柔利落得不得了："没发现！"

光头：……

他觉得自己真的好造孽，可更造孽的是，两人在回去的路上，田柔还在微信里跟程夕大剌剌地报告："程小夕，我今天帮你报仇了，陆沉舟被我气得要死。"

真的是……相当造孽。

不过他也很好奇程夕会怎么回，结果程夕半天没反应，看看时间，不太妙啊，这个点不能及时回信息，八成是真的谈男朋友了，他就跟田柔探话："程医生在那边真谈男朋友了啊？"

要是假的，还可以挽救一下。

田柔连他这个最亲密的人也骗，点头点得十分认真："真的。程夕就是弄那个救助机构的时候认识他的，人家年纪轻轻已经是副局长了，有才有颜性格还贼好，对程夕也可好可好啦……"

说得跟真的似的，简直是毫无破绽。

光头抱着方向盘号："那完蛋了……"能预见以后肯定要血流成河。

田柔很不解地问："完什么蛋？"

光头叹了口气，对自家心眼大到可以过滤石头子的女朋友完全服气了，问她："你就没觉出陆老大根本就没忘掉程医生？"

田柔斩钉截铁的："没觉得！"

光头：……

田柔冷笑一声，又说："他那喜欢算什么喜欢？喜欢她就要背地里捅她一刀？哦，捅完了说：'亲爱的我爱你，捅你一刀是舍不得你，把你踢到边疆是为了保护你！'啊呸！他当他是谁，皇帝啊？身边还有三宫六院七十二嫔妃在争宠？"吐槽完陆沉舟，一棍子连光头都被她扫射了，"你们男人都是贱骨头，拥有的时候不好好珍惜，自己作天作地作没了又扮出情圣的样子，没得恶心坏人！"

光头表示膝盖好痛。

他举起手，小心翼翼地辩解："我还是很珍惜你的呀。"

田柔喷："我是说你和你那前女友！"

光头：……

他利索地闭嘴了。

因为和田柔一样，他其实也无法理解陆沉舟的做法，但是朋友多年，他知道陆沉舟的情绪很不对劲，自从程夕离开后，他整个人就像是一座压抑的火山，随时随地都处在喷发的边缘。

想了想，第二天光头推了自己的事，专门又去找陆沉舟，结果他并没有见他，陆沉舟甚至没有去上班，也没在他自己的房子里，谁也不知道他去了哪里。

十二月底，东来公司大年会，陆沉舟连头都没冒，年会的事全程都是其中一个副总主持的。

年会过后，东来最后一次股东大会，鉴于陆沉舟这半年来的不作为，有董事提出罢免其CEO职务，让陆父重新出山执掌东来，陆家父子争权的传闻闹得沸沸扬扬。

一月二十日，东来的事尚未有定论，农历春节悄然来到，而果然如田柔说的那样，程夕忙着救助机构的事没有回来。

二月十四日，西方的情人节，国人齿间的年味隐隐约约还未散尽，东来爆发假疫苗事件，一时间，全国的目光都集中在东来。

甘肃。二月十四日那天，程夕在车站接到了曾兴。她完全没想到，他那么个五大三粗的汉子居然晕车，下了车扶着路边的护栏抱着个垃圾桶吐了个天翻地覆。

等他吐完，程夕十分狗腿地给他递上一瓶水让他漱口，漱完口又很殷勤地递上湿巾给他擦脸。

曾兴接过湿巾的时候微微顿了顿，瞥她一眼："这怕是你对我最好的时候了吧？"

程夕笑："哪里，我对师兄一向好啊，倒是师兄，以前总是挑我的刺。"

连"师兄"两个字也叫得特别亲切。

曾兴顿觉牙疼："行了，已经被你骗上贼船了，我就是吐死在这路上，也不会掉头就回去的。"

程夕呵呵笑，十分殷勤地将他领上车，开去医院。

说实话，对于曾兴的到来，程夕是很意外的，他那人特好享受，能主动申请到这山旮旯里来，给人感觉好像一觉睡醒太阳从西边跑出来一样稀奇。

程夕是真担心他会吓跑，所以到医院后给他介绍的时候只往好里说："看到那栋楼了吗？就是政府联合社会人士一起修的，以后会作为救助大楼给咱这个医疗机构用，当然，医院的精神科到时候也会搬过去，而且为了解决外来医生的住宿问题，医院还把那边那栋楼也腾了出来，现在也已经在装修了，相信等其他人到的时候，就可以用了……"

啰啰唆唆的，讲了一大堆，半天就是没讲到主题去，曾兴就忍不住问："你把我拉来，是想要炫耀你们的工作环境有多'新'？"

嗯，还是那个出言就爱讽刺她的师兄。

程夕搓搓手，笑得老憨厚了："这不怕把你吓跑吗，得先把好的那一面给你看看呀。"

曾兴闻言，脸上的嘲讽之意就淡了下来："这段时间，你在这儿很不容易吧？"

"还好。"程夕笑微微的,"你知道的,我这人对物质享受真是没太讲究,就是病人太多了,医护人员有限,所以亟盼着有同行,比如师兄你,可以过来支援。"她说着拍拍手,"好啦,美好的未来显摆完,得面对现实啦,走,看看我们现在的病房还有病人们去。"

救助机构的工作其实早已经开展,县人民医院暂时作为定点救助医院,先期就已经接纳了不少病人,包括主任在内,他们还要定期往县城周边去进行免费的心理辅导和诊治工作,所以真是忙得飞起。

程夕和曾兴介绍完初步情况,就扔给了他一件白大褂,笑得特别不怀好意:"好啦,接风洗尘什么暂时压压后,先开始新工作吧。"

曾兴因而说她:"比周扒皮都狠。"

却也还是接过衣服,认命地跟着程夕去了病房。

这种情况下,东来出那么大事她没有第一时间知道也是情理之中了,一旦进了病房,她手机关机,不到闲下来,根本就不记得还要开机这回事。

直到晚上八点多了,程夕和曾兴才暂时将手上的工作忙完,她叫了同科室两个医生一起去吃消夜,大家一起点餐的时候,曾兴突然问她:"你手机呢?"

程夕"嗯"了一声,从袋子里掏出来:"没开机……怎么啦?"

曾兴用下巴点了点:"自己看吧。"

手机一开,叮叮叮就进来一堆未接来电的信息,她大略看了一下,发现有家里的、同学的、同事的,甚至还有光头的。

她挑了最接近自己心意的,先回给光头——一般情况下,光头无事是不会给她打电话的。

果然,光头一接到她的电话就说:"程医生,东来制药出事了,你要是方便的话,能回来一下吗?"

程夕:……

有种山上窝一日,天都快要塌掉的感觉。

2

程夕问:"东来出什么事了?"

"你不知道?"光头意外极了。

"呃,抱歉,我今天一天都很忙。"

"我给你发个链接,你自己看吧。"

光头说着挂了电话,发给了她一个链接,程夕只来得及瞄到标题,"东来制药假疫苗失控,调查组进驻调查",程阳的电话就也到了。

程阳估计也是打了她不少电话，一接通劈头盖脸就是一句："在干什么呀？一天到晚就是关机关机关机，手机砸了算了！"骂完也没给个缓冲，紧接着又说："东来要完蛋了，陆沉舟估计会倒大霉，来，给你看看，那家伙有多牛叉。"

然后也给她丢了一个链接，这次的竟然是个视频，程夕看到上面有陆沉舟，也不怕费流量，很奢侈地点开看了。

曾兴和其他两人凑过来和她一起。

视频看不太出背景，这时候，程夕的重点也不在背景上，她的重点是陆沉舟，那家伙，对着记者的镜头冷漠得就像是一块北极寒冰，连声音都是硬邦邦的："对不起，在事实还没有查清的时候，你这么说，我可以告你诽谤。"

那居高临下的态度，傲慢得就像是在看一粒尘埃的样子，程夕忍不住捂脸。

连根本不认识他的程夕的新同事们看到这视频也忍不住咋舌："哎呀妈呀，这谁啊？这种态度接受采访怕是要被打死吧？"

其实陆沉舟的话在程夕看来没有太大的问题，关键是他的态度，又冷又硬还带着藐视一切的味道，傲慢得让人想不黑他都忍不下这口气。

而且他说完这话甩手就走了，没做一点转圜和调和的余地，这回连曾兴都忍不住冷笑了："嘁，就是这么个情商低下的货！"十分内涵地瞥了眼程夕。

程夕却皱了皱眉头，又重新回看了一下视频，看完后她说："视频被剪辑过了，陆沉舟不是那种不管不顾怼别人的人。"

他就算怼人也必然是有的放矢的，这视频里记者的问话感觉略违和，前后不太搭，所以肯定是有一句特别尖刻的被剪掉了。

曾兴说："那也只能更证明一件事，他把采访他的人得罪死了。"

程夕沉默，也是，如果没有得罪死，人家也不会剪这样一段视频来黑他——黑得太明显了，把陆沉舟的傲慢无礼高高在上表现得淋漓尽致！在东来制药出事的背景下，他这样的傲慢会将他还有整个东来都拖入深渊。

果然，程夕再搜东来的新闻，几乎全是负面的，什么 N 年前买了他家一瓶感冒药结果拉肚子拉死这种完全不知真假的旧闻都有，一时之间，东来几乎要被黑出翔来。程夕当时还庆幸，幸好陆沉舟行事不太"张扬"，极少出席公众场合，八卦绯闻几乎没有，那些人想要从其私生活来咬他都找不到下嘴的点。

结果乐观得早了点，他们一顿夜宵还没吃完，之前那个被他"耍"了的女孩子黑他的帖子再次被扒出，然后有关陆沉舟"小气、抠门、性无能"的八卦各种冒出来，甚至还有一种特别不靠谱的："陆沉舟之所以对女的没感觉，因为他是个同性恋啊！别看他冷冰冰的，他还是个小受！"

楼下纷纷叫嚣着要楼上上证据，那个爆料的家伙也不知道何方神圣，被人顶得急了，居然甩出光头兄的一张照片。

程夕看到后，一口茶差点全喷到手机上。

"咳！咳！咳！"她手忙脚乱地拿纸巾抹桌子擦手机。

"怎么了？"曾兴一边帮忙一边问。

程夕很大方地把那八卦分享给他看，曾兴看完，也是无语，过了会儿，忍不住问："你就不找他谈谈？"陆沉舟那家伙明显就是在作死啊。

程夕摇头："我没觉得他出格。而且，这事虽然大，但我相信他有应变的能力。"当然前提是，他愿意积极主动去应对。

程夕想起那时候他问她："整垮东来制药怎么样？"轻飘飘的语气，却是十分认真的样子。

不由有些头疼，很担心所谓的"假疫苗事件"根本就是陆沉舟所乐见甚至是他一手策划的。

可是这种怀疑太可怕了，以至于她不敢找任何人求证，也自然是不会和曾兴说。

因为她实在不明白陆沉舟对东来制药的敌意从何而来，唯一能想到的关联也只有陆母了。所以当初她的死……到底有什么隐情？

她想着想着眉头就皱了起来，面色也有些沉郁，曾兴还以为她是死鸭子嘴硬在担心陆沉舟，就叫了她一声："程夕？"

"嗯？"她回过神来，咬着筷子望着他。

他们坐在甘肃一个小县城的路边摊上，街边行人如织，她的眉目在昏暗的灯光中，就像是一道明媚的春光，总给人眼前一亮的感觉。

而对上她目光的那一刻，曾兴觉得自己心脏像是被谁轻轻击打了一下，酥麻得无法言说。

不能骗自己了，为什么会跟着她的脚步跑来这里，为什么明明还有好几天的准备时间他偏要今天赶过来——因为今天是情人节啊。

可是，她好像从未在意，从以前到现在，都未将他放在心上过。

"什么事？"见他长久无言，她问。

"没什么。"曾兴说，过了会儿，却又忍不住问，"那家伙有什么好？"

程夕半真半假的，笑："长得帅呀。"

"……"曾兴翻了个白眼，"肤浅！"

他们的对话引起了新同事的兴趣，两人齐齐问："'那家伙'是谁啊？程医生的男朋友？"

"不是。"程夕笑，曾兴听她否认不由得翘了翘唇角，可还没高兴两秒，就听到她又说,"是我未婚夫。"

曾兴:……

那两个新同事:……

都一齐诡异地沉默了,半晌,才有人干巴巴地笑:"哎,原来程医生订婚了的啊?"

程夕笑而不答,曾兴突然没了吐槽她的欲望,默默地饮完了杯中的啤酒。

西北高原上,连啤酒都好像比南方的要苦一些。

程夕并不知道曾兴心里所想,体谅到曾兴初到,吃完夜宵后她十分体贴地将人送到宿舍,还帮忙安置好了才离开。

其间她接到无数电话,有程爸程妈幸灾乐祸兼给女儿脸上贴金的:"看,他当初陷害你,现在自己也出大事了吧?可见我女儿也不是谁都能害的。"

有田柔纯当吃瓜群众的:"我的妈,光头被说成是陆沉舟的强攻,差点呕死,哈哈哈。"

程夕问她:"陆沉舟怎么样?"

田柔说:"不知道,自从我上次和他说你在那边找了新男朋友后就没见过他了,光头每次都说他状态很差,但我今天也看了那视频,觉得他挺好的嘛,瞧那日天日地的气势,再没有比他更牛叉的了。"

程夕意外,倒是没想到光头居然能看出陆沉舟的异常,她很确定他是不知道陆沉舟的病的,那么能看出什么,就一定是对他有了相当程度的了解和关心。

程夕突然觉得陆沉舟也不算太惨,那么一副差劲极了的性格,居然还能交到光头这样的朋友。

她后来又给光头打了个电话,光头说:"他不肯见我们……程医生,你真的不回来看看他吗?"

程夕没说回也没说不回,她只问:"你为什么这么关心他?明明他脾气那么差。"

光头的语气前所未有的认真:"因为我需要他帮忙的时候,他从来没有拒绝过。"他说,"虽然他看起来冷冰冰的,但是我知道,他并不缺乏赤诚的心。"

光头说:"讲真的,他一点也不像个生意人。"

不知道为什么,听到光头这么说,程夕突然有点想哭,可能是,被感动到了吧。她深深地嘘了一口气,说:"谢谢你,这时候肯站在他身边。如有必要,请告诉他,我并没有新男朋友。还有,我会尽快将这边的事情安排好,赶回去。"

第三十三章

当然，程夕说回去，也是没有那么快的。救助机构的事情千头万绪不说，医院最近也很忙，还有医学院的学生很快也要过来了，得安排他们的住宿、吃饭、生活等等，因为他们毕竟还只是学生，真正进入临床还需要时间，以老带新是必需的。

但是这边精神科本身医生资源就不足，能够带学生的医生就更少了，程夕一旦离开，哪怕只是暂时离开一段时间，压在其他医生身上的担子就重了。

程夕特别怕将本应自己承担的责任推到别人头上，唯有想办法在走前把一切尽量安排妥，只是医院的事还好，其他像和政府对接，牵涉到其他外联部门的就完全不能由她控制了。

而就在这样忙碌的时候，甘肃省、市两级领导还下来视察了，作为该县今年重大项目之一的发起人以及负责人之一，程夕被拎去陪同并做相关的解说。

程夕的个人简历，就是放在人才济济的仁医都是十分出色和亮眼的，更不要说是在这大西北了，她记性又好，说话也清晰有条理，不管别人问什么，她都能答得上，且应对从容，关键是声音还好听，因此很是得领导们的喜欢，连带的对她所负责的项目也十分重视。省里的领导甚至直接在会上表态说："这个政策相当好，引入民间资金和政府资金，通过和医学院合作的方式来加强贫困精神病人的管理和治疗，是十分有前驱意义的，我觉得这事做得好了，完全可以在全市甚至是全省推广……"

上面的重视，让程夕回去的计划无限搁置，这天又陪着吃了顿"工作餐"，脱身出来已经很晚了。

照例是曾兴开车，自打他来，程夕这辆新座驾就彻底被他征用了。

将车停好，曾兴扭头就见程夕睡着了，她看起来累得不行，眼色的青影已是十分明显。

一时都有些不想叫醒她，谁知没过两分钟，她自己倒醒了。

"到了？"她懒懒地开口，掩唇打了个哈欠，"今天辛苦了，你先回去休息吧，我还有点事，得去处理一下。"

说完她揉了揉脸，做出精神熠熠的样子准备下车，手握上门把发现不对，回过头来："怎么了？"

曾兴握住了她另一只手的手臂。

程夕今天穿得并不多，因白天还是挺热的，所以男人手心的热力透过薄薄的外套传到她皮肤上，有一种很危险的触感。

程夕不动声色地把两只手都收回来，调整了坐姿，说："师兄干吗那么一副苦大仇深的样子，我好像没得罪您吧？"

她语气小心翼翼的，却又带着点玩笑的意味，听起来特别可恶。

曾兴当即就毛了，冷冷地说："你没惹我，我就是想问问你，喜欢什么材质的棺材，我去给你预订一副。"

程夕偏头想了想："……金丝楠木的？够贵啊。"

气得曾兴在她头上狠狠敲了一下，程夕捂着头痛呼了一声："哎，痛！"

曾兴说："反正你都是要累死的，一点痛怕什么。"

程夕无言以对，专注地揉着脑袋。

曾兴见状，又有些过意不去了，斜眼看着她："真的疼？"

"嗯。"

"那就回去休息。"

……好草率的提议，程夕龇龇牙："我是真有事。"

"有什么事？你加这会儿班是能让房子快些建好还是可以让病人早点恢复？程夕，凡事都是需要时间的，你这么拼是想干什么，腾出手来回家？"

到底忍不住，还是问了出来。

程夕说："是啊，我过年都没回，想家里人了。"

曾兴"呵"的一声。

程夕秒怂："好吧，我承认，我的确担心他。"

东来最近的负面消息特别多，作为一家主营业务是制药且历史还不短的集团公司，要找出它的黑点简直太容易了。

连造成陆母死亡的那场火灾也被人挖了出来，说之所以陆母会死是有人故意纵火，而当时东来为了掩盖这桩丑事甚至把责任推到一个孩子头上。

"哦，忘了说，那个孩子就是现在牛得不得了的陆沉舟陆大总裁。"

爆料者的语气简直是满满的恶意，虽然这个料因为年岁已久且无实证没有引起多大的响应，可程夕不敢想陆沉舟看到会是什么反应。

曾兴不明白这些过去，事实上他也不关心，听程夕那么说，他心情十分之差："你不是说他有能力应付吗？既然有能力，你担心什么？容我提醒你一次，你之所以会来这里，就是拜他所赐，所以你能争点气，拿出你前仁医优秀心理医生的骨气来，别去担心你不该担心的人，操那份完全没必要的心，行吗？"

"不行啊。"程夕叹息，语气软软的像是一盆水，浇在曾兴的火头上，"谁叫我……真的很喜欢他。"

曾兴：……

他扭头打开车门就走，打定主意再不和她说一句话，可是感觉不说会更气，他冲出去又很快冲回来，对着站在车边的程夕骂道："你个智障！"

骂完了往医院那边走去，见她没跟上，回头吼一声："走啊！不是要加班?"

程夕忍不住笑,"哦"了一声,颠颠地和他一起加班去了。

曾兴主动愿意帮程夕挑起担子,程夕后面的工作就好安排了很多,不过她安排的速度还是没能赶上东来那边事态的发展。

在程夕万事妥当,静等医学院那批孩子来的时候,一则东来某高管企图贿赂相关人员掩盖"假疫苗"事情真相的录音被曝了出来,录音被爆出来的第二天,为了平息网上铺天盖地的批评声浪,东来正式罢免了陆沉舟 CEO 的职务,把他当成替罪羊推了出来。

3

程夕落地的时候已是深夜,她本来是没打算惊动任何人,然后第二天直接先去找陆沉舟的。

结果回到家里发现自己根本进不了门,她家的大门都被换!掉!了!

要不是那块愚蠢的指路"程医生家"的牌子还在那儿,她真的会以为自己走错了楼层找错了门。

程夕都不知道该怎么形容自己那一刻的心情,因为担心陆沉舟会回来,当初走的时候,她把隔壁的钥匙也给了程阳,所以这会儿是哪个门她都进不去了。

只能还是打电话给她哥:"我那儿的大门是你换的?"

程阳睡得迷迷糊糊的,还没反应过来,几乎是下意识地回了一句:"是啊,陆沉舟那家伙跟我斗!哼,我直接换了你大门!"说完反应过来了,嗷地叫了一声,"你怎么知道?"又叫,"你回来了?!!"

程夕有点无奈:"是啊,你在哪儿?"

代替程阳回答的是门开了,他赤着脚站在门内揉眼睛:"真是你啊?怎么要回来也没提前说一声?"

"临时决定的。"程夕笑笑,把行李递给他,自己进门找鞋子换鞋,换到一半抬起头,意外极了,"小明?"

看看陆沉明,又转头看了一眼程阳,程夕脸上的表情惊悚极了。

程阳瞪着她:"你要是敢想歪我保证不打死你!"

程夕眨了眨眼睛,瞬间切换成无辜模式:"我没想歪呀,就是觉得,小明都会离家出走,真的很意外。"

程阳:……

陆沉明表示他一点也没听懂这兄妹俩在说什么,乖乖地自程阳手里接过行李，乖乖地叫她："……程老师。"

他总是习惯性地叫她 Icey，而也总是才叫出口又想起，面前的人，已经不是他的 Icey 了。

不，她从来就不是过。

陆沉明的脸又红了红，眼睛有些潮。

程夕像是没看到他的异常，冲他笑笑："你好，好久没见，好像长高一点了呢。"

这种大人夸小孩儿一样的方式……陆沉明默默地垂下眼，不说话了。

程阳朝自己妹妹翻了个白眼，率先一屁股坐在沙发上，程夕瞅了眼已经被整成了床的沙发，问他："怎么睡在这儿？"

客房的门没关，她能看到里面加了一张简易小床，而刚刚陆沉明就是从客房出来的。

她也不问他们怎么不睡在隔壁，毕竟那房子是陆沉舟买的，不过她不在家，她还以为睡不下的情况下，程阳会自动自觉地睡她原来的床上呢。

程阳闻言又翻了一个白眼，他能说他不敢睡吗？他换了门后就住到这屋里来了，可是看到陆沉舟换的那张崭新的大床，他瞬间决定还是在客房给自己弄张小的吧。

讲真，他十分期待程夕看到那张床时的样子。

决定把睡哪儿的事放到一边，程阳直接换话题："说吧，怎么突然就回来了，不是说最近很忙吗？"一边说一边打量她，忍不住嫌弃脸，"瘦了、黑了、皮肤也糙了，现在看起来你简直是像我姐！"

程夕笑："那你叫我姐我也没意见呀。"扭头看了眼陆沉明，顺手给他拖了张凳子，语气温柔了三个度，"对不起，吵着你了，如果睡不着，过来坐坐？"

陆沉明默默地坐过去。

程夕说："挺好的，如果在家里住着不开心，就出来住段时间。不过，要告诉家里人你在哪儿，别让他们担心。"

陆沉明点点头："我和奶奶说了的。"

"爷爷奶奶身体还好？"

"嗯。"

两人闲话的样子让程阳实在看不下去，在边上插嘴道："啧，担心那家伙就直接问啊，拐弯抹角！"

程夕摇头："我不用问。"

"为什么？"

"他状态好我也不会回来了。"

陆沉明惊讶地看着她："你……你怎么会知道？"陆沉舟的状态确实算不上好，甚至他们家里气氛也很糟，陆沉明说是离家出走，还不如说是陆奶奶怕吓到他，特意鼓动他出来住的。

"猜的。"程夕笑，"别担心，只要他没死，我肯定会把他拉回来的。"

语气里已有了点狰狞的意味。

程阳和陆沉明不由得一齐缩了缩脖子，总觉得在大西北待了一段时间后，温柔的程医生好像都变得彪悍很多了呢。

程夕不问陆沉明，是因为她有另外的人给她提供更准确的情报，像光头。

她上飞机前他给她打过电话，一直在吐槽："他要像一开始那样生人勿近也行，反正他习惯性冷脸，但是现在他开始不见人了，谁也不见，跟个姑娘似的，就把自己锁起来，像话吗？"

光头和程夕说起这个的时候，简直是心头火烧。

然而，他也是真的担心的。

程夕也很担心，所以和程阳他们聊了一会儿后，她决定先好好睡一觉，明天精精神神地去找陆沉舟。

听到程夕说要休息了，程阳特别热情地说："好啊好啊，早点睡。"

程夕特意多看了他两眼，没看出什么，只好起身回自己房间。

推开房门后，她整个人都僵住了，那满屋子可以闪瞎人眼睛的红……程阳幸灾乐祸的声音在她背后响起："当当当，恭喜玩家程医生喜获新婚蜜月房一套，惊不惊喜，意不意外？"

程夕转头，语气危险："你把我房子弄成这样？"

"可别冤枉我！是金光闪闪的陆大总裁弄的，他嫌我在你床上睡过，给你换了新床新被新桌椅，够红吧？"

程夕生生扭转了表情："……品位很不错。"

程阳：……

面前这个人，是在大西北被调包了吧？

程夕果然是被调包了，她那天晚上在那一屋子大红里都能睡着就已经够诡异了，结果第二天出门，她穿的居然也还是一条红裙子，火红火红的颜色，流畅的裁剪，把她的身线勾勒得凹凸有致，妖娆又妩媚。

程阳和陆沉明看得眼睛都凸了。

程阳说："卧槽，你是从哪里跑出来的妖精？我妹呢？"扒开她就要往房里去找。

程夕无奈地扯住他："别闹了。"摸摸因为长期盘发而有些微卷的头发，满怀期待地问："怎么样？"

程阳："你自己没感觉？"

程夕的语气更无奈了："太红了，我感觉我已经丧失了正常的审美。"

"说人话。"

"丑得惨绝人寰。"

程阳和陆沉明：……

这何止是丧失正常审美，这是已经审美扭曲了好吧？

程阳很想鼓动程夕换掉，因为太……骚气好看了，让他很不习惯！奈何小可怜陆沉明关键时候总是比他要快一拍，他抖抖索索着，小声地说："我……我哥应该会很喜欢。"

"是吧？"程夕冲他笑笑，弯着眉眼叹口气，"那就这样吧。"

挥挥手，她拎着包让程阳当车夫，带着陆沉明一起找陆沉舟去了。

程阳表示反抗，反抗无效，最后还是乖乖把程夕送到目的地。

陆沉舟的这个住所，程夕就来过一回，那次来也没好事，他把自己折腾成重感冒加败血症患者住了将近一个月院才算完。

当然，那回情况略好些，因为大门密码陆家人都知道。可是这一次，当程夕按照原来的密码去开门的时候，她发现密码换了。

程夕："……所有的门都要和我过不去？"然后看向陆沉明。

陆沉明摇头表示他也不知道，事实上，陆沉舟这里，他还是第一次来呢。

不过，陆沉明说："我问问我奶奶。"

程夕对此并不乐观，果然，陆爷爷陆奶奶知道的也是原来的旧密码："我们上回过去找他，本来以为他不在，就自己开门进去了，谁知正碰上他在里头，然后他就把密码换掉了。"不过陆奶奶知道程夕回来了很开心，她还让陆沉明把手机给她，和她说："小夕，你回来就好，你回来舟就会好了，谢谢你啊小夕。"

陆奶奶特别激动，然后迷之相信，只要有程夕在，自家孙儿就一定会好。

至于陆沉明和程家兄妹俩的那点纠葛，啊不好意思，在他们看来，实在不算是什么大事呢。

程夕都不知道该如何回应他们的这种信任，而陆奶奶显然也不需要她的回应，激动地说了一大堆后，跟陆爷爷喊话说："老头子，别担心了，程医生回来了，很快就会没事啦。"

程夕敏锐地注意到那边的环境不对，等陆奶奶挂了电话后，她问陆沉明："你爷爷住院了？"

"是啊。"

程夕看着他理所当然的样子有点无语，顿了顿才问："什么病？"

陆沉明敏感地察觉程夕有些不太高兴，有点无措，最后还是程阳看不过眼，替他说："没什么大事，年纪大了嘛，他家最近事又多，有些扛不住，医生就让住院疗养一段时间。"

程夕懂了，陆爷爷这很可能就是想要将陆沉舟哄出来的一种手段，奈何效果差劲，为了不让自己孙儿看穿，陆爷爷这院只能继续住下去了。

没有密码，不管是按门铃打电话还是大喊都没用，陆沉舟始终没出来，程阳先不耐烦了："不开就算了吧，也许他真不在，也许过两天就没事了，一个大男人，遇到点小事就躲起，值得你费劲吗？"

鉴于家里有个心理医生，程阳就没说更过分的话了，但他确实对陆沉舟很不以为然：凭什么要担心他啊？自己妹妹被他害得还不够惨？要不是医院领导有意包容，程夕被他整得身败名裂都有可能。

他没有程夕那么大的爱和责任心，他很讲究有恩报恩有仇报仇，今天之所以会跟过来也是想看着程夕，要她别犯傻，不要见陆沉舟"可怜"就又陷进去了。

眼看着仁至义尽也没用，那还管他个毛线，走人吧！

陆沉明也现出一点犹豫："要不走……吧？我哥不喜欢别人打扰他。"

和程阳一样，他也不太担心陆沉舟会真出什么事，主要是在他心里，家里最强大的就是他哥了，什么都敢做也什么都能做，他从来没想过他会有顶不住的时候。

程夕看看这两人，没说话，这时光头也到了，见他们三人站在门口，问程夕："怎么样？你来也不开门吗？"

一脸的"你怎么也这么无用这么无能"的表情。

程阳忍不住了，吐槽说："我妹是开门怪吗，她来了门就会自动开开？"

光头这才把目光转向他。"你妹？你是程夕的哥哥，舟的大舅子啊，"他说着摊摊手，"好吧，我原谅你的无礼了。"

程阳：……

陆沉舟身边净是些神经病！他冷冷地说："我妹和那家伙才没关系，不要给我们乱攀关系，谢谢！"

光头："怎么是乱攀？"看到程阳这想撇清的样子，他嘴贱属性又发作了，"你妹可是唯一睡过舟的人，怎么，想不承认？"

程阳立刻炸了："我妹睡的人多了，他算老几？"

陆沉明目瞪口呆地看着他们两个。

程夕转过头，决定不理那俩神经病，她又按了好一会儿门铃，没反应，就后退几步，看着那高高的院墙，把陆沉明拉过一边："见过爬墙的吗？"

陆沉明：……

程夕脱掉外套，已经开始扎裙子了，好在她今天预见会不太顺，所以里面穿了条及膝的打底裤，因此她毫无压力地将裙子撩起来扎到腰上，然后甩了甩手压了压腿，扶着陆沉明的肩膀："麻烦，搭把手。"

陆沉明睁大眼睛，下意识按她要求的曲起一条腿伸到墙底下。

程夕冲他笑笑："可能有点沉，忍忍好吗？"

等光头和程阳觉得不对跑过去时，他们就只看到程夕半蹲在围墙上起势下跳的一个背影。

程阳尖叫："程小夕你疯了！"

程小夕已经跳下去了。

墙外的三人：……

光头："程医生，我以后谁也不服就服你！"目测这墙也有两米高吧，她个娇滴滴的女孩子居然爬上去又那么跳下去！

光头觉得自己脚底板都在隐隐作痛！

程阳倒是亲哥哥，他在光头说出那句话的同时也喊道："你没事吧？"

程夕没答，她把大门打开，把裙子又放下来了，看起来又是那个温温柔柔的程医生。

光头：……

所以田柔他们那个班到底都出了些什么怪胎？

而更让光头兄震撼的还在后面，他们进去后，毫无意外，里面的门也是锁着的。程夕先是细声细气地冲里面叫了两声："陆沉舟？我知道你在里面，能开开门吗？"

没反应。

光头觉得她声音太小，就双手微拢大声叫："舟！陆老大！我们来看你来了！"

还是没反应。

光头转头，就见程夕手里多了样尖尖的钢钎一样的东西，她扯了扯还在呆滞状态下的陆沉明，对他们两个说："让一让。"一副"走远点免得溅到血"的样子。

光头大惊："你要干什么？"

已经知道自家妹子要干什么的程阳无力地抚了抚额。

他都没想到程夕会准备这么充分。

程夕没有解释，待他们都退下后，走上前在客厅那扇大落地玻璃窗前"轻轻"一比画，那看起来质量杠杠的玻璃就哗啦碎成了渣渣。

程夕就站在那一堆渣渣面前和他们说:"钢化玻璃的四个角很脆的,"比了比手上的钢钎,"用这个一划就好了。"

　　光头、陆沉明、程阳:……

第三十四章

1

三个人一齐用看怪物一样的眼神看着她。程夕也没什么特别的反应,收好钢钎,十分淡定地说:"你们就在这儿等着吧,我先进去看看。"

撩开厚重的窗帘,她咯吱咯吱踩着一地的碎玻璃进去了。

直到她人都没影了,光头才合上因为张得太久而微微酸痛的下巴,捅了捅程阳:"程医生……一直都这么彪悍?"

边上陆沉明也不由自主地点了点头,显然,程夕的表现深深地震撼了他。

程阳抖着腿冷(嘚)笑(瑟)道:"嘁,这算什么?想当年,她可是拿着菜刀追着我砍了十条街的好汉!"

光头默默无语,决定回去就对自家女朋友好一点,毕竟和能爬墙破门拿菜刀砍人的程医生比,田柔果然还是无愧于她柔姐姐的名声的!

程夕已经听不见外面的人在说什么了,陆沉舟的这套房子布局十分简单,客厅很大,一楼除了客厅就没有多余的房间,站在客厅中央,能看到另一面是个很大的游泳池,池水清澈,在湛蓝的天空下散发着幽蓝的光泽。

整层楼完全看不出什么生活的痕迹,桌面上空荡荡的,所有物品都摆放得井井有条,仿佛这里只是一个装饰一新的展览馆,而全无一丝人间烟火气。

程夕只随便扫了两眼,就直接绕过客厅,往楼上走。

楼上有四个门,前后错落地分布在走廊上,房门一模一样,皆是紧闭着的。她判断不出陆沉舟会住在哪一间,只能老老实实一间一间试着开门去找。

她完全没有做好一下就找到他的准备的,结果打开第一间房间的门就看到了他。

那是一间书房,装修布置和一楼有些相似,很经典的灰色系,阔大的书桌和非常有震撼性的书架,上面一排排摆满了书。

除了颜色,风格跟程夕家的书房十分类似。

程夕本来以为自己见到的会是一个异常颓废或者说是异常自闭的陆沉舟，可是不是的，他看起来居然还不错，衣着齐整，白衣黑裤，清清爽爽的模样，就连头发胡须都修得整整齐齐干干净净的没有一丝邋遢颓废气。

他曲着腿背对着她靠坐在桌前的沙发上，拿着手机很入迷地在……玩游戏。

是的，程夕走近了才发现，他拿着手机在玩游戏。非常非常没有什么技术含量的《跳一跳》，他不断枯燥而重复地一直点啊点。

她轻轻叫了一声："陆沉舟。"

他没有理她，屏幕上的手指没有停顿地继续点往下一块小方块。

程夕慢慢走过去，蹲在他身边望着他。

他们有多久没见了？快一年了吧？时间并不算长，可是一天一天数过来，却也并不短。

陆沉舟并不看她，他只是沉默而专注地操纵着那个小人从一个平台跳到另一个平台，不管是他微挑的凤眼还是紧抿的唇角，无一不冷漠至极，可是他长得又实在是太好看了，俊朗的五官，有一种很精致的秀气，所以哪怕他神色寡凉如水，都让人不由自主地为之沉迷。

时间是最好的催化剂，滤去那些不开心，出现在她面前的他，似乎显得更出色了。

将眼睛从他脸上拔出来，程夕注意到，他游戏显示的分值已达到了一个十分可怕的高度。

所以她很肯定，他确实是投入地在玩，以至于忘记了外物。

基于这个发现，她没有贸然打断他，也没有再出声，而是就那么蹲在那儿，看着他一直一直玩下去，直到那个小人倒地，屏幕上出现"再玩一局"的字样。

程夕轻轻将手盖在他手上："陆沉舟，我回来了。"声音很轻，轻缓而温柔。

他低垂着眉眼没有看她，也没更剧烈的反应，只是沉默地抽出手，然后又打算继续玩下去。

程夕这回没再让着他。

她直接将手盖在了他的手机上，神色慢慢变得严肃。

"陆沉舟，如果你愿意，我可以一直在这儿守着你。但我是抛下一切，从甘肃跑回来的，所以我的时间并不多。

"我来，也只是想问问你，你需要我吗？如果你需要，我会留在你身边。如果你不需要，我会离开，立刻，马上，并且永远都不会回来。因为我会认为,你依然觉得,分离的痛苦抵不过你自己压抑起来的残忍的欲望,那么为了我自己的安全,我只能离你远远的,永远都不要再见到你,也不让你见到我。"

她看着他,手指紧紧攥住了他的手机,慢慢地一字一句地说:"我数三声,三声之后,你不留我,我就走。"

说完,她开始数,"一",她数得很慢,刻意压缓了节奏,就是想给他以时间,但是,他毫无反应。

"二。"

脚又麻了!程夕想,等会儿就算是爬,她也要姿势好看地爬出去!

"三。"

他已经重开了一局,那个讨厌的小人又开始一跳一跳了,程夕没再说一个字,利索地站起来,她柔软的裙摆轻轻擦过沙发,火红的颜色映在了他的眼睛里。

程夕已经迈出一步了,忽然,她的裙摆被勾住。

她回头,就见他紧紧地攥着她裙子的一角,俯视的角度下,能看到他苍白的额角、长长的睫毛,这两者组合在一起,在此时此刻,有一种别样脆弱的味道。

外间光头和程阳他们仍然等在原地。

光头等得无聊,说:"猜一猜,陆老大看到程医生第一句话会说什么?"

程阳:"滚!"

陆沉明:"出去!"

光头啧啧嘴,摇头:"不,你们都猜错了。我觉得他肯定是什么话都来不及说,抱起她就先是一顿狂啃。"

……形容真恶心,程阳和陆沉明都嫌弃地扭开了脸。

而事实上,他们三个都猜错了,陆沉舟拉住程夕后,说的第一句话不过是:"我等了你……好久。"

然后他脱力似的,晕了过去。

后来陆沉舟曾问她:"你当时就那么破门进来,要是我伤害你怎么办?"

程夕说:"我不但有钢钎,我还准备了板砖,不管什么情况下,我应该是有一击之力的。"

嗯,不知道该不该遗憾,陆沉舟并没有给她用板砖的机会。程夕回身抱住他,发现他整个人虚弱极了,脉搏极沉极缓,额发鬓角里都是细密的汗。

她伸手在他头上探了探,没有发热,反而因为不断出汗的缘故,皮肤的温度像是腊月的凉水里捞出来的一样。

又按了按他的肚腹,空荡荡的,不由得叹气,喃喃道:"你是有多久没吃饭了?"

沉默。

他昏睡着,看起来难受极了。

程夕再次叹气,起身想去给他找点吃的,陆沉舟手仍攥着她的裙子,气息微弱地说:"……别走。"

"我不走,我说了的,只要你需要,我就会留下来。但是现在,你得吃点东西。"她扯出裙子,先给他倒了杯水,喂他喝了一点后,才下楼来。

见到她,程阳先问:"你没事吧?"

光头却更关心陆沉舟:"陆老大还好?"

余下陆沉明只是默默地看着她。

程夕笑笑:"嗯,还好,没大事。"和光头说:"能想办法弄点陆沉舟爱吃的东西来吗?简单点,白粥之类的就行。"又看向程阳:"哥,你去帮我买点葡萄糖来好吗?要口服的。"

程阳不太乐意,但是他犟不过程夕,最后拎着陆沉明和他一起去了。

光头也去给陆沉舟找吃的。

他们速度都很快,程夕还没给陆沉舟做完检查,就都回来了。

脚步声吵醒了陆沉舟,他睁开眼睛,目光定定地看着程夕。

她起身去给他拿吃的,迎着他的目光笑了笑:"醒了,起来吃点东西?"

初步可以确定,他身体过于虚弱是由饮食不调引起的。

也不知道有多久没好好吃过东西了。

他看着她,没说话。

程夕就取出食盒,给他倒了一碗粥,白水粥没有一点味道,程夕还以为陆沉舟会挑剔,没想到他居然把一碗粥吃得干干净净的,吃完了,接过葡萄糖,照样一饮而尽。

吃过东西又补充了能量的陆沉舟看起来脸色好了很多,程夕觉得他很乖,刚想表扬表扬他,就见他突然拿过她的手,将之放在他小腹下面一点点的地方,说:"我想了。"

程夕:……

对着他毫不掩饰的目光,程夕莫名觉得手很痒。

她收回手,很直接地说:"陆沉舟,我现在不想做你的女朋友。"看他面色微变,连带着眼里的欲望也淡下去不少,她认真地看着他,语气温柔,"如果早点好起来能让你更快乐,那我不想再花更多的时间去等你慢慢走出来。所以我想当回程医生,也请你哪怕只是暂时地,只把我当成是你的医生,好吗?"

陆沉舟眼里的欲望已彻底退去,他收回手,紧抿着嘴唇,冷淡地垂着眼睛。

他整个人都散发着抗拒的气息,这些都在程夕的意料之中,她倾身抱住他:"我知道你不喜欢我医生的身份,我以前也一直觉得,你不喜欢,那我就顺着你的喜欢好了,医生不行,我就做你的女朋友,我可以慢慢改变你。事实上那样做是错的,因为最终的结果表明,你不相信我,连带着也不相信我对你的爱,甚至差一点点酿成无法挽回的后果。我不想再被你怀疑,我也不想你再逃避,陆沉舟,已经很多年了,该过去的,应该要过去了。"

说完,她微微仰头看着他:"如果你信我,就让我帮助你走出来,好不好?"

陆沉舟垂眸看着她,两人隔得很近,近得他能闻到她身上馨香的味道,看清楚她细腻皮肤间柔软而细微的绒毛,那是比他梦中所见更真实的感觉,真实得他只要一低头就能吻到她花瓣一样的唇角,也只要一用力就可以挣脱她的束缚,折断她的翅膀,把她绑起来或者关起来,从此不为世人所见而只为他自己拥有。

他心里如热水在沸腾,面上却仍是清冷而淡漠的。

这是他长期习惯性压抑自己造成的结果,他很不喜欢这种压抑,尤其是面对她的时候。所以他低头,就像是梦里无数次做的那样,轻佻地低嗅着她颈边的香气,血色仍有些不足的薄唇若有若无地摩擦着她圆润的耳珠,动作暧昧多情。

程夕感觉自己的耳垂被他含在嘴里,听到他轻声却危险地问:"如果,我说不呢?"

"那么我也毫无办法,"她声音依然柔软,却多了点低沉的味道,"对于你,我毫无倚仗。"

"撒谎!"他嘴唇移开,用力在她脸上咬了一口,"你明明清楚,你最大的倚仗就是我爱你。"

程夕睁大眼,甚至都忘了他咬在她脸上的痛,这种小言一样的台词……她突然平静下来,仔细看他,但见他乌眉长睫,清冷的眼神里带了一丝疲倦,完全少了以往的凝肃和冷厉,也没有她熟悉的傲意凌人的味道。

当然,他整个人仍然是危险的,尤其是他下身贴着自己传来的那种触感。

饶是如此,这样的陆沉舟,比起她想象中的真是要好太多——没有戾气,没有颓废,也没有那股子仿佛印在他灵魂深处的阴郁的冷漠。

只有隐隐透出来的让她心疼的软弱。

她忍不住叫道:"陆沉舟!"

他没应，干燥而带点凉意的嘴唇在她耳边流连。

程夕忍着他制造出来的那股子麻痒，说："我很高兴。"显而易见，她前面所做的一切并不是无用功，至少他真的已经柔软了很多。

"程夕，你成功了。"像是知道她在想什么，他肯定地说，一边说一边轻轻磨着她颈间幼嫩的肌肤，"我知道了爱和受伤的感觉，所以你没回来的时候我就想，你愿意做什么，想我做什么，都可以。只是，"他顿了顿，轻轻咬了她一下，这次声音里的委屈已经十分明显了，"你回来得好晚。"

想起他之前说的"我等了你好久"，程夕莫名有点泪目。她"嗯"了一声，抱紧了他："对不起。"明明已经说好暂时只想做他的程医生的，但她还是没忍住，侧头在他脸上吻了吻。

2

温柔而歉意的、不带任何欲望的亲吻，像是一个开关，打开了某一道闸门。陆沉舟挣开她的手，反抱住她将她带上沙发，双腿紧紧地盘住她的腿，一手箍着她的腰身，另外一只手伸进了她的衣服里面。

他炙热而有些狂乱地吻着她，几乎不给她反抗和思考的余力，程夕被他的热情所感，居然也破罐子破摔地想："好吧，先让他任性这一回。"

可是她都已经决定由着他了，他却忽然停下来，程夕睁开眼睛，迷蒙地看着他。

此时的她，眼睛里就像是汪了一汪水，雾意朦胧。陆沉舟忍不住又吻了吻她，转身找到他的手机，从里面调出一张照片，放到她面前："他是谁？"

程夕：……

她很无语，却还是定定神看过去，待得看清楚后，又有些惊讶："田柔发给你的？"

是她和甘肃那边民政局副局长的合影，没想到他还留在手机里。

陆沉舟轻轻哼了一声。

"她和你说这是我新男朋友？"程夕忍不住笑，"她逗你的啦，这是甘肃那边认识的一个朋友，人家孩子都老大了。而且，"她很想抱抱他，可是被他箍得太紧了，最终她只是在他身上蹭了蹭，蹭到他耳边轻声说，"我不觉得哪个女人经历过像你这样的男人，还能看得上别人。"

陆沉舟偏过头去没说话，耳尖却忍不住红透了。

程夕心里软成了一摊水，能看到这样的他，她觉得付出什么都是值得的。

过了会儿，陆沉舟才转过头来，眼睛微微有点发红，拿额头抵着她的额头："你要做什么都行，但你得是我的女朋友，不是医生，只能是女朋友。"

她就跟个色令智昏的老昏君似的，浑忘了之前的豪言壮语，断然说："好！"

"如果有一天，我再伤害你，你就离得我远远的，不要再回来，也不要再理我。"

"嗯。"

陆沉舟再无顾忌，抱紧她再次吻住了她。这个吻缠绵而深情，气氛正好，两人都准备攻下全垒来一次深层次的交流的时候……

咚咚咚！房门被敲响了。程阳大大咧咧地在外面喊："程小夕，你俩够了没有哇？这么久了，我们就见不得人？"

陆沉舟和程夕：……

两人还没反应过来，门锁就被转动了。

我勒个去！程夕吓得面无人色，陆沉舟则是在门开了一条缝后直接操起手机往门上砸去："滚！"

咣一声巨响，门总算没被完全打开，外面也彻底安静了。陆沉舟抱住她，冷着脸说："继续。"

程夕：……

继续什么啊继续！

她一本正经地劝他："人生总有意外，我们得适应这些。"把他拖起来，硬是中止了这场被吓到已经毫无乐趣可言的亲热。

中午几个人一起吃饭，席上气氛简直是迷之尴尬，陆沉明不出声，光头则时不时发出两声噗噗的轻笑，陆沉舟和程阳两人比赛"谁比谁脸更黑"。

只有程夕稍微正常点，充当救火队员，一边警告光头适可而止，一边趁着程阳出去接电话，把他堵在外面："哥，别气了……要不我给你封个红包？"

程夕老家那边的风俗，撞见男女亲热得个红包"避邪"，很无稽的说法，但程阳是生意人，他要信这个她也无所谓。

尽管她很确定，那一下程阳应该是什么都没看到。

程阳用看神经病一样的眼神看着她："你觉得我在气这个？"

程夕眨眨眼。

"别跟我卖乖！"程阳恶狠狠，"告诉你我在气什么，两点。第一，程小夕你能不能有点骨气？他陆沉舟对你做了那么恶劣的事，你不记恨就算了，少说也要熬他几日吧，结果几日你都不熬，卖个惨你就乖乖凑上去了！"冷笑，"我都不知道，原来我妹也是那种以为男人都需要被拯救而自己是拯救天使的蠢货！"

程夕：……

她沉默了一会儿，问："那第二呢？"

程阳的脸上就露出羞恨交加的表情："……第二是，我明知道你在做蠢事，却还是被他吓到了，简直是没法原谅我自己，弱得……"

后面的话他没再说下去，因为程夕突然扑上来抱住他，眉眼弯弯地说："哥，没想到你会这么想，我好感动。"

程阳："……少卖乖，没用！"撕开她，强迫她看着自己，"程夕，你和陆沉舟，到底怎么回事？"

他才不信，程夕有那么圣母，当真不计较陆沉舟对她做的事。

程夕说："哥，别问我，以后，有可能的话，让他自己和你说。"

"不用等到以后。"陆沉舟清冷的声音在身后响起，他从转角处慢慢走出来，淡淡地看着他们两个，"我现在就可以告诉他。"

程夕惊讶地叫："陆沉舟！"她试着阻拦，"不，不必现在就说。"

陆沉舟抿了抿唇，眸光幽幽："不是想我面对吗？那就面对好了。"他转向程阳，语气淡漠而平板，"举报她，把她赶走，都是因为我有心理疾病，她再留下来，我怕我会杀了她。"

"所以，"他说，"我是她的爱人，也是她的，病人。"

"心理疾病？病人？"程阳脸色都变了，"你居然真有病？"

"不，不是。"程夕连忙说，"只是一种心理障碍而已。"

"嗬！跟我玩文字游戏？"对于普通人而言，"心理障碍"和"精神病"的区别，那就是一个意思两种说法而已！有什么差别？！程阳几乎要炸，"你还想要杀了她？你！……"

他已经气得说不出话来了。

程夕赶紧安抚他："哥！"

"你滚开！"

程阳推程夕，只是手才碰到她，就被陆沉舟抓住了。

"别碰她。"他说。

程阳：……

程夕赶紧放开了手。

程阳就瞥了她一眼，心塞得不要不要的，自己妹妹都不能碰了？气死他了！

气极之下，程阳什么都不想说，抓起程夕就要走："走，我们先回去再说！"

只是他没拉动，程夕的另一只手被陆沉舟拉住了，他冷着脸："放开她！"

他声音依旧淡淡的,和平常好像差不太多,但是不知道为什么,程夕就是觉得他这样子略可怕。倒是程阳怒意上头,勇气倍增,回头就怼了他一句:"我不放你是要怎样,打架啊?"

撇开程夕,架起拳头就揍他。

程阳打人还是很有分寸的,主要是家里有个医生,时不时和他科普哪里哪里是人体弱点,他只是想教训教训陆沉舟,并不是要下死手,所以虽然是主动出手,却还是下意识地避开了重点部位——比如面门,比如腹部,他那一拳头就砸在了陆沉舟的肩膀上。

然后跟着又踢了他一脚。

打完踢完,照样拉起程夕要走,程夕扯住他,"哥……"心里正有些奇怪陆沉舟的毫无反应,回头就见刚刚还呆呆的任打任踢的陆沉舟突然出手,吓得连要说的话都忘了,一下扑过去挡在了程阳面前。

陆沉舟的那一拳正击在程夕的胸腹处,还好她先有防备,自己拿手挡了一下,饶是如此,她还是痛不可抑,当即弯下腰去倒在程阳脚边,一身冷汗都冒了出来。

程阳本来是恼得不行的,回头正好看到程夕替他挨打,顿时吓得要死,朝陆沉舟吼了一句,"陆沉舟你个王八蛋!"赶紧抱住程夕,"小夕,小夕你没事吧?"

就这么句话的工夫,程夕已经开始捧着肚子吐了。

她个子比程阳矮,陆沉舟这一下,正好顶在了她的胃上,又是才吃了东西,所以胃里的东西一下全被倒了出来。

是真的倒出来一样,稀里哗啦的,衬着她陡然寡白的面色,瞧着真是说不出的瘆人。

陆沉舟看她那样子,倒退了好几步,这时光头和陆沉明听到动静也跑出来,一见这现场同时呆了呆,光头"靠"了一句:"这是怎么啦?"越过陆沉舟跑到程家兄妹面前,帮忙扶住程夕,嘴里不停,"怎么突然成这样?程医生没事吧?啊,这是怎么了?"

没有人理他,程阳抱着程夕手忙脚乱,一副想捂住她嘴又不敢的样子,急得眼泪都出来了:"小夕你别吓我啊。"

程夕……程夕其实倒还好,最初的痛感过去,慢慢也就没事了,就是身上脱力,然后觉得自己狼狈死了,有生之年,她还从来没有这么狼狈过。

好在陆沉明是场中唯一一个有眼色的,他转身跑回房里拿了纸巾和水,等她吐完,把东西递给她。

程夕自己是没什么力气了,程阳替她接过,帮她擦了擦嘴,又喂她喝水漱口,等弄妥当了,才和光头一起扶起她。

两人中也不知是谁碰到了程夕的手,嗯,她的手刚刚替她的胃挡在前头,所以也是受了伤的,很疼,但她生生忍住了,因为她一抬头,就看到了陆沉舟。他一个人站在最后面,像是失去了支撑似的靠墙而立,望着自己的手,脸上充满了不相信。

时隔近一年,程夕再次在他脸上看到了那次差点掐死她之后的神情,震惊、惊恐、惶惶不知所措的样子。

特别特别无助。

她低低地咳嗽一声,叫他的名字:"陆沉舟。"

他转过脸来,恓惶地看着她。

"能扶我一下吗?"她那一下是真被他打得狠了,所以这会儿面色苍白,连带着嘴唇都是毫无血色。

她的样子看起来太惨了,程阳怒:"还要他扶!你想死是吧?!"

他是真快要气死了,而更让他生气的是,程夕居然和他说:"哥,你走吧。"

程阳:……

要不是程夕现在这样子经不起他一扛,他还真想把她扛回去锁家里,然后好好让她清醒清醒!

程夕已经推开了他,借着光头的手勉强站稳,望着陆沉舟又说:"难不成你想让别人抱我吗?"

这话还真有效,陆沉舟慢慢走过去,有些僵硬地半抱住了她。

"你……还好吧?"他觉得嘴巴发干,喉咙发苦。

"还好。"程夕还开玩笑,"幸好只是打在胃上,如果位置再偏一点的话,我大概不是吐一吐,而是要往抢救室去躺一躺了。"

她语气轻松,然而事实是,以陆沉舟刚刚的力道,如果他稍微击偏一点,击中她的脾脏的话,很有可能真的会出大事情。

陆沉舟不知是不是听明白了,脸色又白了几分。

光头和陆沉明则是惊呆了:那什么,听程夕的意思,刚刚是陆沉舟打了她?

……这世界好魔幻!

陆沉舟根本就不敢碰她,程夕只好自己投到他怀里,无力地靠着他。"只是个意外而已。"她有些气弱地说,"陆沉舟,抱住我。"

她很想说"我没事"的,然而身体太不争气,撑了这么会儿,只觉头晕目眩,汗出个不停,身体控制不住地微微发抖,她很熟悉这种感觉,高中时候体检，有一回验血，她刚抽完血就是这样的。

所以她撑不了多久。

而她不想懵懵然倒下去，地上还有她吐出来的东西，万一倒在那堆呕吐物上……画面太美，她不敢想。

所幸陆沉舟反应很快，她往下滑的时候，他抱住了她。而程夕在撑不住彻底晕过去的那一刹那，看到的是陆沉舟蓦然放大的瞳孔。

程阳又惊又怒的尖叫："小夕！"

她没事，她只是想晕一晕，而已。

可惜没谁能读懂她的心声，她只能无奈地想，希望陆沉舟不要被吓得太厉害，也希望暴怒的程阳不要再和陆沉舟打起来，他真的……打不赢的啊！

3

程夕觉得自己并没有晕多久，醒来却发现她躺在熟悉的CT检查床上，这些人，还是不放心，把她送到医院来了。

她就也没动，继续躺在床上等检查做完，顺便感受了一下身体状况，胃还是有些不舒服，难受，嗯，手也很痛，小拇指那儿一抽一抽的，她想可能是肿了。

CT的检查很快，没多久，她就被送了出来，外间的大门滑开，医生走进来，然后那几张熟悉的面孔也出现在门外。

程夕注意到，陆沉舟想跟进来，程阳狠狠推了他一把。

她哥果然牛气了，也果然动了手，陆沉舟脸上挂了彩，颧骨带伤，两只眼睛都是肿的。程阳还想要再揍，陆沉明先发现程夕醒了："Icey醒了！"

程阳这才放开陆沉舟，跑得飞快，跑过来扶住已经半撑起的程夕。

"不要你，"程夕推开他，歉意地冲朝她伸手的陆沉明和光头微微一笑，对外间尚有些怔怔的陆沉舟说，"不帮我吗？"

程阳气炸了："程小夕你什么意思？"

程小夕说："我女生外向。"

程阳：……

扑哧两声，光头和陆沉明都先后笑了。

程阳狠狠地瞪了他们一眼，强硬地扶住了程夕，结果还是让女生外向的程夕拐走了，陆沉舟没有来帮她，到了门口，她自动自发地向他靠了过去。

程阳怕再扯到她哪里，不敢动，只能眼睁睁看到他妹忒不要脸地倚在陆沉舟身上，问他："真不帮我呀？"

她抓住了他的手。

他的手在微微发颤，垂下的眼里居然是……惊惧和害怕。

她觉得，她应该要和他好好谈谈了，就扭头问："可以回去了吧？"

程阳："你个白痴！"

程夕说："哥，你情绪不好，就先不要跟我们一起了。"

程阳：……

这要不是自家妹子，怕得被他打死！

光头和陆沉明是第一次看到兄妹还可以这么相处，简直是打开了新世界大门！只是看戏的时机不对，光头不得不站出来："程医生，你还是等检查结果出来吧，你刚刚脸色可难看了。"

程夕问："结果什么时候能出来？"

一行人都问号脸。

然后还是光头颠颠地跑过去，得出个"明天才能出结果"的结果。

这不是仁医，仁医程夕还可以找人想办法尽快拿到结果，但他们当时看她昏倒也是吓坏了，急急忙忙找了最近的一家医院把她送过来。

这儿谁都没有熟人，只能先回去。

程夕是真觉得自己没什么事，她之所以会昏倒多半是神经性的，休息休息缓过来也就好了，像她现在，感觉就比一开始要好多了。

等回到陆沉舟那儿，喝了半杯温开水，她脸上的血色也恢复了，程夕开始赶人："你们都回去吧，我想和陆沉舟单独待着。"

……

被一同驱赶的陆沉明和光头瞬间体会到了程阳的悲愤。

程阳干脆不理她。

光头则往默默地坐在沙发上的陆沉舟那儿瞟了一眼："这不好吧？"

"没什么不好的。"程夕语气很淡但是坚定，"我相信他能照顾好我。"

谁担心他照顾不好她，他们是担心他会再犯病啊！

嗯，就在程夕昏倒的那么一会儿，程阳恼怒之下，不但揍了陆沉舟，还把他有病的事实给嚷出来了。

光头和陆沉明一日之内，屡受惊吓，到知道真相，反倒没那么吃惊了，然后一回想，就觉得很多他的异常就都可以解释得清了。

这会儿，他们确实很担心程夕的安全，因为陆沉舟看起来……不是那么正常。

他非常非常沉默，周身持续涌动着一股压抑的味道，让人很担心他会猛不丁爆发出来，然后伤人伤己。

他们的对话他仿佛没有听到一样，而程夕最终也没能把人赶走，主要是光一个程阳她就搞不定，作为一个负责任的哥哥，他没有强硬地把程夕拎走就算了，还把她单独留下来？

　　程夕犯病，他也不可能犯这个病。

　　所以退而求其次，他们三个留在客厅，程夕带着陆沉舟去了楼上房间，仍是那间书房里，程夕蹲到他面前，拿手在他面前晃了晃："陆沉舟。"

　　陆沉舟转眼，定定地看着她。

　　程夕也望着他，她语气轻松，笑着问："吓坏了？对不起啊，是我自己身体不争气，对痛感承受能力很低……"

　　程夕的话没能继续说下去，因为陆沉舟突然抱住了她。

　　他说："我差点……害了你。"

　　她拍拍他的背，想说"没那么严重"，却听他又接着说道："就像害死我妈一样，害了你。"

　　可能之前就有所猜测，程夕很平静。

　　心理医生最基本的要求是，不管听到病人说什么都不须要表现得太过惊讶，有些时候为了能让病人配合，得到他们的信任，三观都可以不要去迎合他们，只是当个树洞而已，那就必须合格。

　　毫无疑问，程夕在这方面表现得很优秀。

　　她的平静，让陆沉舟也渐渐平静了下来，他慢慢放开她："你不害怕？"

　　"不怕。"因为气息有点弱，她的声音听起来比以往更柔和，软绵绵的，像是在和他说悄悄话。

　　陆沉舟放在她肩上的手微微用力："越是在乎一个人，我就越怕她会离开我，那时候我就会想，把她禁锢在我身边就好，禁锢不住，杀了也行啊，那样，她就永远也不能离开了……这样的我，你也不怕吗？"

　　所以，这才是他"冷漠症"的由来吧，不敢用情，不敢动情。

　　程夕很肯定地点头。"不怕。"她说，"我知道你能控制得住自己，而我认识的你，虽然冷淡却绝不冷血，所以，我没有必要害怕。"

　　"但是我刚刚就差点害死了你！"

　　"我没有死。"程夕的语气特别肯定，她望着他，眼神坚定，"而且那件事只是意外。你并不是故意要伤害谁，你只是想把我哥推开，是我反应过度，用不恰当的姿势撞上你才弄伤了自己，和你根本就没有关系。"

　　陆沉舟闻言茫然地道："是这样吗？"

　　程夕再次肯定："是这样的。"她渐渐掌握了主动，引导他谈陆母的事，"你说你害死了你妈妈，陆沉舟，能跟我说说，到底是怎么回事吗？"

"这里只有我们两个人,我保证,我不会说出去,而且,那件事你背负得太久了,是时候放下它了。你想放下它吗?"

告诉他现在是安全的,提醒他他背负的东西太沉重了,应该要放下来了。

然后,她目光坚定地看着陆沉舟,静静地等着他。

陆沉舟眼里的挣扎之意很浓,可最终,他还是和她说了。

他的叙述十分凌乱,干巴巴的,由此可见这段往事对他的影响之大。

不过程夕大致还是了解了那段过去,其实也很简单,陆母是东来实验室的研究员,得她之利,小时候的陆沉舟就也常常跟着在那里玩,当然,他进不了核心工作区,也就是在边上待着而已。陆沉舟从小就不熊,陆母带着也放心。只陆母是个工作狂,经常忙起来就把他给忘了,出事那天陆沉舟太饿,突发奇想拿酒精灯做东西吃,不慎引发了火灾。

火灾发生后,陆沉舟吓呆了,他本来想自己扑灭的,结果火越来越大,他跑出实验室外,将门关上,天真地以为门关上火就不会跑出来,然后就没人知道他犯了什么错。

他却忘了,那时候他妈妈还在里面。而且当时陆母是周末临时去加班的,实验室甚至整个工厂都没什么人,还是火焰的爆破声引来了保安,才报警叫来了消防人员。

可那时已然太迟了。

程夕很认真地听着,从陆沉舟凌乱的叙述里慢慢整理出这惊心的真相,她不时问他一些问题,以缓解他的情绪,然而也就是这些问题,让她感觉到了陆沉舟言语中的一些矛盾之处。

比如,她问陆沉舟记得小时候收到的最喜欢的礼物是什么。

陆沉舟想了很久,才说:"没有。"

"那印象最深的事有吗?"

他眼神当时就深了,沉默了会儿说:"错吃了实验室的药,阴错阳差做了实验对象。"

程夕当时就有些悚然:"实验对象?"

"没什么大事。"他语气挺淡漠的,甚至还有些异样的甜意,"也是从那以后,我就经常跟我妈去她的实验室。"

程夕一直以为他和陆母的感情很好,直到这时才忍不住问:"伯母对你,好吗?"

他说:"好。"

但是说这话的时候他明显有一个逃避性的动作,从心理学上来说,他对这个答案其实是不确定的。程夕当时不明白这是什么意思,对他好就好,不好就不好，为什么不确定？直到她后来见了陆爷爷和陆奶奶。

老两口是从医院过来的，知道程夕在这儿，特意来看她。

他们叫人带了一堆吃的，程夕下楼的时候程阳他们几个正围着桌子没心没肺地吃吃喝喝，陆爷爷和陆奶奶在一旁招呼着，气氛很好。

程夕之前吃的给吐光光了，这会儿看着吃的也觉得饿，就跟着吃了一些。吃东西的时候程阳还很紧张，结果看她吃完都没事就忍不住松了一口气。

见陆爷爷和陆奶奶上楼给陆沉舟送吃的去了，陆沉明和光头在说话，程阳就扯了程夕一把："你来。"

兄妹两人走到院子里说话，这次程阳警醒多了，选了个空旷的位置不说，还四处转悠看了看，以确定不会有餐厅的事发生。

程阳回头就看到程夕在笑，忍不住白了她一眼："笑，笑，你还笑得出！"表情一秒改严肃，"事情忙完了吧？忙完了我要你跟我回去，回不回？"

程夕摇头。

"理由呢？"

"我答应过他，要一直陪着他。"

"你不要父母，也不要命了？"程阳盯着她，"知道自己先前的样子有多惨吗？"

程夕仍然笑："医生本来就是个高危的职业啊……"

"我劝不了你，就让爸妈来劝你。"

他说完，作势欲走，程夕不得不拉住他："哥。"

程阳说："我让你做我哥行吗？别这么折腾自己，我心疼！"

程夕默了默，她低下头，过了好一会儿才说："哥，我想帮他。"

"怎么帮？"程阳嘲讽地看着她，"用你所谓的爱情去感化他吗？程夕，什么时候你也这么天真了？不，我应该说，什么时候你也这么圣母了，以为你是光你是电，你可以圣光照耀全世界？"

程阳毒舌起来的时候，连程夕都有些招架不住，她无奈地望着他："哥你能别这样吗？我只是不小心在帮他的过程里爱上了他。"

"心理医生可以爱上自己的病人？"

"不能。"程夕说，"这可能是我职业生涯里最大的污点，可是我没打算洗清。"

程阳：……

他铁青着脸："所以你是下定决心了是吧？"

"是。"

"你图什么？"程阳很是不解，"图他脸好看？你要是喜欢长得好看的男人，我分分钟给你找十七八个比他更好看的！图他有钱？你要多少钱？说！你哥多的没有，锦衣玉食养你一辈子还是可以的！图他的能力吗？你也不缺呀，干吗要那么想不开，找个精神病人？程夕，其实我一直都想问你，当年你为什么非要读医学院，学精神科，是不是一直陷在外婆的事情里面没出来啊？多少年了，你至于吗？"

程夕的脸白了白。

程阳一看就知道自己嘴快踩到了她的痛脚，忍不住转身低咒了一声，半晌才硬邦邦地说："对不起，我不是故意要提外婆的。"

程夕想笑，却终究没有笑出来，她看着这园子里盎然的绿意，轻声说："也没提错……我非要读医学，学精神科，甚至看到那些病人，不要命一样地想要帮他们，就是因为外婆。我总想着，如果那时候，她可以遇到一个，哪怕是一个懂她的人，是不是，她就不会那么绝望了。"

面对这样的程夕，程阳还能说什么？外婆的死，是程夕的雷点，何尝不是他的？

他们，都是外婆一手带大的。

他忍不住骂了一句，"妈的！"咬着牙说，"那你也不用爱上他啊。"

程夕笑了一下，说："因为他很好啊，在我眼里，他比任何人都赤诚。"

第三十五章

1

程阳最终没能说服程夕,好在他也习惯了,从小到大,从来都是他被说服,而不是说服她。

但他也不想看她这么下去,太虐,所以他只能先走了,眼不见为净。

他走时程夕跟他保证:"我会照顾好自己的,不会让自己有事。"

程阳冷笑一声:"你的保证就是个屁!"

到底不放心,拜托陆沉明帮忙看着,哥俩好似的搂着他的肩膀:"给我看死了他们两个,要是有什么不对的,你就帮忙揍你哥,揍晕了不要钱,揍坏了我给你钱,揍死了以后我就是你哥。"甚至还撺掇他,"你不是喜欢我妹吗?允许你喜欢啊,去追她吧。"

陆沉明吓得瑟瑟发抖:"我……我不敢的。"

程阳见状长叹一声:所以这小子当初到底是哪儿来的胆子跟陆沉舟那疯子抢人的?

得出一个结论,陆家人都是怪物。

和程阳的感慨差不多,在陆沉舟房里的陆爷爷陆奶奶也觉得,这大孙子他就是个怪物,多少年前的事,干什么还要提啊?翻出来得惹多少是非?

他们之所以会有这样的感慨,是因为任凭他们说破了嘴都没什么反应的陆沉舟,突然砸下来一句话:"当年的事,我和她说了。"

两老开始还没反应过来,及至明白他说的是什么,陆奶奶下意识就要去捂他的嘴,被陆沉舟躲开,才想起他的怪癖,不由得跺脚:"哎呀,你跟她提这个干什么呀?"

陆沉舟目光幽幽地看着他们两个。

陆家两老被他看得头皮发麻:"你……你还要干什么?"

然后陆沉舟就说了见到他们后的第二句话:"告诉她当年的真相,全部。"

陆爷爷和陆奶奶：……

送走程阳，程夕才进门就看到了一脸难色的两个老人，不由得惊讶："是陆沉舟怎么了吗？"

"没有。"陆老爷子搓搓手，"那什么，就是，能谈谈吗？"

看来是陆沉舟已经和他们说了，程夕点头："好。"

三人另找了个房间，陆爷爷说："有什么想知道的，你问吧。"

程夕也开门见山，很直接地说："我想知道，陆沉舟的性格在他妈妈死后是不是发生了很大的变化？"

两老对视一眼，陆爷爷说："也没有吧？他一向性格沉稳，不太爱讲话。不过他妈妈死后他就不大爱亲近人也是有的。"

"陆伯母对他好吗？"

"不好。"这回轮到陆奶奶开口了，"他妈妈就是个研究疯子，满心满眼里就只有实验室，哪里还会想起要对儿子好？"

"可陆沉舟说伯母对他挺好的，经常工作也带他去。"

"那是她发现，舟对实验室的东西感兴趣，而且还有天分，所以想带过去熏陶他，养个天才出来。"

陆爷爷接着补充："所以她的死和舟真说起来没什么关系，谁会把个孩子往那地方带啊？"

"是的是的，当年那事真怪不上舟，他那时候还小呢，懂什么？吓到了把门关起来跑出去，那也是……那也是正常反应对吧？"

程夕看着他们："出事后，你们是不是要他瞒着这点？"

程夕查过那次火灾资料，虽有限可也提到了一些。关于起火的原因，说的是实验员做实验时不小心引发了大火，火势太猛，导致没能及时逃生。

至于大门被关的事，哪一个报道上都没有提及。

陆爷爷陆奶奶有点不太自在："那不然呢？他还那么小……"

"那他和我说他做过实验对象是怎么回事？"

"那是真的意外，这得有一句说一句，他妈也没那么丧心病狂到拿他当实验品，我们也不会准啊。是他自己吃错药，洗了胃后他妈妈说观察观察还有没有其他副作用，当时我们开玩笑，说他成他妈妈的实验对象了，因为这句玩笑，他妈妈很生气，说我们乱说话，让孩子学出去会有麻烦。也就是那次之后，他妈妈发现他在实验上有些天分，就经常带他过去玩了。"

可能是最关键的都已经说了，陆爷爷陆奶奶后面就毫无隐瞒，连陆父陆母感情不太好这种话都带了出来，听他们话里的意思，出事前陆父在外面就有人了，也是因为这个，陆沉舟的外婆他们很生气，骂陆父时连带着把陆沉舟也骂了进去，说他是个冷血小怪物活该没妈以后被人虐死什么的，陆沉舟记心，这些年里，不但对陆父都视若路人，就是和陆爷爷陆奶奶也渐渐不亲近了。

程夕一番听下来，得出的结论就是陆沉舟虽然锦衣玉食长大，但实在不能算是个幸福的娃，爹是个对家庭没什么责任心的爹，娘是个工作狂的娘。

顺便八一句，陆父陆母的结合，还是陆老爷子牵的线，他觉得当年的陆母很是个人才，所以费尽心思把她拐到自己家药厂，拐了来还不保险，还让陆父娶了她。

事实上陆母还真给当时只是小药厂的东来带来了巨大的机遇和财富：东来主要卖的一种降压药就是陆母当年带人研究出来的成果，也是以此成名。

陆家老两口对陆沉舟兄弟俩特别好也在于此，他们觉得亏欠了两个孩子；而陆沉舟对东来制药的敌意也有了解释，它累积的财富于他而言就是一段痛苦的过去。

陆沉舟对陆母应该是有孺慕之情的，甚至因为经常陪她去实验室他还很崇拜她，结果她却因为他的"过失"而死……程夕想到这儿，莫名觉得违和，然后问了两个看起来完全不相干的问题："出事的时候，陆沉舟多大？"

"八岁多，九岁不到吧。"

"当年实验室的门是什么样的？"

"就是和现在的差不多，也是自动的大金属门。"

"那么，"程夕望着他们，问了最后一个问题，"它是从外面锁死里面就开不了的？"

陆爷爷和陆奶奶：……

程夕总算明白那股子违和感是在哪里了，如果起火后，陆沉舟真的关上了大门，就程夕知道的，实验室的大门是能够从里面打开的——只要陆母当时真的来得及逃生。

"可是……可是火总还是舟点的呀。"

程夕没说话，陆沉舟对于过去那段事情叙述得十分凌乱且不无矛盾之处，而且程夕问他和陆母在实验室做什么的时候，他不是回避就是沉默。

陆沉舟周末可以跟着爷爷奶奶，陆母有什么理由要把他带去实验室？且是在陆沉舟有过误服药的前科下？

真只是想熏陶他对医药研究的兴趣？

和陆爷爷陆奶奶分别后，程夕去书房看陆沉舟。他已经睡着了，斜斜地躺在沙发上，长腿微曲，半边身体掩在被子下面，看起来，有一种难得乖巧的味道。

程夕放轻了脚步，走过去蹲在他面前，此时天色近暮，光线已带了朦胧之意，陆沉舟的眼睛闭合着，留下狭长的两道阴影。

他的眼睫毛可真长，程夕心里痒痒的，忍不住伸手去拨了拨。

茸茸的触感在指尖划过，像是不小心拂了蝴蝶的翅膀，忽然，蝴蝶展翅，她的手被抓住。

"醒了？"她好像一点也没有吵醒人的自觉，很自然地笑问。

他展臂，抱住了她，头往她肩上蹭了蹭，嘴唇轻轻吻了吻她的下巴。

气氛很好，程夕依着他，冷不丁却说："陆沉舟，我想找人给你做个催眠治疗，可以吗？"

催眠疗法也是常用的一种心理治疗方法。但是程夕想给陆沉舟做催眠，是希望由此探询到当年真正的真相。

她有些不太相信陆沉舟的记忆，毕竟事情已经过去太久了，成年人尚且会无意识地对记忆美化和加工，当年尚不足九岁的陆沉舟就更不用说了。

陆沉舟微微顿了顿，然后说："好。"

他是真的像他说的那样，做到了只要她回来，让他做什么都可以。

程夕心里软到不行，低头吻了吻他，没有说什么。

陆沉舟也没再说什么，他颧骨有些红，眼睛上还留了点乌青，程夕轻轻吻着他的伤口，倒是替程阳辩了一句："我哥很紧张我……"

话没说完，就被他堵住了。

他的舌尖温柔地划过她的，微凉而柔软，带着一点清柠的芬芳。

程夕喜欢他这样的温柔，不自觉地迎合了他，窗外暮色渐深，两人就在这朦胧的天光里，吻到忘我。

直到她腿又麻了，哎哟一声，撑不住坐倒在地上。

陆沉舟这才放开她，趴在沙发上望着她。

程夕说："我腿疼，帮我揉揉？"蹭到他面前，及至看到他眼里的深邃，忙又缩回去，往边上爬开了一些，假装刚刚撩人的不是自己，"你还睡吗？要是不想睡的话就起来吧，光头他们还在呢。"

陆沉舟看她一眼，本来是懒洋洋的，突然眼神一利，走下沙发，坐到她面前，伸手握住了她的腿。

程夕下意识想抽回来，却争不过陆沉舟的力气。

他将她的裙摆撩上去了一些。

她的小腿近膝盖处有一条长长的刮痕，微肿的皮肉上是干透了的血渍。

他的手指轻轻在伤口上拂过："怎么伤的？"

程夕探头看了一眼："哦，这个啊，应该是先前爬墙进来的时候蹭到了，久了没干这活，业务生疏了。"

"你……爬墙？"

"嗯。"她老老实实，"你客厅的玻璃，也是我弄碎的，可能要麻烦你再去划一块回来了。"

陆沉舟有些无语，可能他也没想到，程夕会有这么……彪悍。

程夕惴惴地望着他，然后听见他说："下次我把墙弄矮点。"

程夕笑："好。"

他找来药，给她处理伤口，其实是一点皮外伤，不处理都没事。

可他的关心，她不想拒绝，就由得他忙。

一个那么小的皮外伤，他像是动手术一般精细地弄了半天，弄得程夕都睡着了。再醒来已是第二日，程夕再次和他确认催眠的事，陆沉舟很平静地问："什么时候？在哪儿？"

"我做不了，得另外找人。"程夕说，"不过我师兄帮我介绍了一个，他目前在国内算是很有名的催眠师了。"

陆沉舟说："好。"

程夕假期有限，陆沉舟答应后她就忙开了。最终催眠定在两日后，在这期间，程夕一直和陆沉舟住在一起，当然，还是住回了程夕那儿。

陆沉舟喜欢她那儿，不大的地方，转个身，就可以看到她，甚至抱住她。

他们住进去的当日就把程阳的东西，包括客房的床全挪去了隔壁，陆沉舟对上程阳似乎就特别小气，程阳换了门，他到后就换了扇更高级的，指纹锁虹膜锁什么的弱爆了，新门采用的是掌静脉识别！

程夕只是去仁医转了个圈而已，回来自家的门就又不认识了。

陆沉舟过来给她开门，顺便帮她录入开门信息，她任他施为，倚在门口开玩笑说："我觉得这门窝在我这儿有点委屈了。"真的，那么高大上的门，安保级别如此之高，搁她这儿，可不委屈大发吗？

程阳过来看到那门，也被震了一下，和程夕说："他换那么一扇门是要干啥，告诉别人你那儿有宝贝吗？"

程夕已经不想搭理他们两个了，当然，程阳找她的重点也不是这个，他最关注的重点还是："他到底是什么病？"

陆沉舟自己都说了，程夕就也没有帮他瞒下去："生理性情感冷漠症。"

程阳立马手机百度之，他在度娘上看完了这种病的全部内容，只抓住了一个点："……会性冷淡？"看向程夕。

程夕：……

程阳把她的沉默当成了默认，也跟着沉默了一会儿，说："难怪他会有心理疾病了。"顿时大度了起来，"那你好好开解他吧，记住，万一他要真不行，你也别委屈自己。"

程夕：……

她决定为了自己和程阳的小命计，一定要把这次的谈话深深地藏在心里。

2

有了这两日的缓冲，程夕就把回家该做的事都做了一遍，比如说回去看看程爸程妈。陆沉舟也跟她一起回了，也是因为有他在，程夕带了再多东西程爸程妈都不开心，两人直接忽略她，问陆沉舟："你怎么来了？"语气很不客气。

陆沉舟说："对不起。"

这是程夕和他说的，不管她父母说什么他都说对不起就行了，果然程爸程妈拿他很没办法，知道程夕只回来几天后又舍不得骂她，只好把陆沉舟丢到一边，看着程夕抹眼睛："黑了，瘦了，也显老了。"

程夕：……

爸妈果然还是她的亲爸妈！

程夕在家也只陪了他们一天，第二日田柔他们就找上门了，然后又一起去看了沈唯的孩子，她生了一个男孩，虎头虎脑的十分可爱。

沈唯的状态比离婚前还要好，整个人看起来柔和极了，用田柔的话说是充满了母性的光辉。而和田柔看到陆沉舟直接甩个大白眼不一样，沈唯对陆沉舟的态度很平和，她笑着说："小夕走的时候，我就觉得你们两个没那么容易散，果然。"

陆沉舟难得认真地看了她一眼，说："离了婚，你眼神也变好了。"

沈唯：……

田柔忍不住噗噗笑，程夕只好打圆场："他是在夸你，真的。"

终于，陆先生在沈唯这儿，也得了个大大的白眼。

就在这忙碌的聚会中，陆沉舟的催眠时间到了。程夕怕他紧张，他进去的时候程夕还安慰他："没事的，就是很简单的一个治疗，你只须放松自己，跟着催眠师说的做就行。"

陆沉舟非常配合地点了点头。

结果，她在外面等了差不多一小时，医生出来。

"失败了？"程夕看着他的表情，问。

催眠师是个中年男性，戴一副金边眼镜，看起来斯斯文文的。

他扶了扶镜框，说："他的自我保护性太强了，根本就没办法接受我的指导。"

程夕皱眉："那还有别的办法吗？"

"如果是由他信任的人来做，可能成功率会高一点。"

程夕从哪里去找一个能让他信任的催眠师啊，她自己能得他信任，都是花了时间和代价的。

"那就你自己上啊。"催眠师说，"你不也是心理医生？"

程夕："……我根本就不懂。"

"不懂就学，很简单的。而且你只需要能把他催眠住就行，后面的由我来做。"

程夕不确定地望着他，总觉得他这个决定十分草率。

"应该是可行的。"催眠师摊摊手，"不然我也想不到别的办法了，而以他的性格，要另外找个能让他信任的人，更难。"

于是程夕就撩起袖子学催眠，陆沉舟对此也是很支持的，比起面对陌生男人，程夕明显要让他自在多了。

陆沉舟如今丢了CEO的职位，时间多得不要不要的，之前程夕会亲访友他都陪着，这会儿她要学催眠，在家看书看资料更是陪得欢喜——终于只有他们两个人了。

他很想程夕学习的进度再慢一些，就时不时地骚扰她，比如程夕在看书，他坐在她旁边，先还规规矩矩的，坐着坐着就蹭到她背后，从她后面抱住她。

程夕看书是极认真的，尤其她还带着目的在学习，简直能达到浑然忘我的境界，陆沉舟靠着她半响，她都全无反应。

这种被遗忘的感觉让他很不爽，他便不由分说将手伸进了她衣服里面，手指挤进她内衣里，摸着那温香软玉，不住地揉捏挤压。

程夕也只是软软地说了一句："别闹。"

他偏闹，扶过她的脸吻住了她，缠着她的舌尖仍然温柔，手上的动作却有些粗鲁，报复性地重重捏了她一下。

程夕吃痛，轻轻哼了一声，他含混地问："疼吗？"

程夕装可怜："很疼。"妄图以此打消他闹她的主意，结果他放开她的舌尖，抵着她的额头，低声说："真的？那我看看。"

程夕：……

看着他乌压压的眉眼，清亮的眼睛，她感觉心跳快了好几分，手脚都酸软了，唯有理智尚在，揪着他的耳朵，无力地说："陆沉舟……"

他双手摩挲着她的腰身，截断了她的话："我想做了。"

他这一想就是半日，程夕累得在床上起不来，等终于起来的时候天都黑了，陆沉舟去做饭，程夕书也不想看了，捧了碟水果瘫在沙发上看手机。

群里同学在热聊，原来的同事们也在叫她："程医生，出来嗨啊！"

真是诱惑无处不在。

这么艰难的情况下，程夕还是坚持把催眠的理论知识都学完了，然后跑去由催眠师突击培训了两天，程夕就正式进入实操。为了保证成功率，在对陆沉舟做催眠前，她先挑了个简单的人选，把程阳叫过来练手："让我试试，看我的理论学得怎么样了。"

程阳懵懂地被她拉进书房，望着她："你要试什么？"他戒备得很，"跟你说，测谎什么的就没必要了，你哥我从来就没有瞒着你的事。"

程夕嘀了一声，说："那陆沉明是怎么回事？"

程阳瞬间厌了，殷勤地问："老妹你要我帮你做啥？"胸脯拍得咣咣响，"尽管说。"

及至知道程夕要给他做催眠，程阳：……

他颤巍巍地问："你怎么又学这个了啊？你回来不是探亲访友兼给那家伙治病的吗？那好好探你的亲访你的友治你的病嘛！"

他觉得自己实在苦逼，以前程夕学微表情，拉着他做练习，结果他就像是被她照了个X光，身上一点秘密都没有了。

现在又要被催眠，他人生黑历史不会被她挖个干净吧？

程夕似是知道他在想什么，很体贴地说："放心，我只是想知道我学得怎么样，对挖你的黑历史没兴趣。"

程阳只能忐忑地被迫接受了程夕的催眠。

程夕开始的时候，程阳一个劲地告诉自己："我不接受催眠我不接受催眠。"

一不留神，他还念叨出来了。

程阳和正在做准备工作的程夕：……

程阳干笑："呵呵，那什么，我就是随便说说。"

程夕挑眉，淡淡地笑了一下，也不急着做，坐在边上和他开始聊家常，尽选一些程阳感兴趣的事，聊着聊着，她拿出一个怀表，在他面前晃啊晃："这是什么？"

"怀表。"

"看看几点了？"

怀表有规律地晃着，程阳眼珠子随着它动，程夕轻柔地说："哥你累了吧？累了那就闭上眼睛，心里不要去想其他任何事情，只听我说……"

程阳缓缓地闭上了眼睛。

程夕和程阳进书房去的时候，陆沉舟一个人坐在客厅，一部电影看到一半，就见程阳火烧屁股似的从书房里冲出来跑掉了。

没多久，程夕也出来，脸上带着淡淡的笑意。

"成功了？"他问。

"成功了。"她说。

当然，程阳的成功是因为他本身是催眠敏感度高的人，和陆沉舟不一样。正式对陆沉舟实施的时候，催眠师也在场，程夕没有打算一次成功，但是出乎他们的意料，她第一次，竟然就成功了。

看着陆沉舟安静地躺在治疗椅上的样子，程夕缓缓地舒了一口气，然后在催眠师的提示下，小心地引导着他，引导他回到那一年："现在的你只有八岁，你站在路口，看见了什么？"

陆沉舟的睫毛轻轻颤了颤，很不安很恐惧的样子。

程夕都以为他要醒来了，结果，一会儿后，她听见他轻声说："我看见……悬崖。"

……

程夕和催眠师对望了一眼，后者摆摆手，程夕微不可察地咽了口口水，问："还看见什么？"

陆沉舟微垂着眼睛，呼吸蓦然急促了起来，"跨过去！"他突然握紧扶手喝了一声。

这声断喝突如其来，程夕和催眠师都被惊了一下。好在两人都不是一般人，很快回过神来，程夕接着问："这……是谁说的？"

那句断喝严厉且突然，很有可能是别人下的指令，然后他无意识地重复了。

陆沉舟没说话，他握在扶手上的手显示他十分紧张，身体微微发抖。

程夕看得发愣，都忘了去看催眠师，下意识地问："你跨过去了，然后呢？悬崖那边有什么？"

"大火，一场很大的火。"

"怎么起的火？"

"……很饿，想做饭。"

"你饿了，想做吃的？"

"嗯。"

"做好了吗？"

陆沉舟语气转为惊惧："烧着了。"

终于说到重点了，程夕不自觉地有些紧张。催眠师看了她一眼，给她写了个提板，程夕看了眼，调整了下心情，继续问道："火烧着了，你做了什么？"

"灭火……旁边有水……没灭着，火很大。"

"然后呢，你没跑吗？"

"她来了。"

"谁？"

"妈妈。"陆沉舟脸上露出似乎是庆幸的神情，"她带着我跑出来了。"

"所以你们其实跑出来了，对吗？你们都安全了。"

"不。她回去了……资料很重要，不拿出来，这些年的苦白受了。"

"谁的苦？"

陆沉舟突然剧烈地挣扎起来了。"不能说。"他无意识地呢喃，声音一下拔高，"不可以说！"

程夕还没反应过来，催眠师立即接替了她的位置，飞快地说："当我数到'3'的时候，你会醒来，并且记得催眠中所说的……"

他话还没说完，陆沉舟突然抬头，幽深的眼神看着他们两个，眼神渐渐由迷茫变得清明。

他清醒了。

他居然硬生生挣脱了催眠，醒了过来。

程夕目瞪口呆地望着他，就是催眠师，也面露惊讶。

"你……还好吗？"程夕小声问。

陆沉舟又定定地看了她一会儿，那目光清醒而陌生，又过了会儿，他才颓然地闭了闭眼睛："我想静一静。"

催眠师没有就走，而是指着程夕："你还记得她吗？"

陆沉舟冷淡地点了点头。

催眠师没再说什么，当先往外走去，程夕静静地站了会儿，也跟着他一块儿出去了。

关门的时候，她看到陆沉舟一个人坐在那儿，房间里原本舒缓而安静的音乐似乎也在此刻变得悲伤了起来。

催眠师在不远处等着她。"聊聊？"他问。

程夕点点头。

两人去了旁边的办公室，程夕问："我刚刚那样，算失败了吗？"

"没有。已经很成功了。"催眠师说，"比我想象的要好很多。"

程夕缓缓嘘了一口气。

催眠师笑了起来："你对自己要求太高了。催眠过程里，病人自行醒来的情况虽然少，但也不是没有，所以没有什么的。而且，他已经说出了最关键的信息，不是吗？"

程夕稍微振奋了点精神，问："催眠唤醒的记忆是百分百真实的吗？"

催眠师点头："比人的自主回忆要可靠。"

"所以说他的记忆确实有了偏差，至少起火后他不是独自逃生，而是曾经试图灭火，没成功，被同在实验室的他妈妈发现，两人一起跑了出来。"程夕说着沉吟了会儿，"这事对他影响很大，为什么会出现这种偏差？"

一般来说，人记忆的修饰都是把不好的修饰成好的，她还是第一次见到陆沉舟这样的，把好的修饰成不好的——至少，把亲生母亲锁在门内活活烧死和她自己跑回去被烧死，这两者，对人心理的影响是截然不同的。

催眠师手指轻轻点着桌面，提醒她："记得他被催眠后第一句话吗？"

"他看见悬崖？"

"对。还有他醒来前说的那一句，'资料很重要，不拿出来，苦就白受了'，你问他'谁的苦'，他因为抗拒强行挣扎着醒了过来，由此可见，这个问题才是他最不想回答的问题，也有可能是，别人最不想他回答的问题，修正记忆可能不是他自己所愿。"

离真相已经很接近了，程夕感觉到手指都在微微发颤。

催眠师的话还在继续："你是学心理学的，应该知道在心理学上有个叫'视觉悬崖'的实验，它是心理学的经典实验之一，旨在测试婴儿的深度知觉……我怀疑，陆沉舟的妈妈在那个实验室里对他进行过类似的实验。"

3

他说类似，已经是很委婉的说法了，因为"视觉悬崖"并不能让婴儿真正受到伤害，而能让陆沉舟称之为"苦"，且陆母极力——显然是极力想要隐瞒的实验，一定不简单。

甚至为了这份实验资料，已经成功逃生的她，不惜再次重返火场。

催眠师不知道这一截，但显然，在给陆沉舟做催眠之前，他做了相当程度的调查，以至于他说了一个让程夕毛骨悚然的猜测："我记得，东来最出名的是一种抗抑郁药物。作为一家制药公司，它在抗抑郁治疗上一直都走在国内前列，甚至如果我没有记错的话，您的老师蔡懿女士退休后所创办的工作室，背后的资金来源也是东来。"

而蔡懿现下所做的研究就是基因和抑郁症的联系……也是抑郁症！

程夕蓦地站了起来，她脸色冷沉："你这种联想毫无根据，陆母从火场出来时已经被严重烧伤，不要说那些资料还存不存在，就是我……我认识的蔡懿也绝对不可能认可把正常人逼成精神病人的事。"

"是吗？"催眠师浅浅地笑了起来，他笑的样子十分温文尔雅，"Sorry，一不小心多说了点。我没有别的意思，只是拿了钱，总想替雇主多想一些，毕竟我收费也不便宜，不是吗？"

程夕深深地看了他一眼，扭头离开。

打开门，她就看到了陆沉舟，他不知道什么时候出来的，站在走廊上，很安静地伫立着。

程夕脸色微微一白，但很快又恢复过来，笑着迎上去："怎么出来了也不叫我？"她握住他的手，初春的天气还很凉，他的指尖却冷得像是十二月的寒冰，程夕不自禁地替他搓了搓，问他，"感觉还好吗？"

"嗯。"他低低地应了一声。

"那我们先回去？"

"好。"

程夕就牵着他，离开了那家工作室，路上两人都没怎么说话，陆沉舟一直望着窗外，也不知道在想什么。

到家后他就拉着程夕睡了一觉，真的只是单纯地抱着睡觉，程夕窝在他怀里，感觉到了他涌动的情绪，说："如果你想的话，我可以的。"

性有时候也是一种很好的情绪发泄出口，于此时的陆沉舟而言，这不失为一个解压的好办法。

而且，她感觉到他其实是很想很想的，在她说出那话时，他箍在她胸前的手无意识地收紧。

然而他还是拒绝了，他把头埋在她脊背深处，又用力地抱了她一会儿后，才低低地说："不用。"

"陆沉舟……"

"我怕伤害你。"她听到身后的他说，"程夕，不要管我，让我抱着你就好。"

程夕心里微微一颤，到底还是没敢再动，也没有再说什么，叹息着闭上了眼睛。

什么时候睡着的她已经不知道了，醒来的时候已是半下午了，早春午后的太阳有了浓烈的味道，暖暖地照在窗台上。

她仍睡在他的怀里，被他密密地拥抱着。

他睡相一向规矩，一晚上下来几乎不怎么翻动，程夕很多次早上醒来，看到他入睡前是什么样，醒来还是什么样，连被子都是平平整整的，安稳地盖在身上。

她以为他还没醒，就僵硬地忍着，直到觉得不太对，回过头来，发现他早就醒了，眼神很清明，怔怔地望着某一处。

程夕一动，他好似才回过神来，望着她。

程夕摸了摸他的脸："饿吗？我给你做吃的。"

他微不可察地摇了摇头，然后突然说："她不是故意的。"

"什么？"她还有点不清醒，关于那场催眠，关于那个可怕的猜测，她直觉只是在做梦，被她暂时地忘记了。

陆沉舟的声音并不大，却十分清晰："她不是故意拿我做实验，是偶然无意中发现我的基因有变化，那时候，我有一点点自闭的倾向。"

程夕惊讶极了："你记得？"

他说："我看了录影。"

程夕"哦"了一声，旋即反应过来，望着他："那你……都记起来了？"

"一部分吧。"他的语气特别平静，是疲倦之后深深的释然，"总算……不是我害死的她。"

程夕"嗯"了一声，这个时候，她知道安静倾听就好，不需要说什么。

陆沉舟似乎也没有想要隐瞒她的意思，他将她的手从脸上摸下来，一根一根把玩着她的手指，说："我很喜欢她，小时候觉得她穿着白大褂在实验室里走动的样子好看极了。但是，她对我和弟弟都淡淡的，她不是很喜欢孩子，觉得孩子是一种拖累，本来她是想丁克的，可是我爷爷奶奶还有我爸都不愿意，就使了点手段，所以先后有了我和我弟弟。我小时候有点自闭，六岁了都说不出完整的句子，不喜欢搭理人，也不爱讲话，就自己跟自己玩，六岁那年我去了实验室，不小心把他们放在桌上的药吃了，她给我做检查，发现我脑部有基因发生了变化，一开始，她以为是那些药对我有残留的影响，后来才知道不是。"

陆沉舟说到这儿没再说下去，但程夕猜得到，应该是在确认陆沉舟脑部基因的变化不是由药物引起的后，陆母就对这个儿子产生了兴趣，然后对他做了一系列的心理实验……这些实验具体是什么，陆沉舟没有说，程夕也没问，只看陆沉舟后来的性格就明白，那必然是不怎么愉快的回忆了。

很显然，他也听到了催眠师那耸人听闻的猜测，他说："那些资料的确是被带出来了，她被救出来的时候并没有死，但是伤势很重，拖了两天也就去了，而东来能和蔡懿合作，是我爸把那些资料转给了她。"

程夕用力地闭了闭眼睛。

陆沉舟轻轻在她脸上抚了抚："她死的时候，什么都没说，只是把我叫到她面前，要我保守秘密。小的时候我不懂，后来明白了，她想要保住东来，也希望那项研究可以继续下去。我以前从来不觉得这是错的，她为她的理想献身，死得其所，她也一直告诉我，人类要进步，科学要发展，必然要有人做出牺牲，被牺牲的不是她就是我，没有什么不同。她想我成为一个能被人记住的人，所以教我物化自己，抛弃那些没有用的感情，我也一直按照她说的在做……直到遇到你。

"我第一次遇见你，也是在蔡懿的工作室，蔡懿很喜欢你，想把你当成她实验室的负责人，所以叫我过去认识你。我还记得那天你穿了一件白色的上衣，浅草绿的裙子，特别素淡的样子，坐在蔡懿面前，告诉她你接受不了那样的治疗实验，说自己是精神科医生，手里握着的应该是他们康复的钥匙，而不是冰冷的实验数据。"

程夕听了有些意外，她记得那一次，然而却全然不记得，自己曾经见过他。她问："那时候你在哪儿？"

"我就坐在外面，你出来的时候从我身边走过，你没有注意到我，我却注意到你了。后来我把你全部的论文都找出来看了，那时候我才知道，原来人还可以有不一样的坚持，可以不为全人类去想，也可以不伟大。只是自己不想，就可以不做。精神病人在你的论文里，也不是一个个符号，他们有血有肉，他们的痛苦都那么真实，让人可以切身感受。"

"知道吗程夕，我曾想把你变成和我一样的人，但是现在，我庆幸，你和我不一样。"他将她的手放到唇边，轻轻吻了吻，"刚刚你睡着的时候我就在想，也许，她把我变成现在这样子，就是为了等着能够遇见你。"

"幸好遇见你，程夕。"

程夕什么都说不出来，只是紧紧地抱住他。

她没想到他会说出这些话，真是太意外，也太感动了，她不知道说什么，唯有抱紧了他。

陆沉舟没再继续说下去，说完了他想说的，他觉得应该说的，关于那些过去，就又很少提了。程夕也没有追究到底的意思，她终究只是个医生，里面牵扯的很多关于人伦道德甚至法律的东西，其实都随着当事人之一的逝去，已经可以永远地过去了。

她只需要他能卸下那层包袱，好好过他自己的日子就行了。

那天他们在床上腻到下午，直到实在饿得不行了才爬起来做东西吃。饭菜做得很简单，用料都是程妈妈这段时间让程阳带过来的，程夕自去了甘肃后就没有自己做过吃的，不是在食堂解决就是叫的外卖，难得吃到家常菜，顿觉人生都圆满了。

所以陆沉舟一边做，她就在一边吃，往常陆沉舟对这样的行为是很看不得的,在他看来,饭菜得端到桌子上,规规矩矩吃才是正经。

这次他却没拦她,程夕自己吃一口还再夹一筷子喂给他,他顿了顿,也张嘴接了。

程夕吃着吃着跟他商量:"晚上请光头一起出来玩儿吧。"

陆沉舟看了她一眼。

程夕说:"怎么了?"

他转过头去,看着锅里慢慢沸腾的菜汤:"是你嘱咐他的吧?"

"什么?"

"让他一天到晚来烦我。"

程夕被他的用词逗得笑了起来:"他还真的一天到晚都去?"

"嗯。"陆沉舟虽然是这么应,但是也没有不开心。

程夕就也没否认自己曾拜托光头多去陪他的事实,只是说:"我也没有要他一天到晚去烦你呀,可见他本身就很关心你。"她说着放下筷子,走到他身后抱住他,"陆沉舟,其实你很幸运啊,陆爷爷陆奶奶很疼你,光头也很照顾你。"

陆沉舟没说话,他和光头认识挺久了,久得,好像慢慢也习惯了这个人。

而认识光头也纯粹是偶然,那时候两人都还在上学,他傻乎乎地被人骗,他看不过眼,顺手帮了一把。

当时帮他的原因也很简单,他听到有人在背后议论,说他"独",冷冷清清独来独往的,没有一个人愿意亲近他。他不想被人当成是特立独行的"怪物",就想给自己找一两个朋友,他没有兴趣经历那种由尴聊到熟悉再到朋友这样漫长的过程,看到书上说"患难之交",正好遇到光头"有难",就帮了他一把。

光头也不负他所望,这些年,一直都是他"朋友",且通过他,陆沉舟还认识了徐波,认识了谢子鸣,认识一大堆可以称为"朋友"但实际并没有太深交往的人。

这一年里,程夕不在,他身陷公司"争权夺利"的传闻里,其他人要么因为避嫌要么是因为他太冷而受不了他也不再出现,好像真的只有光头,不管他对他态度怎样,一直都在。

想到这儿,他清冷的脸上现出了一点温暖的神色,点了点头:"等下我来约他。"

过了会儿,他又说:"我以为,你第一件事是要给我做心理辅导。"

他如此轻松地提到"心理辅导"的事,可见他已经不排斥这个了,程夕因而笑:"我觉得不需要了呀,你唯一需要的,就是多交些朋友。"

然后慢慢地忘记过去，对生活，对人生，重新燃起希望和热情。

最好的心理辅导，是在生活中慢慢感悟出来的。

当然，和陆沉舟她没有说透，她半玩笑半认真地补充了一句："过几天我就要回甘肃去了呀，多交点朋友，也省得我不在的时候，你觉得太寂寞。"

陆沉舟：……

他竟然把这事给忘记了。

顿时有一种搬起石头砸了自己脚的疼痛感。

程夕还不知道自己无意中让陆沉舟砸了一下脚，见他不反对，就又顺便提出多叫几个人，"我假期不多，就凑一起回请他们了，省得走了后，落他们埋怨。"

"而且，我也想把你介绍给他们认识呀。"她还笑得很甜，放开他给田柔打电话，两个女人叽叽咕咕地讨论，"省点钱，我们一起请了，正好把他们两个都介绍给大家认识。"

田柔说她："女人你真抠，这还要搭我一份子。"

程夕笑："因为我穷啊，陆先生也失业了，要省钱。"

田柔表示这理由她很服气。

于是晚上就叫了一帮能出来的同学聚会，同学群里大家都叫嚷老久了，听到她喊，虽然抱怨时间晚了些，却还是哗啦啦来了老多人。

程夕的同学里也有做了记者的，这些人会过来，目的当然没那么纯，不过他们也克制，知道先问程夕："能帮忙问问你男朋友，可以给他做个专访吗？"当然，他们话说得很漂亮，"东来制药的事闹那么大，他身上的负面新闻从来不澄清，这对他其实是很不利的。"

程夕转头看了眼陆沉舟，他和光头坐在人群中央，仍是过往淡淡的样子，看得出有些紧张，却没有不耐烦。见程夕望过去，他也看过来，眼神带着清浅的笑意，一下就柔和了他稍嫌冷峻的面孔。

第三十六章

1

程夕转过头来，和同学说："我会帮你问问他的意见，如果不成，你们也别找他啦，东来的事，我相信他有数。"

同学有些遗憾，却还是说："好吧。"

程夕高中同学的革命感情都很深，也不会为了这个不舒服，把公事放一边照样玩得很开心。拜田柔所赐，来的人都知道程夕会去甘肃是因为她男朋友，可看他们重新在一起也没人追根问底，这年头，快乐就好了。

和这么包容性很强的一群人在一起，听他们谈天说地，光头融入得毫无压力，就是陆沉舟到后来也渐渐放松了。

他忽然有些明白程夕为什么要安排这一场了，她是想让现实告诉他，不管他是谁，也不管他遇到什么，总有一些人，不会在乎他的身份遭遇，而只是把他当成一个很普通的人，一个人而已。

当然，陆沉舟这样的"新人"，挨挤对是少不了的，田柔尤其积极，陆沉舟的病，光头连她也瞒着的，所以她挤对陆沉舟最起劲。

她和一般人还不一样，并不怕陆沉舟冷淡的外表，撩起袖子撺掇他喝酒，还是花式的："男人不喝酒，交不到好朋友。"

"程夕可是咱们班的女神，你要拿下她，必须先过我们这一关。所以先喝酒，酒桌见人品！"

陆沉舟不擅说，也不经劝，说喝也就喝了。

他这么好说话，自然引得众人都来"敬酒"，这些人虽然玩闹，却都有分寸，并不会引人反感。只程夕怕他喝多了上头，有心帮忙，被田柔一句话怼回去："西北人民把你的酒量练好了没有？没练好你就闪一边，省得等下醉酒了没人付账。"

程夕还没说话，陆沉舟倒是认真地接道："我会付账的。"

田柔看他一眼，"哈"地笑出了声，这位壮士当即揭了众人都不敢去揭的伤疤，直通通地说："你还有钱？东来 CEO 的职务被撸了，董事的席位也被撤了，付了账，你还有钱养程夕吗？"

这话一出，席上一时安静如鸡，都默默地看着田柔，向这位壮士表达着他们的钦敬。

陆沉舟像是没感觉到这股异样似的，他手握着酒杯，坐得直直的，略谨慎地问："我账上能动的现金还有一个亿，够了吗？"

田柔和众同学：……

田柔特别想掀桌，本来还为她捏一把汗的光头见状忍不住笑喷了，咧着嘴说："问陆老大有没有钱，媳妇你这是自取其辱啊。"

田柔恼羞成怒，把火势转向他："要点脸不，谁是你媳妇啊？"

光头这一年被田柔调教得特别乖，当即夙夙地说："你是我媳妇呀。媳妇别羡慕，你老公我也不差，一个亿什么的，你想要我也是可以给你的。"

众人：……

什么世道！被塞了一嘴又一嘴的狗粮！还炫富！

于是田柔终于引火烧身，成功引起了公愤，所有人都把目标转向了她，饶是她和光头酒量不差，等散席时也已经被灌得晕乎乎的了。

程夕和陆沉舟把众人妥善送走，车上就留了光头和田柔两个，程夕在前面开着车，开到一半，田柔扒着前面的驾驶椅坐起来："程小夕你太不讲义气了，我们喝成这样，你还可以开车。"

程夕哭笑不得："那你想怎样啊？"

"继续喝呀。"都喝成这样了，她还知道卖惨，"你不知道，你不在的日子里我有多寂寞，连个说知心话的都没有，好不容易盼着你回来，还被姓陆的给霸占了。我不管，今天是你先招惹我的，你得陪我！"

程夕从后视镜里看了眼从听到田柔说"寂寞"就开始磨牙的某人一眼，笑着说："你不是有光头兄了吗，还要我陪干什么呀？"

柔姐姐手一挥，特豪迈地说："他算什么？姐妹如手足，男人是衣服！"

行了，这回连程夕都没法挽救了，只能对柔姐姐的明天默哀一下。

田柔死活不肯回去，就要跟着程夕走，没办法，程夕只好领一拖一，把她和光头一起带回了家。

到屋后，程夕本来是想把他们往隔壁领的，程阳这几日不在，要安置他俩也安置得下。不想陆沉舟在前，直接就开了程夕自己那屋的门。

程夕微微一愣，却还是笑着和光头一起，把田柔拖了进去。

进门后，程夕和田柔去了书房"谈心"，陆沉舟就和光头在客厅里喝茶，光头现下是"懂事"了，还知道委婉地替柔姐姐赔不是："我媳妇有点不太懂事。"

陆沉舟神色淡淡，应了一声："嗯。"

气氛有点尴尬，事实上，自从知道陆沉舟有病之后，光头对他的态度就有点微妙，一种好奇想问又不太敢问的样子，以至于这几天他都没敢来找他。

陆沉舟并不笨，对他欲言又止的目光自然有所察觉，给他斟了一盏茶："有什么就说。"

语气仍然冷，可是熟悉他的光头不由得受宠若惊，约莫是受了田柔的影响，他接住茶，居然也直通通地问了一句："你真有病啊？"

问完他就想刮自己一耳巴子，太直接了！

陆沉舟却淡定地点头："是。"

光头：……

他呆呆地看着他。

陆沉舟抬起头，望了他一眼："怕了？"

"不，不是。"光头说，"我现在是真信你有了，因为你以前都没有这么和气地跟我说过话！"

陆沉舟：……

难得能把陆沉舟怼得无话可说，光头勇气又上来了，呵呵一笑，说："不过以前我就不怕你，现在你这样，我更不怕啦。咱们是好兄弟嘛。"他大大咧咧的，说的话却并不让人反感。

陆沉舟眼里就多了一点暖色。

两个都不是婆婆妈妈的人，光头心尤其大，确认陆沉舟确实有病后，他就把这事放开了，又和他说起东来的事："你真打算放手不管了？我瞧着最近形势很不利。"

陆沉舟语气冷漠："随他们折腾。"

光头叹气："唉，那群蠢货，还以为这事是小事，把你推出来顶缸，再龟缩一阵子就可以过去，却不知道，现下舆论闹得这么大，疫苗的事又不是小事，就算普通人健忘，相关部门也不会健忘的。我看你能退出来倒也好，省得和他们一起卷进去。"

说着说着觉得不对，主要是陆沉舟出局的时机太微妙了，好像是预见到会出事一样，陆沉舟在去年初就开始放松了对东来的掌控，直至程夕离开，他彻底不管事，然后现在被推出来顶缸……可有什么用啊？他又不是法人……

总觉得这里面有什么被他忽略了，但光头的智商也想不明白更多的牵扯，只隐隐觉得有些不对而已，他又不敢问明白，再怎么样，东来也是陆沉舟的事，探询太多对他没好处，随便发表了几句自己的看法后就转而问他："程医生这次回来，应该不回去了吧？"

这问话直击红心，陆沉舟总算心塞了，握着茶杯垂眸不语。

那突如其来的低气压……光头乐了，怕自己幸灾乐祸得太明显会惹他恨，忙又换了副关心的表情："她还是要走啊？那你想办法留住她呗。"

陆沉舟抬起头："可以留？"

这情商，光头牙疼："当然可以啊！那么个破地方有什么好去的？你又不缺她那点工资，难不成她不工作，你还养不起她？"

陆沉舟不说话了，光头不懂，他却是知道程夕对自己工作的热爱的，她在甘肃的事，他虽未"刻意"打听，可也知道她做了什么。短短不到一年的时间，她不但很好地融入了当地，还在那儿建立了她一直都想要建的心理扶助机构。

这时候要她回来，哪怕仁医那边同意她回调，只怕她也是不肯的。

光头就出馊主意："那就生娃呀！"看一眼客房方向，贼兮兮地说，"趁她在，赶紧往她肚子里揣一个，甘肃那么远，有了娃，就算你肯让她走，她家里人能愿意？头三个月可是危险期呢。"

陆沉舟皱眉，语气寒凉："我不喜欢孩子。"

本来工作就已经分散了她的注意力了，多个孩子，陆沉舟不用想都知道，那会花去她多大的心力和精神。

他讨厌一切能引起她关注的人和事，哪怕现在，他记起往事，已经放下了一部分心结，但是长期养成的思维方式，还是令他很不喜欢这些。

工作他尚只能勉强容忍，要是换成活生生的人，天天缠着她，拖着她，要她抱要她喂还要她哄……哪怕只是想想，他就觉得十分难忍。

光头无语了："那也是你的孩子啊喂，难不成你们这辈子都不要崽？"

"不要。"陆沉舟十分肯定。

不过说这话时，陆沉舟完全没想到自己会被打脸，还是心甘情愿地被打脸。

2

光头和田柔那天晚上就睡在了程夕那儿，当然了，是隔壁。

闹到太晚，次日醒来程夕觉得头疼，但是生物钟使然，睡又睡不着，就干脆爬起来，吃了点东西后整理了一下房间。

田柔比他们厉害多了，一觉直接睡到中午。

醒了就过来找程夕要吃的,不知道是不是被光头"修理"过,今日她规矩多了,见到程夕也不会软骨头一样往她身上扑。

程夕怕她酒后胃不舒服,给她单煲了一个小米粥,搁灶上咕嘟咕嘟小火温着,又香又软又甜。

田柔捧着碗出来,幸福得冒泡,顿时忘了光头的警告,一边吃一边说:"小夕,我要是男的就好了,早八百年就把你娶回了家,还轮得到姓陆的那家伙?"

说完又略心虚,往身后还有程夕的卧室各瞟了一眼,生怕再被那两个煞星听到了。

程夕笑,对她的口无遮拦已经习惯了,说:"放心,他不在。"

"啧,"田柔立马嘚瑟了,"他舍得把你一个人留在家?正好我俩可以旧……"话没说完,忽然感觉到背后有杀气,特别生硬地改口,"……旧事抛到一边,算算新账了。"

"算什么新账?"她身后,光头和陆沉舟一起走了进来,听到她这话,接口问。

田柔虚张声势的:"她欠我钱啊!"

不忍直视。

程夕他们几个都笑了起来,他们笑了,田柔就不开心了,想想到现在还隐隐作痛的腰,感觉胃口都要不好了。眼见着陆沉舟和光头都一齐进了厨房,她放下碗,装模作样地叹了几口气,见程夕不配合来安慰她就也觉得没趣,转而拎起一本书:"你这干什么呀?怎么这么多杂志?"东翻西翻,不由无语,"全是医学上的,程小夕你的人生是有多无趣。"

程夕看她那添乱的架势就头疼:"别乱翻,我才整理好。"她这一年没回来,订的书和杂志都让程阳收了,结果那家伙就是个浑不懔,把她的书一堆全堆到墙角,乱七八糟的。

程夕从中整理了一些出来,想把它们带到甘肃去。

田柔"啧"了一声,把手中的书抖了抖,正要说话,捡起从中飘落的一封信:"这是什么?这年头还有人用寄信这么老土的办法?"

程夕瞟了一眼,微微一顿,复又抬头:"给我看看。"

信封上的 logo 略眼熟,拿过来一看,还是去年底的信了,信上说陈嘉漫寄送的画作被选为优秀作品奖,特邀请创作人于某年某月某日参加颁奖典礼。

程夕看看时间,距离上面说的颁奖典礼已经过去快半年了……

她像是被雷劈了一样,拿着信纸搁那儿半天没动,田柔好奇了:"怎么了,谁给你写的信啊?老情人?"

凑过去要看，信纸被人从中抽走，田柔怒目，回头一见是陆沉舟，默默地又坐回了自己位置上。

陆沉舟三两下就把信看完了，折吧折吧正要毁尸灭迹，程夕抹一把脸："给我吧。"

陆沉舟看看她，到底还是把信还给了她。

程夕又把信看了一遍，然后也顾不得整理自己的书册，按照信上所说的联系电话打过去，电话倒还有人接，是个年轻男性，听程夕报出陈嘉漫的名字，他居然也还记得，说："你这反射弧真够长的啊，这都过去多久了，才想起来和我们联系？"

程夕忙说："对不起，我去了外地没在家，所以你们的信也没收到。我就想问问，那个评奖的事，是真的吗？"

"当然是真的了。陈嘉漫这名字我记得也可牢了，当时组委会找你可是差一点找疯了，打电话电话停机，写信也没有人回，可愁死人啦。这回记得，把你联系号码给我一个，颁奖典礼是没有了，获奖证书也还在，给我地址我给你寄过去吧，而且麻烦一定给我个联系电话，有好几个人对你的画风感兴趣呢，小姑娘前途无量。"

程夕这时才找到机会澄清："不好意思啊，我不是陈嘉漫本人，不过我可以联系她，那什么，我晚一点再给您电话好吗？因为太久没回来，我也要花点时间找她。"

那人听了笑："还真是神秘啊。"只当是艺术家的怪癖，也没再说什么，嘱咐程夕，"找到了就请让她联系一下我们，今年我们还有展览呢，欢迎她再参加。"

挂了电话后，程夕都还有些怔怔的。

把书往前一推，她又给林梵打电话，田柔就坐她旁边，看到了林梵的名字，没来得及说，等她电话里传来"你拨的电话已停机"时，才撇撇嘴，瞄了边上面沉如水的陆某人一眼，说："刚就想和你说啦，林梵的号码早换了。而且他现在可忙了，背靠大树自己做生意，混得风生水起的。"

程夕：……

她想起走时看到林梵的变化，倒是没觉得意外，沉默片刻后问："你有他新号码吗？"

"有。"田柔又瞟了陆沉舟一眼，坏笑着说，"给你。"叽里呱啦把林梵的新号码告诉了她。

程夕刚刚是略有些激动，这会儿被田柔的眼神提醒，也反应过来了，并没有就给林梵打，而是转而拉住了陆沉舟的手，田柔成功在陆沉舟心里埋了颗小钉子，心里有些毛，就拖着刚吃完东西还不明所以的光头走了，"我们还有事，你们慢慢聊哈。"

光头：……

他一句话都没来得及说，就被带出门了。

大门关上，程夕这才看向陆沉舟："陈嘉漫得奖了。"

陆沉舟冷冷地："嗯。"

程夕说："这对她是个好消息，有了这个奖，她会对自己的画画更有信心，而且，对她的前途也有好处，她完全可以靠这个独立地生活。"

"独立地生活"这几个字莫名让陆沉舟松了一口气，所以后来程夕给林梵打电话她也没有阻拦。

林梵接到她的电话有些意外，及至听她说了原委后默然片刻，说："阿漫她……还没出院。"

程夕惊讶极了："还没有出院？"

都已经快一年了，她还以为，陈嘉漫应该早就好了，以蔡懿工作室的水平，不至于让她在那里待那么久。

陆沉舟放了东来的事务后，对蔡懿工作室的情况也不甚了了，当然，就算清楚，他也不会特意问陈嘉漫的事的。

两人当即驱车去往蔡懿的工作室，才进门他们就察觉到了里面人的喜气，这一年里，工作室添了不少新面孔，程夕等了会儿，才见认识的师姐迎出来。

她脸上笑嘻嘻的："小夕你什么时候回来的？你也是听到消息特意过来的吧？"看到陆沉舟，师姐脸上的笑意微微一敛，很客气地同他打招呼，"陆总。"

程夕问师姐："什么消息？"

师姐复又喜气洋洋的："老师已经找到了引发精神疾病的致病基因，她的这一研究也得到了国际学术界的认可，怎么，你不是知道这消息才过来的吗？"

程夕：……

程夕其实很早就有预感蔡懿会成功，只是没想到会这么快而已。

她笑了起来："那还真是恭喜老师了。"又说，"也恭喜师姐。"

师姐是被蔡懿当成接班人在培养的，所以蔡懿成功，的确也是师姐的成功。

师姐笑，"谢谢啦。"捏捏她的脸，见陆沉舟脸瞬间冷了，又吐吐舌头，反应过来，"你不知道这事吗？"

程夕摇头："我才回来。"

"有心啦，才回来就过来看我们。"

程夕没再说话，师姐领着她进去。蔡懿正在接受媒体的采访，这会儿也没空见她，程夕就趁机说："陈嘉漫还在这是吗？我想见见她，可以吗？"

师姐怔了怔，旋即笑道："还没放下这个病人啦？行，我安排一下。"她也是忙，没空亲领程夕过去，就另外安排了个人带程夕去看陈嘉漫，等人过来的间隙，她和程夕说："陈嘉漫其实已经好得差不多了，但她家人觉得她还是再住段时间好，老师就也让她继续住着。"

说着还讪讪地看了陆沉舟一眼，颇有种拿老板的钱养了闲人的不好意思感。

程夕没说话，陆沉舟就更没什么说的了，没一会儿，师姐安排的人过来，两人就跟着那人去了陈嘉漫的病室。

陈嘉漫在这边仍是住着一个单独的病室，在最里面的位置，程夕感觉自己走了好久好久，才终于看到她。

房门打开，和外间的喜气洋洋不同，这里寂寞而冷清，陈嘉漫坐在床上，怀里抱着一个兔娃娃的玩具，呆呆地看着窗外的天空。

听到门响她也没反应，带程夕过来的人低声说："她喜欢一个人静坐，讨厌被人打扰，师姐缓着点，要是她不理您，您也别太刺激她。"

程夕点点头，让陆沉舟和那人留在原地，自己慢慢走了进去。

"阿漫。"她在她身后不远的地方站定，轻声唤她。

陈嘉漫毫无反应，她不再畏光也不怕人，她只是没有反应而已。

程夕缓缓嘘了一口气，没有再试着唤她，而是用舒缓而温柔的声音慢慢讲起了故事，"一只怕黑的小兔子，它在一间黑暗的屋子里大叫：'有人吗？和我说话，我害怕，这里太黑了。'和它关在一起的还有一只小兔子，那只兔子已经很老了，看它这样就说：'你这样又有什么用呢？这里这么黑，你也看不到我。'小兔子说：'没关系呀，有人说话，就有了光。'"

这个故事，她一直说，说到第三遍，陈嘉漫才慢慢回过头来，微偏着头看着她。

"你是谁？"她问，"你怎么知道我的故事？"

"你的……故事？"

"是啊。"她缓缓笑起来，笑容和她的眼神一样，显得有点呆滞，这一年时间里，她长大了很多，身量高了，五官面孔也长开了，有了少女的模样，可因为这份呆滞，看起来有点傻乎乎的。

那熟悉的傻乎乎，程夕曾在很多被关很久的病人身上看到过，那是一种深深的畏惧所带出的让人默然的臣服。

而就在这样的臣服里，她笑着对程夕说："我是小兔子啊。"

不知道为什么，程夕一下就泪奔了，她捂着嘴，说不出一句话。

这样的状态，是不适合再待下去的，程夕静默了一会儿，微红着眼睛退了出来。

蔡懿这儿毕竟遇到了大喜事，程夕也不想自己这个样子去她面前堵她心，辞了领路的小师弟，领着陆沉舟在外面转悠了好一会儿，等心情平复了才去见她。

那会儿她的采访已经结束，但还是很忙，不过饶是如此，她仍腾出了一点时间给程夕。

"回来了？"见面第一句话，她就问。

程夕点头："恭喜老师。"

她这句话并无不忿或者别的，但要说恭喜得很真心也没有。蔡懿做的事，对整个人类而言，不可谓不是件大好事，尤其是她在此发现上提出的抑郁症的判断标准和适用疗法，将会对很多很多饱受抑郁症困扰的人产生十分重大且利好的影响。

至于这个发现背后的东西，和利好相比，实在是太微不足道了。

蔡懿了解她，所以也并不就此多说，拍拍她的肩，一副欣慰的样子说："你也不差，你在甘肃做的事我都听说了，需要我做什么，可以跟我说。我们虽然道不相同，但所谋的东西都是一样的。"

这便是安慰了，而且以她的角度，是将程夕拔高了许多。

不过程夕并没有觉得被安慰，想到陈嘉漫，她如鲠在喉。

蔡懿问了她几句甘肃的事，转而和陆沉舟说了几句东来的事："真不打算管了？"

和光头一模一样的问题。

陆沉舟比之面对光头时更显冷漠："倒了对你来说不是更好？"

一针见血，蔡懿却还认真点头："是更好。不过我这人一向觉得做生不如做熟，横竖是要找人合作的，东来还不错，若非得已，我还没打算换。"

陆沉舟淡淡地哼了一声。

出来后，他罕见地评价了蔡懿一句："她才是做大事的人。"程夕惊诧，就听见他又说："你不是。所以甘肃那边的事，能不做了吗？"

程夕哭笑不得。"不能。"她也正式回应了他，带着点歉意，"现在一切才刚刚开始，我不能把人家叫过去自己却跑了。"见他不高兴，她又哄道，"等一切都上了路，我会交给专门的机构打理，到时候需要我出力的时候就不多啦。"

陆沉舟才不好哄，问她："多久？"

他这也算是妥协了。

程夕说："十年？"觑他神色，马上减半，"五年！"陆沉舟想了想，勉强同意，结果他这一同意她倒是得寸进尺，再离开的时候，她跑到蔡懿那儿，把陈嘉漫给领了出来。

程夕从蔡懿那里回来后也只偶尔提一下陈嘉漫，陆沉舟就当她放弃了，毕竟她现在远在外地，挂心也没用。结果那天不知道发生了什么事，她又想了什么办法，反正是她接了个电话出外一趟，再回来身后就跟了个小影子，那影子拖着程夕的衣角，怯生生在站在她身边，看到陆沉舟，她下意识地往后缩了缩，问："妈妈，他是谁？"

妈妈？陆沉舟脸都青了，以目示意程夕：几个意思？

程夕尴尬，安抚地拍了拍陈嘉漫的手，和她说："这是陆……"瞅瞅陆沉舟脸色，果断改口，"陆沉舟，是我未婚夫。"

正要教她叫人，就见陈嘉漫探出头来，小声但清晰地叫道："爸爸。"

！！！

陆沉舟头皮都要炸了，一张脸彻底黑掉，第一次知道日了狗了是一种什么样的感觉。

3

程夕也是挺惊悚的，陆沉舟本来穿着围裙是一副煮夫的架势，陈嘉漫"爸爸"一喊，生生催生出了一种他手上拿了把一米长的大砍刀要来砍人的错觉。

赶紧将陈嘉漫安抚住，抱住陆沉舟："那什么，别气，别气，我可以解释的。"

要是因为陈嘉漫，把他气出个什么好歹来那就真的是得不偿失了。

硬拖了陆沉舟进房间，老老实实交代："是林梵找了我，想我把陈嘉漫带在身边，因为这个，他给我们那个项目捐了一笔钱。"

嗯，而且还不是小钱，是程夕他们目前接收到的最大一笔定向捐款。

陆沉舟冷笑："你要钱我不会给？要他捐款？"

说到工作，程夕就严肃多了，细细跟他解释："我知道你不差钱，但是我们要做的事情，是不能光靠哪一个人或者哪一家团体的，想要长久地做下去，就得有更开放的态度和更广泛的资金来源，细水长流，才可以持久。陆沉舟……"见他皱眉，她立马放柔了声气，哄道，"你就别气了好吗？我保证，陈嘉漫不会影响你什么的，我会把她带去甘肃，彻底地治好她，让她拥有独立生存的能力，等她好了，我就再也不用管她，也不用挂念她了……好不好？好不好嘛？"

程夕不太常撒娇，可能也是因为这个技能使用得太少了，陆沉舟受不了地抱住她，在她脸上狠咬了一口，继续审："那她为什么会叫你妈妈？"

"这个……她有点痴迷我当初给她讲的童话故事，说自己是兔宝宝，我要把她带走，只好哄她说我是兔妈妈……"

当然，过程没有这么简单，但结果差不多，所幸陈嘉漫的癔症虽然加重，让她对很多事都强制性遗忘了，却唯独还记得她的声音，记得她讲的那些故事。

陆沉舟颇为无语，这时候他突然想起光头问他的话："你们这辈子都不想要个崽了？"当时铁齿，现在转眼就被啪啪啪打脸了。

这样还不如让程夕自己揣一个呢，至少还有十个月是窝在她肚子里的，影响不了他什么。

事已至此，陆沉舟也改变不了什么，事实上，当经历过放手和分开的痛苦之后，陆沉舟对程夕真的已经是诸多容让了。

他的原则，在她面前，屡屡变成了违规犯戒。

不过他也会讨价还价，趁机要把她回来的时间缩短，当然，他也没明说，就问她："那你什么时候回来？"

这个回来，当然是指她调回来。

程夕说："五年呀……"

陆沉舟冷哼了一声。

程夕低眉敛目小媳妇的样子："再短怕调不回来呢。"

陆沉舟继续哼。

程夕当初是借调过去的，凭她的能力，他的财力，还有仁医当初对她的爱护，想调回来简直是分分钟的事。

她那过错又是多大的过错？别说无人追究，真有人追究，有人要保也完全是保得住的。

她当初会走，纯粹是他作。

陆沉舟再次悔青了肠子，可惜把人弄走容易，再回来就不容易了，三年已经是程夕的底线，再短，他很清楚是不可能的。

陆沉舟特别生气，他一生气，程夕就倒霉了，只好耐着性子安抚他，任他予取予求，予求予取。两人关了门闹腾，陈嘉漫却是乖巧得不得了，他们进去时她是什么样，出来时她还是什么样，乖乖巧巧地靠在沙发上，小小浅浅的一个影子。

似乎很没有存在感。

但也只是似乎而已。

吃饭的时候，她就靠着程夕坐着，菜要她帮忙夹，喝水还要她倒，别看她傻呆呆的，却天然自带有争宠技能，程夕只要稍微和他亲昵一点，她不是这里出状况，就是那里有事情。

三天后，程夕的假期到头，这一次，来送她的人里除了程爸程妈还多了一个陆沉舟，可能已经习惯了，这一次程家二老没有再哭，只是絮絮叨叨和她说了很久。

临上飞机的时候，她才有机会和陆沉舟话别，她轻轻抱了抱他："我爸妈就拜托你送回去啦。"程阳有事去了外地，没有来，所以陆沉舟等会儿还要把他们送回去。

陆沉舟看着她，点了点头。

程夕笑，见程爸程妈没注意，陈嘉漫正被外面停机坪的飞机所吸引，踮起脚偷偷亲了他一下。

"陆沉舟，我不在的时候，你要记住一句话，我爱你。"

"我也很庆幸，可以遇见你。"

程夕在北京转机的时候，在候机室的电视上看到了蔡懿工作室发布的基因和精神病致病基因的新闻，她抬头就正好看到蔡懿坐在她的办公桌后面接受采访的画面，六十多岁的老人，白发满头，却梳得一丝不苟，看起来亲切、慈爱，而且和蔼。

陈嘉漫正低头玩着程夕给她下载的《Minecraft》，机场里的声音那么嘈杂，她却还是准确地捕捉到了蔡懿的声音，下意识地，她丢了手机，整个人都躲在了程夕的背后。

程夕安抚地拍了拍她，摸出降噪耳机戴在她耳朵上，等她安静下来后，才捡起手机，重新塞回到了她手上。

她惊魂未定地左右看看，在她头顶上方，蔡懿在侃侃而谈。

程夕没再往电视上看一眼，她陪着陈嘉漫玩《Minecraft》，故意犯一些很低级的错误，她开始也只是看着，次数多了，大概是发现没事了，会偷偷地戳一戳屏幕，帮她改正过来。

除了这个小插曲，一路很顺利。这回轮到曾兴来接她，仍开了她那辆他很看不上眼的"小破车"，看到陈嘉漫，他微微挑了挑眉，倒也没有太惊奇，只等程夕把人安置到车上后，趁两人还在外面，问了她一句："怎么把她带过来了？"

程夕说："现在我是她妈妈。"

曾兴一口口水差点呛死。

程夕还一本正经，转身对躲在她身后的陈嘉漫说："不怕，这是伯伯。"

曾兴简直不能直视。

偏陈嘉漫怯生生的，却十分听话，低眉顺眼，轻轻叫了一声："伯伯。"

曾兴看着面前这快成年的"大侄女"，无语。

程夕笑说："好啦，先回去吧。"

三人领了行李，上车回家，陈嘉漫还有些不适应，程夕就和她坐在后座："如果累了就睡一觉，还有好几个小时呢。"

陈嘉漫靠在她肩上，乖乖地闭上眼睛。

曾兴从后视镜里看程夕自背包里翻出条薄毯，很细致地盖在陈嘉漫身上，一副慈母派头，不由抚额："你还真把她当女儿呀？"

程夕轻轻嘘了一声。

曾兴就没再说，两人只谈了这边的一些工作，还有程夕回去，仁医同事们的一些变化，当然，曾兴最感兴趣的还是蔡懿的成功："我看到新闻了，老师真的是很厉害呢，你有去看她吗？"

他并不知道陈嘉漫后来病情复发又去了蔡懿那儿治疗，所以他问得毫不避忌，程夕低头看了眼好似已经睡熟了的陈嘉漫，轻声说："去了。"

"老师那儿应该很热闹吧。"曾兴说着瞥了她一眼，"你亏了，那时候要是答应老师的邀请，指不定这会儿的风光也有你一份，哪还会跑这儿来吃沙子呀。"

程夕笑着转头看向车外，起风了，黯淡的天光里能隐约看到风沙呼啸而过的暗影，他们就如这风沙中最不起眼的一粒。

她问曾兴："那你来这儿，后悔了吗？"

曾兴难得文艺了一把："我追梦而来，无所谓后不后悔。"

他话里似有深意，程夕笑，他也微微笑了起来。

一天走下来，人都累坏了，陈嘉漫又是初到，所以第二日程夕并没有急着上班。

陈嘉漫睡觉的时候她去医院转了一圈，发现一切都井井有条的，新医生们都到了，住宿还有实习工作者安排得挺好，除了政府那边对接出了一点小意外，其他都很顺利。

当然了，那点小意外也不是曾兴的责任，他的能力令得主任都连连夸赞，和程夕说："曾医生可能干了，文也能行，武也厉害，不愧是仁医出来的。"

曾兴听了，在一边得意地翘小辫子，程夕见了忍不住笑："当伯伯了，果然懂事了，师兄加油。"

曾兴：……

主任不明所以，却也跟着笑了。正好新医生们都到了，曾兴领着让程夕一一认识，都是一个学校出来的校友，其中竟有人还知道程夕："老师经常说，我们都是渣渣，程师姐是她带过的最省心的学生，所以我对师姐，还真是闻名已久了呢。"

　　程夕看过去，说话的是个年轻的男孩子，青春飞扬的面孔让她想起自己曾经带过的学生，于是语气忍不住也变得飞扬了起来："哦，没事，那时候我也经常听老师说这个话，你们努努力，争取有一天也为成为她口里的传奇。"

　　于是聊了几句学校的趣事，距离就这么拉近了。见过面聊得差不多了，大家这才转到正事，医院最近新收了一个十分难搞的病人，是个武疯子，病程不短，程夕既到了，自然也被拉着去商量治疗方案。

　　一个上午都在医院，陈嘉漫一个人待在她住的宿舍，她走的时候是什么样，她回去，她还是什么样。

　　桌上有给她准备的东西，一个上午，点滴未动。后来程夕发现，陈嘉漫根本就没有自主找东西的意识，便是饿了，不放到她面前，她也不会记得去吃。

　　程夕也是到了这边以后才发现陈嘉漫的这一点，曾兴要她把她带去医院，但是陈嘉漫对医院十分排斥，排斥到不小心看到程夕穿着白大褂，她都会觉得惶恐和害怕。

　　基于这个原因，程夕没有强迫她，带病人，她并不缺乏耐心，她会每天领着陈嘉漫在附近转悠，周末了，带她爬山，然后会找个风景尚好的地方，和她一起写生画画，有时候还会领着她去秦诗雅的小幼儿园，慢慢地让她接触到更多的人群。

　　她的时间因而排得满满的，因着和陆沉舟的约定，也因着曾兴在行政管理上比她要擅长得多，程夕就把许多外联工作都丢给曾兴，准备她万一离开时，还有个可以接手的人，如此，不可避免和曾兴接触得多了起来，她对他并无想法，自然也没过多设防。

　　曾兴却是干劲十足，很努力地替她分担着一切，周一到周五拼命干，周六周日硬挤了时间陪她们去爬山。

　　参与的次数多了，连陈嘉漫都对他少了几分排斥感，曾兴就感觉自己的春天要来了，这天他鼓起勇气，敲开了程夕的门，把她叫出来。

　　"有事？"程夕不明所以，跟着他出来。

　　她正在陪陈嘉漫画画，身上围着个沾满了油彩的围兜，手上还摸着一支未洗净的画笔，瞧着真是再家常也不过了。

　　但看在曾兴眼里，却是她最温暖温柔的时候。

　　"给你。"他从背后摸出一份合同，递到她面前。

程夕没接，就着他的手看过去。"购房合同，"她惊讶地抬起头，"你要在这边买房吗？"

"嗯。是精装修的，拎包可住。"曾兴说着望住她，"程夕，我想在这儿弄个家，你愿意……"

"程医生。"他的话还没说完，就被突然而来的闯入者打断了。

两人同时回头，看到医院一个年轻男同事领着个人走过来，路灯有些暗，那人恰走在暗影里看不清面孔，随着他们越来越近，两人的身形也越来越清晰。

程夕忍不住眨了眨眼，声音里有种意外的惊喜："陆沉舟？！"

第三十七章

1

陆沉舟在她几步以外停下,淡淡地"嗯"了一声。

带他来的同事问:"程医生,这个是你朋友吧?"

程夕笑:"是的。谢谢你。"

道了谢,她才走过去,仰头望着陆沉舟:"你怎么来啦?"

陆沉舟不搭她的话,眉头皱得紧紧的,说:"我不喜欢这里。"左右看看,目光里满是嫌弃。

程夕也跟着他看了一眼,嗯,条件确实不怎么样。

小县城嘛,多是自建房,只讲究一个大、高、阔,没有什么样式可言,自然也更没什么绿化和环境可说。

程夕现下住的就是这样的自建房。

想到陆沉舟那奇葩的对称强迫症以及病态的讲究,她恍然大悟,其他什么也不管了,回房拿出半截纱布,当成眼罩绑在他眼睛上,像煞有介事地问:"这样好点吗?"

陆沉舟静立了没动,直到眼前全黑才反应过来她做了什么。他也没拒绝她的"好意",只是突然抱住她,狠狠吻了她一下,才退后一步袖手说:"嗯,这样总算好一点了。"

程夕和其余两人都有些蒙。

这并不是曾兴第一次领教陆沉舟的无视,然而仍然觉得无比心塞。

偏旁边还有个完全不在状况的货,一边兴致勃勃地吃狗粮一边问:"曾医生,他是程医生的男朋友?"

曾兴脸色难看,不想回答。

他不回答,自然有人答了,同事说话并没怎么压低音量,陆沉舟也听见了,他回过头,遮了眼睛的他没了那股子逼人的冷清感,连声音都显得柔和了，他说："不是，我是她男人。"

曾兴再也不能忍了，冷笑一声："你有什么资格称是她男人？害她一次不够，还要再害她一次？"

陆沉舟这才扭过头，对着曾兴的方向："你想追求她？可惜，怕是没机会了。"

程夕：……

曾兴：……

被点破的曾兴恼羞成怒："我眼瞎才会喜欢她！"

手一捏那纸合同，气冲冲地走了。

程夕对陆先生气人的本事叹为观止，既不好就去找曾兴解释，也不好说闯祸的人，只好跟同事道谢，将人送走，把陆沉舟领进了屋。

程夕住的是一室一厅的房子，陈嘉漫来了后，她就把卧室让给了她，自己在客厅搁了张折叠小床，屋内收拾得倒也整齐，就是挺寒素的，布置很是简单。

正庆幸陆沉舟这会儿是蒙着眼睛的，就见他一把将纱布给扯了，然后一眼就看到了坐在房间内画画的陈嘉漫。

他脸色当即沉了："她为什么住在这儿？"

程夕"呃"了一声，小心翼翼地问："不然她应该住哪儿？"

对上她黑白分明的眼睛，陆沉舟那句"医院"居然没能说出来。

他自己也不喜欢医院，又岂可强求别人。

程夕笑了起来，勾住他的手指头："来，看阿漫画画。"

画画中的陈嘉漫几乎不受外物影响，程夕来来去去，她几乎没有任何感觉。

陆沉舟站那儿看她的画，在他的感觉里，那就是一团色彩浓烈的暗影，毫无艺术感可言。

不过见程夕眼巴巴看着他，勉强赞了一句："不错。"

程夕笑起来，熟悉的眉眼，就如那绕指柔，一下就锻化了他那百炼钢。陆沉舟周身冷凝的气息像是水汽融在了他周围，以至于眼前所看到的一切似乎都顺眼了起来。

只除了一个，陈嘉漫。

她画完画，居然还要程夕帮她洗手！还要她帮她梳头！居然还睡了程夕的床，而他只能和程夕大半夜跑医院去借折叠床，然后睡在外面客厅！

哦，陆沉舟也想过去开房，但县里酒店不管是最好的还是最差的，在他看来都一样：脏、破、旧，不能忍！

只能睡客厅。

小小的折叠床完全睡不下他，躺下去，还有半截在外面。程夕抱歉得很："对不起，今天太晚了，明天我就去给你买张新床。"

顺便看看旁边哪里还有房子可租，就算有床，这么睡着也是极不方便的。

陆沉舟哼了一声，没说话。程夕从另一边床上伸手过来轻轻握住他的手："委屈你啦，但是我很高兴，你来看我。"

她白嫩的手指温润而细软，陆沉舟手指微抬，慢慢覆住了她的手。

那一夜，那么窘困的环境，他居然也睡得很安宁。

第二天程夕本来想请假陪陆沉舟的，可是一到医院就被绊住了，还和曾兴一起被叫去民政局开会，一开就是大半天。

程夕还是忙里偷闲，趁着空当问民政局的副局长，哪里有装修好环境好的房子租。

曾兴在旁边听见了，侧目，等副局长帮她打电话问的时候，他冷笑一声："你对人还真是掏心掏肺啊，被人咬一口都长不了记性，你是打算被他咬死才能悔悟？"

程夕说："事情不是你想的那样的。"

曾兴继续冷笑："那是怎么样？他没有病，还是他没有举报你，你跑到甘肃来纯粹是自己脑抽想不开？"

他一肚子的怨气，显然听不进去任何解释，也不会相信任何解释，程夕觉得自己也未必解释得清，就干脆闭口不言了。

曾兴一拳打在棉花上，心塞到死，结果回去后还有让他更心塞的，他和程夕不是隔壁住着吗？他猜陆沉舟肯定还在那儿，为了刺激他，就等着程夕和她一起回去。结果两人一进巷子就看到路口停了一辆最新款的大红色的BMW，陆沉舟就坐在车上等着他们，看到程夕，他走下来，指着车子和她说："给你的。"

至今还在开着程夕车子的曾兴莫名觉得自己被插了一箭。

陆沉舟显然是觉得只插一箭还不够，他又从车上拿出一个文件袋，从中取了一沓照片，一边递给程夕一边说："这是我看中的两处房子，你觉得哪个好？"

曾兴眼贱，瞟了一眼，发现两处房子一个是自建的那种别墅，从外观看独立成栋，成环形绕水而建，环境清幽；另一个是复式楼，瞧着应该是在哪个小区里面，楼层不高，但是装修一看就很精致高档。

陆沉舟还嫌弃，指着那个复式楼说："这套房子离医院近，但是装修品位比你当初的房子还要低档还要丑……"

曾兴想想自己昨天拿出来的房子，铁青着脸走了。

陆沉舟瞟都没瞟他一眼，当他是个透明人，倒是程夕叹口气，有些担心地看了看他，才无力地和陆沉舟说："不用租这么大吧……"

陆沉舟莫名其妙的口气："干吗要租，我没钱买吗？"

还没走远的曾兴感觉自己又中了一箭。

讽刺他开程夕的车，又讽刺他买的房子破吗？

好想回去喷死他："你个神经病，炫什么炫，不靠家里你能有钱挥霍？东来在你手里被弄成那副死样子没点 B 数啊，跑到这里来炫富是不是病得不轻？！"

程夕也觉得陆沉舟病得不轻："……也不要买这么大的吧？"

就陆沉舟这架势，程夕觉得自己肯定最多也就在这边待三年，买这么大栋房子，真的很没必要。

陆沉舟却说："大点好。"挑出自建的那套别墅，"就这个了。"他考虑得还很周到，那房子修得并不高，两层楼，但是占地略大，"陈嘉漫就是犯病了想跳楼也摔不死她。"

程夕无语，片刻后说："……离我上班的地方有点远呢。"其实她是真心觉得太大。

陆沉舟一指身边："不是有车？"

程夕看了眼那颜色红得耀眼夺目的车子，抚额："……好吧，你高兴就行。"

于是又兴兴轰轰开始搬家，所幸这边房子她没打算退，毕竟离医院真的很近，陆沉舟走了她又可以住回来，因此真正要搬过去的东西并不多。她的两箱子书、一些衣服，最多的居然是陈嘉漫的画和她画画的工具。

一晚上也就收拾好了。

真正搬家都是陆沉舟张罗的，程夕下班后跟陈嘉漫一起被他接到新房子里，那儿已经什么都收拾妥当了。

新床、新桌椅、新沙发，更难得的是，连新被子都洗晒过，只要铺上去就可以了。

程夕不由得十分佩服。

晚上陆沉舟还亲自下厨做饭，程夕领着陈嘉漫把新家逛了一圈，只觉得这儿环境是真的好，清幽漂亮，但也太大了，因为当初建的人约莫就没打算当私人住宅，所以里面除了球馆、休闲吧、健身房，还有一个小小的运动场。

都收拾得十分整齐。

为了表达自己由衷的敬仰，吃饭时程夕和陈嘉漫说："今天陆先生辛苦了，来，我们一起敬他一杯。"

陈嘉漫怯生生地看了陆沉舟一眼，怯生生地随着程夕的动作举起杯子，叫他："爸爸……"

程夕很意外，陆沉舟昨天来得晚，早上一早就出门了，刚才又一直在忙，两人这还是头一次正儿八经面对面，她没想到陈嘉漫居然还记得他。

而更让她意外的是，陆沉舟居然饮了那杯酒。只是喝完后，他转头看着程夕，语调平平地宣布说："我们生个崽吧。"

陆沉舟说这话的语气实在是太平淡了，平淡得就像是在说"我们去买件衣服吧"一样，程夕被他噎了一下，顿了顿才笑着说："难道生崽之前不应该先结个婚？"

陆沉舟就露出那种程序错乱了一样的表情，很是错愕懊恼的样子。

"好吧，我把这个忘记了。"他很快收敛了情绪，木无表情地说。

然后就没有然后了，程夕也就当这事儿过去了，吃过饭收拾好后陆沉舟就取出电脑在用，程夕还当他是有事要做，便也不打扰他，自带了陈嘉漫上楼上休息。

陆沉舟那个心机鬼，二楼那么多房子，他把陈嘉漫的房间安排得远远的，跟他们分属两个极端。不过那房间的风景却是极好的，远眺是青山绿水，近看是绿树浅溪，还配了一个很大的观光阳台，360度无死角的美。

尤其是这里地处郊外，夜晚静谧安宁，远处的灯火就像是彼岸的银河。

陈嘉漫洗完澡后程夕帮她吹头发，透过梳妆镜，她看到程夕站在她身后，一手拿着吹风筒，一手轻轻在她头发上抓挠着。

她的动作很轻柔，眼神也特别特别温柔，仿佛她是她手心里的一颗珍宝。

陈嘉漫觉得心里有什么漫了出来，她轻轻地叫了一声："妈妈。"

吹风筒的声音有些大，程夕并没听到，但是镜子里，察觉到她在看她，她冲她微微笑了笑。

陈嘉漫就也羞涩地笑了笑。

来了甘肃后，她已经懂得程夕并不是她妈妈，可是在陈嘉漫的心里，程夕就是她妈妈，有程夕在的地方，她就觉得特别特别的安定，再不害怕。

不过，当程夕问她"一个人住在这里，会不会怕"时，她还是点了点头，揪着她的衣袖，说："我想你陪我。"

程夕有点意外，因为陈嘉漫很少会表露个人的自主情绪，基本是别人说什么她听什么。她轻轻反握住她的手，说："阿漫……"

"小兔子。"她纠正她。

"好吧，小兔子。"她妥协道，"只要你愿意，我就在这儿陪着你。"

陈嘉漫定定地看着她，漆黑的瞳仁里透出一点讶异的微光。

"吃惊吗？"程夕笑，"现在发现，跟别人提要求是不是也没有那么难？"

陈嘉漫沉默，过了会儿她问："那……爸爸呢？"

这时候，"爸爸"两字她就叫得有点生疏了，联想到她对陆沉舟的态度，程夕笑了笑，没有揭破她，也没有露出任何异样的神色，只说："不管他。今晚我陪你。"

陈嘉漫不相信，但是程夕那天真的陪了她一晚上，她唯一离开的时间是去洗了个澡，估计也是去安抚那个男人吧。

也许并没有安抚住，因为第二天陈嘉漫下楼的时候，听到那人在和程夕说："好像我才是你男人。"

语气很淡，但明显是生气了。

程夕哄他："就一次嘛，她难得跟我提要求，我不想打击她。"她听到她的声音，柔软而甜糯，"陆先生，你乖一点，嗯？"

然后他们没再说话，可也没看到他们走出来，陈嘉漫就站在那儿，安静得像个影子。

好像过了很久，才听到那个男人清冷的声音传来："你昨天不是问我为什么突然想要个孩子吗？嗯，我觉得你似乎很乐意当人妈妈，所以决定送你一个。"

程夕笑得无奈："你好幼稚。"

陈嘉漫转身又回了自己房间。

搬到新房子的生活好像和以前没有多少区别，长久只有她一个人。程夕早起上班，怕她不吃饭，中午仍会回来，等她吃完后，又赶回医院去上班。

好像从不嫌烦。

晚上，陈嘉漫仍要求程夕陪她。

她没露一点为难，笑着说："好啊。"

再一日起来，那个男人的脸色已经很难看，陈嘉漫莫名地开心，她叫他"爸爸"，收到了他冷漠的一瞥。

如此持续了三天，程夕每天晚上都陪着她，到第四天的时候，程夕去上班，走前给她挑了一个风景很好的地方让她画画，陈嘉漫坐下后就很喜欢，因为从那里，可以看到外边的路，也是程夕回来的路。

她漫不经心地画着画，涂着连自己也不明白的色块。突然，身后传来一个清冷如水的声音："你打算黏着她到什么时候？"

陈嘉漫僵住，手不受控制地发抖。

他慢慢从她背后走到她面前，就那么淡淡地看着她。

她想逃跑，可刚站起来，就听到他又说："我劝你最好乖乖坐着，否则的话，你最害怕待的地方，我能把你送进去一次，就也可以再把你送进去第二次。"

"别挑衅我。"他说，"我也知道，你听得懂。"

2

程夕并不知道陆沉舟找过陈嘉漫，主要是，她不在，陆沉舟一般也不会回去。

可那天一到家她就发现，陈嘉漫很明显地……正常了很多。

吃饭的时候不会再弄到自己身上，也不会打翻碗或者菜碟——她并不是弄不好，而是喜欢用这样的方式来引起程夕的注意，可那天一餐饭吃完，她身上还有桌子都干干净净的。

程夕讨好陆沉舟，给他夹菜和他说话的时候，陈嘉漫也没有特别的反应。她看起来安静得很，这种安静又有别于以往那种木讷的乖巧，而是真正接近于正常的沉默，不会给人呆怔还有僵硬的感觉。

程夕看了她好几眼，给她夹了一筷子她最爱吃的菜，打趣地问："小兔子，今天怎么这么乖？"

陈嘉漫没说话，低头的时候视线隐隐往陆沉舟那里瞟了一眼。

程夕开始也没注意，到睡觉的时候，陈嘉漫听她讲完故事后就扯起被子盖住了自己，只露出一双眼睛看着她，她还伸手将被角四周掖了掖。

拒绝她上床的意图十分明显。

程夕挑了挑眉，问："今晚不用我陪你吗？"

她点头。

"不害怕了？"

陈嘉漫不说话，闭上眼睛，瞧着竟有些发脾气了的意思。

程夕觉得挺稀罕的，生闷气不好，但陈嘉漫会生闷气则说明她已经敢于去表达自己的情绪，而不只是做个应声的傀儡。

这是个好现象。

程夕故意逗她："看来你还是想我陪你的呀，要不我还是再陪陪你吧。"

她掀被想要上床，陈嘉漫捂住了被角不让她上，她捂了这边程夕掀开那边，把她急得不行。

程夕逗了她一会儿，哄她："那你自己告诉我，今天发生了什么事？"

她摇头。

程夕说:"撒谎。"

她闭上眼睛,并不肯讲,只说:"我……我不用陪了。"

程夕见她实在不愿意说,也没逼她,坐在那里陪了她一会儿,见她呼吸平稳了才下楼去。那会儿陆沉舟还在客厅里坐着,电脑放在面前,他人半靠在沙发上打电话。

走近了听到他语气平平地说:"……我没空,这些事不用再和我说。"他说着还笑了一下,很是凉薄,"东来死不死的我还真不关心。"

挂了电话后他又继续拿起鼠标用电脑,毫不在意的样子。事实上这几天程夕天天都能接到相关人等的电话,从陆爷爷陆奶奶、光头甚至蔡懿,无一不在劝她,要她让陆沉舟尽快回去。

东来现下的局势非常糟糕,上回那个让东来高层贿赂官员的主意就是陆父情急或者说是过于傲慢之下采取的最脑残的做法,事情失控后又想不出补救的办法,只好把因为"懒散"不愿管事的陆沉舟推出来,以图弃车保帅。

这些都是光头告诉她的,程夕不懂商场,但陆父危急公关时采取的措施实在让人恶心——所谓最亲的人伤人最深,是因为只有最亲的人才懂得往哪里捅刀才最痛。

陆沉舟明明最怕家人的抛弃和背叛,偏偏他就要抛弃他。

因此程夕从不问陆沉舟东来的事,也不问他的打算,当然了,陆沉舟这几天因为她总陪着陈嘉漫也不怎么搭理她。

像这会儿,看到她过去他连眼皮也不撩一下,完全当她不存在。

好在程夕脸皮厚,自己凑过去,眼巴巴地问:"你在忙什么呀?"

陆沉舟盯着电脑,不理。

程夕探头去看,囧了。陆先生打开起码有十几个搜索页面,显示的搜索主题都是"结婚前应该做些什么""女人喜欢什么样的求婚""婚礼前的准备工作"以及学术味十足的"为什么要结婚"这样的内容。

他面前还摊开了一个小本本,上面记着,求婚注意事项123以及婚前准备123,他的字跟他的人一样,漂亮工整,排版简洁清楚,一点也不拖泥带水,因此程夕看得也十分清楚。

她不由得乐了,抱住他:"哎,一边跟我冷战,一边准备求婚结婚,陆先生你怎么这么可爱?"

陆先生仍然不搭理,程夕就挨在他手边看他做功课,看着看着她就走了神,想陈嘉漫突然的转变……还没想出个头绪,被陆沉舟发现了,他一声未吭,合上电脑,收起小本本,起身就走。

程夕是靠在他身上的,猝不及防之下差点摔倒,她撑着桌沿,仰头望着他:"怎么啦?"

陆沉舟就给了她一个背影。

程夕再迟钝也知道他生气了,何况她并不迟钝,"哎"了一声,她跟进去,陆沉舟已经在脱衣服了。

程夕摸摸鼻子,跑到另一处浴室去洗澡,她洗得比他快,洗好后就乖乖地睡在床上等他。还好陆沉舟并没有拒绝她上床,解了浴袍,掀被睡在她旁边。

程夕翻身,想要和他谈谈,结果翻到一半被他摁回去,然后他就那么抵着她,撩了一阵后,就从她后面刺了进去。

整个过程里他一言未发,就维持那一个姿势直到结束,程夕想吻他都不行。

弄完他就睡觉,反正该做的他不少做,就是拒绝沟通。程夕没办法,起身寻了纸笔,给他写了张字条递到他面前。

字条上也没写别的,似曾相识的内容:已知 x,y 的项,求 $x+y+2xy$。

陆沉舟本不想理她,闭着眼睛装睡。但这个式子他曾经琢磨良久,而且上一回程夕给他写了这个他们就分手了,这会儿,不求个答案,简直是不能忍。

蓦地坐起来,他掀开被子,冷冷地看着她:"什么意思?"

"嗯?"程夕还没反应过来。

陆沉舟就把那张纸甩到她面前,恶狠狠地盯着她:"这个,到底什么意思?"

他想着,如果她敢说"分手"他就咬她,可是,这个可恶的女人,这个从来就没把他真正放在心里的女人,可怜兮兮地说:"求和呀。"她说:"陆沉舟,我在跟你求和呢,这么明显,你没看出来吗?"

陆沉舟:……

他看出来个鬼!

程夕好心解释:"遗传学上不是说,'X'染色体代表女性,'Y'代表男性嘛,'X'跟'Y'求和,合在一起才能是亲亲密密的两个人呀。"

陆沉舟再次无语。

医学专业的直女症患者,其求和招数还真是别出心裁呢。

他特别想打她一顿,费过他无数脑细胞让他脑补了无数代码的东西居然是这么个意思……可她完全不需要向他求和,因为他已经被她牢牢地攥在了手里。

他一下抱住她,将她用力攥进自己怀里,两人依偎着没说话,好久后,他才问:"陈嘉漫是装的对不对?"

程夕惊讶:"为什么这么说?"

"因为我今天警告她了。"陆沉舟语气平静,"她听得懂,而且也做得到。"

程夕恍然,她就说陈嘉漫怎么"老实"了那么多,旋即又有点紧张:"你没把她吓太狠吧?"还想说什么,陆沉舟沉着脸看她一眼,起身就要走。

程夕连忙扑倒他,什么也不管,一通喊:"对不起,我错了,我错了。"一边喊一边在他身上胡乱地啃,啃得陆沉舟……毫无脾气。

一指点在她额头上:"你错哪儿了?"

程夕:……

这训孙子一样的口气,真是酸爽。程夕后退了一点,把他的手指拿下来,扒着他很诚恳地说:"对不起,你这么远跑过来,我不应该忽视你。"

陆沉舟的脸色总算缓过来了一些,却还是盯着她:"你知道她是装的对不对?"

不依不饶了,程夕只好说:"也没有装吧,她精神上确实有些问题,比如说胆小、不愿意同人交流、表达障碍,还有一点癔症……"

当然,怕黑需要人陪故意制造状况引起她注意什么的,虽然幼稚,却也是她害怕的一个表现,不能说她是装了。

只是话还没说完,陆沉舟起身又要走,程夕无奈,将他拖回来:"又怎么了嘛?"

"跟她睡去!"陆沉舟自己走不了,就干脆推她,"谁稀罕你!"

程夕八爪鱼一样盘在他身上:"我稀罕你!"

陆沉舟冷笑:"嗬!"

程夕赏了他一个么么哒。

陆沉舟不领情,冷艳高贵地撇开脸:"反正做你的病人都比当你男人幸福,我不做你男人了,你走吧!"

这幼稚鬼,酸味满缸,说到底,他还是不喜欢她围着别人转,哪怕那个人是个女的也不行。

程夕说:"怎么会?我之所以这么做也是想趁热打铁让她尽快好起来,病人于我都只是过客,他们好了就走了,可是,"她说着把手放到他胸口,轻轻捏了捏那处红心,"你却是我心中永远的NO.1啊!"

怕把他捏痛了,她又低头舔了舔。

这动作撩得活色生香,搁往日陆先生早爆掉了,今日他却仍是木无表情地看着她,冷嗤:"甜言蜜语。"

"那够甜了吗?"程夕问,"我还可以再甜一点……"她说着,低头轻轻舔了舔他的嘴角,附在他耳边轻声说,"陆沉舟,你是我最爱最爱的男人,不管你变成什么样,我都爱你。你病了,我照顾你;你老了,我陪着你;你穷了,我养你啊。"

陆沉舟不动声色，看着她："你养我？先把买这房子的钱付了吧。"

程夕：……

无语凝噎。

陆沉舟眼里这才浮起淡淡的笑意，面上却仍是冷冷的："不切实际的甜言蜜语都是哄人的。"顿了顿，"不过我很喜欢。"他终是卸了那股气，低头吻住她，一边吻一边说，"以后记得多哄我。"

程夕：……

冷落他的事总算可以过去了，陈嘉漫也没被他吓出什么后遗症，三人间的关系莫名其妙就和谐了起来。

陆沉舟变得特别忙，程夕一开始都没发现他半夜起床做事，那天她睡得早，睡时他在做事，一觉睡醒，发现他还坐在桌前。便爬下床，走过去一看，桌上堆了几沓文件稿，他戴了副眼镜，拿着个三角尺，在新房子的平面图上一丝不苟地标注这标注那。

程夕问他："你这是在做什么？"

"布置求婚现场。"

……

程夕拿起来稍微翻了翻，发现净是些关于结婚的细节安排，大到求婚结婚现场的布置、相关的流程，小到伴手礼的设计，无一不是精细周密。

她忍不住抚额："你这几天通宵不睡就是在弄这个？"

陆沉舟忙得没眼看她："嗯。"

"……也不用这么急吧？"

"急。"

"急什么啊？"

"急生娃。"

程夕哭笑不得，她完全无法理解陆沉舟的这种急切，真以为生个娃能改变什么吗？听到陈嘉漫叫他"爸爸"还不是照样膈应？而且，"结个婚哪有那么麻烦啊！"看到他弄的那些东西程夕就头皮发麻，果断觉得不能任他这么折腾下去了，第二日就跟医院请了半天假，告诉主任她有点事，可能会晚些去医院。

主任很爽快地给了假，还问她："是有什么事吗？有事你说话。"

程夕笑："嗯，还真有事，晚上请你吃饭算不算？"

主任哈哈笑："算啊，怎么不算？我听说你最近搬了新家，正想去参观参观呢。"

便说好，程夕晚上在新家这边请客吃饭，至于名目，非是乔迁新居，具体是什么，程夕说："晚上你们来了我再说。"

主任觉得她神神秘秘的，陆沉舟同样有此想法，因为早餐过后，程夕没有赶着去上班，而是留在了家里，问他："你的户口本有带过来吗？"

陆沉舟要买新房，户口本应该是有带着的。

果然，他点头："有。"

"很好，给我吧，还有你的身份证。"

陆沉舟懵懵然地把户口本和身份证找出来给她，程夕看了眼，笑着拉起他："走吧。"

"去哪儿？"

"跟我来就行了啊。"

直接把他拉去了民政局，曾经被田柔误导说是程夕男朋友的副局长亲自在门口等着他们，两人亲切地握手，交谈，陆沉舟挑剔地看了他一眼。

这人比起林梵的书生意气，更多了点成熟男人的儒雅，作为男人，是个略危险的存在。

程夕察觉到他的目光，轻轻掐了他一下，那个副局长也感觉到了，笑着问："就是他？"

程夕说："是呢。"

副局长说："挺不错。"算是表达了自己的立场。

然后领着他们二人进去，工作人员都在等着，程夕从副局长手里拿了一张表递给陆沉舟："签个名就行了。"

陆沉舟漫不经心地看过去，突然定住了，"'申请结婚登记声明书'？"他露出一脸崩溃的表情，"这就结婚了？"

工作人员包括带他们进来的副局长都瞪大了眼睛，一脸囧囧有神地看着他们两个，其中主事的一个更是颤颤巍巍地提醒说："咱们国家《婚姻法》有规定，结婚必须是男女双方完全自愿才可以办理登记的。"

程夕：……

弄得她好像强抢民男一样。

第三十八章

1

好在陆沉舟的下一句说出来了,他说:"我都还没有求婚呢。"

众人又都囧了,跟着笑道:"没关系,领了证你照样可以求婚,然后安安心心准备婚礼。"

这话真是害死人了,程夕就是怕他弄得太复杂,才会拉着他直接领证当结婚的,补这么一句,不是要折腾死她吗?

陆沉舟却很感兴趣,问:"还可以这样?"

"当然啊,一般都是先领证再办结婚酒的。"

"求婚呢?不用了吗?"

那工作人员也是个妙人,她看了一眼陆沉舟,又看一眼程夕,忍着笑说道:"您长这么帅,不求婚,相信您女朋友也是想嫁给你的啦。"

程夕更囧了,显得她好像是为色所迷才催着他结婚一样。

陆沉舟还真转过脸来问程夕:"是这样?"

程夕只好说:"是。你长得帅,自然怎么做都行。"

予取予求啊!陆沉舟抿唇微微一笑,满意了。他拿了笔,唰唰把那个"申请书"几笔填上,签了自己的大名,还难得有礼貌地对工作人员说:"有劳了。"

他长得帅,穿得好,气质出众,这么一来弄得在场的女士们都红了脸,倒是副局长有些担心,趁准新郎和其他人交流结婚心得的时候问程夕:"程医生,您先生不是一般人吧?结婚后,他会同意您留在这里?"

早上的时候,程夕突然打了个电话给他说想要领结婚证,问他需要些什么证件,他还暗戳戳地想着是不是本地哪个帅小伙迷住这位程医生了呢,结果人一来,副局长心里就瓦凉瓦凉的,准新郎一看就不是本地人,且也不是普通人,这样的人,会允许程夕长久留在这边?

而程夕如果留的时间太短,他们现下做的工作怎么办哇?

副局长真是忧国忧民忧心忡忡。

程夕自也知道他的担心,笑着说:"放心,我不会半途而废的。"

得了这句保证,副局长放心了,很真诚地祝福了他们两个。而有他保驾护航,程夕和陆沉舟的结婚证领得十分顺畅,走的时候,程夕也邀请副局长晚上去家里吃饭,陆先生坐在驾驶座上,听到这邀约,本来晴光灿烂的心情微微转阴,人还没走远呢,就问她:"为什么要请吃饭?"

他还不知道程夕还请了护士长请了曾兴请了医院里的新同事和刚来的小朋友们,在他的想法里,他们新婚,这时候就应该是尽情享受二人世界的时候。

程夕看了眼副局长的背影,冒汗,为免陆沉舟再冒出什么惊人之语,忙抱住他,在他唇上亲了一下:"结婚庆祝呀,我们两个的家里人都不在,请他们过来,咱也收点红包。"

陆沉舟眼神不善地盯着她:"你很差钱吗?"

程夕:"……不差钱!但是我们新婚,总得收点祝福吧?"开始绞尽脑汁忽悠他,"结婚要收祝福是传统,不然你以为大家结婚为什么要弄一些仪式?你又为什么要做那么多功课?就是为了收到大家祝福的愿力,然后幸福永久地生活在一起。"

陆沉舟斜眼看着她:"真的?"

"真的!"

陆沉舟就微微笑:"虽然知道你在一本正经地胡说八道,但还挺动听的。"

程夕:……

今天结婚啊,她就不赏他大白眼了,从包里取出一个首饰盒,打开,是两个小巧的对戒,她将男款的取出来,问:"陆先生,你愿意嫁给我吗?"

两人此时就在街边,就坐在车上!选这样的场地还有场景求婚真是太草率了!

陆沉舟没有惊喜,他像是受到惊吓似的:"你为什么会有这个?"

程夕"呃"了一声,戒指是前天买的,因为那几天她陪陈嘉漫而没有陪他,自觉理亏,就买了这个想要哄他,这时候自然不能这么说啦,程夕避而不答,有些委屈地望着他:"证都领了,你要反悔?"

陆沉舟:……

他能说婚戒什么的他已经找人设计正在订做吗?样样都让程夕领了先真是太让人崩溃了!

可是崩溃过后,却是掩不住的欢喜。

陆沉舟伸出手:"喏,戴吧。"

程夕帮他戴上，倾身吻了吻他："我爱你，我的陆先生。"
　　"我的陆先生"，还真是一个温暖无比的叫法，陆沉舟眼神微暖，也很虔诚地把女戒戴到她手上，然后学着她的样子抱住她吻了吻，捧着她的脸说："我也爱你，我的陆太太。"
　　"陆太太"一出，陆先生觉得身上连毛孔里都透着愉悦，骨头也跟着轻了好几两，这样的轻松，让他在程夕给家里打电话时，难得主动地凑过去叫了声"爸爸。"
　　嗯，是程爸爸接的电话。
　　关键是，那会儿电话才接通，程夕还没开始说话，他这么轻快的一声喊，把程爸爸都叫蒙了，顿了顿才有些疑惑地问："程阳？"
　　"咳，"程夕回过神，清了清喉咙，说，"不是，刚刚那是你女婿。"
　　程爸爸：！！！
　　今天崩溃的人比较多，程爸爸默然，半晌才问："你们这是……几个意思？"
　　程夕看了眼矜持地端坐在一边做正经状的陆沉舟，说："意思就是我结婚啦，和陆沉舟，我们在甘肃这边领了证了。"
　　程爸爸：！！！
　　过了好一会儿，程夕才听到程爸在叫程妈："你来，小夕的电话，我听不懂她在说什么，你来和她说。"
　　程夕囧。
　　在女儿结婚这事上，程妈这个当丈母娘的明显要比丈人淡定多了，听到程夕把事情说了一遍，她只问了一句："干吗要在那边领证，你怀孕啦？"
　　程夕：……
　　偏心情奇好的陆沉舟还凑上了热闹，程夕尚来不及否定，他就在边上很是认真地点头说："是的，我们准备生个崽了。"
　　程夕和程妈：……
　　程夕干脆把手机塞给了陆沉舟："你来说。"顺手把免提也给关掉了。
　　事实上她的决定英明无比，哪怕关了免提，仍能听到自家母亲大人那十分高亢的女高音："只是准备生个崽你们那么急着领证干什么？回来领我们能吃了你们两个吗？结个婚偷偷摸摸的连娘家人都不在场你们是想翻天啊？！"
　　嗯，火气很大。
　　陆沉舟被喷了一顿，居然也没生气，而是难得耐心地同程妈解释说："对不起，我也是到了民政局才知道要结婚的。"
　　程妈：！！！

程夕：坑老婆啊这是！

程妈后来果然又打电话来骂她："嫁不出去啊，还要你押着他去结婚？"

程夕老老实实低眉顺眼的："是呢。您老不是老担心我年纪大了没人要？所以遇到个好的就把他绑去结婚啦。"

程妈被她噎得要死。

和家里汇报过后，程夕牵着陆沉舟的手照了个牵手自拍照，发在朋友圈："欢迎，我的陆先生。"

就当是通报给了亲朋好友。

消息一发出去，信息不断，电话响个不停，这些程夕通通没注意，因为领了结婚证她就上班去了。晚上要请客，她嘱咐陆沉舟："找个酒店订两桌席面送过去就行，你喜欢吃什么就订什么。"说着还开了句玩笑，"毕竟我娶你啊。"

陆沉舟应下就走了，程夕便回了医院上班，中午的时候她照常回家给陈嘉漫送饭，发现陆沉舟不在家，她打了个电话，他答得简短，只说"有事"就挂了。

连让她问一句酒席订好吗都没来得及，程夕握着手机，嘀咕："结婚了就是不一样，态度冷漠了这么多。"抬头见陈嘉漫在看她，笑着说："小兔子，告诉你一件事，我结婚啦，今晚我会请一些人吃饭，到时候，你陪着我好不好？"

陈嘉漫怔怔地看着她。

她说："这是我人生非常非常重要的时刻，我也很想你能在。"

她没有说太多的大道理，也没有试着让陈嘉漫接受陆沉舟，信任这种东西，是需要经过时间验证的，无法强求，也不需要强求。

她只告诉她自己很紧张，所以想她陪同。程夕的态度奇异地让陈嘉漫感到了一丝意外的欣喜：原来无所不能的兔子妈妈也是会紧张的。

程夕还买了两对兔耳朵，"我们晚上就戴着这个去怎么样？"

毛茸茸的小兔耳朵，戴在头顶上，软乎乎的可爱，陈嘉漫捏了捏，羞涩地点头说："好。"

很轻声，但总是答应了，程夕松了一口气。

饭后陈嘉漫休息，程夕又回了医院，一路上都在各种回信息回电话，因为电话实在太多，程夕上班时只好又关了手机，等想起来要联络陆沉舟的时候，时间已经有些晚了。

从病房出来后，程夕站在走道上打电话，在外面跑了一天的曾兴跑过来，直愣愣地站到她面前："真结婚了？"

"嗯。"

曾兴看着她："我都要怀疑，你是不是真的看上他的钱了。"

程夕笑:"嗯,钱是他挣的,我不否认那也是他魅力的一部分。"

曾兴翻了个白眼,走了。

尽管很不赞同,可到了晚上,他还是和主任他们一起过去了。考虑到陆沉舟奇葩的挑食习惯,程夕提前下班,去市场买了些配料,准备自己弄些甜点什么的。

在她的想象里,这会儿家里应该什么都准备好了,可现实情况是,她到了家里,发现除了陈嘉漫完成了这么长时间以来她的第一幅能看得出形状的画作外,其他她走时是什么样,回去了还是什么样。

陆沉舟半个人影都不见,打电话他也只说:"不急。"

程夕说:"客人都要到了。"

他说:"没事。"

程夕彻底没了脾气,选择相信他。自己和陈嘉漫洗澡换衣服,然后做甜点。程夕会的甜点不多,就是最普通的那一样,把水果切好,拌上现成的沙拉,再打了一板鸡蛋,烤了些小面包。

面包做得奇怪无比——因为都是陈嘉漫的创意,烤出来各种形状都有,两人正对着一箱奇奇怪怪的面包发笑的时候,主任他们来了。

看到只有程夕和陈嘉漫在,主任等人先惊叹了一番新房的阔大豪气,接着问:"新郎官呢,躲出去像话吗?"指了指后面两人抬的大件啤酒,"娶走了我们医院的一枝花,大家今天可是撩起袖子准备跟他狠干一场的。"

程夕说:"他出去办点事,就要回来啦。"

招呼大家吃水果沙拉,吃她新烤的面包,不出意外,面包被众嘲了一顿。倒是有个年轻的男孩子注意到了陈嘉漫,"偷偷"问:"程医生旁边的女孩子是谁啊?"

程夕的旁边就是陈嘉漫,她挨着程夕,有些畏惧地望着众人。

程夕听到那男孩的问话,握住陈嘉漫的手:"好吧,今天人齐,那就允许我先隆重介绍一下,这是我女儿,小兔子。"

曾兴抚额,主任看好戏,其他没见过陈嘉漫的则都是一副下巴掉了的神情。

嗯,又崩溃掉了一批人。

那个问话的男孩子,更是吓得结结巴巴的:"真真真……真的是您女儿呀?我天,程医生你还没三十岁吧?"

还真相信了,程夕忍俊不禁,就是陈嘉漫也忍不住微微抿唇笑了笑,脊背都格外挺直了些。

那孩子是个活泼的性子,见程夕不解释;他不死心地缠着陈嘉漫问她:

"程医生真是你妈妈?"

陈嘉漫吓得直往程夕身上躲,男孩不由得愣了愣。程夕当是没看到她异常的反应,温和地说:"没事,告诉他你是不是。他敢欺负你,我打他。"加重了语气,"以后,谁再欺负你,告诉我,我都帮你打他们。"

大家都不约而同静默了下来,若有若无地关注着陈嘉漫,这时候,哪怕她不说,他们也都看出了她的不同。

所幸,陈嘉漫并没有让程夕失望,在万众瞩目之中,她最终鼓起勇气,小声地回了那男孩一句:"我是妈妈的女儿,以后都是。"

程夕笑了起来,大家也都松了一口气:只要她敢迈出这一步,慢慢她就会发现,和人交流,并没有想象中的难。

而几乎就在她的话刚落音,屋外就像是被按到了某个开关似的,整个河道上都突然亮起了一盏盏的灯。

陈嘉漫是正对着客厅的那扇大玻璃墙的,她也是第一个发现了那些灯,灯亮时她惊愕地张大了嘴,喃喃地说:"星星掉河里了。"

大家先还想笑她,突然觉得不对,都回过头,只见灯光璀璨里,烟花在深蓝的夜空里炸响。

天空中一朵朵爆开的烟花,就像是开到极致绚丽的花,而河道上的灯,则是迷人的人间灯火,两种光芒交相耀映,有一种让人目眩神迷的美丽。

所有人都被震住了,呆呆地看着那一方被人为造出来的奇景,过了好一会儿,才轰然跑出去。

"这是怎么了?"

"发生什么事?"

程夕心里已隐隐有了猜测,她跟在他们身后,牵着陈嘉漫最后一个走出去。可是哪怕已经猜到了,当看到站在院子里,那一个一个熟悉的身影的时候,她还是忍不住倒抽了一口气。

田柔、光头、沈唯、程阳、程爸、程妈……她最亲的亲人和朋友,正都微笑着站在灯火里望着她。

"路上有些堵,耽误了。"而制造出这一切的男人,抹了把汗走到她面前,一本正经地问她,"我迟到了吗?"

2

程夕看着他,好半响才说:"陆沉舟……"想起一句话,这样的男人,教你如何不爱他?

她摇头："一点也不迟！"上前给了他一个熊抱，"我太高兴啦，谢谢你。"

陆沉舟仍是那副淡淡的样子，这让他看起来格外矜持，但衬着他眼里微微的害羞，让他整个人都似乎生动了很多。

程夕用力亲了他一口，然后放下他跑到程爸程妈面前。

程夕先还有点怕被骂——毕竟结婚这事儿她是先斩后奏，结果程妈看着她，只喷了一句："果然女大不中留，瞧着欢喜得都像个傻子了！"

程夕笑嘻嘻地抱住了她。

然后她挨个抱了一遍，被他们轮流一人吐槽了一句。

程爸说："又瘦了很多！"其实没有，他这是隐晦地对女婿表达他身为丈人的不满。

程阳说："哎哟，总算把自己嫁出去了，可喜可贺。"

田柔："陆沉舟是把所有的钱都拿来买房子了吗？今天结婚你就穿这样？"

光头在边上附和："确实，太草率了，和眼前这美景一点也不搭。"

程夕放开田柔，笑光头："你这么妇唱夫随，那我就不抱你啦。"然后越过他径直抱住了沈唯。

沈唯不负所望，说她："你这婚结得确实草率了，不过没关系，我们来了。"

程夕一下有点想哭。

她咽了泪，冲他们笑："你们是怎么过来的呀？"

程夕往返来过几回，每次过来回去都至少要花一整天时间，陆沉舟肯定是在领证后才叫他们过来的，会来得这么快，实在有些不科学。

她哥程阳说她："你在这边是不是待傻了？当然是赶过来的啊！"

妥妥的亲哥，吐槽完也不给个答案。

还是她妈妈好心，说："我们是打飞的来的，小陆安排给我们包了个飞机。"她说着捂住胸口，一副万分心疼的样子，"花不少钱呢……真是太浪费了！"

所以为了安排他们过来，陆沉舟真是花了大力气大价钱，光头故意说："陆老大说什么你想要得到祝福的愿力，那个是什么鬼？"

程夕脸蓦地红了，转头见陆沉舟眼里有戏谑的笑意，不由微囧。好在这会儿其他人也过来了，程夕替大家做介绍，"祝福的愿力"这事儿总算是被暂时无视过去了。

陆沉舟的晚饭确实是安排好了的，不过却不是外订的席面，而是请了师傅来家里做。

几乎是他们才进门，那些师傅也来了，人数不少，加上送食材的，满满一通忙乱。

程夕啥也没来得及做，给沈唯和田柔拉去房里重新换造型，换到一半，程妈来了，看了眼乖乖坐在镜子前化妆的女儿，刚把别墅大概逛过的老太太实在忍不住心里的担心，又觉得田柔和沈唯也不是外人，就问："陆沉舟买这房子花多少钱啊？这么大，你们住得下？维护还有打扫卫生都得累死你们哪！不想累死就要花钱请人，那得多少钱？他是打算把他所有的钱都投在这儿？"陆沉舟现下没工作，全国人民都知道，程妈自然也清楚，新上任的丈母娘教女儿，"他长得帅，没钱也好，但也不能纵容他这么乱使，找机会你还是帮他把钱管起来。"

程夕被沈唯按着脑袋，委婉开口："妈，那是他的钱。"

程妈一瞪眼："又不要你贪他的，帮他管管都不行？还说准备要孩子，这么大手大脚下去，你是打算自己养吗？"然后还问沈唯和田柔的意见，"你们说买这么大房子是不是有病？他是打算生个加强连吗？"

好吧，这是亲妈，逮着机会就训人，自家孩子哪怕八十岁了在当娘的眼里都只有八岁。

三个好朋友对视一眼，沈唯笑着说："陆沉舟这钱确实花得不值，不过阿姨您也别担心，好歹他是大家出身，东来药业没有了，东来酒店可是他一手拼出来的，那可是个金蛋蛋，所以别替他操心钱啦，重要的是他对小夕的心意没掺假就行。"

田柔本来想说陆沉舟两句坏话的，可想想光头说的话，哪怕再对他曾做下的事有气，这会儿也得承认，他对程夕是真的很用心了，因而也帮着说话。

程夕又很识时务地放弃挣扎，乖乖受教，程妈果然心气平和了，指点了两句江山就放过了她，继续下楼和程爸逛这大别墅去。

烟花不知道什么时候停了，整个别墅灯火通明，河道里的"灯"慢慢隐去，就像是一个悄悄来过的梦。

可很多人知道那不是梦，那是一个男人所付出的最大的用心。

觑着程妈已远去，沈唯看了眼程夕，化了妆的她美得惊人，宛若绽放到最艳的花。

认识十几年，程夕好像一直都是她最美的样子。

沈唯忍不住轻叹，收了心思和她说："妈妈们说得都有道理，小夕，结婚了别分什么你的他的，要想办法把他的都变成你的，这是对你的保障。"说程夕的时候她还顺便说了一下田柔，"柔姐姐这话你也好好听着，别整天傻兮兮的，让光头骗死都不知道。"

田柔指了指自己，深觉冤枉："我还傻兮兮的？我觉得光头才真傻啊！"她还很骄傲，"他所有的社交账号支付账号的密码我都知道，钱随我用，手机任我看，要这样我还傻那小夕得傻成什么样啊？"问程夕，"陆沉舟的社交账号你知道吗？"

程夕："……他为人略老派，只用邮箱，连微信都很少登录的。"

意思不言而喻，她也是知道的。

事实上陆沉舟对她从不设防，他在做什么，他要做什么，哪怕是策划求婚结婚这种本可以秘密进行然后给她惊喜的事，他也从没避过她。

当然，他最终还是给了她很大很大的惊喜。

沈唯明白了两人的意思，不由嗔道："好啦，当我多嘴一说。"

田柔笑嘻嘻，搂着她的肩："哪有，好姐妹才这么推心置腹，很领你情的，是吧，小夕？"

程夕点头，她说："沈唯，谢谢你。"

沈唯笑，"好啦，知道你不认同我的观点，我也就那么一说。"她说着在程夕眉上做了最后一笔勾勒，"行了，换件衣服，妥妥就是最美新娘子啦。"

田柔凑过来："哇噻，你家陆先生要流口水了。"

衣服也是陆沉舟送的，红色的长裙，是他最爱的颜色。

程夕下楼去，陆沉舟倒没有真的流口水，却也毫不掩饰他的喜欢——眼睛一直黏在她身上，就没离开过。

连别人敬他的酒他都只是意思意思，曾兴嫉妒他，有心把他灌个死醉，见状激将道："怎么，结个婚就这点诚意？"

程阳下意识地跟着点头，正要起哄，就见陆沉舟微微垂了垂眼睛，冷冷淡淡地说："我的诚意就是新婚夜里不要给她添麻烦。"然后这位大舅子一想，对啊，陆沉舟要是喝醉了辛苦的可是自己妹妹，于是酒瓶往桌上一竖："想跟我妹夫喝酒的灌倒我再说！"

和程夕的渣酒量完全不一样，程阳以一敌十都不带怕的！

看到他那豪迈的姿势，程夕真是不忍直视，偷偷掐了陆沉舟一记：你是不是故意的？

程阳虽然自己经常坑她，但外人面前一直是护妹狂魔型人物，程夕很怀疑陆沉舟就是知道这一点才故意说的。

陆沉舟淡淡笑了笑，抓住她的手，轻轻在她手心挠了挠。

程夕喜欢他这时候给人的感觉，整个人都是平和而柔软的。所以她就不计较他坑程阳的事了。

正想着弄些什么等会儿给这些人解酒，突然手被握紧，陆沉舟凑近了和她说："你跟我来。"

程夕疑惑地看着他。

他脸上的表情正经得不得了，她还以为是真有什么事，就起身和他一起离开。那会儿所有人的注意力都在程阳几个拼酒的人身上，只有少数人注意到他们的离开，那些注意到的人也只是相互一笑，没有说什么。

陆沉舟拉着程夕径直上了楼，回了他们的房间。开门后程夕首先看到的是放在床上的一大束红玫瑰和地板上摆放成心形的燃烧得正好的蜡烛。

嗯，居然还会搞气氛了。

程夕正想夸他，就见陆沉舟捂住口鼻，很郁闷的样子："嗯，果然味道很重。"

就知道光头的建议不是很靠谱，说什么鲜花和蜡烛是新婚求爱必备，房间里弄得这么"臭"，求个鬼的爱啊！

怕风吹熄蜡烛，卧室是密闭的，里面香氛蜡烛的气味混着玫瑰花的香气，味道还真不是一般二般的熏人。

陆沉舟脸色有点臭，程夕不由得笑，说："你皮肤敏感，下次就别弄这样了。"

陆沉舟脸色更臭了，程夕忍不住踮脚吻住他，在他耳边说："但是我很高兴，谢谢你。"

他瞬间什么都不在乎了，回抱住她，吻她。

她今日的红裙，美极了。

吻着吻着便有些失控，还是程夕记着："得先把里面的东西清理了。"

他皮肤那么敏感，真在这些花上滚一晚，她很担心半夜得爬起来送他去医院。

陆沉舟想想那画面，再不甘心也只好同意了。

程夕于是去清理房间，她不敢让陆沉舟动手帮忙，自然也不能叫其他人。一个人忙活了半天，先开窗通风，然后把蜡烛吹熄收好，再将床上的花抱去隔壁房间，还又拿出被铺重新换了一套。

她做着这些的时候，陆沉舟就立在门口看着她，今日的程夕被沈唯和田柔鼓捣得尤其漂亮，柔顺的头发被盘在头顶，露出白皙修长的脖颈，大红色的绸质长裙，衬得她身材凹凸有致，妩媚而温婉。

她铺床时，半个身体趴在床上，长裙上掀，露出一截白皙修长的小腿，像是藏在深处的美玉，不小心露了一点痕迹，引人无限的觊觎和眼热。

平素她都是温柔清纯的程医生。

可这一刻，在陆沉舟眼里，她就是个勾人而不自知的小妖。

程夕将将把床上最后一个皱褶抚平，正准备直起身，忽然背后一热，腰被人握住了。

程夕扭头，嘴也被他堵住了。

他一边吻她，一边在她耳边像个孩子似的叫她："程夕。"

"嗯。"

"程夕。"

"嗯。"

他说："你是我太太了。"

她忍不住笑："是啊。我是你太太，你是我先生。"

"我爱你。"她说，再次勾下了他的脖子。

3

楼上气氛正好，楼下却整成了一出闹剧。

程爸程妈拖死狗一样把程阳从酒桌上拖下来，妄图让这小子冷静一点，结果程阳抱住程爸的腿就号："讨厌死了，干吗要把妹妹嫁出去啊，那个臭男人哪里好？我们家养得好好的一棵小白菜，没想到最后被这么一头猪给啃了。"

光头不干了，撩起袖子，大着舌头很不服气地说："陆老大怎么就是猪了？他要是猪，那也是身价不菲的猪好吗？一般猪都比不上的！"

一干没喝醉的人听见这话差点笑喷。

程阳没有笑，他爬起来朝他大大地呸了一声："身价不菲有个鬼用！我们家没钱吗？我们家缺他那点钱吗？"

然后曾兴也来凑热闹，挺着瘦瘦的身材，把胸膛拍得啪啪响："就是，我也有钱啊！我还身心健康，温柔体贴呢！"

生生把自己给拍呕了。

兵荒马乱。

好在房子够大，程夕和陆沉舟并不知道底下已经就什么样的猪配程夕这棵小白菜比较好闹翻了天，直到半夜，尚清醒的女将们才把这一群醉鬼给安抚好，然后一个个累得也不讲究了，随便找了个地方睡着了。

没人注意到陈嘉漫。

她是最先发现程夕和陆沉舟离开的，她人太沉默，又瘦又小只，坐在席上，就像是个淡淡的影子。

她跟着他们上楼，看着陆沉舟把程夕按在门口亲吻，也看着那道门最终关上，隔绝了她所在的空间和世界。

她不知道那一刻自己心里是什么感觉，她对程夕充满了依恋和爱重，但她知道，程夕不属于她。

从来就不。

她只好自己躲起来，就像是刚犯病的时候那样，把自己藏在一楼的一间储物室里。她窝在窗边，从低开的窗户上看出去，尚能看到搁浅在河道上仅存的一两盏小灯，就像是落在凡间的星星一样，在空旷的夜色里，寂寞地闪耀着。

陈嘉漫看着那灯直到它完全熄灭，直到天蒙蒙亮。

她一直没睡着，看得眼睛酸胀，回望过往的小半生，只觉得自己的人生就像是那盏灯，毫无希望地燃烧，毫无意义地存在。

她想起那天陆沉舟和她说的话："她对你没有任何义务，如果你继续让她这么辛苦下去，我会让你消失。"

她闭上了眼睛。

"阿漫。"好像是做梦，梦里程医生温柔地叫她。

"小兔子。"不是做梦，声音越来越近了。

陈嘉漫蓦地睁开了眼睛，果然是程夕，她披着晨缕，在朦胧的天光里，微笑地看着她。

她的眼里有着很明显的担忧，那是证明她还活着的唯一的价值：还有人在担心她，也还有人在惦记她。

眼泪一下就落了下来，不由自主。

程夕跑过来，蹲在她面前，替她细细地擦着眼睛。"不哭了，"柔声细语地和她说，"是不是吓到了？对不起啊，我应该早点来找你的。"

陈嘉漫眼泪蒙蒙地望着她："你是不是不要我了？"

"怎么会？"程夕语气坚定，"只要你愿意，我永远都不会不要你，也不会放弃你。那你也要答应我，不管再难，也都别放弃你自己好不好？"

程夕说话时感受到了陈嘉漫身上抑郁的气息，她结婚，到底还是给了她一定的打击。

不过程夕觉得这也未尝就是坏事，只要她愿意和自己沟通，她总有办法，也一定会想办法帮到她的。

陈嘉漫还是很听话的——当然听不听劝就是另一回事了。大概是真怕程夕会不要她，这会儿她尤其乖，程夕说："我们回房去吧。"

她跟着她乖乖地回房。

程夕说："时间还早，先睡一会儿？"

她窝在被子里，乖乖地闭上了眼睛。

程夕在那儿陪着她直到睡着，再出来先就遇到了黄主任，黄主任和她说："醒啦？"看一眼她背后，"怎么从这房里出来的？"

程夕叹口气:"是陈嘉漫。昨晚没顾得上她,在下面储物室里待了一晚上。"

"辛苦你了。"主任拍拍她的肩,"怎么着也是新婚,要不休几天婚假?"

程夕眼睛亮晶晶:"真哒?我可以休婚假?"

"嗯,给你三天时间,可以吧?"

程夕给跪了。

主任哈哈笑,两人正说着话,程妈也出门来了,她走过来,问了和主任同样的问题:"你怎么在这儿?"

陈嘉漫的房间离陆沉舟昨晚布置的婚房挺远的。

程夕就又把理由说了一遍,程妈这才知道昨天一直跟在程夕身边的女孩居然是陈嘉漫。嗯,她对这姑娘还有些印象,因此倒有点同情陆沉舟了,嘱咐道:"你以后对小陆好一点。"

程夕蒙:"怎么了?"

程妈说:"他多不容易,娶了你这么个败家娘们,病人都带在身边照顾的。"

程夕:……

好像嫌这话说得太朴素了,程妈又补了一刀,扭头和主任说:"我现在觉得,她应该是个孤独终生的命的,能嫁出去是老程家祖坟上冒青烟了,真的。"

程夕:……

主任快要笑死了。

最后还是程爸解救了她。老头有些失眠,起得贼早,楼下转了一圈又转上来,见他们都在这儿,溜溜达达地走过来,和程夕说:"怎么也不多睡一会儿?"还告诉她,"早餐的事你也别操心,我刚看下面还剩了有不少材料,够大家吃几餐的了。有爸爸在,还早,你再去睡一觉。"

他是真觉得程夕瘦了,在这边很不容易。

再说了,夏日天亮得早,这会儿也不过六点,程夕如果想休息,还是至少可以再睡一小时的。

程夕正不想听程妈唠叨,笑着说:"好啊,那就辛苦爸爸你啦。"

捧着程爸的圣旨回房里休息去了。

程妈见状白了程爸一眼。程爸莫名其妙:"怎么了?"

程妈说:"嘀,好像就你会疼女儿一样!"

程爸:……

程夕并不知道,身后可怜的程爸莫名挨了一枪。她回到自己房里,发现陆沉舟已经醒了,他睡姿一向平整,这会儿却有点像被抛弃的小可怜似的,侧卧着窝在被窝里，看着她这边空了的枕头发呆。

程夕脱掉晨缕，爬上床，在他唇边吻了吻："早安，陆先生。"

陆先生不开心。

程夕撩他："怎么啦？"

陆沉舟说："去哪儿了？"新婚第二天的早上，睁开眼却没能看到自己的新娘子，这种感觉真是太糟糕了。

程夕话到嘴边，自动改口，哄他："嗯，找主任休婚假去了。"抱住他，下巴抵在他胸口，"陆沉舟，我们度蜜月去吧。"

陆沉舟瞬间开朗了。

觉也不睡了，拉着程夕起床洗漱换衣服，"趁着不热，早点出发。"

其实是家里人太多了，会吸引程夕注意的人更多，他不喜欢，能有时间过二人世界……嗯，世界好美妙！

程夕也有点不太想睡，就顺着他起了床，翻开衣柜，搭配两人的衣服。

陆沉舟先去洗漱，洗到一半，实在是按捺不住激动，探出头来满是期待地问她："你想先去哪儿？敦煌？还是直接去天山？或者喀纳斯？国内选一两个吧，然后再去国外转一趟。"

一年半年什么的婚假有点长，但两三个月三四个月还是安排得过来的。

陆沉舟一副要带着她环游世界的架势。

程夕古怪地看着他，诚心诚意地问："可是我婚假……只有三天诶，安排得过来吗？"

陆沉舟：……

看到陆沉舟郁闷地把脑袋缩进去，程夕忍不住笑。

陆沉舟的心情就真的很不美妙了，洗漱好出来时整个人低压得厉害。程夕觉得他这点不好，闷着生气，把自己给憋坏了，就去撩他："生气啦？你生气别不理我呀。"

陆沉舟瞥了她一眼，冷冰冰的。

程夕吸了一口气："也别沉着脸，我害怕。"说害怕，她却摸上他的脸，给他出主意，"以后你要是不高兴了，我哄你，你回应回应我，我哄得你高兴了，你多回应点，没哄高兴，少回应点？"

陆沉舟觉得她幼稚得不行，可她还真就来了劲，趴在他肩上："亲爱的，不气了，我伺候你穿衣服怎么样？"

她笨手笨脚的，当真给他脱衣服，脱着脱着脸就红了，把脸埋在他颈窝里："陆沉舟，你身材真好诶。"暗戳戳地摸了一把，"没想到我嫁的男人这么有料。"

陆沉舟：……

他盯着她，声音微哑："你今天是不是不打算出门了？"

程夕一秒变乖，把找出来的衣服给他胡乱地披上，然后很不负责任地说："好了，剩下的你自己来吧。"

飞快地跑去洗漱去了。

陆沉舟本来也没想对她怎么样，比起一晌贪欢，他更在乎蜜月怎么度——决定了的事却又不做，会让人心情烦躁。

出乎他的意料，程夕洗漱完出来就和他说："我们去喀纳斯吧？"

陆沉舟看着她："你知道去喀纳斯有多远？"低头鼓捣了一下，把手机递给她，"将近三千公里，开车要三十多个小时，你三天婚假，确定？"

他问得很淡，不过一下说了这么多话，显见这事他很认真。

程夕一把推开手机，坐到他身边，抱住他："谁管那个？反正我休假了，将在外君命有所不受，对我来说，天大地大没有我家陆先生大。"

程夕安心要哄人的时候真是神鬼难挡，陆沉舟反手用力地抱住她："程夕，别哄我，我会当真的。"

"那就当真啊。"她微微笑，"我还是那句话，你若不离，我必不弃，你要是想去，刀山火海，我都陪你。"

陆沉舟看着她，她刚洗漱完，没化妆，头上套了个淡粉的发箍，整个人就像是颗剥了壳的鸡蛋般，嫩得想让人狠狠咬一口，藏起来不让任何人看到。

他倾身想咬，却怕弄疼她，转而轻轻含住了她的唇角，舔弄着吻住了她。

他一边吻一边说："我不会放弃的。"

他也不要她陪他去刀山火海，只想此生，她一直在他身边。

程夕想要和陆沉舟去度上十天半个月的蜜月，并不是真的能想走就走，愿意走多久就走多久的。

至少，程爸程妈他们好不容易来一趟，不可能把他们晾在这儿。

不过她有这担心，做父母的就已经很满足了，程阳昨晚醉酒闹了一场还有些不好意思，见状拍着胸脯保证说："不还有我呢吗？我早就说要带爸妈出去玩一趟的，正好，我就带他们去领略领略大漠风光，走一走嘉峪关，品一品天山雪莲。"

程夕：……

她很不想吐槽他的，毕竟他难得担起责任对吧？但又怕他乱来，让父母跟着受罪，便问他："你知道天山在哪儿，和嘉峪关隔了有多远吗？"

程阳"嗯"了一声，问："难道天山不是甘肃的？"

真是不忍直视。

程夕只好告诉他："隔了一千多公里呢。我看我还是帮你们报个团吧，爸妈，你们想去哪里玩？"

程爸程妈去哪儿玩？他们主要是来看女儿的，见她一切安好，就想回去了，玩什么的，真不是太在乎。

"别，反正都来了。柔姐姐他们也想去玩呢。"

程夕颇有些遗憾不能陪着他们，但是这会儿她也只能重色轻友了，陆沉舟不是一个很喜欢跟太多人接触的人，尤其是，他有着强烈的想要和她一起度蜜月的意愿。

还有陈嘉漫，她是势必带不了她的，只能将她交给程爸程妈，"帮我看着她点，她非常胆小，而且害怕跟人交流，但是她很喜欢被人需要的感觉，如果可能的话，你们可以尽可能地多依赖她，让她帮你们做点事，有时候，在她面前，不妨笨一点，还有，她怕强势，哪怕是装，也请你们装作柔弱些。"

就陈嘉漫，她就嘱咐了一堆，程爸程妈替她累："你说你揽这么个责任上身干什么？"

程夕笑："我喜欢有始有终，也喜欢看到生命出奇迹。"

看生命出奇迹，大概是身为医生最大的惊喜了，所以程夕是真的甘之如饴。

程爸程妈都是生意做惯了的，为人处世待人接物，自有他们的一套，只要真心愿意接纳陈嘉漫，将人交给他们，程夕还是放心的。

程爸程妈对她的要求就简单多了："注意安全，好好照顾自己。"还有就是，程妈轻描淡写似的说了一句，"要是小陆肯听劝，你就劝他，有空回去一趟吧，他家里最近事儿是真多，他爸爸被调查了，爷爷身体不好还要撑起一摊子事，我们来之前，两位老人家到家里来过，说得都哭了，也是蛮可怜。"

程夕默了默，说："好。"

她上楼去找陆沉舟，正好听到光头也在劝他："你不会真打算陪程医生待在这边了吧？我可跟你讲，要是再放任下去，东来酒店一系能不能保得住都难说了。那可是你一手创立的，你也不在乎？"

程夕在外面站了好一会儿，也没听到陆沉舟说一句话。

她只好敲了敲门，进去发现他正在整理行装，一脸让人齿寒的冷漠，也亏得光头有勇气唠叨这么久。

光头见她来，立即收了声，痞里痞气地笑道："呀，新娘子来了，那我就不打扰你们二位啦。"

麻利地溜了。

第三十八章

他一走，陆沉舟脸色都好看了很多。

"东西都整理好了？"收纳这事儿，陆沉舟做得一向比她好，程夕也就是白问这么一句而已。

陆沉舟点头，打开箱子问她："你的东西，够了吗？"

一箱子红通通……都是他昨天特意赶去兰州买来给她穿的，新婚嘛，正好光明正大理直气壮地要求她穿红。

但红得如此透底程夕也是服了，她从衣柜里另外找出几件素色的衣衫放进去，说："行了。"然后看着他，"刚才光头和你谈什么了？"

他头也未抬，口气很淡："说东来要倒了。"

程夕一下就想起那次在医院，他神色认真地问她："整垮东来制药怎么样？"

她从不以为他是在开玩笑，只是她没想到，他会真的这么快就做到。她小心翼翼地问他："陆沉舟……如果我想你去挽救一下东来，你愿意吗？"

他停了手，抬起头："你也怕我没了东来，养不起你？"

他说"也"，显然是有不少人在他面前说了什么。

程夕笑："我并不怕你养活不了我。不要说你没有了东来，就算你没有了钱，我也会想办法养活你。只是东来毕竟存在了那么多年，作为行业先进，它虽然有不好的地方，可是它也依然有它优秀的地方。不好的，陈腐的，我们可以把它剔除掉，但是优秀的、先进的东西，却不能不让它们继续保留并且发扬下去。陆沉舟，你聪明、优秀、有能力，天生就是个出色的商人，所以我希望，你能让东来在你手上重新获得新生。"

程夕语气很平静，却莫名有种蛊惑人心的力量，陆沉舟闻言居然设想了一下那样的场景，竟隐隐有些期待。

沉默了会儿，他说："如果你愿意看到这样的，那么我会如你所愿。"

之后，他们没有再讨论过这个问题。两人定下了去喀纳斯的行程，从兰州飞乌鲁木齐，然后再从乌鲁木齐去喀纳斯。

因为陆沉舟的挑剔，程夕本来是想要在乌鲁木齐租个专车的，陆先生比她想象中的牛叉多了，他直接找人在那边弄了辆房车，全新的，上的还是乌鲁木齐的牌照。

他们一下飞机，车就到了，房车里一应装备十分齐全，土豪得让程夕这个没见过多少世面的家伙目瞪口呆。

于是一路游山玩水，到喀纳斯都已经第三天了。六月的喀纳斯，鲜花遍地，美得无处不是风景。

唯一让陆沉舟不太喜欢的是，这会儿的喀纳斯进入了旅游旺季，游客比他想象中的多很多，不过有程夕在身边，这一切好像都没有那么太难忍受。

因为程夕对他，真的称得上是百依百顺，让陆先生过得……十分滋润。

他们在喀纳斯待了一周，住在图瓦的最后一天，酒店弄了很大的一个篝火晚会。陆沉舟是从来不凑这种热闹的，可程夕很喜欢，眼巴巴地望着他："陆沉舟，我们也下去玩吧？"

他想了想，陪她下去了。

下面果然十分热闹，陆沉舟尽管帅气却面冷，一般人不敢招惹她，程夕却只是去取个饮料的工夫就被人拉着跳舞去了。

好在她有分寸，转两圈就下来了，之后再有人邀请她就把陆沉舟推出来："抱歉，我想陪陪我先生。"

看到别人遗憾离开，陆沉舟心里有些隐秘的小得意，可也有点说不出来的……怅然，甚至是不甘。

他不知道这种情绪因何而来，明明程夕样样都很顾及他。直到程夕说要亲自给他烤个肉串，她离开后旁边桌上那个一直独坐的中年男人突然说："你太太很爱你。"

他转过头，见那男人穿着考究，却很颓废的样子，手边已堆了好些空酒瓶。

陆沉舟淡淡地问他："怎么说？"

他笑了笑："因为她很紧张你。"示意他看过去，"她在烤肉，四分钟里她已经看了你五十眼了。"

那人说着，摇摇摆摆地站起来："爱人的眼里藏不住秘密，可惜我明白得有些迟了……真是的，走到哪儿都要被强喂狗粮。"

他嘟囔着走远了，陆沉舟望着程夕，她抬起头正好看过来，明亮的眼里满是温柔的笑意。

这是他第一次从旁人的眼睛里看到了她对他的情意，他也忽然明白了自己为什么会觉得怅然和不甘——他总以为她对他的好，更多的是一种医生对患者的关心，他不敢相信她爱他。

所以一路以来他心安理得地享受着她的顺从，纵情声色，肆无忌惮。因为他觉得她只是在补偿他而已，为即将到来的婚后分别，也为她可能并不那么爱他的愧疚。

他心上有一道伤，从未好过。然而那一刻，他似乎感觉到了那道伤以肉眼可见的速度慢慢愈合。

伤口中，隐约显出一个窈窕的影子，她有一双黑白分明的眼，挺直的鼻，红润的唇角和温柔的浅笑。

她还只有一个酒窝。

这一生,他和她说的第一句话是:"你只有一个酒窝?好丑!"

但其实那时候,他想说的是:"原来我等了这么久,只为了遇见你。"

夜风渐渐大了,山顶的月格外明亮,她穿过嘈杂纷乱的人群,远远走过来,眼如繁星,笑若春风。

番外　我最爱你

1

结婚后，程夕在甘肃待了三年整，她个人称得上是载誉而归，在回调的那一年，她的论文《心理治疗的新思路》以三年精神疾病的扶助治疗为依据，对一些顽固性精神疾病提出了新的治疗方案和治疗思路。

同时，美国自然科学杂志刊登了她这一论文。

在国内心理学界，程夕开始有了自己的声望与人气，同时也因为甘肃对精神病患者救助的成功，引起越来越多人的关注与好奇，随着救助机构规模和影响力的扩大，也有越来越多的人和机构加入了进去。

当然，后者和程夕没有太大的关系，扶助机构自曾兴过去后，程夕就把所有的行政对外工作全交给了他，因此和程夕全心全意投入医学治疗和研究工作不一样，曾兴更多的精力都投放在行政工作上，且事实证明，他干行政的能力远远超过他当精神科医生。

也算是找对了职业道路吧，虽然有点偏。

而为了更好地将扶助机构的工作做好，曾兴早已调到了兰州人民医院，且，在那里他遇到了他此生真正的爱情。

一年前他结婚，到程夕离开的时候，他孩子都快满百天了，速度可以说是很快了。

程夕离开那天天气好，曾兴带了老婆孩子来送她。看到陆沉舟，他故意说："陆先生，这是程夕帮你认下的干女儿呀，不抱抱吗？"

于是可预见的，陆先生的脸黑了。

程夕这家伙未经他同意，再一次让他"喜当爹"——干爹也是爹！

而且更让他不爽的是，面前的这家伙在程夕和他结婚时还要死要活的样子，这才多久啊，就到他面前来摆出人生赢家的派头……嗯，他确实挺失败的，这三年他平均每月过来一次，一次待十天，且都选在程夕的排卵期，悲摧的是他努力播种，可三年了还是一无所获！

连光头那厮都升级当爸爸了，他来的时候还跟他炫耀："我儿子马上要出来了，你女儿我儿媳妇呢，什么时候生？"

陆先生不喜欢儿子，一直的设想里就是要生个像程夕一样温柔可爱的女儿。可是他的女儿还没生出来，曾兴倒是好命地抱着女儿过来抢占名分了。关键是程夕明显很喜欢这个小婴孩，见他没动作，笑着伸手抱过去，然后眼睛一眨不眨地看着小家伙，还和陈嘉漫说："看，妹妹可爱吧？你摸摸，哎呀手好软，力气却不小呢。"

他们在机场待了多久，程夕就抱了多久，也不嫌累。

陆沉舟不高兴，上飞机后搂着她："你抱别人抱那么起劲干什么？"

程夕无语了："那个别人是个才三个多月的娃娃。"

陆沉舟就看着她，看得程夕受不住了，主动抱住他，特别肉麻地说："行了行了，我错了，我不该抱别人，你也是我宝宝，我只抱你。"

陆先生枕着她的膝盖，被她抱着躺了一路才心满意足。

有陆沉舟在的时候，陈嘉漫特别听话，可这一路还是忍不住甩了他几个大白眼，偷偷和程夕说："他好幼稚。"

程夕笑："没关系，我并不介意。"

他会在她面前越来越幼稚，是因为他信任她，该他担起的责任他从来没有推卸过。像东来，蜜月后他回去，雷厉风行地出手整治，首先公开问题疫苗的来源和成因，承认东来管理上的疏漏，向全社会道歉并承诺愿意对所有注射过问题疫苗的孩子与家庭进行赔偿，摆出倾家荡产也在所不惜的架势；其次自查自纠，对东来制药旗下所有系列产品进行检查，整个过程全程公开，同时征集志愿者进行监督。

最后他坦然接受了政府开出的巨额罚单——这还是因为疫苗扩散范围不大，酿成的实际后果并不特别严重，否则的话罚款都不顶用了。

这一系列的行为总算帮东来挽回了一点正面形象，但也让其元气大伤，几近破产。

破而后立，东来联合风头正健的蔡懿开发抗抑郁的新药。

三年来，东来渐渐恢复，虽达不到巅峰时期的成绩，可因为业务收缩与精减，专精其优势，反倒在业内声名更盛了。

陆沉舟醒来的时候就见程夕在用mini看下载的东来的资料，他微微坐直了些，抱住她："怎么看起这些来了？"

她看着他笑："想知道你这些年做了些什么呀，我可不想要别人告诉我，我才知道你有多优秀。"

陆沉舟将mini从她手上拿走，吻了吻她的唇角，"那也不用查，我会告诉你。"又吻了吻她，他说，"程夕，我知道我这人不爱说话，但是以后我会尽量把我想做和做下的事都主动告诉你。那你有什么想我做的，也和我说好不好？"

他说："我不会爱人，但我会好好学着爱你。"

几年前，他也说过类似的话，事实上这些年他真的已经很努力在学习了。

程夕笑笑，摸了摸他的脸："好啊，但我现在腿被你睡麻了，你能帮我按按吗？"

陆沉舟：……

他认命地蹲下去，给她按起来，手法极其粗率豪放，程夕被他按得发痒，忍不住轻轻笑起来，握住他的手："好了，好了，已经不麻了。"

她微微弯腰，半身趴在他肩头，笑得脸都有些红了。陆沉舟轻轻在她唇角吻了吻，然后顺理成章地把这个吻加深。

程夕有些不好意思，可挣不脱，只能闭上眼睛假装这儿只有他们两个人。

事实上也差不多只有他们两个，陈嘉漫睡着了，空乘得了不必打扰的吩咐没有进来，否则这会儿进来，被塞的只有一把甜死人的狗粮。

那画面也是极美的，又极温柔，英俊的男人，美丽的女人，低颦浅笑间，一如一幅最美的童话。

陆沉舟以前很不喜欢出门，不喜欢旅行，可现在他特别喜欢和程夕在路上，因为只有这时候，她才是完完全全只属于他的。

而飞机一落地，程夕身边就围上了一群来接她的人，陆先生被远远挤在了最外面。程阳同样没挤进C位，可看看身边这个浑身低气压的男人，他顿时神清气爽了，嘲弄道："是不是觉得略心酸？我妹身边可不是只有你呢。"

陆沉舟：……

大舅子什么的，是世界上最讨厌的生物。

再次回来，整整热闹了一个星期，从同学到同事到亲戚，程夕三年没回，总要把没有照应到的亲情友情都给补回来。

一个星期后，程夕正式回仁医上班。主任特地见了她。四年多过去，主任仍是老样子，只是他离退休年纪已经很近了，见她第一面就是笑着说："我还以为我退休前是看不到你回来了。"眼含欣慰地看着她，"不错，在哪儿都没堕了咱们仁医的名声。"

程夕也有些激动，真心实意地说："是主任教导得好。"

主任大笑："行啦，别拍我马屁啦，这会儿谁也不敢给你坐冷板凳的。"

又聊了她还有曾兴在甘肃的一些事，程夕临出来前，主任从抽屉里拿出一个红包："喏，你结婚的。喜酒没赶上，红包还是不会少的。"

程夕有点不好意思："这都三年了。"

主任呵呵："你也知道已经三年了？"

程夕灰溜溜地接了红包，她本来以为结婚三年还收结婚红包就够囧了，没想到还有更囧的。晚上陆沉舟带她回陆家吃饭——嗯，那天赶得好，正好是陆爷爷生日。

这次生日没请外客，只家里人一起吃了餐饭。那天陆父也回来了，东来出事，陆沉舟和陆父的关系降入谷底，和陆爷爷陆奶奶之间倒是缓和了不少。

陆沉舟这几年也"懂"了不少事，还知道给陆爷爷买了生日礼物，是一艘游轮。

真是超豪奢。

陆爷爷觉得这礼物不得他心，说："送这么个东西，我这把年纪了，还能驾船去征服星辰大海？"

陆沉舟一本正经："你和奶奶也到钻石婚了，可以坐船出海去玩玩。"

哎呀，一下就把陆爷爷和陆奶奶感动得不行，两人眼泪汪汪的："没想到你还记着这个……嘤嘤嘤，那你和程夕也赶紧把婚礼补办了吧。"

坐在一边小声和陆沉明说着什么的程夕：……

怎么突然把话题转到她这里来啦？

而且都三年了还补办婚礼什么的，真的不会被给份子钱的人喷死吗？

陆爷爷还很有话说："你们只是在甘肃简单办了一场，舟又是不爱说的人，我们这边很多亲戚朋友都还不知道他结婚了呢。就前天，我们出门还有人说要给他介绍女朋友……我们想着一个一个通知也麻烦，还不如补办个婚礼。"

正好，这些年给出的份子钱可以通通都收回来啦！当然了，这话是不能直接这么说的，说了，肯定要被陆沉舟冷嘲一顿："我缺他们那点份子钱？"

果然，听说结婚只是为了告诉别人他结婚了，瞬间不乐意了，那什么要给他介绍女朋友被他自动忽略："我让人发个通知就行。"

陆爷爷和陆奶奶：……

孙子讲不通，陆父就是个背景板，对儿子的事从不发表看法，程夕更是摆出嫁夫随夫一切以陆沉舟说的为准的意思，微微笑。

陆爷爷和陆奶奶略心塞，长孙的婚事呢，他们都没参加过，太不是滋味了，必须办！于是绞尽脑汁，使出撒手锏，和陆沉舟说："只发个通知那哪行啊？委屈小夕了呢。"

程夕正想说不委屈，就听陆奶奶又说："小夕这么优秀，没个正经的仪式告诉别人她是我们陆家媳妇，到时候，随便来个人说我们不尊重她，要把她抢走，怎么办哇？"

……夸张了。

偏偏陆沉舟还相信了，想想程夕的吸引力，陆先生果断点头："行！"

就这么决定了。

程夕甚至没来得及表示反对。

于是又筹办了一次婚礼，非常非常正式的那种。当然，程夕是不须要劳什么心的，她能做的最多也就是婚纱到了试试婚纱，然后双方家长见面，她露个脸充充门面就行。

像今日，双方长辈再次坐在一起，讨论婚礼的细节还有双方宾客的座次。程夕把陈嘉漫也叫来了，毕竟她叫她一声妈妈嘛，两边家里也都默认了她多出这么大一个女儿。

回来后陈嘉漫就住在程夕隔壁的屋子里，除了睡觉和程夕上班，一般出来应酬吃饭什么的，她都会叫上她。

细节的讨论讲真是很无聊的，程夕从不参与，反正要她发表意见的时候她随便说说就行。因此全程她就带着陈嘉漫一起剥葡萄吃。两人坐在一边，偷偷地吃得十分带劲，陆沉舟中途回过头来，见她微低着头，纤长白皙的手指灵活地剥着葡萄，半边脸颊圆鼓鼓的，显见得嘴里面还塞了一颗。

嘴唇红润剔透，沾着一点葡萄晶莹的汁水。

他一时情动，忍不住偏头在她唇边轻轻舔了舔。

舔完发现，包括程夕在内，所有人都呆掉了。

想起程夕说的公开场合不能亲热的话，陆沉舟淡然地指着她的嘴角，说："这里脏了。"

程夕和众人：……陆先生，这借口还可以再拙劣一点！

2

婚礼过后，程夕开始了上班下班然后投喂陆沉舟的日子。

结果陆先生也不知道着了什么魔，就跟喂不饱似的，只要她一有空，就会拉着她做做做。

程夕不堪其扰，问他到底怎么了。

问出来的结果差点让她吐血，陆沉舟说："光头说的，我们一直没怀上崽崽，是因为做得太少了。所以我们以后得多做点。"

程夕……要不是看在柔姐姐快要生产的分上，她能撺掇她离婚！

苦口婆心告诉他："这样是不对的，事实上频繁的夫妻生活并不利于怀孕。"

她以为他会拿出以前她在甘肃时的例子来反驳她，孰料陆沉舟沉默了会儿，说："那怀不上也没什么，我们现在这样也挺好的嘛。"

程夕：……再这样勤快下去，她想离婚啊行不行？

不过还好，陆沉舟总算知道自己确实过分了，会克制一二，至少程夕着实忙起来时候是不会闹得太过分的。

但很奇怪，两人一直没怀上。彼时光头的儿子都落地了，程夕和陆沉舟年纪也越来越大，两家人都有些急了。

程夕倒还好，她做过检查，知道自己身体正常，她有些怀疑陆沉舟是不是有什么问题，但也没说过要他去检查什么的。他对这些很排斥，程夕觉得就算他有问题也没什么，两人又不是非要孩子不可，真想要，到时候也可以领养一个嘛。

嗯，陈嘉漫就很好。

只是她觉得好，别人可不觉得，再去陆家吃饭的时候，陆爷爷陆奶奶又说起孩子的事，略有些隐晦地问是不是两人谁身体有问题。

陆沉舟当时脸色就淡了下来。

程夕倒了一杯茶放到他面前，安抚地冲他笑笑，说："我们身体都很好，没有问题。没怀上，估计是和孩子的缘分还没到吧。"

陆爷爷和陆奶奶还是相信她的，闻言松了一口气，"身体好就好。"然后说，"是不是因为你工作太累了呀？要不干脆休息一段时间，我们家也不是养不起你的。"

当然了，老两口话说得比这还要委婉一些，但意思就是那么个意思，想程夕辞职专心备产生孩子带孩子，陆家有陆母那么一个女强人，讲真，陆爷爷陆奶奶还真不想再要一个女强人孙媳妇了。

很显然，这话他们也是深思熟虑才说出来的。

程夕其实不意外他们有这想法，连她自己妈都觉得她太辛苦想她休息当个好主妇呢。正准备着语言，陆沉舟却忽地拉起她："我们走。"

连饭都不打算吃了。

众人都是一愣，陆奶奶干笑着问："舟，你这是怎么了？怎么突然……"

陆沉舟打断她："你们怎么敢？"他盯着他们，目光森冷，语气却是淡得像水，"连我都不忍心折断她的翅膀，你们又怎么敢？"

陆沉舟说完，都不让程夕说什么，就把她给拉走了。

谁也没想到他反应会这么激烈，他已经很久没有发脾气了，温和得让人快忘记他曾经有多难相处。

这时候，程夕必须是站在他这一边的，他说走就走，毫不犹豫。

出来后两人径直回了家，在陆家没吃饭，回去了自然得自己弄。程夕也不说什么，进门就撩袖子："今晚我来给你做顿好吃的。"

陆沉舟还有些不高兴，就从善如流地同意了，然后自己站在边上看她做。

和想象中医生拿刀就像拿手术刀一样流畅不同，程夕切菜时的动作十分笨拙，总让人担心她会什么时候不小心把自己手指头给切到了。

但她切得很认真，专心致志的，仿佛不在意身边一切外物。

陆沉舟也是那个外物，所以他不喜欢她回家后做任何与他无关的事——除了爱他。

但他也很沉迷于这样认真做事的她，就像是第一次，他站在黑暗中，看她慢慢地安抚陈嘉漫，看她义无反顾，心无旁骛。那是他第一次觉得，原来做医生的病人……也可以很幸福。

所以哪怕最冲动的时候，他只是想要远离她，而没有想要毁掉她的事业，那是她最爱的东西，也是让她最有魅力的东西。

那是她的翅膀，怎能折断？

程夕切菜慢，做事的速度却并不慢，陆沉舟胡思乱想的工夫，她的菜都做好了。

很简单的家常菜，一个小炒肉，一个炒白菜，还有一道扒牛肉——此牛肉，从酱，到料，都是程妈提供的，还写了做法贴在冰箱上，就怕因为程夕不会做，而把一道好菜给束之高阁了。

菜都摆上桌后，程夕给他盛了一碗饭，坐在他旁边眼睛里 BLINGBLING 都闪着光："尝尝，看看怎么样？"

色香俱有——毕竟陆沉舟有很严重的视觉强迫症，但是味道嘛，陆沉舟自己吃了一口，夹了一口小炒肉到她嘴里。

程夕嚼了两下，忙不迭地咽下去，转身找水喝："哎呀，好咸！"

还好小白菜和扒牛肉还算不错，程夕把小炒肉放到一边："这个不要吃了。"

陆沉舟没理她，虽然吃得慢，却还是将桌上的菜都吃完了，包括那盘小炒肉。

程夕早就放下了碗，托着腮帮子坐在一边看他吃，眼神明亮，唇畔含笑，陆沉舟看了她好几眼，放下碗后一边擦嘴一边问她："你在看什么？"

她说："看我男人。"

他挑了挑眉。

程夕笑:"我男人在我眼里,光芒万丈,我就一边看一边想,哎呀,我怎么会这么爱他!"

陆沉舟:……

哪怕知道她是在哄他呢,他还是忍不住地心跳加速,怦怦怦,是他所陌生的感觉。

只有她能给他的感觉。

陆沉舟倾身吻住了她,心情一下就变晴朗了。

他心情好了后,程夕才和他讨论陆爷爷陆奶奶的提议,她的语气是很欢快的,她说:"你为什么会拒绝啊?我以为,你并不喜欢我的这份工作。"

陆沉舟说:"但是你喜欢。"

只这一句话,程夕是真的感动了,她叫他的名字:"陆沉舟……"说不出一句话。

陆沉舟抱住她,吻了吻她的发顶,很心机地觉得,能换她如此感激,也不枉他……留了她那双翅膀。

至于孩子的事,她问他:"你还是很想要个孩子吗?"

陆沉舟没说话。

程夕说:"我觉得我们现在这样也挺好的。"

他点了点头。

那是陆沉舟第一次修正自己的计划,没完成就放弃了。

程夕没有提去检查身体的事,陆沉舟也没有。她开始很忙——升了职称,重新领了教职,手上还申请到了一个新的项目,两人连亲热的时间都渐渐少了。

他仍是,一如往常地宠她。

两人当真没有再想孩子不孩子的事,陆爷爷陆奶奶自那天后也不敢再多说什么——程夕后来才明白陆沉舟那天为什么反应那么大,他但凡颜色好一点,可能程夕的压力就会大很多,至少,没有办法这么安然地工作。

陆家人真不想她做事的话,有的是办法,但陆沉舟太强硬,他们不敢。

后来连程爸程妈都不劝她了,因为陆沉舟直接和他们说:"我的身体有问题,生不了了。"

程夕知道的时候,都无语了。程爸程妈也无语,两老还专门跑过来问她:"小陆的病是真的吗?查实了吗?真的没得治了吗?"

……程夕还能怎么说?含含糊糊地表示:"应该能吧?现在科学这么发达,指不定就有奇迹。"

转头回家逼问陆沉舟:"你到底跟我爸妈怎么说的?"

陆沉舟在看书，他最近不钻研心理学了，特爱研究两性关系，程夕昨天还看到他在看一本二十世纪八十年代出的神书——《怎么让她更爱你（男生版）》。

里面的许多观点雷得死人，他却看得津津有味。

听到程夕问，他一边慢条斯理地将书做好记号，一边说："我就说我精子死完了，没得治也治不好了。"

程夕：……

他转头看着她："如果真是这样，你会跟我离婚吗？"

他问得很随意，可是眼神灼灼，面上皮肤微微紧绷，连唇角都抿成了一条直线，显见得他很紧张。

程夕抱住他，在他脸上亲了一口："不啊！不管怎么样，你在我心里都是完美无缺的！"

陆沉舟还来不及高兴，就听到她又加了一句："再说了，我们已经有陈嘉漫这个女儿了呀，生不生真是没好大的关系。"

陆沉舟：……还是得自己生一个啊！

他和陈嘉漫八字不相合，他会研究两性关系，也和陈嘉漫脱不开关系。那家伙，特别会卖乖。她现在画画也能赚钱了，还赚得不少，每次拿到稿费，第一就会给程夕买这买那，制造各种各样的小惊喜，陆沉舟毫不怀疑，陈嘉漫要是个男人，绝对会把程夕吃得死死的。

而就算她是女的，程夕都这么忙了，她总还能霸占住她差不多一半的注意力——前几天半夜打雷了，程夕就担心她会怕，跑过去陪了她一晚上！

一晚上啊！

陆先生怨念很大。

所幸两性关系的书也不是白看的，陆沉舟不再光会吃醋，他也会哄人了，搂着程夕说："嗯，不能生也好，这辈子我可以全心全意只爱你了。"

但事实很快打了两人的脸，程爸程妈关于女婿不能生育的心理冲击还没过去，程夕她就……怀孕了。

得知怀孕那天下很大的雨，街上都漫了很深的积水。陆沉舟公司本来有事的，看雨下得大，就专门跑过去接她。

一般来说，下雨天陆沉舟是很不爱出门的，因为下雨到处湿答答脏兮兮的。但他最近不是两性关系的书看多了吗？他觉得，是时候要做些让程夕爱惨他的举动了。

而这些举动里，必须有下大雨的时候去接她下班。

结果那天的雨实在是太大了，地下车库还不能停车，两人只好把车停在外面，然后打伞跑回去。

路不远，可是再短的路，斜风细雨的，还是会有一些雨水沾到了身上。

所以陆沉舟一进门就洗澡换衣服，还押着程夕一起洗一起换，程夕觉得这样真是好麻烦——刚刚回来的路上她对手上的项目突然有了点新想法亟须记下来，洗个澡说不定就忘记了，但她扛不过陆沉舟，只好认命地和他一起去洗澡。

心里终究有些不痛快，程夕就和他说："以后下雨你就不要来接我啦，怪麻烦的，我自己打个车也挺好。"

陆沉舟正在脱衣服的手微微顿住，他转过头来，声音带了点委屈的意味："你不喜欢？"

那眼巴巴的俏模样，程夕捂脸，心跳得咚咚咚咚的，忙说："没有啦，我就是怕你嫌我麻烦。"

陆沉舟便缓缓笑开了，"不会。"他加快了解衣服的动作，说，"你多爱一爱我就好了。"

程夕：……

所以别说把那点灵感写下来了，两人爱一爱都没爱成，因为爱到一半，程夕突然就血流成河了——说血流成河也夸张了，但是在浴室里，一点点血液混着水流，视觉上也是很刺激人的。

陆沉舟本来兴致正好，无意中看到那一路迤逦的血，整个人都软了，哆嗦着放下她，捞起浴巾把她擦干，问她："你感觉怎么样？"

程夕淡定得很，心里还略微有点遗憾：她的经期推迟两天了，她还以为这次能中个奖，结果，又来了。

摸摸陆沉舟被水淋得一塌糊涂的头，她安慰说："没事，应该是我家亲戚来了。"然后还幸灾乐祸的，"这下要辛苦陆先生忍一忍啦。"

陆先生：他都快吓死了好吗！

他喜欢红色，却是真的很讨厌血！

两人什么兴致都没了，乖乖地抹干净穿好衣服当乖宝宝，陆沉舟有点蔫蔫的，却还是怕她凉到，打开电脑，学着做了一碗生姜红糖水给她喝。

程夕喝完，陪陆沉舟说了会儿话，就在他怀里睡着了。

再醒来是在半夜，她觉得很不舒服，头疼、想吐，整个人有种说不出来的不舒服感。

她本来不想惊动陆沉舟的，但他睡眠一向比她浅，她一动他就醒了，摸摸她的额头："怎么了？"

程夕大口大口呼气："难受。"

陆沉舟一下爬起来，打开灯："是不是感冒了？"两人在一起后，陆沉舟从没见程夕生过病，所以她不舒服，他是很紧张的。

程夕说："可能吧。"伸手拉拉他，"帮我从药箱里拿体温表过来，我量一量。"

其实她觉得自己并没发烧，她只是想找点事让他做，他紧张得她都看不下去了。

陆沉舟很快把体温表找来，不但找了体温表，他还给她拿了一堆药，都放在她面前："你看看，有能吃的吗？"

程夕就在那一堆药里看到了验孕棒。

嗯，那是她准备的，因为之前说要怀孕嘛，她就准备了几根，以备不时之需。

一直没用上。

陆沉舟放完药就出去给她倒水，端着水杯进来的时候，程夕不在房里，体温表被她放在床边，他转头，见洗浴室的门是关着的。

他放下杯子，在门边守着。过了好一会儿，浴室的门才打开，程夕眉眼盈盈地站在里边，笑着叫他："陆沉舟。"

"嗯。你很难受吗？"

程夕摇头，"你来。"把他拉进去，指着放在洗手台上的一根长得奇奇怪怪其壮无比的东西说，"看这个。"

那是陆沉舟第一次见到验孕棒，傻兮兮地问："你查了什么？"

程夕说："查你能不能心想事成。"

"嗯？"

程夕笑着搂住了他，踮脚在他耳边说："呆子，我没有受凉，我怀孕啦。"

陆呆子：……

3

这消息来得猝不及防，呆子真的呆掉了，十分高冷地"哦"了一声，问："那还要吃药吗？"

程夕说："当然不用。这应该是孕早期的正常反应而已。"

至于流血问题，程夕出来后给苏岚打电话，苏岚比他们两个都兴奋多了，在那边连声说恭喜，然后说："如果没有腹痛和持续性出血，一般问题不会太大，你注意营养，好好休息，不要劳累，明天来医院，我帮你做个检查。"

然后两人收拾收拾接着睡觉，程夕睡得并不太好，因为难受的症状一直没有缓解，就那么辗转着一直到接近天亮，才总算睡着了。

醒来就看到陆沉舟像条大黄狗似的蹲在她面前，一双眼睛亮晶晶地看着她。

程夕睡得迷迷糊糊的，在他手上蹭了蹭，问："怎么了？"

陆先生俯身吻了吻她的额头，说："我们的女儿，是不是要来哒？"

程夕："……也有可能是个儿子。"

陆先生迟来的欢喜之神发作了，他先给程夕掖了掖被子，叮嘱说："你好好睡，我已经给你请假了。"

程夕：……

然后就见陆先生走了出去，过了没多久，陈嘉漫跟着他进来。

陆沉舟把她拦在门边，指着窝在床上的程夕十分认真地说："看，她怀上崽崽了，是个女儿。不过她得好好休息，不能劳神，从今以后你自己管好你自己，不要打扰她。"

程夕：……

陈嘉漫的反应也是喜人，她惊喜地问："真哒？"然后不顾阻拦，跑到程夕面前，"妈妈，你真的给我怀了个弟弟吗？"

"弟弟"两个字简直是陆先生不能碰触之雷区，她话一落音他就拎起她的衣领毫不客气地将之扔了出去。

于是家里瞬间变得热闹了，陈嘉漫在外面挠门，陆沉舟就抱着程夕的肚子，一本正经地念："妹妹，是妹妹，一定是个妹妹……"

程夕忍不住微微笑，不知不觉，他终究还是在内心里认同陈嘉漫了。

程夕由着陆沉舟和陈嘉漫闹了好一会儿，才慢吞吞起床吃东西然后去医院。

陈嘉漫对程夕怀孕很感好奇，也不怕医院了，非跟着她一起去，陆沉舟怎么反对都没用。

最后是三个人一起去的。

苏岚手上还有病人，让他们先等着，没多久，苏岚进来，给程夕做了相关的检查，又问了流血时的具体情况，都弄完后把陆沉舟叫进来，面无表情地说："陆先生，程夕初孕，孕前三月和孕后三月，为保险计，不要和她同房；孕中期可以适当有夫妻生活，但也要避免过于激烈和频繁。"

陆先生：……

他同样面无表情地看着她，但感觉得出，他整个人"BIU"一下灰掉了。

又要当和尚了……感觉身体被掏空……要有女儿的喜悦都降低不少了呢！

更悲摧的是，他还要跟丈人丈母娘解释，为什么他前脚说不能生育，后脚程夕就怀崽崽了。程夕也觉得挺同情他的，说："要不我跟他们说吧？"

陆沉舟一挥手："不用。"自己做下的事自己扛。

结果大概是他的语气太沉痛了，弄得程爸程妈心里都惴惴的，两人专门关了店跑来看女儿，偷偷摸摸地问："小夕，你跟我们说实话，这孩子是陆沉舟的吗？"

程夕：……

真的好想把陆沉舟拖过来一顿暴打啊！到底怎么跟她妈他们解释的？！

而弄清了前因后果的程爸程妈也是无语，程妈说："是他的崽，那他丧成那样是想要干什么？要哭了一样，弄得我们都以为……"

连程爸都忍不住偷偷说了一句，靠！

程夕自然不好说那是因为陆沉舟知道自己要当好久的和尚了才这样，咳了两声，转移了话题。程妈趁机告诉了她一些怀孕禁忌事项，特别叮嘱说："别太累着，也别太拼，你现在年纪不小了，算高龄产妇了吧？别什么都不当心。"

程夕顿时被程妈一句"高龄产妇"打击得不轻。

事实上，程夕这孕怀得挺轻松的了，除了刚开始有些类似感冒症状的不舒服，后面孕期反应都不是很强烈，也就早晚严重些。

她刚开始孕吐的时候，陆沉舟感觉天都要塌了，程夕实在受不了他，搬过去和陈嘉漫住了两天，他表现才好一点。

然后班也不想去上了，把陆沉明给拎出来："你嫂子要生宝宝了，你得顶事。"反正顶不顶事的，都让他顶在前头了。

陆沉明本来一直只安心当个小销售员的，这会儿不得不哭唧唧地上位，倒也还好，在程阳这个狗头军师的指点下，竟也做得像模像样——事实上，瞧着比陆沉舟还要像样一些，至少陆沉明心细，事事过问，不像陆沉舟，只管要个结果，过程如何，他是不大去理的，因此在东来很多员工心里，陆沉舟就是个甩手掌柜。

陆沉明因而累得够呛，可毕竟还是得到了下面人的认可，陆沉舟就专心照顾程夕。陆爷爷陆奶奶知道程夕有孕，也很高兴，这次没敢提过分的要求了，连让他们搬回去都没说，只三不五时地，给她送点稀罕东西去。

但程夕还真不需要他们照顾，她照常上班，吃东西也不挑嘴，孕妇什么焦虑烦躁折腾于她通通都是浮云，基本上孕前什么样，孕后还是什么样。

等孕满三个月，差不多所有亲戚朋友都知道她怀孕了。光头和田柔最搞笑，仗着和陆沉舟关系好，天天跑程夕这儿来蹭饭，然后田柔就抱着她那个正在牙牙学语的儿子让他摸程夕的肚子："这是你媳妇儿。快说，'媳妇媳妇好好长，小老公在这里等着你呢'。"

连沈唯也来凑热闹，说："小夕，你这个女儿不能太早预订啊，到时候得让有儿子的一起来公平竞争。"

这话深得陆沉舟之心，连带着对沈唯和她儿子都好了一点。

所有人都迷之相信程夕怀的一定是个女儿，也是基于这种迷，大家给她准备的东西也都是女宝宝的，从衣服到鞋袜到帽子。一开始为了稳妥起见程妈还给准备了几样男宝的，被陆沉舟无视，斩钉截铁地说："不可能的，小夕这胎就是个女儿！"

程妈还以为他们这是提前偷偷验看过了，也转而跟着可劲地买女宝宝用的东西，今天看到个围兜："哎呀，好可爱，小宝贝围着一定很好看。"

明天看到件裙子："嗯，我家孙姑娘穿必然是美美的。"

后天和程爸翻字典，打电话给陆沉舟："哎，我们看到一个名字，贼好听。"

一问叫啥名，答说："疏桐，'缺月挂疏桐，漏月人初静'，要不叫'初静'也很好听的。"

陆沉舟念了两句"疏桐，疏桐"，嫌弃说："这是个书童名啊，我女是公主，怎么能叫个小子名呢？"

不用。

来来回回，为个名字都热闹了好久。

十个月过去，小公主的名字还没有定下，产期已经到了。

程夕生产的那天天气很好，秋高气爽，艳阳高照，发动的时候她正在阳台上晒太阳，陈嘉漫就坐她旁边画画。后者给"弟弟"——现下也只有她坚持程夕肚子里怀的是个小弟弟——画了一组稿子，都是根据程夕给她讲的故事改编的漫画小故事，打算等"弟弟"出来了，拿给他看。

只是稿子才出一半，程夕见着心喜，忍不住将之发在了自己朋友圈，陈嘉漫这个系列的画颜色丰富、画面细腻、色调温暖，然后配词又十分幼趣可爱，被程夕一个出版社的朋友看中，决定当作儿童读物系列推出市场。

陈嘉漫对赚钱的兴趣不大，她坚持这是画给弟弟的，所以只能给弟弟看，后来考虑到弟弟大了，要帮着程夕养得有钱，就跟程夕的朋友约定，出版可以，但她弟弟得是第一个读者。

然后陈嘉漫还在出版扉页上写：献给我最爱的弟弟。

……也幸好陆沉舟没关注，不然非得夺毛不可。

可等他发现想夺毛的时候也夺不起来了，因为程夕发动后被送往医院，疼了大半日后在转钟之前终于生了，生下来的出乎意料，是个男！宝！宝！

啊，晴天霹雳！

当护士抱着小家伙出来报喜的时候，产房外站着的，程爸、程妈、程阳、陆爷爷陆奶奶、陆沉明，还有陆沉舟……有一个算一个，全都蒙了。

程妈说："搞错了吧？我们家小夕怀的是女宝宝。"

"是的呢。"陆奶奶说着伸长脖子往里望，"是不是还有别的孕妇在生产？别把别人家的孩子当成我们家的了。"

新晋奶爸陆沉舟，瞄了一眼襁褓里的小家伙，语气淡淡："长得也不像我们家的人。"

……真是惨不忍睹。

后来还是苏岚出来告诉他们："没有错，程夕生的就是个儿子。"众人这才接受了这个现实。

自然了，大家确认过后还是很欢喜的，毕竟都是程夕生的孩子，只要平安健康，儿女都一样，自然也有一样的欢喜。

嗯，现下还多了些意外的慌乱——没买男宝用的东西啊！得赶紧现买啊！

只除了陆沉舟，啥喜都没有了。

他一直都浑浑噩噩的，等程夕从产房里出来，别人都围着小宝宝打转，只有他，握着程夕的手，眼巴巴地问她："怎么就变成儿子了？"

还真是……见者伤心，闻者落泪。

程夕都不知道该怎么安慰他，只好反问道："你不喜欢吗？"她看着他，面上有着明显可见的疲惫、失望还有难过。

陆沉舟下意识地摇了摇头。

程夕便笑了，"那就好。"她伸出手，轻轻抚了抚他的脸，"其实儿子女儿我都很喜欢，因为那是我们的孩子啊陆沉舟。"

陆沉舟茫然地在她手心蹭了蹭。

儿子……女儿……怎么能一样呢？

不一样的啊，女儿软绵绵的，又萌又暖多可爱。儿子……臭小子是个男的啊，还是嫉妒心奇重的男的啊，自从那小子开始认人后，陆沉舟就再也没法正大光明地和程夕卿卿我我了啊！

儿子他不许啊！

他只要在程夕身上蹲着，一看到陆沉舟过来，不管是在吃奶还是在干别的，别的不管，反手就先是一巴掌，啪，你走开，不要靠过来！

陆沉舟的心伤得稀碎稀碎的。

光头有一次过来看宝宝，见到此情此景，狂笑，说陆沉舟："陆老大你报应了吧？让你占有欲那么强，现在生的儿子占有欲比你还强，哦呵呵呵，有本事你抢赢你儿子啊！"

程夕半年产假期间，陆沉舟反正是没有抢赢的。那小子就贼爱巴着程夕，不光吃奶巴着，睡觉他也巴着，陆沉舟曾经试图把他丢到小床上让他自个儿睡，结果他有本事你丢多久他哭多久。

最后哭得程夕实在受不住了，把陆沉舟压在床上狠狠蹂躏了一通，恶狠狠地问："你满意了吗？"

陆先生满意了，乖乖地让位，让小魔王儿子睡在了中间位。

也是基于这家伙太爱吃醋，陆先生十分幼稚地给他取了个小名叫"醋王"，这个小名一出，风靡整个亲戚朋友圈，以至于醋王小朋友的大名陆博文都没几个稀得叫了。

程阳对此很不满意，暗戳戳和程夕吐槽说："他也好意思叫我外甥叫'醋王'？那他自己应该叫什么？醋神？"

程夕就觉得，自她生了儿子后，身边的人，好像一个比一个更幼稚了。

不过她还是很担心陆沉舟的，别人嫌弃儿子有可能是假嫌弃真喜欢，陆沉舟却很有可能是真嫌弃。孕期所有人盼女儿，只程夕担心万一是儿子陆沉舟怎么办？怕得嫌死吧？因此打从怀孕开始，程夕就常常让陆沉舟帮着写孕期日记，以期让他参与感重一些，对孩子感情就深一些。

事实上，小家伙还在程夕肚子里的时候，因为怀着程夕会生个美腻小公主的美好憧憬，陆沉舟那日记还写得十分勤快，虽不至于声情并茂，可也尽职尽责，记得十分详细，写之前都还会问程夕："今日感觉怎么样？宝宝踢你了吗？"还会帮着数胎动，会照着书一板一眼地念故事给宝宝听。

醋王小朋友生出来后，这待遇就通通没有了。育儿日记，除非程夕强烈要求，否则是不会写的，就算写，也是十分坑儿的。程夕有天翻过去，看到一溜的：某年某月某日，醋王陆博文将粑粑拉得满裤裆都是，恶心。

再，某年某月某日，醋王陆博文尿湿被子，被打屁股三下。

又，某年某月某日，醋王陆博文洗澡时啃了自己脚丫子，巨恶！

程夕：……

她把育儿日记拿到陆沉舟面前，好声好气问他："你觉得写这些有意义吗？以后小博文长大了看到，会感激你吗？"

陆沉舟把脸一扭，哼，谁要他感激了？"养他到十八岁，赶紧自立，赶紧滚！"

旁边睡着的儿子，无知无觉地噗了他一声，吐出一个十分香甜的泡泡。

4

程夕又觉心累又觉好笑,和陈嘉漫说:"来,帮忙给这两人画一组漫画,记住他们是怎么争风吃醋的,等他们一个老了一个长大了,给他们看,看他们脸红不!"

陈嘉漫向来很信程夕的话,听她这么说,果真就画了一组漫画,取了个标题:"醋神"爸爸和"醋王"儿子的战争,发在了自己的微博上。

陈嘉漫不擅经营自己的自媒体,微博上本来没几个粉丝,她把漫画放在那儿,也纯粹只是想方便程夕看。

孰料这漫画贴上去,开始一两话没什么,等到她贴了十几话上去,突然莫名其妙间,大火了。粉丝急增,众人蜂拥而至求更新,把陈嘉漫都给弄蒙了。

陈嘉漫签约平台的编辑也闻声来看,一瞧乐了,哎呀,熟人的,约还没签下来,先帮着一顿炒,陈嘉漫原本顶多只能算是圈内小有名气的,突然间就红透了自媒体圈。

她吓得不知所措,龟缩起来不敢出门,她还不敢告诉程夕,就一人躲着,绝望又害怕。程夕那阵子产假结束刚刚开始上班,也忙,没顾得上她,还是有程夕的朋友看到那些漫画,觉得内容眼熟转给她,她这才知道发生了什么。

去找陈嘉漫,陈嘉漫窝在房间的角落里,像个被遗弃的小可怜似的。

程夕很觉心疼,别人遇到这种事怕要欣喜若狂吧,也只有她,会害怕,会慌张,会不知所措,完全不知道该怎么办。

来之前,她已经将整件事都告诉了陆沉舟,把自己的打算和他说了,也让他看了漫画。陆沉舟看完后虽然脸臭得不行,但也没说什么。因为陈嘉漫的漫画并没有丑化任何人,她笔下的程夕都没有露脸,只是个让人一看就觉得温柔、淡定,天掉下来都轻描淡写的可爱的妈妈,陆沉舟的形象也十分高大,英俊又霸道的男人,有能力会赚钱,爱家爱老婆,嗯,概括十分精准。

唯一让他不太满意的是,他儿子,那么个小醋王,在漫画里居然胖墩墩,蠢萌蠢萌的。

胖和蠢就算了,"萌个鬼啊!"陆沉舟翻了一圈评论后十分不满意,特傲娇地和程夕说,"如果她能把臭小子画得再蠢一点,再讨人厌一些,我就同意了。"

程夕:……

她把陆沉舟的意见转达给了陈嘉漫。

陈嘉漫哭得那么伤心,却还记得给小醋王辩一句:"弟弟本来就很萌的。"

程夕笑:"那你就把他的这种萌画下来,我们都很喜欢看,所以你不用怕,没人会怪你。"

她鼓励陈嘉漫画更多。

那幅漫画也因而大火,连带着陈嘉漫在画手圈的名气都上了一个台阶。

程夕陪陈嘉漫去做活动的时候,小醋王已经一岁了,虽还不能走,却已经可以扶着东西晃几步了。为了让父子俩感情加深,程夕出去没有带儿子,而是让陆沉舟帮着看管。

她去了半个月,走时凄风苦雨,回来时却是个艳阳天。她回来没有通知任何人,进门就见陆沉舟和小醋王父子俩都坐在客厅阳台的地毯上,儿子手里攥着个玩具,陆沉舟就在一旁看着,窗外的阳光照进来,看上去岁月静好,十分悠闲。

半个月而已,小醋王已经敢于丢开东西迈步走了,只走得还不稳当,歪歪扭扭的,不提防就会栽倒在地,这时候本漠然旁观的陆沉舟眼明手快地把他捞起来,防止他真的摔倒。

儿子再走的时候,他还会提前帮他把障碍清掉,坐下的时候,他会提着他,动作虽然粗鲁,却不掩小心。

程夕在一边静静地看着,看了许久许久,唇畔不自觉地挂了一丝甜蜜的微笑。

最后是父子俩差不多同时发现她的,小醋王欢喜得双手直拍提脚噔噔噔就往程夕这儿跑,结果某无良长腿老爸伸脚一绊,小短腿就轻轻松松被放倒了。

陆沉舟放倒儿子,这才拍拍衣服站起来,在儿子的爆哭声中,半路拦截了程夕,一把抱住她:"你回来了。"再狠狠吻她,还吻一会儿就回头跟他儿子炫耀一声,"看,你只会哭,我可以亲。"

程夕:……

她无力地抚额:"幼稚鬼!我才回来,很脏的。"

他捧着她的脸,笑得眉眼皆荡漾:"我不嫌弃。"

程夕微微一笑:"是吗?"

任他亲,等他亲完了才淡定地过去扶起已经哭得气都喘不上来的儿子,抱住他踮了踮:"爱哭鬼,妈妈不在家,你又长胖了。"

去洗漱,顺便把儿子也洗洗干净。醋王小朋友虽然爱吃醋,却也是个很好哄的孩子,比他爸爸好多了。程夕将他洗白白,抱着亲上几口哄几句,就又是一个龇着几颗小白牙爱笑爱跳的乖宝宝了。

不过程夕出去这几天,把两父子都想坏了,小醋王黏她得紧,一直巴在程夕身上,连吃饭的时候都不肯挪开一点点。

陆沉舟带他这几天差点累毙掉，他又不喜欢家里有外人，请了个保姆，也就是一日给两父子做三餐饭，陆爷爷陆奶奶倒是常过来，但两人年纪大了，根本不可能帮忙做什么，顶多也就是哄哄孩子。

因此这半个月，真是拉屎拉尿全靠他，他累得巴不得有人能接手，但看到儿子这么黏着程夕，连吃饭都娇生娇气地张嘴要喂（本来就是要喂的！），十分看不过眼，虎着脸把儿子的小凳子搬过来，叉腰一指："坐进去，男子汉爱哭还要喂，像什么样？"

男子汉根本不理他，窝在程夕怀里，睁着水汪汪的大眼睛，嘟着红艳艳的小嘴，"妈妈妈妈"地叫，直叫得程夕心都要化了，抬脸和陆沉舟说："好了，我才回来，也想多抱抱他。"

陆沉舟：……！

所以说他当初要生女儿啊，干什么生的是个儿子啊？！

某人好像忘了，女儿一样会争宠，一样会黏妈，一样没他的份啊！

陆先生怄气，晚上睡觉都不跟他们争了，程夕带儿子睡主卧，他就破天荒地睡了客房，在客房的小床上滚来滚去，床都几乎要被他拆散架了，程夕总算是偷偷摸摸过来了。

刚刚还烦得想拆床的陆先生听见门响，眼一闭，挺尸装死不理她。

程夕笑，伏在他胸口看着他："不理我？真不理？那我走了啊！"

身体撑起正准备走，陆沉舟从后面抱住她，大头埋在她肩上，委屈得不行："你出去那么久，回来后就只想要抱儿子，不想抱我了吗？"

程夕：……

她无言地摸摸他的狗头，温柔又温和地说："想的呀。"

"骗人！刚刚还说要走。"

程夕：……

她什么都没说，转身抱住他，用力地吻住了他。

只一个主动的深吻而已，陆先生瞬间就觉得被治愈了，满心满眼都是欢喜，都是言语难以诉说的爱意。

他说："程夕，要爱我。"

程夕说："好。"

"哪怕有了儿子，也要记得爱我。"

"嗯，就算有了儿子，我也最爱你。"

他的欢喜更甚，紧紧地抱住她，然后一遍一遍地要求她："程夕，再说一次，你最爱我。"

他内心是如此不安定不安全，所以程夕耐心地、细致地、一遍一遍地在他耳边告诉他说:"陆沉舟,我最爱你。"

"嗯。"最后,他轻轻地应,摸着他的手按在他的胸口,"感觉到了吗?"

她感觉到了,他渐渐在加速的心跳,还有他,慢慢变得温热的皮肤。

他激动地看着她,素来白皙的脸上显出一点点微红,眼睛亮晶晶的,像是一杯醉人的酒。

程夕溺在那酒里,听到他在她耳边低声说:"我只爱你。我的人生,是因为有你才完美,才幸福。"

"所以,请记得爱我。"

她闭上眼睛,轻声说:"好啊。"

番外　彩蛋

1

陆小醋王再大一点，和陆沉舟的关系略微得到了一些改善。

主要是，他懂奉迎了。

比如说，吃饭的时候喂爸爸一把手抓饭。

比如说，陆沉舟下班回来，陆小醋王会在程夕的暗示下，给自家老爹泡一杯茶。

"爸爸，喝水。"

陆沉舟正襟危坐，一副严父款，在陆小醋王迈着小短腿颤颤巍巍地端着水走到他面前时，矜持地伸出手。

然后水还没接到，陆小醋王脚下一绊，整个人栽到他腿上，一杯茶水全倒在他的裤裆里。

水……略烫。

陆先生……很受伤。

又比如说，陆小醋王总算学会了不争不抢，晚上睡觉前，指着主卧说："爸爸，你睡。"然后指着客卧点点自己，"我睡。"

陆沉舟顿觉老怀大慰，有一种总算熬出头的沧桑感。

结果等小醋王洗完澡，他穿着尿不湿，甩着两条肉乎乎的腿，拉起程夕就往客房钻。

陆沉舟……脸色铁青。

2

小醋王两岁半，闯祸了。

基本上闯祸在小醋王会走后是常态，不触及原则问题，谁也不会怎么严厉对待他，像不小心摔个碗或者弄坏东西或者尿个床什么的，有的是一堆帮忙摇旗呐喊说摔得好坏得好尿得呱呱叫的人。

而如果不是特别严重，程夕都会睁只眼闭只眼。

陆沉舟就更不会管了。嗯，他巴不得小醋王祸闯大一点然后挨顿揍，别一天到晚巴着程夕。

那天小醋王的祸闯得就有点大，当日正好是周末，程夕和陆沉舟两个都在家，因为天气好，一早程夕就忙着把家里清理一遍，和阿姨一起，该洗的洗，该晒的晒。

洗完晒完自己这边的，程夕还帮着陈嘉漫也把她那边的洗了晒了。

程夕在陈嘉漫那儿忙着的时候，小醋王也摇摇摆摆地跟在后面跑了过去。

当时程夕和陈嘉漫都在忙，也没管他，他晃晃悠悠晃到陈嘉漫经常画画的房间，爬啊爬爬啊爬，爬上书桌看到上面铺了一沓画得五颜六色十分好看的画。

小醋王拿起笔，也学着画起来。

等程夕和陈嘉漫找过来的时候，陈嘉漫辛辛苦苦赶了差不多一个星期的稿子，全被她儿子给毁了。

摊开来，每张画上都有他的鬼画符。

程夕气得，当时就将他翻过来，在他屁股上狠狠揍了几巴掌。

那是程夕第一次对儿子发脾气，连陈嘉漫都吓到了，想护又不敢护，小醋王就更别说了，给打得，又痛又怕，哭得稀里哗啦，别提多可怜了。

程夕打完，还不许任何人帮讲好话，让小醋王立正站好："没有事先告诉你，未经允许，不可以随便乱写乱画，这是妈妈的错，所以我会和你一起受罚，你罚站十分钟，我就罚站一小时。"

程夕当真罚了他十分钟，不许说话不许动也不许哭。

她自己站了一小时，面壁而立，无论小醋王怎么拉怎么哄都不理他。

小醋王吓到了，那天奇乖无比，晚上吃饭都不挑食了，让吃青菜吃青菜，让喝鸡汤就喝鸡汤。

程夕去洗漱的时候，陆沉舟和小醋王坐在客厅里，一个看书，一个玩积木。

小醋王玩着玩着爬到陆沉舟面前："爸爸，妈妈还气吗？"

陆沉舟说："气。所以晚上乖乖自己睡。"

小醋王不明白妈妈生气和自己睡的逻辑关系，问："为什么？"

陆沉舟说："你妈妈一气就会变成母大虫，"拿过手机，搜索到一只大虫的图片，给儿子看，"这样的大虫。"

小醋王惊吓不已。

陆沉舟略得意。

然后程夕洗澡出来，小醋王指着陆沉舟，拍着小手脆生生地说："妈妈妈妈，爸爸说，你是母大虫。"

程夕正在擦头发，闻言问号脸看向陆沉舟。

陆沉舟一脸深沉，内心却是崩溃无比，擦，生儿就是坑爹啊坑爹啊！

3

小醋王三岁生日前夕，家里发生了一件大事，程夕又怀孕了。

这次怀孕真是个意外，因为程夕和陆沉舟都没想过要二胎。事实上，自打有了小醋王后，陆沉舟和程夕的避孕措施做得挺好的，因为不想程夕吃药，而查排卵期实在太不方便，陆先生做了些脱敏治疗，至少，避孕套是可以用了。

而促成程夕再次怀孕的始作俑者，正是坑了爹又坑娘的陆小醋王。

也不知道他从哪里翻出两人用的避孕套，悄没声地全给戳破了。

他拿什么戳破的？就是那种很老式的锥子，小醋王在楼下玩耍时捡到的，拿回家里左戳戳右戳戳，戳避孕套戳得正嗨的时候被发现了。当时陪小醋王在家的恰是程妈，程妈宠外孙，看到避孕套的尴尬完全被小外孙玩尖利东西的恐惧压倒了，把锥子哄到手后，顺手将避孕套塞回原盒子里，这事也就忘了和程夕说。

程夕和陆沉舟情浓的时候也没注意避孕套给翻乱了，然后就……幸运地中奖了。

这次怀孕，程夕受罪很大，不仅因为年纪的原因，还有更重要的原因是，她怀的是双胞胎。

程家是有双胞胎基因的，程夕和程阳，也是双胞胎，当初她怀小醋王时，很多人就都还暗暗遗憾，怎么她就没怀上两个。

现在她倒是怀上两个了，但是，时机不对。他们不想再要孩子了啊！她年纪大了啊！已经有一个小醋王了，再来两个……即便是女儿，陆沉舟也觉得自己有点承受不住。

因为程夕真的太惨了。

几乎是从知道怀孕开始，孕期反应就来了，怀小醋王的时候还只是早晚有点反应，到第二胎，差不多是随时随地，但凡闻到一点不对的味道，程夕就会大吐特吐。

吃多少吐多少，肚子就像个筛子，食物过一路又出来了。却又不能不吃，肚子里揣着两个呢，营养供不上就危险了。

所以很多时候，程夕的状态是，吃了吐吐了吃，吃了又再吐，喉咙都被胃酸烧烂了，吐出一块又一块的血。

特别可怜。

然后孕期反应才好一点点，水肿又来了，怀到后期，程夕几乎动不了，脚上一按一个坑，陆沉舟都完全没心情想她怀的是儿子还是女儿了，每天抱着她，几乎是在求她："我们不要这孩子了，好不好？"

程夕说："不好。"都怀到这程度了，这么辛苦，孩子都能健健壮壮地存在着，她没有理由放弃TA们。她不想让陆沉舟对孩子有什么不好的想法，再难再痛也会努力地让自己看起来轻松一点，脸上总是保持着温柔的笑意。

但是连小醋王都不敢像过去那么闹腾了，他不会再缠着程夕，实在是想不过了，也只是靠着她的手，奶声奶气地叫妈妈，他说："妈妈，我给你讲个故事吧？"

他三岁，很多字不会念，但记忆奇好，程夕给他读书，读了两遍，他基本就能复述得出来了。

那两个孩子没能怀胎到十月，程夕很努力，也只让TA们在肚子里待了三十六周，然后不得已，剖了出来。

是两个女儿。

虽然她们算是早产儿，但是，她们很健康。

两个都很像程夕，有一双黑白分明的眼睛，温和如沐春风的微笑，还有，她们都有两个酒窝，笑起来，甜甜的，特别美。